[西班牙]塞万提斯——著

罗秀————译

Don Quijote de la Mancha

Miguel de Cervantes

堂吉诃德（下卷）

果麦文化 出品

谨以此书献给

堂·佩德罗·费尔南德斯·德·卡斯特罗阁下——雷莫斯、安德拉德及毕拉尔瓦三地伯爵、萨莉亚侯爵、国王陛下内阁侍臣、佩尼雅菲埃尔及萨尔萨领地之阿尔坎塔拉骑士团长、那不勒斯王国总督及军区总司令、意大利最高法庭主席

目录

获准 ｜ 1

定价声明 ｜ 2

勘误声明 ｜ 3

许可（古铁雷·德·塞提那博士）｜ 4

许可（何塞·德·巴尔迪维尔索）｜ 5

许可（马尔克斯·托雷斯硕士）｜ 7

授权 ｜ 11

致雷莫斯伯爵 ｜ 13

前言 ｜ 15

第一回 ｜ 20
神父、理发师与堂吉诃德谈论他的病情

第二回 ｜ 33
桑丘·潘萨与堂吉诃德的女管家和外甥女之间发生激烈争吵，以及其他趣事

第三回 ｜ 38
堂吉诃德、桑丘·潘萨和参孙·卡拉斯科学士之间的荒唐对话

第四回 ｜ 47
桑丘·潘萨为参孙·卡拉斯科学士释疑解惑，以及其他值得讲述的事情

第五回 | 54

桑丘·潘萨跟老婆特蕾莎·潘萨之间机智风趣的对话，以及其他美好回忆

第六回 | 61

发生在堂吉诃德跟他的外甥女和女管家之间的事，这是整个故事中最重要的章节之一

第七回 | 67

堂吉诃德与持盾侍从之间的对话，以及其他非常著名的事情

第八回 | 75

堂吉诃德前去拜见杜尔西内亚·德尔·托博索小姐的路上发生的事情

第九回 | 83

本回讲述的事情，读完立见分晓

第十回 | 88

桑丘突发奇想对杜尔西内亚小姐施魔法，以及其他既荒唐又真实的事情

第十一回 | 97

勇敢的堂吉诃德与"死神宫廷"大车之间的较量

第十二回 | 104

英勇的堂吉诃德与无畏的镜子骑士之间发生的奇事

第十三回 | 111

继续讲述森林骑士奇遇，以及两位持盾侍从之间谨慎、新奇而友好的对话

第十四回 | 118

继续讲述森林骑士奇遇

第十五回 | 130

说明镜子骑士及其持盾侍从究竟何方神圣

第十六回 | 132

堂吉诃德与一位尊贵的拉曼查绅士之间发生的事情

第十七回 | 142

堂吉诃德的勇气达到前所未有的巅峰,以及狮子奇遇的圆满结局

第十八回 | 154

堂吉诃德在绿衣骑士家中或者说城堡中的经历,以及其他怪诞荒唐的事情

第十九回 | 165

痴心牧羊人的奇遇,以及其他真正有趣的事情

第二十回 | 172

富翁卡马乔的婚礼以及穷人巴西利奥的诡计

第二十一回 | 184

继续讲述卡马乔的婚礼,以及其他令人愉快的事情

第二十二回 | 191

英勇的堂吉诃德在拉曼查腹地顺利完成蒙特西诺斯山洞大冒险

第二十三回 | 201

杰出的骑士堂吉诃德讲述在蒙特西诺斯山洞的所见所闻,荒诞不经犹如杜撰

第二十四回 | 212

无关紧要又必不可少的琐事,有助于真正理解这个伟大的故事

第二十五回 | 219

驴叫奇闻,木偶戏之争,以及令人难忘的算命猴子

第二十六回 | 230

继续讲述杂耍艺人的有趣冒险,还有其他真正令人叫绝的事情

第二十七回 | 241

佩德罗师傅和猴子的来历,以及堂吉诃德在驴叫冒险中的悲惨结局,这结局既不如他所愿,也不如他所料

第二十八回 | 249
贝内赫里说，本回故事，有心读者自然心领神会

第二十九回 | 254
著名的魔船冒险

第三十回 | 261
堂吉诃德和一位美丽的女猎人之间的故事

第三十一回 | 266
诸多意义重大之事

第三十二回 | 277
堂吉诃德反驳批评者，以及其他既严肃又可笑的事情

第三十三回 | 292
公爵夫人和侍女们跟桑丘·潘萨促膝相谈，值得一读，值得注意

第三十四回 | 301
举世无双的杜尔西内亚·德尔·托博索如何才能摆脱魔法，这是本书中最著名的冒险之一

第三十五回 | 309
继续讲述堂吉诃德如何得知解除杜尔西内亚魔法的方式，以及其他令人惊叹的事情

第三十六回 | 318
伤心嬷嬷，别名"三尾裙"伯爵夫人的奇事，以及桑丘·潘萨写给老婆特蕾莎·潘萨的信

第三十七回 | 324
继续讲述伤心嬷嬷的著名奇遇

第三十八回 | 327
伤心嬷嬷讲述自己的不幸遭遇

第三十九回 | 334
三尾裙夫人继续讲述自己令人难忘的绝妙经历

第四十回 | 337
跟这桩难忘奇遇有关的事情

第四十一回 | 343
克拉维莱尼奥的到来,以及这个漫长奇遇的结局

第四十二回 | 355
桑丘·潘萨前往小岛赴任之前堂吉诃德提出忠告,以及其他深思熟虑的事情

第四十三回 | 360
堂吉诃德给桑丘·潘萨的其他忠告

第四十四回 | 366
桑丘·潘萨前往领地,以及堂吉诃德在城堡中经历的离奇冒险

第四十五回 | 378
伟大的桑丘·潘萨对岛屿的统治顺利开局

第四十六回 | 386
堂吉诃德回应痴情的阿尔提西朵拉,却受到铃铛和恶猫的恐怖惊吓

第四十七回 | 392
继续讲述桑丘·潘萨在总督任上的所作所为

第四十八回 | 401
发生在堂吉诃德与公爵夫人的嬷嬷罗德里格斯太太之间的事,以及其他值得叙述、值得铭记的事情

第四十九回 | 411
桑丘·潘萨巡视小岛

第五十回 | 422
对嬷嬷和堂吉诃德痛下毒手的魔法师和刽子手们究竟何许人也,以及仆人给桑丘·潘萨的老婆特蕾莎·潘萨送信时的遭遇

第五十一回 | 432
继续讲述桑丘·潘萨的统治,以及其他奇闻逸事

V

第五十二回 | 442

另一位伤心嬷嬷,或者叫忧愁嬷嬷的冒险,她本名叫作罗德里格斯太太

第五十三回 | 450

桑丘·潘萨的总督任期戛然而止

第五十四回 | 456

跟本故事而非其他故事相关的内容

第五十五回 | 465

桑丘打道回府,路上的遭遇及其他一望而知的事情

第五十六回 | 472

堂吉诃德·德·拉曼查为捍卫罗德里格斯嬷嬷的女儿而与仆役托西罗斯展开的惊人战斗

第五十七回 | 477

堂吉诃德告别公爵夫妇,以及公爵夫人的侍女阿尔提西朵拉的放荡之举

第五十八回 | 483

堂吉诃德遭遇一连串奇事,一桩桩接踵而至

第五十九回 | 497

发生在堂吉诃德身上的荒唐事,可以被视为冒险

第六十回 | 505

堂吉诃德前往巴塞罗那时的遭遇

第六十一回 | 520

堂吉诃德进入巴塞罗那时发生的事情,以及其他与其说合理不如说真实的事情

第六十二回 | 523

魔法脑袋奇遇,以及其他不得不讲的琐事

第六十三回 | 537

桑丘·潘萨参观苦役船时的不幸遭遇,以及美丽的摩尔姑娘讲

述离奇经历

第六十四回 | 547
到目前为止堂吉诃德遭受的最沉重打击

第六十五回 | 551
银月骑士的来龙去脉，堂格雷戈里奥被成功解救以及其他事情

第六十六回 | 557
有些事情，读者心知肚明

第六十七回 | 563
堂吉诃德下决心成为牧羊人，在承诺的一年时间内过上田园生活，以及其他真正令人愉悦的事情

第六十八回 | 568
堂吉诃德遭遇猪群

第六十九回 | 574
整个伟大的故事中堂吉诃德遭遇的最稀奇、最新鲜的冒险

第七十回 | 581
书接上回，为了讲清楚这个故事必须交代的事情

第七十一回 | 588
堂吉诃德和持盾侍从桑丘回村路上发生的事情

第七十二回 | 596
堂吉诃德和桑丘回到家乡

第七十三回 | 601
堂吉诃德进村时遇到的不祥之兆，以及让这个伟大故事更妙趣横生的其他事情

第七十四回 | 607
堂吉诃德病入沉疴，立下遗嘱，溘然长逝

获准

在国王陛下的弗朗西斯科·德·罗布莱斯书店销售

批准人：

胡安·德拉·库埃斯塔

一六一五年于马德里

定价声明

　　本人，埃尔南多·德·巴耶霍，作为国王陛下的内阁书记员及其顾问委员会常委，兹证明：委员会的大人们已经完成对米格尔·德·塞万提斯·萨维德拉撰写的题为《堂吉诃德·德·拉曼查》（下卷）一书的审阅，该书得陛下许可印刷出版，兹为其定价为每一折页四个马拉维迪，不含装订费用。该书共有七十三页，总计二百九十二个马拉维迪。兹命令，这一定价应标示于本书每一印册的扉页，以便人们对于应该为此书支付的金额一目了然，且在任何情况下都不得超出这个金额，正如上述为此颁发的原始裁决和法令中所载明之内容。据委员会大人们的命令，以及上述米格尔·德·塞万提斯的申请，我为此作证。

埃尔南多·德·巴耶霍
一六一五年十月二十一日于马德里

勘误声明

本人已完成对《堂吉诃德·德·拉曼查》(下卷)一书的审阅,该书由米格尔·塞万提斯·萨维德拉撰写,其中没有任何明显与其原稿不符之处。

弗朗西斯科·德·穆尔西亚硕士
一六一五年十月二十一日于马德里

许可

受顾问委员会委派和命令，本人已命人审阅申请书所附的书籍文稿。其中没有任何内容有违信仰或良好风气，是一本适合正当娱乐的书，并包含很多道德上的哲理。兹同意给予其许可、准其印刷。

古铁雷·德·塞提那博士
一六一五年十一月五日于马德里

许可

受顾问委员会大人们的委派,本人已完成对《堂吉诃德·德·拉曼查》(下卷)的审阅,作者为米格尔·德·塞万提斯·萨维德拉。其中不包含任何有违于我们神圣天主教信仰或良好风气的内容,适于正当的消遣与和谐的娱乐。正如保萨尼亚[1]所言,古代人尚且明白共和国须因势利导,在斯巴达人的严酷制度下尚存欢声笑语,特萨莉亚[2]的人们也以节日向欢笑致敬,此节曾被博齐奥引用于《教堂标准》第二册的第十章,用以振作萎靡的精神,宽慰忧伤的灵魂。对此,图里奥[3]在《论法律》第一部中也有所论述,诗人写道:

Interpone tuis interdum gaudia curis.(愁中生靥,笑中带泪。)

而本书作者则是把真实与讽刺、趣味与利益、说教与玩

---

1 保萨尼亚,斯巴达王子。
2 特萨莉亚,古希腊城邦之一。
3 指西塞罗。

笑糅合在一起，在幽默的诱饵下隐藏着谴责的鱼钩。他的目标是努力驱散骑士小说的影响，而且不辱使命。通过勤勤恳恳的付出，他在多个王国内巧妙地清除了骑士小说传染病一般的疫情。这是一部无愧于其伟大天赋的作品，是我们这个民族的尊严和荣耀，也使其他民族感到惊讶和嫉妒。以上均为个人拙见，余不赘言。

　　　　　　　　　　　　　　　何塞·德·巴尔迪维尔索
　　　　　　　　　　　　　一六一五年三月十七日于马德里

许可

受皇帝陛下京畿马德里代理主教古铁雷·德·塞提那博士先生委托,本人已完成对《天才绅士堂吉诃德·德·拉曼查》(下卷)一书的审阅。该书由米格尔·德·塞万提斯·萨维德拉所著,其中没有发现任何对于基督教的非议,或与良好典范和正直道德相悖的地方,反而旁征博引、教益良多。他用心良苦,笔法克制,目标是把那些虚无、杜撰的骑士小说连根拔除,因为它们已如瘟疫般荼毒甚广。此外他还致力于维护卡斯蒂利亚语言的纯正。文坛矫揉造作之风盛行,实在令智者不齿。

在针砭世风、匡救时弊方面,其劝诫之明慧不亚于基督教律法之睿智。治病救人最好的办法是以毒攻毒:病人会很乐意喝下甜美可口的药,不会产生任何消化不良或恶心反胃,从而在最意想不到的时候开始憎恶自己的行为。通过这个办法,病人会欣然接受批评,这才是最难能可贵之处。世界上有很多书,因为不懂得忠言尚可悦耳,良药也须可口的道理，其结果往往适得其反。比如人们学不到第欧根尼[1]思辨和博学之精髓，便试图模仿其犬儒主义。这一行为即使称不上泼皮无赖，至少也是胆大妄为。他们不但恶语谩骂，还捏造事实，以佐证其对于相关恶习的粗糙批判的确师出有名。在此过程中他们侥幸发现了一条为前人所忽略的途径，通过这一途径，即使没能成为批评家，至少也变得精于此道。他们令智者感到厌烦，如果说其写作曾在本民族有过些许声望的话，最终也是信誉尽失。而由于他们的轻率鲁莽，本想纠正的恶习反比之前更大行其道。

不是所有的脓疮都正好发展到同一阶段，适合下猛药或采用烧灼疗法，其中有一些采用缓慢、温和的药物疗效反而更好。通过这样的方法，谨慎而渊博的医生不但能实现治愈病人的目的，而且往往能达到如钢铁一般冷酷的治疗方法所无法企及的效果。

不管是在我们的民族，还是在其他民族，对于米格尔·德·塞万提斯作品的评价大都众说纷纭。在西班牙、法国、意大利、德国和佛兰德斯，这部小说都奇迹般地受到普遍赞誉，一方面因为其立意正直高尚，另一方面也因为其手段温柔平和，人们都渴望一睹作者风采。

我可以证明，今年即一六一五年的二月二十五日，托莱多的红衣主教，也就是我的主人，无比杰出的堂贝尔纳多·德·桑多瓦尔·依·罗哈斯先生，对前来商洽法兰西

---

[1] 第欧根尼，古希腊哲学家，犬儒学派的代表人物，活跃于公元前4世纪。

王室与西班牙王室联姻事宜[1]的法兰西大使进行回访。陪同无比尊贵的大使先生一同来访的众多法国骑士，个个温文尔雅、学识广博且对优美文学作品情有独钟。当着我和我的主人红衣主教麾下其他教士的面，他们询问近来哪些小说作品取得的成就较大。正巧当时我正在审查本书，他们一听到米格尔·塞万提斯的名字，便对他交口称赞，颂扬他的作品不管是在法国还是在毗邻的王国内所取得的声望，包括《伽拉苔阿》，他们中有些人几乎能够背诵这部作品的第一部分，以及《诫训小说集》等。

他们对塞万提斯如此盛赞，以至于我自告奋勇带他们去见见这位作者，对此他们欢欣鼓舞，都表示心向往之。他们向我打听了很多细节，包括年龄、职业、品性和处境，我不得不告诉他们，塞万提斯已经年迈，曾经是个士兵，如今是个穷绅士。对此有个人这样问道：

"对于这样一个人，西班牙为什么不动用公共国库来供养他，让他变得非常富有？"

另外一个骑士则非常机智地回答：

"如果是经济拮据迫使他写作，那就愿上帝保佑他永不富足，好让贫穷的他通过他的作品让全世界变得富有。"

作为审查结论，我承认此文过于冗长。也许有人认为此篇有阿谀奉承之嫌，但以上简略提到的这个事实一定会打消评论界的猜疑，也打消我的顾虑。更何况当今时代，谁会去

---

[1] 指阿斯图里亚王子（后菲利普四世）与法国国王之妹伊莎贝尔，以及法国王子（后路易十三）与西班牙菲利普三世之女安娜的婚事。

阿谀奉承一个无法回报给谄媚者任何好处的人？溜须拍马之辈虽然假装亲热戏谑，其实不过是期望得到实际的好处。

马尔克斯·托雷斯硕士
一六一五年二月二十七日于马德里

授权

  米格尔·塞万提斯·萨维德拉，兹收到所呈《堂吉诃德·德·拉曼查》（下卷）。阁下声称此书立意正直且令人愉悦，是您多年倾尽心血之作，特恳请我们签发付印许可，并准予二十年或其他时限的版权期限。这一请求已通过我们委员会的审查，认定本书与我们颁布的特别法令并无违背之处，故委员会一致同意下令签发本授权。基于上述理由，我们同意本书出版，并授予您许可和资质，规定在未来十年中，除了您本人或您授权之人，其他任何人不得印刷或售卖上述书籍，该期限从本凭证签发之日算起。同时允许本王国境内任何得到您授权的印刷所在上述期限内印刷出版经委员会审阅的原版手稿，该版本由内阁书记员、委员会常委之一埃尔南多·德·巴耶霍画押并在版末签名。在发售之前，须把样册同上述原版一起呈交委员会，以审查此版印刷是否符合原版，或呈交一份官方认证，证明已经由我们任命的改错员审阅过，并已按照原版对该版本进行了修改。为了进行上述的修改和定价，我们要求所有印刷所在印刷本书时暂不印制扉页和第一折页，跟原稿一起提交给作者、出资人或任何其他人的时候，也不要提交多于一份的样册，直到委员会完成对该书籍的修改和定价为止。只有在这项工作完成之后，上述的扉页和第一折页才允许印制，并在这些页面上标示本许可声明以及定价和勘误声明。在本书满足上述的形式之前，您或其他任何人均不得售卖，否则就违反了本王国境内关于印刷出版的法令和法律所包含的条例。此外，在上述期限内，没有得到您的授权，任何人不得印刷或售卖本书，违者将被罚没所拥有的全部书籍、印刷模具和用具，且每一次违反都另处以五万马拉维迪的罚款，其中三分之一归内阁所有，三分之一归审判此案的法官，另外三分之一奖励给举报者。严令各委员会成员，法庭主席和法官们，市长们，皇宫、朝廷和法院的官吏们，以及本王国境内所有城市、城镇、村镇的司法部门、各封地的司法机构，不论是现在还是将来，都必须遵守并履行本声明，不得以任何方式违反，否则必须按规定向内阁缴纳一万马拉维迪的罚款。

　　此为国王圣谕。

> 受我们的主人国王委派
> 佩德罗·德·康德雷拉斯
> 一六一五年三月三十日于马德里

致雷莫斯伯爵[1]

过去鄙人曾向殿下寄呈自己的戏剧作品,这些戏剧虽已付梓,却从未被搬上舞台。如果没记错的话,我曾对您说过堂吉诃德正要穿戴好马刺,前来亲吻殿下的双手。此刻我可以说,他已经穿戴整齐上路了。只要他如期而至,在下也算为您尽了绵薄之力。近来各方纷纷施压,殷切企盼,要我尽快将他打发出门,因为有另一个堂吉诃德借用《第二部》[2]的名义冒名顶替、招摇过市,其拙劣流俗,着实令人生厌。

其中表现得最迫不及待的是中国皇帝,一个月前他用中文给我写了一封信并差人送来,要求我,或者更准确地说是恳求我,将书稿寄送呈阅。他表示打算建立一所教授卡斯蒂

---

1 雷莫斯伯爵,即堂佩德罗·费尔南德斯·鲁易斯·德·卡斯特罗(1576—1622),是塞万提斯的庇护人。塞万提斯曾将《训诫小说集》(1613)、《八个新的喜剧和八个新的幕间闹剧》(1615)、《堂吉诃德》(下卷)(1615)和《贝尔西雷斯和西希斯蒙达历险记》(1616)等作品献给他。
2 1614年,有一个名为阿隆索·费尔南德斯·阿维亚内达的作者在塔拉戈纳出版了《堂吉诃德》(下卷)。

利亚语的学校，并希望将堂吉诃德的故事用作教材，同时还邀请我前往中国出任这所学校的校长。

我问信使，皇帝陛下有没有拨一些差旅费用供我路上使用。他回答说，那简直是异想天开。

"那么，兄弟，"我回答说，"您还是回您的中国去吧，一天走上十莱瓜、二十莱瓜的，或者随您的便，而我的健康状况决定了我无法投入这漫长的旅程。除了病痛缠身，我还不名一文。所以，皇帝也好，朝廷也罢，在那不勒斯我有伟大的雷莫斯伯爵庇护，大可不必假什么学校校长之名。他资助我、保护我，对我的恩惠远超期待。"

就这样我辞别了他，同时也向您告别：如果上帝保佑，我将在四个月内完成《贝尔西雷斯和西希斯蒙达历险记》并呈献给殿下您。这本书将使用我们自己的语言写作，而且在此类作品中，若非叨陪末座，便当独占鳌头。当然，我指的是其在娱乐消遣方面的作用。另外，我后悔刚才自谦技不如人，因为朋友们一致认为这部作品几乎臻于完美。愿殿下健康如意，贝雪莱斯不日将要亲吻您的双手，而我将亲吻您的双脚，因为我是殿下的仆人。

殿下的仆人

米格尔·德·塞万提斯·萨维德拉

一六一五年十月最后一日写于马德里

前言
致读者

我的上帝啊！读者们，无论您是贵族还是平民，此刻一定迫不及待地阅读这篇前言，以为会在里面找到对《堂吉诃德》（下卷）一书作者的报复、批驳和谴责。我指的是据传孕育于托德西利亚斯、出生于塔拉戈萨的冒牌货。不过很遗憾无法让你们如愿：虽然侮辱会让哪怕最卑微的胸中都燃起怒火，我却是这一规则的例外。你们希望我将此人斥为蠢驴、笨蛋和冒失鬼，但我并无此意，因为他的罪过终将带来惩罚，这就是所谓的自食其果。

不过令我感到难过的是他竟然指责我年老体迈，又是独臂[1]，仿佛我有能力阻拦时间，叫它不要从我身上流过；又好像我手臂的残缺是因为在酒馆内的胡作非为，而不是来自勒潘多的战场厮杀。勒潘多战役是人类历史上最伟大的战役，前无古人，后无来者。在世人眼中，这样的伤口即使算不上熠熠生辉，但凡知道其来历的人，至少也该心怀敬重。对于士兵来说，马革裹尸远比苟且偷生更荣耀，

---

1 阿维亚内达在前言中说塞万提斯已经"跟圣塞万提斯城堡一样垂垂老矣"，还说"我说他的'单手'而非'手'，因为他只有一只手"。

这一点深深铭刻在我心中，以至于如果时光倒流，我还是愿意再次回到非凡的战场，而不是远离其间、独善其身。士兵脸上和胸口的伤痕就像天堂的星星，为他博得公正的赞美，也指引其他人走向荣誉。要知道，虽说写作需要的并非代表年岁痴长的白发，而是真知灼见，但人的见识往往是随着年岁增长而增加的。

他还称我善妒，而且把我当作愚人，向我解释"羡妒"为何物。对此我同样感到遗憾。事实上，"羡妒"一词有两种含义，我只了解神圣、高贵且善意的那一种。既然如此，我没有理由攻评任何一位教士，尤其当他同时还是宗教裁判所的管事[1]。如果那位冒牌作者此番无端揣测真的意有所指，那就大错特错了——我是如此珍视这位教士的天赋，景仰他的作品，更敬佩他坚持不懈的高尚职业操守[2]！不过我确实对这位冒牌作者先生心存感激，因为他评论说我的小说中虽然讽刺多于训诫，不过两者都成就了好作品，若非无所不包，作品不可能达到这样的高度。

优秀的读者，我似乎听到您评论说，我一直非常受限于——或者说自我克制于——谦卑的态度。不过您知道，君子不该落井下石，而这位冒牌作者先生此刻无疑正在经受巨大的痛苦和折磨：不敢出现在光天化日之下，不但要隐姓埋名，还要隐瞒自己的出生地，仿佛做了什么背叛或损害陛下的事情。如果您正好认识他，麻烦替我转告：我并没有认为自己受了侮辱，因为我很清楚这些都是魔鬼的试探，其中对一个人最大的挑战就是让他误以为自己有能力写作或

---

1 指洛佩·德·维加（1562—1635），被誉为"西班牙戏剧之父"，当时是宗教裁判所的主事。塞万提斯与他互有攻讦。

2 此处为反讽，因洛佩·德·维加的私生活混乱是人尽皆知的。

出版一本书，并由此名利双收，赢得极大的声誉和同样可观的金钱。为了证明这一点，希望您能充满诙谐又不失优雅地向他讲述下面这个故事：

在塞维利亚有一个疯子，突发奇想要做一件全世界最好笑、最荒唐的事：找一根麦秸，把一头削尖，在街上或任何其他地方抓一条狗。然后一只脚踩住狗爪，用手抬起另一只狗爪，把管子安放在合适的位置，一吹管子就把狗吹成皮球那么圆。完成之后，在狗肚皮上拍两下再放了它，然后对挤得水泄不通的围观人群说：

"诸位阁下，现在你们还以为吹鼓一条狗是毫不费力的事情吗？"所以现在阁下您还认为写一本书是毫不费力的事情吗？

读者朋友，如果这个故事不那么贴切，您再给他讲另一个同样是关于疯子和狗的故事：

在科尔多瓦有另外一个疯子，他有个习惯：脑袋上顶一块大理石板或者沉重的石头，如果遇到某条疏忽大意的狗，就突然跑过去，让石板或石块重重地砸到狗身上。狗在剧痛之下自然狂吠乱叫，奔逃出好几条街去。其中有一条狗，很受主人帽子商人的宠爱，当石块掉下来砸中脑袋，它便疼得高声叫起来。狗主人听到狗吠，看到这个情景，便抓起一根量尺寸的棍子，追着疯子把他打得遍体鳞伤。每打一下都骂一句：

"狗强盗！敢打我的小猎犬？你这个暴徒！没看见我的狗是条小猎犬吗？"

他一口一个"小猎犬"，差点把疯子全身的骨头都打碎了。疯子受了惩罚躲了起来，一个多月都没有露面。一个多月之后他又故态复萌，不过疯得更厉害了：每遇到一条狗，他都定定地看着它却不敢扔下石头，只是不停地说：

"当心！这是小猎犬！"

事实上，不管遇到多少狗，哪怕是丹麦种猛犬或者捕鼠狗，他都称之为小猎犬，因此再也没有扔下过石块。也许在这位冒名的历史学家身上也会发生类似的事情：如果他头顶着天赋，估计再也不敢撒手将它砸进文字，因为拙劣的书籍作品比石头更难以承受。

同样也请转告他，冒名作品对于我经济利益的侵犯也实在无关紧要。在此借著名独幕滑稽戏《拉贝莱德加》的一句台词奉送给他：市长大人万岁！愿此地和平并归于荣耀。愿伟大的雷莫斯伯爵万岁！他作为基督徒的虔诚和慷慨广为人知，他使我能够在多舛的命运中历经风雨仍屹立不倒。也愿托莱多城无比杰出、无比仁慈的堂·贝尔纳尔多·德·桑多瓦尔·伊·罗哈斯大主教万岁！即便世界上没有印刷所，或即便攻击我的书籍比《明戈·瑞布尔戈》[1]长诗中的单词还要多，这两位亲王出于高尚的人品，即使我从不谄媚殷勤、从不歌功颂德，也承担起恩赐我、庇护我的责任。在这一点上，我认为自己是全世界最幸福、最富有的人，即使将来幸运将我推向人生顶峰也无法与之相比。穷人可以有尊严，恶人却不可能有；贫穷可能遮蔽高贵，却不会完全使之失色——美德本身就会发光，无论贫困拮据为之带来多少窘迫和不便，都会被高尚而尊贵的灵魂所珍视，从而得到帮助。

托您转告的话就是这些，再无其他。我言尽于此，唯一想提醒的是，为您呈上的这部《堂吉诃德》的下卷是以与上卷同样的技巧

---

1 《明戈·瑞布尔戈》（*Mingo Revulgo*），15世纪民谣作品，主人公明戈是一位牧人，每到周日就会盛装打扮。"明戈"后被人们用作装束花里胡哨的代名词。

和材料剪裁而成。在第二部分中我创造了一个更加病入膏肓的堂吉诃德，最后死去并被埋葬，这样做是为了不让人有机会再狗尾续貂。过去的一切已经足够，由一个正直的人来讲述这个聪明疯子的故事足矣，我不愿意把这些疯言疯语继续演绎下去：也就是物以稀为贵、宁缺毋滥的意思。我还忘了告诉您，敬请期待《贝尔西雷斯》，这本书以及《伽拉苔阿》的下卷[1]都在收尾。

---

1 塞万提斯在发表《贝尔西雷斯和西希斯蒙达历险记》五天后去世，《伽拉苔阿》下卷未及发表，如果真的已经完成，手稿已佚失。

第一回
神父、理发师与堂吉诃德谈论他的病情

熙德·哈梅特·贝内赫里在这个故事的第二部分，也即堂吉诃德第三次出走的经历中讲到，为了避免堂吉诃德回忆起过去的事情，神父和理发师几乎有一个月没去见他。但他们仍不时去拜访他的外甥女和女管家，督促她们尽心尽力伺候好骑士，给他吃些不但滋补身体，而且有利于心脏和脑子的东西，因为大家推测，他这些毛病的根源就在这些部位。她们则保证会一如既往，竭尽全力照料病人，更何况主人正似乎一天比一天清醒起来。神父和理发师对此感到非常高兴，认为哄骗堂吉诃德，让他自以为中了魔法，并把他装在牛车上带回来，此番周折总算值得。其间经过，本故事第一部分的最后一回有详细叙述，情节虽然冗长却十分真实。虽然他们几乎不相信骑士的病情能有所好转，但还是决定去拜访他以探听虚实。不过，他久病方愈，为了不触及他脆弱的伤口，两人一致商定不对他提及任何有关游侠骑士的话题。

最后他们终于见到了堂吉诃德：他坐在床上，穿着一件绿色台面呢的无袖衬衣，头戴一顶彩色的托莱多绒布睡帽，枯瘦如柴，看上去不像是个有血有肉的人，倒像具木乃伊。他非常热情地欢迎两

位好友，他们问起他的健康状况，他则用得体的语言和清晰的思路向他们介绍了自己的近况。随着谈话的深入，话题渐渐涉及所谓的"国家正义和统治方式"，谴责种种流弊，批判种种滥行，三人俨然成了新任立法者，仿佛现代的里库尔果[1]或是梭伦[2]再世，头头是道地安排着共和国的各项事务，简直就像把国家扔进一个熔炉，再从里面取出一个截然不同的共和国。而堂吉诃德在涉及的所有话题上都谈吐稳重，使那两位检验者都确信无疑：他已经完全恢复了神志。

三人谈话时，外甥女和女管家也都在场。见到自家主人如此有见地，她们不停地感谢上帝。不过此时神父改变了不涉及骑士话题的计划，想要彻底证实一下堂吉诃德的康复究竟是真是假，于是在

---

1 里库尔果（前9世纪），古希腊立法家。
2 梭伦（约前638—约前559），古希腊雅典政治家和诗人，曾制定过宪法等法典。

东拉西扯了一会儿之后，便开始讲起宫廷中流传的一些新闻。其中有一个消息是，据信土耳其人集结了一支强劲的部队，但谁也猜不透他们的用意，也不知道这黑压压乌云般的大军到底剑指何处。出于恐惧，又习惯于几乎每年都发生的类似警报，基督教属地几乎是全民动员，陛下已经在那不勒斯沿海、西西利亚和马耳他岛布防。对此，堂吉诃德回答说：

"陛下此举正是极度审慎的军事家所为，提前布防自己的国家，才不至于被敌人打个措手不及。不过假如陛下有可能听取我的忠告，我会建议他采取一种最佳预防措施，在当今时代，陛下是不太可能想到这种措施的。"

神父一听到这句话，暗想："可怜的堂吉诃德，愿上帝拉你一把！我感觉你要一下子从疯狂的山巅跌入愚蠢的深渊。"

理发师此时的想法跟神父一样，他问堂吉诃德所指的"最佳预防措施"是什么，很可能这个所谓高明的建议，只不过是在亲王们提出的无数不适当提议的清单上添了一项而已。

"剃头师傅！"堂吉诃德说，"我的建议不可能不适当，只会恰逢其时！"

"我并不是针对您才这么说的，"理发师说，"而是因为，经验表明大部分呈给陛下的办法，不是不可行，就是荒唐无稽，要么就是对于国王或王国有害。"

"相反，"堂吉诃德回答说，"我的办法不但可行，也绝不荒唐，而且是任何谏臣能想到的办法中最简单、最公正、最可行、最便捷的。"

"堂吉诃德先生，不要再卖关子了。"神父说。

"不行，"堂吉诃德说，"我可不希望此刻在这里说出来，然后明天一早就传到了那些顾问先生的耳朵里。这样一来我的智慧成果和奖励就被别人冒领了。"

"我以自己的名义发誓！"理发师说，"不管是现在还是将来在上帝面前，不管是对王还是车还是小卒子，绝不会把您说的话泄露出去。这个誓言是从神父吟诵的歌谣中学来的，在弥撒开头的导经中有一段是告诉国王，小偷偷走了他一百个多布拉金币和最善走的骡子。"

"我不知道这个故事。"堂吉诃德说，"不过我明白这是出色的誓言。我了解、也相信理发师先生是一位德行高尚的人。"

"即使您不这样认为，"神父说，"我也可以为他担保，并替他承诺：在这件事情上他不会比一个哑巴说得更多，否则按照判决赔偿就是了。"

"那您呢，神父先生，谁替您担保？"堂吉诃德说。

"我的职业，"神父回答说，"就是保守秘密。"

"那么，看在神圣的上帝分上！"堂吉诃德这才说道，"陛下应该昭告天下，命令西班牙境内所有的游侠骑士在指定的日期前去宫中集合。难道还有更好的做法吗？虽然应召而来的骑士至多五六个，但可能其中会有某个骑士凭一己之力就足以摧毁土耳其的整个军队。你们听好了，我说这话是有理有据的。一位游侠骑士单枪匹马打败一支二十万人的军队，顺利得就好像军队里的所有人共用一条喉咙，可以被轻易割掉，或者所有士兵都是糖果人一般可以被轻易碾碎，这难道是什么稀奇的事吗？不信的话，你们倒说说看，历史上发生过多少这样的奇迹？假如著名的堂贝利亚尼斯，或者阿马蒂斯·德·高卢无数后代中的某一位依然活在当今世上，这对我来说当然并非幸事，更别说对其他骑士了。如果他们中的某个人活在今天,那么打败土耳其人简直是手到擒来的事。不过,上帝总会照顾他的子民,一定会有某个人,即使不如过去的游侠骑士们骁勇善战,至少在精神上不输于他们。上帝明白我的意思,我不再多说了。"

"啊!"这时候外甥女插嘴说,"我敢拿生命打赌!舅舅显然是想回去当游侠骑士!"

堂吉诃德立刻回答说:

"我必须以游侠骑士的身份死去!无论土耳其人何时发动进攻,无论他们如何进退、战力如何强劲,我再说一遍,上帝明白我的意思!"

这时理发师说:

"我恳求阁下您允许我讲述一个发生在塞维利亚的简短故事,因为与此刻的情境如出一辙,所以我想与两位分享。"

堂吉诃德同意了,神父和其他在场的人都竖起了耳朵,于是理发师开始讲道:

"在塞维利亚的疯人院中有一个病人,是被家里亲戚们送去的。他还是奥苏纳大学学习宗教法的毕业生呢,不过大家都认为,哪怕是萨拉曼卡的学生,该疯也照样疯。这个毕业生在被监禁了数年之后,发现自己已经恢复理智,而且神志完全清醒。因此他写信给主教大人,再三恳求主教下令将自己从现下的悲惨境遇中解救出去,言辞恳切、有理有据。他说,上帝慈悲,自己早已恢复了理智,但亲属们为了享用属于他的那份财产,根本无视这个事实,不但仍然将他留在那里,甚至恨不得他老死在疯人院中。

"主教大人被无数封理性十足的来信打动了,便派了一个教士去向疯人院院长打听这位硕士所写的是否属实,同时再跟疯子本人交谈一下,如果觉得他确实神志清醒,就将他释放,给他自由。教士依言前往，然而疯人院的院长却说，此人并未痊愈，虽然交谈之初显得很有见识，但很快就开始胡言乱语，说出很多蠢话来。其荒唐离奇之处，跟一开始的理智稳重形成鲜明的对比，只要亲自跟他谈谈就能发现这一点。

"教士想亲自证实，便跟这位疯子待在一起聊了一个多小时。在整个谈话期间，疯子不但没有任何强词夺理或胡言乱语，反而言辞清晰、准确，以至于教士不得不相信他已经完全清醒了。疯子对教士倾诉了很多事情，其中说到院长收受了他家亲戚们的贿赂，因此也对他恶意陷害，谎称病人虽然有时清醒，其实仍然疯着。他还说自己丰厚的家产是一切不幸的源泉，敌人们为了瓜分他的财产刻意瞒天过海，竟然不承认在天主的恩典下，他已从野兽变回了人。总之，他的一番话使院长变得可疑，亲属们显得贪婪无情，而他自己则冷静理智。

"于是教士决定带他离开，让主教大人见一见并亲自验证一下这件事情的真相。决定之后，好心的教士请求院长将硕士入院时的衣物交还给他。院长再次提醒他三思而行，因为这位硕士毫无疑问还疯着。不过院长的提醒和警告对教士都毫无作用，他坚持要把病人带走。既然是主教大人的命令，院长只好服从，并命人给硕士换上一身体面的新衣服。当疯子见自己已经脱下疯人院的病号服，恢复了正常人打扮，便恳求教士发发慈悲，允许他向疯人病友们告别。教士表示愿陪他一起，顺便探望疯人院中的其他病人。于是他们一起上去，几个在场的人也陪同左右。硕士来到一个笼子前面，里面关的是一个狂躁症患者，不过此时很安静。

"硕士对他说：'我的兄弟，你有什么需要我帮忙的吗？我要回家了！上帝出于无尽的善良和慈悲让我恢复理智，虽然这份恩典我受之有愧，不过总算已经恢复了健康。所以，上帝是无所不能的，请全心相信上帝，永远不要放弃希望！既然他让我恢复如初，也一定会让你痊愈的，只要你相信他！我会给你寄一些食品作为礼物，请不要嫌弃。可以告诉你，作为一个经历过疯狂又痊愈了的人，据我推测，咱们的疯病都起源于空空如也的胃和充满空气的大脑。努力吧！振作吧！逆境中的萎靡不振会销蚀健康并带来死亡。'

"狂躁症病人对面的笼子里关着另一个疯子，他听到硕士这番话，从躺着的一张破旧席子上站起来，半裸着身体，大声问这个恢复健康和理智的人是谁。

"硕士回答说：'是我！兄弟，我就是那个要离开的人，我没有必要继续待在这里，上天给了我这么大的恩赐，对此我感激不尽。'

"'硕士，好好想想你说的话，不要被魔鬼欺骗了，'对面的疯子回答说，'你还是停下脚步，安安生生地待在这座属于你的家里吧，省得再折腾回来。'

"'我确信自己已经好了，'硕士回答，'没有理由故态复萌。'

"'你好了？'疯子说，'走着瞧吧，愿上帝与你同在！不过，既然我是朱庇特在人间的化身，那么我以朱庇特的名义发誓！如果今天你被当作清醒的人从这座疯人院放出去，塞维利亚会因为今天犯下的这个错误受到严厉的惩罚，这个灾难将生生世世留存在塞维利亚的记忆中，阿门！笨蛋小硕士，难道你不知道我有这个能力吗？我说过了，我就是雷神朱庇特本人，手中握着炽热的闪电，这些光芒威力无穷，完全可以毁灭这个世界！不过，对于这个无知的民族，只需做一件事就足以惩戒，那就是：让塞维利亚所有地区及其周边整整三年无雨大旱，就从此时此刻我提出这个威胁开始算起！凭什么你是自由的、健康的、清醒的，而我却是疯子、病人和囚犯？既

然如此，想让我下雨就跟要我绞死自己一样绝无可能！'

"周围的人都专注地听着这个疯子的大喊大叫，只有我们的硕士转身面对教士，拉住他的双手说：'我的先生，您不要为此感到难过，也不要理会这个疯子胡说八道。既然他是朱庇特而且不肯降雨，那么我作为水神尼普顿，同时也是海神，在必要的时候我可以随时呼风唤雨。'

"对此，教士回答说：'尼普顿先生，无论如何咱们最好还是不要惹怒朱庇特先生。阁下您还是留在这里，等将来有更合适的机会我会再回来找您的。'院长和在场的人都笑了，教士也未免有几分尴尬。大家脱下硕士的衣服，他留在了疯人院，故事就结束了。"

"理发师先生，这就是因为与此情此景如出一辙而令你不得不讲的那个故事？"堂吉诃德问道，"啊！剃头匠先生，剃头匠先生！如果一个人透过网眼都看不见东西的话，那不是瞎了吗？阁下您难道不明白，无论是才能、勇气、容貌还是门第，被拿来含沙射影、指桑骂槐，都会令人记恨，招人讨厌？理发师先生，我不是水神尼普顿！即便我真的神志不清，也不会试图证明自己是清醒的！我孜孜不倦所追求的，不过是为了让这个世界明白他们错了！错在无意振兴游侠骑士团风光无限的幸福年代。不过，许是我们这个堕落的时代没有资格享受那种幸福，没有人像游侠骑士们那样承担起时代的责任，肩负起守卫国家、保护女性、救助孤弱、惩罚骄横、鼓励卑微的使命。反观如今的骑士们，不再以简陋的粗布蔽体，反而遍着绫罗绸缎和其他珍贵的布料。再没有哪个骑士会露宿旷野，不顾天气的酷热严寒，全身披挂、全副武装。也没有谁能够做到脚不离镫、手不释矛，甚至如人们所说，从来睡不上一个囫囵觉，正如当年的游侠骑士们所为。已经没有任何骑士会才离密林，又入深山，继而踏上荒芜贫瘠的海滩。

"大海总是变幻莫测,咆哮如雷,骑士在海边找到一只小小的船,既没有船桨,也没有风帆;既没有桅杆,也没有索具,他抱着视死如归的心登上小船,将自己交给深海上永不休止的风浪,一会儿被抛向天际,一会儿又跌入深渊,却无畏地挺胸迎接桀骜不驯的暴风雨,不知不觉,已经置身于距离登船处三千多莱瓜远的地方。骑士踏上遥远而陌生的土地,在他身上发生了许多值得铭记的事情,不是记录在羊皮纸上,而是刻在铜器上。可是如今,惰性战胜了勤勉,闲适替代了劳作,恶习掩盖了美德,骄横泯灭了勇气。在武学上,多的是夸夸其谈,少的是埋头苦干。所有这些优点只有在黄金时代,也就是游侠骑士们的时代才闪闪发光地存在。如若不然,请告诉我:有谁比著名的阿马蒂斯·德·高卢更正直、更勇敢?有谁比帕尔梅林·德·英格兰更矜持?有谁比提朗特·埃·兰科更平易近人?有谁比李苏瓦特·德·希腊更洒脱不羁?谁能像堂贝利亚尼斯那样,伤痕累累还能伤人无数?谁能像佩里恩·德·高卢那样勇敢无畏?或者谁能像菲里克斯马尔特·德·伊尔卡尼亚那样,面对危险,依然奋不顾身?谁会比艾斯普兰蒂安更真诚?谁会比堂西隆希里奥·德·特拉希亚更勇往直前?谁会比罗达蒙特更勇猛?谁会比索布里诺国王稳重?谁会比雷伊纳尔多斯更大胆?谁会比罗尔丹更不可战胜?谁又能比鲁赫罗更潇洒有礼?据图尔平在其《宇宙志》[1]中所述,今天的费雷拉公爵家族就是鲁赫罗的后代。

"神父先生,所有这些骑士,还有可以一一列举的很多其他骑士

---

1 图尔平,查理曼大帝时代法国兰斯城大主教,参考上卷81页注释1。但图尔平从未写过《宇宙志》一书。

都是游侠,是骑士道的光芒和荣耀。我多么希望这个解决办法能召集到这些人,或者像他们一样的人。如此一来,陛下就能以最小的代价得到最大的助力。至于土耳其人,当然会一败涂地,连胡子都被拔光。为此,即便那个教士不把我解救出去,我也不会老老实实待在那里。如果理发师所说的那位朱庇特不肯降雨,这不是还有我吗?无论何时我都可以随心所欲呼风唤雨。我说这些是为了让'胡荏钵先生'知道,我明白他的意思!"

"堂吉诃德先生,"理发师说,"说实话,我不是这个意思。上帝知道!我是一片好意,阁下您不该对此耿耿于怀。"

"该不该生气,"堂吉诃德回答说,"我心里清楚!"

这时神父插嘴道:

"到现在为止我几乎没有开过口。不过,堂吉诃德先生的一番话未免让我心有疑虑。本想隐忍不言,但胸中存有猜疑,真如百爪挠心。"

"别说是这件事,"堂吉诃德回答说,"在其他更多事情上神父先生都可以畅所欲言。尽管说出您的疑虑,有什么问题藏在心里可不是什么令人愉快的事。"

"既然得到您的恩准,"神父回答说,"恕我直言:堂吉诃德先生,我的疑虑就是无论如何也无法说服自己相信阁下您所提到的那些游侠骑士都是曾在世界上真实存在过的、活生生的、有血有肉的人。恰恰相反,我认为所有这一切都是虚构的,是神话、是谎言,甚至是梦境,都是那些不太清醒,或者更确切地说,是半梦半醒的人编出来的。"

"这是世人的另一个错误,"堂吉诃德回答说,"很多人都犯了同样的错误,不相信世界上曾经存在过这样的骑士。这几乎是个普遍的误区，很多次，在各种场合、面对各种不同的人，我一直努力澄清这个事实。虽然有几次没能达到目的，但在某些场合却成功证明了我的观点是建立在事实基础上的。这个事实如此不容置疑，以至于我可以说自己亲眼见过阿马蒂斯·德·高卢：他个子很高，面容白皙，黑色的胡子修剪得十分整齐，样貌介于秀气与威严之间；寡言少语，不轻易发火，一旦发火也能很快控制住。我认为，这种用以描述阿马蒂斯的方式，可以用来勾画全世界历史上曾经出现过的所有游侠骑士。据我了解，小说对他们的描述可说是恰如其分，再根据他们的功绩和秉性，就可以从栩栩如生的相貌描写中提炼出他们的五官、肤色和身材。"

"那么，我的堂吉诃德先生，"理发师问道，"阁下您认为巨人莫尔甘特的身量该有多高呢？"

"说到巨人，"堂吉诃德回答说，"对于世界上是不是真的存在过巨人，众说纷纭。但《圣经》不可能跟事实有任何出入，它也证明巨人确实存在，因为里面讲述了一位名叫戈里亚特的腓力士巨人，他身高七个半腕尺[1]，这是个相当惊人的身量。在西西利亚岛同样发现过巨大的肢体骸骨和肩胛骨，这些骨骸的尺寸表明它们的主人不但是巨人，而且跟铁塔一般高大，在这方面，几何学可以释疑解惑。不过尽管如此，我还是无法断定莫尔甘特到底有多高，只能猜测他的身高应该不会过分惊人。依据是，我在故事中发现，在讲述他的丰功伟绩时，作者特意提到过他常常睡在室内，既然能够找到容身的房子，那么显然他的体型并不是那么庞大。"

---

[1] 一腕尺大约是从手肘到指尖的长度。

"没错。"神父说。

神父听到这番胡说八道觉得很好笑,便问他,对于古代的游侠骑士雷伊纳尔多斯·德·蒙塔尔班、堂罗尔丹以及其他法兰西十二骑士的成员的长相有什么看法。

"雷伊纳尔多斯嘛,"堂吉诃德回答,"我敢说,他是宽脸盘、深肤色,眼睛滴溜乱转,甚至有些突起,性格敏感易怒,跟强盗和歹徒们打成一片。而罗尔丹,也叫奥尔兰多或者罗多兰多(因为在小说中如此称呼过他),我认为,甚至是确信:他中等身材、背脊很宽、有点罗圈腿,脸色黝黑,红胡子,体毛浓密,样貌盛气凌人,虽然寡言少语,但是非常谦恭有礼,很有教养。"

"如果罗尔丹并不比阁下您所描述的样子更潇洒,"神父回答说,"美人安赫莉卡小姐就不会为了那位虽然乳臭未干,却风度翩翩、优雅迷人的摩尔小伙子而冷落他、抛弃他。她投入摩尔人的怀抱是有道理的,因为更迷恋梅多尔的秀气而不是罗尔丹的粗犷。"

"神父先生,"堂吉诃德回答说,"这位安赫莉卡是一位三心二意、水性杨花的小姐,还有些任性。她留在世间的放荡名声绝不亚于她的美貌。她侮辱了无数高贵、勇敢而理性的先生,却死心塌地追随一位既无财富,也无名气,连胡子都没长出来的小厮,这个人仅有的一点儿名气也就是对朋友知恩图报。著名的阿里奥斯托[1]热衷于鼓吹她的美貌,然而对于她在苟且献身之后的遭遇却不敢、或者说不肯加以赞美,因为肯定不是什么正派的事情。他只是以两句诗结束了这个女人的故事:

1　阿里奥斯托(1474—1533),意大利文艺复兴时期的著名诗人,长诗《疯狂的奥尔兰多》的作者。

她如何在契丹将权杖接手
歌谣经他人之口，或更胜一筹

"而毫无疑问这两句诗就像是一个预言，要知道诗人们也被称为占卜者，就是算命先生的意思。这个事实显而易见，因为从那以后，有一位著名的安达鲁西亚诗人[1]曾为她的泪水哭泣吟诵，而另一位独一无二的卡斯蒂利亚著名诗人[2]也赞颂过她的美貌。"

"堂吉诃德先生，请告诉我，"这时理发师说，"有那么多诗人赞美过她，难道从来没有哪位诗人曾经讽刺过这位安赫莉卡小姐吗？"

"我深信，"堂吉诃德回答说，"如果萨克里潘特或者罗尔丹是诗人的话，他们一定会写下中伤这位小姐的诗句。因为一旦选择了某位女士作为心上人，却受到她的冷落和抛弃，无论是想象的还是真正被如此相待，以讽刺文章或诽谤文字进行复仇是很典型、也是很自然的反应。当然，这种复仇无疑跟慷慨的心胸并不相称。不过时至今日，我还没有见过任何对于安赫莉卡小姐不利的侮辱性诗句，虽然她曾把全世界搅得天翻地覆。"

"真是个奇迹！"神父说。

这时他们听到之前已经离开对话现场的女管家和外甥女在院子里高声乱嚷起来，于是一齐循声而去。

---

1 指路易斯·德·巴拉奥纳·德·索托，他写过《安赫莉卡的眼泪》。
2 指洛佩·德·维加，著有《美丽的安赫莉卡》。

第二回
桑丘·潘萨与堂吉诃德的女管家和外甥女之间发生激烈争吵，以及其他趣事

上回说到，堂吉诃德、神父和理发师听到外甥女和女管家在大喊大叫，原来是桑丘·潘萨想要进去看望堂吉诃德，她们却把着门不让进：

"你这个丑八怪，在这家里想干什么？走吧！兄弟，带坏我的主人、让他堕落、把他带到荒郊野岭去的人不是别人，正是你！"

桑丘一听，回嘴道：

"撒旦的管家婆！被带坏、被带堕落、被带到荒郊野岭的人是我！你们完完全全弄错了！是他设了圈套把我骗出家门，还许诺我一个岛屿，我到现在还眼巴巴盼着呢！"

"该死的桑丘，愿天杀的岛屿把你噎死！"外甥女反诘说，"岛屿是什么东西？是吃的吗？你这个贪吃鬼，天生的饭桶！"

"这可不是吃的！"桑丘争辩道，"而是比四个城市、比朝廷的四个村庄更需要好好管理和统治的东西。"

"那么，就算是这样，"女管家说，"你也别想进来！一肚子坏水的草包！管好你自己的家，种好你自己的田，别再奢望什么海岛地岛的！"

神父和理发师听到这三人的对话感到十分好笑，但是堂吉诃德却担心桑丘嘴上没把门的，说出什么胡话，甚至涉及什么不利于自己名誉的话题，便喝住了他，让那两个女人也闭了嘴，放桑丘进了门。桑丘一进门，神父与理发师便向堂吉诃德告辞。见他仍然如此执拗于荒谬可笑的想法，如此沉浸于倒霉愚蠢的骑士道世界，他们

33

对他恢复正常已然绝望。于是，神父对理发师说：

"您等着瞧吧，老伙计，说不准什么时候我们的贵族先生就会再次出走。"

"我丝毫不怀疑这一点。"理发师回答说，"不过相较于骑士的疯癫，更让我惊奇的是那位持盾侍从的单纯无知。他竟然对于岛屿的事情如此深信不疑，我认为任何警醒都无法让他摆脱这个念头。"

"上帝会解决他们的问题，"神父说，"我们就等着看吧，到底这位骑士跟他的持盾侍从这出荒唐闹剧如何收场。这两个人简直像是一个模子里刻出来的：主人的疯狂如果没有了仆人的愚蠢言行，就不值一提了。"

"没错，"理发师说，"如果能知道此刻他们两人正在谈论什么，那一定很有趣。"

"我敢肯定，"神父回答说，"他的外甥女或者管家婆稍后会告诉我们的，她们可不是能忍住不偷听的人。"

就在此时，堂吉诃德把桑丘单独带到自己房间里，关起门对他说：

"桑丘，我很难过。你竟然说，你竟然会说，是我把你从家里骗出去的！你明知道我自己也没有留在家里，我们是一起离开的，一起出走、一起踏上朝圣之路。我们同呼吸、共命运，如果说你被毯子抛过一次，那么我也被痛打过百次，在遭遇不幸这一点上我比你有过之而无不及。"

"这是合理的，"桑丘回答说，"阁下您自己说过，不幸是游侠骑士命中注定的，可不是持盾侍从们该遭遇的。"

"桑丘，你错了，"堂吉诃德说，"根据所谓的 quando caput dolet，也就是说脑袋生病……"

"除了我自己的语言,别的话我可不懂。"桑丘回答。

"我的意思是,"堂吉诃德说,"如果一个人感到头疼,四肢都会跟着疼。所以,既然我是你的主人,而你是我的仆人,那么我就是你的脑袋,你就是我的一部分。既然如此,已经落到或可能落到我头上的坏事,一定也会让你感到痛苦,而你的痛苦又反过来让我更受折磨。"

"也许是这样吧!"桑丘说,"可是作为您的肢体,当我被毯子抛的时候,我的脑袋却躲在矮墙后面,看着我在空中飞来飞去,一点也不觉得疼。所以,既然肢体不得不因为脑袋的毛病感到疼痛,那脑袋也应该有义务因为肢体的疼痛而感到疼痛。"

"桑丘,你是想说,"堂吉诃德问,"在你被毯子抛的时候我不感到疼痛吗?如果你是这个意思,请别这么说,也别这么想!因为那个时候我的灵魂感受到的痛楚超过了你肉体上的疼痛。不过暂且不提这个,有的是时间把这一点弄清楚。桑丘老朋友,你先告诉我,村里人是怎么说我的?平民们对我有什么看法?绅士和骑士们对我又有何评价?他们对我的勇气、功绩和礼仪,都是怎么说的?对于我做出的在当今世界复兴已被遗忘的骑士道这个决定,他们是怎么看的?总之,桑丘,请你把听到的与此相关的一切都告诉我,而且必须如实相告,既不要对好话添油加醋,也不要对坏话避重就轻。把真相原原本本、毫无矫饰地告诉主人,是作为仆人的本分。不要为了奉承而夸大事实,也不要出于盲目的尊重而缩减事实。桑丘,你要知道,如果对亲王们的进言都能实事求是,不披上阿谀奉承的外衣,世道就会大不一样。当然,还有比咱们这个'黑铁时代'更糟的年月,因为我理解,跟此刻其他民族相比,我们所经历的可以称得上是'黄金时代'了。桑丘,记住我这个忠告,请你谨慎、善意地以你所知原原本本地回答我的问题。"

"我的主人，我非常乐意这样做。"桑丘回答说，"但有个条件：您千万不要因为我的话而生气。是您自己吩咐我有话直说的，还要求我把听到的原原本本讲出来。"

"我绝对不会生气的。桑丘，你完全可以畅所欲言，不用绕弯子。"

"那么我首先要说的就是，"他说，"老百姓都认为阁下您疯得不可救药，还说我也跟您一样傻；乡绅们说，您不守绅士本分，非得在自己名字前面加个'堂'的尊号；明明只有四架葡萄、两亩瘦地，衣服前后全是破布，就敢冒充骑士，欺世盗名；骑士们则说，他们可不乐意一个小乡绅跟自己相提并论，尤其还是个穷困潦倒的小乡绅，用烟油擦鞋，用绿色的线缝补黑色长袜的脚尖。"

"这可跟我没有一点关系，"堂吉诃德说，"因为我一向都是穿戴齐整，从没打过补丁。衣服破了倒是有可能，但也是被武器打坏的，而不是因为陈旧。"

"至于说，"桑丘继续说，"阁下您的勇气、礼仪、壮举和事业，不同的人有不同的看法。有人说您疯疯癫癫，不过有趣得很；有人说您倒是勇敢，就是不太走运；还有人说您礼仪周全，却不合时宜。到处都议论纷纷，不管是阁下您还是我，都被骂得很惨。"

"桑丘，你知道吗？"堂吉诃德说，"无论在什么地方，只要德行出众，就会受到非议。几乎没有哪位大英雄没被他人恶意中伤过：无比果敢、稳重、勇猛的大将尤利乌斯·恺撒被指责野心勃勃，无论是衣着还是行事都不干不净；凭丰功伟绩赢得'大帝'名号的亚历山大被指嗜酒如命；赫丘利不辞劳苦、战功赫赫，人们却批评他荒淫好色、游手好闲；至于阿马蒂斯·德·高卢的兄弟堂加拉奥尔，传言说他不但好斗,还极其好色,还说他的哥哥是个爱哭鬼。所以,桑丘,既然如此杰出的人物都会遭遇流言中伤,那么人们对于我的诽谤也无可厚非,不过也就是我刚才提到的那些闲言碎语罢了。"

"我的亲爹啊!还没说到重点呢!"桑丘回答说。

"怎么,还有别的?"堂吉诃德问。

"后面的尾巴还长着呢!"桑丘说,"到这里为止都还只是小菜一碟。不过如果阁下您想知道人们对您的所有'飞谤',我立刻就给您带一个人来,他可以原原本本全都告诉您,一丁点儿也不漏掉。昨天晚上,巴尔托洛梅·卡拉斯科的儿子来了,他之前在萨拉曼卡学习,还拿到了学士学位。我迎上去,他告诉我说阁下您的故事已经被印刷成书在到处流传了,标题就叫《天才绅士堂吉诃德·德·拉曼查》。他说里面还提到了我,用的就是我的真名桑丘·潘萨,书里还有杜尔西内亚·德尔·托博索小姐,还有好多咱俩之间单独的谈话,吓得我不停地画十字,写这些故事的历史学家是怎么知道这些的?"

"桑丘,我向你保证,"堂吉诃德说,"这个故事的作者一定是个会魔法的巫师。像他们那样的人,只要是想写的东西,什么也瞒不过他们。"

"原来是这样!"桑丘说,"原来是巫师或魔法师!不过,据我刚才说到的那位参孙·卡拉斯科学士说,这个故事的作者名叫熙德·哈梅特·贝伦黑茹[1]。"

"这是一个摩尔人名字。"堂吉诃德说。

---

[1] 贝内赫里在阿拉伯语中意为"茄子"。

"可能是这样,"桑丘回答说,"因为我在很多地方都听说过摩尔人很喜欢茄子。"

"桑丘,"堂吉诃德说,"对于这位熙德的名字你一定是弄错了,'熙德'在阿拉伯语中的意思是'先生'。"

"很有可能。"桑丘回答,"不过如果阁下您愿意我把他叫到这里来,我立刻飞奔去找他。"

"朋友,我非常愿意,"堂吉诃德说,"你这番话让我好奇心大起,不弄清楚这一切,我简直茶饭不思。"

"那我去找他。"桑丘说。

于是他离开主人去找那位学士,不一会儿便带着他一起回来了,三个人之间进行了一场非常有趣的交谈。

第三回

堂吉诃德、桑丘·潘萨和参孙·卡拉斯科学士之间的荒唐对话

在等待卡拉斯科学士的同时,堂吉诃德陷入了沉思,他希望从学士那里听到关于自己被写进书里的消息,就像桑丘说的那样。他无法相信居然会有这样的事:剑刃上敌人的鲜血还未干,自己伟大的骑士事迹竟然已经被刊印出来到处传颂了。无论如何,他推测一定是某位巫师通过魔法手段将自己的事迹印成了插画,但不知此人是敌是友。如果是朋友,就是为了赞誉这些事迹,使它们成为受人称道的游侠骑士的壮举;如果是敌人,那就是为了诋毁这些事实并极力贬低,使之显得比有史以来有过记述的任何一位鄙俗的持盾侍

从更卑劣。当然了，他对自己说，从来没有人记录过持盾侍从们的功绩。假如这个故事真的存在，就一定是卓然出众、锦上添花、真实无误的，因为这毕竟是游侠骑士的故事。

对此他感到了一些安慰。然而转念一想，从熙德这个名字来看，故事的作者是个摩尔人，不免又感到忧心忡忡。从摩尔人嘴里可别指望听到任何实话，他们所有人都是骗子，惯于弄虚作假，向来不切实际。他担心这位作者在描写自己的爱情时会采用某种下流的笔触，这样会损害他的心上人杜尔西内亚·德尔·托博索的清白名声。他希望作者能将自己的忠贞昭告天下，讲明他一贯保守矜持，拒绝了一切王后、女王和各路名媛的追求，总是将自己天性的欲望控制在合理的范围内。就这样，他正思来想去、愁肠百结，桑丘和卡拉斯科到了，堂吉诃德彬彬有礼地迎接了他们。

那位学士虽然姓参孙[1]，身材却并不高大。面相狡黠，脸色苍白，很有学识；大约二十四岁，圆脸、塌鼻子、大嘴巴，一看就很有心眼儿，喜欢打趣、捉弄人。这一点通过他见到堂吉诃德时的表现就可见一斑。他跪倒在骑士面前说：

"堂吉诃德·德·拉曼查先生，请伟大的阁下您把手伸给我，虽然我还只是个四阶的初级教士，但毕竟身披圣彼得之教士袍，我凭此发誓：阁下您是有史以来名气最大的游侠骑士之一，甚至在全世界都空前绝后。幸好有熙德·哈梅特·贝内赫里，将阁下您伟大的故事记录下来。更妙的是，还有勤奋的人尽心尽力将这些故事从阿拉伯语翻译成通俗的卡斯蒂利亚语，使平民大众都能得到娱乐。"

---

[1] 参孙，《圣经·士师记》中记载的大力士，堂吉诃德记成了巨人的名字。

堂吉诃德将他扶起，说：

"如此说来，真的存在关于我的书，而且创作这个故事的人是位阿拉伯的饱学之士？"

"先生，当然是真的，"参孙说，"我估计到今天为止这个故事已经被印刷了一万两千册，不信您可以去问，在葡萄牙、巴塞罗那和瓦伦西亚这几个地方已经印刷出来了，还有消息说在安特卫普这书也正在付印。我觉得，没有哪个民族，没有哪种语言会不把它翻译出来。[1]"

"对于才华出众、品质高洁的人来说，"堂吉诃德回答说，"最值得高兴的事情之一就是看到自己的经历通过印刷品和插图被人们口口相传。当然了，必须是以美好的名声被传颂。我之所以强调美好的名声，是因为如果情况正相反的话，简直生不如死。"

"说到贤名达望，"学士说，"只有阁下您才能超越其他所有的游侠骑士。因为摩尔人作者用他的语言，而基督徒译者用我们自己的语言，非常细致地将阁下您的英姿栩栩如生地刻画出来：您在危险面前奋不顾身的巨大勇气、在困境中的坚忍不拔、遭遇不幸或受伤时的果敢刚毅，以及在阁下您和我的小姐堂娜杜尔西内亚·德尔·托博索柏拉图式的爱情中所表现出的忠贞和克制。"

"我还是第一次听到，"桑丘·潘萨插嘴说："有人称呼我的小姐杜尔西内亚为'堂娜'，我们一般只说'杜尔西内亚·德尔·托博索小姐'，在这一点上这个故事就写错了。"

---

[1] 塞万提斯写作《堂吉诃德》下卷时，上卷已经在马德里印刷了三次，里斯本两次，瓦伦西亚两次，布鲁塞尔两次，米兰一次，而在安特卫普首次印刷出版则迟至1673年。塞万提斯可能把布鲁塞尔和安特卫普混淆了。

"这不是什么重要的谬误。"卡拉斯科回答说。

"没错,无关紧要。"堂吉诃德说,"不过学士先生,请阁下您告诉我,在这本书中提到的所有的功绩中,哪些是最受称颂的?"

"说到这个,"学士回答说,"可谓众说纷纭,众口难调:有些人推崇大战风车的冒险,在阁下您看来他们是布利亚柔斯巨人;有些人认为是捶布机冒险;有人喜欢两军对阵的场景,最后发现那是两个畜群;有人对把逝者带往塞戈维亚安葬的故事饶有兴致;有人说释放苦役犯们的壮举超过了其他所有事迹;还有人认为没有哪一桩比得上那两个本笃会巨人的故事,以及跟英勇的比斯开人的战斗。"

"学士先生,请告诉我,"这时桑丘说,"里面有没有写那次扬瓜斯人的冒险?就是我们善良的罗西南多突发奇想、拈花惹草的那一次?"

"那位魔法师实在不吝笔墨,"参孙回答说,"事无巨细,一切都忠实地记录下来,甚至连好桑丘在毯子里的蹦跶都没落下。"

"我可没在毯子里蹦跶,"桑丘说,"倒是在空中蹦了,那可不是我乐意的。"

"据我猜想,"堂吉诃德说,"世人的经历莫不跌宕起伏,尤其是关于骑士的故事,不可能全都是一帆风顺的。"

"虽然如此,"学士回答说,"有些读者表示,堂吉诃德先生在多次打斗中挨了数不胜数的棒打,他们倒情愿作者省略一些这样的情节。"

"可这才是故事的真相。"桑丘说。

"公平起见,他们也完全可以对此闭口不提。"堂吉诃德说,"那些既不改变也不影响真相的事实,就没有理由写出来,尤其如果这些事实会对主人公的形象造成负面影响。毫无疑问,埃涅阿斯并不像维吉尔描述的那样仁慈，而乌里西斯也不像荷马所说的那么稳重。"

"没错，"参孙回答说，"不过，诗人的叙述是一回事，历史学家的记录又是另外一回事。诗人可以讲述也可以吟诵，将事情描述成理想的样子，而不是本来的面目；但历史学家却必须按照事情的真相来讲述，而不该有所美化，既不能添加也不能删减事实中的任何细节。"

"既然这位摩尔人先生忠于事实，"桑丘说，"可以肯定在谈到我的主人所挨的棍棒时也顺便提到了我受的罪，因为每次人们在丈量他肋骨的时候，都会把我也从头到脚摸一遍。不过，这也没什么可惊讶的，因为我主人说过，脑袋疼的时候，四肢也得有难同当。"

"桑丘，你真是个无赖！"堂吉诃德说，"我敢打赌，只要是你想记的东西，没有记不住的。"

"我倒是想忘了自己挨的打呢，"桑丘说，"那些瘀伤也不同意啊，伤口还在我背上活生生地疼着呢。"

"闭嘴！桑丘，"堂吉诃德说，"不要打断学士先生的话，我还要恳求他继续讲讲，故事里还说我什么了。"

"还有我，"桑丘说，"因为人们也说了，我是里面的主脚之一。"

"主角，不是主脚，桑丘老兄。"参孙说。

"又来了一个词语纠错员？"桑丘问道，"您要是这么干的话，咱们一辈子都纠不完。"

"桑丘，你确实是故事的第二主角，否则就让上帝罚我倒大霉。"学士回答说，"而且比起故事中的其他主要人物，有些人反而更喜欢听你说话。当然了，也有人说你实在是过于轻信了，居然真的相信自己能够统治岛屿，就是堂吉诃德先生答应赏赐给你的那座，他此刻就在这里坐着呢……"

"墙头上还有太阳呢，所谓来日方长，"堂吉诃德说，"等桑丘年纪渐长，经过时间的历练，他会更加适合、更有能力成为总督。"

"上帝啊！主人！"桑丘说，"我已经这把年纪了，到现在都没有得到什么岛屿，还说什么总督啊！看来我就是活到玛土撒拉[1]的年纪也没用了。问题在于，这座岛屿迟迟没有兑现，我虽然不知道是什么原因，但肯定不是因为我没有管理它的头脑。"

"一切都会实现的，也许会比你期待的还要好。"堂吉诃德说，"桑丘，托付给上帝吧！没有上帝的旨意，哪怕是树上的叶子也不要去动。"

"说得没错。"参孙说，"只要上帝愿意，别说是一座岛屿，桑丘统治一千座岛屿也没问题啊。"

"我又不是没见过总督，"桑丘说，"别看所有人都管他们叫声'大人'，还用纯银的餐具伺候着，可有些人在我看来连我的鞋底板都够不上！"

"这些人不是岛屿的总督，"参孙回答，"他们从事的是一些相对容易的管理工作，而统治岛屿的人至少得略微懂得一些语法。"

"绿色的狗牙根草倒是跟我挺般配，"桑丘说，"不过说到得法，我既没经历过也不敢下赌注，因为一窍不通。不过，统治岛屿这件事就交给上帝吧，他会做出最好的安排。我的意思是，参孙·卡拉斯科学士先生，我很高兴故事的作者在提到我的时候，没有听信流言蜚语说些令人生气的事情。我可是个老牌天主教徒，如果他讲了什么不三不四反教会的话，我这个好侍从一定骂得连聋子们都能听到。"

---

[1] 玛土撒拉（Mathusalem），亚当第七代子孙，据《圣经》记载，是最长寿的人，活了九百六十九岁。

"那将会是个奇迹！"参孙回答。

"是也好，不是也好，谁要对别人说三道四，不管是说出来还是写下来，都得留点神，可不能想到什么就胡写什么。"

"人们对这个故事的诟病之一，"学士说，"就是作者在里面插入了一篇题为《执迷不悟的好奇心》的小说。不是因为这小说本身不好，也不是因为在文中起承转合的方式不对，而是因为安插得不是地方，而且跟堂吉诃德阁下您的故事没有任何关系。"

"我敢打赌，"桑丘愤愤地说，"有只恶狗在羊群里混进了沙鸡。"

"我敢说，"堂吉诃德怒道，"这个故事的作者不是什么魔法师，不过是个无知的闲谈者，写故事的时候胸无成竹、信口雌黄，自己都没把握会写成什么样。这就好比乌韦达有一个画家奥尔巴内哈，每一次有人问他在画什么，他总是回答说：画出什么是什么。有一次他画了一只难看至极的公鸡，因为实在不像，所以不得不在旁边用哥特字体标注：这是公鸡。关于我的故事应该也是如此，需要有注释才能读明白。"

"此言差矣。"参孙说，"因为显然故事里并不包含任何有难度的内容：孩子们喜闻乐见，年轻人手不释卷，男人们感同身受，老人们也乐此不彼。总之，这个故事如此通俗，令人津津乐道，几乎是家喻户晓，以至于现在不管是什么人，一看到某匹瘦马就说：罗西南多来了！最痴迷于阅读这个故事的是那些听差随从。如今没有哪个大户人家的接待室里不放一本《堂吉诃德》的，只要有人刚放下，就有人立刻拿起来，这些人刚抢过来，那些人又吵着要。总之，这部小说是迄今为止人们所知道的最有趣，也是最有益的故事，因为整个故事从头到尾都找不到任何不够正直的字眼，也没有一丝一毫对天主教不够虔诚的思想。"

"凡是写下的文字,不是事实就是谎言。"堂吉诃德说,"利用谎言抬高身价的历史学家们应该跟制造假币的人一样被烧死。既然我的事迹本身就有丰富的材料可写,我不明白这个作者为何如此重视无关的小说和情节。这不正如谚语说的:管它是稻草还是饲料,填饱肚子就好。其实只要如实记录我的思想、叹息、泪水,我正义的理想以及参加的战斗,就完全可以写出一本大部头,甚至比托斯塔多[1]的所有作品加起来都要厚。总之,学士先生,依鄙人陋见,要创作书籍,无论是什么类型的,都需要极大的理性和成熟的见识。风趣的谈吐和幽默的写作都需要极高的天赋,正如喜剧中最微妙的形象就是小丑,因为不管是谁要演好小丑,就得极力避免成为小丑。历史是一件神圣的事情,因为必须是真实的。就真实性而言,有事实存在的地方就有上帝。不过尽管如此,有些人却胡乱写作,抛出自己的作品就像扔掉一张油饼。"

"所谓开卷有益,没有哪本书会一无是处[2]。"学士说。

"这一点毫无疑问。"堂吉诃德说,"不过,有些人本以为通过写作能理所当然博得人们的好感,获得巨大名声,谁知在书籍出版之后,反而声名受损,甚至名誉扫地。"

"这是因为,"参孙说,"作品一旦被印刷出来,人们会读得很仔细,更容易看出其中的缺点。而且作者名气越大,读者的审视就越严苛。久负盛名的天才、大诗人、杰出的历史学家们,从来都遭人嫉妒。有些人自己没有什么作品问世,却以对他人的作品评头品足为乐。"

---

1 指阿隆索·德·马德里加尔,阿维拉城主教,也是一位多产作家。
2 此处引用了古罗马作家老普林尼的名言,由小普林尼记录流传。

"这一点也不奇怪。"堂吉诃德说,"有很多理论家虽然不善于登台讲道,却很擅长挑出别人宣讲中的错失或赘言。"

"堂吉诃德先生,您说得一点没错。"卡拉斯科说,"不过我希望那些审视者多些怜悯,少些质疑,对于所评论的作品不要吹毛求疵,就像在无比光辉的太阳里寻找黑子。既然连'伟大的荷马也难免有时困顿'[1],应该体谅作者为了让作品出版时尽可能少一些疏漏,可谓是时时警醒、步步小心。更何况,有些人认为的败笔很有可能像是一颗痣,反而常常增添脸庞的美丽。因此,我想说,出版一本书可是冒着极大风险的,因为绝无可能满足和取悦所有读者。"

"至于有关我的作品,"堂吉诃德说,"肯定只能满足一小部分人。"

"恰恰相反,正所谓无知者众[2],喜欢这个故事的读者不计其数。有人还批评作者记性太差,居然忘了说明是谁偷走了桑丘的毛驴。此事书中并未说明,只是从字里行间可以推断出毛驴被盗了,可是没过多久我们却看到他又骑在同一头毛驴身上,也没有提到它如何失而复得。还有人说,桑丘在黑山捡到的那个行李箱中发现了一百个金币,可是作者也忘记交代这笔钱后来怎么样了,此后再也没有提到过。很多人都想知道桑丘拿这些钱干什么了,或者说花到哪儿去了,这是作品中缺失的关键信息之一。"

桑丘回答:"我说,参孙先生,这个时候我可不想算账,也不打算讲故事。我现在要赶紧喝两口陈年老酒垫垫底,不然胃要抽风了,

---

1 "伟大的荷马也难免有时困顿",为罗马作家贺拉斯作品《诗艺》中的一句诗。
2 引自《圣经·传道书》1:15。

我已经饿得跟干巴巴的圣塔卢西亚一样了。老酒我家里有，媳妇还在等着我。吃完饭回来我再满足您和全世界的要求，回答你们想问的问题，不管是怎么丢的毛驴还是怎么花的那一百个金币。"

他没等别人回答，也没再多说一个字，便扬长回家了。

堂吉诃德恳求学士留下来一起吃顿便饭。学士接受了邀请留下用餐，于是午餐在日常饭菜之外另加了一对雏鸽。饭桌上两人谈论着骑士道，卡拉斯科一直顺着他的话头。宴席结束，两人睡了午觉，桑丘也回来了，于是之前的对话又重新开始了。

第四回
桑丘·潘萨为参孙·卡拉斯科学士释疑解惑，以及其他值得讲述的事情

桑丘回到堂吉诃德家，重新捡起刚才的话题，说：

"至于参孙先生说想要知道是谁、什么时候、如何偷走了我的毛驴，我可以告诉您，在碰到那帮倒霉的苦役犯，又遇到去塞戈维亚的尸体之后，为了躲避神圣兄弟会，当天夜里我跟主人进了黑山，钻进了一片密林。因为之前的打斗，我们早已伤痕累累、筋疲力尽，于是主人靠着他的长矛休息，我呢就骑在毛驴背上，就像躺在四床羽绒床垫上一样呼呼大睡。我当时睡得太死，不管是谁都有机会走上来用四根桩子顶住驮鞍的四角，把我架在驮鞍上。就这样，我还骑在上面呢，就有人从我身底下偷走了毛驴，我却毫无察觉。

"这件事易如反掌，也不是什么新鲜事。在萨科理潘特身上也发生过同样的事，当时他陷入了阿尔布拉卡的包围圈中，著名的小偷

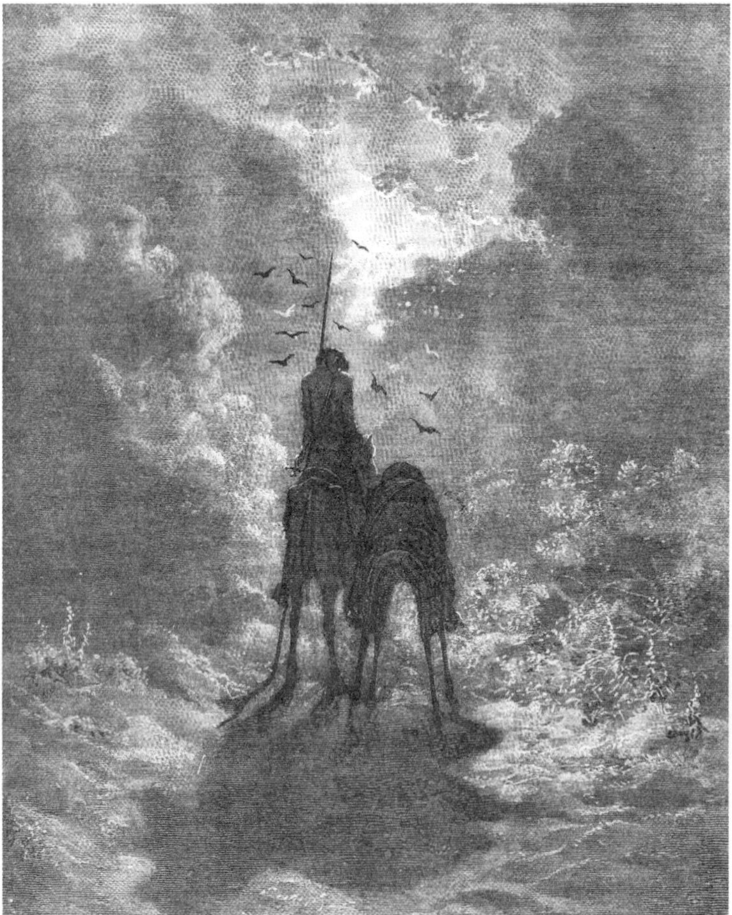

布鲁内罗就是用同样的计策从他胯下偷走了马。"

"第二天早上，"桑丘继续说，"我刚要伸个懒腰，那些桩子就倒了，一下子把我摔在地上。我四处寻找毛驴，却怎么也找不到，不由得涕泪横流、哭天抢地。如果故事的作者没有把这个写进去的话，可以肯定他没干什么好事儿。不知道过了多少天，我跟米可米可娜公主小姐走在一起的时候，路上认出了我的毛驴。那个希内斯·德·帕萨蒙特，也就是我跟我的主人释放的大骗子、大恶棍，正穿着吉卜赛人的衣服坐在毛驴背上呢！"

"问题不在这里，"参孙反驳说，"而是在于，早在毛驴再次出现之前，作者就说桑丘骑着那同一头毛驴。"

"这我就不知道了，"桑丘回答说，"一定是那个历史学家弄错了，或者是印刷者的粗心大意。"

"没错，一定是这样。"参孙说，"不过，那一百个金币后来怎么样了？花掉了吗？"

桑丘回答说："我全花掉了，都花在我自己、我老婆和孩子们身上。也多亏了这些钱，我老婆才能容忍我服侍着主人堂吉诃德走过那些穷山恶水。要是走了这么长时间最后两手空空地回来，还丢了毛驴，那我以后可没有好日子过了！关于我的事，如果还有什么其他想知道的，尽管问吧，就是国王亲自问我也照样这么回答！谁也没资格管我这些钱拿没拿、花没花！如果把我在行程中受到的棒打折算成钱来赔偿的话，哪怕打一下只算四个马拉维迪，再加一百个金币也不够补偿一半的！各人管好自己吧，不要对别人指手画脚的。每个人什么样，都是上帝说了算，就这还常常做不到哩。"

"我会记住的，"卡拉斯科说，"提醒这个故事的作者，如果再次印刷，不要忘了好桑丘说的这番话，这番话一定会为故事增添不少光彩。"

"学士先生，这个作品中还有其他需要修改的地方吗？"堂吉诃德问。

"当然有。"学士回答说，"不过就重要性而言，没有哪一处能与刚才说的那些问题相提并论。"

"顺便问一句，"堂吉诃德问，"作者有没有承诺要出第二部？"

"是的。"参孙回答说，"不过他说自己还没有找到记载，也不知道谁手头有这个故事，所以我们都怀疑第二部能不能问世。没有找到素材是一方面，另一方面也是因为有些人认为凡是续集都是狗尾续貂。甚至还有人说，关于堂吉诃德的事迹，已经写出来的那些就已经足够了。所以会不会有第二部，大家都持怀疑态度。当然，也有些人不够沉稳，爱打趣玩笑，他们说：多写点儿堂吉诃德的逸事吧！让堂吉诃德去打架，让桑丘·潘萨说两句俏皮话，不管是什么，只要有内容可读我们就满足了。"

"那作者怎么说？"

"他说，"参孙回答说，"自己一直在非常勤勉地寻找这个故事的手稿，一旦找到，就会立刻付印。他还说自己完全是出于兴趣继续发表这个故事，而不是为了得到更多的赞美。"

对此桑丘说："原来作者看中的是利息[1]？要真有这样的美事儿就好了，因为除了打人和被人打，什么都不会发生。就像复活节前夕的裁缝，匆忙赶制出来的衣裳总是马马虎虎地收尾，做完拉倒。这位摩尔先生，或者不管是什么人，可得明白自己在干吗！在冒险

---

[1] "兴趣"与"利息"在西班牙语中是同一个单词，桑丘误解了。

和各种意外事故方面，我跟我的主人可以为他提供那么多情节，别说第二部分，一百个部分都能写出来！毫无疑问，这位好心的先生一定以为我们躺在草垛子上睡大觉呢！老话讲，抬起蹄子钉马掌，谁不知哪只是瘸的？我只能说，如果主人当时听了我的话，我们早已到广阔天地中去铲恶锄奸了，这才是杰出的游侠骑士们应该做的事情。"

桑丘刚说完这番话，罗西南多就嘶叫起来。堂吉诃德听到马嘶声，认为是象征前途一帆风顺的好兆头，便决定再过三四天就重新整装出发。他把自己的意图向学士和盘托出，并征求学士的意见，应该从哪里开始这番事业。学士回答说，最好是去阿拉贡王国的萨拉戈萨城，听说为了庆祝圣乔治节[1]，不久之后那里将要举行几场非常隆重的骑士格斗。只要在这些格斗中获胜，就能赢得凌驾于所有阿拉贡骑士之上的名声，那就相当于赢得超越了全世界所有骑士的名声。他对堂吉诃德无比正直而英勇的决心大加赞扬，并提醒他在身临险境时更要谨慎小心，因为他的生命不是他一个人的，而是属于所有需要他庇护和拯救以脱离不幸的人们。

"参孙先生，这正是我所痛恨的，"桑丘插嘴说，"我的主人看到一百名武装士兵，就像馋嘴的小孩子扑向半打西瓜一样，冲上去就打。看在全世界魔鬼的分上！学士先生，有时间进攻，也得有时间撤退才行啊！您说是不是？不是所有场合都一定得喊着'圣雅各在上，保卫西班牙！'[2] 此外我还听说，如果没记错的话，好像是听我

---

[1] 阿拉贡国王堂佩德罗曾于1096年大败摩尔人，并将战功归于圣乔治的保佑，因此每年举行比武活动以示纪念。

[2] 圣雅各，西班牙的保护神，这是西班牙士兵在与摩尔人交战时常用的口号。

的主人亲口说的,所谓勇敢就是介于极端懦弱和极端冒失之间。既然如此,我虽然不希望主人毫无理由地逃跑,但也不希望他在情况不妙的时候还要贸然扑上去。不过最重要的是,我已经告诉过主人,如果他要带着我一起出征,有一个条件:所有的仗都由他去打,我只负责照看他这个人,可没有任何义务干其他事情。比如打扫卫生啊,把生活安排舒适啊,在这些方面我会处处想在他前头。可要我拔剑而出,哪怕只是对付拿着斧子、戴着风帽的坏乡巴佬,那也是痴心妄想!我,参孙先生,我可不想要什么勇敢的名声,只想当一个有史以来为游侠骑士服务过的最好、最忠诚的持盾侍从。如果我的主人堂吉诃德看在我这么多年忠心耿耿的分上,把他自信将会征服的很多岛屿中的某一个赏赐给我,我将对此感激涕零。如果他不肯赏赐,也罢,我既然生来是人,人活着除了上帝就不能指望别人。再说了,也许不当总督吃起面包来觉得更香。万一当了个官,谁知道魔鬼会给我使什么绊子,让我跌跌撞撞,连槽牙都磕掉?我生是桑丘,死也得是桑丘。既然是这样,如果运气够好,不用费什么劲,也不冒多大的风险,上天就赐给我某座岛屿或类似的东西,我可没那么蠢还往外推。老话说得好:牛犊送上门,赶紧拿麻绳。还有俗话说:好事进门,提前占坑。"

"桑丘老兄,"卡拉斯科说,"你说话简直像个大学教授!不过,无论如何,相信上帝,相信堂吉诃德先生吧!别说是一座小岛了,他能给你一个王国!"

"甭管是多是少,给就行了。"桑丘回答,"不过卡拉斯科先生,我可以告诉您,主人给我这个王国不会白费心意,因为细想想,我有足够的健康去统治王国、管理岛屿,这一点我已经跟主人说过好几次了。"

"桑丘,你要知道,"参孙说,"职业会改变习惯的,有可能等你当上了总督,连亲娘都不认识你了。"

"这种事只会发生在出身不正派的人身上,"桑丘回答说,"但是像我这样的老基督徒,灵魂的深度超过四个手指头,绝不会发生这样的事!如果你了解我,就知道我不会对任何人忘恩负义!"

"上帝会知道的!"堂吉诃德说,"等你当上总督的时候一切就见分晓了,我感觉这件事已经近在咫尺了。"

说完这句话,堂吉诃德恳求学士,如果他会作诗,请他帮忙代作一首倾诉相思的诗,用来献给心上人杜尔西内亚·德尔·托博索,而且得是藏头诗,把她名字的每个字母放在每句诗的开头。也就是说,最后把每句诗的首字母连起来读就是:杜尔西内亚·德尔·托博索。

学士回答说,自己虽然不是西班牙的著名诗人之一(据说所谓"著名诗人",整个西班牙也就三个半),但很乐意从命,不过这首诗的创作有个很大的难处:杜尔西内亚的姓名一共有十七个字母,如果作四节四行诗,就多了一个字母,如果作五行诗,就又少了三个字母。不过尽管如此,他会努力将字母尽可能天衣无缝地嵌进去,使杜尔西内亚·德尔·托博索这个名字被完整包含在一首四行诗里面。

"无论如何请务必做到。"堂吉诃德说,"因为如果不把名字写得清清楚楚、明明白白,没有哪个女人会相信这首诗是写给她的。"

两人约定了这件事,也约定了出发日期在八天之后。堂吉诃德要求学士对此事保密,尤其是对神父和尼古拉斯师傅,以及他的外甥女和管家婆都要守口如瓶,免得他们阻碍自己正直而英勇的决心。卡拉斯科慨然允诺。就这样,学士离开前嘱咐堂吉诃德无论境遇好坏,一定在方便的时候详尽告知于他,接着便跟桑丘一起告辞而去,桑丘自去打点出发时所需要的东西。

第五回
桑丘·潘萨跟老婆特蕾莎·潘萨之间机智风趣的对话，以及其他美好回忆

本书的译者在开始动手翻译这第五回的时候说，他认为这一回是杜撰的。因为在这一回里，桑丘·潘萨的谈吐风格与之前迥异，而且以他浅薄的才能似乎不可能说出这样的话。有一些谈话内容如此精妙，译者不相信桑丘有这个能力。不过无论如何，出于职业素养，他并不愿意因此而放弃翻译这一回，于是继续写道：

桑丘欢天喜地回到家，他老婆隔好几里格远就看出他的兴高采烈，便忍不住问他：

"桑丘老兄，你带什么回来了？怎么这么高兴？"

桑丘回答说：

"媳妇儿啊，如果上帝愿意的话，我也希望自己不要表现得那么高兴。"

"老公，这话我可听不懂了，"她回答，"你说希望上天保佑你不要那么高兴，我不明白这是什么意思。我虽然是个傻婆娘，却也知道，明明有高兴的事，谁会不高兴呢？"

"特蕾莎，你看，"桑丘说，"我高兴是因为我的主人堂吉诃德已经决定第三次离家出走去寻找冒险，我也已经决定继续服侍他。之所以还要跟他一起去，不仅是因为家里穷，而且还盼着再捡到一百个金币呢！咱们不是刚花掉那些吗？一想到这个我就高兴；可是一

想到又要离开你，离开孩子们，我又很伤心。如果上帝保佑我不必东奔西跑就有吃有喝，不用走遍陡峭崎岖的地方、经历各种困境，坐在家里就有钱花，那我就能踏踏实实地高兴一把了。何况对上帝来说根本不需要费什么劲，只要他愿意就能做到这一点。可是我此刻心里的快乐跟将要离开你的悲伤混杂在一起，所以我这话没毛病，如果上帝愿意的话，我更情愿不高兴。"

"桑丘，你看你，"特蕾莎嗔怪说，"自从跟游侠骑士沾上边儿，说话弯弯绕绕，谁也听不懂！"

"老婆，上帝明白我的意思就够了，"桑丘回答，"上帝无所不知，这话就此打住吧。媳妇儿，你听着，这三天你可得好好照顾毛驴，它得准备好驮运武器，记住给它双份饲料，再仔细检查它的驮鞍和其他骑具，要知道我们可不是去参加婚礼，而是要去闯荡世界的！跟巨人、怪物和妖魔鬼怪过招，周围全是呼啸、嘶叫、怒吼、哀号，不过只要不遇到扬瓜斯人和被施了魔法的摩尔人，这些都不过是小菜一碟。"

"老公，我可算知道了，"特蕾莎说，"游侠骑士们的持盾侍从可不是吃白饭的。我会不停地向天主祷告，让你快点脱离这没完没了的坏运气。"

"老婆，告诉你吧，"桑丘回答说，"我很快就要当上一个岛屿的总督了，你要是耽误了这事，我现在就死给你看！"

"不是这样的，我的丈夫，"特蕾莎劝他，"俗话说，母鸡生口疮，不嫌活命长。愿你也长命百岁！让全世界的总督通通见鬼去吧！没当官你不也从娘胎里出来了吗？没当官你不也活到现在？没当官你也一样会走进坟墓，或者更确切地说，在上帝认为合适的时候被带进坟墓里去。世界上无数的人都不当官，不也活得好好的？谁也不会因为不当官就不活了，也不会因为不当官就不被算到人里头去。世界上最好的开胃菜就是饥饿，穷人一天到晚饿肚子，所以胃口总是很好。不过桑丘，万一你侥幸当了个总督，可别忘了我和你的孩子们。你记住，小桑丘已经整整十五岁了，早该上学了！如果在修道院当院长的叔叔能给他在教堂找个差事就好了！还有啊，你看看你闺女玛丽亚·桑恰，我们就是现在把她嫁出去她也不会死的。我可是发现苗头不对，她着急想嫁人就跟你想当总督差不多。不过话说回来，女儿嫁得再不好，也比姘得强。"

"老婆，我保证，"桑丘回答说，"只要上帝赐给我一块领地，我就把玛丽亚·桑恰嫁给最高贵的家族，到时候谁简单称她一声太太都算是辱没了她。"

"这可不行，桑丘！"特蕾莎回答说，"嫁人得门当户对才行！天天踩着硬底板儿鞋，非要让她穿上软木厚底鞋；穿惯了棕褐色粗布裙子，非要给她换上华丽的丝绸裙子；本就是个张三李四的普通人，你非让她装成贵妇名媛。你以为姑娘会称心如意？她每走一步都会漏洞百出，连粗布上寒碜的线头都会露出来。"

"闭嘴！笨蛋！"桑丘说，"习惯两三年不就好了？此后她就跟天生贵妇没什么两样了。就算做不到，那又有什么要紧的？既然都是贵妇了，该来的就都会来的。"

"桑丘，你好好掂量掂量自己吧！"特蕾莎回答说，"想想你的身份和处境，别尽想不着边的事儿。要记着老话说：是邻居的儿子才擦干鼻涕领回家里。你想得倒美！不用问，要是把我们的玛丽亚嫁给什么伯爵大人，什么骑士大人，这些人脾气一上来，就会埋汰她，管她叫贱民、笨蛋的女儿、贫妇家的丫头！老公啊，只要我还有一口气，这事儿就不成！这还用说吗？我养女儿可不是为了这个！桑丘,你只管把钱带回来,给她找婆家的事儿就交给我吧!胡安·托乔的儿子罗贝·托乔那不是现成的么,那可是个健康壮实的小伙子,咱们都认识。我知道他喜欢咱家姑娘,不正合适吗?他跟咱们地位相当,嫁给他,女儿不但能过上好日子,而且永远不会离开我们身边。我们所有人,父母儿女,孙子女婿,永远在一起。所有人都相安无事,并得到上帝的赐福。别把她嫁到那些宫廷和高大的宫殿里去,在那些地方谁也不理解她,她自己也啥都搞不懂!"

"过来,畜生!你这坏蛋女人!"桑丘骂道,"你怎么这么不识抬举?把女儿嫁过去,她就能给我生一个被人称为少爷的外孙子!你为啥死活拦着?你看,特蕾莎,老人常言,好事抓不住,莫怨己无福。现在好运正在敲咱们家门,我们可不能把门关起来!既然顺风顺水的,跟着走就是了!"

(因为以上的言谈,以及桑丘下面要说的话,故事的译者认为这一回是杜撰的。)

"蠢婆娘,难道你还不明白?"桑丘接着说,"总督这个位置大有油水可捞,只有我把屁股坐上去,咱们才能发财!把玛丽亚·桑恰嫁给我相中的人,到时你会看到人们是如何管你叫'特蕾莎·潘萨贵族太太'的!在教堂里,你就可以坐在地毯上,倚着刺绣靠垫,对村里的那些太太小姐正眼都不瞧一下。你也太不争气了,这可不行!一成不变,像毯子上画的小人儿一样一点长进都没有!没什么可说的!小桑恰必须得成为伯爵夫人,不管你有多少道理可讲。"

"老公,你知道自己在说什么吗?"特蕾莎坚持说,"无论如何,我很担心女儿当上伯爵夫人反倒是个悲剧!你可以爱干吗干吗,把她弄成女公爵或者公主,都一样。不过我告诉你,我不愿意也不会同意的!永远不会!老兄,我做人一向实实在在,可受不了这种硬撑门面、空摆架子的事。我受洗的时候被取了'特蕾莎'的名字：这名字干净利索，没有累赘也没有什么条条框框，用不着什么少爷、小姐的头衔装饰。我爸姓卡斯卡赫，我呢，因为当了你老婆，所以叫作特蕾莎·潘萨，虽然人们理应管我叫特蕾莎·卡斯卡赫。不过国王是啥就说啥吧[1]，用这个名字我也心满意足，没必要给我在前面加个沉甸甸的'堂娜'头衔，我可担当不起。再说，我也不想让人说闲话！我要是打扮成伯爵或总督太太的样子，他们会说：看那邋遢女人捯饬的样儿！昨天还在日夜纺粗线织麻布，连披风都没有一件，做弥撒还用裙摆包着头，今天却又是裙撑，又是别针，还化着妆，还以为我们不知道她是什么人！要是上帝能让我眼观六路、耳听八方，或者管他多少路呢，我可不想让人看笑话！你，老兄，你去当你的什么总督什么岛主吧，爱怎么捯饬都行！但以我亲娘的名誉发誓，不管是我闺女还是我都不会离开村子半步！俗话说，女人要清白，好腿也当断腿迈；姑娘要贞洁，勤劳度日当过节。你去跟你的堂吉诃德冒险去吧，把我们留下接着倒霉就好了！只要我们表现好，上帝会让我们转运的。对了，顺便说一句，既然他的老爹们、爷爷们都没有这个头衔，真不知道是谁给他加了个'堂'字。"

"我不得不说，"桑丘说，"你身体里一定住着个魔鬼！我的上帝啊！老婆，你这都是什么跟什么啊？没头没脑的！什么卡斯卡赫、别针、谚语、捯饬，跟我说的都有什么关系啊？你过来，没头脑的蠢婆娘！别怪我这么叫你，你根本不懂我说的道理，把话扯到哪儿

---

[1] 特蕾莎想说"国王说啥就是啥"。

去了！如果我说我家姑娘要从高塔上跳下去，或者要像乌拉卡公主[1]那样到外面卖皮肉，那你完全有理由不同意。可现如今只要使个猛劲儿，用不了一眨眼的工夫我就能给她戴上夫人和小姐的头衔，把她从粗使唤丫头里面择出来，让她坐在遮阳篷底下、贵宾席的坐墩上，上面的天鹅绒靠垫比摩洛哥阿尔莫阿达[2]王朝的摩尔人还要多！你干吗不同意？干吗拒绝我的安排？"

"老公，你知道为什么吗？"特蕾莎回答说，"老话说：白芝麻掉进黑芝麻堆，藏都藏不住。对于穷人，大家扫一眼就完了，但是对于富人，却人人紧盯不放。尤其如果这个富人以前是个穷光蛋，那些爱嚼舌头的人们可就有得说啦！流言蜚语就不用说了，还得背地里诅咒你，这种事还越描越黑。在咱们街坊邻里，这样的人可是数都数不清，跟一群蜜蜂似的。"

"你看，特蕾莎，"桑丘回答说，"你给我听好了！有句话也许你这辈子都没听说过，而且这话不是我说的，是上次四旬斋[3]期间咱们村里那位布道神父的宣讲。如果我没记错的话，他说：眼前所见比记忆更真实，人都会相信看到的事而不是记得的事。"

（译者认为此番道理超出了桑丘的见识，这正是他怀疑本回纯属杜撰的第二点理由。）

桑丘继续说：

"也就是说，当我们看到某个人精心修饰、衣着光鲜、奴仆成

---

1 乌拉卡公主，西班牙民谣中的人物，因不满父亲没有把土地分给自己，威胁说要去出卖肉体。
2 "阿尔莫阿达"在西班牙语中是靠垫的意思。
3 四旬斋，即复活节前的四十天。

群，就不得不心悦诚服地尊敬他，哪怕对此人低贱时的往事还记忆犹新。所谓事过境迁，不管是贫穷还是姓氏卑微，既然已经过去了，当然也就不存在了，只有人们眼前所见的才是真实存在的。何况，如果财富将此人从低微的身世中拯救出来——这是布道者的原话——并让他兴旺发达，再加上此人很有教养、慷慨大方、对所有人都彬彬有礼，也不跟出身高贵的人们谈论起自己的过去，那么，特蕾莎，你要相信：没有人会记得他曾经是什么样，重要的是此人现在是什么样，除非有人心怀嫉妒，而善妒的人别指望有什么好运气。"

"老公，我不明白你在说什么。"特蕾莎说，"你爱咋咋地吧，又是装腔作势，又是咬文嚼字，讲得我头都大了。如果你已经下定确心要做你说的这件事……"

"是下定决心，婆娘，"桑丘说，"不是确心。"

"老公啊，别跟我嚷嚷！"特蕾莎回嘴说，"上帝让我怎么说话我就怎么说话，别的大道理我可讲不起！不过我说，你要真的想当总督，就带上你儿子小桑丘，好从现在开始就教他怎么当官。儿子们就应该继承并学习老子们的行当。"

"我一当上总督，"桑丘说，"就会立刻派人来接他，也会给你寄钱回来。钱是不会缺的，因为总督们即使没钱，也总有人愿意借给他。你就负责把儿子好好收拾打扮，既然他注定要成为贵族，就得体体面面的，把寒酸劲儿藏起来。"

"只要你寄钱回来，"特蕾莎说，"我一定会把他打扮得风度翩翩。"

"那么，咱们就说好了，"桑丘说，"咱们的女儿必须要成为伯爵夫人。"

"我等着看她成为伯爵夫人的那一天，"特蕾莎回答说，"我就当是把她给埋了。不过我再说一遍,你想怎么样就怎么样吧!谁让我们女人生来就有义务顺从自己的丈夫,哪怕他们是一群笨蛋!"

说着她就悲悲切切地哭起来,好像已经眼看着小桑恰死了、落葬了一样。桑丘只好安慰她:就算一定要让女儿成为伯爵夫人,也会尽量推迟。就这样,两口子结束了对话,桑丘又去找堂吉诃德,为出发做准备。

第六回
发生在堂吉诃德跟他的外甥女和女管家之间的事,这是整个故事中最重要的章节之一

正当桑丘·潘萨和他老婆特蕾莎·卡斯卡赫进行这场生动的对话时,堂吉诃德的外甥女和女管家也没闲着。各种迹象都表明她们的舅舅和主人正打算第三次离家出走,再次回归在她们看来是倒霉透顶的骑士事业。两个女人千方百计想让他放弃这糟糕的想法,然而一切努力都是徒劳,好比在荒漠里布道、用冰冷的铁打铁。无论如何,在她们跟堂吉诃德进行的多次对话中,有一次女管家对他说:

"说真的,我的主人啊,如果各下[1]您不好好管住您的脚,安生在家待着,非得跟孤魂野鬼似的在山上山下游荡,寻找人们说是奇遇,要我说是倒霉的那些事情,我就不得不大声向上帝和国王告状了,好让他们想想法子!"

---

1 管家婆模仿骑士的口吻,将"阁下"误作"各下"。

对此，堂吉诃德回答说：

"管家，我不知道上帝会怎么回应你的抱怨，也不知道国王陛下会怎么答复。我只知道，假如我是国王，就不会回复每天各地送来的无穷无尽又不合时宜的请愿书。国王们日理万机，其中最头疼的工作之一就是不得不倾听并回答所有人的问题。所以，我不希望陛下再为我的事情徒增烦忧。"

女管家听了问：

"先生，请您告诉我们，在陛下的宫廷中难道没有骑士吗？"

"有。"堂吉诃德回答说，"而且为数众多。骑士的存在是理所当然的，一方面衬托亲王们的威严，另一方面也满足陛下本人的排场。"

"那么，"她问道，"阁下您难道不能当一个安安稳稳待在宫廷里服侍国王和贵族们的骑士吗？"

"你看，朋友，"堂吉诃德回答说，"不是所有的骑士都能成为朝臣，也不是所有的朝臣都能够成为或者应该成为游侠骑士。在这世界上，每一种人都有存在的必要，而且虽然同是骑士，两者之间有着天壤之别。朝臣们不必离开自己的房间，连宫廷的门槛都没出过，看着一张地图就权当周游世界，不费一文，无须冒酷暑严寒之苦、不必受忍饥挨饿之难。但是我们——真正的游侠骑士，顶着烈日，冒着严寒，迎着大风，忍受着严酷的天气，夜以继日，或步行或骑马，用自己的脚步丈量世界。我们可不是纸上谈兵，我们面对的是活生生的敌人，无论是处于危急关头，还是陷入不利情景，都毫不犹疑地向敌人发起进攻，不但不考虑鸡毛蒜皮的琐事，甚至不在乎挑战的规则：不管双方的武器长短是否一致，不管对方是否随身带着符咒或其他掩人耳目的暗器，是否出于礼节要把不受阳光炫目的位置礼让给对方，还有其他诸如此类的仪式，在每一次挑战中都因人而异……这些你都一无所知,而我了如指掌。你应该知道的还不止这些:一个优秀的游侠骑士,哪怕是看到十个巨人,每个巨人的脑袋都顶到甚至穿过云层,双腿如同两座巨塔,双臂好似粗大有力的船舰桅杆,每一只眼睛都堪比巨大的磨盘,发出比玻璃熔炉更炙热的光,也无论如何不能受到惊吓,相反应该保持潇洒的仪态和无所畏惧的心,并向巨人们发起进攻。如果可能的话,最好在很短的时间内将他们一击而溃,哪怕巨人的盔甲是某种据说比钻石还要坚硬的鱼鳞。而且他们携带的往往不是剑,而是削铁如泥的大马士革钢刀,或是布满钢刺的狼牙棒,这种武器我见过不止两次。我的管家太太啊,我说的这一切是为了让你明白这两种骑士之间的区别。亲王们都更看重第二种骑士,或者更准确地说,看重一流的游侠骑士,这是毫无例外,也是理所当然的。游侠骑士的故事中说过,曾有人拯救了不是一个王国,而是许多王国。"

"啊!我的主人!"外甥女插嘴说,"要知道,您说的所有这些关于游侠骑士的事情都是传说,是骗人的!这些故事就算不受火刑,也个个都该穿上宗教裁判所的悔罪服,或者做上什么标记,好让人知道它们全都恶贯满盈,败坏了良好风俗。"

"看在我的精神支柱上帝的分上!"堂吉诃德说,"你这番话真是亵渎神明!你要不是我的亲外甥女,我亲姐妹的女儿,我一定会狠狠地惩罚你,让全世界都知道你的罪孽。一个连织花边的十二根编织棒都用不好的黄毛丫头,竟敢批评质疑游侠骑士们的故事?太不像话了!要是阿马蒂斯先生听到了会怎么说?不过几乎可以确信,他会原谅你的,因为他是那个时代最谦卑有礼的骑士,何况对小姐们更是殷勤庇护。不过如果别的什么人听到这番话,你就没这么走运了,因为不是所有人都那么彬彬有礼,谨言慎行的,其中也不乏行为卑劣、厚颜无耻的人。不是所有被称为骑士的人都是货真价实的,有些是真金白银,另一些却是炼金术炼出来的冒牌货。所有人看上去都是骑士,但并非所有人都能经受住试金石的检验。有卑贱的平民伪装成骑士却原形毕露,有高贵的骑士刻意如平民般悄无声息地离世;有的人或出于野心、或因为美德而崛起,有的人或出于懒散、或因为恶习而堕落;所以有必要运用自己的分辨能力区分这两类骑士,他们在名义上并无二致,在事迹上却迥然不同。"

"我的上帝啊!"外甥女说,"舅父先生,您的学识如此渊博,如果有必要的话,完全可以在某些场合登上讲坛,到大街上布道去!不过即便如此,您这番话也太盲目了,显而易见愚蠢至极:明明年事已高,却还自以为勇敢无畏;明明体弱多病,还自以为充满力量;明知岁月不饶人,却整天想着铲奸除恶;尤其是,明明不是骑士,却非得自封为骑士。要知道,就算贵族能成为骑士,贫穷的贵族却不在此列……"

"外甥女儿,你说得很有道理,"堂吉诃德回答说,"关于门第和血统,我可以举出很多让你大吃一惊的事实,不过为了避免把神圣跟凡俗混为一谈,我就不说了。你们俩好好听着,全世界的人都可以归为四类门第,那就是:有些人出身卑微,却蒸蒸日上、兴旺发达,直至到达崇高的顶峰;有些人出身高贵,并得以终其一生保持世系;有些人虽然出生于高贵门第,最终却归于式微,声名日减,光芒渐失,直至灰飞烟灭,如同金字塔的塔尖,与其基础或底座相比已所剩无几;还有一些人——这些人是绝大多数——既没有高贵的出身,也没有相当的财富,就这样默默无闻地到达人生的终点,这正是平民大众的家世。

"在第一类人中间,也就是出身卑微而上升到如今所保持的高贵程度，奥斯曼家族是最好的例子：他们从低微卑贱的牧人起家，到达了我们亲眼见证的顶峰；第二种家世，也就是出身高贵而一直保持下来，没有进一步光耀门楣的，很多皇亲贵胄都是例子，他们继承了贵族身份并保持下来，无增无减，安安分分地守住了自己的地位；至于那些出身高贵却最终湮灭的家族，也屡见不鲜，比如埃及所有的法老和托勒密家族，罗马的恺撒家族，还有所有那帮（如果可以用这个量词的话）米提亚人、亚述人、波斯人、希腊人和野蛮人中不计其数的王子、亲王、王室和上层人士，所有那些族系和尊贵身份最终都归于沉寂，不管是他们，还是他们白手起家的祖先，最终都灰飞烟灭，如今已经不可能找到那些家族的任何一个后人，即使还在，也都处于低微卑贱的地位；至于平民的世系，没什么可说的，这种世系的唯一作用就是增加在世之人的数量，他们的伟大程度不值得被赋予其他名声或加以赞美。

"我说这么多是为了让你们明白，我的两个傻瓜！在门第之间存在着巨大的混淆，而只有能够展现出主人美德、财富和慷慨的家族才能最终变得尊荣而显赫。我强调美德、财富和慷慨，因为缺乏美德的尊荣只能造就大的恶行，而不慷慨的富有不过是贪婪的乞丐——对于财富的拥有者来说，让他们感到幸福的不是拥有财富，而是消耗财富，而且不是随心所欲、胡乱挥霍，而是懂得精明地使用。对于贫穷的骑士来说，他别无选择，只能通过美德来证明自己的骑士地位：和蔼亲切、有教养、彬彬有礼、谦恭、殷勤热心，不咄咄逼人，不盛气凌人，不传闲言碎语，最重要的是要有一颗仁善的心——他以快乐的情绪分给穷人两个马拉维迪所表现出来的慷慨，跟那些一边施舍一边大肆宣扬的人是一样的。而且即便他寂寂无名，人们只要在他身上看到上述美德，都会深信他具有良好的血统，否则反而是咄咄怪事。赞美永远是美德的奖励,品德高尚的人不可能不受到赞美。

"姑娘们,有两条路可以获得财富和尊重:一是文字,二是武学。我在武学方面的天赋多于文字,而且从更偏爱武器这一点来看,我的出生是受到了代表战神的火星的影响。所以我选择这条路可以说是顺应天意,哪怕全世界都反对,也必须继续走下去。你们任何劝说都是徒费口舌,无法阻止我去做这件事情。此事听从上天的意愿、顺从命运的安排、符合理性的准则,最重要的是能实现我毕生的夙愿。只须懂得一个道理:骑士事业任重而道远,而且能够创造无尽美好的未来,对此我深信不疑。我明白,美德的小径极其狭窄,恶行的大道却无限宽广,然而它们的结局和目的地是不一样的:恶行的大道虽然平坦宽阔,却终于死亡;美德的小径虽然狭窄艰难,却终于生命——不是终将结束的物质生命,而是没有尽头的永生。我确知,正如伟大的卡斯蒂利亚诗人[1]所说:

沿着崎岖小路
从不朽走向 至高无上的巅峰
在此陨落之人 永远无望攀登

"啊!我真是太不幸了!"外甥女说,"我的舅父先生还是一位诗人呢!他真是无所不知,无所不能!我敢打赌,他要想当个泥瓦匠,盖栋房子就像编个笼子一样手到擒来。"

---

1 指西班牙诗人加尔西拉索·德·拉·维加(1503—1536)。

"外甥女儿，我向你保证，"堂吉诃德回答说，"如果不是因为我全部的身心和感情都投入到骑士事业上，那么没有什么手艺是我学不会的，从我手中流出的作品没有哪一件不是精品，尤其是笼子和牙棍。"

就在这时有人敲门，一问原来是桑丘。女管家对他深恶痛绝，为了不跟他照面，立刻跑开躲了起来。外甥女给桑丘开了门，他的主人堂吉诃德张开双臂迎接他。两人关在房间里，在那里进行了一场精彩程度毫不逊于前一场的对话。

第七回
堂吉诃德与持盾侍从之间的对话，以及其他非常著名的事情

女管家见桑丘·潘萨跟主人关起门来，明白他们必定有所密谋。她猜这次讨论后会形成关于主人第三次出走的决议，便拿起披风，忧心忡忡地去找参孙·卡拉斯科学士。她认为这位先生很有口才，又是主人新交的朋友，也许能够劝说主人放弃如此荒唐的想法。

她找到他家时，学士正在院子里散步。一见面，管家太太便扑倒在他脚下，大汗淋漓、愁容满面。卡拉斯科见她悲悲切切、惊惶不安，便问道：

"这是怎么了，管家太太？出什么事了，你看上去好像魂飞魄散了似的？"

"我的参孙先生！我什么事儿都没有！是我的主人魂飞魄散了，没错儿，他的魂儿一定是飞走了！"

"从哪儿飞出去的,太太?"参孙问道,"他身体哪里受伤破洞了吗?"

"没有,"她回答说,"他的疯病就像一扇门,魂儿就是从那里飞出去的!我的意思是,学士先生啊!我的心肝儿唉!他又在打算离家出走呢,算上这次可是第三次了!他说要去外面碰碰运气,我可闹不明白那么能叫作运气!第一次他被打得浑身没一块好皮肉,横躺在毛驴上回来的;第二次又是被关在笼子里、坐着牛车回来的,还告诉我们说他被施了魔法。这个可怜人回来时的样子一塌糊涂,连亲妈都认不出来:又瘦又黄,两只眼睛深陷下去,简直要掉到后脑勺去了。为了能让他缓过来,我费了六百多个鸡蛋,上帝知道,全世界都知道,我的那些母鸡也知道,在这一点上我可半点没有扯谎!"

"这一点我完全相信,"学士回答说,"你的母鸡养得那么好,又胖又有教养,哪怕肥得撑破了,也不会信口雌黄反驳你的。总之,我的管家太太,没有别的事了吧?您除了担心堂吉诃德先生打算做的事情,没有发生任何其他不幸吧?"

"没有,先生。"她回答说。

"那么不要难过。"学士回答说,"赶紧回家吧,给我准备一顿热乎的午餐。如果可以的话,你就一路念着圣塔·阿波罗尼亚祷词。我一会儿就来,你会看到奇迹发生的。"

"我的天哪!"女管家说道,"您是让我念圣塔·阿波罗尼亚的祷词?要是主人牙疼,倒是可以念,可他现在哪儿都不疼啊,就是脑壳有点毛病。"

"管家太太,我知道自己在说什么。你走吧,不用跟我争论。你知道,我可是萨拉曼卡大学的学士,我说的话能没有道理吗?"

于是女管家走了,学士便去找神父商量,看看到时该跟堂吉诃德怎么说。

至于堂吉诃德跟桑丘关起门来谈论的事情，故事中记录得也相当准确翔实。

桑丘对主人说：

"主人，我已经讲服了我老婆，她同意我跟您去任何地方。"

"桑丘，是说服，或者劝服。"堂吉诃德说，"不是讲服。"

"如果我没记错的话，"桑丘回答说，"有那么一两次，我曾经恳求阁下，如果您明白我的意思，就不要纠正我的词汇；如果您不明白这些词的意思，您可以告诉我：桑丘，你这个魔鬼，我听不懂；要是我实在说不清楚，那您可以教我，我可是非常温服的……"

"桑丘，我听不懂。"这时堂吉诃德说，"不知道你说'我很温服'是什么意思。"

"很温服，"桑丘说，"意思就是我很……那个。"

"这下我更不懂了。"堂吉诃德说。

"如果您还不明白的话，我就不知道该怎么说了。"桑丘回答说，"我不懂怎么表达了，上帝会与我同在！"

"好啦，我知道啦！"堂吉诃德回答说，"你是想说你非常顺服、温和、恭顺，也就是说，你会服从我说的话，按照我教你的去做。"

"我敢打赌！"桑丘说，"您打一开始就识破我，明白我的意思了！您就是故意想把我搞晕，好从我嘴里再听到两百句蠢话。"

"也许是吧。"堂吉诃德说，"言归正传，特蕾莎怎么说？"

"特蕾莎说，"桑丘说道，"让我把事情跟阁下您理清楚，而且最好是书面的而不只是口头的，俗话说：先小人，后君子，丑话得说在前头；得不到的西瓜不如到手的芝麻。要我说，女人一向见识短浅，但要是哪天她们难得有点见识，谁要不听那一定是疯了。"

69

"我很赞同你的观点。"堂吉诃德回答说,"你说吧,桑丘老兄,继续说,你今天简直是妙语连珠。"

"事情是这样的,"桑丘说,"阁下您也清楚,我们所有人都是注定要死的,今天我们还是我们,明天就不是了。上帝决定给每个人多长时间的生命,不管是羔羊还是老羊,时光溜得一样快,谁也无法保证自己在这个世界上停留多久。死神是个聋子,当它到达并叩响我们的生命之门时,总是悄无声息。人人都知道,按照布道坛上的说法,不管是哀求还是蛮力,不管是国王的权杖还是主教的法冠,都无法让它止步。"

"所有这些道理都是对的,"堂吉诃德说,"但我不明白你到底想说什么。"

"我想说的是,"桑丘说,"请阁下您给我指定一个固定的薪水,让我在服侍您的这段时间内按月领取。这份薪水得从您的财产中支付,因为我不愿意光指望您的赏赐,这些赏赐不是姗姗来迟,就是来得不是时候或永远不来。我有自己的一份薪水就够了,上帝自会保佑。总之,我想知道自己能挣多少,不论是多是少,哪怕是一个鸡蛋呢?也得放个母鸡上去孵呀!总得有点什么垫垫底,很多个一点点也能积少成多,能挣上仨瓜俩枣总归不是损失。实际上,阁下您承诺赏赐给我岛屿,我可是既不相信也不抱希望。不过要是有一天真的实现了,我也不是不懂得知恩图报的人:事情不能做绝,我很乐意估算一下这座岛屿的年金,并把我的薪水从里面如鼠退还。"

"桑丘老兄,"堂吉诃德回答说,"很多时候猫和老鼠往往一样好。"

"我明白了,打赌时应该说老鼠,不该说猫。不过这一点都不重要,因为阁下您明白我的意思了。"

"我完全明白。"堂吉诃德说,"我连你内心深处的想法都看透了,也明白你这连篇累牍的谚语意欲何为。你看,桑丘,如果能在游侠骑士们的故事中找到一个例子,哪怕只是隐晦地透露一些信息,能够证明持盾侍从们每月或者每年挣多少钱,我当然可以给你定一个月薪。可我读过所有那些故事,或者说其中的绝大部分,却不记得曾经读到过哪一位游侠骑士给持盾侍从规定过固定的薪水。我只知道,所有的持盾侍从都是为了恩赏而服侍骑士的,或者通俗地说,是心甘情愿的。往往在最意想不到的时候,一旦他们的主人交了好运,就会奖励他们一座小岛,或者其他等值的东西,再不济也会授予一个封号和高贵的身份。

"桑丘,如果你怀着这样的希望和对未来价值的期许,愿意再次服侍我,那么可称得上适逢其时,欢迎之至。但如果你想让我违背游侠骑士的古老传统和常规做法,那就是异想天开。所以,我的桑丘啊,你回家去吧,向你的特蕾莎转告我的意见:如果你们俩都愿意寄望于我的恩赐,那皆大欢喜;否则的话,我们就还像以前一样客客气气地做回朋友。要知道,孩子,只要鸽舍里有饲料,鸽子少不了;长远的希望比眼前的拥有更值得期待,真诚的许诺比不情不愿的酬劳更值得珍惜。桑丘,我这样说是为了让你明白,在连珠炮似的往外蹦谚语这件事情上,我跟你一样擅长。最后我还想告诉你,如果你不愿意接受我的赏赐,跟我同甘共苦,那么愿上帝与你同在,把你变成一个圣人!对我来说,更顺从、更殷勤的持盾侍从人选多的是,而且不会像你那么讨厌、那么喋喋不休。"

桑丘听到主人这番话说得斩钉截铁,一下感觉天空阴云密布,心也沉了下去。因为他一直认为,离开了自己,哪怕得到全世界所有的金子,主人也不会出走。正当他忐忑不安,陷入沉思的时候,参孙·卡拉斯科跟着女管家和外甥女进来了。两个女人很想听听他用什么理由来劝说她们的先生,好让他不再去寻找冒险。著名的无赖参孙上前来,跟第一次见面一样拥抱堂吉诃德,并高声对他说:

"哦!游侠骑士的典范,武林中最耀眼的星辰,西班牙民族的荣耀和精英!愿无所不能的上帝保佑!在此时此刻谈论的这件事情上,不管是谁或者谁们,但凡想要阻止或妨碍您的第三次出走,就让他们迷失在欲望的迷宫里,让他们的阴谋永远无法得逞!"

接着他回头对女管家说:

"管家太太可以不用再念圣塔·阿波罗尼亚祷词了,因为我知道,堂吉诃德先生继续去实践他高尚而新奇的想法,是明确无误的天象。我必须要求并劝说这位骑士别再耽搁更多时间,别让他英勇双臂的力量以及他的崇高和善良虚掷光阴,否则我的良心将会受到强烈的谴责。因为越拖延,就越辜负铲奸除恶、庇佑孤弱、保护少女、帮扶孤寡、携助妇孺,以及诸如此类的义务,而这一切都与骑士道相关,是骑士精神的本质。啊!我英俊而勇敢的堂吉诃德先生!把阁下您和您的伟大精神都打发启程吧,如果今天能走就不要等到明天。如果将此事业付诸实践还缺少什么东西,我本人以及我的财产都愿为您竭诚效力;如果有必要作为持盾侍从服侍伟大的阁下,将是我无上的荣幸。"

这时堂吉诃德回头对桑丘说:

"桑丘,我不是告诉你了吗?我绝不乏持盾侍从的人选。你看看此刻是谁自告奋勇要领这个差事?这位可是货真价实、出类拔萃的参孙·卡拉斯科学士!他在萨拉曼卡学院中也是风趣幽默、受人欢迎的人物。他身体健康、四肢灵活、沉默稳重;他不惧酷暑、不畏严寒、忍饥耐渴。他拥有如此优秀的品质,居然主动要求成为一位游侠骑士的持盾侍从！不过上天不会允许我为了一己私利，就折断文字的支柱，损毁科学的动脉，断送美好而自由的艺术那显赫的未来。就让已学有所成的参孙留在他擅长的领域，为它增光添彩，同时也为他白发苍苍的父母光耀门楣。至于我嘛，既然桑丘不愿屈尊跟我同行，随便另找一个持盾侍从就是了。"

"我愿意！"桑丘眼中充满了泪水，十分动情地说，"我的主人！俗话说面包吃完，一拍两散，这句话可不适用于我。没错，我不是来自什么没落的高贵世家，全世界、尤其是咱们村的人都知道潘萨家是什么样的人，我就是从这个家族传承下来的。不止如此，通过您的所作所为和不计其数的慷慨言辞，我完全了解阁下您想要恩赏我的好意。之所以在薪水上跟您讨价还价，那完全是为了满足我老婆，只要她插手一件事情，那催逼的劲头比榔头砸桶箍还要狠。不过无论如何，男人就是男人，女人就是女人，我走到哪儿都是大老爷们儿，这一点谁也不能否认！所以这回在家里我也想当个男人，管她是谁呢！所以，无须再顾虑其他，阁下您只需要整理好您不容撤离的遗嘱和附录，咱们就上路吧！好让参孙先生的灵魂不再受到折磨，他不是说受良心所迫，必须劝说阁下您第三次离家去闯荡世界吗？而我也愿再次自告奋勇、忠心耿耿地服侍阁下您，跟过去和现在服侍过游侠骑士的所有持盾侍从都一样好，甚至还要比他们更好！"

听到桑丘·潘萨使用的语言和说话的方式，学士惊呆了。他虽然读过堂吉诃德故事的上卷，但根本没想到桑丘真的像书里描述的那样有趣。此刻听到他说出"不容撤离的遗嘱和附录"，而不是"撤销"，便对于所读到的一切都深信不疑了。他确信桑丘是我们这个时代最大的傻瓜之一，并在心中暗想，全世界也找不出第二对像这主仆二人一样的疯子了。

最后，堂吉诃德跟桑丘互相拥抱并达成和解。此时他已将伟大的卡拉斯科所言视为神谕，在学士的建议和认可下，他决定在三天之后出发。在这三天里必须花时间安排好行程需要的一切，还要寻找一个镶嵌式的头盔，因为堂吉诃德认为自己必须穿戴完完整整的铠甲。参孙主动提出说他知道一个朋友有，而且不会拒绝借给他的。只不过头盔长满了铁锈和霉斑，颜色也变得暗淡，不再呈现出光洁钢铁的那种明亮和干净。

女管家和外甥女儿这两个女人对学士的咒骂可以说无休无止：她们揪他的头发，抓他的脸，并且以早已为大家熟悉的号哭方式悲叹着主人的出走，如同在为他哭丧。事实上，参孙劝说堂吉诃德再次离开的目的是实施本故事下面将要讲到的一个计划，当然这完全是神父和理发师的主意，早前学士已跟他们两位商议过了。

总而言之，在那三天里，堂吉诃德和桑丘置备了一切可能对他们有用的东西。桑丘劝抚住了妻子，堂吉诃德抚慰了外甥女和女管家。天一黑，他们就神不知鬼不觉地踏上了前往托博索的路。只有学士一路相随，打算陪他们在村里走上半莱瓜路。堂吉诃德骑在他心爱的罗西南多背上，桑丘也骑着自己原来的毛驴，褡裢里装满了跟口舌或者说嘴巴有关的东西，兜里塞满了钱，那是堂吉诃德付给他的酬劳。参孙拥抱了堂吉诃德，并请求他无论是遇到好运还是厄运，都要及时知会，以便自己能够因他的好运而高兴，为他的厄运而难过，才不枉朋友一场。堂吉诃德答应了他，于是参孙回到了村里，主仆二人则启程前往大城市托博索[1]。

---

1 事实上托博索只是个小村镇。

第八回
堂吉诃德前去拜见杜尔西内亚·德尔·托博索小姐的路上发生的事情

"赞美万能的真主!"哈梅特·贝内赫里在这一回的开头说。"赞美真主!"这句话他重复了三遍,并解释说,他不断地祷告是因为看到堂吉诃德和桑丘终于踏上征途,这个令人愉悦的故事终于有了后续,读者们可以放心了。从这一刻开始,堂吉诃德与持盾侍从的丰功伟绩和潇洒英姿也将再次跃然纸上。他劝读者们忘掉这位天才乡绅过往的骑士事迹,把注意力集中在即将发生的事情上。这一次的征程始于通往托博索的道路,正如前两次始于蒙贴尔的旷野。作者保证说这个忠告是合情合理的,并继续讲述道:

参孙刚一离开,只剩下堂吉诃德和桑丘的时候,罗西南多就开始嘶叫,毛驴也开始发出咕叽咕叽的声音,也就是说,它放了个连珠屁。然而在骑士和侍从两人看来,这正是预示着一切顺利的好兆头。当然,如果一定要实话实说,那么毛驴的嘶叫和放屁声确实盖过了瘦马。从这一事实,桑丘推测出自己的好运一定不亚于、甚至要超过主人的好运。这一推论依据的是不是他所懂得的某些星相学知识,这一点不得而知,文中对此并无说明。只提到桑丘曾说,每次绊倒或摔跤的时候,真希望自己没有离家出走,因为其结果只能是摔坏的鞋子和摔断的肋骨。他虽然愚钝,但在这一点上的看法倒并不与事实相距甚远。堂吉诃德对他说:

"桑丘老兄,天黑得太快,我们也许当天无法到达托博索。不过我已经决定,在投身于另一次冒险之前一定要先去一趟,从举世无双的杜尔西内亚那里得到祝福和恩准。有了她的赐福和应允,我相信自己一定能够完成所有危险的奇遇,并得到圆满的结局。对于游侠骑士来说,生命中没有任何事能比得到心上人的垂青更令人充满勇气。"

"我相信这一点。"桑丘回答说,"但我认为阁下您很难跟她搭上话,甚至很难见到她。不过到了那里,您还是有可能得到她'祝福'的,只要不是从矮墙的墙头草缝里扔出来的就好。我上次送信的时候就是在那里见到她的,信里讲述了阁下您在黑山深处做的那些蠢事和疯事。"

"桑丘,你是什么脑子,竟然认为那是长草的矮墙?"堂吉诃德说,"你就是在那种地方见到她的?这怎么可能!她可是位怎么赞美都不为过的优雅美人!那应该是富丽堂皇的宫殿长廊,也叫走廊,或者按照他们的叫法称为门廊。"

"也许吧。"桑丘回答说,"不过在我看来就是一道杂草丛生的土墙,除非是我失忆了。"

"就算是这样,我们还是要去的,"堂吉诃德坚持说,"桑丘,只要能见到她,不管是从草缝里,还是从窗户里,甚至哪怕从门缝里,或者花园的栏杆里,只要她为我祈福,只要她如太阳般的美貌将任何一缕光芒照射到我的眼睛,都会照亮我的心智、增强我的信心,以使我在智力和勇气上都达到独一无二、举世无敌的程度。"

"可是,主人啊,"桑丘回答说,"事实上,当我见到杜尔西内亚·德尔·托博索这轮太阳的时候,她可没有那么明亮,更别提放射出任何光芒了。不过那应该是由于她当时正在筛麦子,扬起了好多灰尘,就像乌云一样挡在面前,让她黯然失色。"

"桑丘,你怎么回事啊?"堂吉诃德责怪道,"你怎么还在说,还在认为、相信,甚至争辩,我的杜尔西内亚小姐在扬筛麦子?这种粗活可不是高贵女士们干的,也不是她们应该干的。这些人所受的教育和一切训练都是为了从事能够展示她们高贵地位的活动和娱乐！桑丘，你哪里知道，我们的诗人[1]曾用诗句描写了四位仙女在她们的水晶房子里所做的那些工作：她们从可爱的塔霍河里钻出来，坐在碧绿的草地上，用那位天才诗人在诗中描述的华美布料辛勤劳作，整块料子都是用金子、丝纱和珍珠交织编制而成。因此，在你见到她的时候，我的小姐应该正忙于类似的工作，只是某位邪恶的巫师出于嫉妒而偷天换日，把所有能给我带来欢愉的东西都变成另外一种与事实截然不同的样子。所以我担心，既然人们说关于我骑士事迹的小说已经刊印流通，如果作者碰巧是某个与我敌对的魔法师，他很可能会混淆视听，把无数谎言跟事实混杂在一起，或者跑题去讲述其他与故事的真实性和连贯性无关的事情。啊！嫉妒是无穷无尽邪恶的根源！是美德的蛀虫！桑丘，所有的恶习本身都伴有某一方面的愉悦，但嫉妒这种恶行是个例外，它只会带来反感、仇恨和愤怒。"

"这也是我想说的。"桑丘回答，"而且我相信，卡拉斯科学士读到的关于我们的传奇中，一定给我泼了脏水，搞得我名声像猪一样臭。这要是名声不好，就像人们常说的，过街老鼠人人喊打啊！可我完全确信自己从没说过任何魔法师的坏话，也没什么好处值得被人嫉妒。当然了，我承认自己有时耍点小滑头，但是这点心眼儿藏在我这副愚蠢无知的皮囊里头就根本不算什么了。我天生头脑简单，从不会装腔作势。再说了，除了相信上帝，我一无所有。我可是一直都坚定而真挚地相信上帝，相信罗马天主教神圣教会拥有和宣扬

---

[1] 指西班牙诗人加尔西拉索·德·拉·维加（1503—1536）。

的一切，把犹太人视为死敌。既然我如此虔诚，历史学家们应该发发慈悲，对我笔下留情。不过，他们爱怎么说就怎么说吧！我赤条条生下来，到现在也还是赤条条的：既不会失去什么，也不会得到什么。就算被写到书里，被全世界的人传看，但人们说什么我都无所谓。"

"桑丘，这很像发生在当代一位著名诗人身上的事情。"堂吉诃德说，"他写了一篇居心叵测的讽刺文章，嘲讽那些堕落的宫廷贵妇，但里面没有提到某位贵妇，因为他无法肯定她是否德行败坏。这位贵妇见自己没有名列其中，就向诗人抗议，并质问他为什么不把自己跟其他人放在一起，还要求他给这篇讽刺文章加上一段，把她列在后面，否则，他就得承担严重的后果。诗人只好照办，用管家嬷嬷们都八卦不出来的内容毫不留情地骂了她一通，她才算满意了——只要出名就行，哪怕是声名狼藉。

"还有一个例子，就是传说中那位纵火烧毁著名的狄安娜神庙的牧人。这座神庙曾被认为是世界七大奇迹之一，而牧人烧毁神庙不过只是为了让自己的名字世世代代流传下去[1]。尽管后来为了不让他这个企图得逞，当局下令谁也不许透露他的名字，也不许以口头或书面的形式提到他的名字，但最终世人还是得知了他名叫厄洛斯特拉多。

"发生在伟大的帝王卡洛斯五世与罗马的一位骑士之间的故事也

---

[1] 传说中该牧人烧毁的是阿耳忒弥斯神庙，虽然罗马神话中的女神狄安娜在希腊神话中名叫阿耳忒弥斯，但此处的神庙并非狄安娜神庙，而是小亚细亚的卡利亚女王阿耳忒弥斯为丈夫修建的陵墓，是世界七大奇迹之一。可能是作者有所混淆，或故意令堂吉诃德出错。

有异曲同工之妙。皇帝想要参观著名的圆形庙，在古罗马称为万神庙，如今称为万圣庙，这个名字更加贴切。这是古罗马异教时期建筑中留存下来的最完整的结构，也是最能体现建造者们伟大名声的作品：它的形状像半个橘子，空间巨大，虽然只有一个窗户能透进光线，或者更确切地说只是房顶上的一个圆形天窗，内部却十分明亮。当时皇帝正从那个天窗俯视整个格局，一名罗马骑士陪伴左右，为他讲解这个巨大的建筑和令人难忘的杰作有何精妙之处。当他们离开天窗的时候，骑士对皇帝说：'至高无上的陛下，刚才我一直有个冲动，真想抱着陛下您一起从天窗跳下去，这样我将在世界上留下不朽的名声。'

"'我由衷感谢你，'皇帝回答说，'没有把如此可怕的想法付诸实践，不过从现在开始，我不会再给你机会来证明自己的忠诚。我命令你永远不得再跟我说话，也永远不要出现在我所在的地方。'

"说完，皇帝还重重地封赏于他。我想说，桑丘，想要获得名声的愿望在很大程度上是积极的想法。你以为是谁把全副武装的贺拉斯[1]从桥上扔下去，坠入特维尔河深处？你以为是谁烧焦了穆西奥的臂膀和双手？是谁唆使库尔西奥纵身跳入罗马城中熊熊燃烧的炙热深渊？是谁让恺撒不顾大势已去，执意强渡卢比孔河？要说现代一点的例子，温文尔雅的科尔特斯率领英勇的西班牙人来到新大陆，却又是谁破坏了船舰，让他们无路可退，背水一战？所有那些伟大的英雄事迹虽然各不相同，但无论是过去、现在还是将来，都是名垂青史的杰作，不朽名声是对杰出事迹的奖励，也是凡人们梦寐以

1　此处指罗马传说中的英雄贺拉斯，而非诗人贺拉斯。

求的。当然了,作为基督徒、天主教徒和游侠骑士,我们更应该追求身后的荣耀,无论是在天堂还是在宇宙之外,这才是永恒的,而不该去追求眼前这个行将结束的短暂世纪中虚无的浮名。这种名声不管流传多久,最终也必将跟世界一起毁灭,因为世界是有尽头的。

"所以,桑丘,我们的所作所为不应该超出自己所献身的基督教教义之界。我们必须让巨人不再专横跋扈,让慷慨善良的心不再产生嫉妒,让平和的面容和平静的情绪远离怒火。缺衣短粮,当戒绝暴饮暴食,黑夜漫长,须驱除困意;我们要坚守对心上人的忠贞不渝,涤荡好色淫欲之心;我们必须克服懒惰,走遍全世界所有的地方,寻找能够使我们在身为基督徒之外还能变成,也必将变成著名骑士的机会。你看,桑丘,能够得到无尽赞美的道路,本身也通往美好的名声。"

"阁下您到现在为止对我所说的一切,"桑丘说,"我都听得明明白白,不过尽管如此,还是希望阁下您为我解交一个此刻在我心中产生的疑问。"

"桑丘,你是想说解决,"堂吉诃德说,"快说吧,我会尽我所知回答你。"

"主人,请告诉我,"桑丘继续说,"这些什么胡里奥什么花里胡哨的,您说的所有那些功勋卓著的骑士,既然都已经死了,那他们现在在哪儿?"

"异教徒们当然都在地狱,"堂吉诃德回答说,"而那些基督教徒,如果是正宗的基督徒,要么在炼狱,要么在天堂。"

"很好。"桑丘说,"那么现在让我们来了解一下:那些高尚的先生,埋葬他们遗体的墓穴前面有银灯吗?他们的祠堂墙上有没有装饰着蜡制的柱子、寿衣、假发、腿和眼睛?如果没有这些,那是用什么装饰的呢?"

对此,堂吉诃德回答说:

"异教徒的墓穴大部分都是宏伟的庙宇,比如胡里奥·恺撒的骨灰撒在一座巨大无比的石头金字塔上,今天在罗马人们称之为圣彼得尖塔;哈德良皇帝的墓穴是一座像村庄那么大的城堡,曾被称为哈德良巨堡,也就是如今罗马的桑坦赫尔城堡;阿耳忒弥斯王后将她的丈夫摩梭雷奥安葬在一个被认为是世界七大奇迹之一的墓地。但无论是这些墓穴,还是很多其他异教徒的墓穴,没有哪一个是用裹尸布装饰的,也没有其他的贡品或标记,只有圣人在被埋葬的时候才能使用这些标记。"

"这正是我想知道的。"桑丘立刻问道,"现在请您告诉我,让一个死人复活和杀死一个巨人,哪一样更了不起?"

"这个问题很容易回答,"堂吉诃德回答说,"让死人复活。"

"这回我可抓住漏洞了!"桑丘说,"比起全世界所有异教徒皇帝和游侠骑士在过去和现在留下的名声,让死人复活、让瞎子复明、治好瘸子、治愈病人,无论是在现世还是在后世,都是更好的名声。圣人的墓穴前燃着长明灯、祠堂里跪满了虔诚的信众,对他的遗迹顶礼膜拜。"

"我也承认这个事实。"堂吉诃德表示赞同。

"既然人们说圣人的遗体和遗迹拥有名声、神赐和特权,"桑丘回答说,"而且经过我们慈母般神圣教会的批准和许可,拥有灯、蜡烛、寿衣、柱子、画、假发、眼睛、腿这些装饰,这些东西都增加了人们对他们的爱戴,进一步宣扬了他们在基督教的美名。国王们还将圣徒们的遗体或遗迹扛在肩上,亲吻他们遗骨的碎片,并用来装饰小礼拜堂和最珍贵的祭坛。"

"桑丘，你说这一切是想让我得出什么结论？"堂吉诃德问道。

"我想说的是，"桑丘回答说，"咱们还是努力去成为圣徒吧！那样好名声会来得更快。主人啊，要知道，昨天还是前天来着（我的意思是不久之前），有两个赤足派教士被谥封为圣徒，还举行了宣福礼。以前捆绑和折磨他们身体的铁链，现在被认为是圣物，据说亲吻或触摸那些圣物会带来巨大的好运，而且据说那些东西比咱们国王武器库中的罗尔丹之剑更受人尊崇和供奉，那剑可是替上帝保存的。所以，我的主人啊！当一个卑微的教士，不管是什么教派的，也比当一个勇敢却四处游荡的骑士强啊！两打的清规戒律比两千支长矛更容易接近上帝，不管那些长矛是刺向巨人，还是妖怪，还是怪物。"

"虽说道理是这样的，"堂吉诃德承认说，"但不是所有人都能成为教士的，而且上帝把他的子民带往天堂的路有很多条：骑士精神也是一种宗教，骑士圣徒也有升天的。"

"没错，"桑丘回答说，"可我听说，天堂里的教士比游侠骑士多。"

"那是因为，"堂吉诃德说，"宗教人士的数量比骑士的数量多。"

"游侠可是不少。"桑丘说。

"是很多，"堂吉诃德说，"但是很少有人能当得起骑士的称号。"

就在这样那样的对话中，主仆二人度过了这个夜晚和第二天白天，没有发生任何值得一提的事，这一点让堂吉诃德忧心忡忡。总之，次日天黑的时候，大城市托博索终于遥遥在望。一看到它，堂吉诃德立刻精神焕发，桑丘却无精打采，因为他并不认识杜尔西内亚家在哪儿，而且跟他的主人一样，与她素未谋面。两人都心神不宁：一个因为马上就要见到心上人而心绪难平，另一个因为从没见过杜尔西内亚小姐而惴惴不安，实在不知道当主人让他领路去托博索的时候该怎么办。最后，堂吉诃德决定等到夜深时再进城。在等待的时间里，他们就待在托博索附近的几棵橡树下，一直等到确切的时间才进了城。在那里他们遇到了完全超出想象的事情。

第九回
本回讲述的事情，读完立见分晓

"此时适值半夜"[1]，或者前后差不离的光景，堂吉诃德跟桑丘离开了橡树，进了托博索。整个镇子一片寂静，祥和安宁，因为所有的街坊都已经歇下了，就像俗话说的，正摊着腿呼呼大睡呢。此时夜色微明，不过桑丘宁愿黑得伸手不见五指，好找借口推托自己的不认路。除了犬吠声，到处悄无声息。狗叫声吵得堂吉诃德头昏脑涨，也搅得桑丘心神不宁。时不时还有毛驴的哼哼，猪的呼噜声和猫的喵喵声。这些声音因为黑夜的寂静显得更加刺耳。所有这一切在痴情的骑士看来都是不祥之兆，不过尽管如此，他还是对桑丘说：

"桑丘，孩子，带路去杜尔西内亚的宫殿吧，等我们找到的时候很可能她已经醒了。"

"我能带您去什么宫殿啊？"桑丘回答说，"对太阳发誓！我见到伟大的杜尔西内亚小姐的地方不过是一个很小的房子！"

"那应该是她那时刚好退居到王宫的某个小阁楼里去了，"堂吉

1　民谣《卡洛斯伯爵》中的诗句。

诃德说，"跟她的侍女们一起消遣，这也是高贵的小姐和公主们的习惯和风俗。"

"主人，"桑丘说，"且不管我见到的是什么，既然阁下您希望我的女主人杜尔西内亚的房子是座宫殿，难道在这样的时间宫门还会碰巧开着吗？我们大半夜地敲门真的合适吗？让里面的人听见，出来给我们开门，难道不会闹得沸沸扬扬，落下话柄，让人嚼舌头？难道我们能像姘夫一样，不管多晚都去敲姘妇们的门，非要进去？"

"先找到那座王宫再说吧，"堂吉诃德回答说，"桑丘，到时候我会告诉你该怎么做的。你看，桑丘，如果我眼见不虚，那栋巨大的建筑以及那片从这里就能遥遥分辨的影子应该就是杜尔西内亚的皇宫。"

"那么请阁下您来引路吧。"桑丘回答说，"也许您是对的。不过即使我亲眼看到、亲手摸到，要我相信这一点，就跟要我相信现在是白天一样不可能。"

堂吉诃德带路，走了大约两百步，迎面撞上了那栋投下影子的大楼。他看到一座巨塔，便立刻意识到这不是王宫，而是镇上的大教堂。他说：

"桑丘，咱们撞见教堂了。"

"我已经看见了，"桑丘回答说，"愿上帝保佑我们不要撞见自己的坟墓！在这种时候走在坟地里[1]，可不是什么好兆头。更何况我已经跟阁下您说过了，如果我没记错的话，这位小姐的房子应该是在某条小死胡同里面。"

"你这该死的蠢货！"堂吉诃德说，"你见过哪座王宫或宫殿会建

---

1 墓地一般都在教堂旁边。

在死胡同里的？"

"主人！"桑丘回答说，"各地有各地的风俗：也许在托博索，人们都习惯把宫殿和宏伟的建筑盖在小胡同里。所以，我恳求阁下您让我去前面的街道和胡同找一找，说不定在某个角落就遇到那座宫殿了。真盼着它被狗吃了，害得我们满世界瞎转悠。"

"桑丘，在任何与我心上人有关的话题上，你说话放尊重点！"堂吉诃德说，"咱们还是和和气气地干完这件事吧，别往热灶底下扔麻绳。"

"我会平静下来的。"桑丘说，"不过，我实在没什么耐心：阁下您应该已经见过那房子上千次了，而我只去过一次女主人家。既然您自己都找不到，怎么能要求我牢牢记住位置，而且在黑灯瞎火中找到它呢？"

"桑丘，正在失去耐心的是我！"堂吉诃德忍无可忍地说，"你过来，不要脸的持盾侍从！我不是告诉过你一千次了吗？我这一辈子从来没有见过举世无双的杜尔西内亚！也从来没有穿越过她宫殿的门廊！我爱上的是传说中她声名远扬的美貌和矜持。"

"现在我知道了。"桑丘回答说，"好吧，如果阁下您没有见过她，那么我也没见过。"

"这不可能！"堂吉诃德责问道，"至少你说过看到她正在扬筛麦子！就是我让你送信，你给我带回口信的那次！"

"主人，您别纠缠这个，"桑丘回答说，"实话告诉您吧，我讲的所见所闻和什么口信也都是道听途说。要说我知道谁是杜尔西内亚小姐，就好像朝天打拳一样毫无意义。"

"桑丘！桑丘！"堂吉诃德回答说，"有些时候玩笑令人开怀，但有些时候玩笑令人厌烦。不是因为我说自己从来没见过心上的小姐，也没跟她说过话,你就必须得说你也没有见过,也没有说过话,你明知事实并非如此。"

两人正说着话,忽然看到有人赶着两头骡子迎面走来。从耕犁在地上拖行发出的声音,他们判断出这应该是一个农民,赶在天亮前起来到农田去干活的。事实也正是如此,那个农民边走边唱着民谣:

龙塞斯山谷战役,
法国佬倒霉至极。[1]

"桑丘,我敢拿性命打赌,"堂吉诃德听到歌声说,"今天晚上我们一定不会遇到什么好事。你没听到那个村民边走边唱的歌吗?"

"我听到了,"桑丘回答说,"可龙塞山谷打猎跟我们打算要做的事有什么关系呢?哪怕他唱的是卡拉伊诺思歌谣呢!咱们的生意最后是好是坏,跟这个一点关系都没有。"

此时农民已经走到跟前了,堂吉诃德问他:

"好兄弟,愿上帝给您带来好运!您能不能告诉我,这附近举世无双的公主杜尔西内亚·德尔·托博索小姐的皇宫在什么地方?"

"先生,"小伙子回答,"我是个外乡人,来到这个镇子才没几天,在一个富农的田地里帮工。对面那栋房子里住着镇上的神父和教堂司事。也许他们两人,或者他们中的任何一个,都能够告诉阁下您关于这位公主殿下的事情,因为他们手里有托博索所有居民的名单。

---

[1] 龙塞斯山谷战役是法国查理曼大帝入侵西班牙北部期间遭遇的一次惨败,骑士罗兰即在此役阵亡。

不过据我所知，整个托博索都没住着什么公主。有很多高贵的女士倒是真的，她们中的每一个在自己家里可能都是公主。"

"那么，老兄，在这些小姐中，"堂吉诃德说，"应该就有我问起的那位。"

"有可能。"小伙子回答说，"那么再见吧，天这就亮了。"

他抽打着骡子，不再答言。桑丘见主人忐忑不安，焦虑万状，便对他说：

"主人，您看天越来越亮了，我们不该暴露在光天化日下的大街上，最好是先出城，您找个附近的小树林躲起来，我呢，白天再回来找那座房子，或者叫王宫或宫殿。我不会放过这些地方的任何一个角落，要是这样还找不着，那我就真是走了霉运了！只要一找到，我就去跟她搭话，告诉她阁下您在哪儿，正如何等待着她的指示，以便前去拜见她而不至于损害她的名誉和名声。"

"桑丘，"堂吉诃德说，"你这短短的几句话不啻无数的金玉良言：你这次给我的建议很令人满意，我非常乐意接受。过来，孩子，咱们先去找个地方让我藏起来，然后你再回来，正如你刚才说的，来寻找我的心上人，拜见她并跟她交谈。就凭她的矜持和教养，我预测她的恩惠将超乎寻常。"

桑丘急不可耐地把主人送出镇子，免得他对自己从杜尔西内亚那里往黑山捎回口信的谎言刨根问底。就这样，他们急急忙忙地往城外走，并在离镇子两里格远的地方找到了一片小树林。堂吉诃德在此藏身，而桑丘则回镇里去设法跟杜尔西内亚谈话。随后发生在这位信使身上的事情值得读者们高度注意，简直令人难以置信。

第十回
桑丘突发奇想对杜尔西内亚小姐施魔法，以及其他既荒唐又真实的事情

当这个宏伟故事的作者讲到这一回的内容时，他说自己宁愿保持缄默，把这一部分隐匿不讲，因为担心没有人会相信——这一次堂吉诃德的疯狂程度已经达到了能够想象的最高程度和最远界限，甚至比这种极限还要超越出两箭之地的距离。不过，虽然有这样的担心和疑虑，他终于还是按照一如既往的方式忠实记录了下来，既没有添加也没有删减真相的任何一个原子，毫不在乎这些内容可能给他带来撒谎者的名声。他这样做是有道理的，因为真相虽然单薄却很坚韧，而且永远在谎言之上，正如油浮于水。

于是他继续讲述道，堂吉诃德藏身在大城市托博索旁边的小树林，并命令桑丘回到城里，如果没跟他的心上人说上话就不要回来见他。他还要求桑丘，请求杜尔西内亚发发慈悲，让心灵早已被她俘获的骑士见她一面，并请她屈尊为他祈福，以便他因为她的祈祷而在将来所有的战斗和艰难的事业中都有一个幸福的结局。桑丘保证按照他的吩咐去做，跟上次一样给他带回好消息。

"去吧，孩子，"堂吉诃德说，"你寻找的是一轮美丽的太阳，当你去到她面前时，不要因她的光芒而头晕目眩。你真的比全世界所有的持盾侍从都更幸福！你好好观察她是怎么接待你的，不要忘了：当你向她转达我口信的时候，她的脸色有没有变化；她听到我的名字时是否激动不安；如果她碰巧正坐在那华丽的宝座上，是否在坐垫上微微颤抖；如果她是站着的话，你就留心看看她是不是一会儿换这只脚站着，一会儿换那只脚站着；她有没有

把给你的回答重复两三遍;她的态度是不是忽冷忽热,时而温柔时而生硬,时而疏远时而亲热;她有没有不停抬手去整理头发,虽然头发并没有乱……总之,孩子,注意观察她所有的表情和动作,因为只要你如实向我描述,我就能找出她内心最深处的想法,知道她如何看待我对她的爱情。桑丘,如果你以前不知道的话,现在我告诉你,恋人在谈论自己的爱情时,不经意流露的表情和动作是最可信的使者,能够传达各自灵魂深处的想法。走吧,朋友,希望你的运气比我好,在幸运女神的指引下带回来另一个美好结局。而我呢,就在独自留下的这份苦涩和孤独中,一边担心一边期待。"

"我一定快去快回。"桑丘说,"我的主人,您就放宽心吧!此刻您这颗小心脏一定都没榛子那么大。您想想,人们常说,好人终有好报,没有腌猪肉,哪来挂肉钩?正所谓踏破铁鞋无觅处,得来全不费工夫。我说这些话的意思是,虽然昨天晚上没有找到女主人的宫殿或者王宫,但现在天光大亮,我一定会在意想不到的地方发现它。只要找到,就看我的了!"

"没错,桑丘。"堂吉诃德说,"你的谚语总是跟我们谈论的话题那么贴切,上帝赋予你使用谚语的才能,但我希望他能赐予我更多的幸运,好让我得偿所愿。"

主人说完这些话,桑丘就转身骑着毛驴走了。堂吉诃德坐在马上休息,脚踩马镫,倚着长矛,忧思满怀,心如乱麻。且留他在这里,让我们跟随桑丘·潘萨的脚步。他离开了主人,心中的困惑和郁闷可是一点也不亚于他的主人,甚至可以说心情比主人更加沉重。还没完全走出树林,他回头一看,堂吉诃德早已不见踪影,便从毛驴上下来,坐在一棵树下,自言自语地说:

"桑丘老兄啊，现在我们来看看，阁下您这是要去哪儿？是要找丢了的毛驴吗？不是，当然不是！那你去找什么？唉，我要去找的东西啊，说了就等于没说！要找一位公主！而且要在她身上找到美貌的太阳和整个天空！那么，桑丘啊，你觉得哪儿能找到你说的这个？哪儿？大城市托博索！那么好吧，你是替谁去找的？替著名的骑士堂吉诃德·德·拉曼查，他铲奸除恶，给口渴的人吃饭，给饥饿的人喝水[1]。听上去不错，桑丘，那你知道她家在哪儿吗？我的主人说，一定是堂皇的宫殿或富丽的王宫。那么，你有没有碰巧见过她？不管是我还是我的主人，都从没见过她。那你不觉得，如果托博索人知道你在这里图谋偷走他们的公主，骚扰他们的贵妇，难道不会赶来用棒子把你的肋骨生生打断，让你一根好骨头都不剩下吗？没错，他们完全有理由这样做，除非念我不过是受人之托而已，人们不是说嘛！老兄，信使传邮，何罪之有？[2]

"桑丘，可别相信这个，拉曼查人脾气又暴，又好面子，可不会随便让人挠痒痒。上帝保佑！如果他们对你有所怀疑，我可不敢保证有什么好事儿。

"走吧，去他娘的，天打五雷轰的！难道我会为了讨别人欢心到处去找三只脚的猫？再说，在托博索寻找杜尔西内亚，那简直就是在拉维纳寻找玛丽亚，或者在萨拉曼卡寻找一个学士。魔鬼！一定是魔鬼让我卷进这一切的，不可能是别人！"

从这番自言自语中，桑丘得出的结论是：

"好吧，车到山前必有路，只有死亡是个例外，我们所有人都得

---

1 桑丘口误或故意为之。
2 出自西班牙诗人贝尔纳·德尔·卡尔比奥创作的民谣。

在它的屋檐下低头，不管在生命结束的时候有多么不情愿。我这位主人啊，从无数的迹象都可以看出他是一个无药可救的疯子，真该被捆起来。不过我也跟他差不到哪儿去，看起来我比他更蠢，因为我竟然还追随他、服侍他。看来俗话说得没错：物以类聚，人以群分；还有另外一句：不看生在谁家门，只看跟谁一起混。既然他已经疯了，而且这种疯病在大多数情况下都是把一样东西认成另一样，把白的看成黑的，把黑的看成白的。正如大家都看到的，他非说风车是巨人、教士们的骡子是单峰驼、羊群是敌方的大军，还有其他诸如此类的胡言乱语。那么，假如我在这里遇到一个农家女，见到的第一个就行，不难让他相信那就是杜尔西内亚小姐。如果他不相信的话，我就诅咒发誓；如果他也发誓的话，我就再三诅咒发誓；如果他坚持争执，我就比他更坚持，这样无论如何最后也能把他带进沟里。也许这样坚持一回，就能达到我的目的，见我这次从她那里带回如此噩耗，就再也不会派我去送这种信了。既然他成天说有邪恶的巫师意图陷害他，那么我猜，也许他会认为是其中某一个为了打击他、伤害他，故意改变了杜尔西内亚的外貌。"

桑丘·潘萨想到这里，心里便安定下来，认为这下万事大吉了。他在那里一直待到下午，故意耽搁时间，好让堂吉诃德相信自己真的在托博索打了个来回。而一切都犹如天助，正当他站起来打算骑上毛驴的时候，看到三个农家女骑着小毛驴儿出了托博索城，朝他所在的地方走来。至于是小公驴还是小母驴，作者并未说明，当然了，母驴的说法更可信，因为那是一般农家女普遍的坐骑。不过既然这一点无关紧要，我们也没有理由停下来调查一番。总之，桑丘一见到那几个农家女，立刻飞奔回去找他的主人堂吉诃德，发现主人还在唉声叹气，抒发着无数情意绵绵的感叹。堂吉诃德一见到桑

丘,就问他说:

"桑丘老兄,怎么样?我该用什么石头标记这一天?白的还是黑的?"[1]

"阁下您最好还是用红赭石来标记吧,"桑丘回答说,"就像大学录取放榜,每一个看到标记的人都能清清楚楚地辨认出来。"

"如此说来,"堂吉诃德问道,"你带回好消息了?"

"别提多好了!"桑丘回答说,"阁下您只需要赶着罗西南多,离开林子到空旷的地方去,就能见到杜尔西内亚·德尔·托博索小姐,她正带着两个侍女来见您。"

"我的上帝啊!桑丘老兄,你在说什么呢?"堂吉诃德惊呼道,"你可别骗我!也别想着用虚假的好消息让这颗悲伤的心高兴起来。"

"欺骗阁下您对我有什么好处?"桑丘回答说,"更何况事实的真相不是立刻就会揭晓吗?快马加鞭吧,主人,快来!您会看到我们的公主小姐大驾光临,一身盛装与她的身份十分相称。她的侍女们也同样光彩夺目,全身都是珍珠穿成的流苏,缀满了钻石和红宝石,穿戴着无数层刺绣的锦缎。她们的头发披散在背上,简直就是太阳的光芒在跟风嬉戏。另外,她们骑着三匹花斑的小母马,真值得看看呢。"

"桑丘,你想说的是女用小马,或者矮马。"

"是母马还是女用马还是矮马,都没啥区别。"桑丘回答说,"反正,不管骑的是什么,她们真是全世界最光鲜靓丽的小姐,尤其是我的女主人杜尔西内亚公主,简直令人目眩神迷。"

"桑丘,孩子,我们走吧,"堂吉诃德说,"这真是一个出人意料

---

[1] 古罗马人以白色石子标记好日子,用黑色石子标记坏日子。

又令人喜出望外的好消息。作为礼物，我承诺把自己在下一场冒险中赢得的战利品中最好的一件赏赐给你。如果这样的赏赐你还不满意的话，我就把我家三匹母马今年下的崽子都许给你，你知道，它们正在咱们村里的公共牧地上等着生产呢。"

"那我还是选马崽子好了，"桑丘回答说，"下一次冒险的战利品还不知道在哪儿呢！"

这时他们已经走出了树林，接近了那三位农家女。堂吉诃德举目望着通往托博索的道路，但是除了三个村姑之外没有看到任何人，便莫名其妙地问桑丘，是不是在城外跟她们分开的。

"怎么会在城外？"他回答，"难道阁下您的眼睛是长在后脑勺上的吗？您没看到吗？就是正走过来的这几个，像中午的太阳一样闪闪发光！"

"桑丘，我没看到，"堂吉诃德说，"我只看到三个农家女骑着三头毛驴。"

"上帝保佑，快把魔鬼赶走！"桑丘喊道，"怎么可能？三匹女用马，或者不管叫什么都行，像雪片一样白，阁下您居然认为是毛驴？上帝万岁！如果真是这样的话，我情愿叫人把我的胡子拔光！"

"那么我告诉你，桑丘老兄，"堂吉诃德说，"这些不过是公驴或者母驴，这一点就跟我是堂吉诃德而你是桑丘·潘萨一样确凿无疑。至少在我看来是这样。"

"闭嘴，主人！"桑丘说，"别再说这样的话了！睁大您的眼睛，上去向您的心上人致意吧，她已经到我们跟前了。"

说着，他跳下毛驴，抢先一步上去迎接那三位村姑，拉住其中一头毛驴的缰绳，双膝跪地，说道：

"美貌的女王！公主！女公爵！您如此崇高、伟大，这位骑士的心早已被您俘获,请您发发慈悲,以慷慨和善意接受他。他在这里几乎等成了一尊大理石,此刻来到您面前,见到您天仙般的美貌,他心如乱麻,无法呼吸。我是桑丘·潘萨,他的持盾侍从,而他就是那位历尽艰险的骑士堂吉诃德·德·拉曼查,别号愁容骑士。"

此时堂吉诃德已经跪倒在桑丘身边,双目失神,视线模糊地看着这位被桑丘称为女王和女主人的姑娘,忐忑不安,瞠目结舌:她看上去不过是个年轻的村姑,相貌平平,圆脸,塌鼻子。那几个农家女见这两个形貌迥异的男人跪在地上,拦住不让她们的女伴往前走,也一样目瞪口呆。不过还是被桑丘拉住的那个姑娘率先打破了沉默,她怒气冲冲地说:

"赶快滚开,让我们过去,我们着急着呢!"

对此,桑丘回答说:

"哦!整个托博索的公主和女主人!您宽宏慈悲,看到游侠骑士界的栋梁和支柱就跪在您优雅的仪态面前,怎么会不心软?"

听到这句话,另外两个姑娘中的一个说:

"你们这可真是'公公的驴儿等着刷毛'呢!你们看看,如今的阔佬们又出了什么新花样,竟然来捉弄我们这些村姑,还以为我们不懂他们在挖苦人!你走你的阳关道,我走我的独木桥,否则别怪我们不客气了!"

"站起来吧,桑丘。"这时堂吉诃德说,"我已经明白了,命运真是不厌其烦地为我带来厄运,它占领了所有的道路,让我肉体中这颗不幸的灵魂感受不到任何快乐。而你,哦!杜尔西内亚,你是我所能期望的最高价值!是人类优雅仪态的极致!是这颗因为爱着你而备受煎熬的心唯一的救赎!那位邪恶的巫师对我穷追不舍,在我的眼前布下乌云和白内障,把你举世无双的美貌和容颜,在我这双眼中，而且仅仅是在我眼中，变成了一个贫苦的村姑！如果他没有为了让你的双眸厌弃我而把我的面容也变成某个妖魔鬼怪，就请您一直温柔而情意绵绵地凝望着我，让我在你被黑白颠倒的美貌面前，以恭顺和崇拜发现自己灵魂中用来爱你的那份谦卑。"

"哎哟，这位老爷！"那位村姑回答说，"我可真喜欢听您这奉承话！快滚开！让我们走，我谢谢您啦！"

桑丘侧身让她离开，暗暗为自己的诡计得逞而得意非凡。

那位被迫扮演了杜尔西内亚角色的村姑，一看能走了，忙用随身带的棍子上的尖刺抽了一下她的"女用坐骑"，纵驴朝前面的草地跑去。母驴被针扎了下，比平时被鞭打更觉心烦意乱，就开始尥蹶子，把"杜尔西内亚小姐"掀翻在地。堂吉诃德见状，立刻赶上去将她扶起，桑丘也上去把驮鞍重新弄好，勒紧肚带，因为连驮鞍也掉到了驴肚皮上。整顿好坐骑，堂吉诃德正要将中了魔法的姑娘抱上驴背，谁知根本无须他费事：她一骨碌从地上爬起来，稍稍往后退了几步，接着一溜小碎步助跑，双手撑在驴屁股上，身体腾空而起落到驮鞍上，像个男人一样骑在毛驴背上，动作比猎鹰还要轻巧。于是桑丘说：

"我敢打赌！我们的女主人比老鹰还灵巧，她可以去教最矫健的科尔多瓦人或墨西哥人怎么上马了！一跳就跳过了马鞍的后鞍架，而且不用马刺就让那矮马跑得跟斑马一样。她的侍女们也不甘落后，所有人都跑得跟一阵风似的。"

事实正是如此，"杜尔西内亚"一骑上毛驴，所有人都跟在她后面快马加鞭，撒足狂奔，一口气跑出半莱瓜都没敢回头。堂吉诃德用目光追随着她们，一直到看不见了，才转身对桑丘说：

"桑丘，你看那些巫师到底有多恨我！你瞧，他们的邪恶和对我的反感已经发展到什么程度了！竟然剥夺我所有的快乐，连心上人的本来面目都不让我看到！总之，我生来就是不幸的典范，是厄运之箭瞄准并射中的靶心。你还得知道，桑丘，那些叛徒改变杜尔西内亚的容貌也就算了，居然还将村姑一般如此低贱、如此丑陋的形象强加给她！不仅如此，还剥夺了她作为高贵女士所天然具有的品质，那就是美好的气味，因为她们总是在香料和鲜花之间穿行。告诉你吧，桑丘，当我上前去想把杜尔西内亚扶上矮马——当然那是你的说法，在我看来那就是头毛驴——我闻到了一股生大蒜的味道，熏得我头晕脑涨，差点连灵魂都中毒了。"

"啊！恶棍！"于是桑丘大喊道，"啊！倒霉的、居心险恶的巫师们！真恨不得看到你们所有人都从腮帮子穿成一串，就像用灯心草穿起沙丁鱼一样！你们懂得很多，会得很多，但做得更多！你们该够了吧！无赖们！将我女主人珍珠般的眼睛变成了橡树的果子，将她金子般的头发变得像橙黄色老牛尾巴，还把她美丽的五官变得丑陋不堪，但至少不要改变她的气味啊！好让我们能从那丑陋的外表下找到些许蛛丝马迹。不过，说实话，我倒看不出她的丑陋，只见到了她的美丽，嘴角右边那颗痣更是让她的美貌达到登峰造极的程度，那痣的样子有点像髭须，上面还有七八根金色的毛，就像金线一样，比一个手掌还长。"

"既然有这颗痣，"堂吉诃德说，"根据面部和身体之间的对应关系，杜尔西内亚应该有另一颗痣长在跟脸上那颗对应一侧的大腿上。不过按照你的说法，那些金毛的长度对于痣来说有点太长了。"

"那么我只能告诉阁下您，"桑丘说，"那颗痣在她脸上显得特别自然。"

"老兄，这我相信，"堂吉诃德回答说，"因为造物主赋予杜尔西内亚的东西,没有哪一件不是完美的、绝妙的。所以,哪怕她有一百颗你说的那种痣,在她脸上那就不是痣,而是闪闪发光的月亮和星星。不过,桑丘,告诉我:那个在我看来是驮鞍,而你上去整理的那个,到底是无靠背的鞍座,还是女用靠背马鞍?"

"都不是,"桑丘回答说,"就是骑马用的椅子,还有一件马衣,照它的华丽程度来看,价值半个王国!"

"桑丘,这些我都看不到!"堂吉诃德说,"此刻我不得不再说一遍,而且还会重复无数遍:我是天下最不幸的男人!"

听到被骗得晕头转向的主人这番蠢话,厚颜无耻的桑丘费了好大力气才忍住笑。又经过一番交谈之后,两人重又翻身上马,继续朝萨拉戈萨进发。他们希望能及时赶到那座著名的城市,参加每年都举办的几个盛大的节日。不过在到达那里之前,他们遭遇了一连串既重大又新奇的事情,值得写下来供诸位一读,正如接下来大家将会看到的那样。

第十一回
勇敢的堂吉诃德与"死神宫廷"大车之间的较量

堂吉诃德在前行的路上陷入了沉思。他想着巫师们开的邪恶玩笑,将心上人杜尔西内亚变成了丑恶的村姑,但怎么也想不出办法能让她恢复本来面目。他思绪万千,呆呆出神,不知不觉松开了罗西南多的缰绳。这马感觉到了自由,加上那片原野到处都是丰美的绿草,便每走一步都停下来吃几口。桑丘·潘萨把主人从漫游的思绪中拉了回来,对他说:

"主人！畜生是感觉不到悲伤的，人才会感到悲伤。但是如果人过于悲伤，就跟畜生没什么两样了。阁下您快平静一下吧，快定定神，抓紧罗西南多的缰绳！振作起来，清醒过来，表现出游侠骑士们专有的潇洒英姿。这是见了什么鬼？您为什么这么颓废？我们难道是在法国吗？让撒旦带走世界上所有的杜尔西内亚吧！因为一个游侠骑士的健康比地球上所有的巫术和变形都更重要！"

"桑丘，闭嘴！"堂吉诃德用并不太虚弱的嗓音回答说，"闭嘴！不要诽谤那位中了魔法的小姐！该为她的不幸和厄运负责的人是我！她的倒霉来自恶人对我的嫉妒。"

"我也是这么说，"桑丘回答说，"以前见过她的人，现在再见到她，谁能不心碎呢？"

"这个你最清楚了，桑丘，"堂吉诃德说，"因为你见过她原原本本的美丽，巫术并不至于迷惑你的视线或对你掩盖她的美丽，它恶毒的力量只针对我和我的双眼。不过无论如何，桑丘，我刚发现一件事情：你向我形容她的美貌时措辞有误。如果我没记错的话，你说过她的眼睛像珍珠一样，而有珍珠一样眼睛的那是海鲷鱼，不是女人。而且我相信，杜尔西内亚的眼睛应该是绿宝石一样：细细长长，眉毛像弯弯的彩虹。所谓的珍珠，不能用来形容眼睛，而应该用来比喻牙齿。毫无疑问你弄错了，桑丘，把牙齿说成眼睛了。"

"这倒有可能，"桑丘回答说，"她的美貌令我目眩神迷，就跟她的丑陋让您失魂落魄是一样的。不过让我们把一切交给上帝吧！对于这个处处悲剧的人间究竟会发生什么，只有上帝是无所不知的！在我们这个糟糕的世界，几乎找不到什么东西不混杂着邪恶、谎言和卑劣。不过我的主人啊！在许多忧虑中，有一件事尤其令我担心，那就是如果阁下您战胜了某个巨人或其他骑士，命令他前去拜见美丽的杜尔西内亚小姐的时候，他们该怎么办？那位可怜的巨人或悲惨的手下败将怎么才能找到她呢？我几乎都能看到他们在托博索到处游荡，呆若木鸡，寻找着我的女主人杜尔西内亚，可是哪怕与她当街相遇，想认出她也不会比认出我爹更容易。"

"桑丘，"堂吉诃德回答说，"也许巫术还没厉害到这个程度，连被战胜的和前去拜见的巨人和骑士们都认不出杜尔西内亚小姐。只要我战胜一两个人并派去拜见她，再命令他们回来向我讲述经过，就能验证他们是否能找到她。"

"主人，要我说啊，"桑丘说，"我觉得阁下您说得不错，通过这个方法就能知道答案了，如果说她蒙蔽的只是您的眼睛，那么这个不幸就是阁下您的不幸，而不是她的。只要杜尔西内亚小姐健康快乐，我们就在这里尽力打拼，寻找冒险，并尽我们所能取得最好的结果。就让时间去进行它的冒险吧！时间是最好的药，可以治愈哪怕更重大的疾病。"

堂吉诃德正想回答桑丘的话，突然看见一辆大车从对面蹿出来，装着一车各式各样奇形怪状、超乎想象的人。充当车夫赶骡子的是一个丑陋的魔鬼。大车是露天的，既没顶篷，也没护栏。第一个印入堂吉诃德眼帘的正是死神本人，没有戴面具，容貌与人类无异；死神旁边是一位长着巨大彩色翅膀的天使，另外一边站着一位头戴皇冠的皇帝，皇冠看上去倒像是金子的；死神脚下是名叫丘比特的天神，虽然没有蒙眼睛，但是带着他的弓、箭和箭囊；上面还有一位全身白色的武装骑士，但没有戴半盔或头盔，而是戴了一顶缀满了五颜六色羽毛的帽子。同行的还有其他穿着不一、容貌各异的人。

猛地一看，这景象让堂吉诃德颇为激动，而桑丘则满心害怕。不过堂吉诃德立刻就高兴起来，他相信自己遇到了一个全新的挑战、

危险的奇遇。他这样想着,又下定决心在任何危险面前都奋不顾身,然后来到大车面前,气势汹汹地大声喊道:

"车夫!赶车的!还是魔鬼?不管你是什么,马上告诉我你是谁,去哪儿,车里装的都是什么人!你这辆车不像是普通的车,更像卡隆[1]的冥府摆渡船!"

听到这番话,魔鬼顺从地停下车,回答说:

"先生,我们是坏蛋安古洛戏班子的演员。今天是圣体节第八天,我们早上刚刚在那座小山背后的一个村子里演完劝世短剧《死神的宫廷》,今天下午要去附近另一个镇上演出,从这里就可以望见。因为距离这么近,为了避免换装又重新穿戴的麻烦,我们就直接穿着戏服过去了。那个少年扮演死神,另一个扮演天使;那个女人是戏班主的老婆,她扮演女王;另一个演士兵;那一位是皇帝;而我则扮演魔鬼。我可是剧中的主要人物之一,是这个戏班里最重要的角色。如果阁下您还想要知道关于我们的其他事情,请尽管问吧,我可以一五一十地告诉您,既然我是魔鬼,当然无所不知。"

"以游侠骑士的信仰起誓!"堂吉诃德回答说,"当我看到这辆车,还以为自己遇到了一桩巨大的冒险。不过现在我不得不说,眼见也未必为实。愿上帝保佑你们!好人们,去庆祝你们的节日吧!而且如果能帮上什么忙,我会非常乐意相助,心甘情愿效劳,因为我从小就是假面戏的爱好者,小时候一见到流动喜剧团就挪不开眼睛。"

正说着,碰巧来了一个戏班子成员,穿着小丑衣服,全身挂满了铃铛,手拿一根棍子,顶端拴着三个充满气的牛膀胱。这个滑稽

---

1 卡隆,希腊神话中在冥河上渡亡魂去冥府的神。

可笑的人来到堂吉诃德面前开始挥舞棒子，用膀胱敲打着地面，左蹦右跳，铃铛乱响。这个幽灵般的影子把罗西南多吓了一跳，把马刺咬在嘴里，一溜烟地在田野上狂奔起来，堂吉诃德都没能拉住它——这身手矫健的程度超过了它骨瘦如柴的体格在任何时候可能迸发出的能量。桑丘觉察到主人有被颠落的危险，赶紧从毛驴上跳下来，急急忙忙上去救援。然而他还没赶到，堂吉诃德已经掉在地上了，罗西南多也跟主人一起倒在了地上，在主人身边动弹不得。罗西南多的冲动和冒失就落得这样人人皆知的结局。

但是桑丘刚离开坐骑去救堂吉诃德，那个魔鬼般的舞者就挥着牛膀胱跳上毛驴。毛驴吓了一跳，听到这奇怪的声响，又挨打吃痛，便蹦起来越过田野，朝下一场演出的地方飞奔而去。桑丘一看这头毛驴跑了，那头主人又摔倒了，不知道该先去救哪一个。不过，作为一个优秀的持盾侍从，一个忠心的仆人，他对主人的爱最终超越了对毛驴的心疼。可是那些膀胱高高抬起，又重重落在毛驴屁股上，每一下都让他心惊肉跳，简直要了他的命。他宁可自己的眼珠子挨打，也舍不得伤到毛驴尾巴的任何一根毛！就这样，他既犹疑，又伤心，来到了堂吉诃德所在的地方。堂吉诃德受的伤可比他自己以为的严重多了，桑丘把主人扶到罗西南多背上，对他说：

"主人，那个魔鬼把毛驴带走了。"

"哪个魔鬼？"堂吉诃德问。

"带膀胱的那个。"桑丘回答说。

"那么，我会帮你抢回来的，"堂吉诃德说，"哪怕他把毛驴关到地狱最深、最暗的牢房里。跟着我！桑丘！那个大车走得很慢，抢到那些骡子足以弥补丢失毛驴的损失了。"

"主人，不劳您辛苦了！"桑丘回答说，"阁下您息怒吧，我看到那个魔鬼已经放了毛驴，毛驴认路回来了。"

没错，事实正是如此。那个魔鬼跟毛驴的遭遇与堂吉诃德和罗西南多如出一辙。摔倒以后，魔鬼徒步走向镇子，而毛驴回到了主人身边。

"尽管如此，"堂吉诃德说，"还是应该为那个魔鬼的无耻而惩罚一下大车上的某一个人，哪怕是皇帝本人！"

"阁下您千万不要这么想，"桑丘回答说，"听我一句劝吧，永远不要跟喜剧演员对着干，他们是受保护的人：我见过一个演员，他因为杀了两个人被囚禁了，最后却毫无代价地获得了自由。阁下您得知道，他们是快乐又给别人带来快乐的人，因此所有人都尊敬他们、拥护他们、帮助他们、保护他们。尤其是那些在王国内获得授权的戏班子演员，他们所有人，或者至少大部分人，从衣着打扮上来看，简直跟亲王不相上下。"

"这些我都不在乎，"堂吉诃德回答说，"我必须去会会那个自吹自擂、装腔作势的魔鬼，哪怕整个人类都在保护他！"

说着便急追上去，此时大车马上就要开进镇子了，他边跑边大声喊：

"停下！等等！你们这群乱哄哄、只知道穷开心的人！我要教训教训你们！让你们明白该如何对待游侠骑士的持盾侍从乘坐的毛驴或牲口！"

堂吉诃德的叫喊声十分洪亮，大车上的人们都听到了，也从这番话里明白了他的意图。死神立刻从大车上跳了下来，跟在他后面的是皇帝、魔鬼车夫和天使，女王和天使丘比特也不甘落后。所有人都捡起石块，一字排开，等着用尖尖的卵石来迎接堂吉诃德。堂吉诃德见他们如此严阵以待，高举手臂，作势要狠狠地扔出石头，便拉住了罗西南多的缰绳，开始思考如何发起进攻才能让自己少冒一些危险。就在他停下的时候，桑丘赶到了，见主人正准备攻打那支看上去训练有素的军团，便对他说：

"您要想这样做，那可真是疯透了！我的主人啊！阁下您想一想，那可都是个头不小的鹅卵石，那么多石头同时砸过来，除非您把自己塞进一座铜钟里，否则没有任何办法抵挡。而且您还得考虑到，一个人单枪匹马去攻打一支军队，里面有死神、有御驾亲征的皇帝，还有各种好的、坏的天使的帮忙，这是莽撞而不是勇敢。如果连这样想都不能让您平静下来的话，那就想想，虽然他们看上去像是国王、亲王和皇帝，但可以确定没有一个是游侠骑士！"

"桑丘，这回你可算是说到点子上了！"堂吉诃德说，"你成功让我改变了决定。正如我告诉过你很多次，对于一个不是武装骑士的人，我不能也不应该拔剑相向。轮到你了，桑丘，如果你想要为毛驴所受的侮辱报仇雪耻的话，我在这里为你加油，并用适时的提醒来帮助你。"

"主人，没有任何理由找任何人报仇。"桑丘回答说，"因为受辱而寻仇可不是老基督徒的行为。再说，我会说服我的毛驴，让它同意由我来决定如何对待侮辱，而我的决定就是安安生生地度过上帝赐予我们这个生命的每一天。"

"那么，这是你自己的决定。"堂吉诃德回答，"善良的桑丘！稳重的桑丘！基督徒桑丘！真诚的桑丘！那咱们就别管这些幽灵了，重新出发去寻找更出类拔萃、更名副其实的冒险吧！从此地的地势上来看，这里少不了遇到很多奇迹般的冒险。"

说完，他掉转马头，桑丘也骑上了毛驴，于是死神跟他的整个战斗中队也回到了大车上继续赶路。这次令人悬心的死神之车冒险总算有了一个幸福的结局，这得感谢桑丘·潘萨给予主人的忠告。而这位主人次日便遭遇了另一桩奇事，碰见了另一位痴情的游侠骑士，其曲折程度一点也不亚于上一次冒险。

第十二回
英勇的堂吉诃德与无畏的镜子骑士之间发生的奇事

跟"死神"发生冲突的那天晚上，吃过晚饭以后，堂吉诃德跟他的持盾侍从在几棵高大荫凉的树下过夜。晚饭还是在桑丘怂恿下吃的，享用的是毛驴褡裢中携带的丰盛口粮。晚餐期间，桑丘对他的主人说：

"主人，我要是当时选了阁下您完成第一次冒险以后的战利品作为奖励，而不是那三匹母马的崽子，那我得多傻啊！不管怎么样，抓在手里的小鸟比飞在空中的老鹰强。"

"不过，"堂吉诃德回答说，"桑丘，如果你当时没阻止我向他们发动进攻的话，作为战利品，你至少能拿到那位皇后的金皇冠和丘比特的彩色翅膀了，我一定会强迫他们摘下来，交到你手里。"

"那不过都是做戏，"桑丘·潘萨回答说，"戏剧中的皇帝用的权杖和皇冠根本就不是纯金的，而是铜箔的或者是铁皮的。"

"这话倒不假。"堂吉诃德说，"如果连戏剧演员的服饰都十分精细，而不只是表面花里胡哨的话，也太不合常理了，正如戏剧本身一样荒诞。桑丘，我想给你这个皇冠，是希望你珍视它，由此也就自然而然珍视那些写作和演出剧本的人。这些都是用于造福共和国的工具，相当于给我们每个人都放了一面镜子，镜子里活灵活现地展现出人世生活的种种。没有什么东西能比戏剧和戏剧演员们更生动传神地表现出我们是什么，以及我们应该是什么。不然的话，你说说，你难道没看过吗，一部戏剧里面出现国王、皇帝和教皇、骑士、贵妇们和其他各式人等？一个扮演流氓无赖，另一个扮演骗子；这个人扮演商人，那个人扮演士兵；有人扮演胆小的笨蛋，也有人扮演单纯的恋人；而最后演出落幕，褪去戏装，所有的演员又都变回一样了。"

"是的，我看过。"桑丘回答说。

"那么，世上真实发生的事情跟戏剧是一样的。"堂吉诃德说，"在这个世界上，有人当上了皇帝，有人当上了教皇，总之，所有那些能够放进戏剧中的人物都有。但是等到了最后，也就是当生命结束的时候，死亡褪去了将所有人区别开来的衣装，人一旦到了坟墓里就都没什么两样了。"

"这个比方很妙。"桑丘回答，"不过不算新奇，因为我在很多场合听到过类似的说法。就好比象棋游戏，在游戏期间每一个棋子都各司其职，但是到游戏终了，所有的棋子都混在一起，洗完牌，全都装到同一个袋子里，就好像在坟墓里结束生命一样。"

"桑丘，"堂吉诃德说，"你每天都在变得更聪明，越来越犀利。"

"没错，一定是沾上了一点儿阁下您的犀利。"桑丘回答说，"哪怕是再贫瘠的土地，只要不断地施肥、不断地耕作，也会获得丰收。我的意思是，我这可怜的智商就是一块贫瘠的土地，阁下您的谈话就是掉到田地上的粪肥，而我服侍您、跟您交往的时间就是耕种。所以我希望在我身上结出的果实将是一种福分，这样才既不违背也不偏离阁下您在我孤陋的见识中开辟出来的良好教养的小路。"

堂吉诃德被桑丘这番矫揉造作的理论逗得哈哈大笑，不过他承认桑丘说得没错，他的确是在变化，而且时不时地语出惊人。尽管大多数情况下，每次桑丘想要模仿饱学之士或朝臣那样说话，他的演说就会从妙趣的高峰一下子跌进无知的深渊。而他表现得最优雅、记忆力最好的方面就是使用谚语，不管这些谚语跟正在谈论的话题是否确实相关，正如在本故事前面的叙述中大家已经注意到的那样。

就在这样那样的对话中，夜已经过了大半。桑丘早已昏昏欲睡，用他自己的话说，产生了关上眼睛这两扇闸门的愿望。他卸下了毛驴的驮鞍，让它自由自在饱食青草，但没有卸下罗西南多的鞍具。因为主人明确规定，在野外或露天过夜的时候不得为罗西南多卸甲，这是游侠骑士们制定并遵守的古老习俗。可以取下缰绳挂在马鞍的鞍架上，但是要是卸下马鞍，万万不可！桑丘正是这样做的，同时也给了它跟毛驴一样的自由。这头毛驴跟罗西南多之间的友谊是如此独特而坚不可摧，甚至代代相传。在这个真实的故事中，作者原本专门撰写了相关章节，但考虑到如此高尚的英雄故事所应保持的尊严和矜持，最终没有把这些章节放进来。不过作者曾多次不经意间违背了这个原则，他写道：每次这两头牲口聚到一起，一个就上来摩挲另一个，当两者都累了，心满意足，罗西南多就把脖子横在毛驴脖子上（超出有多半竿的长度），然后两头牲口都聚精会神地看着地面。它们常常就这样一待就是三天，或者至少一直保持到饥饿强迫它们去觅食之前。

我想说的是，据说作者曾经将它们的友谊比喻成涅索斯跟欧律阿罗斯[1]之间的感情，以及皮拉德斯和俄瑞斯忒斯[2]之间的情谊。如果

1　涅索斯和欧律阿罗斯是维吉尔史诗《埃涅阿斯纪》中的人物。
2　皮拉德斯和俄瑞斯忒斯是希腊神话中的人物。

事实果真如此，可以想象这两个温驯的动物之间有着多么坚实的友谊，这一点除了引起普遍的钦佩之外，也让人类感到困惑，因为在人类之间，保持友谊是一件多么困难的事！因此人们才说："朋友反目成仇，芦苇折作矛头。"还有一首歌谣唱："朋友看朋友，好似眼中钉。"

谁也不认为作者把这两个动物之间的友谊跟人类之间的友谊相比较是什么匪夷所思的事情，因为人类从野兽那里受到过很多启发，也学到过很多重要的经验。比如：从白鹳身上学到灌肠，从狗身上学到呕吐疗法和感恩，从鹤身上学到警觉，从蚂蚁身上学到未雨绸缪，从大象身上学到矜持，而从马身上学到忠诚。

最后，桑丘在一棵栓皮栎脚下睡着了，堂吉诃德则在一棵粗壮的橡树下打盹。但是没过多久，他感觉到背后有个声音把自己吵醒了。他一跃而起，四处张望，仔细倾听是从哪里传来的声音。原来是两个骑马的人，其中一个人从马鞍上跳下来，对另一个人说：

"下马吧，老兄，把两匹马的缰绳都摘下来。依我看，这个地方水草丰茂，很适合它们进食，而这里的寂静和孤独也正适于我抒发心中的一片痴情。"

话音未落，他便躺倒在地上，躺下时身上所携带的武器发出了声响。从这一迹象中，堂吉诃德明白无误地知道这是一位游侠骑士。于是他来到还在呼呼大睡的桑丘身边，抓住他的胳膊，费了好大的劲儿才把他弄醒，小声对他说：

"桑丘，兄弟，我们有奇遇了。"

"愿上帝给我们一个好的奇遇。"桑丘回答说，"在哪儿呢？我的主人，这位冒险女士阁下在哪儿？"

"哪儿？桑丘！"堂吉诃德说，"你回头瞧瞧，那边躺着一个游侠骑士。据我推测,他心情不太好,因为我看到他翻身下马、躺倒在地上的时候似乎心怀怨恨,而且躺下时还发出武器的清脆声音。"

"那么,"桑丘问,"阁下您从哪儿看出来这是个奇遇呢?"

"我没有说这就是奇遇本身,"堂吉诃德说,"这只是一个奇遇的开端,冒险就是从这里开始的。不过,听着!听上去他正在调试一把诗琴或六弦琴,而且他又是干咳、又是清嗓子,一定是准备唱点什么。"

"毫无疑问是这样,"桑丘回答说,"他一定是位痴情的骑士。"

"没有哪个游侠是不痴情的。"堂吉诃德说,"我们来听听他的演唱吧,从这根线头也许可以捋出他思绪的整个线团。如果他唱歌的话,舌头表达的正是丰富的内心。"

桑丘正想反驳,但那位森林骑士的嗓音打断了他。这嗓音既不算差,也算不上好。主仆二人聚精会神地倾听,听到他唱的是下面这首:

十四行诗

小姐,告诉我该何去何从,
无论艰深难懂,无论复杂错综,
你的心意我绝不逾越,
你的规则我必全心遵从。
若你盼我心力交瘁,在沉默中
死去,你只当已告成大功;
你若希望表白方式与众不同,
我会让爱情自己一诉由衷。

矛盾的考验如生命中的闪烁霓虹，
柔情如烛泪消融，钻石般不为所动，
我的灵魂追随着爱情的教宗。
无论柔肠还是狠心，我将胸膛向你呈送：
请您随意刻下印记，纪念情深意重，
我发誓葆此心隽永。

随着一声仿佛发自内心最深处的长叹，这位森林骑士结束了他的歌唱。又过了一会儿，他用痛苦而哀伤的嗓音说：

"哦！世界上最美丽，也最无情的女人！最尊贵的卡西尔德雅·德·班达利亚，您如何能够感同身受地体察到，我这位被您俘虏的骑士在日复一日的朝圣中，在粗糙艰苦的劳作中，日益消沉，形如枯槁？我已经做到让纳瓦拉、莱昂、安达鲁西亚、卡斯蒂利亚，以及拉曼查的所有骑士都承认您是世界上最美丽的女人，这难道还不够吗？"

"此言差矣！"这时堂吉诃德插嘴说，"我来自拉曼查，但我从来没有这样承认过！我不能也不应该承认这样一件如此有损于我心上人美貌名声的事情。你已经看到了，桑丘，这位骑士正在胡说八道。不过且让我们听下去，也许他会把事情说得更清楚。"

"他会的。"桑丘回答说，"他看上去好像能连着唉声叹气一个月。"

结果却并非如此，那位森林骑士听到附近有人说话，便不再继续自己的叹息，而是站起来，用洪亮而恭敬的声音说：

"是谁在那里？姓甚名谁？是幸福美满的得意之人，还是备受折磨的失意之人？"

"断肠人。"堂吉诃德回答说。

"那么请您到这边来。"森林骑士回答说,"您会看到,在下正是悲伤和煎熬的代名词。"

堂吉诃德听他回答得如此温柔而谦恭,便走到他身边,桑丘也紧紧地跟了上来。

忧伤的骑士拉住堂吉诃德的手臂说:

"骑士先生,请您在这里就座。能在这里遇见您,足以让我明白您是什么人,以及您所从事的游侠骑士事业。在这里有孤寂和夜露相伴,正是游侠骑士们天然的卧榻和独享的厅堂。"

对此,堂吉诃德回答说:

"我的确是骑士,我的事业也正如您所说。虽然在我的灵魂中,悲伤、不幸和厄运也各居其位,但我并不因此就失去了对于他人不幸的同情。从您刚才所唱的歌里,我推测您的不幸是爱情方面的。我的意思是,您在哀叹中提到了那位忘恩负义的美人以及您对于她的爱情。"

说这番话的时候,两位骑士并肩坐在坚硬的地上,气氛平和融洽,仿佛哪怕是天破晓,这两颗脑袋也会靠在一起不会分开。

"骑士先生,顺便问一句,"森林骑士问堂吉诃德,"您是否爱上了某人?"

"很不幸,是的。"堂吉诃德回答说,"虽然因为真爱而受到伤害更应该被认为是幸福而非不幸。"

"没错。"森林骑士回答,"虽然被抛弃并不会让我们失去理性和学识,但是如果屡遭抛弃,也难免伤心。"

"我从来没有被心上人抛弃过。"堂吉诃德回答说。

"当然没有,"桑丘说,他正站在旁边,"因为我的女主人就像是一只温驯的羔羊,而且比黄油还要柔软。"

"这是您的持盾侍从吗?"森林骑士问。

"是的。"堂吉诃德回答。

"我从来没见过持盾侍从敢在主人说话时插嘴的。"森林骑士说,"至少,我的持盾侍从就在那里,他的身量已经跟他父亲不相上下了,但从来不敢在我说话的时候张开嘴巴。"

"那么事实上,"桑丘说,"我是说话了,而且我可以在另一位如此……的人面前说话……算了,就这样吧,越描越黑。"

森林骑士的持盾侍从拉住桑丘的胳膊对他说:

"咱们两人去找一个地方,以侍从的身份也可以随意说话,留下两位主子老爷,让他们绞尽脑汁讲述各自的爱情故事,我肯定他们讲到天亮都讲不完。"

"那就赶紧吧,"桑丘说,"我会让您知道我是谁,好让您看看我算不算最能说会道的持盾侍从之一!"

说着,两个持盾侍从就离开了。他们之间展开了一场对话,主人之间的谈话有多么严肃,他们之间的谈话就有多么好笑。

第十三回

继续讲述森林骑士奇遇,以及两位持盾侍从之间谨慎、新奇而友好的对话

骑士们和持盾侍从们分开以后,这边厢聊着各自的生活,那边厢交流着各自的爱情。不过故事先记录了仆人们之间的对话,然后才接着讲述主人们的交谈。于是故事讲到,走出一段距离之后,森林骑士的持盾侍从对桑丘说:

"我的先生！我们这些游侠骑士的持盾侍从过的都是什么日子！生活真是劳碌啊！倒不如说，我们吃的面包都是伴着脸上的汗水一起下咽的，这简直是上帝对咱们老祖宗的一种诅咒。"

"同样也可以说，"桑丘补充道，"我们吃的面包是就着全身的寒冰下肚的，还有谁比我们这些可怜的持盾侍从更加冒酷暑、耐严寒？要是有的吃，那还算不赖呢！因为能收获面包的决斗可不多，有时候我们会一整天，甚至两天都没早饭吃，只能喝点西北风。"

"所有这一切都可以忍受，"森林骑士的侍从说，"只要我们对于奖励还抱有希望。一个持盾侍从，只要他服侍的游侠骑士不是特别倒霉的话，要不了几个回合就能得到奖励，比如某个岛屿总督的肥差，或者某个看上去很不赖的封地。"

"我呢，"桑丘回答说，"已经跟我的主人说过了，能当个岛屿的总督我就满足了。而他是如此高贵慷慨，在不同场合多次向我做出了承诺。"

"至于我，"森林骑士的持盾侍从说，"只要得到一个大教堂的受俸职务就对得起我的服侍了，而且我的主人也已经答应了。不过那又怎样呢！"

"那么，"桑丘说，"您的主人应该是教会封的骑士，只有他们才能对持盾侍从许诺这样的赏赐。但我的主人却是个完完全全的俗家骑士。我记得有几个很有学问的人曾经建议他努力当个主教，不过在我看来那些人实在居心叵测，幸好他不愿意，一心只想当皇帝。那个时候我整天提心吊胆，就怕他突发奇想要当个教会里的大人物，因为我可没资格从事那样的工作。实话告诉您吧！我虽然看上去人模人样，但对于教会来说就是头牲口。"

"那么事实上您完全搞错了！"森林骑士的侍从说，"岛屿的总督们不总是幸福的：有人阴险狡诈，有人穷困潦倒，有人思虑过度……总之，最杰出、最有雄心的人总是怀着沉重的心事和忧伤，被命运选中的不幸之人不得不承担这一切。我们这些人干着该死的服侍人的活儿，要是能各回各家，那真是再好不过了！在家里我们可以用更舒适惬意的活动打发时间，比如打猎或者钓鱼，因为，世界上有哪一个持盾侍从穷到连在村子里自娱自乐的一匹瘦马、两条猎狗和一根钓鱼竿都没有？"

"这些东西我可一点儿都不需要。"桑丘回答，"没错，我的确没有瘦马，但有一头毛驴，可比我主人的马值钱多了。哪怕上帝让我在复活节倒霉，甚至下一个复活节就倒霉，或者给我超过四个法内加的大麦都别想换走它！我这头毛驴是浅棕色的，我说它值这个价钱，您一定以为是开玩笑吧！猎狗我不需要，我们镇上多的是。再说，打猎这件事，用别人的代价换取才更有乐趣。"

"说真的，千真万确，"森林侍从说，"持盾侍从先生，我已经计划好，也下定了决心，离开那些胡说八道的骑士，回到我的村子，好好养育我的孩子们。我有三个孩子，就像三颗东方的珍珠。"

"我有两个，"桑丘说，"出色得简直可以献祭给教皇本人。尤其是那姑娘，如果上帝保佑的话，我可是拿她当伯爵夫人养的，虽然她妈坚决反对。"

"这位当作伯爵夫人抚养的小姐几岁了？"森林侍从问。

"十五岁吧，上下不超过两岁，但是她个子高得像根长矛，鲜嫩得如同四月的清晨，而且她的力气比得上彪形大汉。"

"有这些天赋可不只能当个伯爵夫人，"森林侍从说，"甚至能当个绿森林里的仙女。婊子养的！婊子！这小贱人应该非常结实！"

桑丘恼怒道：

"她不是婊子!只要上帝保佑,只要我活着,她妈也不是,她们两人都不是!既然您在游侠骑士中间当过仆人,请您说话放尊重点!游侠骑士们正是礼仪的代表,我看您这几句话说得可不对。"

"持盾侍从先生,您对赞美的艺术真是知之甚少。"森林骑士的持盾侍从反驳说,"难道您不知道,当某个骑士在斗牛场上干净利索地刺中了斗牛,或者当某个人某件事情做得漂亮,人们常说:婊子养的!婊子!他干得多棒啊!这听上去像是辱骂,但在那样的场合不是最高的赞扬吗?先生,如果儿子们或者女儿们没有做出值得别人对他们的父母说出类似赞美的话,您就该跟他们断绝关系。"

"如果是这样的话,我是得跟他们断绝关系。"桑丘回答说,"出于同样的理由,您可以对我、对我的儿女们、对我的老婆都骂上几句'婊子',因为他们所说、所做的一切都值得受到这样的称赞。为了能够再见到他们,我恳求上帝救我跳出这罪孽的苦海,或者如果他能让我脱离这个持盾侍从的危险职业也可以。我已经是第二次错误地迈进这个行业了,不过我完全是被诱骗了!有一天我在黑山深处捡到了一个装着一百枚金币的袋子,那简直是魔鬼放在我眼前的,让我感觉好像只要再往前走一步就能再捡到一个装满了多布拉的布口袋,不是在这儿,就是在那儿,我只要抱住袋子带回家,把金币放贷出去,靠利息就能生活得像个亲王。只要一想到这个,无论跟我的白痴主人在一起要遭受多少艰辛,都变得容易和可以忍受了。在我看来,我的主人与其说是骑士,不如说是疯子。"

"你这就是人们常说的贪心不足蛇吞象。"森林骑士的随从说,"不过要说到疯子,世界上没有比我的主人更疯的人了:他就是人们说的那种无事忙、瞎操心。为了让另一个发了疯的骑士恢复理智,他自己却当了疯子,到处寻找一件莫名其妙的东西,我都不知道他找到以后会不会后悔。"

"那么，顺便问一句，他恋爱了？"

"是啊！"森林侍从说，"他爱上了一个叫什么卡西尔德雅·德·班达利亚的姑娘，那是全世界最粗鲁、最死皮赖脸的丫头。不过他可不在乎人家是不是粗野，因为他心里埋藏着更大的谎言。走着瞧吧，用不了多久……"

"没有哪条路是一马平川的，"桑丘回答，"多少都得有些磕磕绊绊或沟沟坎坎。俗话说，家家有本难念的经，我家的经天天念也念不清；还有，疯汉自有傻汉陪。如果人们说得没错，人在累得筋疲力尽的时候有个同病相怜的伙伴往往有助于减轻辛劳，那么跟您在一起对我来说确实是个安慰，有另一个跟我主人一样傻的主人也同样让人觉得好受些。"

"我的主人虽然傻，胆子却很大，"森林侍从说，"不过要说他人傻胆大，还不如说他鬼心眼儿多更贴切。"

"我的主人可不是这样，"桑丘回答说，"我的意思是，他跟无赖可不沾边。恰恰相反，他的灵魂就像一个罐子，从来不懂得伤害别人，而是为所有人做好事，没有一点儿邪念，甚至一个小孩儿都能让他在大白天相信那是晚上。正因为这种单纯，我爱他如同爱我自己的心肠。不管他说多少胡话，我也不能离开他。"

"无论如何，兄弟，"森林侍从说，"瞎子给瞎子带路，两人都得掉沟里。咱们最好是脚底抹油赶紧溜，回老家去，寻找冒险的人们并不总能遇上好事儿。"

桑丘不停地吐口水，嗓子发干又有点黏糊糊的，这一点被好心的森林侍从看在眼里，便说：

"咱们说了这么多话，感觉舌头都要粘到上颚了。不过我带了

'止渴药',就挂在我的马鞍架上,那酒可真不赖!"

他站起来,很快就带着一个大酒囊和一块半竿长的馅饼回来了,还有一只——毫不夸张地说——一只巨型的白色兔子,桑丘伸手摸了摸,认为那已经不是兔崽子了,而是只老兔子,于是问道:

"先生,这都是您随身带着的?"

"你以为呢?"另一位持盾侍从回答说,"你以为我是个新手侍从吗?我的马屁股上带着最好的伙食,比将军出征的时候带的还要好!"

桑丘不等人家邀请就吃了起来,在黑暗中狼吞虎咽,每一口都有马腿绊子上的绳结那么大。他边吃边说:

"您真是个又可靠又忠心的持盾侍从,可不是一般的那种,而是出类拔萃的,从这顿盛宴上就能看出来。这顿饭即便不是通过巫术魔法变出来的,至少看上去就像是变魔术一样。不像我,又可怜又倒霉,褡裢里面只带了一点儿奶酪,而且硬得能打破巨人的脑袋,还有四打长豆角和差不多数量的榛子和坚果,用来搭配着吃,这都要归功于我主人的俭朴。他的观点以及他所遵守的规则就是,游侠骑士们只能靠干瘪的果实和田里的野菜充饥并活下去。"

"要我说,兄弟,"森林侍从回答说,"我这个胃可不是用来装洋蓟的,我不吃野梨,也不吃山里的根茎。就让主人们坚持他们的观点,遵守他们的骑士守则,爱吃什么就吃什么。我反正带着饭盒,还有这个挂在马鞍架上的酒囊,以防万一。这是我最珍爱的东西,而且一刻也离不开它,每过一会儿就得不停地亲吻它、拥抱它。"

说着,他把酒囊放到桑丘手中。桑丘高高举起酒囊,放到嘴边,抬头望着星星,足足望了有一刻钟。喝完这口他重重地把头垂到一边,深深叹了口气说:

"婊子养的,这酒真他妈的不错!"

"你看!"森林侍从听到"婊子养的",对桑丘说,"你是怎么夸这个酒的?是不是管它叫婊子养的?"

"好吧,"桑丘回答,"我承认,想要夸奖某人的时候,管他叫'婊子养的'不是什么不体面的话。不过先生,请以你最亲爱的祖辈的名义告诉我,这酒是来自雷阿尔城吧?"

"好棒的品酒师!"森林侍从回答说,"没错,正是如此,而且这酒有年头了。"

"这可难不倒我!"桑丘说,"您别以为我会品不出这是哪儿的酒。说来奇怪,持盾侍从先生,我在品酒方面有着超常的天赋。任何一种酒,只要闻一下,我就能说出它的产地、品种、口味、年份,甚至知道酒桶翻了几次个儿,以及周围的环境。不过其实也不足为怪,因为我父亲那边的家族里出过两位拉曼查多少年来最优秀的品酒师,为了证明这一点,我现在就给您讲讲发生在他们身上的事。有人让这两位品尝一个桶里的酒,征求他们关于此酒状态、品质等方面的意见,品评一下这酒的优缺点。其中一个人用舌尖尝了一下,另一个人只用鼻子闻了一下。第一个人说这酒喝起来有铁的味道,第二个人说更像是皮子的味道。酒主人说,酒桶是干净的,而且酿酒过程中绝对没有可能沾染上铁或者皮革味道的处理工序。无论如何,这两位品酒师还是坚持己见。过了一段时间,等这桶酒卖光了,在清洗酒桶的时候人们发现了一把很小的钥匙,拴在一根皮带上。所以您知道了吧!从这个家族中出来的人,是不是完全有资格在这类事情上发表看法!"

"所以我说嘛,"森林侍从说,"咱们就别再到处寻找冒险了。有了大面包,还找什么蛋糕呢?咱们就回到各自的茅屋,如果上帝愿意的话,会知道我们在那里。"

"在我的主人到达萨拉戈萨之前,我会一直服侍他,此后再看吧。"

最后,这两位优秀的持盾侍从,在说了这么多话,喝了这么多酒之后,不得不用睡眠来拴住各自的舌头,缓解口渴,因为要完全消除口渴是不可能了。就这样,两人抱着几乎喝空的酒囊,嘴里还嚼着半口食物,就睡着了。暂且让他们留在这里,我们来讲讲森林骑士跟愁容骑士之间的谈话。

第十四回
继续讲述森林骑士奇遇

堂吉诃德和森林骑士进行了一席长谈。故事叙述道,森林骑士对堂吉诃德说:

"总之,骑士先生,我想告诉您,我的命运,或者更准确地说是我自己的选择,让我爱上了那位举世无双的卡西尔德雅·德·班达利亚。我说她举世无双是因为不管是论身材的高大、身份的高贵,还是论极致的美丽,都无人能与之匹敌。事实上,请容我将原委一一道来。我怀着诚挚深情立志挑战各种各样、无穷无尽的危险,可历经磨难之后从这位卡西尔德雅那里得到的补偿却跟赫丘利从继母那里得到的一样[1]。每一次脱离险境,她都会让我相信在渡过下一次危险后就能得偿所愿。就这样,我的挑战如环环相扣般接踵而至,

---

[1] 指罗马神话中,朱庇特之妻朱诺派朱庇特与前妻所生之子赫丘利去完成十二件危险之事。

数不胜数,连自己都不知道哪一次才是尽头,才能成为我美好愿望实现的开端。

"有一次,她派我去塞维利亚挑战那位名叫希拉尔达的著名女巨人[1]。她是如此英勇、强壮,犹如铜铸,虽然无法离开镇子,却是世界上最善变、最无常的女人。我到了那里,见到了她并战胜了她,把她收拾得服服帖帖、规规矩矩,当然那要感谢一个多星期里一直只刮北风。有一次她命令我去把吉桑多的大公牛举起来,那些其实是古老的巨石,这是一桩应该委托给莽汉而不是骑士的任务。还有一次,她命令我跳进卡布拉深渊,就为了回来向她详尽地描述在那黑暗深处幽闭的东西,那真是闻所未闻、令人心惊胆寒的挑战。我限制了希拉尔达的活动,举起了吉桑多的公牛,跳下深渊揭露出其中隐藏的事物,可是我的愿望呢?比死亡还要沉寂;她漫不经心的差遣却比生命更活跃。

"总之,她对我最后的命令就是要我走遍西班牙的所有省份,让在西班牙境内活动的所有游侠骑士都承认,只有她才是今天在世的所有女人中最美貌的,而我则是地球上最勇敢、最痴情的骑士。为了做到这一点,我已经走遍了大半个西班牙,并且已经战胜了很多敢于反驳我的骑士。不过其中我最得意、最自豪的一次,就是在一场空前绝后的决斗中战胜了著名的堂吉诃德·德·拉曼查,并迫使他承认我的卡西尔德雅比他的杜尔西内亚更美丽。光是这一次胜利,我就被认为是战胜了全世界所有的骑士,因为我提到的这位堂吉诃德战胜过他们所有人。如今既然我战胜了他,那么他的荣耀、名声

---

[1] 指塞维利亚大教堂塔顶上的女神像,上面安装有风向标。

和美誉都理当转移并传递到我身上,所谓'手下败将名气越大,常胜将军荣耀有加'。所以上面提到的这位堂吉诃德那些数不胜数的丰功伟绩如今已经算到我的账上,成为我的了!"

堂吉诃德听到森林骑士的话,惊得目瞪口呆。他有无数次差点忍不住要斥责对方信口雌黄,"你说谎"这句话已经到了舌尖,但为了让森林骑士亲口承认在说谎,他竭力克制住了自己,平静地说:

"骑士先生,对于您已经战胜了西班牙,甚至是全世界大部分的游侠骑士这一点,我没有任何异议。但至于说您战胜了堂吉诃德·德·拉曼查,我却很怀疑。有可能是另一位跟他相像的骑士呢?虽然鲜有容貌酷似的骑士。"

"怎么会呢?"森林骑士反驳说,"我对着头上的青天发誓!我跟堂吉诃德打了一架并战胜了他,他投降了!此人个子很高,面容干瘦,四肢又长又直,头发花白,鹰钩鼻子还有点弯曲,黑色茂盛的髭须垂下来。他以愁容骑士的名头行走天下,还带着一个名叫桑丘·潘萨的农夫作为持盾侍从。他驾驭的坐骑是一匹著名的马,叫作罗西南多,还有,他将一位叫作杜尔西内亚·德尔·托博索的小姐作为心上人,这位小姐曾经名叫阿尔冬莎·洛伦佐。这一点跟我的心上人一样,她名叫卡西尔达并来自安达鲁西亚,所以我称她为卡西尔德雅·德·班达利亚[1]。如果所有这些证据尚不足以证明我并无半点虚言,宝剑在此,会让您相信不可信本身。"

"骑士先生,请您息怒。"堂吉诃德说,"请您听听我的想法。要知道,您说的这位堂吉诃德正是我在世上最好的朋友,好到甚至可

---

1 "安达鲁西亚"在摩尔人中被称为"班达利亚"。

以说，我将他当作我自己本人。从您刚才描述的那些详尽而确切的特征来看，我只能相信您战胜的就是他。但从另一个方面来说，经我亲眼所见、亲自验证，不可能是他本人。唯一的解释是，有很多魔法师与他为敌，甚至有人长期对他紧追不舍，其中某一个变成了他的样子并故意被人战胜，目的是败坏他高贵的骑士精神在全世界博得的名声。为了证明这一点，我不妨告诉阁下，就在不到两天以前，这些敌对的魔法师把美丽的杜尔西内亚·德尔·托博索的容貌和身材变成了一个低贱、矮小的村姑模样，也许他们通过同样的方法把自己变成了堂吉诃德。如果所有这一切还不足以让您明白我说的确有其事，那么，堂吉诃德在此！他将用武器来证明这一点，不管是站立还是骑马，或者任何您喜欢的方式。"

说着，他站起来，握紧长剑，等待着森林骑士的决定。这位骑士用同样平静的声音回答说：

"有钱还债，不怕抵押。堂吉诃德先生，既然我曾经战胜了变形后的您，当然完全有希望征服本来面目的您。不过，在黑暗中动兵器对骑士们来说实在不成体统，那是强盗和流氓的伎俩。让我们等待白天的来临，好让太阳见证我们的壮举。决斗的条件是：战败者必须服从战胜者的意志，执行他所有的命令，只要这些命令不致辱没一个骑士的名誉。"

"我很乐意接受这样的条件和协议。"堂吉诃德回答。

说着，两人走向持盾侍从们所在的地方，发现他们正打着呼噜，还保持着入睡时的样子。主人们把侍从叫醒，命令他们备好坐骑，因为等太阳一出来，两位骑士就要开展一场血淋淋的、空前绝后的激战。听到这个消息，桑丘惊得目瞪口呆、不知所措，不由得为主人的性命担忧起来。他从另一位持盾侍从那里听说森林骑士十分勇猛,因而感到害怕。不过,所有人都一言不发,两位持盾侍从去寻找坐骑,此时三匹马和一头毛驴已经互相闻到味道,聚在一起了。

路上,森林骑士的持盾侍从对桑丘说:

"兄弟,您知道吗?在安达鲁西亚,打架有个规矩:如果干儿子们掐起架来,干爹们也不能抱着胳膊看热闹。我的意思是,主人们打架的时候,咱们两个也必须得打一架,哪怕粉身碎骨。"

"持盾侍从先生,"桑丘回答说,"地痞无赖和打手之间可能有这种规矩,可对于跟随游侠骑士的持盾侍从来说,想都别想!至少我从来没有听我的主人说过有类似的习俗,他脑袋里可记着游侠骑士们所有的规矩。再说了,主人们打架,侍从们也得打架,就算真有这个规矩,而且哪怕是明文规定,我也不想遵守!我宁可支付罚金,虽然像我这种热爱和平的持盾侍从还要被罚款真是冤得慌,不过我相信金额不会超过两磅蜡的价钱[1]。可真要打起来,我这脑袋一定会被打开花,甚至劈成两半,所以啊,我宁可支付这两磅蜡,否则到最后包扎脑袋所费的绷带钱都不止这些。还有更重要的原因:打架不能没有剑啊,这可是性命攸关的事情。"

"这个问题我倒是有个好办法,"森林侍从说,"我这里带了两个一样大小的麻布口袋。您拿一个,我拿另一个,咱们就用口袋打架,跟武器是一样的。"

"如果是这样的话,那就赶紧吧。"桑丘回答说,"这样打架顶多帮我们掸掸灰尘,不会打伤人的。"

"不是这样的,"另一个侍从回答,"空麻袋轻飘飘地抡不起来,

---

[1] 这是教会对于不出席仪式的人处以的罚款标准。

必须要往袋子里装上半打光滑漂亮的卵石，两堆还得一样重。这样我们就可以用袋子打架，但不会伤人或受伤。"

"您瞧瞧，我的老爹啊！还说不会打破脑袋、打碎骨头！那得往袋子里塞什么样的紫叨皮[1]或精棉花团？告诉您，我的先生！哪怕只是装满了做丝绸的蚕茧，我也不会打架的！就让主人们打吧，随他们去！咱们只管喝酒，好好活下去，时间会负责取走我们的性命，咱们用不着自己到处找猛药，赶在死亡瓜熟蒂落之前结束生命。"

"无论如何，"森林侍从回答说，"咱们必须得打架，哪怕就打半小时。"

"不！我可不会那么没心没肺！我吃了你的，喝了你的，要是再跟你过不去，不管是多么小的冲突，都是忘恩负义！尤其是，咱俩既没有生气也没有发火，该死的！哪有人会无缘无故地打上一架的？"

"对于这一点，"森林侍从说，"我有办法给您足够的理由，比如开始打架之前，我可以慢悠悠来到阁下您面前，扇您三四个耳光，把你打趴在我脚下，这样哪怕您比一只酣睡鼠还困，也能激起您心中的怒火。"

"您要这么说，我有个更好的主意。"桑丘回答说，"我找根棒子，在阁下您过来唤醒我的怒火之前，就一棍子把您的怒火打睡着。这样，除非到了另一个世界，否则您的怒火不会醒来。而且这样人们知道，谁也别想随随便便碰我的脸！咱俩各打各的主意，不过最聪明的做法就是大家各自压下怒火吧，谁也别试探别人的灵魂！偷鸡不成倒蚀把米是常有的事，上帝祝福和平、诅咒战争。兔子急了还

---

[1] 此处桑丘想说"紫貂皮"。

咬人呢，何况我是个人！上帝知道我会怎么样！所以，我可警告阁下您，持盾侍从先生，从现在开始，我们打架造成的所有后果和伤害都算到您的账上！"

"没问题。"森林侍从回答说，"上帝会让白天到来，到时候咱们走着瞧吧！"

此时已有成千上万五颜六色的小鸟在树丛间啾啾啼叫，那音色各异的欢快歌声仿佛在祝贺并问候清新的早晨。东方破晓的露台上，晨曦正逐渐露出美丽的脸庞。她摇一摇头发，洒下无数珍珠般的露水，小草们就沐浴在这些珍珠的甜美醇浆中，仿佛自己也在吐露着、挥洒着细细的白色小米珠。随着晨曦的来临，柳树们渗出可口的甜浆，泉水们在欢笑，小溪们在窃窃私语，森林变得欢乐，草地更加丰美。然而白日薄薄的清辉刚使人能影影绰绰辨认出东西，桑丘·潘萨第一眼看到的却是森林侍从的鼻子。那鼻子如此巨大，影子几乎笼罩住他的全身。事实上，据书中描述，那鼻子不但巨大无比，而且从中间开始弯曲，上面长满了青紫色的疣，像一只茄子，垂下来超过嘴巴两指多长。它巨大的体积、颜色、疣瘤和弯曲度使这张脸变得如此丑陋，以至于桑丘一看到它就开始手脚哆嗦，就像得了抖动症的小孩。他心里打定主意，任凭对方打自己两百个耳光，也不叫醒自己的怒火去跟这个怪兽打架。

堂吉诃德也看着自己的对手，发现他已经戴上了头盔，而且戴得严严实实，没有办法看到他的脸。不过他注意到，这是一个健壮的男人，身材不高，胸甲外罩着一件毛料斗篷，或者叫短上衣，布料看上去像是极其精细的金子，上面缀满了无数月牙形闪闪发光的小镜子，使整个人显得格外英俊夺目。他的头盔上装点着很多绿色、黄色和白色的羽毛，长矛靠在一棵树上，又长又粗，上面的钢铁有一掌多长。

堂吉诃德细细打量着对手,并从中判断出这位骑士一定勇力非凡。但他并不像桑丘·潘萨那样因此就感到害怕,相反,他勇敢而彬彬有礼地对镜子骑士说:

"骑士先生,如果您急于开战的迫切心情没有掩盖您的风度礼仪,我请求您稍稍抬起面罩,好让我一睹您英俊的面容,是否与您的仪表一样出色。"

"骑士先生,不管在这场战斗中是战胜还是战败,"镜子骑士回答说,"您都将有足够的时间和机会看到我。而我此刻不愿满足您的要求是因为:您已知道我挑战的目的,在您没有承认我要求您承认的事实之前,我认为耽搁哪怕只是抬起面罩所需要的时间对于美丽的卡西尔德雅·德·班达利亚也是极大的冒犯。"

"那么趁我们骑上马的工夫,"堂吉诃德说,"您就可以确认,我到底是不是您曾经战胜过的那个堂吉诃德。"

"对此我只能回答,"镜子骑士说,"您跟我战胜的那位骑士十分相像,正如一个鸡蛋酷似另一个鸡蛋。不过既然您说有魔法师们在迫害他,我不敢肯定您是否就是前述的那位。"

"对我来说,"堂吉诃德回答说,"这就足以让我相信您是被骗了。不过为了让您彻底从中醒悟,就放马过来吧!如果上帝和我的心上人保佑,而我的臂膀也鼎力相助的话,都用不了您抬起面罩的时间,我将立刻看到您的脸,而您也将看到我不是您认为的那个被战胜的堂吉诃德。"

说完这些,两人再不答话,各自翻身上马。堂吉诃德掉转罗西南多的缰绳,以便占据有利地形,好回身迎战他的对手,镜子骑士也依样而为。但是堂吉诃德还没走出二十步,就听到镜子骑士呼唤

他。于是他半路停下来,听到镜子骑士说:

"记住,骑士先生,正如之前所说,我们决斗的条件就是战败者必须得听凭战胜者处置。"

"这我知道。"堂吉诃德回答说,"只要加诸战败者的命令不逾越骑士道的界限。"

"正是如此。"镜子骑士回答说。

这时堂吉诃德也瞧见了对方的持盾侍从那奇怪的鼻子,他的吃惊程度不亚于桑丘,甚至认定那是个妖怪或者某种新型人类,而且是世界上从未有过的那种。桑丘不愿意单独跟那个大鼻子待在一起,他觉得那只鼻子只要轻轻抽打一下自己的鼻子,战斗就宣告结束了——自己一定会因为挨打或因为害怕而倒地不起。所以看到主人已经出发,准备开始冲锋,他便紧紧跟在主人后面,拉住罗西南多的马镫。当感觉主人正要转身的时候,他慌忙说道:

"我的主人!我恳求阁下在转身上去迎战之前,帮助我爬上那棵橡树,那里地势较高,我可以一览无余地欣赏阁下您将要跟这位骑士展开的英勇交战。"

"桑丘,依我之见,"堂吉诃德说,"你不过是想要爬高一点,好在看台上毫无危险地欣赏'斗牛'。"

"说实话吧,"桑丘回答说,"那个持盾侍从的可怕鼻子太吓人了!我害怕极了,可不敢跟他待在一起。"

"这鼻子确实惊人,"堂吉诃德说,"要不是我自重身份,也会大惊失色的。所以,来吧!我帮你爬上你说的地方。"

正当堂吉诃德停下来,帮助桑丘爬上橡树的时候,镜子骑士占据了他认为必要的地形。他以为堂吉诃德肯定也在这样做,于是没有等待号角或其他任何通知开战的信号,便急急掉转马头。这匹马不管是轻盈程度还是样貌都并不比罗西南多强，正当它迈着中碎步全力奔驰、迎向对手的时候，镜子骑士突然看到堂吉诃德正忙着帮桑丘爬树，便急忙拉住缰绳，硬生生停在半道上。对此这匹马感激不尽，因为它已经筋疲力尽了。堂吉诃德感觉到敌人已经飞奔而来，便用马刺猛刺罗西南多骨瘦如柴的双肋，催着它迈开了前所未有的快步，甚至在整个故事中，只有这一次大家看到它真正跑了起来，其他时间明显都是小碎步。罗西南多就带着这种空前绝后的意气风发冲到了镜子骑士面前，此时骑士正用马刺抽打坐骑，可就算马刺连根扎入马肚皮，也没有办法让它从刚才冲刺后停下来的地方挪动哪怕一寸。

堂吉诃德正好撞见对手这个进退两难的境地：不仅坐骑寸步难移，连长矛都不听使唤，根本没能或者没机会挂上矛托。但堂吉诃德可不管这些，抓住机会，直接轻轻松松，毫无风险地朝镜子骑士猛攻过去。这一击力道如此之大，不幸的镜子骑士从马屁股掉到了地上。摔了这么一下，骑士手脚一动不动，看上去好像死了。

桑丘一看到敌人掉下马，立刻从橡树上滑下来，急忙来到主人身边。他的主人从罗西南多背上下来，走到镜子骑士跟前，解开他头盔上的活结，好看看他是不是真的没命了，如果万一还活着的话，也好让他透透气。然而他看到的是……一旦说出他眼前所见，谁能闻之而不感到惊讶、荒谬和恐慌？故事讲到，他看到的正是参孙·卡拉斯科学士那张脸！一模一样的面容和外形，惟妙惟肖的相貌和仪表。他一见之下，便大声喊道：

"快来，桑丘！快来看！你会看见什么？你一定不会相信的！快跑过来，孩子，你看看，巫术真是无所不能！巫师和魔法师们真是神通广大！"

桑丘赶过来，一看到卡拉斯科学士的脸，就开始不停地画十字，又祷告了无数遍。这期间，那位倒下的骑士没有表现出任何生命的迹象，桑丘对堂吉诃德说：

"主人，依我看，这人看上去像是参孙·卡拉斯科学士，为了以防万一，阁下您最好把剑刺进他嘴巴里，也许在他嘴里能杀死某个与您为敌的魔法师。"

"你所言极是，"堂吉诃德说，"仇人当然是少一个是一个。"

他拔出长剑正要将桑丘的建议和忠告付诸实践，镜子骑士的持盾侍从赶了上来，然而让他变得丑陋不堪的鼻子却不见了。他大声喊道：

"堂吉诃德先生！阁下您可当心自己所做的事情！您脚下的这位是参孙·卡拉斯科学士，是您的朋友，我是他的持盾随从！"

桑丘见他不是之前那个丑模样了，便问：

"鼻子呢？"

那人回答说：

"在这儿呢，在口袋里。"

他把手伸到右边，拿出一个涂着清漆的皮卡纸做成的鼻子，安鼻子的面具也是用同样的材料做成的。桑丘对着他看了又看，用惊讶的语气大声喊道：

"圣母玛利亚！这不是托梅·塞西亚尔，我的邻居，我的老伙计吗？"

"正是我！"那位摘了鼻子的持盾随从回答说，"我正是托梅·塞西亚尔！桑丘·潘萨，伙计！朋友！我马上就告诉你我是怎样来到这里的，我会把其中的谎言和乱七八糟的事情全都告诉你！不过请你先求求您的主人不要鲁莽行事，不要伤害也不要杀死此刻正在他脚下的镜子骑士，因为这千真万确就是那位胆大包天、不听劝阻的参孙·卡拉斯科学士，咱们的邻居！"

这时镜子骑士醒了过来。堂吉诃德一见他醒过来，便用剑尖指着他的脸说：

"骑士，如果你不承认举世无双的杜尔西内亚·德尔·托博索比您的卡西尔德雅·德·班达利亚更美貌，你就死定了！除此之外，如果您经历了这场打斗，又摔了这一跤，还能捡回条命的话，您必须保证前往托博索城，代表我去拜见她，并让她随心所欲地处置您。如果她放您自由，您同样必须得回来找我，把您跟她之间的谈话原原本本地告诉我。到时您循着我的事迹，自然能找到我。根据我们在战前达成的协议，这些条件并没有超出游侠骑士道的界限。"

"我承认，"摔倒的骑士说，"杜尔西内亚·德尔·托博索小姐开线的脏鞋子也比卡西尔德雅干净却凌乱的头发更高贵。而且我承诺一定去拜见她，并回来拜见您，按照您的要求完整而详尽地讲述经过。"

"您还得相信并承认，"堂吉诃德补充说，"那位被您战胜过的骑士，不是也不可能是堂吉诃德·德·拉曼查，而是另一个跟他相像的骑士，正如我也相信并承认，您虽然看上去像是参孙·卡拉斯科学士，却并不是他，而是另一个跟他相像的人。我的敌人们把他的形象安到您身上，是为了阻止并平息我的怒气，同时掩盖我战胜的荣耀。"

"您认可的，我全部都认可；您相信的，我全部都相信；您承认的，我全部都承认。"直不起腰的骑士回答说，"我恳求您，请允许我起来吧！如果摔了这一下我还能起来的话，我这下可是伤得不轻。"

堂吉诃德和侍从托梅·塞西亚尔将他扶起。桑丘的视线却一直没有离开镜子骑士的持盾侍从托梅·塞西亚尔。他想来想去，一切都清清楚楚地表明说话的人正是托梅·塞西亚尔，但是他的主人坚称是魔法师们把镜子骑士的外貌变成了卡拉斯科学士。主人的意见对他影响如此深刻，使他无法相信自己的亲眼所见。最后，主仆二人都接受了这个骗局，而镜子骑士和他的持盾侍从则灰头土脸、失魂落魄地离开了堂吉诃德和桑丘。他们急需找一个地方贴点膏药，用夹板固定骑士的肋骨。堂吉诃德和桑丘重新踏上前往萨拉戈萨的路。故事到这里，暂且放下他们不提，先讲述镜子骑士跟他的大鼻子侍从到底是谁。

第十五回
说明镜子骑士及其持盾侍从究竟何方神圣

战胜了镜子骑士这样一个在他看来如此勇敢的对手，堂吉诃德心花怒放，得意洋洋。而且按照镜子骑士的承诺，他还有望知道心上人身上的魔法是否解除，因为这位战败的骑士必须回来向他报告跟杜尔西内亚之间发生的事情，否则就有愧于骑士名号。不过，堂吉诃德想的是这回事，镜子骑士却在想着另一回事。正如上回所说，此时此刻他没有别的念头，只想找个地方贴点膏药。

话说前回故事讲到，参孙·卡拉斯科学士当初撺掇堂吉诃德继续他的骑士之行，是跟神父和理发师事先商量过的。大家讨论如何才能说服堂吉诃德老老实实、安安静静地待在家里，而不要一心寻找冒险，被那些不合时宜的念头搞得神魂颠倒。最后大家一致得出结论，就让堂吉诃德离开（因为要阻止他似乎是不可能的），然后参孙也扮成游侠骑士上路，跟他打一架然后战胜他。对此卡拉斯科尤其赞成，至于开战的由头，那还不是信手拈来！他们认为这是一件很容易做到的事情，只要事先协商约定输的人听凭赢家处置，这样，等战胜了堂吉诃德，学士骑士就会命令他回到自己的镇子，待在自己家里，两年不许出来，除此之外对他没有其他任何要求。毫无疑问，被打败的堂吉诃德一定会不折不扣地遵照执行，以便不违背或触犯骑士准则。在家幽闭期间，他就有可能忘掉自己的幻想，或者大家找到某种便捷的方法治疗他的疯病。

卡拉斯科接受了这个办法，而托梅·塞西亚尔自告奋勇当他的持盾侍从。托梅·塞西亚尔是桑丘·潘萨的伙计和邻居，一个生性快活、心思单纯的人。参孙按照上面所说的方式武装起来，托梅·塞西亚尔也戴上面具，还在自己天生的鼻子上面安了一个假鼻子，免得见面的时候被老伙计认出来。就这样，他们一路跟着堂吉诃德，还在死神车的冒险中差点露了行迹，最后终于在树林中相遇，在那里发生的事情读者们都已经知道了。如果不是因为堂吉诃德超乎寻常的思维，居然相信此学士非彼学士，这位学士先生就有可能永远都无法学士毕业了，正所谓掏鸟找错窝，打错了如意算盘。

托梅·塞西亚尔见此行落得竹篮打水一场空，而且这条道路看来也没什么好结局，便对学士说：

"真是的，参孙·卡拉斯科先生，咱们真是活该！想干一件事情很容易，但想要脱身可就难了。堂吉诃德疯了，我们是清醒的。可现如今他啥事儿没有，笑嘻嘻地走了，阁下您却遍体鳞伤，又伤心又生气。那么，您说说看，现在到底是谁疯得更厉害？是那个没得选不得不疯掉的人，还是那个自愿疯掉的人？"

对此参孙回答说：

"这两个疯子之间的区别在于,不得已疯掉的人永远是疯子,而自愿疯掉的人随时可以清醒。"

"这倒没错。"托梅·塞西亚尔说,"我当时自愿当个疯子,成为您的持盾侍从,不过我现在也自愿不想当了,我要回家去。"

"这对你来说正合适,"参孙回答,"不过,不把堂吉诃德暴打一顿就想让我回家去,那是妄想!这回我去找他可不是为了让他恢复神志,而是为了报仇!这肋骨疼得要命,可别指望我说出什么好话来!"

两人谈论着,直到抵达一个镇子,在那里碰巧找到一个医师,治好了倒霉的参孙。托梅·塞西亚尔打道回府,参孙却独自留了下来,策划着报仇雪恨。此刻为了不耽误大家拿堂吉诃德取笑一番,且待以后再回头讲述他的事情。

第十六回
堂吉诃德与一位尊贵的拉曼查绅士之间发生的事情

前面说过,堂吉诃德满心骄傲、意气风发地继续上路,因为这一次的胜利,他自诩为本世纪全世界最勇敢的游侠骑士。他几乎认为,从今以后遇到所有冒险都将如履平地,都会得到圆满的结局。他再也不把巫术和巫师们放在眼里,完全忘记了在骑士生涯中遭受过的不计其数的棒打,也不记得被石块打掉一半牙齿,更不记得那些苦役犯的忘恩负义,或是扬瓜斯人雨点般的棍棒。总之,他对自己说,如果能找到什么办法解除杜尔西内亚小姐身上的魔法,那么在过去的世纪里即便是最幸运的游侠骑士们曾经得到的,或者可能得到的最大幸福都不值得嫉妒。他正沉浸于这样的思绪中,桑丘说:

"主人，您不觉得奇怪吗？我的老伙计托梅·塞西亚尔那只可怕的鼻子还在我眼前晃悠呢，真是大得出奇。"

"桑丘，难道你相信那位镜子骑士就是卡拉斯科骑士，而他的持盾侍从就是你的老伙计托梅·塞西亚尔？"

"这我可说不好。"桑丘回答，"我只知道，他说的关于我家和我老婆孩子们的细节让人不得不相信就是他本人，而且他摘掉大鼻子以后那张脸也正是托梅·塞西亚尔，跟我在镇上的时候无数次从自己家往外看到的一样，说话的腔调也一样。"

"桑丘，咱们得搞搞清楚，"堂吉诃德说，"你说说，参孙·卡拉斯科学士怎么可能产生这样荒唐的想法？打扮成游侠骑士，全副武装来跟我打架？难道我是他的敌人吗？难道我有什么事引起了他的反感吗？我难道是他的对手吗？或者难道他弃笔从戎是因为嫉妒我通过武器取得的名声吗？"

"可是，主人啊，"桑丘回答说，"不管那位骑士是谁，他长得跟卡拉斯科学士一模一样，而他的持盾随从又跟我的老伙计托梅·塞西亚尔一般无二，这怎么解释？如果照阁下您的说法这是巫术，难道世界上没有另外两个人可以模仿了吗？"

"这全是魔法师们的诡计和阴谋！"堂吉诃德说，"他们居心叵测，对我穷追不舍、恶意迫害。因为预见到我将会在这次战斗中获胜，便事先把被我战胜的那位骑士换成我的朋友学士的面容，好让我们之间的友谊挡住我的剑锋和我严厉的双臂，缓和我心中正直的怒火，这样那个试图用甜言蜜语和虚情假意取我性命的人就能捡回一条命。至于如何证明这一点，桑丘，你知道的，亲身经历是不会说谎也不会骗人的：那些巫师是如何轻而易举地把一些人的容貌改变成另一些人的，把美的变成丑的，把丑的变成美的！不到两天以前，你亲眼看到那举世无双的杜尔西内亚,她的美貌和优雅完美无缺、浑然天成,可我看到的却是一个粗鄙的农家姑娘,既丑陋又低贱,眼睛浑浊暗淡,嘴里还散发恶臭。因此,狡猾的巫师既然忍心造就如此冷酷无情的变形,那么变出参孙·卡拉斯科和你街坊的样子也就不足为怪了。他们的目的是从我手中抢走胜利的荣耀。不过无论如何,我感到安慰,因为不管他的外貌到底是谁,最终我也战胜了对手。"

"真相如何,上帝心中有数。"桑丘回答说。

其实他心中有数:杜尔西内亚的变形完全是自己的设计和阴谋,所以主人的猜测并不能使他信服。但是因为害怕不小心失口露了馅儿,他也不敢出言反驳。

二人正说着话,身后有一个同路的人赶上了他们。此人骑着一匹非常漂亮的黑白花母马,穿着一件绿色细绒的厚呢大衣,上面装饰着棕黄色的丝绒流苏,还戴着一顶同样的丝绒帽子。母马的马具都是野外赶路专用的,也是同样的棕黄色和绿色。这人还带着一把阿拉伯大刀,挂在绿色镶金宽肩带上,连短袜也是同肩带一样的质地。他的马刺不是金色的,而是刷了一层绿色的清漆,不但光洁锃亮,而且因为跟全身的服饰搭配得相得益彰,所以比纯金做成的还要夺目。这位赶路人来到主仆二人跟前,彬彬有礼地向他们问候,然后夹紧马刺,径直走过去了。但是堂吉诃德向他喊道:

"仪表堂堂的先生!如果阁下您跟我们顺路,且不着急赶路的话,还请您赏脸同行,我将对此感激不尽。"

"事实上,"骑母马的人说,"我匆忙走过只是因为担心这匹母马会扰乱您的坐骑。"

"先生,"桑丘接口道,"您完全可以勒住这匹母马的缰绳,因为我们这匹马是全世界最正直、最稳重的马,在这样的场合它从不干那样的勾当。只有一次它不听话放肆了，我的主人跟我也为此付出了绰绰有余的代价。所以我要再说一遍，只要阁下愿意，您就可以停下来。哪怕是用托盘把母马奉上，这匹马也绝不会动一下的。"

赶路人勒住了缰绳，对于堂吉诃德的仪表和面容感到惊讶。此时的堂吉诃德没戴头盔，因为头盔在桑丘那里，像行李一样挂在毛驴驮鞍的前鞍架上。如果说这个身穿绿衣的人在细细打量堂吉诃德，那么堂吉诃德对他的观察则更加细致，此人看上去是个货真价实的绅士，年纪在五十岁上下，白头发很少，瘦长脸，目光介于和蔼和严肃之间。此外，从衣饰和仪态可以看出他是一个有钱人。

而绿衣人则惊讶于堂吉诃德这副前所未见的尊容：马那么瘦、个子那么高，一张脸瘦削发黄。他的武器、姿态、打扮，他的外貌和整体形象，一切都令人惊奇，都是在这个地区多少年来都不曾见过的。堂吉诃德自然注意到赶路人打量自己的专注神情，并从他的惊讶中读出了好奇。而他对所有人都是如此有礼、和善，便在赶路人动问之前走上前去，对他说：

"阁下您在我身上看到的这个形象跟如今的普遍装束如此迥异，可算是格格不入，对于您的惊奇我很理解。不过如果告诉您我是骑士，阁下您便可不以为意，正如我此刻要说：'人们口口传颂的英雄，寻找冒险当先奋勇。'

"我离开了家乡，典当了家产，抛弃了安逸的生活，将自己交与命运之手，任它将我带到最合适的地方。我立志复兴那已经泯灭的游侠骑士道，虽然一路走来磕磕绊绊，不停地摔倒，不停地从高处坠落，又重新爬上去，但我已经实现了大部分的愿望：拯救孤寡、庇护少女、扶助妇孺，这正是游侠骑士们特有的、天赋的使命。因为我英勇、伟大的事迹数不胜数，又弘扬了基督教教义，所以在全世界所有的、或者至少大部分国家被出版成书。我的故事已经印刷了三万册，而且如果上天不阻挠的话，还将翻印很多个三万册。我的意思是，简而言之，或者一言以蔽之，我是堂吉诃德·德·拉曼查，别号愁容骑士。虽有自夸之嫌，但这一次我不得不为自己吹嘘，因为没有其他能够客观表达赞美的人在场。所以，优雅的先生，从现在开始，不管是这匹马，还是这支长矛，不管是这面盾还是这位持盾侍从，不管是所有这些武器，还是我面容的憔悴或身体的极度消瘦，都不会让您感到惊讶了，因为您已经知道了我是谁，从事什么事业。"

堂吉诃德说完这番话，便不再开口。而绿衣人半晌没有开言，似乎不知道如何接口。过了一会儿，他对堂吉诃德说：

"骑士先生，您说得没错，我对您的确是既惊讶又好奇，但要说这番话能消除我心中讶异，则大不然。先生您说，只要知道了您的身份，自然就不会惊讶了，但事实并非如此。相反，得知此事，我内心的好奇和惊讶反而更甚。当今世上怎么可能还存在游侠骑士？怎么可能还出版关于真正骑士故事的书籍？我不敢相信今天的世界上还有人扶助孤寡、庇护少女、救护妇孺，如果不是亲眼看到阁下您，我怎么也不会相信！愿上天赐福！据阁下所言，您高贵而真实的骑士事迹已经被印刷出版，有了这样的书籍，一定能让人们忘记那些杜撰的游侠骑士故事。那些书浩如烟海、泛滥于世，对于良好的风俗习惯是一种伤害，对于优秀的作品则是一种名誉上的玷污。"

"至于游侠骑士们的故事到底是不是杜撰的，"堂吉诃德回答，"大可商榷。"

"怎么，"绿衣人回答，"居然有人认为那些故事并非虚构？"

"我就是这么认为的。"堂吉诃德说，"不过此话就到此为止吧，如果行程允许，又得上帝保佑，我希望有机会让阁下明白，随波逐流、人云亦云地认为那些故事一定是虚假的,是极不明智的想法。"

从堂吉诃德最后这几句话中,赶路人听出他似乎精神有点问题,不过单凭这些迹象还不足以确认这一点。此时堂吉诃德转换了话题,既然自己已经讲述了平生和处境,也恳请赶路人做一番自我介绍。对此,绿衣人回答说:

"愁容骑士先生,我是一位乡绅,我的镇子距此不远,如果上帝保佑的话,咱们今天能赶到那里用餐。我名叫堂迭戈·德·米兰达,跟我的妻子、儿女还有朋友们一起生活,家境还算富足;我日常以打猎和捕鱼为娱,但既不养游隼也不养猎狗,只养一些温驯的石鸡或调皮的白鼬;家中藏书约有六打,有些是卡斯蒂利亚语的,有一些是拉丁文的,有些是小说,有些是宗教书,骑士小说在我家还不曾出现过;我阅读的世俗书籍多于宗教书籍,但都是正当的消遣,它们通过语言给人带来愉悦,通过虚构令人称奇,虽然在西班牙这样的书屈指可数;有时我会跟邻居和朋友们一起吃饭,大多数情况下都是我邀请他们;我的筵席总是干净、整洁、丰盛;我既不喜欢说三道四,也不允许别人在我面前散布流言蜚语;我不探究别人的生活,也不窥探别人的行为;我每天都听弥撒,把财富分给穷人,却从不炫耀自己的善行,以免伪善和虚荣乘虚而入——这两个敌人会悄悄占据哪怕是最稳重的心灵;我努力让不和的人们和平相处;我对我们的圣母十分虔诚,并且永远相信上帝,也就是我们那拥有无穷慈悲的天父。"

桑丘聚精会神地听着这位乡绅讲述自己的生活,觉得他又善良又神圣,并且相信这样的人一定能创造奇迹。他从毛驴上跳下来,上前拉住绿衣人右侧的马镫,以虔诚的心以及几乎流泪的表情一遍又一遍地亲吻他的双脚。乡绅见他如此行为,便问道:

"兄弟，这是从何说起？这些亲吻所为何来？"

"请允许我亲吻它们吧！"桑丘回答说，"因为我觉得阁下您是我这辈子见到的第一个骑马的圣人。"

"我不是圣人，"乡绅回答说，"而是大罪人。而您，兄弟，您看上去如此单纯，应该是个好人。"

桑丘重新骑上毛驴。此前他的主人暂时忘却了深重的忧愁，居然笑了起来，这让堂迭戈再次感到惊奇。堂吉诃德问他有几个孩子，并补充说，古代的哲学家们对于上帝缺乏真正的认识，所以认为圆满的人生就是拥有好的天性、拥有财富、拥有很多朋友，以及拥有很多好儿女。

"堂吉诃德先生，"乡绅回答，"我有一个儿子。不过如果没有他，也许人们会认为我比现在更幸福。不是因为他有何过失，而是因为他没有我期望的那样优秀。他今年十八岁，在萨拉曼卡待了六年，学习拉丁文和希腊语。到了应该开始着手学习其他科目时，我发现他不可自拔地沉溺于诗歌（如果诗歌也能算是一门学科的话）。我希望他学习法律，或者甚至是神学——"一切学科之母"。我盼着他成为家族的骄傲，因为我们就生活在这样的时代：国王对有道德、有造诣的文人褒奖有加，而德行不好的文人就好比粪场里的珍珠。可他呢，整天都在考证荷马在《伊利亚特》诗中的说法究竟是对是错；玛尔西阿尔[1]在那首所谓的讽喻诗中是否弄虚作假；维吉尔的诗是否应该以这样或那样的方式去理解……总之，他所有的思考都围绕着

---

1 玛尔西阿尔（43？—104），古罗马诗人。

上述诗人的作品,还有贺拉斯、佩尔西乌斯[1]、尤维纳利斯[2]以及提布卢斯[3]的书籍,对于用现代语言写作的诗人他倒并不热衷。不过,虽然不太欣赏西班牙语诗歌,最近却十分热情地要为别人从萨拉曼卡寄来的四句诗写一首敷衍体诠释诗[4],可谓全心投入,我想是要参加什么文学比赛吧。"

对此,堂吉诃德回答说:

"先生,儿女们都是父母的心肝,所以不管他们是好是坏,必须爱他们,就像爱赋予我们生命的灵魂。父母有责任引领他们从小走上美德之路,给他们好的教养,教给他们美好的、虔诚的基督教习俗,以便他们长大成人以后成为父母晚年的拐杖和子孙后代的荣耀。至于说强迫他们学习这门或那门学科,我不认为这样做是正确的,尽管劝说本身并不会对他们造成什么伤害。如果一个人学习不是为了挣钱糊口,那么作为学生他是多么幸运!我认为,既然上天赐予他富裕的父母令他能够衣食无忧,那么就应该允许他继续学习最喜爱的学科。虽然诗歌这门学问怡情多于实用,但并不是那种会让研究者失去名誉的学科。

"绅士先生,在我看来,诗歌就像是一个温柔的少女,青春年少、美貌无双,而所有其他的学科都是陪衬的女子,都会尽力去丰富、提炼、装饰她,而她也必须服务于她们——她们所有人都必须通过她才能博得信任。但是这位少女不愿意被触摸,也不愿意在大庭

1　佩尔西乌斯(34—62),古罗马诗人。
2　尤维纳利斯(约60—约140),古罗马诗人。
3　提布卢斯(约前55—约前19),古罗马诗人。
4　敷衍体诠释诗,指将一首短诗中的每一句扩展为一段,并将该句用作段末尾句的诗歌类型。

广众或宫殿的角落抛头露面。美德是她的炼金术,只有懂得如何对待她的人才能将她变成无价的纯金。拥有她的人必须能掌控她,避免她成为愚蠢的讽刺或空洞无物的十四行诗。无论如何她是不可交易的,除非是在英雄史诗、忧伤的悲剧或快乐奇巧的喜剧中。小丑或无知的粗人不可以谈论她,因为他们没有能力了解或估量其中包含的财富。

"先生,请不要以为我这里所说的粗人指的仅仅是卑微的平民百姓,我指的是所有不懂诗歌的人。哪怕是上流人士或高贵人物,只要不懂诗歌,都可以、也应该被归为粗人。所以,符合我刚才所说的条件,又有能力谈论并掌控诗歌的人都会出名,他的名字会在全世界所有的文明国家受到尊敬。先生,至于您所说的,贵公子不太赞赏西班牙语写作的诗歌,以在下愚见,在这一点上他并不完全正确,理由如下:伟大的荷马并不是用拉丁文写作的,因为他是希腊人;而维吉尔也不是用希腊文写作的,因为他是罗马人。总之,所有的古代诗人都是用自己的母语写作,而不会去寻求外国语言来表达自己卓越的观念。既然如此,这种习惯理所当然在所有的国家传播开来:一个德国诗人不会因为用自己的语言写作就被低估,西班牙诗人亦然,甚至哪怕是比斯开人以比斯开方言写作。不过据我猜测,先生,贵公子厌弃的应该不是用西班牙语写成的诗歌,而是那些创作纯粹民歌歌谣的诗人。他们既不懂得其他语言,也不了解其他学科,无法利用这些来装点、唤醒并完善自己天生的创作冲动。

"然而,即便是这样的观点也未免有所偏颇,因为按照正确的理解,诗人生来就是诗人:也就是说,诗人从娘胎里出来就是这块料,拥有上天赋予他的能力,不需要更多的学习或技巧就懂得创作诗歌作品，这正应了那句话：Est Deus in nobis[1]（上帝寓于吾人）。我还想指出，天生的诗人辅以后天的技巧，比只掌握技巧就想成为诗人的人优秀得多，原因就在于技巧无法超越天赋，只能完善天赋；因此，将天赋融入技巧，将技巧引入天性，才能成就十分完美的诗人。

"也就是说，绅士先生，我这番话的结论就是，请您允许贵公子跟随他的星辰所指引的方向，既然他是、也应该是一个如此优秀的学生，既然他已经顺利地跨上了科学的第一级台阶——语言，掌握了语言这门学科，他将凭借自己的力量登上人类文学的顶峰。正如斗篷和长剑在一位骑士身上显得相得益彰，语言会成为他的装点，给他带来荣誉，让他显得更加伟大，正如法冠之于主教，礼袍之于律师。如果他写讽刺诗中伤他人的名誉，那您就斥责他吧！去惩罚他，撕碎他的作品。但是如果他像贺拉斯一样写劝世诗[2]来指责世间的恶行，而且行文一样优美，请赞美他吧！因为诗人用作品对抗嫉妒，在诗中谴责善妒的人们和其他的恶行，只要不提及具体的人，都是正当的。有些诗人因为揭露了某桩恶行而遭遇被流放至彭托岛的危险[3]。如果诗人自身的德行纯洁无瑕，他在诗中也将是纯洁无瑕的，因为笔是灵魂之舌。正如观念产生于灵魂，他们的文字也出自笔尖。当国王和亲王们看到诗歌这门奇妙的科学被应用于稳重、高尚而严肃的主题，就会赞誉、尊重并奖励创作者，甚至将月桂叶做的花冠授予他们，因为据说闪电不会击中桂树，以示谁也不得冒犯那些受到奖励、头上戴着桂冠的人。"

---

1 引自古罗马诗人奥维德。
2 指贺拉斯的讽刺诗。
3 指奥维德被流放至彭托岛，位于黑海地区。

绿衣人震惊于堂吉诃德这番高论，以至于渐渐放弃了认为他精神错乱的看法。然而就在两人对话期间，桑丘因为对这个话题不感兴趣，便离开了道路，向路旁几个正在挤羊奶的牧人讨点奶。此时那位乡绅对于堂吉诃德的理性和言论非常认可，已经重新捡起了话题。然而堂吉诃德一抬头，看到迎面过来一辆插满了皇家旗帜的车，便相信这又是一个新的冒险。他大声叫桑丘把头盔送来。桑丘听到主人呼唤，便离开了那些牧人，全力鞭打着毛驴，回到了主人面前。他的主人马上就要经历又一场惊人而疯狂的冒险。

第十七回
堂吉诃德的勇气达到前所未有的巅峰，以及狮子奇遇的圆满结局

且说当堂吉诃德大声叫桑丘把头盔送来时，桑丘正从那几个牧人手中买鲜奶酪。见主人着急地连声催促，他手足无措，因为奶酪已经付过钱了，但是没有东西可以用来装。最后他决定将奶酪装在主人的头盔里，再急匆匆地回去看主人究竟有什么吩咐。等他赶到时，主人对他说：

"伙计，把头盔给我！除非是我冒险经验不足，否则据我判断，此刻面临的必将是一个迫使我立刻拿起武器的场合。"

绿衣人听到这句话，四处张望。然而除了迎面而来的一辆车，没有看到任何别的东西。车上插着两三面小旗子，由此看来，那应该是为国王陛下运送货币的车辆。他把这个看法告诉了堂吉诃德，然而堂吉诃德岂肯相信。他固执地认为所有将来陆续发生的事情都

必将是冒险和更多的冒险。于是,他回答乡绅说:

"所谓预先防备,事半功倍。采取一些预防措施总不会错,按照经验,我既有看得见的敌人,也有看不见的敌人,不知道在什么时候、什么地方、什么时机下,或者以什么样的形象,他们一定会攻击我。"

他转身向桑丘要头盔。持盾侍从没时间把鲜奶酪拿出来,只好直接递了过去。堂吉诃德接过头盔,都没来得及看到里面有什么,就急忙扣到头上。鲜奶酪受到挤压,乳清便开始顺着脸和胡子往下流。堂吉诃德吓了一跳,对桑丘说:

"桑丘,这是什么?难道我的脑壳变软了,大脑融化了?要不就是我从头到脚都在流汗?如果是汗水,千真万确绝不是因为害怕!虽然我相信此刻自己将要遭遇的冒险毫无疑问是非常可怕的。你有没有什么东西给我擦一下,这样汗如雨下,我的眼睛都看不见了。"

桑丘默不作声,递给他一块布,同时暗暗感谢上帝,他的主人没有发现真相。堂吉诃德把自己擦干净,摘下头盔看看是什么东西让他感觉脑袋发凉。看到头盔里那堆白色的糊糊,又拿到鼻子下闻了闻,确认了这个味道,堂吉诃德勃然大怒道:

"以我的心上人杜尔西内亚·德尔·托博索的生命发誓!这一定是你放在里面的鲜奶酪!你这个叛徒!无耻小人!冒失的侍从!"

对此,桑丘仍在努力装傻充愣,回答说:

"如果这些是鲜奶酪,请阁下您给我吧!我立刻把它们吃掉。不过,还是让魔鬼来吃吧,一定是他搞的鬼!我怎么可能有胆子弄脏阁下您的头盔呢?我敢吗?您就息怒吧!说实话,主人,依据上帝给我的启示,一定也有巫师在迫害我,因为我是阁下您如影随形的肢体。也许巫师们把这堆脏东西放在头盔里就是为了让您的耐心变成怒火，并把我痛打一顿，这也是常事。不过，这一次他们大错特错了，因为我相信主人深明事理，他一定知道我既没有鲜奶酪、也没有奶、也没有任何其他类似的东西，因为如果我有的话，早就把它们放进胃里，而不是放在头盔里。"

"此话有理。"堂吉诃德说。

乡绅把这一切都看在眼里，惊得目瞪口呆，但更让他惊讶的是，堂吉诃德把脑袋、脸、胡子和头盔擦干净以后，又重新戴好头盔，稳稳地蹬住马镫，检查了佩剑，紧握长矛，说：

"现在，就让该来的都来吧！我在此严阵以待，哪怕是撒旦亲临也不惧与之大战一场！"

这时插着旗帜的车已经到了跟前，只有一个车夫骑着骡子，另一个人坐在前座。堂吉诃德拦在车前道：

"兄弟们，你们去哪儿？这辆是什么车？车里装的什么？这几面又是什么旗子？"

对此车夫回答说：

"这是我的车，里面装的是两只关在笼子里的凶猛狮子，是奥兰将军送给国王的礼物，正运往陛下的宫廷。而那些旗帜正是属于我们的主人国王，标志着这里装的是他的东西。"

"这两只狮子很大吗？"堂吉诃德问。

"特别大，"前座上的人回答，"从非洲送到西班牙来的狮子里头没有比它们更大的，就连跟它们一样体形的都没有。我是驯狮人，也送过别的狮子，但是像它们这样的，一只也没见过。这是一公一母：公的关在第一个笼子里，母的装在后面那个笼子里，现在它们正饥肠辘辘，今天一天都没吃上东西了。因此，请阁下您让开道，我们必须尽快赶到给它们喂食的地方。"

堂吉诃德闻言微微一笑，说：

"用小狮子吓唬我？我会被小狮子吓住？而且还是在这个时候？那么，看在上帝的分上！送狮子来的这两位先生马上就会看到，我到底是不是能被狮子吓着的人！好先生，您下来，既然您是驯狮人，请您打开笼子把这两只野兽放出来！就在这片旷野中间，我会让它们知道谁是堂吉诃德·德·拉曼查，哪怕它们是巫师派来的！"

"我们完了！"乡绅心想，"咱们这位好骑士终于露出了马脚。毫无疑问那些奶酪软化了他的脑壳，融化了他的大脑。"

这时桑丘凑上来对他说：

"先生，看在上帝的分上，请阁下您做点儿什么吧！好让我的主人堂吉诃德不要挑战这些狮子！如果他这样做的话，我们所有人都将被撕成碎片。"

"如此说来，您的主人已经疯到这个地步了？"乡绅问道，"您居然相信并担心他会跟如此凶猛的动物打架？"

"他不疯，"桑丘回答，"只是太鲁莽。"

"我会劝他不要鲁莽。"乡绅回答。

他来到堂吉诃德身边，此时堂吉诃德正在催促驯狮人打开笼子。他对堂吉诃德说：

"骑士先生，游侠骑士们应该投身于有望胜出的战斗，而不应该参与完全无望取胜的纷争。勇敢太过便近乎鲁莽，那就只能称之为疯狂而不是坚毅。此外，这些狮子并不是来跟您作对的，它们做梦都不会这样想。它们只是作为送给陛下的礼物而来，您不应该阻拦或妨碍它们的旅程。"

"绅士先生，"堂吉诃德回答说，"请阁下您让开，去照看您温驯的石鸡和淘气的白鼬吧！每个人都该各司其职，而这就是我的职责。

这些狮子先生到底是不是冲我来的，我心知肚明！"

接着他又回头对驯狮人说：

"我发誓，无赖先生！如果你不立刻打开笼子，我就用这支长矛把你钉在车上！"

车夫看到这个全副武装的幽灵下定了决心，便对他说：

"我的先生，请阁下您行行好！出于仁慈，先让我把这几头骡子从车上卸下来，并在狮子们伸出利爪之前，带着它们一起躲到安全的地方。如果狮子把它们咬死了，那我这辈子就完了！除了这辆车和这几头骡子外，我一无所有。"

"你这个孬种！"堂吉诃德说，"下来吧！卸下你的牲口，该干吗干吗去吧！不过很快你就会看到，你这番忙碌完全是白折腾，根本没必要如此战战兢兢。"

车夫跳下骡子，急忙卸下牲口。驯狮人大声喊道：

"请所有在场的各位为我作证，我是被迫打开这些笼子，放出狮子的，这完全违背了我自己的意志！还请大家证明，我提醒过这位先生，这些野兽可能造成的所有后果和伤害，以及我的薪水和权利可能遭受的损失，都由他负责！各位先生，请在我开门之前躲到安全的地方，我只能保证它们不会伤害我自己。"

那位乡绅再次劝说堂吉诃德，请他不要做出这样的疯狂之举，这种荒唐行径简直就是在试探上帝。对此，堂吉诃德回答说，他知道自己在做什么。乡绅苦苦请求他三思而行，只要细想就一定会明白自己错了。

"现在，先生，"堂吉诃德回答，"如果在阁下您看来这将是一场悲剧，而且不愿意成为见证人，就骑着您的黑白花马，逃命去吧！"

桑丘听到这番话，双眼含泪，苦苦哀求主人放弃这桩壮举。跟这件事情比起来,那次风车大战、那些可怕的锤石机……总之,在他的一生中所有曾经投身过的大战都不过是小菜一碟。

"您看,主人,"桑丘说,"这里头既没有巫术也没有类似的东西。我从笼子的栏杆和缝隙中看到的只有一只狮子的爪子,从这只爪子的大小来看,这头狮子一定比山还要大!"

"你是因为害怕才会产生这种错觉的,"堂吉诃德回答说,"一点点东西就觉得比半个世界还要大!桑丘,你退下吧,如果我死在这里,你知道我们一贯的约定,你去找杜尔西内亚,别的就不用我多说了。"

除了这番道理,他又说了一大堆其他的胡言乱语,大家想让他放弃这个荒谬举动的希望彻底破灭了。绿衣人虽然想要阻止他,但是在武力上根本不是他的对手,同时也认为跟一个疯子打架是不明智的。此时堂吉诃德已经表现得完全像个疯子了,他正再次催促驯狮人,并重复他的威胁,让乡绅有机会催动他的母马、桑丘骑着他的毛驴、车夫赶着他的骡子,在狮子们离开笼子之前,全力奔离这辆车,逃得越远越好。

桑丘认为,在狮子们的利爪下,主人这一次是在劫难逃了。他一边为主人的惨死而痛哭流涕,一边诅咒着自己的运气,咒骂那该死的时刻,自己居然愿意再次服侍他。但是流泪和哀叹并没有妨碍他快马加鞭,远远逃离车子。驯狮人看到逃走的人们已经躲得足够远,便将之前对堂吉诃德的提醒和要求重申了一遍。堂吉诃德回答说,他已经听到了,不必费事再三强调,这些嘱咐都是徒劳,还是赶紧打开吧。

就在驯狮人打开第一只笼子的同时,堂吉诃德正在思考怎么战斗更有利,是站在地上还是骑着马。最后,他决定还是站在地上,

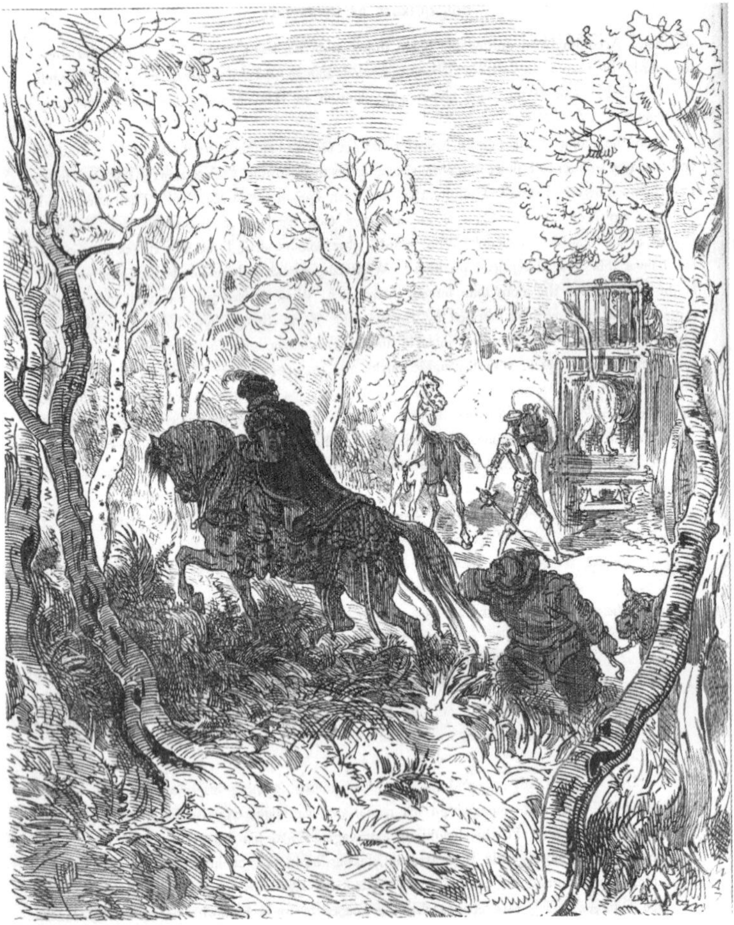

因为担心罗西南多见到狮子会受惊吓。于是他跳下马，扔掉长矛，抱着盾牌，拔剑出鞘，带着令人惊叹的无畏和勇敢，一步一步地走到车前，全心全意将自己委托给上帝和他的心上人杜尔西内亚。不得不说，在叙述到这一段的时候，这个真实故事的作者不禁惊呼：哦！强壮的、坚韧不拔的、英勇的堂吉诃德·德·拉曼查！他是一面反射着全世界所有勇气的镜子，是马努埃尔·德·莱昂再世——他可是西班牙骑士们的荣耀和骄傲！我能用什么样的语言来讲述这桩令人胆战心惊的壮举呢？又能用什么样的理由令未来的人们相信这一壮举？什么样的赞美才能配得上您、公正评价您？即使是所有的夸张修辞中最妙笔生花的赞誉也不足以表达！您徒步当车、孤军奋战、英勇无畏、气吞山河，只凭一把长剑，还不是最好的铸剑；一面盾牌，还不是闪亮洁净的钢盾，就等待着迎战那非洲丛林中养育的两只最凶猛的狮子。您自己的所作所为就是对您最好的赞美，勇敢的拉曼查人！我只能说到这里，因为已经没有词语能够表达我的崇拜。

作者的感慨到此为止，接着，他继续讲述道：驯狮人见堂吉诃德已经严阵以待，而且放出雄狮势在必行，除非跟这位愤怒而大胆的骑士干上一架，便只好把第一个笼子的大门打开。正如前文所述，笼中的狮子体形异乎寻常地巨大，相貌丑陋得吓人。狮子的第一个动作就是在笼子里转了个身，伸出爪子，伸了个大懒腰，接着又张开大嘴打了个慵懒的哈欠，伸出的舌头几乎有两个手掌长。它揉揉眼睛，抹了抹脸，然后把头伸出笼子，用通红的眼睛四处看了看，那眼神和表情足以吓住最大胆的人。只有堂吉诃德专注地盯着它，盼着它立刻从车里跳出来同自己交手：他一定要在战斗中将它剁成碎块！

这份前无古人的疯狂此刻已达到了顶点。然而那头雄狮十分大度,不但毫无傲气,反而表现谦恭,并不理会任何挑衅和恐吓。正如上文所说,它东张西望,这儿看看、那儿瞧瞧,然后又转过身去,把屁股朝着堂吉诃德,冷漠而迟缓地重新回到笼子里躺下。堂吉诃德见状,要求驯狮人用棍子打它,激怒它,让它出来。

"这可不行,"驯狮人回答说,"如果我去挑衅它,第一个被撕成碎片的人就会是我。骑士先生,阁下您就到此为止吧!您的表现堪称英勇无畏,请不要再挑战运气了!笼子的大门是敞开的:出不出来由狮子自己决定。既然它到现在还没出来,那么这一整天也不会出来的。您内心的勇敢已经展露无遗,按照我的理解,除了向敌人挑战并在战场等待敌人之外,再勇敢的骑士也没有义务去做更多的事情。如果对方不来,那是对方自毁声誉,而等待战斗的一方就赢得了胜利的桂冠。"

"你说得没错。"堂吉诃德回答说,"关上吧,朋友,关门吧!拜托你为我的行为作证,这都是你在此地亲眼所见。也就是:你是如何打开狮笼,我是如何等待,它又如何不肯出来;我继续等待,但它还是不出来而且又回去躺下了。我没有其他更多的义务了,哪怕这一切都是巫术呢!上帝会支持理性、支持真相,支持真正的骑士道。关门吧!按照我的话去做,同时我会向那些逃离现场的人示意,好让他们从你的口中得知这场壮举。"

驯狮人照做了。堂吉诃德把那块用来擦脸上奶酪雨的布绑在长矛尖上,开始呼唤那些仓皇逃命、又每走一步就不停回头张望的人,他们正由乡绅领头,自成纵队。不过还是桑丘最先看到了那块白布打出的信号,他说:

"我敢拿性命打赌!一定是我的主人战胜了那些凶猛的野兽,因为他正在呼唤我们。"

所有人都停下来，确认发信号的人正是堂吉诃德，这才稍稍放下心来。大家慢慢靠近，直到清清楚楚地听见堂吉诃德呼唤的声音，才终于回到了车子旁边，一看到他们，堂吉诃德就对车夫说：

"回来吧，兄弟，把你的骡子们架上轭，继续上路吧。而你，桑丘，拿出两个金币，一个给他，一个给驯狮人，作为我耽搁路程的补偿。"

"我非常乐意。"桑丘回答，"不过，那些狮子怎么样了？活着还是死了？"

于是那位驯狮人便原原本本、有板有眼地讲述了这场战斗的经过和结局，尽他的所能和所知，竭力夸张堂吉诃德的勇气，声称在骑士面前，狮子感到胆怯，一看到他，不愿意也不敢离开笼子，尽管笼子大门敞开了好一会儿。还说骑士甚至想要主动去激怒狮子，若不是因为自己百般劝阻，声称激怒狮子、强迫它离开笼子不啻在挑衅上帝，骑士才无可奈何，万般不情愿地允许他关上门。

"桑丘，你觉得怎么样？"堂吉诃德说，"有什么巫术能战胜真正的勇气吗？巫师们可以毁掉我的运气，却不可能夺走我的努力和精神。"

桑丘给了金币，车夫套上骡子，驯狮人为受到的赏赐亲吻了堂吉诃德的双手，并向他保证，等到达宫廷的时候，会把这桩英勇的壮举告诉国王本人。

"万一陛下问起是谁完成了这一壮举，请您告诉他是雄狮骑士，因为我打算从今往后就以此为号，改掉我之前一直使用的'愁容骑士'这个名号。在这一点上，我是遵从了游侠骑士们的古老习俗，只要他们愿意，或者有适当的时机，就会改变自己的名号。"

大车重新上路了,而堂吉诃德、桑丘和绿衣人也继续赶路。

整个这段时间内,堂迭戈·德·米兰达一言不发,只是专注地观察着堂吉诃德的举动和话语,并牢牢记在心里。他感到这位骑士是一位疯狂的智者、一个时而清醒的疯子。他还没有听说这个故事的前半部分,因为如果他读到过的话,就会明白这桩疯病的情由,堂吉诃德的言行举止就不会让他如此惊讶了。正因他不知情,所以一会儿觉得堂吉诃德是理智的,一会儿又觉得他是疯癫的——他说的话条理清晰、谈吐优雅而且言辞漂亮,但是他做的事却荒唐、鲁莽而愚蠢。他暗想:

"把一个装满了鲜奶酪的头盔扣在头上,还以为是巫师们软化了他的脑壳,有比这更疯狂的念头吗?强行要求跟狮子打架,还有比这更鲁莽、更胡闹的行为吗?"

堂吉诃德把他从这万千思绪和自言自语中拉了出来,对他说:

"堂迭戈·德·米兰达先生,谁也不会怀疑,阁下您此刻一定认为我是一个荒唐、疯狂的人。这不足为怪,因为我的所作所为确实会给人造成这样的印象。不过无论如何,我希望阁下您知道,我并非您认为的那么疯狂、那么愚蠢。在国王的眼中,一位潇洒的骑士在大广场的中央,一矛刺中勇敢的斗牛并给它一个幸福的结局,是适当之举;一位骑士佩带着闪闪发光的武器驰骋在围栏中,在女士们面前进行轻松愉快的马上比武,是适当之举;而所有参与军事行动或投身类似事业的骑士,通过各种娱乐活动——如果可以这样说的话——为各自效劳的亲王们的宫廷增光添彩,是适当之举。但是有一种行为超越以上种种而且更加高尚:那就是一位游侠骑士穿越荒漠与森林,走过千山万水,踏遍艰难险阻,到处寻找危险的挑战,并努力为每一桩奇遇赢得幸福美满的结局,只为了得到光荣且永恒的名声。

"我的意思是，一位游侠骑士在某个穷乡僻壤拯救寡妇，比一位宫廷骑士在城市中向女士们献殷勤更加高尚。每一种骑士都有各自的事业：宫廷骑士为贵妇们效力，以徽章让国王的宫廷声名远扬、用餐桌上的盛宴款待贫穷的骑士，约定并组织骑马比武，表现得心胸博大、慷慨崇高，以及更重要的是表现出基督徒的虔诚，这样他就准确履行了自己的义务。但是作为游侠骑士，则要踏遍全世界每个角落，破解最错综复杂的迷宫，每一步都在挑战不可能的极限；漫游在人迹罕至的荒郊野岭，炎炎夏日忍受太阳的烈焰炙烤，数九严寒直面肆虐的狂风和无情的冰冻；对狮子无所畏惧，对怪兽安之若素，连魔鬼也无法让他们害怕；他们不懈地寻找，不断地进攻，并战胜所有的对手，这就是他们高贵而纯粹的事业。而我恰好忝列其间，所以面对任何在我看来属于骑士道干预范围的事物都不得不挺身而出。这就是为什么我必须向狮子们发起进攻，正如刚才的公开挑战。虽然我明白这是一种过分鲁莽的行为，因为我很清楚何为真正的勇气——勇气就是介于懦弱和鲁莽两种恶习之间的美德。然而勇气上升到鲁莽的程度，总好过堕落到怯懦的程度，正如挥霍无度比吝啬更容易成就慷慨，一个鲁莽的人变成真正的勇者比一个怯懦的人攀上真正的勇气之峰更容易。堂迭戈先生，在投身于冒险这一点上，请阁下您相信我，做事宁可过头，不可欠缺，因为传出去说'这位骑士鲁莽大胆'总比'这位骑士胆小懦弱'来得好听。"

"堂吉诃德先生，依我看，阁下您的言行使您堪称理性的使徒，"堂迭戈回答说，"我相信，即使游侠骑士的规则和戒律失传了，阁下您的心胸就是存储这些条款的仓库和档案。天色已晚，让我们抓紧赶路吧，一起前往我的村子。阁下您风尘仆仆，可以在我家稍事休息，即使身体不感觉劳累，精神也需要放松，因为过度的思虑常常导致身体的劳累。"

"堂迭戈先生,我将您的邀请视为巨大的帮助和恩情。"堂吉诃德回答说。

于是大家加快了脚步。他们进入村子,到达堂迭戈家时大约是下午两点。堂吉诃德称堂迭戈为"绿衣骑士"。

第十八回
堂吉诃德在绿衣骑士家中或者说城堡中的经历,以及其他怪诞荒唐的事情

堂吉诃德见堂迭戈·德·米兰达的房子虽是村居,却有家族的族徽挂在临街的大门之上,尽管只是粗糙的石头做成。庭院中有地窖,门廊下面有饮料室,也叫冷藏室,四周放置了很多大瓮。因为这些大瓮来自托博索,他不禁再次想起了那中了魔法、变了容貌的杜尔西内亚,便不顾场合,不顾仪态,叹息道:

"'哦!甜蜜的信物!为何偏偏在此相见?愿上帝保佑你幸福甘甜!'[1]哦!托博索的大瓮啊,你们又让我想起了我最苦涩的恋人!"

堂迭戈的诗人儿子跟母亲一起出来迎接客人。母子二人见到堂吉诃德那奇怪的形象,又听到他这番话,不禁目瞪口呆。堂吉诃德从罗西南多背上下来,彬彬有礼地请求亲吻他们的双手。堂迭戈说:

"太太,请您以一贯的好客之心迎接这位堂吉诃德·德·拉曼查

---

[1] 加尔西拉索·德·拉·维加所作一首十四行诗中的句子。

先生，就是您眼前的这位游侠骑士，他是全世界最勇敢、最稳重的游侠骑士。"

这位太太名叫堂娜·克里斯缇娜，她对堂吉诃德表现出诚挚的感情和周全的礼仪，而堂吉诃德也不厌其烦地用殷勤、谦恭的话语赞美她。他又用几乎同样的殷勤态度对待那位学生。依据他的谈吐，堂吉诃德认为这是一个开朗而机敏的人。

作者在这里详尽描写了堂迭戈家里的环境，记录了一位富裕乡绅家庭所有的陈设。然而故事的译者认为，这些和其他类似无关紧要的细节应该省略，因为它们跟故事的主旨不相干。故事情节应该强调事实本身，而不是那些冷冰冰的题外话。

他们把堂吉诃德引入一间大厅，桑丘帮他卸下武器。他只穿着肥腿裤和岩羚羊皮的紧身坎肩，而且都被武器的油污弄脏了；衣服是学生式的大翻领，既没有浆洗也没有花边；短袜是椰枣色的，鞋子打了蜡；他心爱的长剑捆起来挂在一条海豹皮制成的肩带上，据说海豹能治疗肾脏的毛病，而他得这个毛病已经好多年了；最后外面又罩上一件棕褐色上等毛料的短斗篷。不过在此之前，他先洗了头、洗了脸，用掉了五六锅水（在几锅水这个问题上还存在意见分歧），而水的颜色还是像乳清一样浑浊。这得归功于桑丘的贪吃，是他购买鲜奶酪的黑幕交易让他的主人变得这么白。梳洗打扮已毕，堂吉诃德风度翩翩、英姿勃发地来到另一个房间，学生早已在此等候，在准备晚餐期间陪伴他。既然来了如此尊贵的客人，克里斯缇娜夫人也想展示一下自己款待贵客的能力。

就在堂吉诃德忙着卸武器的当儿，堂迭戈的儿子堂劳伦佐抓住机会问父亲说：

"父亲，您带回家的这位骑士到底是谁啊？他的名字、外貌，还有自称游侠骑士的做法，都让母亲和我感到好奇。"

"儿子，我也不知道从何说起。"堂迭戈回答说，"我只能告诉你，我亲眼看到他做了世界上最疯狂的事情，可是他的言谈又是如此理智，抵消了所作所为的疯癫。你跟他聊聊吧，试探一下他的学识。你一向聪明过人，就自行判断一下该将他评价为清醒还是愚蠢。不过说实话，至少我是把他当成疯子，而不是清醒的人。"

于是，正如前文所述，堂劳伦佐就去陪伴堂吉诃德。两人进行了长时间的交谈，其中堂吉诃德对堂劳伦佐说：

"堂迭戈·德·米兰达先生，也就是阁下您的父亲，曾经告诉过我，阁下您具有异于常人的才能和敏锐的天赋，尤其是，他说您是一位伟大的诗人。"

"诗人或许是的，"堂劳伦佐回答说，"但要说伟大，想都不敢想。事实上我不过是爱好诗歌，喜欢阅读优秀诗人的作品，但并不因此就有资格被冠以父亲口中的'伟大'称号。"

"我很欣赏这份谦虚，"堂吉诃德回答说，"因为但凡是诗人没有不骄傲的，无一不认为自己是全世界最伟大的诗人。"

"没有什么规则是毫无例外的，"堂劳伦佐回答说，"一定有诗人不是这样的，也不曾这样想过。"

"少之又少。"堂吉诃德说，"不过请告诉我：阁下您现在正在钻研的是什么诗？据您的父亲大人所言，这些诗令他忧心忡忡。如果是某一首敷衍体诠释诗，我在这方面倒是略知一二，很想领教这些诗句。如果是文学竞赛的诗歌，那么请阁下您努力争取拿到第二名，因为第一名永远是留给有关系的人或者重要人物的，第二名才是绝对公正的，也就是说，第三名其实应该是第二名，而第一名就应该是第三名，就跟大学里授予学士学位一样。不过无论如何，第一名这个荣誉本身就代表着此人的重要性。"

"到现在为止,"堂劳伦佐暗想,"我还没能判定这个人是疯子。我们继续吧。"便对堂吉诃德说:

"听上去阁下您也曾受过高等教育,不知您研习的是哪一门学科?"

"游侠骑士学,"堂吉诃德回答说,"这门学问可以跟诗歌媲美,甚至还要高出那么一点点。"

"我不知道这是什么学科,"堂劳伦佐怀疑说,"到现在为止从来没有听说过。"

"这个学科,"堂吉诃德告诉他,"包含着全世界所有的、或者说大部分的学科,因为从事这项事业的人必须成为法学专家,懂得赏罚分明和灵活执法,以便给予每一个人专属并适宜的判决;他必须是神学家,以便在任何必要的时候都能够清楚而毫无歧义地阐述他所献身的基督教教义;他必须是个医生,尤其是草药学家,以便在荒无人烟之地和沙漠中认识能够疗伤的植物,因为一个游侠骑士不可能随时找到人来为自己治疗;他还得是星象学家,以便从星辰来判断黑夜过去了多少个时辰,以及自己身处世界的什么地方、什么天气环境;他必须得懂得数学,因为每走一步都可能需要用到;更别提他必须具有所有的宗教美德和基本素养,以及由此衍生出的其他细枝末节。我的意思是,比如他得会游泳,正如那位尼古拉斯还是尼古拉奥,据说他可以像鱼一样在水里待上一个月;比如他得会给马钉掌、会安装马鞍和马刺等。而再回到高层次的美德上,他必须保持对上帝和对心上人的信仰;他必须思想纯洁、言语正直、行为慷慨、事迹英勇,能忍受艰辛,对穷人慈悲;最后,他必须捍卫真理,哪怕要为之付出生命的代价。一个游侠骑士的优秀品质正是由所有这些大大小小的方面构成的。堂劳伦佐先生,我说这些是为了让阁下您明白,学习并从事这项事业的骑士们所学习的内容,究竟是不是一门无足轻重的学科,是否能跟在大学和高校内所教授的最光明正大的学科相媲美。"

"如果真是这样的话,"堂劳伦佐回答说,"我不得不说这个学科超越了所有其他学科。"

"什么叫如果?"堂吉诃德不悦道。

"我的意思是,"堂劳伦佐回答说,"我怀疑曾经存在过、或现在存在着拥有如此多美德的游侠骑士。"

"我已经说过很多次,此刻再重复一遍!"堂吉诃德回答说,"世界上大多数人都认为从未存在过什么游侠骑士。而且我相信,想让他们认识到不但曾经有过游侠骑士,而且如今依然存在的任何努力都是徒劳,除非上天创造奇迹,这是我长久以来得到的经验。此刻我不想多费口舌将阁下您从这个同大多数人一样的错误中拯救出来,我要做的就是恳求上天将您点化,让您明白在过去的世纪中,游侠骑士对于这个世界是多么有益、多么重要,而如果游侠骑士道得以复兴,对我们当今世界又是多么有用,因为当下人们的罪孽、懒惰、安逸、贪吃和追求享乐占了上风。"

"我们这位客人侥幸避过了话锋,"堂劳伦佐暗想,"尽管如此,他还是一个不正常的疯子,如果我不这么认为的话,那我就是个可怜的白痴了。"

此时有人来请他们用餐,两人的谈话便随之结束。堂迭戈问他的儿子对于客人的神志得出了什么结论,对此,儿子回答说:

"全世界最好的法庭书记员和医生都无法解读他的疯癫,他是一个变化无常的疯子,却又时时清醒理智。"

大家共进晚餐。堂迭戈在路上形容过自己惯常为客人们准备的食物，这次宴席正如他所言：干净、丰盛而可口。不过最让堂吉诃德满意的是整栋房子里奇妙的安静，宛若一座卡尔特会的修道院。等餐具撤下，各人纷纷感谢上帝，净过手后，堂吉诃德再三恳请堂劳伦佐朗诵他用于参加文学比赛的诗句。对此，堂劳伦佐回答说，"为了不像某些诗人一样，在人们恳求他们朗诵诗句的时候扭捏作态，而在没有人要求的时候却滔滔不绝，……我将朗诵拙作敷衍体诠释诗。我并不期望凭此获得任何奖项，写这首诗只是为了锻炼自己的技巧。"

"我的一位非常智慧的好友，"堂吉诃德回答说，"曾经认为大可不必费心费力去创作敷衍体诠释诗。据他说，原因在于诠释诗永远无法与原始文本相提并论，而且诠释诗的内容往往会偏离原作诗人的意图和目的。此外，诠释诗的规则太过狭隘：不允许问句，也不允许使用过去时或将来时，不能将动词活用作名词，也不能改变其含义，还有其他的束缚和限制，都捆缚了诗人的手脚，这些阁下您应该都了解。"

"说真的，堂吉诃德先生。"堂劳伦佐说，"我很想当场抓住阁下您话中有什么疏漏，却无法办到——您就像鳗鲡一样从我手中滑走了。"

"我不明白，"堂吉诃德说，"也猜不出您说的'滑走'是什么意思。"

"此事只有我自己心知肚明。"堂劳伦佐回答说，"不过此刻请阁下您注意听我的敷衍体诗作，是这样的——

如果"曾经"变成"现在"
就无须等待更多的"将来"

如果明日倏忽而至
不必探究今后的未知

诠释诗

昔日难再，往事寂寥如沉沉暮霭
命运的恩惠烟消云散，密布阴霾
往事早已久远，无奈
时光又怎可从头再来
岁月也难掩龙钟老态
命运女神啊！你可知这千百年来
我甘心臣服在你的脚下顶礼膜拜
有朝一日若幸运青睐
重获幸福将时不我待
如果"曾经"变成"现在"

荣华富贵倏忽而过不及淡然云彩
功名利禄转瞬即逝莫如超然物外
旧日辉煌已风光不再
美好回忆终究其可哀
追求幸福仍心志不改
命运女神啊！好运若能卷土重来
请你将折磨我的那熊熊烈火掩埋
只怕也难以宽慰心怀
爱若来得像风一样快

就无须等待更多的"将来"

我在祈求不可能之事
光阴似利箭一路疾驰
想要再现昨日，即使
法力无边的魔王再世
想必也同样无计可施
岁月匆匆如流水东逝
她步履轻盈永行无止
片刻挽留也过于奢侈
时光早已交臂而失
如果明日倏忽而至

困惑的生活步步迷思
时而期待又怅然若失
死亡的威力众所周知
若能脱离这苦难时日
我心甘情愿一死了之
谁知细想来并非如此
伤心人难免言过其实
若恐惧令我苟活人世
不必探究今后的未知

堂劳伦佐朗诵完他的敷衍体诗作，堂吉诃德便站起来，握住他的右手，激动地大声说道：

"愿至高无上的青天永存！慷慨的小伙子，你是地球上最好的诗人！你应该被戴上桂冠，而且不是像某一位诗人[1]说过的，在塞浦路斯或加埃塔接受嘉奖，愿上帝原谅他！如果雅典的学院存续至今，应该由他们亲自颁发！或者由当今时代的巴黎、博洛尼亚和萨拉曼卡大学[2]颁发！愿上天保佑！如果裁判们不肯授予你第一名的头衔，愿太阳神用箭将他们射死！愿缪斯女神们永远不踏进他们的家门！先生，如果您不介意的话，请为我朗诵几首十一音节诗，因为我希望完整而全面地领略您令人钦佩的天赋。"

虽然堂劳伦佐认为堂吉诃德是个疯子，但是受到他如此盛赞，不也是欢欣鼓舞吗？啊！奉承的力量如此强大，吹捧的统治范围又是如此辽阔！堂劳伦佐的反应再次证明了这个事实，因为他同意了堂吉诃德的要求，满足了他的愿望，为他朗诵了下面这首十四行诗，咏颂皮拉莫与提斯柏[3]的寓言故事——

十四行诗

美丽的少女把墙壁凿开，
皮拉莫敞开杰出的胸怀；
塞浦路斯爱神不请自来，
一探究竟只见缝隙狭窄。

1　指诗人胡安·包蒂斯塔·德·毕瓦尔。
2　中世纪欧洲有名的三所大学。
3　奥维德《变形记》中记载了皮拉莫和提斯柏的爱情悲剧，两人比邻而居，日久生情，却因双方父母的禁止只能隔墙耳语。

恋人隔墙相望如何示爱？
缝隙虽窄言语不敢表白。
全靠灵魂相通心意无猜，
爱情终能克服重重障碍。

轻浮的少女执迷不悟走向何方？
她任性的脚步追逐着黑暗死亡，
这悲伤的故事被后世永久传唱。

恋人双双死于同一把剑的锋芒，
此情依依同生共死、同墓合葬，
殉情者向死而生堪称佳话一桩。

"上帝慈悲！"堂吉诃德听到堂劳伦佐的这首十四行诗以后说，"滥竽充数的诗人多的是，尽善尽美的诗人却凤毛麟角。我今天遇到了一个，就是阁下您！我的先生，这首妙不可言的十四行诗正说明了这一点。"

堂吉诃德在堂迭戈家中逗留了四天，主人极尽款待。但四天之后堂吉诃德请求主人准许自己离开。他表示自己对在这个家中受到的恩惠和善待感激不尽，但游侠骑士不应该长时间沉溺于安闲和享乐，应该去履行自己的职责，寻找冒险。据说此处风云际会，所以他希望在下一个目标，也就是萨拉戈萨比武的日期到来之前，能经历一段惊心动魄的冒险生活。在此之前，他还得去一趟蒙特西诺斯山洞，因为在那附近流传着无数令人惊叹的故事，同时还可以去亲自了解和探寻被称为瑞德拉的那七片湖泊的源头。

堂迭戈和儿子赞美了他崇高的决心，并请他随意取用家中的物品和财产。堂吉诃德本人的勇气和他荣耀的事业使父子二人有义务尽心竭力为他效劳。

最后，出发的时间到了。堂吉诃德有多么欢欣鼓舞，桑丘·潘萨就有多么伤心失落。他对于堂迭戈家里的富足生活恋恋不舍，不愿意回到那些深山老林、荒郊野岭去忍饥挨饿，不愿意过回他那瘪瘪的褡裢所供给的拮据生活。然而他只能尽量将褡裢塞得鼓鼓囊囊地，装满了他认为必要的东西。告别时，堂吉诃德对堂劳伦佐说：

"我不记得是不是已经跟阁下您说过，如果曾说过的话，此刻我再重复一遍：如果阁下惮于辛劳，想要寻求捷径以到达那难以企及的象征名声的神庙之巅，其实只需放弃诗歌这条相对狭窄的路，而选择更加狭窄的游侠骑士之路，这条路足以让您在雄鸡唱晓之前成就伟业。"

堂吉诃德这几句话最终在堂迭戈父子心中确立了他的疯子形象。而且他还补充说：

"上帝知道！我很想带堂劳伦佐先生跟我一起上路，以便教给他如何救苦救难，如何反抗权威，这些都是我作为骑士特有的美德。但是我不能这样做，一来他年纪还小，二来他那值得赞美的职业也不允许我这样做。我只想提醒阁下，作为诗人，若您以他人的意见而不是自己的感觉为导向，终将功成名就，因为没有哪位父亲或母亲会觉得自己的孩子丑，而越在有知识的人中间越存在自欺欺人的危险。"

父子二人再次被堂吉诃德混乱的理智震惊了，他时而充满理性，时而胡言乱语。同时也惊讶于他心中的那点执念，盲目地寻找不幸的冒险，并将其看作是毕生事业和终极理想。经过众人反复的殷勤客套、再三的阿谀奉承，以及在城堡女主人最终的慷慨许可下，堂吉诃德和桑丘，一个骑着罗西南多，一个骑着毛驴，出发了。

第十九回
痴心牧羊人的奇遇，以及其他真正有趣的事情

堂吉诃德离开堂迭戈的镇子，走出没多远，就遇到了两个既像教士又像学生的人，带着两个农夫，一共骑着四头毛驴。其中一个学生带着一块卷起的绿色粗布，像个旅行袋一样，但隐约露出一块质地优良的白色布料和两双织工精细的羊毛短袜。另一个只带了两把剑术表演的黑色长剑，都是崭新的，剑端还带着皮套。那两个农夫带着其他东西，看样子是从一个大城镇采购完正回自己的村子去。无论是学生还是农夫，都跟所有第一次见到堂吉诃德的人一样感到震惊，他们急切地想知道如此特立独行的究竟是什么人。

堂吉诃德上前问候，当他得知这一行人与自己同路时，便主动提出结伴而行，并请求他们放慢脚步，因为他们的驴子比自己的马走得要快。并且，为了让他们有充分的理由这样做，他很简要地介绍了自己以及所投身的事业——他是周游世界、寻找冒险的游侠骑士。他还介绍自己本名叫作堂吉诃德·德·拉曼查，别号"雄狮骑士"。所有这一切在那两位农民听来简直就是希腊语或者江湖黑话，但是对于学生们来说并非如此。他们立刻明白堂吉诃德脑袋有点问题，尽管如此，他们还是以钦佩和尊敬的目光看待他。其中一个对他说：

"骑士先生，寻找冒险的人往往没有特定的行程路线，如果阁下

您也是如此，不妨跟我们同行。您将见证拉曼查地区，甚至包括周边地区在内，史无前例的精彩而又盛大的婚礼。"

堂吉诃德见他如此评价，便问他莫非是某位亲王的婚礼？

"非也。"这位学生回答说，"不过是一位农夫和一位农家女的婚礼：本地区最富有的男子和人们见过的最美丽的女子。婚礼将在新娘镇子旁边的一片草地上举行，其奢华程度将是异乎寻常、闻所未闻的。新娘十八岁，因为容姿出色被称为美人吉特利亚，新郎二十二岁，人称富翁卡马乔，两人正是天造地设的一对。虽然有些好事之人，仿佛能够记住全世界的族谱，信誓旦旦说美人吉特利亚的家世要比卡马乔的出身更高，不过现在人们已经不那么在意了——财富足以弥合很多差距。事实上，这位卡马乔非常慷慨，他别出心裁，用树枝搭盖顶棚并覆盖整个草坪，这样一来，阳光就很难钻进来探访绿草如茵的地面。他还雇了舞蹈表演，既有剑舞也有小铃铛舞。在他的镇上，艺人连击和摇晃铃铛的技艺令人炫目。至于踢踏舞就不用我说了，那可是雇了一个训练有素的班子。

"不过刚才提到的所有婚礼安排，以及我没有提到的很多其他细节，没有哪一桩能比得上失意的巴西利奥可能会采取的行动更有看头，这场婚礼一定会因此令人终生难忘。这位巴西利奥是吉特利亚所在镇上的一个邻居小伙子，他家与吉特利亚父母家一墙之隔，他们之间的爱情不禁让人联想到已经被遗忘的皮拉莫和提斯柏。巴西利奥很小的时候就爱上了吉特利亚，而她也报以矜持的回应。两人情深义重，以至于街坊们都拿小巴西利奥和小吉特利亚的爱情打趣。当他们逐渐长大，吉特利亚的父亲决定阻止巴西利奥在自己家随意出入。而且为避免巴西利奥痴心妄想、胡乱猜疑，他把女儿许配给了富翁卡马乔。他不肯将她嫁给巴西利奥是因为这个年轻人虽有优秀的天性和品质，却没有足够的财富。当然，如果非要抛开嫉妒实话实说，他是我们认识的最利落的小伙子，擅长舞刀弄棍，英勇善战，球也踢得非常好；跑起来像一头雄扁角鹿，跳得比山羊还高，玩击柱游戏有如神助，唱歌像百灵鸟一样好听，弹起吉他来，仿佛吉他也会说话；最重要的是，他的剑术水平堪称一流。"

"就凭这份天赋，"堂吉诃德说，"这个小伙子不但有资格跟美人吉特利亚结婚，如果希内布拉王后今天还在世的话，甚至可以跟女王本人结婚，无论朗萨罗特和所有不满的人如何阻挠这桩婚事。"

"这事儿要是让我老婆听见，"桑丘·潘萨说，到那时为止他还一直默不作声地听着，"她又该不乐意了！她认为每个人都该跟门当户对的人结婚，正应了那句谚语：龙配龙，凤配凤，瞎子配个独眼龙。不过我却希望这位善良的巴西利奥能跟那位吉特利亚小姐结婚，因为我已经开始有点喜欢他了。谁要阻挠有情人终成眷属，愿他们万寿无疆，死后也安息长眠（其实我要说的正相反——叫他们不得好死）！"

"如果所有深深相爱的人都必须结婚，"堂吉诃德说，"那么就剥夺了父母决定儿女跟谁结婚、什么时候应该结婚的掌控权。如果由着女儿们的心意选择丈夫，就会有人选择父亲的仆人，甚至会有人在街上随意选择一个路人，只要在她看来是高傲潇洒的，哪怕只是一个衣衫褴褛的剑手。爱情和趣味很容易蒙蔽理智的双眼，而一双智慧的眼睛在选择伴侣时是如此重要，因为婚姻总是让人如履薄冰，容易犯错，必须要有极其准确而敏锐的判断力，再得到上天特别的恩惠才能选对人。一个持重谨慎的人，在长途旅行之前会寻找一个可靠而脾气相投的同伴与之同行。同样，既然一个人必须终生跋涉，直至死亡，那么他是否也该慎重选择一个合适的伴侣？尤其是这位伴侣将要陪伴你在床上、在餐桌上、在所有的地方，正如妻子之于丈夫。女人本身不是一件商品，买回来可以退货或者调换。婚姻是一种不可逆转的偶然性，生命持续多久，它就会持续多久。这种联系一旦套到脖子上，就变成了死结，除非死亡的钐镰将它割断，否则永远都不会解开。关于这个话题我还可以发表很多见解，不过此刻我很想知道硕士先生关于巴西利奥的故事还有什么更多的内容可以讲述。"

对此，这位学士，或者如堂吉诃德所称的硕士，回答说：

"我没有什么可补充的了，只能说自从巴西利奥得知美人吉特利亚将要嫁给富翁卡马乔那一刻起，人们再也没见他笑过，也没听他说过一句得体的话。终日郁郁寡欢，惯常自言自语，这些迹象都清楚而确凿地表明他已经有些神志不清了。他吃得很少，睡得也很少。平时将就吃些水果，睡觉呢，即使睡的话也是像野兽一样，在田野里，躺在坚硬的地面上。他时时仰望天空，有时又死死盯着地面，如此出神，仿佛一座雕像，只有衣服在随风摆动。总之，他表现出内心巨大的痛苦，我们所有认识他的人都认为，明天美人吉特利亚说出的那一句'我愿意'将会宣判他的死亡。"

"上帝会有办法的，"桑丘说，"老话说，万般皆是命，谁也不知道以后会发生什么。从现在到明天还有很多个小时，在其中某一小时的任何一瞬间，都有可能房倒屋塌。我曾见过一边下雨一边出太阳，都发生在同一时刻；有人头天晚上躺下睡觉的时候还健健康康，第二天就动弹不得了。请您告诉我：难道有人能够炫耀说自己有本事把命运的车轮钉死不让它转动吗？当然没有！在一个女人的'愿意'和'不愿意'之间，我可连一根大头针的针尖都不敢塞进去，因为根本塞不进去。就让我相信吉特利亚是以善心和好意爱着巴西利奥的吧，我愿意给他一袋子的好运气。我可听说，爱情就像是戴着护目镜看东西，使黄铜看起来像金子，使贫穷像是财富，而眼屎看上去像珍珠。"

"该死的桑丘，你到底想说什么？"堂吉诃德斥责道，"每次你连珠炮似的往外蹦谚语和典故，除了从地狱里来的犹大，谁听了都会感到绝望。畜生，你告诉我，你懂什么棍子、车轮？你分明一无所知！"

"既然您不明白我的意思，"桑丘回答说，"那么认为我是胡言乱语也不奇怪。不过无所谓，我自己明白就好。我还知道，我并没有说什么傻话，只不过阁下您，我的主人，一贯对我的话甚至是我的行为都是横挑鼻子竖挑眉毛。"

"竖挑眼，不是眉毛，"堂吉诃德说，"你这个人老用错好词，简直把上帝都弄糊涂了。"

"阁下您别跟我生气，"桑丘请求他，"您明知我又不是在宫廷里长大的，也没在萨拉曼卡上过学，哪里懂得词汇中哪些字母该加，哪些字母该减？上帝保佑我吧！没有理由强迫萨亚格人像托莱多人那样说话，再说就连托莱多人里头也有说话不讲究的。"

"没错，"硕士说，"比如虽然同为托莱多人，成长于硝皮作坊和菜市场的人们使用的语言就不可能像整天漫步在大教堂回廊中的人们一样优美。纯正的语法，独特、优雅而明确的语言，是理智的朝臣们使用的，哪怕他们出生在马哈达宏达。我强调理智是因为并非所有的大臣都是如此，而良好的理性正是优雅语言的语法，与语言的使用相生相伴。先生们，鄙人不才，曾经在萨拉曼卡学习过天主教正典目录，所以能够用清晰、平实、有意义的词句表达自己，并引以为荣。"

"如果你对于自己运用语言的得意程度能赶上舞动你所携带的这两柄剑的话，"另一个学生说，"你早就是硕士课程的第一名，而不是最后一名了。"

"你看，学士，"硕士回答说，"你总认为剑术一无是处，这是全世界最错误的观点。"

"对我来说这不是观点，而是有理有据的事实。"科尔却埃罗反驳说，"如果你想要让我用行动证明这一点，也很容易。你有剑，而我有冲动和力量，以及昂扬的斗志，我会让您承认我是对的！下马吧！以您的双腿为罗盘，精心计算您的角度和科学，至于我呢，就等着用现代而又冷酷的技艺让你在大白天看到星星。由此证明，除了上帝，能让我转身的人还没出生呢！世界上任何人都会在我面前退缩。"

"在转不转身这件事情上，我无意置喙。"武艺高强的人回答说，"不过很有可能，只要您一站定，脚下就会裂开墓穴。我的意思是，您会因为自己看不起的技艺而断送性命。"

"结果如何，立见分晓。"科尔却埃罗回答。

他非常敏捷地跳下驴子，用力从硕士的毛驴背上拔出一支长剑。

"不必非要生死决斗。"堂吉诃德插嘴说，"我愿意担任这场剑术比赛的裁判，来判定这个往往没有答案的问题。"

他从罗西南多背上下来，握着自己的长矛，站在路中间。此时硕士以优美的身体姿态，迈着有节奏的步子朝科尔却埃罗冲过去，而科尔却埃罗也正朝他扑过来，正如人们常说的，眼中几乎喷出火来。另外两个陪同的农夫骑着毛驴，成了这场殊死决斗的观众。科尔却埃罗使出的刺、击、劈、反、砍等招数不计其数，比大雨还要稠密，比冰雹还要密集。他猛烈地进攻，仿佛一只被激怒的狮子。

但那位硕士却悠然迎上来,不但半路截断了对方气势汹汹的攻击,而且一剑就让对手不得不亲吻了他长剑的皮套,仿佛在亲吻遗迹,虽然没有亲吻遗迹应有的和常有的那么虔诚。

总之,硕士仿佛在数数般,用剑尖把科尔却埃罗穿的那件短款学生服上所有的扣子挨个击中了,把过分肥大的下摆撕成了碎条,好似章鱼的须子。他两次打掉了科尔却埃罗的帽子,把他折腾得筋疲力尽。最后出于绝望、愤怒和恼火,科尔却埃罗抓住长剑的把手,用尽全力扔了出去。随行的一位农夫去把长剑捡了回来。此人是名书记员,他后来证明说,剑被扔出了几乎有四分之三莱瓜那么远。无论是过去还是现在,这个证词有助于让人们真切地了解并认识到,力量是如何被技巧战胜的。

科尔却埃罗疲惫地坐下,桑丘凑上来对他说:

"学士先生,依我看,阁下您听我一句劝吧,从现在开始不要向任何人挑战剑术,只向徒手的或者使棍子的人发起挑战,因为在这方面您有足够的年龄和力量。我听说,那些被称为武林高手的人,能把剑尖刺进一根针的针孔。"

"我很高兴自己被打下毛驴,"科尔却埃罗回答说,"也很高兴经验向我表明了事实,我曾经距离事实如此遥远。"

他站起来,拥抱了硕士,两人的友情比以前更加深厚。因为感到已经在路上耽搁很久,他们决定不等那位去捡剑的书记员,而是继续赶路,以便早点到达吉特利亚的村子,他们几个全都来自那个村。

在余下的路途中,硕士一直在向他们讲述剑术的精妙之处,以旁征博引的理由,辅以无数图形和数学性的演示,最终让所有人都懂得了科学的好处,而科尔却埃罗也明白了自己的固执。

天黑了。然而在到达村子时,一行人都觉得前面的天空仿佛挂满了无数闪烁的星星，同时还听到各种乐器混乱而柔和的声音，比如风笛、长鼓、古琴、双管笛、手鼓和铃鼓。当他们走近时，才看到原来镇子入口处搭建了一个树枝棚，枝条上挂满了花灯，在微风中也纹丝不动，因为此时风太轻柔，连树上的叶子都毫无波动。负责渲染婚礼气氛的正是乐师们，他们在那个宜人的地方分成了几拨，有的在跳舞，有的在唱歌，还有的在演奏上面提到的各种各样的乐器。总之，整片草地上仿佛到处流淌着喜悦，洋溢着兴奋。

还有很多人在忙着搭建看台，以便第二天人们能从看台上悠然欣赏此地将要进行的表演和舞蹈，一切都将使富翁卡马乔的婚礼和巴西利奥的葬礼更加隆重盛大。虽然不管是农夫还是学士都再三邀请，但堂吉诃德坚持不肯进入村子，理由是游侠骑士们惯于露宿旷野和树林中，而不能睡在村子里，哪怕是镀金的屋顶下也不行，在他看来这是骑士天经地义的责任。因此他退到了离道路不远的地方，这可是完全违背桑丘意愿的，他不禁怀念起在堂迭戈的家里或者说城堡中享受到的精美食宿。

第二十回
富翁卡马乔的婚礼以及穷人巴西利奥的诡计

光芒四射的太阳神刚冲破白色的天际，用它炙热的光线擦干金色发丝上的滴滴珍珠，堂吉诃德便伸了个懒腰，站起身去叫还在打呼噜的持盾侍从桑丘。堂吉诃德见他睡得如此香甜，在叫醒他之前，对他说：

"哦！你啊！你比生活在地球表面的所有人都要幸运，因为你既不嫉妒别人也不遭人嫉妒。你睡觉时灵魂平静，没有巫师追踪你，也没有魔法袭击你！我要再说一遍，而且要再说上一百遍：你睡觉的时候，不必为怀疑心上人的忠贞而辗转反侧，不必为偿还债务忧虑失眠，也无须操心如何喂饱你自己和你那小小的拮据家庭。没有什么野心让你激动不安，世界上也没有什么浮华之物让你日思夜想，因为你全部的愿望不过是给毛驴喂饱饲料并照顾好它，而你自己的'饲料'已经托付于我的肩膀，这是自然和习俗分配给主人们的砝码和负担。仆人在睡觉，主人却在失眠，思考着如何才能养活他、改善他的状况并给他赏赐。看到天空变成黄铜色，而合时宜的雨露却没有到达地面，这种烦恼并不会折磨仆人，只会令主人痛苦，因为在贫瘠和饥饿中，他也必须养活在富饶和丰足时服侍他的人。"

对于这番话，桑丘当然无法回答，因为他还在呼呼大睡。如果不是堂吉诃德用长矛尖捅得他一激灵，他还不会醒得这么快。等终于醒过来，他睁着惺忪睡眼，懒洋洋地转过头四处张望着说：

"如果我没弄错的话，从树枝棚那里传来的是炸肉条的烟和气味，而且是盐渍的肉条而不是用灯心草和百里香腌的。上帝慈悲！凡是以这种味道开场的婚礼一定都是丰盛而慷慨的。"

"够了，贪吃鬼！"堂吉诃德说，"来吧，我们去看看那对新婚夫妇，看看那位被抛弃的巴西利奥会干出什么事。"

"他爱干吗干吗！"桑丘回答说，"要不是因为穷，跟吉特利亚结婚的就是他了。一分钱没有就想风风光光地结婚，这人到底是怎么想的？说真的，主人，我认为那个可怜人应该对自己拥有的东西感到知足，而不要缘木求鱼。我赌一条胳膊：卡马乔可以用雷阿尔把巴西利奥整个包起来！如果是这样，当然事实也一定如此，卡马乔一定送给吉特利亚许多华服和珠宝，如果她为了只会舞刀弄棍的巴西利奥而放弃这一切,那该有多蠢!棍子舞得再好,或者剑术假动作再潇洒,也不够在小酒馆里换杯酒喝!这些技艺和特长都换不来钱,哪怕是迪尔洛斯伯爵[1]也一样。这些优点也就有钱人才配拥有,我要是也能过上那样的日子就好了!只有在扎实的地基上才能建起牢固的建筑,而世界上最好的地基和沟渠就是钱!"

"上帝啊!"堂吉诃德说,"桑丘!赶紧结束你的演说吧!我感觉如果没人阻止你继续演讲下去的话,你甚至连吃饭睡觉的时间都没有了,所有的时间都用来说话了。"

"如果阁下记性还好的话,"桑丘反驳说,"应该记得我们在最近这次出门前约定的条款。其中一条就是,您必须得让我说出所有想说的话,只要这些话既不攻击别人也不挑战阁下您的权威。而到目前为止我觉得自己并没有违背这条规定。"

"桑丘,我不记得有这么一条了。"堂吉诃德说,"而且即便如此,我也希望你闭嘴。过来!昨天晚上咱们听到的那些乐器已经又开始给村镇带来欢乐了,毫无疑问新婚夫妇将趁着清凉的早晨举行婚礼,而不是在炎热的下午。"

桑丘照主人的吩咐做了,给罗西南多装上马鞍,又给自己的毛驴套上驮鞍。两人催动坐骑,怡然走入了树枝棚。

首先映入桑丘眼帘的就是一根用整棵英国榆树做成的烤肉杆,上面穿着一整头小牛犊;将要烤制食物的火塘里,木柴堆得山一样高;围绕在篝火四周的六口大锅并不是用制锅的模具造出来的,而是六个半截大瓮,每一个里面都装着几乎整个肉铺的肉;整只的绵

---

[1] 迪尔洛斯伯爵,当时流行民谣中的人物。

羊就像是小小的野雏鸽一样，被这些大瓮吞进肚里，无声无息地消失了；不计其数的兔子和母鸡被剥了皮、拔了毛，挂在树上，等着被埋葬在那些大瓮里；各种禽鸟和其他猎物更是数不胜数，都挂在树上随风晾干。

桑丘还数出了六十多个酒囊，每一个的重量都超过两个阿罗瓦[1]，接着还看到里面装满了美酒。一堆堆雪白的面包就像打谷场上堆放的小麦；一块块奶酪像垒砖头一样交叉堆砌，堆成了一堵墙；两口比染坊用的大煮锅还要大的油锅用来炸面食，炸制好的成品用两个铲子夹起来，浸入旁边另一口装满蜂蜜的大锅里。

厨师和厨娘的人数超过五十个，所有人都干干净净、勤勤恳恳、高高兴兴。在小牛犊鼓胀的肚子里，塞进了十二只柔嫩的小乳猪，再从外面缝住，这是用来增味并让牛肉更加软烂的。各种各样的香料都装在一个敞口的大木箱里，仿佛不是按磅买的，而是按阿罗瓦来计重。总之，婚礼的餐饮虽是农家风味，但是丰盛到足够喂饱一支军队。

桑丘·潘萨把一切都看在眼里，心里十分欢喜。那几个大瓮首先征服了他的意志，他恨不得一口就吞下半锅杂烩。接着那些酒囊又引起了他的兴趣，最后是煎锅上的水果——如果那么大肚子的锅也可以被称为煎锅的话。就这样，他控制不住地垂涎欲滴，更无法顾及任何别的事情，径直来到那些勤奋的厨师中间，以饥饿为理由，非常有礼貌地恳求其中一位允许自己把一块硬面包放在大瓮里蘸一下。那位厨师回答说：

1　阿罗瓦，古代西班牙重量单位，约合11.5千克。

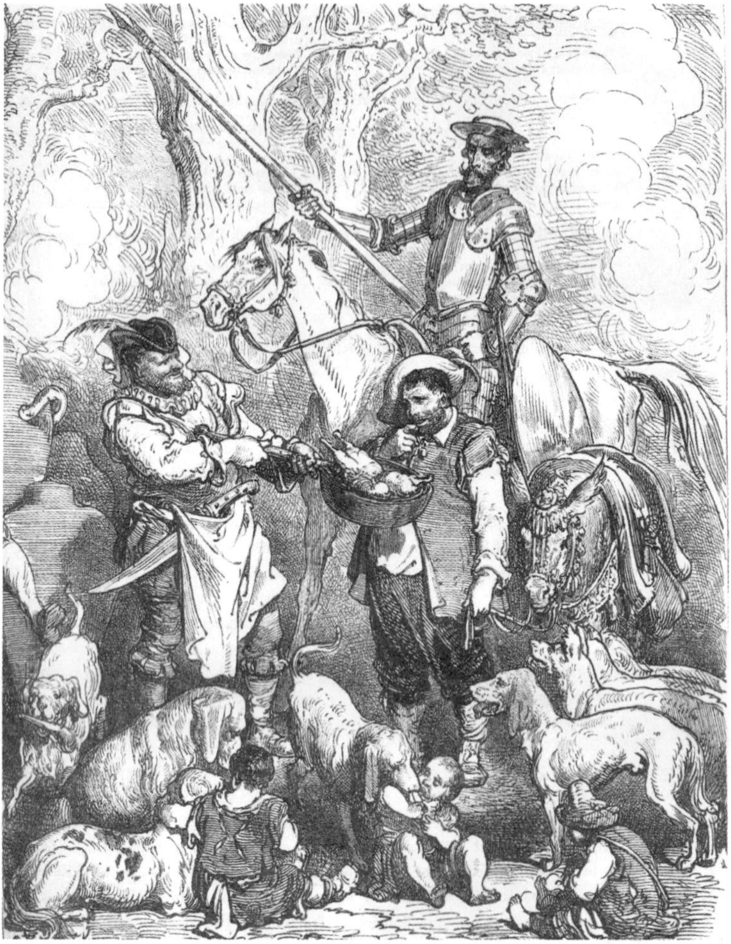

"兄弟,感谢富翁卡马乔的慷慨,今天可不是饿肚子的日子。你下马找找哪里有大勺子,拿来捞一两只鸡吃。祝你好胃口!"

"没看到哪儿有勺子。"桑丘回答说。

"你等着!"厨师说,"我的老天!你干吗这么扭捏作态,真没用!"

说着,他抓起一口小锅,从一个半截大瓮里捞出了三只母鸡和两只鹅,对桑丘说:

"吃吧,朋友,先吃点小玩意儿当早饭,等着中午的正餐。"

"没有吃饭的家伙啊?"桑丘回答说。

"那你就把这小锅也都拿走吧,"厨师说,"卡马乔又有钱又慷慨,不会在乎的。"

正当桑丘在这头忙乎的时候,堂吉诃德注意到从树枝棚的某个方向走进来大约十二个农民,骑着十二匹神气非凡的母马,装饰着华丽夺目的野外马具,马肚带上还挂着很多铃铛,所有人都穿着节日和庆典的盛装。队伍在草地上跑了很多圈,节奏很快却丝毫不乱,在热烈的欢腾和喧闹声中,他们大声喊道:

"卡马乔和吉特利亚万岁!新娘越美,新郎越富!而新娘是全世界最美的女人!"

堂吉诃德闻听此言,自言自语道:

"显然那些人从未见过我的杜尔西内亚·德尔·托博索,如果见过的话,就不会这样大肆称赞他们的吉特利亚了。"

没过多久,从树枝棚的各个方向开始涌入各式各样的舞蹈队伍,其中有剑舞表演:大约二十四个相貌堂堂、潇洒英武的小伙子,全都身着洁白紧身的亚麻衣服,头上扎着精细丝绸质地的手帕,还绣着五颜六色的花纹;带头的是一个身手敏捷的小伙子,一个骑母马的人问他，舞者中有没有人受伤。

"感谢上帝！暂时谁也没受伤，我们所有人都健健康康的。"

接着他汇入人群，跟其他伙伴一起不停地旋转，舞技如此娴熟，虽然堂吉诃德早已习惯于欣赏类似的舞蹈，也从来没有哪一次能像今天这样令他赞叹。

另一个舞蹈也同样精彩。那是一群非常美丽的年轻姑娘，看上去都在十四到十八岁之间，统一身着绿色的帕尔米亚呢衣，头发一部分编成辫子，一部分散着。所有人都是一头金发，几乎可以与太阳争辉，上面还戴着用茉莉花、玫瑰、苋草和藤忍冬编成的花环。这支舞蹈由一个相貌可敬的老人和一个微胖的老妇人领舞，但是他们的轻巧、灵活和步履自如跟年龄毫不相称。为舞蹈伴奏的是一支萨莫拉风笛，姑娘们脸上和眼中都带着矜持，步履轻盈，堪与全世界最好的舞者媲美。

随后入场的是一出被称为"咏叹调"的舞剧。八位仙女排成两列：一列由爱神带队，另一列由财神带队。爱神装饰着翅膀、弓、箭筒和箭，财神则身穿金线丝绸制成的五色华服。跟随爱神的仙女们背上贴着白色的羊皮纸，以醒目的字体写着她们各自的名字：第一位叫作"诗歌"，第二位是"矜持"，第三位是"高贵门第"，第四位是"勇气"。相应地，跟随着财神的仙女们也佩戴着标识：第一位名为"慷慨"，第二位是"乐施"，第三位是"珍宝"，第四位是"安分守己"。在所有人前面出现了一个木制的城堡，里面跑出来四个野人，全都穿着洋常春藤和染成绿色的大麻布，这原始的打扮差点吓到桑丘。在城堡的正面和侧面墙上都写着："矜持美德城堡"。四个娴熟的演奏者用长鼓和风笛为他们伴奏。

舞剧由爱神开场。跳了几个舞步之后，他抬起头，用箭瞄准城

堡上堞墙间站着的一位姑娘,并对她唱道:

我是法力无边的神明,
管辖整个人世和天庭。
无论恶浪滔天的大海,
还是于陡壁悬崖之外,
万丈深渊的重重关隘。

从不知何为恐惧心惊,
呼风唤雨,雷厉风行。
逆行倒施也手到擒来,
我是早看透世间百态,
无所不知的万物主宰。

唱完这几句,他朝着城堡高处射出一箭,便退回了自己的位置。接着财神出场,也跳了几个舞步。等长鼓的音乐停下来,他唱道:

我的法力比爱神更强,
她不过负责引我入场;
上天降我于人世之间,
高高在上登至尊之巅,
生杀予夺,一手遮天。

我是财神,面对宝藏,
鲜有人保持举止得当。

贫穷者难免举步维艰，
谁若不顶礼膜拜金钱，
休想跨入成功的圣殿。

财神退场，"诗歌"姑娘上场了。她跟前两个人一样跳了几个舞步，然后把目光投向城堡上的姑娘，吟道：

甜蜜的滋味轻叩心门，
诗歌的韵律最为动人，
崇高审慎，恰如其分。
小姐，我愿写下一千首十四行诗，
向您献上我的灵魂。
若坚持不懈用情至深，
并不让你烦恼伤神，
你的一生将被无数女人妒恨，
小姐，因为我，你将被捧上天际，
光辉灿烂可比日月星辰。

"诗歌"退到一旁，从财神那一方闪出了"慷慨"姑娘，在跳完舞步之后说：

挥霍本是祸害，
须知悭吝惜财，
同样理所不该。
介于两者之间，

恰恰谓之慷慨。

沉迷你的光彩，
肆意挥霍钱财，
不过迫于无奈。
原来恋人之间，
馈赠才是表白。

就这样，两个队伍中所有的人物交替出场又退场，每个人都跳了自己的舞、朗诵了自己的诗句，有些十分优雅，有些又很荒唐（只有上述的那几首停留在堂吉诃德的记忆中，是他认为写得好的）。接着所有演员都聚集在一起，姿态优美，落落大方，时而聚拢，时而分开。当爱神从城堡前经过时，便朝高处射箭，然而财神却在城堡上打碎了金色的钱罐。

舞蹈持续了很久，最后财神拿出一个大袋子，是用一只巨大罗马猫的皮毛做成的，看上去似乎装满了钱。他将袋子扔进城堡，在这重击下，拼接的木板四散倒塌，于是里面的姑娘无可遮蔽，孤立无援。财神带着追随者们率先到达，在她脖子上套了一个巨大的金锁链，急急忙忙地捉拿她、征服她、俘虏她；爱神和他的支持者们看到这一切，便上前去解救她。所有的表演都是在长鼓的伴奏与和谐的舞蹈中进行的。那几个野蛮人阻止了双方的争斗，把木板迅速拼接起来，重新安装好城堡，姑娘重又回到幽闭中。舞剧到此就结束了，所有的观众都得到了极大的满足。

堂吉诃德问其中一位仙女，是谁编剧并导演了这出戏。姑娘回答说是镇上的一位受俸教士，他很有创作天赋。

"我敢打赌,"堂吉诃德说,"这位学士或者受俸教士跟卡马乔的关系没有跟巴西利奥的关系那么好,他的讽刺才能高于祷告的本事:这出舞剧把巴西利奥的才华和卡马乔的财富影射得恰到好处!"

桑丘·潘萨听到主人这句话,回答说:

"这只鸡就是我的国王,我支持卡马乔!"

"很显然,桑丘,"堂吉诃德说,"你就是个小人,而且是人们说的那种:墙头草,随风倒。"

"我不知道自己是哪种人,"桑丘回答说,"但是我知道,此刻从卡马乔的锅里捞出来的这么多美味,永远不可能从巴西利奥的锅里捞到。"

他给堂吉诃德看了那口装满了鹅和母鸡的锅,并拿起一只,开始从容不迫又津津有味地吃起来,边吃边说:

"让巴西利奥的多才多艺见鬼去吧!一个人有多少钱就值多少钱,值多少钱就有多少钱。就像我的一个奶奶说的那样,世界上只有两种家世,那就是有或者没有,当然她是支持有家世的那一种。堂吉诃德,我的主人!如今这世道,懂得多不如挣得多,好马也得配好鞍。所以我要再次重申:我支持卡马乔!他的锅里有吃不完的肉,无数的鹅、母鸡、野兔和家兔。而巴西利奥的锅里呢?都不用拿手摸,用脚碰碰就知道根本没有油水。"

"桑丘,你演讲完了吗?"堂吉诃德问。

"这就说完了。"桑丘回答说,"因为我看出来了,阁下您因为我的话而感到烦恼。如果不是因为您这样阻拦,我可能三天三夜都讲不完。"

"桑丘,愿上帝保佑!"堂吉诃德说,"我真希望在入土之前看到你变成哑巴!"

"照现在这样下去,"桑丘说,"在阁下您入土之前,我可能已经先行一步了,这样我才可能变成真正的哑巴,不言不语,直到世界的终点,或者至少直到末日审判的那一天。"

"桑丘,就算真的是这样,"堂吉诃德回答说,"你沉默的时间也远少于你一生中过去、现在和将来说话的时间。何况按照自然规律,我的死期肯定先于你的末日,我想我是永远看不到你变哑巴了!除了你喝酒或者睡觉的时候,对这两件事我感激不尽。"

"主人,说实在的,"桑丘说,"怎么能相信刽子手呢!我的意思是,死亡不可信:对小羊和老羊,它都是一视同仁,一口吞食。我曾听咱们的神父说过,死亡踏过国王们的高塔和踩过穷人们的简陋茅屋用的是同一只脚。这位死神女士简直比杏仁糖还黏,没有什么东西不合她的胃口。她无所不吃,无所不为,用任何阶层、任何年龄和任何地位的人来装满她的褡裢。她像一台收割机,连打个盹儿的时间都不肯浪费,无时无刻不在勤奋工作,既收割干草也收割青草。她简直不是用嚼的,而是直接狼吞虎咽,把任何出现在她面前的东西都一口吞掉。她像狗一样饥饿,而且永远都不会满足。她虽然没有肚子,却贪得无厌、如饥似渴地吸走所有鲜活的生命,就像人喝掉一罐子冷水。"

"桑丘,够了!"堂吉诃德说,"到目前为止你说的都有道理,不过再说下去就要出丑啦!说实话,你用浅显粗俗的语言谈论死亡的话,简直可以跟优秀的布道者媲美。我告诉你,桑丘,如果你的见识能跟天性一样出色,你甚至都有望拿到讲道师的职务,在世界上四处传播你的风趣言辞。"

"会生活的人就会讲道,"桑丘回答说,"别的理论我可不懂。"

"你根本不需要其他理论。"堂吉诃德说,"不过我不明白,也不可能弄明白的是,既然对于上帝的畏惧是智慧的起源,而你懂得那么多,为什么会对一条四脚蛇比对上帝更害怕?"

"主人,阁下您还是管好自己的骑士道吧!"桑丘回答说,"不要对别人害不害怕妄加评论,我像任何一个邻家儿子一样对上帝怀着深深的敬畏。不过请您允许我快速消灭这些肉吧,别的一切都是闲话,这些闲话到了下辈子都得还回去!"

说着,他又开始朝手里的锅发起猛攻。看他吃得那么香,堂吉诃德也被勾起了馋虫。如果不是突然发生了接下来要讲的事情,堂吉诃德一定也上去助他一臂之力了。

第二十一回
继续讲述卡马乔的婚礼,以及其他令人愉快的事情

正当堂吉诃德和桑丘进行上一回所叙述的对话时,传来一阵巨大的喧哗声,是那群骑着高头大马的人正不停地奔跑,高声叫喊着迎接一对新人。在无数种乐器的伴奏下,在各式装饰的包围下,在神父和双方亲属,以及邻近村镇最尊贵人士的陪伴下,新人们出场了。所有人都穿着节日盛装,桑丘看到新娘时说:

"不出所料!她没有穿着村姑的衣服出来,而是打扮得像个宫廷美妇。天哪!她脖子上戴的那些圣牌一定是珍贵的珊瑚!依我看,那绿色的昆卡帕尔米亚呢一定是比三十根头发还细的天鹅绒!瞧瞧那些用白色细麻布条做的装饰!那一定是缎子的!还有那双戴着煤玉戒指的手!不对,我敢拿脑袋打赌,那一定是金戒指,而且是货真价实的金子,镶嵌着一颗颗凝乳般白色的珍珠,每一颗都比一只

眼睛还值钱！婊子养的！瞧那头发！如果不是假发的话，那我可一辈子都没见过比这更长、更金灿灿的头发了！她头发上和脖子上挂着那些坠儿，简直像是一棵挂满了串串海枣、摇曳生姿的海枣树！当然了，海枣树的气质和身材肯定比不上她。以我的灵魂发誓！这真是一个漂亮姑娘，连荷兰的险滩都能安然渡过，她马上就要嫁入豪门了！"

堂吉诃德听了桑丘·潘萨那用词粗俗的赞美哈哈大笑，不过他也认为，除了自己的心上人杜尔西内亚·德尔·托博索，从来没见过比吉特利亚更美的女人。美丽的吉特利亚面色稍显苍白，一定是因为头天晚上没有睡好，新娘子们往往为了婚礼通宵梳妆打扮。人群渐渐走近草坪边缘一块活动的木板台子，台上装饰着地毯和树枝，婚礼就将在台上举行，一对新人将在那里观看舞蹈和演出。他们刚登上台子，就听到身后有人大声呼喊。其中一个声音说：

"等一下，你们这些无情的人，何必如此着急！"

听到这个声音和这句话，所有人都回过头去，看到是一个身着黑色长袍的男人在说话，长袍上还有火焰般红色的装饰。远远望去，他头戴一顶葬礼用的柏木王冠，双手拄着一根巨大的拐杖。等到他来到近前，所有人都认出了那正是英俊的巴西利奥。大家都提心吊胆，猜测着他这句话到底是什么意思，担心他在这样一个时刻出现，会发生什么不幸。

最后，他疲惫不堪、气喘吁吁地来到新人面前，把手杖拄在地上，手杖的一端有一个钢质尖头。他面色惨白，眼睛盯着吉特利亚，用颤抖而沙哑的声音说：

"吉特利亚，我的陌生人，你很清楚，依据我们共同信奉的神圣法律，只要我还活着，你就不能嫁人！你也别忘了，为了保护你的贞洁和名誉，我一直坚守着矜持，期待着有朝一日能通过自己的勤奋得到命运的垂青。然而你却背叛了我，还不肯偿还对我的亏欠，反而把本应属于我的位置让给别人，让他成为你的主人。财产对他来说不只是财富，而是齐天洪福。为了成全他的好运——不是因为我认为他有资格得到这份幸运，而是因为上天执意赐福于他——我将亲手铲除可能阻挠这份好运的障碍和绊脚石，那就是除掉夹在你们中间的我。万岁！愿富有的卡马乔和忘恩负义的吉特利亚幸福地白头偕老！让可怜的巴西利奥去死吧！贫穷剪断了他幸福的羽翼，并把他推进了坟墓！"

说着，他抓起拄在地上的手杖，原来手杖里面藏着一柄中型的斗牛剑。他拔出剑，手杖的另一半，也就是剑鞘，还留在地上。接着他将剑柄放到地上，从容不迫又义无反顾地扑向倒置的长剑。顷刻间，鲜血淋漓的剑尖从他的背上穿透而出。这个伤心人浑身是血，被自己的武器刺穿身体，倒在地上，背上还带着半把锋利的剑。

他的朋友们急忙上来抢救，为他可悲可叹的不幸命运感慨不已。堂吉诃德也跳下罗西南多赶上前去，把巴西利奥抱在怀中，发现他一息尚存。人们想要从他身上拔出那把斗牛剑，但在场的神父却坚持在他忏悔之前不要拔出来，因为只要剑一拔出，他就会立刻一命呜呼。巴西利奥稍稍醒转，便用痛苦而微弱的声音说：

"残忍的吉特利亚，如果你愿意在这无可挽救的最后时刻答应做我的妻子，我还是会认为自己的鲁莽行为是值得的，因为我的自杀行为是对你的巨大恩惠。"

神父听到这句话，便劝他应该先顾及灵魂的救赎而非俗世的欢愉，并要求他真诚地恳求上帝原谅自己放弃生命的罪过和绝望的意志。对此巴西利奥回答说，如果吉特利亚不先答应成为他的妻子，他绝对不会忏悔，因为只有那种快乐才能让他愿意并有勇气做忏悔。

堂吉诃德听到这位伤者的请求，便大声宣称巴西利奥的请求是非常公正而又合情合理的，同时又是非常可行的，因为这样一来，吉特利亚就成为勇敢的巴西利奥的未亡人，而卡马乔先生接受她作为妻子，名誉也不会受到任何损害，跟从她父亲手里接受她是一样的。

"不过是说一声'愿意'而已。说出一句这样的话不会产生任何别的后果，因为这场婚礼的洞房将是坟墓。"

卡马乔听到这番话，既忐忑又踌躇；既无言以对，又不知所措。然而巴西利奥的朋友们纷纷上来恳求，请他同意吉特利亚接受巴西利奥的求婚，好让他的灵魂不要因为结束自己的生命而迷失。在他们的鼓动甚至胁迫下，卡马乔只好表示，如果吉特利亚愿意接受的话，他也没有意见，不过就是自己的愿望推迟一小会儿实现。

于是所有人都转去催逼吉特利亚，有人苦苦哀求，有人痛哭流涕，还有人用简洁有力的道理劝说她接受可怜的巴西利奥的求婚。而她却表现得比大理石还要坚硬，比雕像还要冷酷，仿佛不知道该不该回答，也无法回答，更不愿意回答任何一句话。如果不是神父催促她立刻做出决定，她也许会一直漠然不语，然而巴西利奥的灵魂已经溜到了牙关，没有时间等她犹豫不决了。

于是美人吉特利亚一言不发地走向巴西利奥，满面惝恍，怀着巨大的悲伤和内疚。此时巴西利奥已经两眼翻白、呼吸急促，从牙缝中嗫嚅着吉特利亚的名字。这些迹象表明他正在作为异教徒死去，而不是基督徒。最后，吉特利亚终于来到他面前。她跪下来，通过手势而不是语言，请他伸出手。巴西利奥睁开双眼，一动不动地凝视着她，对她说：

"哦！你来了，吉特利亚！你及时发了慈悲，然而你的善心将要成为最终夺走我生命的利刃，因为我已经没有力气接受你选择我成为丈夫而带来的荣耀，也没有力气阻止跟死亡的恐怖阴影一起迅速蒙蔽我双眼的疼痛。我的灾星！我恳求你：你此刻要求我伸出手，以及你将要向我伸出的手，不是为了敷衍我，也不是为了再次欺骗我，而是要承认并宣布，你把手交给我，让我成为你合法的丈夫，是自觉自愿的，并非意志受到强迫。在这样的最后关头欺骗我毫无意义，也不该对一个如此真心待你的人虚情假意。"

说完这番话，他晕了过去。他每一次晕倒，在场所有的人都以为他的灵魂已经出窍。吉特利亚真诚而羞涩地用自己的右手拉住巴西利奥的手，对他说：

"没有任何力量足以改变我的心意。以我所拥有的最自由的意志发誓！我把手交给你，成为你合法的妻子，并接受你的手，只要你伸给我的手是出于你的自由意志，只要你的疯狂之举带来的这场灾难没有扰乱或阻挠你的意志。"

"我把手交给你！我既没有糊涂，也没有迷失。"巴西利奥回答说，"以上天赐予我的清醒意志发誓，我向你交出我自己作为你的丈夫。"

"而我作为你的妻子。"吉特利亚回答说，"不管你将长命百岁，还是此刻就在我怀中走向坟墓。"

"既然这小伙子伤得那么重，"这时桑丘问，"怎么还能说出那么多话？快让他别光顾着说甜言蜜语了，赶紧照看自己的灵魂吧！照我说，他的灵魂不是在牙齿间，而是在舌头上呢。"

此时巴西利奥和吉特利亚十指相扣，泪水涟涟的神父温柔地为他们祝福，并恳求上天保佑这位新郎的灵魂安息。谁知新郎一接受这个祝福，立刻身手矫健地站了起来，并以令人瞠目结舌的敏捷从自己的身体里拔出了剑，就好像是拔剑出鞘。

周围所有的人都惊得目瞪口呆，其中有些愚昧糊涂的人竟然大声喊道：

"奇迹啊！奇迹啊！"

然而巴西利奥驳斥道：

"什么奇迹！那是狡诈和诡计！"

神父目瞪口呆、困惑不解，上前用双手试探着巴西利奥的伤口，发现那柄剑刺穿的不是巴西利奥的肉体和肋骨，而是一根中空的铁管子，里面装满了事先放置的鲜血。人们后来才了解，这血经过预先处理，所以不会凝固。

总之，神父和卡马乔，以及在场的大部分人，都感到受了嘲弄和侮辱。而新娘似乎并没有因为受到这种嘲弄而烦恼，相反，当她听说这桩婚姻因为存在欺骗所以无效时，便再次声明确认自己的誓言。从中所有人都能推断出，这件事情是两人知情、同意甚至共同策划的，对此卡马乔和他的追随者们感到受了莫大的侮辱，纷纷摩拳擦掌，拔出长剑，刺向巴西利奥。但是支持巴西利奥的一方立刻也亮出了几乎同样数量的剑，只见堂吉诃德策马往前冲去，一手举着长矛，一手用盾牌把自己严严实实地挡住，强迫所有人为他让路。桑丘从来都不喜欢类似的暴力行为，更不以此为乐，便将曾经捞出美味肉食的那些大瓮当成了避难所，因为他觉得那个地方像个圣地，必须得受到尊重。堂吉诃德大声喊道：

"请息怒，先生们，请息怒！没有理由因为爱情对人造成的侮辱进行报复！要知道，爱情和战争是一回事！正如在战争中，为了战胜敌人，使用谋略和计策是合理合法、天经地义的，所以在跟爱情有关的争夺和战斗中，为了得偿所愿而使用的谎言和花招都可视为智慧的战略，因为不会损害被爱的人，也不会毁掉她的名誉。按照上天公正而仁慈的安排，吉特利亚属于巴西利奥，巴西利奥属于吉特利亚。卡马乔如此富有，他可以在任何时候、任何地方，以任何方式买到他喜爱的东西。而巴西利奥只有这么一只绵羊，谁也不应该抢走她，不管这个人有多么强大。上帝连接在一起的两个人，人类的力量是不可能将他们分开的。凡是试图这样做的人，得先过了我的长矛这一关！"

说着，他把长矛舞得虎虎生风，看似娴熟的武艺让所有不认识他的人都感到害怕。而吉特利亚的抛弃深深地打击了卡马乔，他立刻就将这个女人从脑海中抹去了。再加上神父的循循善诱也发挥了作用。神父是一个稳重善良的人，经过他的劝说，卡马乔和他的伙伴们才消了气，平静下来。最终的剑入鞘就是最好的证明，而且大家并不怪巴西利奥设下的圈套，反而气愤吉特利亚的三心二意。卡马乔告诉自己，既然吉特利亚在出嫁前就如此深爱着巴西利奥，那么婚后也必然会继续爱他，应该感谢上天及时从自己身边带走了她，而不是成全她和自己。就这样，卡马乔得到了安慰，他和朋友们的情绪都缓和下来。巴西利奥那边的人们也都平静下来。富翁卡马乔为了表示这个玩笑并没有给他带来烦恼，自己对此根本就满不在乎，便要求庆祝活动继续进行，就当真的举行婚礼仪式一样。但是巴西利奥和他的妻子，以及他们的追随者们都不愿意参加，一行人随即前往巴西利奥的村子。德高望重、精明能干的穷人们也一样有人追随、有人崇拜、有人庇护，就像富人身边总有人形影不离、阿谀奉承一样。

因为敬重堂吉诃德的勇敢，是个真真正正的男子汉，他们也带上了堂吉诃德同行。只有桑丘，见不能留下来享用卡马乔丰盛的食物，不能参加将一直持续到夜里的庆祝活动，连灵魂都黯然了。就这样，他满心委屈，伤心地跟着主人和巴西利奥的大队人马一起离开了。虽然心里一直念念不忘，但终于把那些埃及的肉锅[1]以及锅里几乎快要吃完的肉抛在了身后。他曾用小锅装满了肉食，对他来说这些美味代表着失去的美好、荣耀和富足。就这样，他虽然不饿，却心烦意乱地骑着毛驴，跟着罗西南多的脚步往前走。

第二十二回
英勇的堂吉诃德在拉曼查腹地顺利完成蒙特西诺斯山洞大冒险

新婚夫妇向堂吉诃德奉上许多丰厚的馈赠，一方面是感念他曾挺身而出捍卫自己的婚姻，另一方面也因为佩服他的勇气，敬重他是个沉稳的人，将他视为武林中的熙德和雄辩的西塞罗。好桑丘在新人们的招待下休息了三天，并从他们那里得知，美人吉特利亚对于丈夫在婚礼上假装受伤的把戏并不知情，那是巴西利奥一手策划的诡计，并且终于如愿得逞，正如后来人们看到的那样。当然他也承认自己曾把计划告诉了几个朋友，以便他们在适宜的时刻能准确协助自己的行动并保证这个骗局成功。

1　埃及的肉锅，典出《圣经·出埃及记》16:3，"以色列子民向他们说：'巴不得我们在埃及国坐在肉锅旁吃到饱的时候，死在上主的手中！你们领我们到这旷野里来，是想叫这全会众饿死啊！'"

"目的崇高的谎言,"堂吉诃德说,"不能也不应该称为骗局。"

他说,让有情人终成眷属是最崇高的目的,但是也提醒这对新人,爱情最大的敌人是饥饿和长年的捉襟见肘。因为爱情完全是欢愉、美好和幸福,尤其是当痴情的男人拥有了心爱的女人之后,对他来说拮据和贫困是不言而喻的敌人。堂吉诃德这番话的用意是劝说巴西利奥先生不要继续沉溺于他所精通的那些技艺,因为那些技艺虽然给他带来名声,却无法带来财富。他应该勤勤恳恳地致力于通过合法途径获得财富,对于稳重而勤奋的人来说,不乏这样的途径。

"体面的穷人(如果可以用'体面'来形容穷人的话),拥有一个美丽的妻子相当于拥有一座宝藏。一旦宝藏被掠夺,他的名誉也随之丧失,荡然无存。丈夫清贫却仍保持自身美丽和贞洁的女人,应该用象征胜利和荣耀的月桂与棕榈为她加冕。美貌本身就会吸引所有看到并承认它的人们,就像一个令人垂涎的诱饵,会受到皇家猎鹰和目空一切的珍禽们的猛烈进攻。可是如果与美貌相伴的是拮据和贫穷,那么连乌鸦、鸢和其他的普通猛禽都会跃跃欲试。在密集的围攻下仍然保持坚贞的女人,完全值得被视为丈夫的王冠。听我说,稳重的巴西利奥,"堂吉诃德补充说,"忘了是哪一位智者说过,在这个世界上只有一个好女人。他的忠告就是每一个男人都应该认为并相信,这个唯一的好女人就是自己的妻子,这样就能幸福地生活下去。我没有结婚,到目前为止也从没有想过要结婚,但尽管如此,我还是敢于向前来咨询的人们给出忠告,关于如何找到心仪的女人并娶其为妻。首先,我会建议他,比起财产,更应该看重名声,因为好女人得到好名声不只是因为善良,也是因为矜持——不拘小节和在公共场合的自由放纵对于名誉的损害远远超过内心不为人知的邪恶。如果你把一个好女人娶回家,在美德的基础上维护它甚至让它变得更好,都不是难事;但是如果娶一个坏女人回家,就得花大力气去改正她,而且从一个极端到另一个极端往往难以企及。我不是说这不可能,但是我认为这很困难。"

桑丘听到这番话,自言自语道:

"我的这位主人啊,每当我说点什么有实质内容的话,他总说我简直可以当个布道者,到全世界去拿漂亮话传道了。要我说,他只要开始发表一连串的意见,还给人忠告,别说是拿下一个布道者职位,一个手指拈起两个职位都没问题,可以在广场上用三寸不烂之舌讨生活了!让游侠骑士见鬼去吧!你懂的还真多!我可不相信他还懂跟骑士道不相关的东西,但没有什么话题是他不能插嘴或者横插一杠子的。"

桑丘在嘟囔这些话的时候声音稍微大了一点,他的主人听到了只言片语,便问道:

"桑丘,你在嘟囔什么?"

"我什么也没说,也没嘟囔。"桑丘回答说,"我只是对自己说,真希望自己在结婚前听到阁下您此刻说的这些话,那样也许现在我就是一人吃饱,全家不饿。"

"桑丘,你的特蕾莎有这么差吗?"堂吉诃德问。

"倒不算特别差,"桑丘回答说,"但也不算很好,至少没有我希望的那么好。"

"桑丘,说自己妻子的坏话,这样做是不对的。"堂吉诃德说,"她可是你儿女们的妈。"

"我俩可谁也不欠谁的,"桑丘回答说,"因为她也一样说我的坏话。心血来潮就会说,吃醋的时候骂得更厉害,在那种时候,连撒旦本人都忍受不了。"

总之，主仆二人跟一对新人共度了三天，受到了国王般的款待和服侍。堂吉诃德请求那位才华横溢的硕士为他找一位前往蒙特西诺斯山洞的向导，因为他非常希望进入那个山洞，好亲眼看看那个地区周围流传的奇迹到底是不是真的。硕士说他的一个表弟可以帮忙，是一位小有名气的学生，而且非常热爱阅读骑士小说，他一定会十分乐意带堂吉诃德找到那个山洞的入口，并且把不只在整个拉曼查地区，甚至在整个西班牙都非常有名的瑞德拉湖泊指给他看。硕士还说，跟这位表弟在一起一定会收获非常令人愉悦的体验，因为那个小伙子会写书，而且已经印刷出版，呈送给亲王们了。此后，这位表弟骑着一头怀孕的母驴前来效力，毛驴的驮鞍上还盖着一块彩色的台布或者叫麻袋布。桑丘给罗西南多装上马鞍，收拾好毛驴，装好自己的褡裢，一边向上帝祈祷，一边辞别了众人，三人便上路了，朝著名的蒙特西诺斯山洞方向进发。

路上，堂吉诃德向表弟询问他的事业、专业和学业是什么性质，属于哪一门类。对此，表弟回答说，他的专业是人文学科，而职业是编辑书籍用于出版，所有的书籍对于公众来说都非常有益，而且在娱乐性方面也不逊色。其中有一本著作题为《礼服大全》，里面细致描述了七百零三种礼服，包括它们的颜色、名号和徽章，这样在节日或庆祝的时候，宫廷骑士们就可以从中选用他们各自中意的，不用到处求人，也不用为了设计出满意的式样而绞尽脑汁。

"我为争风吃醋的人、被抛弃的伤心人、被冷落的人、饱受相思之苦的人都提供了最适合的比武制服，这对他们来说更公正，有利无弊。我还有另外一部作品，打算将其命名为《变形记》或西班牙版《奥维德》，这是难得一见的新奇之作，因为我在书中模仿奥维德的嘲弄口吻，描述了塞维利亚的希拉尔达、马格达莱纳圣女教堂的天使、科尔多瓦的维辛格拉阴沟、吉桑多的大公牛、黑山和马德里的莱加尼托斯以及拉瓦皮尔斯泉,当然我也没有忘了羽虱泉、金沟泉,还有修女泉[1]。不但采用了隐喻、比拟和转义等修辞手法,而且同时具有令人愉悦、扣人心弦和教人向上的功能。我还写了一本相当博学精深的书,名为《关于事物的发明:对维吉尔·伯里多罗[2]的补充》,对于伯里多罗没能尽述的重要事件,我都进行了钻研并以非常优雅的文字风格叙述出来。维吉尔忘了告诉我们,谁是世界上第一个得感冒的人,谁是第一个用膏药治愈梅毒的人,而我则一字一句地如实记录,并且用超过二十五个作者的作品来佐证这些发现。阁下您可据此评判在这一点上我是否做得相当出色,以及这样一本书是否对全世界都大有益处。"

桑丘一直非常专注地听着这位表弟的讲述,此时插嘴说:

"先生,愿上帝保佑您在印刷书籍方面有好运气!不过,既然您无所不知,也许正好能解决我一个疑问。能不能告诉我,谁是世界上第一个挠头的人?我个人认为那一定是我们的父亲亚当。"

"那当然,"表弟回答说,"亚当是世界上第一个人,而且毫无疑问有脑袋、有头发,既然如此,偶尔挠一下头那是难免的。"

"我也这么想。"桑丘回答说,"那么现在请告诉我:世界上第一个杂技演员是谁?"

"兄弟,说实话,"表弟回答说,"这个问题暂时我还没有研究过,所以无法判断。不过,一回到藏书室我就去寻找答案,下次见面的时候一定会满足您的要求,咱们以后肯定有机会再见的。"

1　以上皆为西班牙各地名胜。
2　应为伯里多罗·维吉尔,15世纪意大利学者,著有《论发明创造》。

"那么，先生，"桑丘回答说，"不必费事了，这个问题我已经找到了答案。要知道，世界上第一个杂技演员是魔鬼路西非尔[1]，当他被从天上赶下来或者说扔下来的时候，是翻着跟头掉进深渊的。"

"朋友，你说得有道理。"表弟说。

堂吉诃德说："桑丘，这个问题和答案都不是你的原创，是从别人那里听来的吧？"

"主人，快别说了！"桑丘顶嘴说，"较真起来，我要问的和答的，从现在开始说到明天都说不完！不就是提几个蠢问题，再胡说八道一番吗？这种事情我根本用不着找别人帮忙。"

"桑丘，以你的浅薄见识居然能说出这样睿智的话！"堂吉诃德说，"有些人孜孜不倦、潜心研读的学问，就算记得滚瓜烂熟，对提高心智和能力都毫无益处。"

就在这样那样有趣的对话中，他们度过了这一天，到了晚上便借宿在一个小村庄里。表弟告诉堂吉诃德，此地离蒙特西诺斯山洞不到两莱瓜的距离，如果他决定进山洞，就需要储备麻绳，到时候用来系在身上。

堂吉诃德说，哪怕是下到无底深渊，也必须要一探究竟。于是他们买了将近百寻[2]的麻绳，第二天下午两点钟到达了山洞。洞口很宽很阔，但是长满了枸杞、无花果、黑莓和荆棘。植物如此茂密杂乱，完全遮蔽了洞口。一看到山洞，表弟、桑丘和堂吉诃德都下了马。桑

1　路西非尔，曾是天堂中地位最高的天使，后来因嫉妒耶稣基督而被赶出天堂，即所谓的堕落天使。
2　"寻"是航海方面使用的深度单位，一寻等于1.8288米长，通常是在航海用的海图上标注水深。

丘和表弟用麻绳把堂吉诃德捆得结结实实,桑丘一边绑一边说:

"我的主人,阁下您做这事可得瞧仔细了,可别把自己给活埋了,也别像掉进了方底酒缸子一样,在井底下冻死了。这个山洞看上去比地牢还糟糕,轮不到阁下您去探索,再说这事儿也跟您不沾边儿啊!"

"闭嘴!好好绑你的绳子吧!"堂吉诃德训斥说,"桑丘老兄,这样的一桩事业,'天生就是为我而设'[1]。"

此时向导说:"堂吉诃德先生,我恳请您仔细检视,用一百只眼睛好好看看里面都有什么东西,因为也许有些内容可以放进我那部题为《变形记》的作品里。"

"您这可真是找对人了!"桑丘·潘萨说。

说完这句话,堂吉诃德身上的麻绳也绑好了。麻绳不是拴在盔甲上,而是拴在武装的紧身背心上。这时堂吉诃德说:

"我们实在粗心大意了,居然没有买个小铃铛拴在绳子上,这样听着铃声就知道我是否还在往下走。不过既然木已成舟,就让上帝决定一切吧!上帝会指引我的。"

接着他便双膝跪地,低声向上天祈祷,请求上帝帮助他在这一场看上去危险而新奇的冒险中获得美满的结局。接着他又高声说道:

"哦!主宰我行为和事业的女主人!光芒万丈、举世无双的杜尔西内亚·德尔·托博索!作为你幸福的恋人,如果此番祈祷和恳求能传到你的耳中,念我如此仰慕你倾国倾城的美貌,请听取我的祷告!我别无他求,只想恳请你不要拒绝帮助我、庇护我,因为此时

---

[1] 引用自当时的民谣。

此刻你的帮助和庇护对我至关重要——我将纵身跳进山洞，沉没于眼前的深渊，只为了让全世界知道：有了你的支持，我必将战无不胜，无坚不摧！"

说着，他靠近深渊，发现除非用强健的手臂或直接用刀开路，不可能攀下山洞，甚至无法进入。于是，他拔出佩剑对着山洞口的荆棘横劈猛砍，发出了巨大的噪声和声响，惊起无数乌鸦与寒鸦。那些禽鸟体型巨大，密集而疾速的鸟群冲出洞口，把堂吉诃德撞倒在地。作为基督教徒，如果他相信预兆这回事，一定会将此情景视为凶兆，从而找借口退避三舍，免得在这样一个地方身陷囹圄。

最后，等到不再有更多的乌鸦或一起逃亡的蝙蝠之类的其他夜行鸟类出来，堂吉诃德便站起身，把麻绳交给表弟和桑丘，自己钻进了那个恐怖洞穴的深处。主人进去的时候，桑丘为他祈祷并在他头顶上画了无数个十字，说：

"愿上帝指引您！愿法兰西岩圣母，还有加埃塔的三位一体圣父、圣子、圣灵都保佑您！游侠骑士之花、游侠中的精英和典范！您就这样去了，全世界最勇敢的人！钢铁般的心！青铜般的臂膀！再次愿上帝指引您，愿他将您自由、健康、安然无恙地送回到生命的光明中！您放弃了生命，却寻找黑暗把自己埋葬。"

表弟也做了几乎同样的祈祷和哀求。

堂吉诃德不停地喊话，叫他们放绳子、放更多绳子，他们便依言一点点地放下去。当他们再也听不到从山洞中传来带回音的喊声时，一百寻的麻绳几乎都放完了。两人商量，最好还是把堂吉诃德拉上来，因为没法再给他放更多绳子了。尽管如此，他们还是等待了大约半个小时，半个小时后才开始收绳子。然而麻绳收起来容易得很，另一端轻若无物，两人便以为堂吉诃德留在了洞里。桑丘对

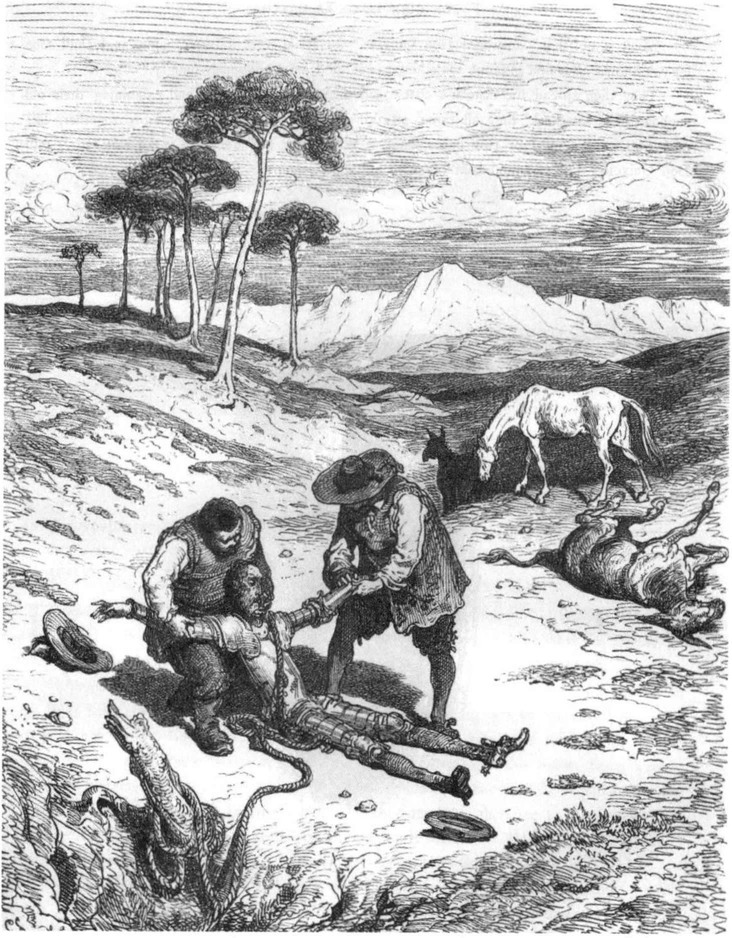

此深信不疑，一边伤心哭泣，一边焦急地拉绳子，想要证明这不是真的。不过当拉到大约八十寻稍多一点长度的时候，他们突然感觉到分量了，对此两人欢呼雀跃。最后，到了大约十寻的距离，他们终于看到了堂吉诃德，桑丘朝他喊道：

"我的主人！阁下您回来得正好，我们都以为您像遗迹一样留在那里了！"

但是堂吉诃德一句话也没说。等把人完全拉上来，表弟和桑丘才发现他双目紧闭，好像睡着了。他们将他平放在地上，解开他身上的绳子，但就算这样他也没有醒过来。不过两人不停地将他翻来倒去、左摇右晃，过了好半天他才恢复了意识，伸了个懒腰，完全像是刚从一个深沉的梦中醒来。他看看这个，又看看那个，仿佛受了惊吓，然后说：

"愿上帝原谅你们！朋友们，你们从我手里抢走了任何一个人类都从未见过也从未经历过的美好体验和怡人景色。事实上，我刚刚才明白，生命中所有的幸福都只是过眼云烟，都会像田野里的花一样枯萎。哦！不幸的蒙特西诺斯！哦！奄奄一息的杜朗达尔特！哦！时运不济的贝莱尔玛！哦！哭泣的瓜迪亚那！还有你们，瑞德拉不幸的女儿们！从浩荡的河水就可以推想从你们美丽的眼睛曾流下多少泪水！"

表弟和桑丘聚精会神地听着堂吉诃德的话，他说话的样子仿佛内心藏着无尽的痛苦。他们恳求堂吉诃德解释这番话是什么意思，并讲讲在那个地狱中的所见所闻。

"你们管这叫作地狱？"堂吉诃德说，"千万别这么说！那里与地狱有着天壤之别，你们马上就会知道的。"

他饿坏了，要求先吃点东西。大家把表弟带来的麻袋布铺在绿色的草地上，取出褡裢里的食品。三人席地而坐，一片祥和，把下午茶和晚餐并作一顿吃了。等麻袋布撤掉，堂吉诃德·德·拉曼查说：

"孩子们，谁也别站起来，好好听我说。"

第二十三回
杰出的骑士堂吉诃德讲述在蒙特西诺斯山洞的所见所闻，荒诞不经犹如杜撰

大约下午四点，此时已有浮云蔽日，阳光并不强烈。温和的光线使堂吉诃德不必忍受炎热，也放下了满腹忧愁，向那两位忠实的听众讲述自己在蒙特西诺斯山洞中的所见所闻。他的遭遇是这样开始的：

"进入洞中，大约在到达十二到十四个身高的深度时，右手边洞壁出现了一个凹陷，空间足够容纳一辆大车连带骡子一起。从地表上裂开的某些缝隙或小洞里漏进来一丝微弱的光线，远远照射过来。看到那个凹陷的时候，我正因为攀爬得筋疲力尽而感到气恼。在那个一片漆黑的地下空间，我就这样悬吊在绳子上，既没有可靠的方向也没有确定的路径，便决定进入那个凹洞休息一下。我大声叫你们先不要再往下放绳子，等我要求的时候再放，但是当时你们应该已经听不到我的声音了。于是我把你们放进来的绳子一点一点收起来，盘成螺旋状，堆放起来，然后坐在上面陷入了沉思，思索着如何才能继续往下攀援到深处，因为此时相当于上面没有人在拉住我了。

"正在束手无策、苦苦思索的时候，虽然主观上完全没有睡觉的意愿，却有一股巨大的困意突然向我袭来。而不知何时，我又稀里

糊涂地从梦中醒来,发现自己正置身于大自然能够养育的、人类最丰富的想象力能够想象到的最美好、最秀丽、最令人愉悦的草地上。我立刻睡意全无,揉了揉眼睛,发现自己不是在梦中,而是真真切切地醒着。尽管如此,我还是摸了摸脑袋,拍了拍胸口,以验证彼时彼处这个人究竟是我本人,还是某个虚幻的、杜撰的魅影。然而那种触觉和感受,以及当时内心如潮般的思绪,都向我证明,彼时彼处的那个我,正是此时此地的这个我。

"接着映入眼帘的是一座气派豪华的殿堂或皇宫,宫殿的内外墙都仿佛是由清澈透明的水晶筑就。两扇巨大的宫门打开,一位相貌堂堂的老人,从里面朝我迎面而来。他戴着风帽,深紫色台面呢的长披风拖到地上,肩头和胸前缠绕着一件绿色绸缎的学院披饰,头戴一顶黑色的米兰帽,雪白的胡须长及腰际。他没有携带任何武器,而是手持一串玫瑰经念珠,珠子比中等大小的核桃还要大,而每十粒小珠间的大珠体积堪比中等大小的鸵鸟蛋。他的仪态、步伐和凝重庄严的外貌,所有这些特征都让我心潮澎湃,仰慕不已。他来到我面前,做的第一个动作就是紧紧地拥抱我,然后对我说:

"'勇敢的骑士堂吉诃德·德·拉曼查,您所进入的正是蒙特西诺斯山洞。从很久很久以前开始,我们这些被巫术囚禁于此寂寞之地的人都在望眼欲穿地等待您,盼着您将这个深深的洞穴中所埋藏、所掩盖的一切公之于世。这一桩丰功伟绩正是专为等您来创造,注定被您强大的内心和惊人的热情所征服。跟我来吧!荣耀的先生!让我向您展示藏在这座透明宫殿里的奇迹。本人就是蒙特西诺斯,是这座宫殿的统治者,也是永远的守卫者,这座山洞就是因我而得名。'他一说自己是蒙特西诺斯,我就立刻问他,外间世上传说的一切是不是真的。据说他受好朋友杜朗达尔特的临终嘱托,用一柄短剑从他胸口掏出了心脏，并送到他的心上人贝莱尔玛手里。蒙特西诺斯回答说，这一切都是真的，只是短剑这一细节稍有失实，因为那不是把短剑，体积也不小，而是一柄锋利的匕首，比鞋匠的锥子还尖利。"

"这把匕首也许是塞维利亚人拉蒙·德·奥塞斯的杰作。"桑丘说。

"我不知道，"堂吉诃德继续说，"不过应该不是，因为拉蒙·德·奥塞斯生活的年代并不久远，而在龙塞斯山谷发生的不幸事件则是在很多年以前。不过这种细节无须追究，因为既不干扰也不改变历史的事实或前后情节。"

"没错，"表弟说，"堂吉诃德先生，阁下您请继续，我正听得津津有味呢。"

"我讲述的意愿不亚于您倾听的兴趣。"堂吉诃德回答说，"接着说：令人肃然起敬的蒙特西诺斯把我领进了水晶宫殿，底层有一间大厅，里面非常凉爽，一切都是用雪花石膏做成的。大厅中央矗立着一座精工雕刻的大理石坟墓，有一位骑士躺在墓台上。与通常的坟墓不同，骑士不是铜铸的，也不是大理石的，更不是碧玉的，而是活生生有血有肉的人。他的右手放在心脏那一侧，汗毛茂盛、青筋暴突，表明这只手的主人颇有勇力。我还没来得及提出任何问题，蒙特西诺斯见我目瞪口呆地看着坟墓，便对我说：

"'这就是我的朋友杜朗达尔特，他是那个时代最痴情、最勇敢的骑士，是骑士中的精英与典范。他跟我、还有很多其他男男女女一样，被法国魔法师梅尔林施了巫术。据说这位魔法师是魔鬼的儿子，然而照我看来，他不但不是魔鬼的儿子，反而正如人们常说的，比魔鬼懂得还多。没有人知道他是为何、又是如何对我们施了魔法，也许随着时间的流逝会有人找到答案，而且据我推测，这一天不会太远了。我确定杜朗达尔特是在我的怀抱中结束了生命，而且在他死后,我亲手挖出了他的心脏,这一点正如此刻是白天那样确凿无疑。毫不夸张地说,他这颗心脏得有两磅重,因为根据自然学家们的说法,跟心脏小的人相比,心脏大的人拥有更多的勇气。不过让我感到惊讶的是,既然这位骑士已经死了,为什么此刻还在时不时地抱怨、叹息,仿佛还活着?'

"他话音刚落,可怜的杜朗达尔特便大声喊道——

哦!蒙特西诺斯表兄!
临终前我有一事相求:
等我死了以后,
灵魂离开身体,
请你从我的胸膛取出心脏,
用匕首也好,短剑也罢。
然后带着这颗心脏,
送到贝莱尔玛手中。

"听到这番话,庄重的蒙特西诺斯眼中含泪,在悲伤的骑士面前双膝跪地,说道,'好啦,杜朗达尔特先生,我最珍贵的表弟!在那个不幸的日子我们失去了你,你临终托付的事情,我已完成:我小心翼翼地挖出你的心脏,没有遗漏下任何一部分在你的胸膛,然后用一块花边手帕将它擦干净,带着它飞奔向法国。在将你葬入土地的怀抱之后,我流下的眼泪足够洗涤双手,洗净手上因为伸进你的胸膛而沾染的鲜血。说得更详细一点,离开龙塞斯山谷之后,在停留的第一站,我就往你的心脏上撒了一点盐,以免它发出难闻的气味。因为呈送到贝莱尔玛小姐面前时,即使不是鲜活如生,至少也该是洁净风干的。这五百年来,我们都被巫师梅尔林的魔法困在这里:贝莱尔玛小姐、你和我、你的持盾侍从瓜迪亚那,以及管家嬷嬷瑞德拉和她的七个女儿和两个侄女,还有其他很多你的熟人和朋友。我们中的任何一个都没死,唯独缺少了瑞德拉和她的女儿和侄女们,因为梅尔林对她们心生同情而流下眼泪,把她们变成了众多的湖泊,也就是当今世上生活在拉曼查省的人们所称的瑞德拉湖泊群:那七个女儿属于西班牙国王,那两个侄女则属于神圣的圣约翰教团。你的持盾侍从瓜迪亚那因你的不幸遭遇而失声痛哭,也被变成了一条同名的河流。当他流经地表,看到另一个世界的太阳,想到自己已经永远离开了你,感到如此悲伤,便再次沉入了大地深处。不过,因为必须汇入天然的河流,所以他不得不时时地露出地面,暴露在阳光下和人们的视线中。瑞德拉湖泊群为他输送水源,他带着这些水,以及其他很多汇聚而来的水奔腾而去,气势恢宏地流入葡萄牙。然而无论如何,不管走到哪儿,他都摆脱不了悲伤和忧愁。而且跟金色的塔霍河不同,他的水中并不养育纤小珍贵的鱼,反而全是粗大无味的鱼。我的表弟啊!我此刻告诉你的这些话,已经对你说过很多次,然而你从不回应。我想你不是不相信我,就是根本听不到我说话,对此我感到心如刀割,只有上帝知道!今天有一些新消息我想要告诉你,虽然不能缓解你的疼痛,但也绝对不会增加你的痛苦。要知道,这位伟大的骑士名叫堂吉诃德·德·拉曼查,此刻就站在你面前,只要你睁开眼睛就能看到。对于他,魔法师梅尔林作出了很多预言。他在当代复兴了早已被遗忘的游侠骑士道,甚至超越了前几个世纪。通过他和他的帮助,我们有可能得以解除魔咒。伟大的事迹正等待着伟大的人!'

"'若非如此,'悲伤的杜朗达尔特用奄奄一息的微弱声音说,'若

非如此，表兄啊！只能耐心等待，重新洗牌。'

"说完，骑士再次倒向一侧，重又陷入一贯的沉默，不再说一句话。此时传来嘈杂的哀号和痛哭，伴随着深沉的呻吟和忧愁的抽泣。我回过头，看到在另一个厅内，一个队列正沿着水晶墙行进。一群非常美丽的姑娘排成两列，所有人都穿着丧服，头上戴着土耳其式的白色缠头布。队列的最后走来一位女士，从肃穆的表情来看是位高贵的妇人，她也同样一袭黑衣，白色的头巾又长又垂顺，亲吻着地面。她的缠头布比其他人中最大的那个还要大出两倍。她两条眉毛靠得很近，鼻子稍显扁平；嘴巴很大，但是嘴唇很红；有时露出牙齿，显得牙缝很大且不整齐，虽然颜色倒是洁白如同剥了皮的杏仁。她手中捧着一条细细的布，隐约能够分辨出，上面放着一颗干瘪的木乃伊心脏。

"蒙特西诺斯告诉我，队列中这些人都是杜朗达尔特和贝莱尔玛的仆人，也跟两位主人一起被魔法困在这里，而最后那位用麻布托着心脏的妇人就是贝莱尔玛小姐。每周有四天，她跟她的侍女们都会进行那样的游行，围绕着表弟的尸体和悲伤的心脏吟唱，或者更准确地说，是哭着挽歌。如果说她看上去有点丑陋，或者没有传说中的那么美丽，那是因为在魔法中度过了无数不眠之夜和更加难以忍受的白天，这一点从她巨大的眼袋和苍白的脸色上就能看出来。她形容憔悴并不是由于女人们都有的月经——早在很多个月，甚至很多年之前，她的月经就无影无踪了，而是因为她的心脏所感觉到的疼痛。她手中一直捧着的那颗心无时无刻不在提醒着她，让她不断想起自己那英年早逝的恋人是多么不幸。若非如此，哪怕是在这方圆百里格，甚至在全世界范围内以美貌和优雅闻名的杜尔西内亚·德尔·托博索都很难与她匹敌。

"'够了！堂蒙特西诺斯先生，'我插口说，'阁下您照实讲述这件事情就够了，要知道任何比较都会引起嫉妒，所以没有理由将任何人跟其他人比较。举世无双的杜尔西内亚·德尔·托博索就是杜尔西内亚，而贝莱尔玛小姐就是贝莱尔玛小姐，就是她自己。这个话题就到此为止吧。'

"对此他回答我说：'堂吉诃德先生！请阁下原谅我！我承认是我大意了，说杜尔西内亚小姐难以与贝莱尔玛小姐匹敌，这句话有失偏颇，因为从某些迹象我足以明白阁下您就是忠心于她的骑士，在将她与除了天空之外的任何事物做比较之前，我应该先咬咬舌头。'

"听到伟大的蒙特西诺斯把我的心上人跟贝莱尔玛相提并论，我吓了一跳。又听到他这番安慰，我心里才平静下来。"

"更让我惊讶的是，"桑丘插嘴说，"阁下您竟然没有扑到这个老头子身上将他暴打一顿，揪掉他的胡子，一根毛都不剩。"

"不，桑丘老兄，"堂吉诃德回答说，"这样做可不对！我们所有人都有义务尊敬老人，即便他们不是骑士，更何况这位老人本身就是骑士，还被施了魔法。我们两人之间还进行了很多其他的问答对话，我很清楚我们之间谁也不欠谁的。"

这时候表弟说："堂吉诃德先生，我不明白，阁下您在下面停留的时间这么短，如何能看到那么多东西，还能说那么多话、回答那么多问题？"

"我下去了多久？"堂吉诃德问。

"一个小时多一点。"桑丘回答说。

"这不可能！"堂吉诃德反驳道，"因为在那里我看到天黑了又亮，然后又天黑天亮，反复了三次，所以按照我的计算，我应该在那遥远的、人们看不到的地方待了三天。"

207

"主人说的应该不假,"桑丘说,"因为发生在他身上所有的事情都是巫术造成的,那么也许对于我们来说是一个小时的时间,在那里就是三天三夜。"

"很可能是这样。"堂吉诃德回答。

"那么,我的先生,这段时间内您吃东西了吗?"表弟问。

"一口也没吃。"堂吉诃德回答说,"我也不饿,根本也没想到吃东西。"

"那些被施了魔法的人呢,他们吃了吗?"表弟问。

"他们不吃饭,"堂吉诃德说,"也不如厕,不过据说他们的指甲、胡子和头发还在长。"

"先生,那被施了魔法的人睡觉吗?"桑丘问。

"不,当然不。"堂吉诃德回答,"至少,在我跟他们一起度过的三天内,没有人闭上过眼睛,我也没有。"

"这正应了那句俗语,"桑丘说,"物以类聚,人以群分。阁下您跟那些不吃不睡、中了巫术的人在一起,那您在此期间既不吃也不睡,就一点也不奇怪了。不过我的主人,请阁下您原谅我!如果我说,对于您刚才说的这一切我有一丁点儿相信的话,请上帝把我带走吧!我差点把上帝说成魔鬼了。"

"为什么不信?"表弟说,"难道堂吉诃德先生会说谎吗?而且即使他想要这么做,也没有时间想象、编造这么一大篇谎言。"

"我不认为我的主人在说谎。"桑丘回答。

"那么,你认为是怎么回事?"堂吉诃德问他。

"我认为,"桑丘回答说,"阁下您不是说在洞底下见到了很多人,还跟他们说了话,一定是那个梅尔林或者对这些人施魔法的其他巫师略施诡计,把这些事情塞进了您的臆想或者记忆,就是您刚才讲的和以后要讲的一切。"

"桑丘,这种可能性是存在的,"堂吉诃德反驳说,"但事实并非如此,因为我所讲的这些都是亲眼所见、亲身经历。蒙特西诺斯给我展示了无数的奇迹,以后我都会慢慢地告诉你,因为旅途中有的是时间,而且不是所有的事情都与此地相关。不过可以告诉你,其中我看到了三个农家女,像山羊一样在那片无比宜人的田野上蹦蹦跳跳,你说是不是咄咄怪事?我一看到她们,就认出来其中一位就是举世无双的杜尔西内亚·德尔·托博索,另外两位就是那天我们在托博索城门口遇到她时陪伴左右的那两个姑娘。我问蒙特西诺斯是否认识她们,他回答说不认识,不过他猜测应该是几位被施了魔法的高贵女士,她们刚出现在那片草地上没几天。对此我一点也不感到惊奇,因为在那里还有很多其他过去和现在的贵妇,被巫术变成了各种不同的奇怪形象,其中我认出了希内布拉王后,还有她的管家嬷嬷钦塔尼奥娜正在为朗萨罗特斟酒。骑士来自大不列颠……"

桑丘·潘萨听主人提起这件事,觉得自己就算不疯掉也会笑死,因为那个伪造的杜尔西内亚是怎么回事,只有他心知肚明——肇事的魔法师不是别人,正是他自己,也是那番证词的始作俑者。现在,他终于毫无疑义地认定主人已经神志不清,完完全全疯了,便对主人说:

"阁下您下去的时间真是不吉利,这真是糟糕的日子、倒霉的一天!我珍贵的主人啊!在这么不祥的日子您跑到另一个世界,又遇到了蒙特西诺斯先生,回来就变成这样了!阁下您下去之前神志是完全清醒的,意识完整得就像初生时上帝赋予您的那样,随时随地都能明辨是非、给人忠告,哪像现在!满口都是全世界最荒唐的胡言乱语。"

"桑丘，也就是我了解你，"堂吉诃德说，"才能不理会你这些话。"

"我也不想理会阁下您的这些话！"桑丘顶嘴说，"哪怕您听了我刚才说的话会把我打伤甚至打死！您以后要是不知悔改，我还会说的！不过既然咱们暂时还在和平相处，阁下您能不能告诉我，您是如何、或者说通过什么特征认出我们的女主人的？如果您跟她交谈了，您说什么了？她又回答什么了？"

"我认出她是因为她的穿着打扮跟那天你带我看到她的时候一样。"堂吉诃德说，"我对她说话了，但是她一个字也没有回答，反而朝我背过身去，急匆匆地逃走了，简直连离弦之箭都追不上她。我很想追上去，而且如果不是蒙特西诺斯告诫我不要在这件事情上白费力气，我一定就这样做了。他告诉我一切努力都将是徒劳的，更何况我离开深渊的时间也要到了。他还告诉我，过一段时间，他会设法让我得知他们将如何解除魔法，救出他自己、贝莱尔玛和杜朗达尔特，以及所有困在那里的人。

"不过，在洞穴内的一切所见所闻中，最让我感到痛苦的莫过于正当蒙特西诺斯跟我说这番话的时候，不幸的杜尔西内亚那两个女伴之一，在我毫无知觉的情况下悄悄来到我身边。她眼中噙满了泪水，用惊恐而低沉的声音对我说：'我的主人杜尔西内亚·德尔·托博索亲吻阁下您的双手，并恳求您仁慈地让她知道您近况如何。此外，她目前正处于非常窘迫的境地，所以想恳求光芒万丈、无所不能的阁下您发发慈悲，借给她半打雷阿尔金币，或者阁下您随身带了多少钱都行，以我带来的这件棉质短裙作为抵押，她保证很快就还给您！'

"这样一条口信让我目瞪口呆，惊讶莫名。我转身问蒙特西诺斯

先生:'蒙特西诺斯先生,这怎么可能?被施了魔法的贵族怎么会陷入拮据?'

"对此他回答说:'堂吉诃德·德·拉曼查先生,请阁下您相信我,所谓的拮据存在于任何地方,可以蔓延到任何事物上——贫穷没有力所不及之处,甚至连被施了魔法的人都不能幸免。既然杜尔西内亚·德尔·托博索小姐派人来借这六个雷阿尔金币,而且这个抵押品看上去不错,就把钱借给她吧,毫无疑问她一定是陷入了极大的困境。'

"'质押的东西我是不会拿的,'我回答说,'我也无法满足她的全部要求,因为身上只有四个雷阿尔。'

"桑丘,那几个金币是你前几天给我的,以便路上碰见穷人的时候用来施舍。我把这些钱给了侍女,并对她说:'我的朋友,告诉您的女主人,她的苦难让我整个灵魂都感到痛苦,恨不得自己是银行家富格尔[1],能够助她摆脱困境。请转告她,看不到她令人愉悦的外表,听不到她与众不同的谈吐,我无法、也不应该保持良好的状态。此外我还有一事相求,并不惜再三恳请,求她发发慈悲,让这位心灵被她俘获的仆人、历经艰辛的骑士见她一面,说上几句话。还烦请您转告,总有一天她会听说我的光辉事迹。我曾发过誓,模仿曼图亚侯爵在矢志为侄儿巴尔多维诺报仇时立下的誓言。当时他在半山腰发现侄儿奄奄一息,便发誓在为他报仇雪恨之前,不在桌布上吃面包,还规定了其他很多关于生活琐事的戒律。我也将做同样的事,在她身上的魔法解除之前,我将永无宁日,以比葡萄牙的堂佩

---

[1] 富格尔,德意志银行业家族,曾统治15世纪、16世纪欧洲金融界,家族的创立者是汉斯·富格尔(1348—1409)。

德罗亲王周游世界时所怀抱的更大热情走遍天下七大洲。[1]'

"'所有这一切，甚至更多东西，都是阁下您亏欠我女主人的。'那姑娘回答。她拿起那四个雷阿尔金币，不但没有向我鞠躬行礼，反而纵身一跃，朝空中跳起了两竿多高。"

"上帝啊！"桑丘大声喊道，"世界上怎么可能发生这种事！巫师和他们的魔法怎么会有这么大的力量，竟然把神志清醒的主人变得这样荒唐可笑？啊！主人！主人！看在上帝之爱的分上，请阁下您醒醒吧！当心您的名誉，不要相信这些胡言乱语，它们只会让您的感情变得脆弱，让您的感受偏离正常的轨道！"

"桑丘，你这么说是因为爱我至深。"堂吉诃德说，"但你尚且涉世未深，所以稍稍有些难度的事情在你看来都不可思议。不过我刚才说过了，随后我会给你讲述一些在洞底看到的其他事情，到时你一定会相信我此刻这番话，这一切的真实性不容反驳或争议。"

第二十四回
无关紧要又必不可少的琐事，有助于真正理解这个伟大的故事

在把这个伟大的故事从第一作者熙德·哈梅特·贝内赫里的原著翻译过来时，译者说，在蒙特西诺斯山洞冒险这一回，哈梅特本人在书的边缘亲笔标注了如下评论：

---

1 指《葡萄牙王子佩德罗周游世界四大洲记事》一书的情节，1547年出版于萨拉曼喀，堂吉诃德故意说七大洲，意指其热情超越佩德罗王子。

"我既无法理解，也无法相信，在英勇的堂吉诃德身上真的原原本本发生过上一回所讲述的一切。理由是，到现在为止发生的所有冒险都是可能的，也是可以证实的，但是这个山洞，却没有任何办法可以证明其真实性，因为它远远超越了理性的范畴。但是要我相信堂吉诃德在说谎，却也是万万不能的。作为那个时代最纯正的贵族和最高贵的骑士，就算被人用剑指着，他也绝不会说一句谎话。从另一方面来说，他既然能把上面提到的所有细节都讲述得一清二楚，我相信他也不可能在这么短的时间内编出这么一大套胡言乱语。如果说这次冒险看上去像是杜撰的，那么这并不是我的错，我既不能证明它是假的，也无法确定它是真的，只是如实记录而已。而你，读者，作为一个理性的人，可以自行作出判断，我的责任和能力仅限于此。当然了，据说当堂吉诃德到达生命的终点——死亡的时候，他表示收回这番话，并承认那都是自己编造出来的，因为他觉得这个情节与自己故事中其他的冒险相得益彰，并且能为之增色。"

然后作者接着讲述——

表弟被这番交谈吓了一跳，一方面惊讶于桑丘·潘萨的大胆放肆，另一方面也愕然于主人的耐心。他判断，堂吉诃德见到了心上人杜尔西内亚·德尔·托博索，虽然是被施了魔法的，但也是心花怒放，因而表现出分外的温和大度。否则的话，桑丘对主人说出的那番话活该被棒打一顿。他真心觉得桑丘对主人过于放肆了，便对堂吉诃德说：

"至于我，堂吉诃德·德·拉曼查先生，跟阁下您共度的这一天可谓受益匪浅，因为就在一天之内我收获了四样东西：第一，认识了阁下您，这是我三生有幸；第二，知道了这个蒙特西诺斯山洞里埋藏着什么，还有瓜迪亚那河和瑞德拉湖泊群的由来，这些材料都可以用于我手头正在编辑的《西班牙奥维德》;第三,弄清了纸牌的古老历史渊源,至少在查理大帝时期就已经在使用了,这一点可以从阁下您的话中推测出来。因为您提到,杜朗达尔特在听了蒙特西诺斯一番倾诉后,醒过来说:'耐心等待,重新洗牌。'这种理性的说话方式,不可能是后来在被施了魔法的情况下学到的,一定是在此之前,也就是查理大帝时期在法国形成的。而且这一研究结果还适用于我正逐步编撰的另一本书,题为《关于事物的发明:对维吉尔·伯里多罗的补充》。我相信他在书中忘了编入纸牌的历史,如此重要的事实必须要补充进去,更何况还是援引像杜朗达尔特先生一样严谨、真实的权威人士;第四,就是确切地知道了瓜迪亚那河是如何产生的,直到现在人们对此还一无所知。"

"阁下您言之有理,"堂吉诃德说,"不过我很想知道,如果上帝保佑您获得出版书籍的许可(虽然我对此表示怀疑),您打算把这些书献给谁呢?"

"西班牙有的是贵族和大人物,献给谁都可以。"表弟说。

"并不多。"堂吉诃德回答说,"大多数人并非没有资格,只是不愿意接受,生怕对作者们的辛劳付出和殷勤相待有所亏欠。不过我认识一位亲王,他德高望重,足以弥补其他人的缺失,如果我将他的这些优点直言相告,也许会在不少慷慨的胸中唤起嫉妒。不过这个话题就此打住吧,下次有机会再聊,此刻咱们还是去找今晚过夜的地方吧。"

"离此不远有一座寺庙,"表弟说,"里面住着一位隐士。据说他曾当过兵,而且人人都知道他是个好基督徒:谨慎持重、仁慈善良。紧挨着寺庙有一座小房子,是他出资建造的,虽然很小,但也能够接纳宾客。"

"这位隐士有母鸡呀?"桑丘问。

"很少有隐士不养母鸡的,"堂吉诃德回答说,"现在的修行者们可不像在埃及沙漠中修行的人们那样,穿着棕榈叶,吃地里的根茎。不要认为我赞美古人,就是在批评当下。我的意思是,现在的隐修不至于像那个时候那么严苛而拮据,但并不因此就该全盘否定。至少我认为他们是值得认可的,因为在恶劣的环境中,假装的伪善总比公开的罪孽少一些危害。"

就在这时,他们看到一个步行的人急匆匆地从后面赶上来,抽打着一头骡子,骡背上驮着长矛和驮鞍。这人来到他们跟前,匆忙打了个招呼就错身而过。堂吉诃德对他说:

"好人儿,请你留步!你看上去比这头骡子还要勤勉。"

"先生,我不能停留,"此人回答说,"您看,我运输的这些武器明天就要派上用场,所以片刻都不能耽搁。再见了!不过我今天晚上打算借宿在寺庙再往前一点的那个客栈里,如果您想知道我为什么运这些东西,又正好顺路的话,就能在那里找到我,到时我会向您讲述奇迹的。再见了!"

说完他赶着骡子走了,堂吉诃德都没来得及问他将要讲述的是什么样的奇闻怪事。偏偏我们的骑士先生好奇心太重,对于新奇事物必须打破砂锅问到底,便下令立刻出发前去客栈过夜,而不必在之前表弟提到的寺庙停留了。

堂吉诃德做了这个决定,大家都上了马,三人沿着通往客栈的狭窄小路前进,在天黑前不久到达了目的地。不过在此之前,表弟向堂吉诃德提议到寺庙去喝一杯,桑丘·潘萨一听这话,立刻掉转毛驴前往寺庙,堂吉诃德和表弟也跟了上去。但桑丘运气不好,仿佛上天故意捉弄,隐士不在,他们在寺庙中只见到了女管家。他们

215

想点几杯上等好酒,女管家却说她的主人没有这些东西,如果他们愿意喝点便宜的水,她倒是很乐意提供。

"如果我想喝水,"桑丘回答说,"路上不就有水井吗?随时随地都能喝饱。啊!卡马乔的婚礼!还有堂迭戈家的丰盛筵席!简直让我魂牵梦萦!"

于是他们离开了寺庙,继续朝客栈赶路,没走多远就碰见一个年轻小伙子。小伙子走在他们前面,但看上去并不着急赶路,所以两队人马很快齐头并进。他肩上扛着一把剑,剑上挑着一个包袱,里面似乎装着他的衣服:肥腿裤、短斗篷、一件衬衣。他身上穿着一件天鹅绒短外套,已经磨得发亮,衬衣还露在外面;长袜是丝绸的,外套方头鞋,一身宫廷打扮;年纪在十八九岁,面容开朗欢快,看上去身体灵活。行路艰辛,为了自娱自乐,他一边走一边还唱着塞基迪亚短歌。当众人赶上他时,他刚唱完一首短歌,根据表弟的记录,歌词是这样唱的:"穷光蛋上阵打仗,有钱人在家享福。"

第一个上去搭话的人是堂吉诃德,他对小伙子说:

"英俊的先生,阁下您赶路的衣衫未免单薄了些。您去往哪里?如果您愿意的话,请告诉我们吧!"

小伙子听了回答说:"路上穿这么少是因为热,也因为贫穷。至于去哪儿,我是去打仗的。"

"因为贫穷,这是从何说起?"堂吉诃德问,"说天气炎热倒是情有可原。"

"先生,"小伙子回答说,"我这包裹中有一条天鹅绒的肥腿裤,是跟身上这件短外套配套的。如果在路上穿坏了,到了城里就不能穿着它出风头了,我又没钱再买一条。所以,既是出于爱惜,也是为了凉快,我就这样走路,一直走到步兵军营,离这里不到十二莱瓜。只要到军营报了到，少不得分配个牲口，可以骑着继续往前走，一直到登船的地方，据说是在卡塔赫纳。话说回来，我更希望国王成为我的主人，在战争中为国王效力，而不是服侍宫廷中某个无足轻重的人。"

"顺便问一下，阁下您是否领着俸禄呢？"表弟问。

"如果为西班牙某个大人物或者高贵人士效过力，"小伙子回答说，"那肯定有俸禄可领。得碰上好主人才有这个待遇，连从仆从食堂出来的人都能出去当个少尉或者上尉，要么就是拿到一笔丰厚的遣散费。可惜我很不幸，服务的不是见习人员就是外来人员，每天的口粮少得可怜，薪水如此微薄，浆洗一个领子就花掉日薪的一半。一个平头百姓，要是能幸运地拿到合理财富，简直就是个奇迹！"

"朋友，请您以生命的名义如实相告，"堂吉诃德问，"您服务了这些年，怎么可能连一件制服都没有得到？"

"倒是有过两件。"小听差说，"但是就像人们从某个宗教教派脱离出来一样，他们得脱掉教袍，仍旧穿上自己的衣服。同样，我的主人们也把旧衣服还给了我。他们来京城做生意，生意完成就各回各家了，同时也收回了仅仅是为了装装门面而分发给我们的制服。"

"赤裸裸的吝啬！正如意大利语所说的：抠门儿。"堂吉诃德说，"不过，无论如何，您从宫廷出来，此刻却还怀有那么美好的意愿，请务必将此看作是一件幸事吧！因为世界上没有任何其他事情比侍奉上帝这件事更正直、更有益处了，这是其一；其二，国王是我们天生的主人，跟从事文字工作相比，服侍国王，尤其是在武装军队中效力，通过使用武器您即便不能获得更多的财富，至少会获得更多的荣誉，正如我反复阐释过的那样。虽然文职的正统地位根深蒂固，但在投笔从戎的将士眼中，文职人员行事难免带着'不知所云'

的混沌,而他们自己内心则充满了'知所云'的骄傲,这种骄傲让他们在心理上超越了所有人。

"而我下面将要对您说的话,请您好好记住,在以后的工作中也许会受益匪浅,并引以为安慰:不必对可能发生的不幸顾虑重重,因为所有可能性中最坏的情况莫过于死亡,但死亡却是件好事,一切事物之中最美好的就是死去。有人问英勇的罗马皇帝尤里乌斯·恺撒,什么样的死亡才是最完美的。他回答说,是不期而至的死亡、突如其来的死亡、出其不意的死亡。虽然他是一名异教徒,对于真正的上帝一无所知,但抛开这一点不谈,他的答案很有道理,这样人类才能免受折磨。即便您在第一次参加行动或第一次遭遇小规模冲突时就被炮火打中,或者被地雷炸飞,那又有什么关系?一切皆是死亡,使命就此结束。按照泰伦提乌斯[1]的说法,在战斗中死去的士兵比在逃亡中苟活的士兵更幸运;而一名优秀的士兵,对于他的上尉或长官越服从,收获的名声就越大。

"记住,孩子,对于一个士兵来说,火药的味道比玫瑰的香气更美妙,而如果在这项荣耀的事业中您能安然到达晚年,哪怕是伤痕累累、身体残缺或腿脚不便,至少人生不会留下任何污点。而拥有了那样的清白名声,即使是贫穷也不会有损于您的荣耀。何况,政府已经开始陆续发布命令,赡养并接济那些年老的和伤残的士兵,对于他们,不该像释放黑奴那样:所谓给他们自由,就是当他们年事已高、无法继续服侍的时候,以自由的名义把他们从家里赶出去,让他们成为饥饿的奴隶——除了死,谁也不用妄想从饥饿手中获得自

---

1 泰伦提乌斯(前190?—前159),古罗马喜剧作家。

由。不过此刻我不想发表长篇大论，只想邀请您坐在我的鞍后一起到达客栈，并在那里跟我共进晚餐。明天早上您再继续赶路，上帝会指给您一条得偿所愿的康庄大道。"

这位侍童没有接受坐上马背的邀请，但是同意到客栈中跟堂吉诃德共进晚餐。据说桑丘此时的想法是："上帝保佑我的主人！他刚才那番话说得多好！一个这么有见识的人，怎么可能说出之前的那些荒唐透顶的胡言乱语？竟然说在蒙特西诺斯山洞中看到了那么多不可思议的事情？好吧，走着瞧吧。"

他们赶在天黑之前到达了客栈。桑丘暗自庆幸，因为主人这回意识到这是一家真正的客栈，而没有像以前那样一口咬定是座城堡。还没进门，堂吉诃德就向店主人打听那个运送长矛和驮鞍的人，店主人回答说此人正在马厩安顿骡子。表弟和桑丘也去安顿各自的毛驴，并把最好的饲槽和马厩中最好的位置给了罗西南多。

第二十五回
驴叫奇闻，木偶戏之争，以及令人难忘的算命猴子

堂吉诃德性情固执，正如俗话说的打破砂锅问到底，不搞清楚那个运输武器的人承诺讲述的奇事绝不罢休。他到店主人指点的地方找到了那个人，央求他讲讲路上相遇时没来得及讲述的内容。那人回答说：

"请稍等片刻，刚才说的奇事我一定会讲，但也不能站着讲。我的先生，请阁下您容我给牲口喂完饲料，然后再细细道来，这件事情一定会让您拍案称奇。"

"那么请您别再耽搁了,"堂吉诃德回答说,"我会帮您一起做所有的事情。"

他真的这样做了:帮着扬筛饲料、打扫料槽。堂吉诃德态度如此谦卑,使运武器的人心满意足,十分乐意应他所请讲述故事。他坐在一条石凳上,堂吉诃德坐在他身边,表弟、听差、桑丘·潘萨和店主人也作为听众围在四周,故事就这样开始了——

诸位应该知道,在离此大约四莱瓜半的一个村子里发生了一件事:村委会的一个委员受女仆的诡计欺骗,丢了一头毛驴,当然这件事就说来话长了。虽然这个委员尽了一切努力去寻找,也没能找到。十五天过去了,这个时间是所有人众口一词,没有异议的,当那位丢失毛驴的委员出现在广场上的时候,同村的另一个委员对他说:

"伙计,快好好谢谢我吧!您的毛驴出现了!"

"老伙计,我一定重谢,"失主回答,"不过请告诉我们,它到底在哪里出现了?"

"在山上,"找到的那个人说,"我在山上看到它了,既没戴驮鞍也没有任何马具,瘦得让人不忍卒视。我试图上去抓住它,把它给您带回来,但它已经变得野性而孤僻,没等我走近就逃走了,钻进了山上最隐秘的地方。如果您愿意,咱们两个一起回去找它。先让我把自己这头毛驴送回家,马上就回来。"

"这真是太令人高兴了,"丢毛驴的人说,"我会尽己所能用同等价值的货币报答您的。"

所有知道真相的人,讲起这件事情的前因后果都跟我讲的内容差不离。总而言之,这两位村委会委员手挽手徒步走进了山里,来到了他们认为能找到毛驴的地方。但是不管怎么苦苦寻找,不但没有找到毛驴,也没有在周边任何地方见它出现。见搜寻无果,曾经见到毛驴的那个人对另一个人说：

"你看，伙计，我想到一个办法，一定能发现这个畜生。别说是钻进山林深处，哪怕是钻进地下，也能把它找出来。我很会学驴叫，如果你也会一点儿的话，这件事儿就成了。"

"伙计，你说如果我会一点儿？"另一个人说，"上帝啊！在这件事情上我比谁都强，甚至比毛驴自己叫得都好！"

"那咱们现在就走着瞧，"第二个村委会委员说，"我想到的办法就是：你走山的这一边，我走另外一边，咱们把山包抄起来，把每一处都走遍。每走一段你就学驴叫，我也学驴叫，而且还得经常叫，如果毛驴确实在这座山上的话，得让它听到并回答我们。"

对此，毛驴的主人回答说：

"要我说，伙计，这主意太好了，只有你这么有才华的人才能想出来！"

于是这两人就按计划兵分两路，结果他们几乎是同时学起了驴叫，而且各自都被另一个人的叫声欺骗了，以为真的是那头毛驴出现了，便赶过来寻找。当两人碰头的时候，毛驴的失主说：

"老伙计，这怎么可能？竟然不是我的毛驴在叫？"

"不是它，是我！"另一个人回答。

"老兄，我不得不说，"毛驴主人说，"在叫声这一点上，你跟一头毛驴之间没有任何区别，因为我这一辈子都没见到过学得比你更像的了。"

"相比之下，"出主意的那个人说，"还是你更值得得到这些称赞和美誉。老兄，看在养育我的上帝的分上！你比全世界最优秀、最内行的驴叫专家还要强出两个驴叫的程度：你的声线高亢、嗓音悠扬，持续时间长又很有节奏，而且声调既变化多端又干脆利落。总之我甘拜下风，我向你献上棕榈叶，作为在这个稀奇的才能上向你竖起的白旗。"

"我只能说，"毛驴主人说，"从今往后我会更加重视自己、更加自信，不再认为自己一无是处，因为我至少还有这项特长。虽然我以前就知道自己学驴叫学得很像，但是从没想到竟然出色到你极力称赞的这个程度。"

"我也不得不说，"另一个人回答，"世界上有一些业已失传的罕见绝技，这些技艺在不懂得好好利用它们的人身上真是暴殄天物。"

"我们这项绝技，"毛驴主人回答，"如果不是遇到目前这种情况，在别的场合也没有什么用处。甚至就算是在此刻，上帝也不肯使我们从中得到好处。"

说完，他们再次分头行动，重新开始学驴叫，可还是每一步都被对方迷惑，重又聚到一起。最后两人约定，为了让对方明白是自己而不是毛驴，他们的暗号就是连叫两声，一声接着一声。就这样，他们每走一步都学一遍驴叫，直到转遍了整座山，丢失的毛驴也没有回应，也没有发出任何信号。最后他们在树林中最隐秘的地方发现了它，然而已经被野狼撕成了碎片。这头可怜的毛驴既然已英年早逝，又怎么可能回答呢？见状，毛驴主人说：

"我就觉得奇怪，它怎么会毫无回应。要是还活着，听到我们的叫声它一定会叫的，否则就不是毛驴了。不过，老兄，虽然找到的只是毛驴的尸体，但我觉得今天这一趟不虚此行，因为有机会领略到你在学驴叫方面那惊人的天赋。"

"还是你更胜一筹啊，老兄，"另一个人回答说，"正如俗话说的，长老唱歌唱得好，侍童一准儿错不了。"

就这样，他们哑着嗓子，垂头丧气地回到了村子。在村里，他们向朋友、邻居和熟人们详细讲述了寻找毛驴的过程中发生的事情,极尽夸张地互相吹捧对方在学驴叫方面的天赋。这件事情很快不翼而飞,传到了临近的村镇。要知道,魔鬼可是从来不打瞌睡的,而且最爱到处挑拨离间、煽风点火、无事生非,用鸡毛蒜皮的琐事挑起巨大的猜疑和争执。魔鬼鼓动其他村镇的居民一见到我们村的人就学驴叫,用我们村委会委员的驴叫声羞辱我们。男孩子们落入了这个圈套,不啻落入了地狱中所有魔鬼的虎口与魔爪。这个玩笑在一个又一个村镇中传播得如此迅猛,以至于驴叫成为我们这个镇子远近闻名的特征,我们村在方圆邻里就像是白芝麻里面挑出的一粒黑芝麻,既引人注目又跟周围格格不入。这个玩笑愈演愈烈,以至于后来被嘲笑的一方和捉弄人的一方开始互相攻打,甚至派出了武装人手和训练有素的兵团。不管是国王还是国际象棋里的车,不管是恐惧还是羞耻,没有什么能够解决这个争端。

我相信明天或者后天我们村里人又要出去打架,作为"驴叫村"的代表对战另一个离我们两莱瓜远的村子,那是对我们穷追猛打最凶狠的村子之一。为了加强战备,我购买了您看到的这些长矛和驮鞍。这就是我答应过告诉您的奇事,如果您连这都觉得没什么稀奇,那我可真讲不出什么别的奇事了。

就这样,这位好人讲完了他的故事,这时从客栈门口进来一个人,穿着岩羚羊皮外套、长袜、肥腿裤和紧身坎肩,大声问道:

"客栈老板先生,有房间吗?算命猴子和《梅林森德拉》自由宗教故事剧正往这儿来呢!"

"可喜可贺!"客栈老板说,"这不是佩德罗师傅吗?今晚我们有好戏看了。"

忘了说，这个所谓的佩德罗师傅，他的左眼以及几乎半个面颊都贴着一张绿色的塔夫绸膏药，说明他整个那半边脸应该都有毛病。客栈老板继续说：

"佩德罗师傅！欢迎欢迎！猴子和剧台在哪儿呢？我没看到啊！"

"他们马上就到，"穿岩羚羊皮衣的人回答说，"我先来看看有没有房间。"

"为了给佩德罗师傅您腾出房间，哪怕是阿尔瓦伯爵亲自驾到我也不买账啊！"客栈老板说，"快让猴子跟剧台过来吧，今天晚上客栈里头有的是人愿意付钱看戏，顺便领教一下那只猴子的技艺。"

"那就太好了。"贴膏药的人回答，"我不会要高价的，只要能贴补开销，我就心满意足了。那我回去催那辆车赶紧过来，车上装着猴子和剧台呢。"说着，他又转身出了客栈。

堂吉诃德问客栈老板，这位佩德罗师傅是什么人，他带的剧台和猴子又是怎么回事。客栈老板回答说：

"这是一个有名的杂耍艺人，很久以来云游在阿拉贡的拉曼查地区，专门演出一个讲述著名的堂盖费罗斯解救梅林森德拉的宗教故事剧。多少年了，这出戏是方圆百里格人们看过的最精彩的故事和最出色的表演之一。他还带着一只猴子，这猴子有一种超能力，这种天赋别说是猴子，就是在人身上都是无法想象、非常罕见的。如果有人向它提问，它会专注地听问题，然后跳到主人的肩膀上，凑到他耳边说出这个问题的答案，再由佩德罗师傅立刻转述出来。它一般只回答关于过去的事情，而不是预测将来，虽然并不是每一次都说中，但大部分时候都不会弄错，所以我们都相信它身体里有个魔鬼。如果猴子愿意回答，每一个问题要收取两个雷阿尔的费用。当然了，我的意思是猴子在主人耳边给出答案，主人替它回答。所以,大家都相信这位佩德罗师傅发了大财。他活得可够潇洒,正如意大利人说的,像个浪荡公子,过着世界上最好的生活。他一个人说的话比六个人加起来还多,一个人喝的酒比十二个人加起来还多,而这些全靠他的三寸不烂之舌、他的猴子和戏台供养。"

这时候,佩德罗师傅回来了,用一辆车装来了戏台和猴子。猴子很大,没有尾巴,屁股毛烘烘的,但是脸并不难看。堂吉诃德一见猴子,便问道:

"算命先生,阁下请您告诉我渔情如何?我们的命运又将如何?这是我的两个雷阿尔。"

他命令桑丘把钱给佩德罗师傅,但佩德罗师傅替猴子回答说:

"先生,这个畜生不会回答也不会泄露将来发生的事情。对于过去的事情它倒有所了解,甚至对此刻正在发生的事情也略知一二。"

"我敢打赌,事情就是这样的!"桑丘说,"在我自己身上发生过的事情,难道我还会花一个马拉维迪去让别人告诉我吗?这些事谁能比我自己知道得更清楚呢?花钱让别人告诉自己已经知道的事情,这真是太蠢了!但如果它知道现在正在发生的事情,那这是我的两个雷阿尔!请这位猴头猴脑的先生告诉我,我老婆特蕾莎·潘萨现在正在做什么,她是怎么打发时间的?"

佩德罗师傅不肯接他的钱,说:"在提供服务之前,我不愿意提前接受奖赏。"

他用右手在左肩上敲了两下,猴子便一跃跳上他的左肩,将嘴巴凑到他的耳边,嘴巴快速地一张一合。过了大约念一段《信条经》的工夫它就做完了这些动作,又一跃而下跳回地上。立刻,佩德罗师傅急匆匆地上前跪倒在堂吉诃德面前,抱住他的双腿,对他说:

"我拥抱这两条腿,就像抱着赫丘利双柱[1]。哦!游侠骑士道已被遗忘尘封,而您是其伟大的复兴者!哦!怎么赞美都不为过的骑士堂吉诃德·德·拉曼查!对于奄奄一息的人,您就是他们的元气;对于跌跌撞撞的人,您就是他们的拐杖;对于匍匐在地的人,您就是挽救他们的臂膀;对于所有不幸的人,您都是他们的支持和安慰。"

堂吉诃德大惊失色,桑丘目瞪口呆,表弟瞠目结舌,小听差呆若木鸡,驴叫村村民一脸茫然,客栈老板满心困惑,总之,听到杂耍艺人的话,所有人都大吃一惊,只听他又接着说道:

"而你,好桑丘·潘萨,你是世界上最优秀的骑士身边最杰出的持盾侍从。高兴点吧!你的好妻子特蕾莎一切都好,此刻她正在纺一磅亚麻,说得更详细点:她左手拿着一个边沿有缺口的罐子,里面装满了酒,用来作为辛勤劳作的调剂。"

"我一猜就是。"桑丘回答说,"她真是个走运的女人。我的特蕾莎可绝不会亏待自己,哪怕要由她的继承人付出代价!不过她有个好处就是从不吃醋,所以哪怕拿女巨人安丹多纳[2]来交换,我也不肯把她拱手相让。照我主人的说法,那个女巨人是一个十分完美又非常有用的女人。"

"我总算明白了,"这时堂吉诃德说,"真是读万卷书、行万里路才能见多识广。我的意思是,如果不是亲眼所见,多么雄辩的口才也无法让我相信世界上有猴子会算命。没错,虽然这位好畜生言

---

1 指直布罗陀海峡两边的两座山峰。希腊神话传说两山本为一体,后大力士赫丘利将其分开,使海水通过。

2 安丹多纳,骑士小说《阿马蒂斯·德·高卢》中的人物。

语间多有溢美之词,但我正是它所说的堂吉诃德·德·拉曼查本人。无论如何,要感谢上天赋予我温柔而富于同情心的灵魂,只愿为所有人造福,而不对任何人作恶。"

"如果我有钱,"小听差说,"我就问问猴子先生,在这条朝圣之路上会有什么样的遭遇。"

对此,已经从堂吉诃德脚下站起来的佩德罗师傅回答说:

"我已经说过了,这只畜生不回答关于将来的问题。如果它真的肯回答,给不给钱都不重要,因为堂吉诃德先生在此,为表达对他的敬意,我可以放弃全世界所有的钱财。现在,既然鄙人有义务向他致敬,也希望能博他欢心,我打算搭建戏台,为客栈里所有的客人助兴,而且不收任何费用。"

客栈老板听到这番话异常欢喜,给他指点了可以搭建戏台的地方,很快一切就准备就绪了。

堂吉诃德对于猴子的占卜心存疑虑,他认为一只猴子能算命,不管预测将来还是卜算过去,都可算是异象。于是,趁着佩德罗师傅安装戏台的工夫,堂吉诃德拉着桑丘躲到马厩的一个角落,用谁也听不见的声音对他说:

"桑丘,你看,我仔细思考了一下这只猴子的特异功能,可以肯定它的主人,也就是这位佩德罗师傅,必然是跟魔鬼订下了什么秘密的或公开的协议,这简直是毫无疑问的。"

"如果院子[1]里密密麻麻的全是鬼,"桑丘说,"那一定脏得不得了。不过,这位佩德罗师傅要这样的院子有什么用呢?"

---

1 "协议"(pacto)与"院子"(patio)读音相近。

"桑丘，你没明白我的话。我说的不是院子，我是说他一定是跟魔鬼达成了某种协议：魔鬼赋予猴子这项技能，他就以此谋生，等他发了财之后，再把灵魂交给魔鬼，这就是敌对世界的企图。我这样认为是合情合理的：这只猴子只能回答过去或现在的事情，而魔鬼的智慧也恰恰仅限于此，将来的事情他们是不知道的，除非遇到特殊时机，甚至在特殊情况下也并非每次都能洞悉。对所有的时间中发生的一切都了如指掌，那是只有上帝才拥有的能力。对上帝来说，无所谓过去，也无所谓将来，一切都是现在。假设如此，或者说既然如此，那么显然这只猴子说话颇能体现魔鬼的风格。我很惊讶为什么宗教裁判所没有控告它，将它算作歪门邪道进行审查并连根清除。很显然，这只猴子不是星卜家，不管是它还是它的主人都不操作那些被称为占星的纸牌，也不懂得那门学问。这种纸牌如今在西班牙如此盛行，会玩这种牌的任何一个小妇人、小听差或者老鞋匠都会因此洋洋得意，好像从地上揭起一副纸牌中某个花色的第十张牌（比抓到一张好牌还容易），就能用他们的谎言和无知抛弃科学那美妙的真相。

"我听说有一位女士，养了一条个头很小的小母狗，她去咨询一位算命先生，问这条狗会不会怀孕、生产，如果生的话，会生几个小狗崽，都是什么颜色的。对此，那位算命先生在摆弄完纸牌之后回答说，这条小母狗会怀上并生下三条小狗，一条绿的、一条红的，还有一条花的，不过前提是每逢周一和周六，在上午和晚上的十一点到十二点之间，它都得躲起来。结果过了两天，那条母狗就难产死了，而这位算命先生在村里得到了神机妙算的名声，正如所有的或大部分纸牌占卜者一样。"

"无论如何，"桑丘说，"我希望阁下您请佩德罗师傅问问他的猴子,您在蒙特西诺斯山洞里遇到的事情是不是真的。因为我还是觉得——请阁下您原谅——这一切不过是自欺欺人的谎言,或者至少是一场梦。"

"都有可能,"堂吉诃德回答说,"不过我接受你的建议,虽然即使这样也无法打消我心头无以名状的疑虑。"

就在这时,佩德罗师傅过来找堂吉诃德,告诉他戏台已经准备就绪,请他前去观看,这场演出可是特意向他致敬的。堂吉诃德提出了自己的要求,并恳求佩德罗师傅在开戏前问问他的猴子,自己在蒙特西诺斯山洞里遇到的那些事情究竟是做梦还是真实发生的,因为他自己感觉亦真亦幻、真假难辨。对此,佩德罗师傅没有直接回答,而是又把猴子带到堂吉诃德和桑丘面前,说:

"你看,猴子先生,这位绅士想要知道,他在一个名叫蒙特西诺斯山洞里遇到的一些事情究竟是真是假。"

他做了一个惯常的手势,猴子跳上他的左肩,看上去像是对着他的耳朵说话,然后佩德罗师傅说道:

"猴子说,阁下您在上述的山洞里看到的或经历的事情中,一部分是假的,一部分是真的。在这个问题上,它所知仅限于此。如果阁下您想要了解得更详细,到下个周五它就能回答您提出的任何问题,因为此刻它的能量已经耗尽,正如我刚才所说,要到下周五才能恢复。"

"这不是被我说中了吗!"桑丘说,"主人啊,我就说嘛!阁下您所说的关于山洞的事情不可能全是真的,真实的内容一半儿都到不了!"

"桑丘,让事实说话吧,"堂吉诃德说,"时间会证明一切,任何事情最终都会大白于天下,哪怕真相隐藏在地底深处。此刻这样就够了，我们去观看佩德罗师傅的宗教故事剧吧，我认为一定会有些新意。"

"何止是有些新意！"佩德罗师傅说，"我的宗教故事剧里面简直包含了六万种创新！我的堂吉诃德先生，不瞒阁下您说，这是当今世界上最值得看的表演之一，而且'我若行了，你们纵然不信我，也当信这些事'[1]。天色已晚，这就开始吧，我们有很多要做的、要说的、要展示的。"

堂吉诃德和桑丘跟着他来到了戏台前，一切已经安置妥当，幕布已经拉开，台上点满了蜡烛，倒也显得十分辉煌。佩德罗师傅钻进了后台，负责操纵那些陶偶，戏台外站着一个男孩子，是佩德罗师傅的仆人，负责解说故事剧的情节和旁白，他手里还拿着一根小棍，用来指点出场的人物。

等客栈中所有的人都面对戏台找好位置，有人坐着，有人站着，而堂吉诃德、桑丘、小听差和表弟占据着最好的位置，旁白译员开始讲述在下一回您将听到和看到的内容。

第二十六回
继续讲述杂耍艺人的有趣冒险，还有其他真正令人叫绝的事情

"提尔人和特洛伊人，全都鸦雀无声。"[2]

---

1 《圣经·约翰福音》10:38。
2 引自维吉尔作品《埃涅阿斯纪》。

我的意思是，当戏台上传来一大波铜鼓声、喇叭声，以及很多火炮的射击声，所有人都目不转睛地盯着戏台，屏息等待播报员开言。这阵声音持续了不长时间，接着，男孩子抬高了声音说：

"在此为各位表演的这个真实的故事，是原原本本地取自法国的编年史，以及妇孺皆知、口口相传的西班牙民谣。故事讲述的是堂盖费罗斯先生解救他的妻子梅林森德拉，这位夫人在西班牙被俘，后被摩尔人囚禁于古代的圣苏埃尼亚城，也就是今天称为萨拉戈萨的地方。请各位观众往那边看，堂盖费罗斯正在玩十五子棋，正如歌谣所唱：'堂盖费罗斯在下十五子棋，他已经把梅林森德拉忘记。'

"而那一位此刻探身出来的人物，头戴王冠、手拿权杖，正是查理大帝，也就是梅林森德拉名义上的父亲。他见女婿不但若无其事，而且还有闲情逸致下棋，气得出来责骂他。请大家注意：他言辞恳切，态度激烈，仿佛恨不得用权杖打他几下，甚至也有些作者说他确实打了，而且打得挺狠。老人告诫女婿，如果他不努力去营救自己的妻子，必将名誉受损，以及很多诸如此类的话，最后他说：'我言尽于此，你好自为之！'

"请各位细看，这位皇帝是如何拂袖而去，把堂盖费罗斯一个人留在那里。大家也看到，堂盖费罗斯怒不可遏，大发雷霆，把棋盘和棋子都扔得远远的，然后急匆匆地去找武器。他向表兄堂罗尔丹借用宝剑杜陵达纳，可堂罗尔丹却不肯借给他，反而自告奋勇陪他一起去解决这件困难的事情。但是这位暴怒的勇士不肯接受他的帮助，声称自己单枪匹马就足以把妻子救出来，哪怕她被藏进最深的地心。就这样，他全副武装，立刻上路。

"现在请各位把目光转向那边出现的一座高塔。据推测，那是萨拉戈萨宫殿中的高塔之一，如今被称为阿尔哈菲利亚。那位一身摩尔装束出现在阳台上的女士就是举世无双的梅林森德拉。她站在那里，无数次地眺望通向法国的路，思念着巴黎，思念着她的丈夫，以此度过漫漫囚禁岁月。请大家注意现在发生的另一件同样闻所未闻的新鲜事：有没有看到那个蹑手蹑脚的摩尔人？他把手指放在嘴唇上，从梅林森德拉背后偷偷靠近。请注意看，他是如何正对着她的嘴唇吻了下去，而她又是如何急忙吐了一口唾沫，并且用衣服的白色袖子把嘴唇擦干净。她是如何悲叹，如何因为难过而揪着自己美丽的头发，仿佛她受到伤害都是头发的过错。请大家看，那位站在走廊中神情严肃的摩尔人就是圣苏埃尼亚城的马尔西里奥国王。他看到那个摩尔人的无礼行为，便下令立刻逮捕他，尽管此人是他的亲戚，也是宠信的部下，但还是命人打了他两百鞭子，并在城中人群最密集的街道上游街示众。

"前有公差鸣锣开道，后有法警执棍看牢。

"现在大家看到，罪行刚刚发生，罪犯就被拉出去行刑了。摩尔人可不像咱们，没有什么'移交地方'的说法，也没有什么'证据不足'的托词。"

"小子！"这时堂吉诃德大声喊道，"你就规规矩矩讲你的故事吧，不要拐弯抹角、含沙射影，也不要对不相干的主题妄加评论。无论说什么话，想要完完全全符合事实，需要提供很多的证据并反复证明。"

佩德罗师傅也从里面喊道：

"孩子，别说出格的话，就听从这位先生的吩咐，那才是最正确的做法。你就老老实实唱你的歌，不要故弄玄虚，搞出弦外之音，越多声部的配合越容易出错。"

"我知道了。"男孩子回答,并继续讲道,"现在出现的这位骑着马、披着加斯科尼斗篷的人物正是堂盖费罗斯。这边,他的妻子因为那个迷恋美色、放肆无礼的摩尔人已经受到惩罚,此刻脸色稍缓,面容平静。她站在高塔的瞭望台上,把自己的丈夫认作某个过路人,与他攀谈。他们的交谈正如歌谣所唱的:

骑士,如果您前往法兰西,
请帮忙打听盖费罗斯的消息。

"在此我就不吟诵整首歌谣了,因为冗长往往会导致乏味。各位请看,堂盖费罗斯是如何表明身份,而通过梅林森德拉那一连串欣喜若狂的动作我们就能明白她认出了他,尤其是现在我们看到:她从阳台翻下去,想要坐在那位骑士、也就是她的好丈夫的鞍后。但是,哎呀!太不幸了!她的裙角被阳台的一根铁杆钩住了,整个人悬在空中,无法到达地面。但是请看,仁慈的上天是如何在最危急的时刻救苦救难的!堂盖费罗斯来到她面前,完全不顾那华美的裙裾是否会撕裂,也不管她是否情愿,一把抓住她将她拉到地上,接着又帮她跳上马背,像男人一样跨骑着。为了防止她掉下去,他命令妻子伸出双臂从他背后环抱过来,双手交叉在他胸前紧紧抓住,因为梅林森德拉女士可不习惯这样的骑术。大家再看,马的嘶吼表现出它多么高兴能承载英勇的男主人和美丽的女主人!请看他们是如何转身离开了这座城市,欢欣鼓舞地踏上了去往巴黎的路。哦!愿你们一路平安!举世无双的一对真正的爱人!愿你们平安到达你们热爱的祖国,愿命运不要为你们幸福的归途设置任何障碍!你们的朋友们和亲戚们都翘首以盼,希望看到你们在以后的生命中享受平静的生活，像涅斯托尔[1]那样长命百岁！"

这时佩德罗师傅又高声喊道：

"孩子，直接讲故事，不要自我陶醉了，任何情况下都不该动感情！"

这位传话者没有回答，而是继续说：

"然而，世上从来不乏多管闲事又无所不见的眼睛，他们看到梅林森德拉下楼、上马，便把这个消息告诉了马尔西里奥国王。于是国王下令拉响警报。请看，整座城市是如何立刻陷入一片钟声，因为所有清真寺的高塔上都敲响了钟。"

"不是这样的！"堂吉诃德插嘴说，"在敲钟这件事情上，佩德罗师傅编得太离谱了！因为摩尔人不用钟，而使用铜鼓和一种六孔竖笛，类似于我们的笛号。至于说在圣苏埃尼亚城敲钟，显而易见这纯粹是胡说八道。"

佩德罗师傅听到他的话，停止了演奏说：

"堂吉诃德先生，阁下您就别纠缠这种无足轻重的细节了，也别要求所有事情都尽善尽美，因为我根本找不到这些道具。在这个地方，难道不是几乎每天都上演着无数个漏洞百出、胡话连篇的戏剧吗？即便如此，他们的演艺事业不也是顺风顺水，不但收获掌声，还得到崇拜、得到一切？继续吧！孩子，让别人说去吧！只要我能装满自己的钱包，哪怕剧中的不实之处比太阳原子还要多也无所谓。"

"这倒是真的。"堂吉诃德说。

1　涅斯托尔，希腊神话人物，特洛伊战争将领，传说活了三百岁。

于是那个男孩继续说：

"请看，奔出城外追捕那对天主教夫妻的骑兵团简直有千军万马，声势多么浩大！多少喇叭响起，多少竖笛吹奏，多少铜鼓和手鼓齐鸣！我担心他们会追上那一对爱人，把他们绑在马尾上拖回城里，那将是一个多么恐怖的景象！"

堂吉诃德看到那么多摩尔人，听到这一阵巨响，认为自己应该挺身而出帮助这两个逃走的人。于是他站起来，高声喊道：

"只要一息尚存，我绝不允许堂盖费罗斯这样著名的骑士和他如此勇敢的恋人在我眼皮底下受到任何凌辱！住手！生而低贱的卑鄙小人们！不要再跟着他，也不要再追捕他！否则，就来打一架，让你们尝尝我的厉害！"

说时迟那时快，他拔剑出鞘，一跃而起来到剧台旁，以迅疾的动作和史无前例的暴怒一顿猛砍，那些摩尔人偶有的被打倒了，有的被砍掉了脑袋，有的受了伤，有的完全被摧毁。而在一连串进攻中，有一剑凶狠异常，若不是佩德罗师傅猫下腰、缩起身体伏在地上，一定就像杏仁糖面团一样被他轻易地把脑袋连根削掉了。佩德罗师傅大声喊道：

"堂吉诃德先生，阁下快住手！要知道，这些被您打倒、摧毁、屠杀的，不是真正的摩尔人，而只是一些小面人儿！我的天哪！您看，您把我的心血毁于一旦，让我失去了所有的财产！"

然而堂吉诃德并没有因此就停下雨点般密集的疾刺、狠劈、猛砍和反手重击。也就念两遍《信条经》的工夫，整个戏台都坍塌在地，成了满地废墟。台上所有的道具和木偶也都成了碎片：马尔西里奥国王受了重伤，查理大帝的王冠和脑袋都被劈成了两半。观众席一片混乱，猴子从客栈的屋顶上逃走了，表弟胆战心惊，小听差

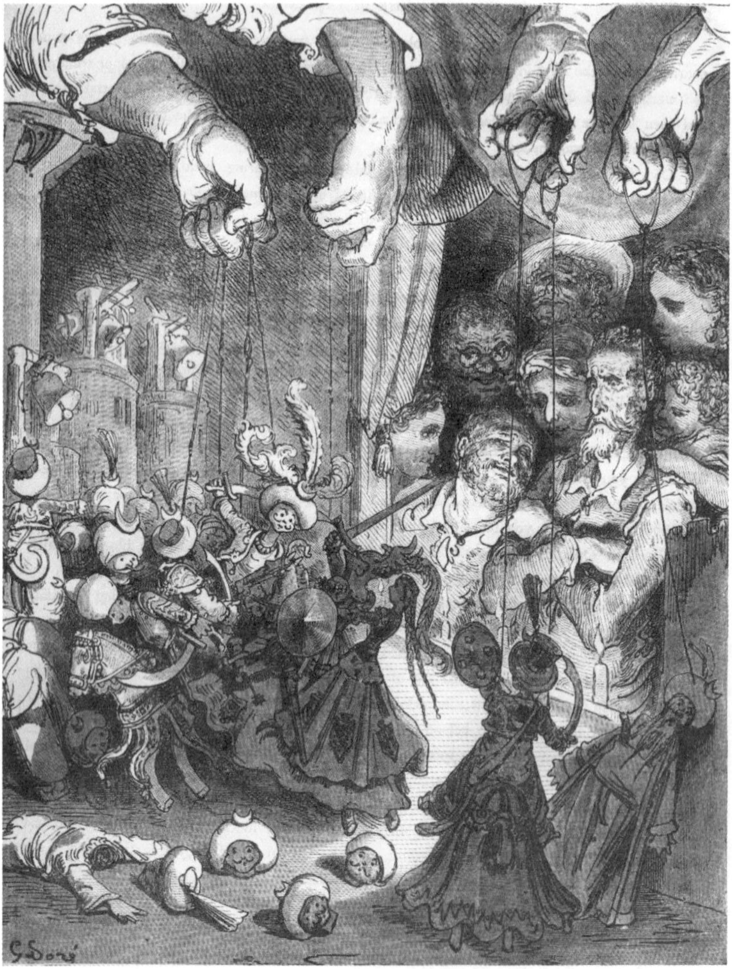
G. Doré

吓破了胆，甚至连桑丘·潘萨本人都诚惶诚恐。正如在这场大风暴平息之后，他发誓说自己从来没有见主人发过这么大的火，跟疯了一样。总之，当戏台整个被夷为平地之后，堂吉诃德稍稍平复了一下情绪，说：

"我希望，所有不相信、也不愿意相信在当今世界重振游侠骑士道是多么有益的人此时此刻都站在我面前。请大家想一想，如果不是我正好在场，杰出的堂盖费罗斯和美丽的梅林森德拉将会有什么样的结局？可以确信这个时候他们一定已经被小铜炮打中，遭受了某种伤害。总之，游侠骑士道万岁！高于今天活在世界上的所有一切！"

"恭喜！万岁！"佩德罗师傅用虚弱的嗓音插嘴说，"让我死吧！我真的太不幸了，甚至可以跟堂罗德里格[1]相提并论：

昨日坐拥整个西班牙，
今天连一堵堞墙
都不曾剩下。

"不到半个小时，也就一会儿工夫，我眼看着自己从帝王般的富有——畜栏挤满了无数牲口，匣子和袋子中装满了无尽的财宝——到现在却一无所有、一败涂地，成了穷人和乞丐。最糟糕的是我失去了猴子！如果不能重新控制它，毫不夸张地说我吓得连牙齿都冷汗淋漓。而这一切都是因为这位骑士先生头脑发热、不计后果的狂

---

[1] 堂罗德里格，西班牙最后一位西哥特族国王，711年被阿拉伯人赶下台。

怒。人们说他乐于庇护孤幼、匡扶弱小，还有其他种种慈善行为，可是只有在我身上，他却突然失去了慷慨的心意！高高在上的天神啊，愿你们受到祝福和赞美！总之，他自己是愁容骑士，就非得把我也变得满面愁容。"

桑丘·潘萨被佩德罗师傅的话打动了，对他说：

"不要哭了，佩德罗师傅，也不用叹气，我听得心都碎了！告诉你吧，我的主人堂吉诃德是一个如此虔诚、一丝不苟的基督徒，如果他发现自己对你造成了什么伤害，一定毫不犹豫地加倍赔偿你，直到你心满意足。"

"只要堂吉诃德先生能赔偿一部分毁掉的面人儿，我就满足了。美德会让他的意识清醒过来，如果一个人违背物主的意愿占有别人的东西而不归还，那就无可救药了。"

"这话没错，"堂吉诃德说，"佩德罗师傅，不过到现在为止我不知道自己占有了您什么东西。"

"什么东西？"佩德罗师傅回答说，"这坚硬而贫瘠的地面上散落一地的遗骸，是被谁摧毁殆尽的？难道不是您这双强有力的臂膀所拥有的不可战胜的力量？这些遗骸不属于我又属于谁呢？没有了它们，我靠什么来养活自己？"

"现在我终于彻底相信在之前很多场合不敢全信的事情，"这时候堂吉诃德说，"一定是那些对我纠缠不休的巫师将这些面偶变幻成真人放到我眼前，又把它们捏造成他们想要的模样。此刻在场的各位先生，我诚恳地告诉你们，我是真心以为刚才在这里发生的一切都是原原本本的事实：梅林森德拉就是梅林森德拉，堂盖费罗斯就是堂盖费罗斯，马尔西里奥就是马尔西里奥，而查理大帝就是查理大帝。因此我不禁怒从心起，而且作为游侠骑士，我必须履行义务，向这两位逃亡者伸出援手。大家看到的我刚才的所作所为，都是出于这个良好的意愿，但如果结局事与愿违，这不是我的错，而应该归咎于那些阴魂不散、对我苦苦纠缠的恶人。不过无论如何，这个错误是我亲手犯下的，虽然并无恶意，我也情愿付出代价、自我惩罚。请佩德罗师傅考虑一下，他希望我如何赔偿这些损坏的面人儿。我愿意立刻照价赔付，而且使用目前流通最好的卡斯蒂利亚货币。"

佩德罗师傅向他鞠躬致意，并对他说：

"我对英勇的堂吉诃德·德·拉曼查那前无古人的基督教美德寄予厚望，对于所有居无定所、受苦受难的人，他是真正的救星和庇护者。在此，请店老板先生和伟大的桑丘作为您和我之间的调停人和估价人，共同估量那些已经散架的人偶值多少钱或者可能值多少钱。"

店老板跟桑丘都表示同意，于是佩德罗先生从地上捡起那个已经掉了脑袋的萨拉戈萨国王马尔西里奥，说：

"大家看到了，将这位国王原样修复已经不可能了。所以我认为，如果大家没有异议，他的死亡赔偿是一口价四个半雷阿尔。"

"继续。"堂吉诃德说。

"那么，依据这个从头到脚的贯穿伤，"佩德罗师傅把被劈成两半的查理大帝拿在手里，继续说，"即使要价五又四分之一个雷阿尔也不为过。"

"这可不少！"桑丘说。

"也不算多。"店老板反驳说，"各让一步，就算五个雷阿尔吧。"

"就给他五又四分之一吧，"堂吉诃德说，"这场浩劫的总赔偿额是多是少也不在于这四分之一个雷阿尔。佩德罗师傅您快点结束吧，眼看到吃晚饭的时间了，我可有点饿了。"

"这个面人儿,"佩德罗师傅说,"丢了鼻子,还少了一只眼睛,她正是美丽的梅林森德拉。非常客观、公正地说,这件要价两个雷阿尔和十二个马拉维迪。"

"你这个坏蛋!"堂吉诃德说,"梅林森德拉不是已经跟她的丈夫一起逃走了吗?现在至少已经到达法国边境了。因为那匹马向我冲过来的时候,我感觉它不是在跑,而是在飞。所以,你别妄想用狸猫冒充兔子卖给我,这边向我呈上一个丢了鼻子的梅林森德拉,而那边这位差点被一分为三的美人正在法国跟她的丈夫无忧无虑地度假呢!愿上帝保佑每个人解决各自的问题,佩德罗师傅先生,让我们大家都放平了脚,堂堂正正地走路,别想着坑蒙拐骗。继续吧!"

佩德罗师傅见堂吉诃德又发起疯来,眼看要陷入之前的癫狂状态,他可不愿错失良机:

"没错,这个不可能是梅林森德拉,应该是某个服侍她的侍女。所以,在她身上得到六十个马拉维迪的赔偿我就满足了,这可是很合算的价钱。"

就这样,他们把诸多被损毁的面偶一一定价,经过两位仲裁人的核算调整,最后在双方满意的基础上约定了四十又四分之三个雷阿尔的赔偿金额。这些钱是桑丘从兜里掏出来当场付清的,除此之外,佩德罗师傅还要求两个雷阿尔的补偿,用来支付抓猴子的费用。

"桑丘,给他吧。"堂吉诃德说,"不是为了抓住猴子,而是为了让他举杯欢庆。如果现在有人能确切地告诉我说,梅林森德拉女士和堂盖费罗斯先生已经到达法国,回到了自己人中间的话,我甚至愿意给他两百个雷阿尔作为小费。"

"这一点没有人比我的猴子更能胜任的了,"佩德罗师傅说,"但是此刻没有哪个魔鬼能抓住它。我猜,出于思念和饥饿,它今天晚上一定会回来找我。明天终会到来，我们再见吧！"

总之，戏台风波终于结束了。所有人都和和睦睦地共进晚餐，而且全部由堂吉诃德买单，他的慷慨达到了极致。

在天亮前，带着长矛和驮鞍的人离开了；天亮之后，表弟和小听差也前来告别，一个要回到自己的村子，另一个要继续赶路，堂吉诃德赠予后者一打雷阿尔作为资助。佩德罗师傅对于堂吉诃德已经有了足够的了解，不愿意再跟他产生任何瓜葛，于是赶在太阳升起前就动身，收拾起戏台的残骸，带着他的猴子自寻前程了。店老板虽然不认识堂吉诃德，但此人的疯癫和慷慨无一不令他惊讶。桑丘按照主人的吩咐，给了店老板丰厚的报酬并向他告辞。将近上午八点，主仆二人离开了客栈，重新上路了。且让他们先走着，我们好有时间讲述一些其他事情，有助于理解这个著名的故事。

第二十七回
佩德罗师傅和猴子的来历，以及堂吉诃德在驴叫冒险中的悲惨结局，这结局既不如他所愿，也不如他所料

这个伟大故事的记录者熙德·哈梅特以下面的句子开始了本回："我以一个天主教基督徒的身份起誓……"对此，故事的译者评论说，熙德·哈梅特是个摩尔人，这一点是毫无疑问的，但他却以天主教基督徒的身份发誓，那就说明只有天主教基督徒才能保证誓言中所说的一切都是事实，并无半句虚言。他这样说的意思就是，在记录堂吉诃德故事这件事情上，他自己就像天主教基督徒发誓一样可信，尤其是在揭晓这位佩德罗师傅和算命猴子的身份时更是实事求是，虽然他们所到之处，都以占卜技惊四座。

他说到，读过本故事上卷的人一定还记得那位希内斯·德·帕萨蒙特，当时他跟其他的苦役犯一起被堂吉诃德解救，在黑山中获得了自由。这件善事却没有得到善报，后来这位恶贯满盈的人反而恩将仇报了：希内斯·德·帕萨蒙特，堂吉诃德管他叫希内小厮·德·帕拉皮亚，就是偷走桑丘毛驴的人。在上卷中没有写明他是何时、又是如何做的这件事，这使故事遭到很多人的诟病，并将此归咎于作者的健忘。其实那是印刷错误，应该由印刷者们负责。不过简而言之，希内斯是在桑丘·潘萨骑在毛驴上睡觉的时候下的手（他所用的计谋和方式正是效仿布鲁内罗，趁萨科理潘特围攻阿尔布拉卡时从他的胯下盗走了马），而后来桑丘又以之前已经讲述过的方式找了回来。司法机关四处搜捕卑鄙无耻、恶贯满盈的希内斯，他犯下的罪行足以写出一本大部头的书。因为害怕暴露行迹，他决定逃到阿拉贡王国，并且遮住左眼，以木偶艺人的职业作为掩护，无论是木偶戏法还是手指戏法，他都十分擅长。

后来他从一些来自柏柏尔的获释基督徒手中买下了这只猴子并加以调教，只要他做某个手势，猴子就跳到他肩膀上在他耳边窃窃私语，或者至少是假装这样做。至于昨晚发生的一切，真相是这样的：在带着戏台和猴子进入某个村镇之前，他事先在邻近的村子找人打听好那个村子里发生过什么特别的事情，或者都有些什么样的人。在将这些细节牢记于心之后，他首先做的就是表演他的面偶戏，有时候是讲这个故事，有时候是讲其他故事，但所有的表演都是轻松诙谐的，情节也是大家所熟知的。在表演结束后，他就会提到这只猴子的特殊技能。他告诉村民们说，猴子能占卜出所有过去的和现在的事情，但是无法预言将来。一般每回答一个问题他会收取两个雷阿尔，不过为了试探提问者，在某些问题上他也会打折收费。比如，如果经过某一户人家，而这家的事情恰好是他知道的，即使这家人不付钱也不提问，他也会给猴子做手势，接着说出猴子告诉他的这样那样的事情，跟发生过的实际情况完全吻合，毫厘不差。就这样，他得到了神算子的名声，所有人对他趋之若鹜。还有几次，他凭借自己的聪明敏锐，非常巧妙地回答了人们的问题。毕竟没有谁会刨根究底地打听他的猴子到底是如何算命的，就这样，他不但戏弄了所有人，腰包也鼓了起来。

他一走进客栈就认出了堂吉诃德和桑丘，也正是凭借这一点，他轻而易举就让堂吉诃德、桑丘·潘萨以及在场的所有人都目瞪口呆。不过如果堂吉诃德在砍掉马尔西里奥国王的脑袋、摧毁整个骑士团的时候，手上的力道稍稍再加重一点，希内斯可就得为此付出昂贵代价了，这个上一回里已经讲过。

这就是关于佩德罗师傅和他的猴子不得不说的话。

回头说堂吉诃德·德·拉曼查。他们离开客栈以后，决定在进入萨拉戈萨城之前先去埃布罗河沿岸和附近地区看看，因为时间绰绰有余，比武的日期还离得很远。主意已定，他们继续赶路，有两天时间没有发生什么值得一提的事情。直到第三天，登上小山坡时，突然传来一阵震耳欲聋的鼓声、喇叭声和火枪声。堂吉诃德开始以为是某个士兵小分队途经此地，为了一探究竟，便催动罗西南多登上了更高的山丘。登上山顶，他看到山脚下似乎聚集了两百多人，装备着各种各样的武器，比如长矛、投石器、刀、枪、剑、戟、刺，还有一些火枪和无数护胸盾。他从山腰冲下去，直冲到军团跟前，这距离已经能清楚地分辨出那些旗帜，不但能看清楚颜色，还能辨认出旗帜上的徽章，尤其是其中有一面白色锦缎的旗帜或者叫旗幡，上面画着一头栩栩如生的毛驴。那似乎是一头杂花色毛驴，抬着头，张着嘴，伸出舌头，动作和姿势仿佛正在叫。在标识的周围，用很大的字体写着两行诗：

市政委员学驴叫
旗开得胜不徒劳

看到这个标识，堂吉诃德明白这些人一定来自驴叫村，便把这个结论告诉了桑丘，并把旗帜上写的句子念给他听。他告诉桑丘，此前讲述这件事情的人们说学驴叫的是两个村委会委员，那一定是弄错了，因为按照旗帜上的诗句，这两人应该是市政委员。"主人，不必纠结这一点，当时学驴叫的两个村委会委员在这段时间内升职当上了市政委员，也是完全有可能的，所以这两个称呼都没问题。此外，对于这个故事的真实性来说，只要学驴叫确有其事，到底是市政委员还是村委委员，都没什么区别。因为就学驴叫这个特长而言，市政委员和村委会委员并没有太大差距。"

总之，主仆二人认出了那个被嘲笑的镇子，并亲眼看见了他们是如何倾巢而出跟另一个镇子对战，因为对方的嘲笑超越了善意的界限，也超出了作为好邻居应守的分寸。

堂吉诃德逐渐靠近人群，桑丘对此满心忧虑，因为他从不喜欢置身于这样的场合。军团中的人们相信他是某位支持者，便接纳他加入其中。堂吉诃德抬起头盔，以饱满的精神和优雅的姿态来到了毛驴旗帜下，军队中稍有身份的人们都聚拢到他周围，正如所有第一次见到他的人都难免惊讶一样，这些人也毫无例外目瞪口呆。堂

吉诃德见人们凝神打量他,却没有人对他说话,也没有人向他发问,便决定利用这一阵沉默,打破自己的缄默。他高声说道:

"善良的先生们,我对你们有一个忠告。我以满腔的真诚恳求你们不要打断我,除非你们认为这个观点对诸位有所冒犯。如果是这样,只要你们稍稍流露出一丝恼怒,我会立刻闭嘴,把嘴巴盖上大印,并用塞嘴的东西堵住舌头。"

所有人都表示乐于倾听,请他畅所欲言。堂吉诃德得到了这样的许可,便继续说:

"我的先生们,我是一名游侠骑士,武器是我的事业,而帮助需要帮助的人、拯救受苦受难的人就是我的职责。几天前我已经得知了各位的不幸,以及你们为了向敌人报仇,拿起武器、四处决战的原因。关于这件事,我曾再三思忖,最后发现,根据决斗的法则,你们认为自己受到了侮辱的想法是错的,因为没有任何个人可以侮辱整个镇子,除非是作为叛徒向整个镇子发起挑战,但也从未听说有谁因为挑战镇子而犯下背叛的罪行。有一个很好的例子就是堂迭戈·奥尔东内斯·德·拉喇,他向整个萨莫拉镇子挑战,因为他不明白杀死自己的国王这个大逆不道的罪行是维利多·多尔佛斯[1]一个人犯下的,所以向所有人挑战,让所有人都承担了复仇和后果。迭戈先生的做法确实太过分了,甚至逾越了挑战的界限和规则,因为没有理由去挑战死者、挑战河流、挑战麦子、挑战还未出生的人,以及其他传说中无关紧要的事情。不过话虽如此,人在气头上时,连父亲、家庭教师或者刹车

---

1 维利多·多尔佛斯,熙德传说中杀害国王桑丘的凶手。

都管不住他的舌头。既然一个人单枪匹马不可能侮辱一个王国、一个省、一座城、一个共和国，或者整个镇子，那么很显然没有理由因为这种戏谑的挑衅前去寻仇，因为这根本不是侮辱。比如，如果一个村子叫作'钟表'，村民们难道要跟所有管他们叫钟表匠的人互相厮杀？还有家庭煮夫、茄农、鲸崽、皂匠这些，或者是其他一些无缘无故在大人孩子中口口相传的外号和诨名，都要追究起来，那将成何体统！更何况，如果所有这些优秀的村镇都以此为耻并睚眦必报，不管是多么小的纠纷，动辄兵戎相见、刀光剑影，那不得天下大乱了！不！不！上帝不会允许，也不会愿意！

"稳重的男人和井然有序的共和国只有四个理由才应该拿起武器，拔剑出鞘，不惜将民众、生命和财产置于险境：第一，捍卫天主教信仰；第二，保卫自己的生命，这是天然而神圣的权利；第三，维护自己的名誉，或家庭和财产的名誉；第四，在正义的战争中为国王效力；如果非要加上第五点，也可以算作是第二点的延伸，那就是保卫自己的祖国。这五个理由是最主要的，当然还可以算上某些让人不得不拿起武器的其他理由，只要这个理由是公正而合理的。但是，如果因为鸡毛蒜皮的小事，或者因为根本算不上侮辱、顶多算是茶余饭后的笑谈就兵戎相见，挑起争斗的人就显得完全没有理性思维。此外，任何不公正的报复，因其本身是不公正的，报复行为中就不可能包含任何正义，这就直接违背了我们所信仰的教会神圣的教义，教会要求我们善待敌人、爱厌弃我们的人。这条训诫虽然显得难以执行，事实上却只有对那些爱戴上帝不如贪重世俗、肉体重于灵魂的人来说才是这样。因为基督、上帝和真正的男人从不说谎，过去不能，现在也不能。作为我们的自然立法者，上帝曾说过'因为我的轭是柔和的,我的担子是轻松的'[1],所以他不会要求我们去做不可能完成的事。总而言之,我的先生们,无论是基于神圣的律法还是遵照人类的法律,诸位都有义务平息怒火。"

"如果我的这位主人不是一个神学家的话,我情愿被魔鬼抓走!"桑丘暗想,"就算他不是,也完全一模一样,就像一个鸡蛋跟另一个鸡蛋一样分不出来。"

堂吉诃德稍稍喘了口气,见大家依旧保持沉默,便打算继续自己的演说。而且如果不是此时桑丘自作聪明,突然横插一杠,他已经这样做了。桑丘见主人停止了发言,便接过话头说:

"我的主人堂吉诃德·德·拉曼查,曾经有一段时间叫作愁容骑士,而现在叫作雄狮骑士,他是一位非常有见识的贵族,像学士一样懂得拉丁文和卡斯蒂利亚语。他所谈到的一切以及提出的建议都符合优秀武士的标准,那是因为他对于所有关于所谓决斗的法律和规则都了如指掌。所以只要照他说的去做就行了,如果这样做有什么错误的话,我情愿承担罪责!尤其是他刚才说过了,只是因为听到学驴叫就感到受了冒犯,这真是太愚蠢了!我还记得自己小的时候总是随心所欲,兴之所至,想学驴叫就学驴叫,没有任何人能阻止我。而且我的技艺十分高超,学得惟妙惟肖,以至于只要我一叫,村里所有的毛驴都跟着叫!虽然这个技能被我们村里不少有钱人嫉妒,但我也并不因此就不再是我父母的儿子,他们可是真正的正派人!对我来说,这是完全无所谓的事。为了向各位证明我说的句句都是实话,请大家竖起耳朵听我学一回。这种技能就像游泳一样,

---

[1] 《圣经·马太福音》11:30。

一旦学会了,永远都不会忘记。"

说着,他便用手捏住鼻子开始学驴叫,这叫声如此响亮,以至于临近山谷中所有的驴都跟着叫了起来。但是围在他们身边的人群中有人以为他是在故意取笑,便举起手里的棍子重重地朝他打过去。这一下猝不及防,谁都来不及救援,桑丘·潘萨顷刻间便倒地不起。堂吉诃德见桑丘受到重创,便像舞弄棍棒一样举起长矛刺向那个殴打桑丘的人。然而此时人群一拥而上,他不但无法报仇,反而只见头顶上黑压压一片乌云,顷刻间下起了石头雨,还有无数一模一样的投石器和数量相当的火枪正虎视眈眈。他立刻掉转罗西南多的缰绳,发足狂奔,逃离这群乌合之众。他一边全心全意地祈求上帝将自己救离险境,一边每走一步都胆战心惊,生怕有哪颗子弹后背进前胸出,将他打个洞穿。他不得不时时刻刻都屏住呼吸,好确认自己还在喘气儿。

不过军团成员们只是看着他狼狈而逃,并没有向他射击。至于桑丘,此时刚醒转过来,人们将他放到毛驴背上,随他跟在主人后面狂奔。并非他神志清醒能主动去驾驭毛驴,而是毛驴循着罗西南多的踪迹追随而去,因为两头牲口实在难舍难分。堂吉诃德奔出很长一段距离,回头一看,见桑丘也跟了上来,而且身后没有追兵,便停下来等着他。

军团的人们一直在那里等到天黑,也没见对手出来应战,便欢天喜地打道回府。如果他们了解希腊人的古老习俗的话,一定会在那个地方竖起一座胜利纪念碑。

第二十八回
贝内赫里说，本回故事，有心读者自然心领神会

勇士如果逃跑，那一定是识破了圈套。所谓君子报仇，十年不晚，这句话在堂吉诃德身上得到了完美验证：他在愤怒的村民和义愤填膺的军团面前落荒而逃，直跑得尘土飞扬，既没有想起桑丘，也没有想起持盾侍从被抛弃在那里会有什么样的危险，只顾自己有多远跑多远，直到足以保证安全无虞的距离。正如前面说的，桑丘横躺在毛驴背上跟在后面，最后终于追上了主人。这时他已经恢复了神志，但是一赶到主人身边，就从毛驴背上摔下来，掉在罗西南多脚下。看这架势，他这顿打挨得着实不轻。堂吉诃德下马为他检查伤势，却发现他从头到脚都安然无恙，便怒气冲冲地说：

"桑丘！你学驴叫可真会挑时候！哪壶不开提哪壶，难道会有好下场？要是把学驴叫称为音乐，只有劈头盖脸的棍棒能给它当和声！你就感谢上帝吧，桑丘，还好他们只是用棒子给你画十字，而不是用大刀给你做个十字标记。"

"我不准备回答您的问题，"桑丘回答说，"因为一说话背部就钻心地疼。咱们赶快上马离开这里吧！我会在学驴叫这件事情上保持沉默，不过我不得不说，游侠骑士只顾自己逃跑，却把好心的持盾侍从扔在敌人手里，任由他像女贞叶子或者磨面一样被碾得粉碎！"

"这叫撤退，不叫逃跑！"堂吉诃德回答说，"桑丘，你要知道，不建立在谨慎基础上的勇气就叫作鲁莽，而鲁莽者若有成就，只能归功于好运而不是精神。所以，我承认我撤退了，但并没有逃跑，在这一点上我效仿了很多勇士，他们只是在等待更好的时机。历史上多的是这样的例子，但因为对你没什么好处，我也没有讲述的心

情，就不对你细说了。"

此时桑丘已经在堂吉诃德的帮助下骑上了毛驴，堂吉诃德自己也骑上了罗西南多，走出大约四分之一莱瓜，他们逐渐进入一片杨树林。桑丘时不时地发出几声深沉的叹息和痛苦的呻吟。堂吉诃德问他为何如此烦恼，他回答说，从尾巴骨到后脑勺都疼得受不了。

"毫无疑问，这种疼痛一定是因为，"堂吉诃德说，"打你的那根棍子又长又直，覆盖了你整个背部，包括了所有你此刻感到疼痛的部位。如果那根棍子打到更多地方，你会疼得更厉害。"

"上帝啊！"桑丘说，"阁下您这可真是为我解开了一个大谜题！你用了多么漂亮的术语向我阐释了这么简单的事实！仁慈的基督啊！我背痛的原因可真是令人费解啊，竟然还得您来告诉我说，被棍子打到的地方都会疼？如果是脚踝疼痛，我有可能摸不着头脑，但要说被打的地方感到疼痛，您猜得还真准！说真的，主人先生，所谓事不关己，高高挂起，我越来越发现对于自己所拥有这样一位伙伴，也就是阁下您，不能指望太多。既然这一次我被棒打您却不闻不问，那么下一次以及以后的上百次我又会被毯子颠、被石头砸，还有其他类似的愚蠢遭遇。这一次他们可以从背后突袭，将来也一样能在我眼皮底下跳出来打我。

"我受够了！我不过是个野蛮人，这一辈子也干不成什么大事。再说一遍，我受够了！我还不如回家跟老婆孩子在一起，用慈悲的上帝赏的一口饭活养老婆、拉扯孩子，而不是跟在阁下您屁股后面，逢山开道、遇水架桥，吃不着香、喝不着辣，更别提睡好这回事儿了！持盾侍从兄弟们啊，别说是七尺容身之地，睡觉的土地这东西，要多少有多少，你可以尽情取用，也可以随心所欲伸展肢体！只盼我能亲眼看到第一个篡改游侠骑士道的人，或者第一个想到给游侠骑士当持盾侍从的人被烧死、化成灰,因为古代的游侠骑士们全都是蠢货!至于当代的游侠骑士,我不发表任何评论,因为阁下您正是其中之一,所以我尊敬他们,更何况我知道阁下您无论是在言语上还是在思想上都比魔鬼略胜一筹。"

"桑丘,我以任何你希望的赌注跟你打赌,"堂吉诃德说,"你这样唠唠叨叨说个不停,说明身体已经完全不疼了。说出来吧,我的孩子,把你想到的、涌到嘴边的话全都说出来!虽然你这些无礼言论实在令人生气,但只要你的疼痛得到缓解,我会由衷感到高兴。如果你真的那么想回家跟老婆孩子厮守,那么上帝也不允许我横加阻拦。我的钱就在你那里,你看看我们这第三次离开村子有多长时间了,再算算你每个月应该挣多少钱,然后亲手付给你自己吧。"

"托梅·卡拉斯科这个人您是非常了解的,也就是参孙·卡拉斯科学士的父亲,"桑丘回答说,"我在他那干活的时候,包吃包喝,每个月另外还挣两个杜卡多。在您这里我可不知道该拿多少了。我只知道,给游侠骑士当持盾侍从可比帮农民干活累多了:不说别的,帮农民干活,不管白天卖多少力气,不管发生多糟糕的事情,一到晚上就能围着锅吃饭,躺在床上睡觉,可自从我服侍阁下您以来就再也没在床上睡过觉。除了咱们在堂迭戈·德·米兰达家里逗留的短短的几天,还有从卡马乔的锅里捞到的那顿全肉盛宴,以及在巴西利奥家里吃喝住宿,其余时间都是露天而眠,睡在坚硬的地上,忍受着灾难似的严酷天气,用奶酪块和硬面包块充饥,喝的是所到的荒无人烟之处遇到的泉水和溪水。"

"我承认,"堂吉诃德说,"我们暂且承认你说的一切都是事实,桑丘,那么你认为,跟托梅·卡拉斯科以前给你开的薪水相比,我应该给你涨多少呢?"

"我认为，"桑丘说，"阁下您只要每个月给我加两个雷阿尔，我就心满意足了。这只是我服侍您应得的月薪，至于阁下您许诺让我成为一座岛屿的统治者，为了履行这一点再给我另加六个雷阿尔是比较公道的，也就是说每月一共是三十个雷阿尔。"

"很好！"堂吉诃德说，"那么我们离开村子有二十五天了，桑丘，就按照你定的月薪标准，你算一下自己应得多少钱，或者说我欠你多少钱，然后，就像我刚才说的，你亲手付给自己吧。"

"哦！老天！"桑丘说，"阁下您这笔账算得大错特错了！在承诺岛屿这件事情上，应该从阁下您向我做出承诺那天开始，算到此时此刻。"

"那么，桑丘，我对你做出那样的承诺是多久以前的事呢？"堂吉诃德问。

"如果我没记错的话，"桑丘回答说，"一定是二十年前了，前后不会差出超过三天。"

堂吉诃德猛地拍了下额头，似乎心情大好地笑起来，说：

"桑丘，我在黑山漫游，再算上我们离家出走的所有时间都不超过两个月，你居然说二十年前我就向你许诺了小岛？告诉你吧！你这是想拿薪水当借口，把我交给你保管的钱都吞掉！如果是这样，如果这样做你心安理得的话，此刻我就都给你，希望对你有用，而我得到的好处就是摆脱掉像你这么糟糕的持盾侍从，就算是穷得一文不名我也高兴！不过，你这个亵渎了游侠骑士持盾侍从守则的罪人！你说说看，在哪儿见过或者读到过有哪位游侠骑士的持盾侍从曾跟主人争论'在我服侍您期间每个月您得给我这个、给我那个，还有更多的东西'？你去看看，去找找，心术不正的卑劣小人！妖魔鬼怪！你竟然会产生这种想法！我说，你去浩如烟海的故事中找一找，如果能找到某个持盾侍从曾经说过或者哪怕想过你现在说的这些话,我情愿让你把这些话刻在我的额头上,顺便再摩挲我下巴四下![1]

"你掉转马头吧!或者说掉转驴头,回家去吧!因为从现在开始你不会再跟随我哪怕是一步了!啊!忘恩负义的人!啊!无处兑现的承诺!你身上的兽性多于人性!即便你有个那样的老婆,我都一直想着要提高你的地位,希望将来所有人都称你为'大人',可如今你却要离我而去?我一直满怀坚定、诚恳的决心,要把你塑造成全世界最富饶岛屿的主人,可你却打算一走了之?总之,我的承诺不是甜言蜜语,也不是画饼充饥,虽然你说过很多次诸如此类的比喻。你真是头驴!也只能是头驴!当你的生命旅途到达终点的时候也还是只能当一头驴!在我看来,你的生命会在你发现自己是头野兽之前就走到尽头!"

听着堂吉诃德的严厉责骂,桑丘一直呆呆地看着主人。此时他感到如此内疚、如此痛心疾首,眼中不禁涌出了泪水。他用痛苦而颤抖的声音说:

"我的主人!我承认,要说我跟驴有啥区别,估计也就差条尾巴了!如果阁下您愿意给我安条尾巴,一定非常合身,而且在这辈子剩下的生命中我一定像毛驴一样勤勤恳恳服侍您!请阁下原谅我!同情我的愚钝!您知道我懂得太少,如果我说得太多,那是因为思想贫瘠而不是因为本性邪恶。再说了,一个人知错就改,连上帝都会保佑他的!"

"桑丘,如果你不在对话中插进任何俗语,我一定会感到奇怪

---

[1] 摩挲别人的下巴是一种表示轻蔑的侮辱行为。

的。好了,我原谅你了!只要你改过自新,从今往后不要再表现得那么财迷心窍,而是努力扩展心胸、恢复健康、打起精神,等着我履行诺言,这个诺言即便推迟,也一定会实现。"

桑丘回答说他会谨遵教诲,虽然自己此刻精神虚弱,需要汲取力量。

就这样,他们走进了树林,堂吉诃德在一棵榆树下安顿下来,而桑丘则选了一棵山毛榉,因为这一树种根系发达却少有凌乱的枝杈。桑丘这一夜过得非常艰难,棍棒的伤痛让他愈发感觉到夜深露寒,而堂吉诃德则是在绵延的回忆中度过的这一夜。不过无论如何,两人最后还是进入了梦乡。当晨曦升起时,他们继续上路,去寻找著名的埃布罗河畔,在那里他们遇到了下一回将要讲述的事情。

第二十九回
著名的魔船冒险 [1]

经过一路跋涉,离开树林两天后堂吉诃德和桑丘到达了埃布罗河。见到这条河,堂吉诃德非常高兴,因为他看到了宜人的两岸风光,清澈的河水、平静的河面,以及水晶般丰沛的河流,这令人愉悦的景象再次勾起了他无限情思。他在脑海中不停地回想着在蒙特西诺斯山洞里看到的一切。虽然佩德罗师傅的猴子已经说过那些事情真假参半,但他一直坚信那全都是真事而不是幻想,桑丘则刚好

---

1 这一回明显是对骑士小说《帕尔梅林·德·英格兰》的戏谑模仿。

相反，他认为那是彻头彻尾的谎言。

走着走着，一艘小船映入眼帘。小船系在岸边一棵树的树干上，船上既没有人也没有任何其他的渔具。堂吉诃德四处张望，却没看到任何人。他突然跳下罗西南多的马背，并命令桑丘也下来，找一棵杨树或柳树把两头牲口牢牢地拴在一起。桑丘问他为什么突然下马，又为什么要把牲口们拴上。堂吉诃德回答说：

"桑丘，你要知道，这艘小船出现在这里，就清清楚楚地表明它正在召唤我进入，驾着它去拯救另一个骑士或者某一位需要救援的高贵人物，此人一定正处于极大的危险之中，而且没有任何事物可以阻止我完成这桩使命。因为骑士小说和小说中所涉及、所谈论的巫师们都是这个路数：当一个骑士陷入某种困境无法脱身，必须由另一位骑士施以援手。哪怕双方相距两三千里甚至更远，无论是从空中还是从海上，巫师们都有办法用一片云将他卷走，或者是将一艘小船送到他面前，让他驾着船在眨眼之间就到达想去的地方和需要帮助的地方。所以，桑丘，这艘小船出现在这里就是这个原因，这是毋庸置疑的，正如此刻是白天一样确凿。在着手做这件事情之前，把毛驴和罗西南多拴在一起吧！不管上帝将如何安排，我决不会放弃登船，哪怕是赤足教派的教士来求我。"

"如果是这样的话，"桑丘回答说，"我也只能低头服从，虽然阁下您时时刻刻都会产生奇怪的念头，我不知道是不是应该称为胡思乱想。老话说得好：胳膊拧不过大腿，伙计拗不过掌柜；端谁的碗，服谁管。不过无论如何，为了对得起自己的良心，我还是要提醒阁下您：在我看来这艘幸运的小船不是被施了魔法，而是属于这条河里的某些渔民的，这种小船能捕到全世界最好的棘鳍鱼。"

桑丘一边拴牲口，一边说着这番话。把两头牲口留在巫师们的手中,他感到非常痛苦。堂吉诃德劝慰他说,不要因为这两头牲口失去保护而难过,那位巫师既然要带着他们千里迢迢去到非常遥远的地方,当然也会负责照顾它们的。

"我不明白你说的'迢迢',"桑丘说,"我一辈子也从来没听说过这个词。"

"迢迢的意思是遥远,"堂吉诃德回答说,"你不明白这也不奇怪,因为你没有义务懂拉丁文,正如有些人自以为懂,其实根本不通。"

"拴好了。"桑丘说,"现在我们该做什么?"

"做什么?"堂吉诃德回答说,"让我们画十字祈祷然后起锚吧!我的意思是,我们要登船然后割断系着船的缆绳。"

说着他便跳上了小船,桑丘也跟在后面,切断了缆绳,小船渐渐离开岸边。当进入河中央,距离河岸两竿距离的时候,桑丘开始发抖,因为前途未卜,难免担惊受怕。不过最让他感到难过的是听到毛驴的叫声,又看到罗西南多挣扎着想要挣开绳索。他对主人说:

"毛驴因为我们的离开而痛苦嘶叫,罗西南多努力想要获得自由回到我们身边。哦!我最心爱的朋友们,你们安静下来吧!当弃你们而去的这种疯狂行为变成了教训,我们会回来找你们的!"

说着他开始伤心地哭了起来。堂吉诃德很不耐烦,怒气冲冲地对他说:

"怕什么?你这个胆小鬼!你哭什么?难道你的心是奶酪做的?难道有人追逼你吗?还是有人控告你?简直是耗子胆!你还缺什么?生活富足,内心却感到痛苦?难道你是光脚步行在里非阿斯山[1]

---

1 即埃西提亚山,指欧亚接壤处的山脉。

上吗？你明明正像个大公爵般坐在木板上沿着这条平静宜人的河道漂流呢！从这里我们很快就会进入辽阔的大海。不过此刻我们一定应该已经远离起点，至少行进了七八百莱瓜。如果我现在手里有一把等高仪能够用来测量极点高度的话，就可以确切地告诉你我们已经走了多少里格。不过，除非是我见识短浅，否则我们已经越过或者很快就要越过赤道线，这条线与两个相反极点之间的距离是相等的。"

"那么当我们到达阁下您说的这个什么线，"桑丘问道，"相当于已经走了多远呢？"

"很远。"堂吉诃德回答说，"因为根据有史以来最伟大的宇宙学家托勒密的计算，如果到达我刚才说的那条线，那么在这个水与土的星球上所包含的三百六十度中间，我们就已经走了一半。"

"我的上帝啊！"桑丘叫道，"阁下您给自己说的话找了一位多么天才的证人！什么线啊度啊，什么勒蒙、勒密，还有什么来着？"

桑丘对于宇宙学家托勒密的名字、计算和计数的解释让堂吉诃德哈哈大笑，他说：

"桑丘，你要知道，西班牙人和在加迪斯登船驶向东方印度的人们，判断自己是否已经驶过了我刚才说的赤道线，有一个重要的标志性现象就是看是否船上所有人身上的虱子都死了，一个都没剩下。哪怕是重金悬赏，整艘船上也找不到一个。所以，桑丘，你可以用手上下摸摸自己的大腿，如果碰到了什么活物，我们的疑虑就得到了澄清，如果没有，那么我们就是驶过了赤道线。"

"这我可不相信。"桑丘说，"不过，无论如何我会照阁下您的命令去做，虽然我不明白为什么还有必要去做这样的验证：我明明亲眼看到咱们离开岸边还不到五竿远，离那两头牲口的直线距离还不到两竿,那不就是罗西南多和毛驴吗?就在刚才拴着的地方没动过。以我现在举目四望所看到的,我敢打赌咱们既没有移动也没有前进哪怕是蚂蚁那么小的一步!"

"桑丘,你就照我说的方法求证一下吧,别的事情就不用操心了,因为你不懂什么是分至圈、分至线、平行线、十二宫、黄道、极点、至日、二分点、星球、符号、方位、量度什么的,天球和地球都是由这些构成的。如果你懂得所有这些东西,或者哪怕只是一部分,就能清楚地认识到我们已经穿过了多少度的纬线、见过了十二宫的哪些宫,又把多少星宿抛在身后,以及此刻正逐渐远离它们。我要再说一遍,你试一试、摸一摸,我觉得你现在比一张雪白平整的原开纸还要干净。"

桑丘依言试了试,虽然不害怕,却还是小心翼翼地用手摸了一下左边的膝窝,然后抬头看着主人说:

"不是这个实验有误,就是我们还没有到达您说的那个地方,而且还差得远呢。"

"怎么了?"堂吉诃德问,"你摸到什么东西了?"

"不是什么东西,而是很多东西。"桑丘说。

他抖动手指,在河里洗了洗手。小船顺着水平静地滑动,并非有什么秘密的驱动机关,也没有什么隐藏的巫师,而是水流自身正温柔而舒缓地推动着小船。

这时他们发现河的正中间屹立着几个巨大的水车,堂吉诃德一看到这些水车,便高声对桑丘说:

"你看到了吗?老兄!那儿出现了城市、城堡或要塞,那里应该有一位被压迫的骑士,或者某位身受重伤的女王、公主或郡主,我被带到这里正是为了营救他们!"

"主人,阁下您说什么见鬼的城市、堡垒和城堡?"桑丘说,"难道您没发现那些不过是河里的水磨房,用来磨麦子的吗?"

"闭嘴!桑丘,"堂吉诃德说,"它们虽然看上去像水车,但实际上并不是。我已经告诉过你了,巫术可以改变任何东西的本来面目。我的意思不是说真的把它们变成另一种东西,而只是看上去是另一种东西,正如我们从杜尔西内亚的变形中得到的经验那样,她是我雄心壮志的唯一庇护所。"

此时小船已驶进了河流的中游,速度比之前加快了。水磨房里的磨面工们见小船顺流而来,眼看着就要被卷入水车轮子下的急流,很多人迅速冲出来用长竹竿截停了小船。因为这些人是从面粉堆里出来的,脸和衣服全都被面粉盖住了,看上去十分可怕。他们大声喊道:

"人类中的魔鬼!你们要去哪儿?你们活得不耐烦啦!是打算在这些轮子底下淹死,碾成碎片吗?"

"桑丘,我不是告诉过你吗?"堂吉诃德说,"必须证明我的臂膀拥有无尽的勇气,这一时刻来临了!你看那些出来迎战的人多么卑鄙无赖!你看有多少妖魔鬼怪正与我为敌!你再看看他们的相貌多么丑陋,似乎想要吓倒我们……那么,你们现在就等着瞧!无耻小人们!"

他站在船中,开始大声地威胁那些磨面工:

"居心险恶的小人!不明事理的无赖!你们将人囚禁在堡垒或监牢中,不管他是贵族还是平民,不管他的职级和品质如何,快放他自由,还给他自由的意志!本人就是堂吉诃德·德·拉曼查,别号雄狮骑士。遵循上天的旨意,我就是那个将为这次冒险画上完美句号的人!"

说着，他拔出长剑朝着磨面工们凌空挥舞，工人们根本听不懂他的疯话，只顾用长竿撑住小船，因为此时小船已经逐渐驶进了水车轮下的湍流和漩涡中。

桑丘跪下来，虔诚地恳求上天救自己脱离如此显而易见的危险，不过最后还是磨面工们齐心协力才让他捡回性命。大家用竿子抵住小船让它停了下来，却没能阻止它侧翻，堂吉诃德和桑丘都掉进了水里。堂吉诃德运气不错，因为他的游泳技能可以跟鹅相媲美，不过身上武器太重，两次让他几乎沉底。要不是磨面工们跳进水里把两人都救了上来，那里就成了主仆二人的特洛伊。

两人回到陆地上，浑身湿透，又渴得要命。桑丘跪下来，双手合十，眼睛盯着天空，用一段冗长而虔诚的祷词恳求上帝保佑，从今往后不要再被主人胆大妄为的想法和打斗所牵连。

这时小船的渔民主人们也赶到了，但船已经在水车轮下碾成了碎片。见此情景，渔民们开始剥桑丘的衣服，并要求堂吉诃德赔钱。堂吉诃德神情自若，仿佛什么都没有发生过。他对磨面工和渔民们说，自己非常乐意赔偿这艘小船，但条件是他们必须无条件释放被囚禁在城堡中的人或人们。

"你说什么人？什么城堡？你这个疯子！"一个磨面工回答说，"难道你想带走来水磨房里磨麦子的人吗？"

"够了！"堂吉诃德自言自语说，"此刻要说服这些无耻小人，仅仅通过恳求就做下什么积德的事情，无异于在沙漠中布道。在这场冒险中一定有两个勇敢的魔法师在针锋相对，一个去破坏另一个的计划：一个为我提供了小船，另一个却对我万般阻拦。就让上帝解决这件事吧！这个世界到处都是心机和表象，事事互相矛盾，我再也坚持不下去了！"

于是他望着那些水磨房,提高了嗓门喊道:

"朋友们!不管你们是谁,此刻被关在这座监牢,请原谅我!我很不幸,你们也很不幸,我无法解救你们于水深火热之中!但这个冒险一定是为另一个骑士而设的,请等待他前来营救吧!"

说完,他跟那些渔民讲好价钱,为这条小船赔了五十个雷阿尔,桑丘极不情愿地付了这笔钱:

"再坐两趟像这样的船,我们所有的财产就都打水漂了。"

这两个人怎么看都不像正常人,渔民和磨面工们目瞪口呆地望着他们,最终也没弄明白堂吉诃德发表的那番长篇大论和后来提出的问题到底是什么意思。磨面工们把这两人当成疯子,径自离开了,他们回去收拾水磨房,渔民们也回自己的鱼摊去了。堂吉诃德和桑丘垂头丧气地回头去找他们的牲口,这趟魔船冒险就这样结束了。

第三十回
堂吉诃德和一位美丽的女猎人之间的故事

骑士和侍从满心忧伤、神情沮丧地回到了拴牲口的地方。尤其是桑丘,对于一个像他那样视金钱如灵魂的人,感觉从兜里掏出的每一分钱都像在抠他的眼珠子。总之,两人一言不发地骑上马,离开了这条著名的河流。堂吉诃德沉浸在自己柔情蜜意的思绪中,桑丘则在思索,自己想要发迹此时看来已经遥不可及。要知道他虽然愚笨,但还不至于没有意识到主人所有的或者至少大部分的行为都是荒唐无稽的。他想寻找机会离开主人并回家去,既懒得算账,也无意告辞。谁知造化弄人,事情的发展跟他所担心的恰恰相反。

第二天日落时分,他们走出一片树林。堂吉诃德举目望向一片碧绿的草地,看到草地的另一边有一群人。走近一看,可以认出是一群驯鹰猎人。再走近一些,他看到人群中有一位英姿飒爽的女士,骑着一匹雪白的女用坐骑,也就是母马,还装饰着绿色的马具和银制马鞍。那位女士自己也穿着绿色的衣服,如此姿容华贵,堪称"优雅"一词的化身。她左手托着一只苍鹰,从这一点堂吉诃德看出那是一个非常高贵的女士,而且所有在场的猎人都属于上流社会,当然事实也确实如此。于是他对桑丘说:

"桑丘,孩子!快跑去告诉那位骑着马、托着猎鹰的女士,就说我——雄狮骑士——亲吻她的双手,膜拜她惊人的美貌!如能蒙她慷慨允诺,我将亲自前去亲吻她的双手,并且尽心竭力为她效劳、供她驱遣。桑丘,你要注意措辞,而且作为信使,千万当心不要在话里夹杂任何谚语。"

"您什么时候见我硬塞过谚语?"桑丘说,"这还用叮嘱吗?您找的可是全世界最棒的信使!这也不是我这辈子第一次给高贵的女士们送信了。"

"除了带给杜尔西内亚小姐的信,"堂吉诃德反驳说,"我不知道你还送过别的信,至少在你服侍我这段时间内没有。"

"没错,"桑丘回答说,"不过有钱还债,不怕抵押;手里有粮,心里不慌。我的意思是,没必要告诉我或者提醒我任何事情,我还是有点儿小聪明的,什么都懂一点儿。"

"我相信你,桑丘。"堂吉诃德说,"赶紧去吧!愿上帝指引你。"

桑丘催动毛驴飞奔而去,来到那位美丽的女猎人面前。他跳下毛驴,跪在她脚下说:

"美丽的女士!您看那边那位骑士,号称雄狮骑士,便是我的主人，我是他的持盾侍从，本名叫作桑丘·潘萨。这位雄狮骑士不久之前还叫愁容骑士，他派我来向尊贵的夫人您通报，请您发发善心，允许他在您的首肯、准允和同意下前来实现他的心愿。据他所说，也据我所料，他别无所求，只想为您尊贵的驯鹰狩猎和您的美貌效力，如果夫人您恩准他这个请求，就是为他做了一件大好事，他将得到无比荣耀的恩惠和满足。"

"当然了，优秀的持盾侍从，"那位女士回答说，"作为口信，您已经把所有必要的前因后果都说得一清二楚了。您快请起！愁容骑士在我们这里的名声已经如雷贯耳，作为如此伟大骑士的持盾侍从，这样跪着对您是不公平的。朋友，你快起来，请转告您的主人，尽快前来拜见我和我的丈夫公爵大人，并随我们一同前往附近的度假宅邸。"

桑丘站起来，被这位善良的女士如此美貌又如此谦和有礼震惊了，尤其是听到她居然声称听说过他的主人愁容骑士！不过她没有称呼堂吉诃德为雄狮骑士，显然是因为改名号还是最近的事。公爵夫人问（因为还不知道她的封号，只能含糊称她为公爵夫人）：

"持盾侍从兄弟，请您告诉我，您的这位主人，不正是有一部叫作《天才贵族堂吉诃德·德·拉曼查》的书里所描写的那位吗？他是否把一位名叫杜尔西内亚·德尔·托博索的女子当作心上人？"

"正是，夫人。"桑丘回答说，"而书里写到的，或者至少应该写到的那位名叫桑丘·潘萨的持盾侍从就是我！如果我没有在摇篮里被调包的话。我的意思是，没有在书里被偷梁换柱。"

"对此我感到非常高兴。"公爵夫人说，"去吧！潘萨兄弟，请转告您的主人，他来得适逢其时！欢迎他来到我的领地，没有比这更让我高兴的事情了。"

263

桑丘带着这个激动人心的答复兴高采烈地回到了主人身边,转述了那位高贵的夫人对他说的一切,还用粗俗的语言将她的美貌、优雅和礼仪吹捧了一番。堂吉诃德听罢,稳稳地蹬住马镫,戴正头盔,端坐在马鞍上,显得英姿勃勃。他用马刺催促着罗西南多,风度翩翩地前去亲吻公爵夫人的双手。而公爵夫人却趁着堂吉诃德还没到跟前,遣人把她的丈夫公爵大人叫过来,把这件事告诉了他。夫妇二人都读过这个故事的上卷,而且从中了解到堂吉诃德的荒唐性情,便饶有兴致地等待着他的到来。他们不但想认识他,还打算进一步怂恿他出洋相——两人决定,无论堂吉诃德说什么,都顺水推舟地附和他,而且在共处的时间内就像对待一个真正的游侠骑士那样,用骑士小说中常出现的一切礼仪对待他。那些礼节他们都曾读到过,甚至可以说对此饶有兴趣。

这时堂吉诃德到了。他抬起头盔,正要下马,桑丘连忙赶上去想为主人扶住马镫,谁知他太不走运,跳下驴背的时候一只脚卡在了驮鞍的麻绳里,卡得结结实实,根本无法挣脱,只好就那样倒挂金钩,嘴巴和胸口着地。堂吉诃德下马时习惯了有人帮他扶着脚镫,此时以为桑丘已经就位,脚镫已经固定,便纵身一跃而下。谁知罗西南多的肚带也偏偏没有勒紧,他这一跳把马鞍都一齐带了下来。堂吉诃德跟马鞍一起掉在地上,好不尴尬。他咬牙切齿,不停地咒骂着桑丘这个倒霉蛋,而可怜的桑丘还倒挂在那里,一只脚在绳索里吊着。

公爵命令他的猎手们上前救援骑士和侍从,大家把摔得不轻的堂吉诃德从地上扶起。堂吉诃德竭尽全力,一瘸一拐地上前,双膝跪倒在公爵和夫人面前。然而公爵无论如何也不同意他这样做,反而翻身下马,上来拥抱堂吉诃德。

"愁容骑士先生，阁下您在我的领地中第一次亮相竟然是此刻大家所见的这般糟糕情形，对此我深表遗憾。不过持盾侍从的疏忽没有导致其他更糟糕的后果，实属万幸。"

"英勇的亲王，我见到您如沐春风，"堂吉诃德回答说，"即便掉进深不可测的渊底也绝不以为苦，因为与您相见的荣耀足以将我拯救出那样的境地。至于我的持盾侍从，愿上帝诅咒他！他搬弄是非的本事比拴马固鞍的本事强多了。不过，不管我处于什么样的状态，摔倒或是爬起来，站着或是骑着马，都将随时随地为您和我的公爵夫人效劳！她与您堪称佳偶天成，是当之无愧的美貌之王和全宇宙最知书达理的公主！"

"等等，我的堂吉诃德·德·拉曼查先生！"公爵说，"只要有我的杜尔西内亚·德尔·托博索小姐在，您就没有理由赞颂他人的美貌。"

这时桑丘已经从绳结中解脱出来了，正巧就在两人身边。主人还没来得及回答，他先抢着说：

"不可否认，也就是说必须承认，我的女主人杜尔西内亚·德尔·托博索小姐非常美丽！不过踏破铁鞋无觅处，得来全不费工夫，我曾经听人说过，自然造物就像是陶器工人做杯子，能做出一个漂亮杯子，也能做出两个、三个，甚至上百个！我这么说是因为，毫无疑问，我的公爵夫人毫不逊色于我的女主人杜尔西内亚·德尔·托博索小姐。"

堂吉诃德转身对公爵夫人说：

"尊贵的夫人，您可以想象，在这个世界上从来没有哪位骑士的持盾侍从比我的这位更喋喋不休，也更惹人发笑了。如果尊贵的夫人您允许我在您麾下效力几天的话，就能证明此言非虚。"

对此公爵夫人回答说：

"好桑丘的风趣幽默深得我心，这说明他机灵、诙谐又颇具风度。堂吉诃德先生，阁下您很清楚，幽默无法建立在笨拙的智力之上。既然好桑丘能够妙语连珠，我当然可以肯定他是个聪明人。"

"也是个话痨。"堂吉诃德补充说。

"这样更好。"公爵说，"因为很多幽默是短短的几句话说不完的。为了不把时间浪费在谈话上，伟大的愁容骑士，敬请莅临……"

"尊贵的阁下，您应该称呼他雄狮骑士。"桑丘说，"已经没有什么愁容骑士了，现在轮到狮子们发愁了。"

公爵继续说："好吧，雄狮骑士。我想邀请雄狮骑士光临我的城堡，与此地相距不远。像阁下这样高贵的人物，我们会以得体适宜的礼节相待。对于所有光临此地的游侠骑士，我和公爵夫人都是这样招待的。"

此时桑丘已经安放好罗西南多的马鞍，并勒紧了肚带。堂吉诃德骑上罗西南多，公爵骑上他的骏马，公爵夫人走在两人中间，向城堡进发。公爵夫人命令桑丘跟在自己身边，因为她很喜欢听他的机灵话。桑丘根本无须她要求，主动插进了三人的谈话中，成为第四个谈话者。公爵和公爵夫人都很高兴，他们觉得这天运气不错，能在自家城堡中接待这样一位游侠骑士和这样一位游侠侍从。

第三十一回
诸多意义重大之事

桑丘看出公爵夫人对自己甚是偏爱，不禁喜悦之情溢于言表。

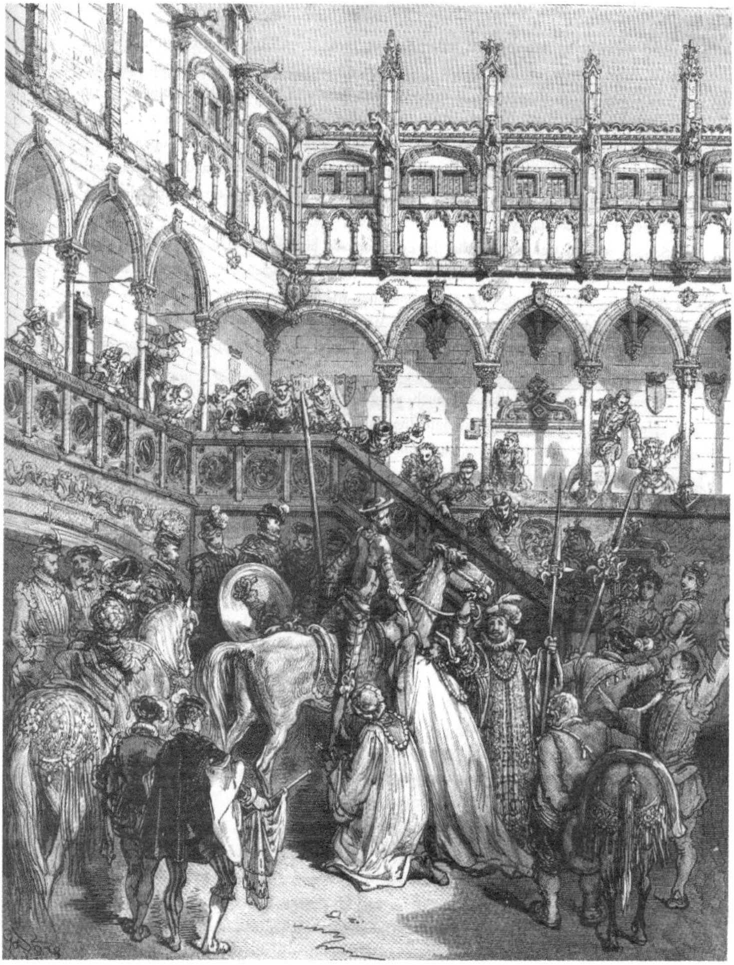

作为舒适生活的资深爱好者，他相信在她的城堡中一定能享用到比堂迭戈和巴西利奥家里更好的东西。在人生得意须尽欢这一点上，他不会错过任何机会。

故事讲到，在一行人到达之前，公爵抢先一步回到别墅或者叫城堡。他向所有的仆人发布命令，指示他们该如何接待堂吉诃德。当堂吉诃德跟公爵夫人一起到达城堡大门时，两个仆役，也叫马夫，立刻从城堡中迎出来。他们从头到脚穿戴着起床时那种晨衣，是非常精致的洋红色锦缎制成，赶上来扶住堂吉诃德的手臂，并悄悄地对他说：

"请阁下去扶我们的女主人公爵夫人下马。"

堂吉诃德依言照做。他与公爵夫人就这一仪式再三客套，殷勤往复，经过冗长的繁文缛节，最后还是公爵夫人的执着占了上风。她表示除非借助公爵的怀抱，否则她绝不下马，并连声说，自己不配给如此伟大的骑士添这样无用的麻烦。最后公爵出来扶她下了马，众人一齐走进巨大的庭院。两个美丽的侍女迎上来，往堂吉诃德肩头披了一件精美至极的猩红色大氅。庭院所有的走廊里立刻挤满了公爵夫妇的仆人和侍女们，齐声欢呼道：

"欢迎游侠之精英，骑士之典范！"

几乎所有人都在往堂吉诃德和公爵夫妇身上喷洒整瓶的香水，对这一切堂吉诃德都感到非常惊奇。正是那一天，见对自己的欢迎仪式跟在书中读到的接待古代骑士们的礼节毫无二致，他第一次真真切切、毫无疑虑地确信，自己是真正的游侠骑士，而不是想象的。

桑丘离开了自己的毛驴，一步不落地紧跟着公爵夫人进了城堡，仿佛粘在她衣服上似的。可是把毛驴单独扔在门外，他又觉得良心不安，于是找到了一位外表尊贵的女士，这位女士当时正跟其他人一起出来迎接公爵夫人。他低声对她说：

"冈萨雷斯女士，或者……不知阁下您高姓大名……"

"鄙名罗德里格斯·德·格里哈尔瓦女士。"这位女士回答说，"兄弟，您有何吩咐？"

桑丘回答说："我希望阁下您能帮我一个忙，我的毛驴在城堡的大门外，请阁下您行行好，命人将它带进马厩，或者您亲自帮我把它牵进马厩。我这个可怜的小东西胆子很小，无论如何它也不习惯自个儿待着。"

"如果你的主人也跟你一样这么聪明，"嬷嬷回答说，"那咱们就有热闹看了。一边待着去吧，兄弟，你可真没眼力见，把你带进来的那个人也是。自己去照看你的毛驴吧！本府的嬷嬷们可不是干这个的。"

"实际上，"桑丘回答说，"我的主人通晓历史，而我也确确实实听他讲过朗萨罗特的故事：

骑士来自大不列颠故土，
淑女名媛争相体贴呵护，
嬷嬷们对瘦马悉心照顾。

"至于我的毛驴嘛，用朗萨罗特先生的瘦马来换我也不肯的。"

"兄弟，如果你是个唱小曲儿的，"嬷嬷反唇相讥道，"请把你的幽默留给爱看的人，让他们付钱给你吧！在我这里除了嘲弄和羞辱你什么都得不到。"

"那更好了，"桑丘说，"看来您是老油条了！要是比岁数，您准输不了！"

269

"婊子养的！"女士怒火中烧，"我多大年纪自有上帝给我数着，用不着你费心！你这满口喷蒜的无赖！"

她这句话说得那么大声，被公爵夫人听到了。夫人回过头，见那位嬷嬷正愤恨不平、眼中冒火，便问她这是在跟谁生气。

"是这位好心人，惹得我火冒三丈。"女士回答说，"他竟然再三要求我去把他留在城堡门口的毛驴牵到马厩去，还给我举了个例子说，不知道在什么地方，夫人照顾一个叫朗萨罗特的人，而管家嬷嬷们照顾他的瘦马。更过分的是，他还管我叫老太婆！"

"我认为这才是真正的侮辱。"公爵夫人回答说，"比你说的其他事情都更过分。"

于是她对桑丘说：

"记住，桑丘老兄，罗德里格斯太太还很年轻，她戴着这样老成的头巾是因为地位和习俗，而不是因为年长。"

"我真不是故意这么说的，"桑丘回答说，"否则我情愿有生之年都没好日子过！我这么说不过是因为太爱我的毛驴了，所以感觉没有比罗德里格斯太太更慈悲的人能够放心将毛驴托付。"

堂吉诃德听到了这番争吵，说："桑丘，在这个地方说这些话合适吗？"

"主人，"桑丘回答说，"不管在什么地方，每个人都应该实事求是地说出自己的需求：我在这里想到了毛驴，所以就在这里说了；如果我在马厩里想起来，当然就在那儿说了。"

公爵发话说："桑丘说得很有道理，他不应受到任何责怪。不用担心，桑丘，会有人负责喂饱你的毛驴，我们会像对待你一样对待它。"

这番话让所有人都转怒为喜，除了堂吉诃德。众人进入厅堂，把堂吉诃德让到了一个房间，装饰着以金线刺绣的无比华美的布料。六位侍女帮助他卸下武器，并留下贴身伺候。所有人都得到过公爵和公爵夫人的调教，被告知该如何行事，如何对待堂吉诃德，好让他认为并相信自己享受的是真正游侠骑士的待遇。在卸下武器之后，堂吉诃德穿着细细的长裤和岩羚羊皮的紧身坎肩，又高又瘦，身体僵直，两颊深深凹陷。见到这副尊容，服侍他的侍女们若不是强忍着，早就笑得花枝乱颤了——忍住不许笑是她们的主人作出的明确指示。

侍女们请求堂吉诃德允许她们为他脱掉衣服，换上一件衬衣，然而堂吉诃德无论如何也不同意。他声称，在游侠骑士们身上，洁身自好是跟勇往直前一样根深蒂固的美德。他请侍女们把衬衣交给桑丘，并跟他单独待在一个小房间里，里面有一张华美的床。堂吉诃德脱光衣服，穿上了衬衣，见此刻没有第三人在场，便对桑丘说：

"你这个现世的小丑，冥顽的蠢货！你说说看，这样诋毁和羞辱一位如此尊贵、如此值得敬重的嬷嬷，你觉得合适吗？这是你该想起毛驴的时候吗？这些先生既然如此彬彬有礼地对待我们，难道会对咱们的牲口不理不睬吗？我的上帝啊！桑丘，你冷静一点，不要暴露出自己的恶习，让人们发现你这匹布是用低贱、粗俗的线织成的。你看，我真是倒霉！仆人表现得越有尊严、有教养，主人就越被另眼相待。跟一般人相比，亲王大人们最大的优势之一就是拥有跟他们自己一样优秀的仆人。难道你不明白？如果他们发现你是一个粗鲁的贱民，或是一个愚蠢的傻瓜，这对你来说是种折磨，而对我来说也是种不幸，因为他们会认为我是个招摇撞骗的江湖郎中或者是个冒名骑士。不！不！桑丘老兄，快改掉这个毛病吧，别再说些不合时宜的话。喋喋不休，自以为幽默，一不小心就会弄巧成拙，反而成了毫无幽默感的小丑。管好你的舌头！在任何话从嘴里蹦出去之前，务必好好考虑、反复斟酌。要记住，我们来到这个地方，仰仗的是上帝的保佑，以及我臂膀的勇气。在这里，无论是名声还是财富，我们都将大有收获。"

桑丘信誓旦旦地向主人保证，除非是刻意打好腹稿或反复思量过的话，自己一定闭上嘴巴，三缄其口，正如堂吉诃德吩咐的那样。他请主人不要为此担心，人们永远不会从他身上发现主仆二人的真实身份。

堂吉诃德穿好衣服，戴上肩带和挂好佩剑，把猩红色大氅披在肩上，最后戴上侍女们为他准备的绿色锦缎做成的斗牛士帽。他打扮一新，走入大厅，大厅里整整齐齐站着两排侍女，所有人都捧着洗手盆和脸盆，并以非常尊敬的态度和隆重的仪式为他倒水洗手。

接着走过来十二位仆从和餐厅侍者，引领堂吉诃德前去就餐，主人们已经在那里等候。所有人将他围在中间，以极大的排场和威严的气势把他带到另一个厅，那里已经摆好了富丽堂皇的餐桌，桌上摆着四套餐具。公爵和公爵夫人来到餐厅门口迎接他，跟他们一起的还有一位严肃的牧师，就是那种在王公贵族家中处处指手画脚的教士——这些人因为并非生于贵胄之家，所以并不懂如何才能把亲王们教育成为与自己身份相符的人；他们自身精神贫瘠，不足以丈量贵族们的伟大，虽然极力向亲王们展示如何才能节俭谦恭，结果却让贵族们变得越发贪婪悭吝。我的意思是，跟公爵夫妇一起出来迎接堂吉诃德的那位严肃的教士一定就是那些人中的一位。经过无数繁文缛节的客套，众人簇拥着堂吉诃德来到餐桌前就座。

公爵请堂吉诃德坐在桌首，虽然他一再推辞，公爵却执意如此，他终于不得不从命。教士坐在他对面，公爵和公爵夫人分坐两边。

桑丘把一切都看在眼里，见公爵夫妇对自己的主人如此礼遇有加，不禁目瞪口呆，感到困惑不解。又见公爵和堂吉诃德之间为了谁坐桌首的位置而纠缠不休，烦琐礼节和相互恭维无穷无尽，便插嘴说：

"如果阁下们允许，我将为大家讲述一个发生在我们村里的关于推让座位的故事。"

一听到桑丘这句话，堂吉诃德浑身发抖。他认为桑丘一定又要说什么蠢话了。便以目示意，桑丘明白了他的意思，便说："我的主人！阁下您不用担心我会违背您的吩咐，或是说出什么不甚合您心意的话。我可没有忘记阁下您刚刚给我的忠告，关于说多还是说少，说坏还是说好。"

"桑丘，我可不记得给过你什么忠告。"堂吉诃德回答说，"想说什么就说吧，不过长话短说。"

"好吧，我讲的这件事情可是真实发生的，"桑丘说，"我的主人堂吉诃德，也就是眼前的这位，可以证明我没有说谎。"

"对我来说，"堂吉诃德反驳道，"桑丘，你想怎么瞎说就怎么瞎说，我不会拆穿你，不过你得注意自己的言辞。"

"旁观者清，我已经把这些话想了又想，您听了就知道了。"

"那好吧，"堂吉诃德说，"请尊贵的阁下们下令把这个傻瓜赶出去，否则他会说出无数蠢话。"

"以公爵的生命起誓，"公爵夫人说，"请桑丘一刻也不要离开我身边！我非常喜欢他，而且我知道他很明事理。"

"愿圣明的殿下与我明事理的日子一样千秋万代！"桑丘说，"感谢您对我的信任，虽然也许我不值得信任。我想讲的故事是这样的：我们村有一位有钱的贵族老爷，来自阿拉莫斯·德·梅迪那·德尔·坎波家族,又跟堂娜门西亚·德·吉尼奥内斯小姐成婚。这位小姐是圣雅各骑士团的骑士堂阿隆索·德·马拉尼翁的女儿,她父亲后来淹死在埃垃杜拉河里[1]。就因为这个人,多年前我们村里还发生过一场争斗,我相信我的主人堂吉诃德也曾参与其中。在那次打斗中,铁匠巴尔巴斯特罗的儿子、外号捣蛋鬼的小托马斯还受了伤……我的主人先生,这一切都是千真万确的是吧?请您告诉大家,以您的生命起誓!别让这些先生以为我是个谎话连篇、喋喋不休的人。"

"到目前为止,"教士说,"我认为你的喋喋不休多于谎话连篇,不过如果继续听下去,不知道会对你有什么其他看法。"

"桑丘,你一口气说了那么多见证人,还列了那么多细节,我不得不承认你说的应该是真的。继续讲吧,尽量简短些,因为照你这样子,两天也讲不完。"

"不必简略,"公爵夫人说,"想要让我高兴,就应该让他按照自己擅长的方式讲,哪怕六天都讲不完。如果真的要讲那么久,反而将是我一辈子最开心的日子。"

"那么,我的先生们,我要说的是,"桑丘说,"我对这位贵族了如指掌,因为我家跟他家相距不过一个投石器投石的距离,有一次他邀请一位贫穷却正直的农夫去家里做客。"

"快点讲吧,兄弟,"这时教士插嘴说,"照你这种讲法,似乎等你到另一个世界都讲不完这个故事。"

"如果上帝愿意这样安排的话,也许说到一半的时候我就住嘴

---

1 史上确有其事。1562年一艘大船在埃垃杜拉港口沉没,有四千多人罹难。

了。"桑丘回答说,"好吧,我是说,当那位农民到了邀请他的这位贵族家里的时候……愿他的灵魂安息!因为这位贵族老爷已经死了,据说从各种迹象来看他死得像个天使,虽然我当时不在场,因为那段时间我正巧去腾布里盖播种去了。"

"孩子,看在你自己性命的分儿上!为了避免举办更多的葬礼,请你赶紧从腾布里盖回来吧,可别拖到贵族下葬的时候!快点讲完你的故事。"

"那么,事实上,"桑丘说,"当这两个人在餐桌旁就座的时候,他们的举动就跟此刻我看到各位的行为一模一样……"

那位好心的教士被桑丘这磨磨蹭蹭、不停打岔的故事气得七窍生烟,公爵夫妇对此感到十分好笑,而堂吉诃德此时已经快要克制不住脾气和怒火了。

"那么,我是说,"桑丘说,"正如我刚才所说,那两个人正要入座的时候,农夫坚持要贵族坐在桌首,而贵族则坚持要农夫坐在那个位置,因为既然是在他家里,就应该按照他的吩咐去做。但是那位农夫一向自认为很懂礼节、很有教养,无论如何也不愿意落座。最后那位贵族老爷很不高兴地将双手放到农夫肩膀上强按着他坐下,并对他说:坐下吧!讨厌的蠢货,不管我坐在哪里,都是你的上首!这就是我的故事,而且我真心觉得在这个场合讲这个故事并不出格。"

堂吉诃德脸上红一阵白一阵,黝黑的面容变换了无数种颜色,仿佛是在脸上绘制斑纹。公爵夫妇强忍着笑,免得堂吉诃德在明白了桑丘的不怀好意之后气得暴跳如雷。为了转移话题,也为了阻止桑丘继续胡说八道,公爵夫人问堂吉诃德,杜尔西内亚小姐最近有什么消息,想必他在这段日子里一定又战胜过很多巨人和歹徒无赖,

有没有派他们去拜见她。对此,堂吉诃德回答说:

"我的夫人!我的不幸虽然有开始的一天,却仿佛永远没有结束的一天!我战胜过巨人,也派遣过宵小之徒,然而她被施了魔法,变成了一个超乎想象的丑陋村姑,他们又如何能找到她呢?"

"这可不一定。"桑丘·潘萨说,"在我眼中她依然是全世界最美的人。尤其擅长轻盈地跳跃,我确信任何杂技演员都无法超越她。真的!公爵夫人,她就那样跳起来,像只猫一样,从地上跳到一头毛驴背上。"

"桑丘,你看到她被施了魔法?"公爵问。

"什么叫我看到了!"桑丘回答说,"见鬼!第一个掉进巫术陷阱的人除了我还有谁?她中魔法之深,简直跟我父亲一样。"

那位教士听他们谈论起巨人、无赖和巫术,这才明白过来,在座的这位骑士应该是堂吉诃德·德·拉曼查。公爵常常读这个故事,而教士已经为此斥责过他很多次,告诫说读这样的疯言疯语简直就是胡闹。在证实了这一猜疑之后,教士怒气冲冲地对公爵说:

"我的先生,尊贵的殿下!您必须告诉我们的天主,这位好心的先生是干什么的!这位堂吉诃德,或者堂笨蛋,或者无论他叫什么,我想他应该不会愚蠢到如尊贵的殿下您所希望的那样,在眼下这个场合继续他的愚蠢行为和胡说八道吧?"

接着他转向堂吉诃德说:"而你,你这个浑蛋!认为自己是游侠骑士,战胜了巨人、制服了歹徒,是谁把这么荒唐的想法塞进你脑子里的?赶紧滚蛋吧!我现在就告诉你,滚回自己家去!如果你有孩子的话,好好抚养孩子们,照看好自己的财产,不要继续在这个世界上到处游荡了!不但喝着西北风,而且给所有认识、不认识的人留下笑柄。该死的!你在哪儿看到过去或现在存在过游侠骑士?西班牙哪儿有巨人？拉曼查地区哪儿有歹徒无赖？哪儿有什么被施了魔法的杜尔西内亚？传说中你的荒唐行径又怎么可能是真的？"

堂吉诃德全神贯注地听着这位令人肃然起敬的男子痛斥自己。听教士说完这番话，他再也顾不上对公爵夫妇的尊重，面色发青、愤怒动容，站起来说……

不过他的这番回答值得另辟一回，单独记述。

第三十二回
堂吉诃德反驳批评者，以及其他既严肃又可笑的事情

上回说到，堂吉诃德站了起来，从头到脚瑟瑟发抖，像得了汞中毒震颤症一样。他语调急促，声音颤抖地说：

"在今天这样的场合，面对在场的诸位贵人，再加上我对阁下您所供职的机构一向敬仰有加，此刻也一如既往地满怀尊敬，这些理由都让我强压怒火，虽然此刻发怒是合情合理的。除此之外，还有一个原因，那就是我知道，甚至所有人都知道：穿道袍或教士袍的人跟女人一样，所拥有的武器只有舌头。所以我也将使用同样的武器跟您进行一场势均力敌的较量。从您那里，人们期望得到的是善意的忠告而不是恶意的辱骂，理直气壮的指责应该用在其他的场合，也必须寻找更加适宜的机会。至少，在大庭广众之下对我如此尖酸羞辱，无论如何也不能算是善意的责备，因为所谓善意应宽厚温和而不该流于刻薄。您根本没有搞清楚对方究竟犯下了什么值得被谴责的罪过，就无缘无故地把人称为笨蛋和傻瓜，这样做实在欠妥。

"否则，请阁下您告诉我，我究竟做了什么愚蠢的事情，您要为

此谴责我、辱骂我？您根本不知道我有没有妻子儿女，为何要命令我回家去，专注于管理家庭，照料妻儿？难道教士可以胡乱地介入别人的家庭，对一家之主指手画脚？更何况有些教士自幼贫苦，寄人篱下，所见识的世界不超过本地区二十或三十莱瓜方圆的范围，有什么资格对骑士道说三道四，对游侠骑士们评头论足？难道在全世界行侠仗义是一件徒劳无功的事情吗？难道仗剑走天涯的时间都是浪费吗？我们在这世上寻求的不是他人的款待和馈赠，而是崎岖和磨难，由此善良的人才能登上不朽的宝座。如果骑士、达官贵人、慷慨义士以及门第高贵的世家都认为我是傻瓜，我会视其为不可弥补的侮辱。然而那些只会埋头苦读的人，从未进入过甚至从未踏足过骑士道的小路，如果他们认为我愚蠢，我毫不在乎：身为骑士，只要至高无上的上帝允许，我必须以骑士的身份死去！

"有人迷失在狂妄野心的荒野，有人整天只会奴颜婢膝地谄媚，有人沉迷于虚假的善良，也有人是在真正地虔诚修行。而我，在星座的指引下走上了游侠骑士这条狭窄的小路。因为这份事业，我视钱财如粪土，却重名誉如山。我曾打抱不平、匡扶正义，也曾惩罚过骄横无理之徒、战胜过巨人、打败过妖魔鬼怪；我也曾坠入情网，但那不过是因为游侠骑士必须如此，而且我虽然一往情深，却无半点淫欲邪念，而是贞洁的柏拉图主义者。我一向致力于把自己的意愿转化为美丽的结果，那就是造福所有人而不伤害任何人。如果一个以此为己任的人、一个为此身体力行的人、一个全心全意投身于此的人，应该被叫作笨蛋，那就请尊贵的阁下、崇高的公爵大人和公爵夫人都这样称呼我吧！"

"我的上帝啊！这番话说得太精彩了！"桑丘说，"我的先生！我的主人！阁下您不必再继续对他谆谆教诲了，因为世界上已经没有其他可说的，也没有其他可思考的，更没有什么其他值得坚持的了。何况，既然这位先生否认曾经有过游侠骑士，或者当今世界存在游侠骑士，那么就算他对您说的这些事情一窍不通，那又有什么要紧呢？"

"兄弟，"教士问道，"难道你就是人们说的那位桑丘·潘萨，就是被主人许诺赏赐一座小岛的那位？"

"没错，正是本人！"桑丘回答说，"而且跟任何其他持盾侍从一样当之无愧。我就是俗话说的'近朱者赤'，或者说'不看生在谁家门，只看跟谁一起混'。还有'背靠大树好乘凉'，我背靠的正是我好心的主人。我跟他做伴已经好几个月了，如果上帝保佑的话，我一定会成为另一个像他一样的人。主人万岁！我也万岁！他一定能得到可以统治的帝国，我也不会缺少可以管理的小岛。"

"不，桑丘好朋友，当然不会。"这时候公爵说，"以堂吉诃德先生的名义，我现在就把一座岛屿交给你来统治，这可是一座富饶的岛屿，总督之位正好空缺。"

"桑丘，快去跪下，"堂吉诃德说，"亲吻殿下的双足，感谢他对你的恩赐！"

桑丘照做了。教士看到这一幕，怒不可遏地从餐桌上站起来。

"我以自己所拥有的法衣起誓！我不得不说，殿下您跟这些罪人一样愚不可及！如果连理智的人都称颂他们的疯狂，这些人怎么可能不精神失常？殿下您就跟他们在一起吧！只要他们还在这个家里，我就待在自己家里，这样才能忍住不去谴责我无法接受的事情。"

他再也没多说一句话，也没吃东西就拂袖而去，连公爵夫妇的恳求也无法阻拦。当然了，公爵也并未怎样坚持，因为教士这不合

时宜的愤怒惹得他哈哈大笑,根本无法开口劝说。等公爵终于笑够了,才对堂吉诃德说:

"雄狮骑士先生,阁下您为自己做的辩护如此得体而恰当,确实没有什么需要报仇的。这件事情虽然看上去像是种侮辱,但实际上根本不是,因为正如女人无法侮辱他人一样,教士们也无法对他人构成侮辱,这一点阁下您很清楚。"

"没错,"堂吉诃德回答说,"原因就是自身无法被侮辱的人就无法侮辱别人。女人、儿童和教士,因为他们即便是受到冒犯也无法捍卫自己,所以只会受到欺负,而不会受到侮辱。欺负和侮辱之间的区别,殿下您知道得很清楚。侮辱来自有能力侮辱他人的人,实施了侮辱行为并且该行为以武器作为支撑;而欺负有可能来自任何人,但并非必然伴随侮辱。举例来说:如果一个人漫不经心地走在街上,来了十个拿着武器的人,用棍棒打了他一顿;这个人为履行自卫的义务拔剑而起,但对方人多势众,一拥而上,使他无法实现自己报仇雪恨的愿望,那么可以说此人受到了欺负,但并没有被侮辱。

"另一个例子也可以证明这一点:如果有人背过身去,另一个人从背后用棍子打他,而且打完立刻撒腿就跑,挨打的人去追却追不上,那么这个被打的人受到了欺负,但并没有被侮辱,因为侮辱必须是持续性的——如果棒打他的那个人虽然是从背后偷袭,但是打完之后等在原地没动,而且拔出了剑直面敌人,那么被棒打的人就是同时受到了欺负和侮辱:被欺负是因为受到了暗算,而被侮辱是因为暗算他的人敢作敢当,既没有转身,也没有逃跑。所以,依据该死的决斗法则,我可能是受到了欺负,但并没有受到侮辱。儿童知觉不全,女人也是一样,既不能逃跑,也没有理由等待,而那些被委任于神圣宗教的人与妇孺无异。这三种人,他们既没有攻击的武器，也没有自卫的法宝，所以虽然他们天生有义务捍卫自己，却没有能力冒犯任何人。

"虽然我刚刚说过自己有可能受到了欺负，但是此刻我要说，不！绝对不是这样！因为不会受到侮辱的人，更不能侮辱别人。鉴于这些原因，我不应该，也并没有因为这位好心人对我说的话而感到难过。我只希望他能稍待片刻，好让我有时间说服他明白自己的错误所在——他竟然认为并声称无论过去还是现在世界上都不存在游侠骑士！如果阿马蒂斯或者是这个家族的无数骑士中某一位听到他的话，我可以肯定他将大事不妙。"

"在这一点上我也可以发誓，"桑丘说，"他们一定会狠狠地刺他，也许像切石榴或者熟透的西瓜一样，把他从上到下劈成两半！这些人怎么受得了被人这样挠痒痒！要我说，如果雷纳尔多斯·德·蒙塔尔班听到这个小男人的闲言碎语，一定抽他一个大嘴巴子，让他三年都说不出话来！要是碰见那些人，看他怎么能逃出他们的手心！"

公爵夫人听到桑丘的话乐不可支，认为他比他的主人更幽默，而且疯得更厉害。事实上当时很多人都是这样认为的。最后，堂吉诃德终于恢复了平静，用罢晚膳，撤下餐具，四位侍女走上前来，一个手里捧着银质大盘子，一个捧着同样是银质的洗手盆，另一个肩上搭着两条雪白华美的毛巾，第四个双臂露出一半，在她雪白的手中——当然毫无疑问是雪白的——捧着一块圆形的那不勒斯香皂。手捧银盘的侍女走上来，姿态优雅、落落大方，把银盘放在堂吉诃德胡子下方。堂吉诃德对这一仪式大为震惊，但他一言不发，认定这是地方习俗：餐后不洗手却洗胡子。于是他竭尽全力伸出胡子，此时洗手盆开始往下倒水，手持香皂的侍女快速为他搓洗胡子，搓出一大片雪白的肥皂沫。我们的骑士十分顺从，积极配合，不但胡子上满是肥皂，甚至脸上、眼皮上都沾满了泡泡，以至于他不得不闭上了眼睛。

事实上，公爵和公爵夫人事先对此一无所知，他们也纳闷如此异乎寻常的洗漱仪式究竟是什么意思。负责洗胡子的侍女在抹了堂吉诃德满手的肥皂泡之后，假装说水用完了，命令捧洗手盆的侍女再去取点水，堂吉诃德先生正等着用。侍女领命而去，堂吉诃德呢，就保持着这副模样，匪夷所思又令人捧腹。

当时在场的人可真不少，所有人都盯着他看：脖子伸得有半竿长，颜色黝黑，双目紧闭，胡子上挂满肥皂泡。谁能忍住不笑可真是奇迹！必须要小心翼翼才行。捉弄人的侍女们都垂下眼睛，不敢看向她们的主人。而两位主人又生气又好笑，都不知道该拿这些姑娘怎么办了：是因为她们的放肆而加以惩罚，还是因为从堂吉诃德那个怪模样中得到的乐趣而许以嘉奖。

最后，捧洗手盆的侍女终于回来了，她们为堂吉诃德梳洗完毕，携毛巾的侍女轻柔地为他拭净擦干。接着，四个姑娘同时向他深深鞠躬行礼，意欲告退，但是公爵为了不让堂吉诃德发现这是在捉弄他，便叫住了捧银盆的侍女：

"过来给我也洗洗。当心不要中途没水了！"

那姑娘冰雪聪明，一点即透，便上前将银盆放在公爵面前，按照对待堂吉诃德一样的仪式，动作麻利地为他清洗胡子、打上香皂，等他变得洁净干爽，便行礼告退了。后来人们得知，公爵曾发誓说，如果姑娘们给他清洗胡子的时候跟对待堂吉诃德不一样，他一定会惩罚她们的放肆，不过她们打香皂的时候如此小心谨慎，算是弥补了这个过失。

桑丘聚精会神地看着这场梳洗仪式，自言自语说："我的上帝啊！这个地方会不会也有给持盾随从们这样洗胡子的风俗？上帝知道，我也知道，我太需要这个了！此外如果再用折刀给我刮一刮，那就更加妙不可言了。"

"桑丘，你在说什么？"公爵夫人问。

"夫人，我是说，"他回答说，"我常听说在亲王们的宫廷中用餐后会打水洗手，但没听说过要清洗胡子的。可见多活几年还是挺好的，能增长很多见识。虽然俗话说，活得越长越受罪，但如果能体验一次这样的梳洗，肯定是享福而不是受罪。"

"桑丘兄弟，不必感到遗憾。"公爵夫人说，"我会吩咐侍女们为你梳洗，如果有必要的话，甚至可以把你整个泡进洗澡水里。"

"光洗洗胡子我就心满意足了！"桑丘回答说，"至少暂时是这样，至于以后会怎么样，就让上帝来决定吧！"

"餐厅侍者！听着，"公爵夫人说，"请你按照好桑丘的吩咐，务必遵从他的意愿，满足他的要求。"

餐厅侍者回答说，桑丘先生将会得到无微不至的服务，接着他带桑丘一起退下用餐去了，留下公爵夫妇和堂吉诃德在餐桌旁谈论了不少的话题，但所有的谈话都跟武侠事业和游侠骑士道有关。

公爵夫人称赞堂吉诃德记忆力超群，恳请他用语言勾勒杜尔西内亚·德尔·托博索小姐的美丽，描述一下她的容貌。因为既然她美貌的名声广为流传，那一定是全世界最美的人，更别提拉曼查地区了。堂吉诃德听到公爵夫人的吩咐，叹了口气说：

"如果我可以把心掏出来，盛在盘子里放在桌上，放在两位尊贵的殿下面前，就可以省却一番口舌，免得需要讲述一件几乎无法想象的事情，因为两位殿下能从这颗心里看到她完完整整的形象描摹。不过，此刻我实在没有理由用语言去刻画那举世无双的杜尔西内亚，或通过描述各种点滴细节去对她的美貌管中窥豹，因为有人比我更加胜任这件事——这项事业应该由帕拉修斯[1]或者提曼特斯[2]，阿佩莱斯[3]的画笔或利西波斯[4]的刻刀去完成，将她临摹或雕刻在木板、大理石和铜器上，而只有西塞罗尼雅和德摩斯梯那的词藻才配赞美她。"

"堂吉诃德先生，德摩斯梯那是什么意思？"公爵夫人问，"我从来没听说过这个词。"

"德摩斯梯那，"堂吉诃德回答说，"意思就是德摩斯梯尼[5]式修辞，正如西塞罗尼雅之于西塞罗一样，他们是世界上最伟大的两位修辞大师。"

"这就对了！"公爵说，"夫人，你提出这个问题实在有失水准。不过，无论如何，如果堂吉诃德先生能够描绘一下她的样子，毫无疑问会给我们带来巨大的乐趣。哪怕只是粗略地勾勒出一个轮廓，也一定会万众瞩目，让最美丽的女人都为之嫉妒。"

"如果不是因为前不久发生在她身上的不幸使她的形象在我的意识中变得模糊，我当然乐意这样做。"堂吉诃德回答说，"然而此刻我不但不想描述她，反而要为她哭泣！禀告两位尊贵的殿下：前几天我出发去亲吻她的双手、接受她的祝福，并为这第三次行走江湖

---

1 帕拉修斯（活动于公元前5世纪），生于爱奥尼亚的以弗所，是古希腊最伟大的画家之一。
2 提曼特斯，古希腊画家，《伊非革涅亚的牺牲》是其代表作之一。
3 阿佩莱斯，活动时期约在公元前4世纪，古希腊著名画家，传说亚历山大大帝只要阿佩莱斯为其作画。
4 利西波斯，希腊雕刻家，约活动于公元前4世纪，曾在宫廷从事艺术活动，为亚历山大大帝所器重。
5 德摩斯梯尼（前384—前322），古雅典雄辩家、民主派政治家。

恳求她的许可和允准。然而我找到的却不是我寻找的那个人：我见到的她被施了魔法，公主变成村姑，美丽变成丑陋，天使变成了魔鬼，芬芳变成了恶臭，谈吐文雅变成了言辞粗俗，文静贤淑变成了上蹿下跳，光明变成了黑暗！总之，杜尔西内亚·德尔·托博索变成了一个萨亚哥镇的野丫头。"

"我的上帝啊！"公爵大声喊道，"是谁？居然做出如此危害世界的事情？是谁从世人手中夺走了令人开怀的美貌、令人愉悦的优雅和令人心悦诚服的贞德？"

"谁？"堂吉诃德回答说，"除了某个邪恶的巫师，还能是谁？嫉妒我、阴魂不散地纠缠我的巫师不在少数，必定是其中一个。这个该死的族群！他们来到这个世上的目的就是对好人们的丰功伟绩极尽诋毁，却为坏人们的劣迹大唱赞歌。有的巫师曾经迫害过我，有的巫师至今还对我穷追不舍，将来也会有巫师纠缠我直到生命的尽头，到那时，连崇高的骑士道也将一起终结于遗忘的深渊。他们抓住了我的要害，肆意毁伤，因为对于一个游侠骑士来说，夺走他的心上人无异于夺走了他用于看东西的眼睛、用于照亮的太阳，和用于存活的口粮。我已经说过很多次，此刻我还要再重复一遍：游侠骑士没有心上人，就好比一棵树没有叶子、建筑没有地基，或影子失去了投下影子的实体。"

"这一点毋庸多言。"公爵夫人说，"无论如何我们一定要相信堂吉诃德先生的故事，此书不久前在此地付梓问世，博得了众口一词的赞誉。不过，如果我没记错的话，从这个故事中可以推测出阁下您从来没有见过杜尔西内亚小姐，而且这样一位小姐在世界上是不存在的——那是一位想象出来的人物，是阁下您在您的意识中创造、分娩出来的，也是您赋予了她所有理想中的优点和完美。"

"这件事情可就说来话长了。"堂吉诃德回答,"世界上究竟有没有杜尔西内亚这个人,她到底是不是一种想象,这一点上帝知道,而对此寻根究底,毫无必要。我既没有创造我的心上人,也没有分娩她,不过是适时地观察到她是一位自身蕴含着各种优秀品质的小姐,这些品质足以使她在全世界任何地方都享有盛誉,比如毫无瑕疵的美貌、严肃却不专横、洁身自好又充满柔情,因为受到良好的教养,所以知书达理、感恩图报。总之,她出生于高贵门第,而建立在高贵血统上的极致美貌,比出身卑微的美人更加熠熠生辉,受人瞩目。"

"没错,"公爵说,"不过堂吉诃德先生,您必须允许我说句大不敬的话。我读了您的丰功伟绩,从故事中可以推测:即使承认在托博索地区或在托博索之外存在这么一位杜尔西内亚,而且她的美貌确如阁下您描绘的那样登峰造极,然而在门第高贵这一点上,只怕她无法与奥里亚娜家族、阿拉斯特拉哈勒阿斯家族、马达西马斯家族或者其他类似的家族相提并论。历史上有很多这样的名门望族,这一点阁下您非常了解。"

"对此我的解释是,"堂吉诃德回答说,"杜尔西内亚的家族名望来自她的德行。美德能改良血统,而且,出身卑微却品德美好的人应该比作恶的贵族更加受到珍视和尊重,更何况杜尔西内亚还拥有高贵的家世门第,终有一天她会成为头戴皇冠、手执权杖的女王。一个既美丽又贤明的女人,她的价值所能创造的奇迹还远不止如此。而且,虽然没有什么正式名号,但实际上这样的女人才是真正的贵人。"

"堂吉诃德先生,"公爵夫人说,"我认为阁下您所说的一切都是掷地有声、证据确凿的,正如人们常说的实事求是。从现在开始,不但我自己要相信，也要让这个家里所有的人，甚至如果有必要的话，包括我的丈夫公爵大人都相信，在托博索确实存在杜尔西内亚。她就活在当下，容颜绝世、出身高贵，值得像堂吉诃德先生这样一位骑士为她效力。这就是我能做到的一切，以及我所知的最高赞美。不过，有一个疑问依然挥之不去，其中也包含着对于桑丘·潘萨的某种疑虑。那就是根据之前提到的故事记载，桑丘·潘萨为阁下您送信的那次，当他找到杜尔西内亚小姐的时候，她正在筛扬一口袋麦子，更确切地说是一袋荞麦。这件事情让我对她的高贵门第心存疑虑。"

对此堂吉诃德回答说："我的夫人！尊贵的殿下您要知道，不管是被无法探知的天意所引领，还是被某个心怀嫉妒的巫师所陷害，几乎所有发生在我身上的事情都超出了正常的界限，是别的游侠骑士所不曾经历过的。现在已经可以确认的是，著名的游侠骑士，有的拥有不被巫术控制的本领，有的肉身刀枪不入，比如闻名遐迩的法兰西十二骑士之一——罗尔丹。据说他就是全身都不会受伤，除了左脚的脚底板——这是他的命门，无需任何武器，一个大头针的针尖就足以置他于死地。所以，当贝尔纳多·德尔·卡尔皮奥在龙塞斯山谷与他决战时，见钢铁的武器无法伤害他，便将他抱起来扼死了。这不禁令人想起赫丘利杀死凶残巨人安泰的场景，后者据说是大地的儿子。

"根据以上种种，我推测自己可能有某方面的能力，当然并非免遭肉体伤害的那种，因为经验已经无数次证明了我是有血有肉的，绝对做不到刀枪不入，也无法对抗魔法。我曾经被关进一个笼子里，而若非巫术作祟，绝没有任何人有能力把我关起来。不过既然最终逃脱了这个笼子，我倾向于相信没有任何其他巫术能够伤害到我。

当巫师们发现在我身上诡计无法得逞，便转而去加害我最心爱的事物。他们伤害杜尔西内亚，目的在于以此威胁我的生命，因为她正是我活下去的理由。所以当我遣持盾侍从送信的时候，他们将她变成了村姑，而且在从事扬筛小麦这种卑贱的劳动。而事实我已经解释过，那既不是荞麦也不是麦子，而是一粒粒东方的珍珠。

"为了证明这一点千真万确，我想告诉两位尊贵的殿下，就在不久之前，我们是如何走遍整个托博索城却一直无法找到杜尔西内亚的宫殿，而且第二天，我的持盾侍从桑丘见到了她的本来面目，也就是地球上最美丽的容颜，可是在我眼中，却只看到一个粗俗、丑陋、愚笨又毫无见识的村姑。既然我并没有被施魔法，也不可能是中了巫术，那么按照逻辑来讲，她才是那个被施了魔法、被冒犯的人。我的敌人们利用她来报复我，改变她的形象、调换她的身份、扰乱她的心智。为了她，我将永远生活在眼泪中，直到她有朝一日恢复如初。

"我解释这一切，是为了避免有人再去纠缠桑丘所说的杜尔西内亚筛面粉或扬麦子这件事。因为既然巫师们能改变我眼中的她，那改变她在桑丘眼中的形象也没什么奇怪。举世无双的杜尔西内亚是高贵的，她出身正派，在托博索为数众多古老又清白的贵族世系中，一定不乏她的一席之地。正如海伦之于特洛伊，卡瓦之于西班牙，她的家乡也将因为她而在未来的世纪中声名远扬、流芳百世，甚至赢得更高的赞誉和更大的名声。

"但是从另一个方面来说，我希望两位殿下能够理解，桑丘·潘萨是有史以来服侍过游侠骑士的最有趣的持盾侍从之一。有时候他的单纯无知反而显得那样聪敏，不禁让人猜测到他究竟是愚笨还是聪慧，这也会带来很大的乐趣。他有时狡黠，难免显得无赖；有时粗心大意，往往被视为愚蠢；他怀疑一切又相信一切；每当我以为他要做出什么蠢事的时候，他却总会说出一番令人刮目相看的机智言辞。总之，哪怕是额外多给我一座城池，我也不愿意拿他去交换任何别的持盾侍从。正因如此，虽然殿下您恩赐给他一座岛屿，但派他去做总督究竟是否合适，此刻我还有些犹豫。当然了，我在他身上也看到了某些管理才干，相信只要稍稍有长点见识，什么样的职位他都能胜任，就像国王征收贸易税一样从容自然。

"何况经验也反复证明了，当一个统治者并不需要很多技能或识文断字的本领，比如全世界有上百个几乎大字不识的总督，却管理得非常出色。关键在于他们怀有良好的意愿，努力在任何事情上都做到不偏不倚。在需要决断的问题上，他们身边总不乏提建议、做指导的人，比如有些骑士出身且只专武事的总督往往依靠顾问来做出裁决。我会建议他既不要收受贿赂，也不要放权与人，还有其他我早已考虑周全的细致忠告，等到合适的时机我都会一一嘱咐，这不仅对桑丘有益，也能造福他将统治的岛屿。"

就在公爵、公爵夫人和堂吉诃德的谈话进行到这里时，宫殿中突然传来嘈杂的人声和巨大的噪声，只见桑丘惊恐万状地闯进大厅，身上系着一条刮胡子的破布，后面跟着好多小伙子，或者更确切地说，是厨房那帮无赖的伙计和一些看热闹的人。有个人手里端着一盆水，从颜色和清洁度可以看出那是刷锅水。端着木盆的人一直对桑丘紧追不舍，态度殷勤、坚持不懈地想把水盆放到他的胡子下面，而另外一个伙计则作势要帮他洗胡子。

"伙计们，这是怎么回事？"公爵夫人问，"怎么回事？你们要对这个好人做什么？你们怎么不考虑一下，他已经被任命为总督了？"

对此无耻的"理发师"回答说："这位先生不愿意让我们为他清

洗胡子，可这是本地习俗，跟我的主人公爵大人和他的主人骑士先生所享受的待遇一样。"

"我当然愿意！"桑丘怒气冲冲地回答说，"可我希望用干净的毛巾和清澈的洗涤水，也别用那么肮脏的手。我跟我的主人有那么大的差别吗？他用天使之水梳洗，我却要用魔鬼之水？不管是各地的风俗，还是官廷的习惯，总不该给人带来痛苦吧？可这种梳洗礼节简直比苦行僧还要糟糕！我胡子干干净净的，不需要找这样的不痛快。谁要是敢上来给我梳洗，或者哪怕是碰到我脑袋上任何一根毛——放尊重点说，是我的胡子——别怪我老拳伺候！我会拿拳头捶进他的脑袋！你们这些'习式'啊、香皂啊什么的，看上去更像是捉弄而不是对客人的款待。"

公爵夫人见桑丘大发雷霆，又听到他这番话，笑得喘不过气来。然而堂吉诃德见侍从衣冠不整，系着脏兮兮的毛巾，又被一群厨房伙计包围着，同样勃然大怒。他向公爵夫妇深施一礼，仿佛在发言前征求他们的同意，接着用平静的语气对那帮无赖说：

"够了，绅士先生们！请诸位放过这个小伙子，大家从哪儿来回哪儿去吧，或者去任何你们想去的地方。我的持盾侍从跟其他任何人一样干净，这个水盆对他来说无异于狭窄而痛苦的黏土盆。接受我的忠告，别再纠缠了，因为不管是他还是我，我们都不是忍气吞声的人！"

桑丘接过他的话头继续说："不！来吧！你们来捉弄我这个笨蛋吧！要我任你们摆弄，就跟现在是黑夜一样不可能！拿梳子来呀！或者什么都行，来给我梳胡子呀！如果你们能从胡子里找出任何不干净的东西，我就任凭你们把胡子剪掉，剪得跟囚犯一样。"

这时公爵夫人笑着说："桑丘·潘萨刚才这番话很有道理，他说怎么样就怎么样吧！他说了他很干净，没必要梳洗。我们的习俗究竟是不是讨喜，他自己有能力判断。再说你们啊，卫生部长们，虽然不知道是不是该责怪你们放肆无礼，但确实太疏忽大意、怠慢贵客了！这样一位人物，这样的胡子，你们捧来的不是清泉水、纯金洗手盆和德国毛巾，却是涮锅的小盆小桶和控水的抹布！总而言之，你们真是坏透了，太缺乏教养。不过你们本来就是些心术不正的家伙，对于游侠骑士的持盾侍从，更是难以掩饰嫉妒之心。"

这下，这帮嘻嘻哈哈的卫生部长，甚至连跟他们一起来的餐厅侍者，都开始相信公爵夫人这番话是认真的。大家都困惑不解，立刻从桑丘胸前取下抹布，十分尴尬地离开了，把桑丘留在了那里。桑丘见自己总算脱离了险境，便上前双膝跪在公爵夫人面前，说：

"对于伟大的夫人们，人人都期盼圣德隆恩。殿下您今天对我的这份恩情，此生无以为报，除非希望有一天我自己也被封为游侠骑士，才能用一辈子为像您一样高贵的夫人效劳。可惜我只是个农夫，名叫桑丘·潘萨，已婚而且有儿有女，现在的职业是持盾侍从。如果在这些特点中有哪一样能够为殿下您所用，我会毫不迟疑地服从夫人殿下您的命令。"

"桑丘，"公爵夫人回答说，"看起来你似乎已经从礼仪这所学校中学会了彬彬有礼。我的意思是，堂吉诃德先生是规范举止的典范，通晓一切仪式，或者如你所说的'习式'，而你就像是在堂吉诃德先生膝下长大的。多么杰出的主人，多么优秀的仆人！一个是游侠骑士中的指南针，另一个是持盾侍从间忠贞的北斗星。起来吧！桑丘老兄，既然你如此有礼，我一定会满足你，让我的先生公爵大人尽快履行承诺，把总督职位赏赐给你。"

就这样大家结束了谈话，堂吉诃德去午歇，而公爵夫人请求桑丘，如果他不是特别想睡觉的话，就去一个非常凉爽的房间，跟她和她的侍女们共度午后时光。桑丘回答说，虽然夏天的午后他确实有睡上四到五个小时的习惯，但是为了尽全力报答她的恩德，那天他会尽量一个小时都不睡，听从她的安排，然后便告辞离去。公爵夫人再次吩咐众人，一定要像对待真正的游侠骑士一样对待堂吉诃德，不要跟传说中古代骑士们的礼节和风格有任何出入。

第三十三回
公爵夫人和侍女们跟桑丘·潘萨促膝相谈，值得一读，值得注意

故事继续讲述道，那天桑丘说到做到，没有睡午觉，而是吃完午饭以后立刻就去拜见公爵夫人。夫人很喜欢听他说话，便命他坐在自己身边的一张矮凳上。不过因为桑丘一向很有教养，所以不肯入座。公爵夫人吩咐他以总督的身份就坐，以持盾侍从的身份发言，而他这两个身份都足够有资格坐上熙德·鲁伊·迪亚斯·坎佩阿多尔[1]本人的象牙宝座。

桑丘听从夫人吩咐，期期艾艾地坐了下来。公爵夫人所有的侍女和嬷嬷都鸦雀无声、全神贯注地围在两人身边，想听听他要说些什么。不过还是公爵夫人先开了口：

"既然这里并无外人，也不会有人听到我们的谈话，堂吉诃德的

---

[1] 熙德·鲁伊·迪亚斯·坎佩阿多尔，西班牙民族英雄，史诗《熙德之歌》的主人公，他在瓦伦西亚赢得一尊象牙宝座。

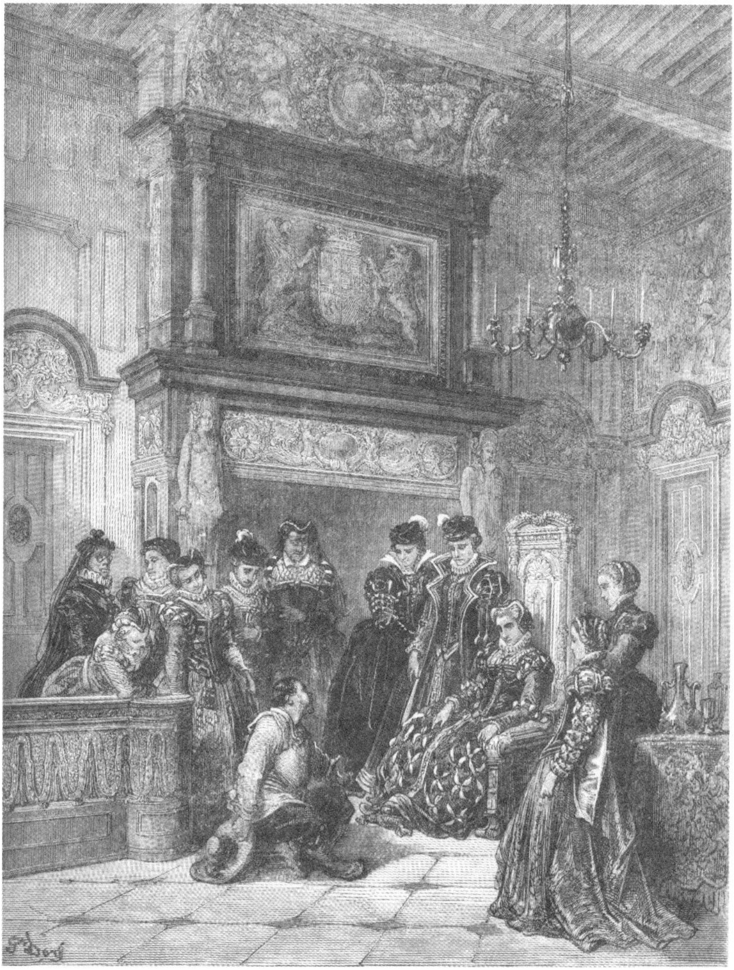

伟大事迹虽然已经出版印制，四处发行，但其中有一些疑问，还希望总督先生能为我解答。其中一个问题就是，好桑丘，既然你从没见过杜尔西内亚，我的意思是杜尔西内亚·德尔·托博索小姐，也没有替堂吉诃德先生给她送过信，因为那个记事本一直留在黑山里，那你为何如此胆大妄为，捏造了回信，还编造了见到她在扬筛麦子的谎言？既然所有这一切都是恶作剧和骗局，而且此事如此有损于杜尔西内亚举世无双的美好形象，那么这样的行为实在不符合优秀的持盾侍从应有的品质和忠诚。"

听到这番话，在作出任何回答之前，桑丘从凳子上站起来，猫着腰，一根手指放在嘴唇上，蹑手蹑脚地把屋子转了个遍，又查看了窗帘后面。检查完毕，他才重新坐回去说：

"我的夫人！除了在场的人，可以确认没有人藏起来偷听我们说话，所以我将毫无顾虑、不慌不忙地回答您向我提出的这个问题，以及您将提出的任何问题。首先要说的是，我认为我的主人堂吉诃德是一个无可救药的疯子！虽然有时候他说的话在我，甚至在所有听到的人看来都是如此头头是道，哪怕是撒旦本人都不可能讲得更好。但无论如何，我千真万确、毫无疑问地认定他是个笨蛋。正因为我事先心里已经有了这个想法，所以才敢用那些没头没脑的事情欺骗他，比如带回的口信。另外还有一件事，发生在大概六七天以前，暂时还没有被记录在我们的故事里。不过我可以告诉你们：关于我的女主人杜尔西内亚小姐中的魔法，其实不过是我故意让主人这样以为的，实际上这件事情不会比天方夜谭更真实。"

公爵夫人请他讲讲这个魔法，准确地说是恶作剧，桑丘便把发生的事情原原本本地告诉了她，对此，听众们都感到十分有趣。聊天继续，公爵夫人问道：

"好桑丘，听了你讲述的这些事情，我心里逐渐产生了一个疑问，仿佛有一个声音窃窃私语般在我耳边回响，对我说：'既然堂吉诃德·德·拉曼查是个疯子、傻瓜和笨蛋，而他的持盾随从桑丘对这一点心知肚明，但不管怎样却还是继续服侍他、追随他，而且相信他那些虚无的承诺，那么桑丘不是比他的主人更疯更傻吗？如果真是这样，当然事实也正是如此，那么真的赏赐他一座岛屿让他去统治，可谓所托非人。公爵夫人您应该考虑到，他连自己都管理不好，怎么会懂得去管理别人？'"

"夫人，我的上帝啊！"桑丘说，"您产生这样的疑虑是很自然的事情。不过请阁下您告诉这个声音，叫他把话说清楚！不过，他想怎样都行，因为我明白他说的都是事实：如果我神志清醒的话，早就该离开我的主人了！然而这既是我的命运，也是我的不幸：我别无选择，必须得追随他。我们来自同一个村子，我吃了他的饭，也很爱他。他知恩图报，还把自己的毛驴分给我。最重要的是，我是个忠诚的人，所以除了掘墓的铁锹和锄头，没有什么东西可以把我们分开。如果尊贵的殿下您不愿意将曾经许诺的领地赐给我，那一定是上帝不肯如此安排，而且很有可能，得不到领地，我的良心反而更加安宁。我虽然愚笨，却很明白那句俗语：蚂蚁生翅膀不是好事。甚至很可能持盾侍从桑丘能上天堂，总督桑丘却得下地狱。自家的面包跟法国面包一样填饱肚子；到了晚上所有的猫都是褐色的；下午两点还没吃上早饭的人才最倒霉；没有谁的胃比别人大一拃，填麦秸和干草都一样能饱；老天爷饿不死瞎家雀儿；四竿长的昆卡绒比八竿长的塞戈维亚细呢更暖和；在离开这个世界，入土为安的时候，王子和苦工走的小路一样狭窄，教皇的身体也不会比圣器看守人的身体多占一寸土地；虽然人们身高各有差异，在钻进墓穴的时候所有人都会收缩变小，或者被别人强制收缩变小，即使再受不了也只能老老实实待着。

"我再说一遍：如果尊贵的阁下您因为我的愚蠢而不肯赐予小岛，我也懂得理智对待，不会介意。我曾听说，十字架背后藏着魔鬼，会发光的不都是金子。还有，如果古老民谣中的行吟诗没有骗人的话，农夫万巴在耕牛、耕犁和轭带之中脱颖而出当上了西班牙国王，而罗德里格却在绣花锦缎、歌舞升平和金银财宝之间被拎出去喂了蛇。"

"说什么呢！这些东西哪有不骗人的！"这时嬷嬷罗德里格斯插嘴说，她也是听众之一，"有一首歌谣还说，罗德里格国王被活埋进一个满是癞蛤蟆、蛇和蜥蜴的坟墓，两天以后国王从坟墓深处用痛苦而微弱的声音说道：

它们在啃噬我！它们在啃噬我！
从罪孽最深的部位开始。

"照这么说，既然国王必须被虫子们吃掉，这位先生说他宁可当个农夫也不要当国王，实在很有道理。"

听到管家嬷嬷的蠢话，公爵夫人忍不住哈哈大笑，但桑丘冒出的一连串反讽深刻的俗语也令她感到震惊。她对桑丘说：

"好桑丘，你知道，骑士一旦做出承诺就会竭尽全力履行诺言，哪怕为之付出生命。我的主人和丈夫公爵先生虽然并非游侠，但并不因此就不是骑士。所以，他一定会履行承诺，赐给你岛屿，哪怕全世界都对此感到嫉妒和恼怒。你高兴点儿吧，桑丘，说不定什么时候你就会登上你的宝座，治理你的岛屿和领地，掌管你的政府，哪怕是拿另一把绣花交椅来交换你也绝对不肯。我对你唯一的要求就是好好思考如何管理你的臣民，要知道他们所有人都很忠诚而且出身正派。"

"如何管理臣民这件事，"桑丘回答说，"无须您多加嘱咐。我天生心慈，同情穷人，他们都是勤勤恳恳熬汤、和面的人，谁也不该抢他们的面包吃。拿我的十字架发誓，谁也别想糊弄我：我可是只老狗，不是随随便便就能打发的！关键时刻，我脑子清醒得很，而且我眼里可容不得沙子，俗话说鞋子合不合脚只有自己知道！我说这些话的意思是，好人会从我这里得到帮助，得善其身；至于坏人们，门儿都没有！我认为，治理国家这件事不过是所谓的'万事开头难'。虽然我是干农活长大的，但只要当上总督，哪怕只当个十天半月就死在任上，到时我在这方面也一定比对农活还要精通。"

"桑丘，你说得很有道理。"公爵夫人说，"谁都不是生来就会的，大主教也都是从凡人修炼而成，不是从石头里蹦出来的。不过回到我们之前的话题，关于杜尔西内亚小姐中了魔法，我相信这是真的，而且确凿无疑。也就是说，桑丘哄骗主人，让他相信那个村姑就是杜尔西内亚，而她面目全非是因为被施了魔法，然而这个恶作剧本身就是巫师的杰作！有一个魔法师对堂吉诃德先生穷追不舍。根据来源可靠的消息，我千真万确地知道那个善于跳跃的村姑就是杜尔西内亚·德尔·托博索。好桑丘！你以为自己骗了别人，其实是被别人骗了！这个事实不会比我们从未见过的某些东西更值得怀疑。桑丘·潘萨先生，您要知道，我们也有相交莫逆的魔法师，他们把世界上发生的事情原原本本地告诉我们，实话实说，既不篡改也不编造。相信我，桑丘，那位蹦蹦跳跳的村姑就是而且确实是杜尔西内亚·德尔·托博索，她中魔法的程度之深就像生她的亲妈一样。说不定什么时候我们就会见到她恢复原貌，到那时桑丘才能走出他如今身处的骗局。"

"很可能就是这样！"桑丘·潘萨说，"现在我总算相信主人讲他在蒙特西诺斯山洞里见到的事情了！他说他在那里见到了杜尔西内亚·德尔·托博索小姐，而且穿戴着跟前一次同样的衣服和饰品，就是我谎称自己见到她，而且为了一己私利对她施了魔法那一次。这么说来，事实应该恰恰相反！我的夫人，阁下您说得没错，就我这点可怜的智商，不可能也不应该有能力在一眨眼间就编造出那么圆满的谎言！我也不相信我的主人会疯到那个程度，听了我那番干巴巴、毫无说服力的话就去相信一件如此不合情理的事。但是，夫人啊！您大恩大德，不该因此就认为我是个居心险恶的坏人，因为像我这样愚笨的人，没有义务去理解那些邪恶魔法师的想法和一肚子坏水。我编造那个谎言不过是为了逃避主人堂吉诃德的责骂，根本没有冒犯他的意思。如果说结果正好相反，皇天在上，请神灵明鉴此心！"

"这倒是真的。"公爵夫人说，"不过桑丘，请告诉我，您说的蒙特西诺斯山洞到底是怎么回事？我很想知道。"

于是桑丘·潘萨便一五一十地向她讲述了我们之前提到的那次冒险。对此，公爵夫人说："从这件事情我们可以推测，既然伟大的堂吉诃德先生说在那里见到的村姑跟桑丘在托博索城门口见到的是同一个人，那么毫无疑问她就是杜尔西内亚。在这上头做手脚的魔法师们非常聪明，而且极度敏感细心。"

"我也这么想的。"桑丘·潘萨说，"如果我的女主人杜尔西内亚·德尔·托博索被施了魔法，那么对她来说更糟糕的是我可不会去跟主人的敌人们打架，他们一定人数众多又极其邪恶！我见到的真的只是个村姑！我当时认为她是个村姑，而且也是按照这个看法做出的判断。如果她就是杜尔西内亚，那这笔账可不能算到我头上！如果将来争执起来,我可不承担任何过错。而且最重要的是,在任何时候,任何人都别想到处说三道四:是桑丘说的、是桑丘干的、是桑丘改头换面、是桑丘偷梁换柱……就好像桑丘是个随便什么张三李四,而不是那个已经被印刷在书里、风靡全世界的桑丘·潘萨。这可是参孙·卡拉斯科告诉我的,他是个了不得的人物,在萨拉曼卡拿到了学位,这样的人是不可能说谎的,除非是任性或故意为之。所以,谁也没有理由跟我对着干!我听主人说过,好名声比大财富更有价值。既然我现在已经得到了好名声,就请把这块领地划给我,你们会看到奇迹!一个能当好持盾侍从的人,也一定会是个好总督。"

"好桑丘,你在此说的一切,"公爵夫人说,"都是加图般审慎的箴言,或者至少像是米盖勒·维日诺[1]本人的肺腑之言,当然啦,可惜此人'死于花样年华'[2]。总之,按照桑丘的说法:破烂衣服海量肚。"

"的确,夫人,"桑丘回答说,"我这辈子是曾沾染过喝酒的恶习,不过那是因为口渴,我可不是什么伪君子。我想喝的时候就喝,不想喝但别人敬酒的时候我也喝,那是为了不显得矫揉造作或者没有教养。如果有朋友要跟你干杯,谁能铁石心肠地嗤之以鼻?不过我虽然喝酒,却从不喝醉。再说了,游侠骑士的持盾侍从们几乎都习惯了只喝水,因为他们总是行走在林间和草地,山峰上或巨石间,哪怕愿意付出面孔上一只眼睛的代价,也得不到一滴酒聊以安慰。"

---

1 米盖勒·维日诺,15 世纪意大利诗人,擅长用拉丁语写作。
2 米盖勒·维日诺 17 岁就英年早逝,这是安赫洛·伯里西亚诺写给他的诗句。

"我相信事实正是如此。"公爵夫人回答说,"不过现在,桑丘快去休息吧,我们以后再好好聊。我也会应你所请,下令让你尽快把那块领地收入囊中。"

桑丘再次亲吻了公爵夫人的双手,并恳求她发发善心,好好照顾自己的毛驹,因为那简直抵得上他一双明亮的眼珠。

"什么毛驹?"公爵夫人问。

"我的驴,"桑丘说,"当然为了不用这么粗俗的名字称呼它,我常常管它叫毛驹。在进入这座城堡的时候,我曾经恳求这位管家嬷嬷帮忙照顾它,可她却勃然大怒,就好像我说她又老又丑一样!比起给客厅打蜡,嬷嬷们给骡马喂食难道不是更加理所应当、合情合理吗?我的上帝啊!如果是我们村里的某个贵族,一定会跟这些嬷嬷闹得不可开交!"

"那肯定是某个贱民。"嬷嬷罗德里格斯说,"如果真的是贵族而且出身名门的话,一定会把嬷嬷们捧上天。"

"好了好了。"公爵夫人说,"到此为止吧!请罗德里格斯太太闭嘴,也请潘萨先生息怒,照顾毛驴的事情就包在我身上,既然它是桑丘的明珠,我会比珍爱自己的眼珠子更珍爱它。"

"只要它在马厩里就够了。"桑丘回答,"不管是它还是我,都不配居于尊贵的殿下您的眼珠子之上,哪怕一刻也不行!要我同意这样做就像是要我同意被人拿拳头打!我的主人说过,在礼节这件事情上,宁可过分也不可失礼。不过在骡马、毛驴这些事情上,还是该拿尺子细细量,得有个分寸。"

"桑丘,你把它带到你的领地去吧。"公爵夫人说,"在那里你想怎么对它好都行,哪怕是免除它的劳役,让它退休。"

"公爵夫人,您不要以为您说的是另一个世界的事情!"桑丘说,

"我见过走进政府大门的驴子可不止两头,我带着自己的毛驴去也不会是什么新鲜事儿。"

桑丘的狡黠让公爵夫人又开怀大笑起来。她打发桑丘去休息,自己去向公爵转述了跟桑丘的谈话。两人策划了一场恶作剧并发布了执行的命令,打算捉弄一下堂吉诃德。为了符合骑士风格,并且让这个恶作剧大获成功,他们设计了很多别出心裁、令人叫绝的环节,以至于这一段成了这个伟大故事中所包含的最精彩的冒险。

第三十四回
举世无双的杜尔西内亚·德尔·托博索如何才能摆脱魔法,这是本书中最著名的冒险之一

跟堂吉诃德和桑丘·潘萨的谈话给公爵大人和公爵夫人带来了极大的乐趣。桑丘讲述的蒙特西诺斯山洞奇遇让他们找到了灵感,商量好要为主仆二人制造一场与之呼应的恶作剧,伪装成冒险的样子。不过最让公爵夫人感到惊讶的是桑丘竟然天真至此,相信杜尔西内亚·德尔·托博索被施了魔法这件事情是可靠无疑的事实,虽然明明他自己就是这一事件的魔法师和谎言的始作俑者。就这样,他们命令仆人们各自依计行事,安排六天之后去狩猎。置办的骑马、打猎的装备数量众多,即使是真正加冕的国王也不过如此。公爵夫妇赠送给堂吉诃德一件猎装,也给桑丘准备了一件绿色细绒的。但堂吉诃德拒不肯受,声称自己次日就必须回到艰苦的戎马生活,无法随身携带衣架或餐具。桑丘却欣然接受了馈赠,打算一有机会就把它卖掉换钱。

到了约定的日子，堂吉诃德全副武装，桑丘穿着猎装，却骑着毛驴——即便人们给他准备了一匹马，他也不肯丢下自己的毛驴，主仆二人加入了骑兵们的大军。公爵夫人打扮得英姿飒爽，堂吉诃德出于礼貌和殷勤为她牵着缰绳，虽然公爵大人出于客套再三推辞。就这样，众人来到了两座高山之间的一片森林，并在那里找好了捕猎点、隐蔽所和攻防路径，把人马分布在不同的捕猎位置。接着，就响起了喧天的锣鼓声和震天的叫喊声，到处都是猎狗的狂吠和号角的嘶鸣，以至于谁也听不见谁说话。

公爵夫人下了马，手持一杆尖利的标枪，来到一处常有野猪出没的捕猎点。公爵大人和堂吉诃德也下了马，分别站在公爵夫人两旁。桑丘跟在他们后面，却没有从毛驴上下来，因为不敢让它失去庇护，生怕它遭遇什么不测。他们刚刚站稳脚跟，与众多仆人一起形成两翼夹击之势，便看到在猎狗的围攻和猎人们的追迫之下，一头巨大的野猪迎面奔来，嘴里吐着泡沫，獠牙咯吱作响。一看到野猪出现，堂吉诃德便抱着盾牌，拔出长剑，迎上前去。公爵也举起标枪，不甘落后。不过要不是公爵及时阻拦，公爵夫人的动作比谁都快。只有桑丘，一见那头令人恐惧的野兽，便扔下毛驴，全力狂奔起来。他试图爬上一棵高高的橡树，却没能做到，因为爬到一半的时候，他抓住一根树枝使劲往树顶上爬，谁知实在太不走运，树枝折断了！这可真是倒霉透顶，在坠地的过程中，又正巧绊在一根树杈上，就被吊在半空中，上不去，下不来。桑丘见自己动弹不得，绿色的猎装也刮坏了，而且感觉那头凶猛的野兽已经近在咫尺，便开始大喊大叫。这求救声如同垂死挣扎，所有听到叫喊却看不到他的人都以为他一定是掉进了某头野兽的嘴里。

最后，那头青面獠牙的野猪被无数标枪穿透了。堂吉诃德回头听到叫喊，辨认出那是桑丘的声音。只见桑丘头朝下倒挂在橡树上，毛驴就在他身下。这畜生即使在危难中也对主人不离不弃，而且据熙德·哈梅特说，桑丘·潘萨所在之处必见毛驴，反过来说只要毛驴出现，桑丘必在左右：他们之间的友谊和信任就是如此深厚。

堂吉诃德赶上去把桑丘解了下来，桑丘重获自由回到了地面，看着撕破的猎装心疼不已，因为他早已默认这件衣服是自己的子女有权合法继承的财产。这时人们把那头强壮的野猪横放在骡子背上，用迷迭香的树枝和爱神木的枝叶盖住它的全身，作为战利品带回了树林中支起的几顶巨大的行军帐篷里。那里已经摆放好桌子，准备好了食物，其丰盛程度把主人的富有和慷慨展现得淋漓尽致。桑丘给公爵夫人看了看衣服上破损的口子，说：

"如果这次狩猎只是逮几只兔子或者打几只小鸟，我的猎装就不会遭遇如此灭顶之灾。我真不明白，捕猎这样一个动物能得到什么乐趣？如果它的獠牙碰到您，能要了您的命！我记得曾经听到过一首古老的民谣说：'你好比上文的法维拉，被几只大熊一口吞下。'"

"那是一个哥特国王，"堂吉诃德说，"在打猎的时候被一头熊吃了。"

"我说的就是这事儿。"桑丘回答说，"我可不希望亲王们和国王们冒这样大的危险，就是为了找个乐子！而且看起来也不一定是乐子，因为这种乐趣的代价是杀死一头没有犯下任何罪恶的动物。"

"桑丘，这你就大错特错了！"公爵回答说，"山林狩猎这项活动对于国王和亲王们来说，是比对于其他任何人都更适合也更必要的。打猎就是模拟战争的场景：这里面包含诡计、阴谋和圈套，目的是毫无危险地战胜敌人。在打猎过程中要忍受严寒和酷暑，要牺牲闲暇和睡眠，因而使从事狩猎的人力量更强大、四肢更灵活。所以这绝对是一项对任何人都无害，又能让很多人得到乐趣的运动。而且它最大的优点在于，跟其他类型的打猎不同，这不是一项所有人都能开展的活动，正如驯鹰狩猎一样，是只为国王和达官贵人而设的。所以，桑丘，转变观念吧！等当上了总督，你也会参加狩猎，到时就会发现这是一项事半功倍的活动。"

"我不会的。"桑丘回答说，"一个优秀的总督应该大门不出，二门不迈。如果人们纷纷焦头烂额地来找他，可他却在山上休息娱乐，那怎么行！这样的话，政府不是乱套了？依我看，先生，打猎和其他类似的消遣一定是为懒人而设，不是为总督们而存在的。我嘛，打打牌就足以自娱自乐，周末和节日的时候可以玩玩击柱游戏。这些狩猎、捕兽什么的，既不对我的脾气，也会让我良心不安。"

"桑丘，愿上帝保佑你能做到！因为说起来容易做起来难。"

"多难都无所谓。"桑丘回答，"有钱还债，不怕抵押；日夜筹谋不如上帝保佑；是肚子带动腿，不是腿带动肚子。我的意思是，如果上帝肯帮我，我自己又能心怀善意地做好该做的事，那么毫无疑问我会比任何杰出人才管理得更好。不信的话，叫他们把手指伸进我嘴里试试，看我咬不咬！"

"该死的桑丘！愿上帝和所有的圣徒都诅咒你！"堂吉诃德说，"我说过很多次了，什么时候才能听到你说出一番不穿插谚语的连贯协调的话！我的先生和夫人，请两位尊贵的殿下把这个傻瓜赶走吧！只要上帝保佑他健康活着，他早晚会把你们烦死，别说是两句，他甚至能一口气说上两千句俗语，而且引用得完全不合时宜，简直是驴唇不对马嘴，如果上帝让我健康活着，听到这些俗语我也会烦死的。"

"桑丘·潘萨的这些俗语，"公爵夫人说，"虽然比希腊骑士教团首领[1]的谚语还多，但都是智慧的结晶，因此不该受到轻视。而且对我来说，比起某些总结得更精辟、使用得更贴切的谚语，这些大俗话更令人高兴。"

说着这样那样逗乐的话，众人从帐篷里出来走进了树林，检查了一些捕猎点和隐蔽点之后，白天过去，夜晚降临。正是仲夏时节，此时天色虽已不亮，但也并不像这个节气应该的那样沉暗。不过这种天然明暗交织的光线非常有利于公爵夫妇实现他们的诡计。晚霞刚刚落下，夜色渐浓，整个森林突然仿佛四面都被点燃了，同时从各个方向传来无数军号和其他战场乐器的声音，就好像大批骑兵部队正在穿过森林。火光和军乐声几乎让所有在场的人，甚至所有在树林里的人都瞬间失明失聪。

接着传来无数乱哄哄的嘈杂声，一切都按照摩尔人交战时的习惯发生：军队吹响了喇叭和号角、擂响了战鼓、吹响了高音笛。几乎所有的声音都同时响起，而且持续不断、音调急促、杂乱无章、令人困惑，无论是谁听到这样闹哄哄的嘈杂声都会头晕目眩。公爵目瞪口呆，公爵夫人心惊胆战，堂吉诃德大吃一惊，桑丘·潘萨浑身发抖，总之，连那些本身知晓事情原委的人都吓坏了。恐慌的情绪在蔓延，全场一片沉寂。此时，一个魔鬼打扮的马夫从他们面前走过，吹的不是军号，而是一个巨大的中空牛角，发出沙哑而令人惊惧的声音。

"你好，信使兄弟。"公爵大人说，"你是谁？你去哪儿？好像有一支军队在穿越这片树林，他们是什么人？"

---

1 指费尔南·努涅斯·平西亚诺，16世纪西班牙的希腊语学者，也是圣雅各教团的首领，编有《西班牙语谚语》一书。

对此，这位信使声若洪钟又倨傲不恭地回答说：

"我正是魔鬼本人，前去寻找堂吉诃德·德·拉曼查。途经这里的是六支魔法师队伍，带着一辆凯旋的战车，车上载的是举世无双的杜尔西内亚·德尔·托博索。她被施了魔法，由英勇的法国人蒙特西诺斯陪伴而来，他将向堂吉诃德解释如何解除这位小姐身上的魔法。"

"若你所言不虚且表里如一，确是魔鬼本人，那你早该认出那位堂吉诃德·德·拉曼查骑士，因为他远在天边，近在眼前。"

"看在上帝的分上！以我的良心发誓！"魔鬼回答说，"对这一点不必过于纠缠，我不过是因为思绪纷杂所以难免走神，以至于忘记了此行的主要目的。"

"毫无疑问，"桑丘说，"这位魔鬼先生一定是个好人，还是个虔诚的基督徒！否则的话，他不会发誓说'看在上帝的分上，以我的良心发誓'。现在我明白了，即便是在地狱里也会有好人。"

那位魔鬼并没有下马，只是把目光投向堂吉诃德，说："雄狮骑士，我真盼您落入狮爪之下。受英勇而不幸的骑士蒙特西诺斯委派，我替他向您转达，请您就在此刻所在的地方等待，他正带着那位名叫杜尔西内亚·德尔·托博索的小姐赶来，目的是告诉您如何才能解除她身上的魔法。我正是为此而来，不能再多作停留。愿像我这样的魔鬼与您同在，而善良的天使与这些先生同在。"

说完，他没有等待任何人的回答，便吹起巨大的牛角，转身离去。

所有人都再次被震惊了，尤其是桑丘和堂吉诃德：对于桑丘来说，虽然明知怎么回事，别人却一口咬定杜尔西内亚着了魔；而对于堂吉诃德来说，他依然无法确信在蒙特西诺斯洞里发生的事情到底是不是真实。正当他沉浸在纷乱思绪中时，公爵大人对他说：

"堂吉诃德先生，阁下您打算在此等候吗？"

"难道您怀疑这一点？"堂吉诃德答道，"我当然会无所畏惧、斗志昂扬地在原地等候，哪怕整个地狱都向我进攻。"

"如果会看到另一个跟刚才一样的魔鬼，听到另一阵跟刚才一样的牛角号声，那么要我等在这里就像要我等在佛兰德斯一样不可能！"桑丘说。

此时夜色更浓，森林里出现了很多火光往来穿梭，那情景就像是烟花从天空中划过，在人们眼中却仿佛流星。同时传来一阵恐怖的声音，听上去像是牛车常常使用的那种实心轮子。据说如果这种轮子经过的地方有狼和熊的话，刺耳又持续不断的车轮吱嘎声能把那些猛兽都吓跑。除了那些惊天动地的响动之外，还有另外一种声音更加增添了惊涛骇浪般的气势，仿佛在森林的四个角落真的同时打响了四场战役，因为到处传来令人惊惧的火炮轰鸣，更远一点有无数的火枪在射击。近处几乎能听到战士们的叫喊声，而远处有种阿拉伯式的哄乱反复回响。

总之，军号、牛角、喇叭、号角、小号、军鼓、火炮、火枪，尤其是那车轮的可怕声音，汇成了一股既令人困惑又引人惊怖的巨浪，以至于连堂吉诃德也不得不鼓足全部的勇气来抵受。至于桑丘，他早已吓破了胆，晕倒在公爵夫人的裙边。公爵夫人用裙裾托住他，急忙叫人往他脸上喷水。人们照做了，桑丘才醒了过来，此时一辆车轮吱嘎作响的车子已经来到了这个捕猎点。

拉车的是四头懒洋洋的牛，一律披着黑色马衣。每一个牛角上都绑着一支点燃的大蜡烛，车上搭起一个高高的座椅，上面坐着一位令人望而生畏的老人，胡子比雪还要白，长过腰际，身穿一件黑色粗麻布长袍。因为车子开过来时点满了无数盏灯，所以能很清楚地看到并辨认出车里的一切。另一个丑陋的魔鬼引领着车，穿着同样的粗麻布衣服。他的面容是如此丑陋，以至于桑丘只看了一眼便闭上了眼睛，不想再看第二眼。当牛车来到捕猎点的高度时，那位面容可敬的老人从高高的座位上站起来，大声说道：

"我是魔法师里尔甘德奥[1]。"

说完便不再多言，这辆车继续往前开。后面以同样的方式经过了另一辆车，上面坐着另一位神色傲慢的老人。他下令停车，用毫不比前一位逊色的冷峻声音说道："我是魔法师阿尔吉非，是百变女人乌尔干达的密友。"

然后这辆车也开走了。

接着来了另一辆相似的车，但这次坐在宝座上的不是像前两次那样的老人，而是一个身材粗壮、容貌丑陋的男人。他到达后，像其他人一样站起来，用更加沙哑、更加魔性的声音说：

"我是魔法师阿尔卡拉乌斯，是阿马蒂斯·德·高卢和他所有亲属的死敌。"

然后车开走了。三辆车都停在不远处，它们的轮子所发出的恼人声音也随即停止了。接着传来的不是噪声，而是柔和协调的音乐。桑丘对此感到高兴，认为这是好兆头。他一直跟着公爵夫人寸步不离，这时便对她说：

"夫人，有音乐的地方不可能发生什么坏事。"

"有灯光和光明的地方也不会。"公爵夫人回答说。

对此，桑丘反驳说：

---

1 里尔甘德奥，骑士小说《太阳骑士》假托的作者。

"火能发出光，篝火能带来光明，可以看到正朝我们靠近的那些火光也是这样，但它们很有可能烧着我们。可音乐从来都是欢喜和节日的象征。"

"那就走着瞧吧。"堂吉诃德说，他听到了两人的对话。

而且他说得没错，正如下一回将要叙述的那样。

第三十五回
继续讲述堂吉诃德如何得知解除杜尔西内亚魔法的方式，以及其他令人惊叹的事情

伴着这令人愉悦的音乐，众人看到一辆所谓的"凯旋车"迎面驶来，由六头褐色的母骡拉着，每一头骡子身上都披着白色麻布，骡背上还坐着一位苦修徒，同样一袭白衣，手举一根点燃的大蜡烛。这辆车的体型有之前那几辆车的两倍甚至三倍之大，两侧车舷上还有另外十二名全身雪白的苦修者，所有人都举着点燃的火把，这个景象既令人惊讶又令人害怕。一个高高的宝座上坐着一位仙女，披着成百上千条银线织就的薄纱，银纱上缀满无数闪耀着金色光泽的亮片，使她看起来即使称不上华丽，至少也是光彩夺目。一块透明、纤细的轻纱盖住了她的面容，但是轻薄的质地使面纱下那张极其美丽的少女脸庞一览无余，充足的光线还使人能够分辨出她的美貌和年纪，看上去不到二十但也不小于十七。

她身边还有一个人，穿着一件曳地长袍，一直垂到脚面，头上盖着一块黑色面纱。当车子来到公爵夫妇和堂吉诃德面前的时候，笛号的音乐停止了，接着从车内传来的竖琴和诗琴的声音也停止了。着

长袍的人站了起来,将衣服向两边分开,摘下脸上的面纱,露出的赫然就是死神本人枯瘦丑陋的面容。见到他,堂吉诃德心中一沉,桑丘惊恐万状,而公爵夫妇也含糊地装出恐惧的样子。这位活生生的死神站起来,用似乎有点昏昏欲睡的嗓音和不太利索的舌头,吟唱道:

我是梅尔林,
传说魔鬼是我的父亲,
那不过是时间编织的谎言:
我是魔法皇族王子,
是年龄和岁月的死敌。
时间总是试图掩盖,
骑士们英勇的丰功伟绩,
我却素与他们过从甚密,
不管过去还是现在。
巫师无论魔法妖术,
性情一向坚硬粗粝,
我却满心柔情蜜意,
愿意造福一切不论友敌。

在冥界阴森的洞穴,
我的灵魂无所事事,
描画着符号和图形标记。
突然传来绝代佳人——
杜尔西内亚·德尔·托博索的深沉叹息,
我知她被施了魔法,

以及如何从优雅的大家闺秀变成粗野村姑;
对此我痛心至极。
虽然我的灵魂被禁锢在这具野蛮吓人的空洞躯体,
但我翻阅了数十万名著典籍,
寻找愚蠢的魔法秘密。
今日特地前来献计,
解救美人于水深火热之地。

哦!你啊!金戈铁马中的旌旗,
身着闪闪发光的铁甲战衣,
你是光明,是灯塔,是征途,
是指南针和引路人,
指引着那些,从愚蠢的梦中惊醒,
毅然抛弃闲适温床的人们,
不畏艰辛,决意从戎投笔;
不惧流血,甘愿马革裹尸。
哦!男子汉!世上任何话语,
都不足以表达对您的赞美之万一,
智勇双全的堂吉诃德·德·拉曼查,
星辰般闪耀于西班牙的天际!
为了让举世无双的杜尔西内亚·德尔·托博索,
恢复原有的美丽,
需要桑丘,你的持盾随从,
在他两瓣肥硕的屁股上,
打自己三千三百下鞭子,

此事不但须进行于光天化日，
还要使他皮肤灼痛红肿，愤怒哭泣。
对美人施魔法的巫师集体，
在这点上都一致同意，
先生们，这正是我的来意。

"我敢打赌！"这时桑丘喊道，"如果是这样的话，别说是三千下鞭子，我连三下都不会打！这跟捅我三刀有什么区别？该死的魔鬼！这算什么解除魔法的方式？我不明白我的屁股跟魔法有什么关系！看在上帝的分上！如果梅尔林先生没有找到其他方法能够解除杜尔西内亚·德尔·托博索身上的魔法，就让她带着魔法进坟墓吧！"

"满口喷大蒜的无赖！我会抓住你的！"堂吉诃德说，"我会把你绑在一棵树上，扒得一丝不挂，就像你妈把你生下来的时候一样！而我，别说是三千三百下，就是六千六百下我也会下手的，而且要打得又快又密，免得你还没挨完三千三百下就一命呜呼了。不要再跟我顶嘴！我会要了你的小命！"

梅尔林听了回答说："这样可不行。因为好桑丘受鞭笞必须是出于他的自愿，而不能强迫，而且还得是在他自己愿意的时间，不能给他设下一定的时限。不过如果他想要以一半数量的鞭打来了结此事，也没问题，他可以假别人之手来执行鞭刑，就是会下手重一点。"

"不管是别人的手还是我自己的手，不管手重还是手轻，"桑丘反驳说，"任何一只手都别想碰我一下！难道是我生下了杜尔西内亚·德尔·托博索小姐？她眼睛犯下的错误凭什么让我的屁股去偿还？这位先生，我的主人，确实是她的一部分，因为他每走一步都称她为'我的生命''我的灵魂'，她是他的支柱和靠山，所以为了解除她身上的魔法，他可以、也应该为她受鞭笞，甚至付出其他所有必要的努力。可是鞭打我……？我不干！觉不[1]！"

桑丘刚说完这番话，相伴梅尔林幽灵左右的那位银白色仙女站了起来。她取下薄薄的面纱，露出脸庞，所有人都觉得她美艳得不可方物。她以男子般的落落大方和并不十分娇弱的嗓音对桑丘·潘萨说：

"哦！你这个倒霉的持盾侍从！你这个浑蛋！你的铁石心肠简直比橡树更坚硬，比乱石更嶙峋！你这个厚脸皮的强盗！难道他们是在命令你从高塔上往下跳吗？你这个人类的敌人！难道他们是在要求你吃掉一打癞蛤蟆、两打蜥蜴和三打毒蛇吗？如果他们劝说你用恐怖而锋利的大刀杀掉自己的老婆和孩子们，那么你表现出抵触和抗拒也不足为怪。但是要说你连挨个三千三百下鞭子都如此小题大做，想必所有听到这番话的人，甚至所有随着时间的推移而逐渐得知这件事的人，他们慈悲的内心都会感到惊讶、难过和心悸。要知道，孤儿院里的孩子们，不管多么年幼无知，哪个不是每月都要挨那么多下鞭子？可悲的畜生，硬心肠的牲口！听我说！请把你那双如胆小骡驹般的眼睛对着我的双目！我这双眼睛可与闪闪发光的星辰媲美！你会看到我眼中泪流成河，在脸颊这块美丽田野上留下犁沟和大大小小的道路。

"改变心意吧！无耻的、邪恶的妖怪！我还在这样如花的年纪，不过才十……十几岁，我是说，已经十九岁但还没满二十岁，就要在这副粗野的农家女皮囊下耗费青春并就此枯萎！虽然我此刻看上

---

[1] 此处桑丘说错了，应该是"决不"。

去并非如此,但那不过是在场的梅尔林先生对我的特别恩惠,目的是用我的美丽感化你。一个备受折磨的美人,她的眼泪能把顽石变成棉花,把老虎变成绵羊。答应吧!答应做这个替罪羊!你这头不羁的野兽,快抖掉你身上那懒洋洋的冷漠,它能教会你除了吃还是吃!请你还我光洁的皮肉、温顺的性格和美丽的面容以自由。如果你不愿意为我心软,也不愿意为我而变得通情达理,请你为了你身边这位可怜的骑士这样做吧!我的意思是,请看在你主人的分上!此刻我能看到他的灵魂就哽在喉间,离嘴唇不到十指的距离。他的灵魂究竟是从嘴里跑出去还是回到肚子里,就看你的回答是冷酷还是充满柔情了!"

堂吉诃德听到她这么说,摸了摸喉咙,转身对公爵说:

"我的天哪!先生,杜尔西内亚说得没错,我的灵魂就哽在嗓子眼呢,好像投石器上的石块。"

"桑丘,对此你怎么说?"公爵夫人问。

"夫人,我要说的都已经说过了。"桑丘回答,"挨鞭子,我觉不干。"

"应该是'绝不干',桑丘,不是你说的那样。"公爵说。

"殿下您就放过我吧!"桑丘回答说,"在这个节骨眼儿上,我可没心思注意这些细节,词语差不离就行了。有人要鞭打我,或者我必须得鞭打自己这件事让我慌了神,以至于都不知道自己在说什么、做什么了。不过我倒是想知道,这位小姐,就是我的女主人杜尔西内亚·德尔·托博索小姐,从哪儿学的这求人的口气?明明是她来求我,要用我的皮肉去挨鞭子,却对我一口一个'浑蛋、畜生'地叫,极尽辱骂,这连魔鬼都受不了啊!难道我的皮肉是铜铸的?或者难道她身上的魔法能不能解除跟我有什么关系吗?她有带来什么大筐的白衣服、衬衣、头巾、袜套之类，即便是我用不着的东西，用来打动我的吗？只有一句接一句地谩骂！她明知道，俗话说毛驴驮金子，脚步更轻快；礼物能打动大理石，求上帝不如靠自己，还有，得不到的西瓜不如到手的芝麻！再加上我的主人先生啊！他本该用手拍拍我的背，讨好我，让我变成乖乖听话、随意梳理的羊毛和棉花，可他却说，如果抓到我，就把我光着身子捆在一棵树上，还要加倍鞭打我！这些怨气冲天的先生，他们该想想，被要求自己鞭打自己的不只是个持盾侍从，还是个总督！正如人们常说：樱桃就酒，越喝越有！都学着点儿吧！赶紧学学该怎么求人办事，怎么表现得有点教养！不是所有的时间都适合开口求人，人们也不是时时刻刻都有好心情。此刻我正因为眼看绿色的骑士装撕破了而气得爆炸，他们却又来要求我自愿挨鞭子！而我的意愿跟这个要求之间的距离就像我的出身跟豪门之间一样差了十万八千里！"

"说真的，桑丘老兄，"公爵大人说，"如果你此刻不变得比成熟的无花果更心软，就不配得到总督的职位。难道我应该给岛民们指派一个残忍的总督吗？他铁石心肠，连备受折磨的少女的眼泪都不能令他动容，连尊贵、专横、年长的巫师和魔法师们的恳求都不能将他打动！桑丘，你只能二选一：要么就自己鞭打自己或让别人打你，要么就别当这个总督了。"

"先生，"桑丘回答说，"不能给我两天的期限让我好好想想怎么做更有利吗？"

"不，绝对不行！"梅尔林说，"现在，就在此刻，就在此地，必须要决定这桩事情该如何解决：杜尔西内亚要么回到蒙特西诺斯洞穴，回到她之前的农家女状态，要么就按照现在的样子被带到极乐世界，在那里等待着鞭打的数量达到要求。"

"啊！好桑丘！"公爵夫人说，"打起精神，好好报答你从堂吉诃德先生那里吃到的面包吧！我们所有人都应该为他效劳，以感谢他善良的性格和高贵的骑士精神。答应吧，孩子，答应承受这顿鞭笞，就让魔鬼见鬼去吧，把恐惧打发走！你很清楚：一颗善良的心会打破厄运。"

听了公爵夫人这番劝说，桑丘却没头没脑地对梅尔林说："梅尔林先生，请阁下您告诉我：那位魔鬼信使到达的时候，替蒙特西诺斯先生给我的主人捎了一个口信，说请我的主人在这里等着，因为他要亲自前来告知如何解除杜尔西内亚·德尔·托博索小姐身上的魔法。可是到现在为止我们还没有见到蒙特西诺斯或者跟他有一丁点儿相像的东西。"

对此梅尔林回答说："桑丘老兄，那位魔鬼是个白痴，而且无赖至极！派他来找你主人的是我！他带的也不是蒙特西诺斯的口信，而是我的口信。蒙特西诺斯还在他的洞穴里度日如年，或者准确地说，在等待自己身上的魔法完全解除，就像蜕皮还剩点尾巴尖儿一样。如果他欠你什么，或者你有什么事情要跟他商谈，我可以把他带来，带到你们认为最合适的地方。不过现在，快对这些苦修徒点头表示同意吧！相信我，这将对你大有好处，不管是对于灵魂还是对于身体：从灵魂方面来讲，你自我鞭笞正是行善积德；从身体方面来讲，我知道你属于多血体质，出一点点血对你来说没什么伤害。"

"这世界上的医生太多了，连巫师都成了医生。"桑丘回答说，"虽然我自己不能确信，但既然所有医生都这么说，好吧，我同意抽自己三千三百下鞭子，条件是：每一下都在我愿意的时候才打，不能对我限定日期或时间。为了让这个世界重新拥有杜尔西内亚·德尔·托博索的美貌，我会努力尽快偿清这笔债务。因为出乎我的意料，她确实很美。还有一个条件：不是必须鞭鞭见血，如果有几下像拍蚊子一样，也必须得同样算数。还有一条：如果我数错了，梅尔林先生，既然您是无所不知的，您可得仔细数清楚了，告诉我还差多少下或者我多打了多少下。"

"多打了的不需要通知。"梅尔林回答说，"因为一到规定的数量，杜尔西内亚小姐身上的魔法就立刻解除了。她是个知恩图报的人，到时一定会来找好心的桑丘，为这个善行来感谢你，甚至奖励你。所以，没有什么可疑虑的，不管是多数还是漏数，上天不允许我欺骗任何人哪怕是一根头发！"

"啊，那好吧，那就听凭上帝的意愿吧！"桑丘说，"我同意接受自己的坏运气。我是说，接受这个刑罚，条件如前所述。"

桑丘话音刚落，笛号的音乐重新响起，无数火枪又开始鸣响。堂吉诃德搂住桑丘的脖子，在他额头和脸上亲了无数下。公爵大人和公爵夫人，以及所有在场的人都表现出兴高采烈的样子。车子开动了，美丽的杜尔西内亚在经过时向公爵夫妇点头致意，并向桑丘深施一礼。

此时天色微明，愉快的曙光绽开笑颜。田野里的小花们都站了起来，挺直了身体。小溪中水晶般的泉流在白色与褐色的卵石间窃窃私语，奔去向等待中的河流问安。疏朗开阔的土地、明澈的天空、清冽的空气、灿烂的阳光，每一样以及所有因素组合在一起，都清清楚楚地预示着晴朗、明媚的一天正拖着裙裾，随朝霞款款而来。公爵夫妇对这次狩猎十分满意，因为他们的诡计不但没有被识破，还得到了完美的结局。他们回到城堡，打算进一步实施这个恶作剧，因为对他们来说，没有什么比这些恶作剧更令人开怀了。

第三十六回
伤心嬷嬷,别名"三尾裙"伯爵夫人的奇事,以及桑丘·潘萨写给老婆特蕾莎·潘萨的信

公爵大人有一个管家,爱开玩笑,也很有捉弄人的天赋。他不但亲自扮演了梅尔林的角色,而且一手准备了之前那场奇遇中所有的道具、创作了所有的诗句,并选了一个小听差来扮演杜尔西内亚。随后,在主人们的批准下,他又策划了另一场更加好笑、更加超乎想象的冒险。

第二天公爵夫人问桑丘有没有开始着手完成自己的任务,也就是为了解除杜尔西内亚身上的魔法所必须接受的惩罚。桑丘说已经开始了,头一天晚上他已经抽了自己五下了。公爵夫人问他是用什么抽的,他回答说用手。

"不行,"公爵夫人说,"这只能算自己打自己巴掌,算不上自我鞭笞。我认为魔法师梅尔林对这么轻柔的鞭打是不会满意的。好桑丘应该做一个带有铅制铁蒺藜或者铁疙瘩的苦修带,能够让人感到痛的那种,因为流血才能长教训,对于一位像杜尔西内亚那样尊贵的小姐,她的自由不该如此廉价,这么便宜行事就能得到。而且,桑丘,我要警告你:随随便便、轻轻松松就能做出的善行,既没有什么功劳,也没有任何价值。"

桑丘听了回答说:"那么,尊贵的夫人,请您给我一条合适的苦修带或者鞭子吧!我会用它来抽打自己的,只要别让我感到特别疼。殿下您要知道,我虽然是个粗人,但我的皮肉也像棉花一样柔软,而不是像细茎茅针一样粗硬。我可不能为了造福别人却把自己打坏了!"

"那很好啊。"公爵夫人回答说,"明天我就给你几条鞭子,一定

合你的尺寸,而且柔软度刚刚适合你的皮肉,就像你的亲姐妹一样体贴。"

桑丘又说:"我全心全意深爱的夫人!禀告尊贵的殿下,我给我老婆特蕾莎·潘萨写了一封信,讲述了我自从离开她以后遇到的所有事情。此刻信就在我胸前怀中,就差装进信封了。您见多识广,我想请您读一读这封信,希望它配得上总督的身份。我的意思是,符合总督们写信的方式。"

"是谁口述的?"公爵夫人问。

"我的老天!除了我,还能是谁?"桑丘回答说。

"那是你写的吗?"公爵夫人又问。

"想都不用想!"桑丘回答说,"我虽然会签自己的名字,但既不会读也不会写。"

"让我们来看看。"公爵夫人说,"我敢确定,你在信中表现出了卓越的才华和充分的天赋。"

桑丘从胸前掏出一封打开的信,公爵夫人接过来,看到信是这样写的——

桑丘·潘萨写给老婆特蕾莎·潘萨的信

如果我受到狠狠的惩罚,就能像贵族老爷一样骑着我的毛驴。想要得到一块上好的领地,我付出的代价是被鞭答。这一点你不会明白的,我的特蕾莎,至少现在不会,不过以后有机会你会明白的。要知道,特蕾莎,我已经决定,你以后出门要坐车!这才是重要的事情,因为任何一种其他的行走方式都是如同爬行。你现在可是总督太太了,要小心别让人批评你!

随信给你寄去一件绿色的猎装，那是公爵夫人赐给我的，你拾掇拾掇给咱们的女儿做条裙子再做件坎肩。我在这里听人说，我的主人堂吉诃德是一个清醒的疯子、一个有趣的傻瓜，还说我也不会比他好到哪儿去。我们到过蒙特西诺斯的山洞，魔法师梅尔林还把解除杜尔西内亚·德尔·托博索身上魔法的责任推给了我（在咱们那儿她名叫阿尔冬莎·洛伦索）。我得抽自己三千三百减五下鞭子，她才会解脱巫术，像生她的亲娘一样。

这些事情你对谁也不要说，因为如果谁把自己的意见在市政会议上提出来，一定会有人说白，有人说黑。过不了几天我就会出发前往我的领地，到了那里我会努力挣钱，因为我听人说过，所有的新任总督都有这样的愿望。我先去试试，然后再通知你要不要过来跟我在一起。

毛驴很好，它托我向你带好，而且我哪怕当上土耳其大皇帝也不打算抛弃它。

我的女主人公爵夫人亲吻一千次你的双手，请你回报给她两千次！就像我主人说的，没有什么比殷勤客套的成本更低廉。

上帝没有像上次那样，恩赐给我另一件装着一百个金币的行李，但是不要为此难过，我的特蕾莎！旁观者清，关于如何统治领地，到时候自然就都懂了。我比较担心的是，人们告诉我说，名利这东西只要我尝过一次甜头，就会咬着手指甚至啃着手跟在它后面追着跑。如果真是这样的话，我可就亏大发了，连残疾人和独臂人讨饭都能挣大钱！所以，不管通过什么途径，你一定会发财的，一定会很有钱的。上帝会给你好运,只要他力所能及,一定会保佑我为你效劳的。

你的丈夫,总督
桑丘·潘萨
写于这座城堡,一六一四年七月二十日

公爵夫人读完信,对桑丘说:"这位好总督,信里有两个地方写得稍显不妥:一是这样说会让人以为,给你这个总督职位是以自我鞭笞为条件的,虽然你明知道,至少不能否认的是,在我的先生公爵大人许诺给你总督职位的时候,连做梦也不会想到会有鞭笞这回事;二是信里表现得太贪婪了,我有点担心会种下什么祸害。所谓人心不足蛇吞象,一个贪婪的总督会让司法有失公正。"

"夫人,我不是这个意思,"桑丘回答说,"如果阁下您认为这封信写得不合规矩,大不了撕了再写一封。虽然如果只凭我这头脑来写的话,很有可能会比现在这封更加糟糕。"

"不,不,"公爵夫人回答说,"这封挺好的,我想让公爵大人也读一读。"

说着,他们走进一座花园,那正是当天即将用餐的地方。公爵夫人把桑丘的信给公爵大人看,对此公爵感到十分有趣。众人用过餐,撤下餐具,又跟桑丘进行了一番饶有趣味的谈话作为饭后消遣。此时突然传来一阵极度悲伤的高音笛声,伴着沙哑而不协调的手鼓鼓点。这雄壮而悲凉的合奏不仅使人困惑,也令所有人心慌,尤其是堂吉诃德。他在座位上焦虑不安,如坐针毡。桑丘就更不用说了,因为害怕,他又躲到了自己一贯的避难所——公爵夫人身边或者裙裾

下，因为传来的这个声音的确过于哀怨和忧伤。

正当所有人都忐忑不安的时候，从前面的花园走进来两个男人，皆是一身长长的拖地丧服。他们边走边敲着两个巨大的鼓，鼓上也蒙着黑布。走在他们身边的是吹高音笛的人，跟其他人一样，全身鱼皮一般浓黑。跟在这三个人身后的是一个体型巨大的人，与其说是穿着衣服，不如说是用毯子裹住了全身：上身穿一件黑漆漆的长袍，袍下的长裙也同样大得出奇。长袍外面横缠着一条宽宽的佩剑带，也是黑色的，上面悬挂着一把巨大的刀，护手和刀鞘都是黑色的。这人脸上盖着一块透明的黑色面纱，透过面纱可以看到长长的雪白胡须。他和着鼓点迈步，非常庄重肃穆。总之，他高大的身形、轮廓、一袭黑衣和他的伴奏者们，可以也确实吓住了那些素不相识的人。

正如前面所说，他步履稳健、声势浩大地来到公爵大人面前，双膝跪地。此时公爵早已正跟在场的其他人一起站起身等候他的到来。不过公爵大人要求他先起来，否则无论如何也不同意他开口说话。于是这个稻草人般不可思议、骇人听闻的男子站了起来，撩起面纱，清清楚楚地露出有史以来人类的眼睛曾经看到过的最恐怖、最长、最白、最茂盛的胡子。接着，从那宽阔的胸口迸出一个严肃而洪亮的声音，他注视着公爵说：

"最尊贵的、最强大的先生！我名叫白胡子三尾裙摆，是三尾裙伯爵夫人的持盾侍从，她的另一个名字叫伤心嬷嬷。我替她向殿下您带来口信，求殿下您发发慈悲，恩准她进来向您倾诉她的伤心事，那是地球上最悲伤的心能够想象到的最新奇、最惊人的故事之一。在此之前，她还想知道那位英勇的、战无不胜的堂吉诃德·德·拉曼查是否在您的城堡中，因为她正是为寻他而来。她从坎达亚王国徒步而行，斋戒禁食，来到您的国度，不能不认为这是一个奇迹，或者是魔法的力量。她正在这座堡垒的门口等待,只等阁下您恩准她进来。我说完了。"

接着他咳嗽了一声,用双手从上到下捋着胡子,然后非常从容地等着公爵的回答。公爵说:

"杰出的侍从白胡子三尾裙摆,很多年前我们就听说了这位三尾裙伯爵夫人的不幸遭遇,她被称为伤心嬷嬷也是巫师们的杰作。优秀的侍从,您完全可以转告她请她进来,而且勇敢的堂吉诃德·德·拉曼查就在舍下。他生性慷慨,一定会答应竭力为她提供庇护和帮助。同时也请您转告她,如果需要我这方面的帮助,我一定尽力而为,作为一个骑士,这也是我的义务。竭尽全力为女士们效劳是骑士的专利和天职,尤其是那些孤苦无依、受到伤害,并因此痛苦悲伤的夫人,而您的女主人正是如此。"

三尾裙摆听到这番话,深深地行了屈膝礼,然后向高音笛手和鼓手做了个手势,让他们重新奏乐。接着这一行人又以跟进门时同样的音乐和步伐走出了花园,留下所有人对他们的形貌和姿态目瞪口呆。公爵大人转身对堂吉诃德说:

"看来,著名的骑士,无论是邪恶还是无知的雾霾都无法遮挡或掩盖勇气与美德的光芒。我这么说是因为,阁下您刚到这座城堡不过六天时间,已经有人从遥远偏僻的地方找来,而且不是坐着华丽的四轮马车,也不是骑着单峰驼,而是徒步而行,一路斋戒禁食。那些悲伤的人、受苦的人,他们相信通过您这双强壮的臂膀一定能够找到解决他们悲痛困苦的办法。这一切都归功于您伟大的事迹,这些事迹已经传遍了全世界所有地方。"

"公爵先生,"堂吉诃德回答说,"我真希望那天在餐桌上气急败坏、憎恶游侠骑士的那位仁慈的教士先生此刻也在这里,好让他亲眼看看游侠骑士在这个世界上是否不可或缺。至少他能实实在在亲身感受到，那些忍受着异乎寻常的痛苦、无所慰藉的人，在遇到大事和大灾难时，不会去找那些文人墨客，也不会求助于村里的受俸牧师，或是那些从来没离开过自己村镇的骑士，甚至不会去找那些懒惰的宫廷大臣，因为他们不但不努力建功立业，以留下令人传颂或书写的事迹，反而热衷于寻找可供谈资和津津乐道的奇闻逸事！而在消除痛苦、解救危难、庇护少女、安慰孤寡方面，任何人都不像游侠骑士们那样视之为使命。因此，身为游侠骑士，我对上天感激不尽，而且在这项荣耀的事业中，迎面而来的任何挑战或艰巨的任务，我都视为理所应当。让这位夫人进来吧，她尽可提出任何要求，我双臂的力量以及斗志昂扬的精神所铸就的勇敢无畏的决心，一定会为她找到解决办法。"

第三十七回
继续讲述伤心嬷嬷的著名奇遇

公爵和公爵夫人眼见着堂吉诃德如何一步步落入圈套，心中窃喜，不可言说。这时桑丘说：

"我可不希望这位管家嬷嬷害得我当总督的事情又节外生枝。托莱多有一位药剂师，他说话就像只朱顶雀，我听他说过，有管家嬷嬷们插手的地方就没好事儿。我的上帝啊！这位药剂师跟管家嬷嬷们是有多么不对付！不过从这句话里我得出的结论是：所有的管家嬷嬷，不管是什么脾气秉性，都一样爱生气又不识趣。一般的管家嬷嬷都是这样了，那痛不欲生的管家嬷嬷们得是什么样啊！他们说的这位三个裙角或者三个裙尾的伯爵夫人不就是吗？在我们那儿裙角裙尾、裙尾裙角，都是一回事。"

"闭嘴！桑丘老兄。"堂吉诃德说，"既然这位管家嬷嬷女士从那么遥远的地方来找我，她一定不是药剂师说的那种人。更何况她还是个伯爵夫人！连伯爵夫人都去陪侍，那她服侍的一定是皇后和女王，因为伯爵夫人们在自己家里可是被其他管家嬷嬷服侍的尊贵人物。"

这时候正在旁边的罗德里格斯太太说：

"我的女主人公爵夫人有好多管家嬷嬷伺候着，如果命运眷顾的话，她们都有可能成为伯爵夫人！不过国王的心意就是法律，谁也别说管家嬷嬷们的坏话，尤其是那些服侍多年、又年轻未婚的管家嬷嬷。虽然我自己不是，但完全能够明白，也能感觉到：一个未婚的管家嬷嬷跟一个寡居的管家嬷嬷相比占尽优势。谁要是想在我们身上剪羊毛，只怕他最后手里只剩下剪刀！到时候谁也别说这杯苦酒我不会喝！"

"无论如何，"桑丘回答说，"在管家嬷嬷身上有太多可以用来剪羊毛的地方，不过按照咱们那位药剂师说的：最好别搅动大米，哪怕米粒粘在一起。"

"侍从们，"罗德里格斯太太反唇相讥道，"从来都是我们的敌人。他们就像接待室的幽灵一样，对我们步步窥探。除了祈祷，他们大把的时间都花在对我们说三道四上，挖苦我们的缺点、葬送我们的名声。告诉你们这些木头脑袋，不管你们有多么不乐意，我们也必须存在于这个世界上，生活在高贵的家庭中，哪怕忍饥挨饿，哪怕用黑色的修女袍遮住我们细嫩或不细嫩的皮肉，就像有些人在宗教游行的日子里用一块壁毯盖住垃圾堆一样。当然了，如果我有时间而且时间允许的话,一定要让在场的人,甚至全世界都明白,没有哪种美德是在管家嬷嬷们身上找不到的。"

"我认为,"公爵夫人说,"我的罗德里格斯太太说得有道理,而且是非常有道理。不过她只能等着将来有机会再来为自己和为其他的管家嬷嬷辩解,驳斥那位该死的药剂师,并把这种错误的念头从伟大的桑丘·潘萨心中连根拔除。"

对此桑丘回答说:"自从我找到了当总督的感觉,就已经摆脱了持盾侍从的习气,所有的管家嬷嬷在我这里都不值一提。"

若不是此时高音笛和手鼓的声音再次响起,表明伤心嬷嬷进来了,他们一定还会继续就管家嬷嬷的话题争论下去。公爵夫人问公爵大人自己是不是应该出去迎接她,因为她毕竟是个伯爵夫人,身份高贵。

"照伯爵夫人的身份论起来,"不等公爵大人开口,桑丘抢着回答说,"我觉得殿下您是该出去迎接她。但是要照管家嬷嬷的身份论,我倒觉得您一步也不要动才对。"

"桑丘,谁叫你在这件事上多嘴的?"堂吉诃德说。

"谁?"桑丘回答,"主人!是我自己要插嘴的。作为持盾侍从,我从阁下您这所学校中学到了各种礼仪规范,所以完全有资格插嘴,因为您可是深谙所有礼节,最知礼、最有教养的骑士。我听阁下您说过,在这种事情上,不管出大牌还是出小牌都一样会输,聪明人不用多说,一点即通。"

"没错,就像桑丘说的,"公爵大人说,"让我们先看看伯爵夫人的阵仗,再据此掂量该用什么礼节接待她。"

此时,手鼓和高音笛跟第一次一样走进了花园。

这短短的一回到这里就戛然而止了,随即进入下一回,继续讲述同一个奇遇,这也是整个故事中最出彩的奇遇之一。

第三十八回
伤心嬷嬷讲述自己的不幸遭遇

那三位乐师身后,多达十二位管家嬷嬷分作两排,从花园中鱼贯而入。所有人都穿着宽大的丧服,看上去像是捶布机制的羊毛质地,戴着白色细长的棉质头巾,这头巾那么长,以至于丧服只露出一道滚边。跟在她们身后进来的是三尾裙伯爵夫人,侍从白胡子三尾裙摆扶着她的手。她身穿非常精致的黑色台面呢衣服,衣料显然没有经过卷结处理,因为如果处理过的话,马尔托的优质布料上会出现鹰嘴豆大小的颗粒。裙裾或裙角,或者不管叫什么名称,有三个尖角,三个同样身着丧服的仆人分别用手捧着。分开的三片裙尾形成了三个尖锐的角,呈现出一种醒目而颇具数学性的形象。所有亲眼看见了这条三角裙子的人都明白了这位三尾裙伯爵夫人一定是因此而得名的,完整的称呼应该是三个裙角的伯爵夫人,正如贝内赫里所说,按照本姓应该叫她狼布娜伯爵夫人,因为在她成长的领地中有很多狼,而如果不是狼而是狐狸的话,人们会称她为狐露娜伯爵夫人。某些地区就有这样的习惯,领主们以自己领地中最盛产的东西命名。但是这位伯爵夫人为了突出显示她裙子的新奇式样,放弃了狼布娜的名字,而自称为三尾裙。

众人看着这十二位管家嬷嬷和伯爵夫人款款而来,一律黑纱遮面,而且不是像侍从三尾裙摆那种透明的面纱,而是细密厚实的质地,所以什么都看不见。

当这支嬷嬷队伍的入场仪式结束时,公爵、公爵夫人和堂吉诃德都站了起来,所有眼看着游行队列停下来的人也都跟着站了起来。那十二位管家嬷嬷停下脚步,闪到两旁,伤心嬷嬷从她们中间穿行过来,侍从三尾裙摆一直扶着她的手。见此,公爵、公爵夫人和堂吉诃德抢上十多步去迎接她。而她则双膝跪地,用不但不柔弱纤细反而粗糙沙哑的声音说:

"尊贵的阁下们,请你们慈悲,不要以如此隆重的礼节对待你们的这位仆人……不对……这位女仆。因为我实在太伤心了,都顾不上应答的礼貌。内心的痛苦和所遭遇的闻所未闻的巨大不幸已经把我的理智带到了九霄云外,至少一定是非常远的地方,因为我怎么找也找不到了。"

"伯爵夫人,"公爵回答说,"如果谁没有从您身上发现您的价值,那才是真的失去了理智。因为只要看到这一点,就知道您当得起最高规格的礼仪和最卓越的仪式。"

公爵拉着她的手,将她从地上扶起,并带到公爵夫人旁边的椅子上。公爵夫人也以同样的殷勤客套对她礼遇有加。

堂吉诃德始终一言不发。桑丘特别想看看三尾裙夫人和那许多管家嬷嬷里面某一位的脸,不过除非她们自己愿意,心甘情愿把脸露出来,否则是不可能的。

等到大家都平静下来,一时无语。所有人都等待着谁会打破沉默,最后还是伤心嬷嬷先开口,说了下面的话:

"无比威严的先生,无比美丽的夫人,以及在场无比尊贵的各位,我完全相信自己这桩无比悲惨的伤心事,一定会在各位无比英勇的胸中引起不少慷慨和同情的回应,因为这件事无比凄惨,足以让全世界最坚硬的铁石心肠也为之融化,足以让钻石变温婉,让钢铁变柔软。不过,在这个故事上达各位的尊听之前(我不想说出'耳朵'这个词),我希望各位能够告诉我,那位无比纯洁的骑士堂吉诃德·德·拉无比曼查,和他无比忠贞的持盾侍从潘萨,是否在此,在这个圈子和这群人里面?"

"潘萨在此!"桑丘比谁都抢先回答,"而堂无比吉诃德也在这里!所以,您完全可以,无比痛苦的无比管家嬷嬷,说出任何您无比想说的话,我们所有人都已经各就各位,无比准备好为您无比效力。"

此时堂吉诃德站起来,走向伤心嬷嬷,对她说:"伤心的夫人,如果您的痛苦确实有希望通过某一位游侠骑士的勇气和力量来解决,那么我愿付出全部的勇气和力量,虽然难免单薄短浅,但绝对不遗余力。我就是堂吉诃德·德·拉曼查,救助各种各样受苦受难的人正是我的使命。既然如此,正如事实也是如此,夫人,您没有必要试图博得怜悯,也无需过多的开场白,请有话直说,只要将您的不幸直言相告,所有听到您讲述的人即便没有办法解决,至少也会对此表示同情。"

听到这番话,伤心嬷嬷作势要扑倒在堂吉诃德脚下,而且她真的这样做了,一边挣扎着去拥抱他的双脚,一边说:

"在我扑向的这双脚和这两条腿面前,哦!战无不胜的骑士!您是游侠骑士道的柱基和栋梁。我想要亲吻这双脚,解决不幸的一切办法都维系于这双脚上!哦!勇敢的游侠!您那些真正的丰功伟绩是阿马蒂斯家族、爱斯普兰蒂安家族和贝利阿尼斯家族的神话都望尘莫及,并让他们黯然失色的。"

然后她放开堂吉诃德,转向桑丘·潘萨,拉着他的双手说:

"而你,不管是当今世界还是过去的时代,你是曾经服侍过游侠骑士的持盾侍从中最忠诚的!你的美德比三尾裙摆侍从的胡子还长,也就是那位此刻在场的我的侍从。你完全可以为自己感到骄傲，因为你在服侍伟大的堂吉诃德，就相当于在服侍全世界从事武侠事业的整个骑士界！我恳求你，出于无比忠诚的美德你必须答应我，请向你的主人好好说说情，请他帮助我这个无比卑微、无比不幸的伯爵夫人。"

对此，桑丘回答说："我的夫人，您称赞我的美德就像您侍从的胡子一样长、一样多，这对我来说倒是无关紧要。重要的是，希望当我生命结束的时候胡子已经很长了。现在的胡子如何，我可是不怎么关心，或者说一点儿也不担心。不过，根本无须您这样费尽心机和反复恳求，我自然会请主人尽其所能保护并帮助阁下您，因为我知道他很爱我，更何况他现在还在某些事情上有求于我。阁下尽管吐露您的不幸，先说出来，再想办法，一切都会弄明白的。"

这番对话让公爵夫妇忍不住哈哈大笑，所有已经觉察出这桩奇事暗藏玄机的人都在暗暗赞叹这位三尾裙夫人的机智和表演。她重新坐下，开始讲述：

"著名的坎达亚王国位于大特拉破瓦那和南海之间，克默林海角再过去两莱瓜。玛绲西亚王后是坎达亚的主人，她是阿尔齐贝拉国王的遗孀，国王是她的主人和丈夫。从他们的婚姻诞生了公主安托诺玛西雅，也是王国的继承人。安托诺玛西雅公主是在我的监护和教导下长大的，因为我是她母亲年头最长、身份最尊贵的管家嬷嬷。

"日子一天天过去，小女孩安托诺玛西雅长到了十四岁，她的容貌出落得无可挑剔，连大自然都不可能再为之增色。千万别说什么聪明理智是狂妄的！她的理智跟美貌一样出众。她曾是全世界最貌美的人，假如心怀嫉妒的仙女和铁石心肠的三位命运之神没有切断她的生命线，她现在依然会是全世界最美的女人！然而，不！上天不会允许有人对地球造成这样的伤害！夺走她的生命就仿佛把最美丽的葡萄在青涩未熟的时候就整串摘走。如此非凡的美貌，我笨拙的语言怎么也不足以表达赞美。有无数王公贵族为之倾倒，有本国的也有外国的。当时宫廷中有一位出众的骑士，对这样惊人的美貌也未免想入非非，而且他对自己的年轻、英俊和多才多艺十分自信，再加上与生俱来的魅力和好运。如果诸位不介意的话，我甚至可以说，他弹起吉他就仿佛吉他自己在说话；他不但是个诗人，而且舞艺精湛，还会做鸟笼子——在万不得已的情况下，光凭这门手艺就足够谋生——所有这些品质和魅力甚至足以征服一座高山，更别说一位纤弱的少女。

"但是，如果这个恬不知耻的强盗没有费尽心机事先把我征服，他的潇洒、优雅和所有的才情和技艺，都不太可能或者完全不能征服我的姑娘。这个心术不正的家伙、狼心狗肺的无赖，他苦心经营，努力博得我的好感，并用甜言蜜语贿赂我，好让我这个不尽职的看管人向他交出自己所守卫的城堡钥匙。总之，他对我极尽阿谀奉承，用各种各样的首饰和珍宝动摇我的意志。然而最让我无法抵御，并最终投降的，是有一天晚上我听到他在通往住所的小巷篱墙那里歌唱。如果我没记错的话，那首歌谣是这样唱的：

我甜蜜的敌人，
她的冷淡刺痛了我的灵魂，
不管痛苦折磨多么深沉，
却只能意会而不可言陈。[1]

---

[1] 译自意大利诗人塞拉菲诺·德尔·阿吉拉的诗句。

"这首抒情诗在我听来简直字字珠玑，而他的嗓音也像糖浆一样甜美。在不幸事件发生之后，我的意思是，在眼看自己受到这些诗句的蛊惑而陷入困境之后，我曾想过，柏拉图的建议是正确的，在和谐美好的共和国里，诗人们都应该被流放，至少那些淫荡的诗人罪该如此。他们写下的诗句并不像曼图阿侯爵的作品那样让女人和孩子们得到消遣并为之流泪，而是一些尖锐的语句，仿佛软刺一样穿透灵魂，又像光芒一样令人外表完好无损，内心却伤痕累累。还有一次他唱道：

死亡，请你悄然而至，
使人对你的到来无觉无知，
莫让死亡的欢愉，
成为我复活的机遇。[1]

"还有诸如此类、这样那样的诗句。这些句子被唱出来的时候令人着迷，被写下来的时候又扣人心弦。不知什么时候，出现了一种被称为赛基迪亚的诗歌，在坎达亚风靡一时。这种诗歌让灵魂起舞，与欢愉调笑，令身体不安分，总之就是让所有的感官都蠢蠢欲动。我的先生们！所以我才宣称，出于正当的理由，应该把那些抒情诗人全都流放到蜥蜴岛上去！然而事实上他们并无过错，错在天真地赞美他们、相信他们的愚人。如果我是一个尽忠职守的好嬷嬷，就不会被他那些陈词滥调打动，也不会相信他说的'我在死亡中生存；在冰里燃

---

[1] 化用了15世纪瓦伦西亚诗人、修道院长埃斯科里瓦的诗句。

烧；在火中颤抖；在绝望中期望；我早已死去，却仍流连人世'是真心实意，还有他笔端所充斥的其他诸如此类的无稽之谈。人怎么可能许诺阿拉伯的凤凰、阿里亚达的皇冠、太阳神的骏马、南海的珍珠、提巴尔河的金子和潘卡亚的香胶？这才是他们笔下极尽夸张的地方，因为承诺一件从不打算也无法兑现的事情是不需要付出任何代价的。

"不过，我这不是离题千里了？啊，我真是不幸啊！我是不是疯了，或者愚蠢到如此地步，明明自己有那么多值得诟病的缺陷，却只顾对其他人品头论足！啊，真的，我是多么不幸啊！征服我的并非诗歌，而是我自己的天真；令我心软的并非音乐，而是我自己的轻浮。我的愚昧无知和缺失的警醒为堂克拉维霍的脚步铺平了道路，清除了障碍，这就是我提到的这位骑士的大名。就这样，由我充当中间人，他以承诺的事情为借口，一次又一次地来到被我、也被他欺骗的安托诺玛西雅的住处。我虽然罪孽深重，但若非他承诺娶她为妻，我连她的鞋底都不会让他碰到。不！不，这万万不行！无论我如何牵线搭桥，婚姻必须是任何事情的先决条件。而在婚姻这桩事情上，只有一个不利条件：那就是双方门不当户不对，因为堂克拉维霍只是一位普通骑士，而安托诺玛西雅则是有继承权的公主，正如我前面已经说过，她将继承这个王国。

"这件麻烦事因为我的慎重和精明而被暂时掩盖了一段时间，直到我感觉安托诺玛西雅的肚子一天天大起来，很快纸终究包不住火。出于恐惧，我们三个人秘密达成一致，决定在这桩过错暴露之前，让堂克拉维霍去找副主教请求娶安托诺玛西雅为妻，并立下字据，由我口述，公主同意成为他的妻子。这张字据具有如此强大的效力，连参孙的力量也不可能破坏。大家依计划行事，副主教看了这张字据，向公主询问经过，公主和盘托出。接着副主教把公主遣送到一个非常正直的宫廷侍卫家里寄居……"

这时桑丘插嘴说：

"在坎达亚也有宫廷侍卫、诗人和赛基迪亚！根据这一点，我敢打赌，全世界都是一样的。不过请阁下您加快速度吧！三尾裙女士，天色已晚，我特别想知道这么长的故事究竟是什么样的结局。"

"我会的。"伯爵夫人回答说。

第三十九回
三尾裙夫人继续讲述自己令人难忘的绝妙经历

桑丘说的每一个字，给公爵夫人带来多少乐趣，就给堂吉诃德留下多少绝望。他命令桑丘闭嘴，而伤心嬷嬷继续说：

"总之，虽然经受了反反复复的询问，但公主一直固执己见，既不肯改变心意，也不肯违背最初的誓言，最后副主教不得不作出有利于堂克拉维霍的裁决，并将公主交给他作为合法的妻子。对此，安托诺玛西雅公主的母亲，也就是玛绲西亚王后感到无比愤怒，以至于三天以后我们就不得不把她埋葬了。"

"毫无疑问她一定是死了。"桑丘说。

"那当然了。"三尾裙侍从回答说，"在坎达亚可不会活埋任何人，只会埋葬死人！"

"侍从先生，我曾经见过，"桑丘反驳说，"有一个人只是昏迷，别人却以为他已经死了。我认为，玛绲西亚王后在死之前肯定得先晕过去，而很多东西都可以救命，再说公主的所作所为也不算多么严重的胡闹，不至于让她痛苦到死掉。如果这位小姐跟她的某个听差或者跟家里的某个仆人结婚，据我听说这种事也屡见不鲜，那么这种伤害肯定是无可救药的。但是要说跟一个像您刚才描述的那样英俊又博学多才的骑士结婚，说真的，虽然有些胡闹，但并不像人们想的那么糟糕。因为按照我主人的理论，正如有学问的人都可能当上主教一样，从骑士中，尤其是那些游侠骑士中，也可以诞生国王和皇帝。我的主人就在这里，所以我不可能说假话。"

"有道理，桑丘。"堂吉诃德说，"一个游侠骑士只要有两个手指宽的好运，就绝对有条件成为全世界的主人。不过请伤心嬷嬷继续吧，这个故事到目前为止还很甜蜜，我感觉您还没有讲到苦涩之处。"

"何止是'苦涩'二字！"伯爵夫人回答说，"与之相比，连苦瓜都显得甜蜜，夹竹桃都堪称美味。王后并非晕倒，而是的确死了，于是我们将她下葬。正当最后一抔土刚刚落下，我们刚对她说完最后一声'再见'……

　　唉，闻听此言，谁能不潸然泪下？[1]

"王后玛绲西亚的表兄、巨人马兰布鲁诺就骑着木马出现在坟头上。他不但残忍，还懂得魔法。为了替死去的表妹报仇，也为了惩罚堂克拉维霍的胆大包天和安托诺玛西雅的放肆任性，他利用自己的法力，当场对他们俩施了魔法，把公主变成了一只铜猴子，把骑士变成了一只用不知名金属做成的吓人鳄鱼，两人之间还有一块金属碑，上面用叙利亚语写着几句话，后来被翻译成坎达亚语，再翻

1　引自维吉尔《埃涅阿斯纪》。

译成卡斯蒂利亚语，上面说的是：'这一对放肆的恋人无法恢复到原来的面貌，除非勇敢的拉曼查人来跟我进行一场史无前例的面对面较量，仙女们守卫这场闻所未闻的奇遇只为等待他的巨大勇气。'做完这些，他从鞘中拔出一柄又宽又大的刀，抓住我的脖颈，仿佛想要割断我的脖子，甚至把脑袋连根削掉。我浑身战栗，声音好像粘在了嗓子里，痛苦不堪。但无论如何，我尽了最大的努力，用颤抖而痛苦的声音对他讲了很多道理，以至于让他最终并未实施这样严酷的惩罚。然而，他命令把宫里所有的管家嬷嬷都叫到他面前，正是此刻在场的这些。他不但夸张了我们的罪过，谴责管家嬷嬷这个习俗，还痛斥我们总是花样百出、诡计多端。他把本来只是我一个人的责任强加于所有人，最后声称他不想以砍头来惩罚我们，而要让我们在缓慢的死亡中度过黑暗而屈辱的一生。他话音刚落，我们所有人都感觉到脸上的毛孔张开了，每一个毛孔都感到刺痛，就好像有针尖在扎。用手一摸脸，发现自己已经变成了接下来你们即将看到的样子。"

于是伤心嬷嬷和其他的管家嬷嬷一起掀起面纱，露出一张张长满了毛发的脸，有的是金色的，有的是黑色的，有些是白色的，还有些是花白的。看到这一幕，公爵和公爵夫人表现得无比惊讶，堂吉诃德和桑丘呆若木鸡，而在场所有人都目瞪口呆。

三尾裙夫人继续说："就这样，那位厚颜无耻、居心不良的马兰布鲁诺为了惩罚我们，让我们细嫩柔软的脸被这些猪鬃毛般粗糙丑陋的毛发覆盖。但愿上天垂怜！我们宁可当时被他用大刀砍下脑袋，也不愿意让自己脸上的光芒被这块遮面的绒布蒙上阴影。我的先生们！只要认真想一想——此刻要说的这几句话，我恨不得一边说一边泪如泉涌，但是考虑到我们的遭遇如此不幸，到现在为止我在暗中流下的泪水已能汇成大海，这双眼睛早已如同收割后留下的庄稼茬一样干涸，所以，说出这些话时我将再也没有一滴眼泪——我想说的是，一个脸上长毛的管家嬷嬷要何去何从？什么样的父母会同情她？谁会帮助她？而且就算是喝了千百种混合药剂、用了千百种药膏以后脸部皮肤恢复平滑，也不会有人深深爱上她备受折磨的面容。当她发现自己的脸像片森林一样，该怎么办？啊！管家嬷嬷们，我的伙伴们！我们出生于不幸的时刻，父母亲生我们时选错了时辰！"

说着，她好像要晕过去一样。

第四十回
跟这桩难忘奇遇有关的事情

千真万确，所有喜欢听此类故事的人都应该对本故事的第一作者熙德·哈梅特表示感谢，因为他在讲述的时候很注意讲清楚所有的细节，不管多么琐碎的情节都不会遗漏，把任何事情都讲述得明明白白。他描述各种想法，揭露各种心思，回答很多没被摆在明面上的事情，释疑解惑、理顺情节。总之，他充分表现出了最大的好奇心。哦！天纵英才的作者！哦！幸福的堂吉诃德！哦！著名的杜尔西内亚！哦！风趣的桑丘·潘萨：愿所有人一起，以及你们各自每一个人都永垂不朽！好让后辈的人们世世代代得以取乐和消遣。

刚才故事讲到，桑丘看到伤心嬷嬷晕过去，便说：

"以一个善良人的信仰发誓，以我们潘萨家族所有祖先的荣誉发誓！我从来没有见过或听说过，我的主人也没有讲过，他甚至从来没有想到过，会有像这样的奇遇！马兰布鲁诺！因为你是巫师和巨人，所以我无法诅咒你。但愿一千个撒旦保佑你！对于这些罪妇，难道你找不到别的惩罚，非要让她们长毛吗？从中间砍掉她们半只鼻子不是更好吗？即使说话会齉声齉气，但对她们来说到底便宜些。你说什么也别给她们安上胡子啊！我敢打赌，她们可没钱找人给自己刮胡子。"

"没错，先生。"十二个管家嬷嬷之一回答说，"因为没有足够的财富请人清理毛发，所以，我们中有些人采用了俭省的办法：用一些糨糊或很黏的膏药敷在脸上，然后猛地撕下来，这样脸上就像石臼的底部一样平滑了。在坎达亚，虽然专门有一些女人走家串户，为太太小姐们除毛、修眉，做一些自制的化妆品，但是我们——王后的管家嬷嬷们——从不允许她们进门，因为那些人大多数不但自己不守妇道，还会撮合私通、充当淫媒，带来无尽的麻烦。所以如果我们不能仰仗堂吉诃德先生得到治疗，就将带着毛发进入坟墓！"

"如果不能解决你们胡子的问题，"堂吉诃德说，"我就在摩尔人的土地上拔光自己的胡子！"

这时三尾裙夫人从昏迷中醒了过来，说："勇敢的骑士！在昏迷中听到您的承诺如此悦耳，我立刻醒来了，而且恢复了所有的感官。所以，卓越的游侠和不屈不挠的先生！我再次恳求您，请将您高尚的诺言付诸行动！"

"对我来说，诺言不会只是诺言。"堂吉诃德回答说，"您尽管吩咐，太太，需要我做什么？我的精神已经完全准备好为您效劳了。"

"是这样的，"伤心嬷嬷回答说，"从这里到坎达亚王国，如果走陆路的话，有五千莱瓜远，上下不差两莱瓜路；但是如果直线飞过去的话，只有三千两百二十六莱瓜。阁下您还应该知道，马兰布鲁诺对我说过，当命运为我们送来救星骑士时，他会同时为这位骑士送来非凡的坐骑，绝不会有出租坐骑的任何缺点，因为那正是英勇的皮埃尔偷走美丽的马加罗娜时所骑的木马！这匹马额头上有一个销钉，用于控制马匹，也用来当作刹车。它在空中飞翔得如此轻盈，就好像是魔鬼们本人在带着它。按照古老的传说，这匹马是由魔法师梅尔林制作的，并借给了朋友皮埃尔，后者骑着这匹马走了很远的路，而且，正如人们传说的，抢走了美丽的马加罗娜，让她坐在鞍后从空中飞驰而过，让所有从地上仰望的人都叹为观止。除了梅尔林青睐的人或者能偿付巨额回报的人，他从不出借这匹马。从伟大的皮埃尔之后到现在为止，我们还没听说过有任何人骑上过它。马兰布鲁诺就是设法从他手里得到的，并将这匹马置于自己的控制之下，用来完成自己的旅程。他每时每刻都在全世界不同的地方穿梭，今天在这里，明天在法国，后天又到波多西了。这匹马的好处在于它既不吃，也不睡，更不费马掌，而且没有翅膀就可以在空中飞来飞去。坐在马背上的人可以手端满满一杯水而一滴不洒，因为它飞得又平又稳，为此美丽的马加罗娜非常喜欢骑着它来来去去。"

这时候桑丘插嘴说："说到走得又平又稳，我的毛驴虽然不能在天上飞，但是要论在地上走的话，我可以让它去跟世界上任何的坐骑比赛。"

所有人都笑了，伤心嬷嬷继续说："如果马兰布鲁诺愿意结束我们的不幸，这匹马将会在入夜后半小时内出现在我们面前。他曾告诉我，无论我们在什么地方，只要他能轻而易举并迅速地把这匹马送来，这就是他的信号，我就会明白自己找对了人。"

"马上能坐几个人？"桑丘问。

伤心嬷嬷回答说："两个人。一个坐在马鞍上，一个坐在鞍后，而且这两个人几乎从来都是骑士和持盾侍从，除非其中有某个被偷走的少女。"

"伤心嬷嬷，"桑丘说，"我想知道这匹马叫什么名字。"

"它的名字，"伤心嬷嬷回答说，"并不像贝雷洛冯特的爱驹一样名叫倍加索，也不像亚历山大大帝的坐骑一样叫作布塞法罗；它不是愤怒的奥尔兰多所骑的布里亚多罗，也不是雷纳尔多斯·德·蒙塔尔班所驾驭的巴雅尔德，更不是鲁赫罗的弗隆迪诺；它的名字不是布托斯或者皮里托——传说中太阳神的两匹骏马；也不是奥莱利亚——那位不幸的罗德里格在投入战斗中时的座驾，他是哥特人的最后一位国王，在战斗中失去了生命和王国。"

"我打赌，"桑丘说，"既然人们给它取名时没有从这些家喻户晓的名字中选取任何一个，那么也一定不会跟我主人的马重名。这匹马名叫罗西南多，要说贴切程度，它超过了所有您提到的那些名字。"

"没错，"长满胡子的伯爵夫人回答说，"不过这匹木马的名字也跟它本身十分相配：它名叫灵巧马克拉维莱尼奥，这名字同时呼应了它是木质的、前额上的销钉以及行走时的灵巧轻快。所以，在名字上它完全可以与著名的罗西南多媲美。"

"这名字倒还不赖。"桑丘回答说，"不过，它用什么样的马刹或者怎么控制马头？"

"我已经说过了。"三尾裙夫人回答说，"就用那个销钉。坐在马背上的骑士将销钉转动到这一边或那一边，就可以随心所欲地操纵它奔驰，不管是在高空飞行，还是掠地飞翔甚至贴着地面擦过，或是在半空中——半空中飞行的方式是最稳当的，应该尽量做到这一点。"

"我很想见识一下。"桑丘回答，"不过想让我坐到它背上，不管是马鞍还是鞍后，那简直就是异想天开！我连在自己的毛驴背上都坐不稳，那可是坐在比丝绸还软的驮鞍上！现在居然想让我坐在木头做的马屁股上，既没有垫子也没有靠枕！这怎么行？上帝啊！我可不想为了去掉任何人的胡子而劳心劳力:每个人都按照最适合自己的方式刮胡子,我可不想陪主人走这么远的一趟路。再说了,既然我已经为解除女主人杜尔西内亚身上的魔法出了力,就不应该再为刮掉这些胡子效力了。"

"请您帮帮忙吧,朋友!"三尾裙夫人回答说,"而且要麻烦您出大力气,因为没有您出面,我想我们什么都做不了。"

"还有没有王法了!"桑丘说,"持盾侍从跟主人们的冒险有什么关系?难道他们应该功成名就而我们却要白白承担劳动?该死的!哪怕是历史学家们公平地说一句'这位骑士完成了这样那样的冒险,不过是在他的持盾侍从某某的帮助下,没有他,骑士不可能完成这项冒险……'也行啊!可他们只是干巴巴地写道,'三星骑士堂啪啦里波梅农完成了打败六个怪兽的冒险',绝口不提他的持盾侍从这个人。这个人经历了一切,却好像从来没有在这个世界上存在过一样!现在,先生们,我要再说一遍:我的主人可以独自前往,我祝他成功!但我将会留在这里陪伴我的女主人公爵夫人,很有可能当主人回来的时候,他会发现杜尔西内亚小姐那桩事情已经大有起色,因为我打算在闲暇的时候给自己一顿鞭子,打得自己寸发不生。"

"无论如何,好桑丘,如果有必要的话,你必须得陪伴同往。因为现在是品质高贵的人们在请求你,不能因为你那没用的恐惧,就让这些女士的脸上一直保持毛发丛生,这真是非常丑陋。"

"再说一遍,还有没有王法了!"桑丘喊道,"如果这桩善事是为了拯救某些被收留的少女或是孤儿院长大的女孩,那么一个人有可能冒险去做任何事情。可是要说忍受这些苦难只是为了去掉管家嬷嬷们的胡子,想都别想!哪怕是我见到的所有管家嬷嬷都长了胡子,从最老的到最小的,从最矫揉造作的到最衣冠楚楚的!"

"桑丘好朋友，你真是专门跟管家嬷嬷们过不去，"公爵夫人说，"你太相信那位托莱多药剂师的观点了。但实际上你说得不对，我家里就有管家嬷嬷堪称她们中的楷模。我的罗德里格斯太太就在这里，对于她，我可没有别的话可说。"

"殿下您但说无妨。"罗德里格斯说，"上帝知道一切真相，不管我们这些管家嬷嬷是好的还是坏的，长胡子的还是不长胡子的，我们也跟别的女人一样是母亲生下来的。既然上帝把我们降生到这个世界上，他会安排好一切，我依赖于他的慈悲，而不依赖于任何人的胡子。"

"好了好了，罗德里格斯太太，"堂吉诃德说，"三尾裙太太和她的同伴们，我希望上天能同情你们的不幸，桑丘会照我的吩咐去做的。请让克拉维莱尼奥过来吧！就让我跟马兰布鲁诺面对面一较高下！我知道，没有哪一把刀为各位刮胡子能够比我的长剑削掉马兰布鲁诺的脑袋更加轻而易举了。上帝能容忍坏人，但不是永远！"

"啊！"这时候伤心嬷嬷说，"愿这一片天空中所有的星星都用宽厚的眼睛注视着阁下您，并在您的灵魂中注入全部的荣耀和勇气，使您成为我们这些饱受诟病和凌辱的管家嬷嬷的盾牌和庇护所！我们被药剂师深恶痛绝、被持盾侍从们说三道四、被听差仆役瞒哄欺骗。错就错在我们这些没有脸面的女人，在如花的年纪，为什么不去当个尼姑而要当嬷嬷！我们这些不幸的管家嬷嬷啊！虽然我们也是直系传代，就像特洛伊王子赫克托尔本人一样，但我们的女主人却不会因此而不蔑视我们，就好像通过践踏我们她们自己就能成为女王！哦！巨人马兰布鲁诺！虽然你是个魔法师，但是你决不会失信于人：请立刻给我们送来举世无双的克拉维莱尼奥，好让我们的不幸就此结束！如果天气热起来而我们这些毛发继续如此的话，啊，我们的命运啊!"

三尾裙夫人这番话说得如此动情,让在场所有人都流下了泪水。连桑丘都热泪盈眶,并在心里打定主意,只要能为那些值得尊敬的面容去除毛发,他愿意陪着主人走遍海角天涯。

第四十一回
克拉维莱尼奥的到来,以及这个漫长奇遇的结局

此时夜幕降临,也到了著名的木马克拉维莱尼奥约定到达的时间。木马姗姗来迟让堂吉诃德心急如焚,他想也许是马兰布鲁诺发出得晚了?或者自己并不是那场奇遇所等待的骑士?又或者马兰布鲁诺不敢跟他进行一场史无前例的恶战?不过这时花园里突然走进来四个野人,皆只以绿草蔽体,肩上扛着一匹巨大的木马。他们将马直立放在地上,其中一个野人说:

"哪位有胆量的骑士,请骑上这匹机器马吧。"

"我可不上去。"桑丘说,"因为我既没有胆量,也不是骑士。"

野人继续说:"如果骑士有持盾侍从的话,侍从坐在鞍后。请相信勇敢的马兰布鲁诺,除了他手中的剑,您不会受到任何其他武器的攻击或阴谋诡计的陷害。只需要旋转木马脖子上挂的这个销钉,它将会带着你们从空中飞往马兰布鲁诺所在的地方,他正在等你们。不过因为这条路高过天际,为了避免引起昏厥,你们必须蒙住眼睛,直到马嘶叫起来,那就将是旅程结束的信号。"

说完这些,他们留下克拉维莱尼奥,以优雅的仪态从原路退了回去。当伤心嬷嬷看到这匹马的时候,几乎是含着泪水对堂吉诃德说:

"勇敢的骑士，马兰布鲁诺的诺言兑现了！马已经来到这里，我们的胡子又变长了，我们每一个人，以及我们每个人脸上的每一根毛发都请求您为我们清除胡须，这只需要您跟您的持盾随从一起骑上马，并顺利开启旅程。"

"我会这样做的，三尾裙伯爵夫人，我非常乐意这样做。甚至为了不再耽搁，我不去取坐垫也不去穿上马刺了——夫人，我是如此迫切地希望看到你们、看到所有的管家嬷嬷面部变回光洁干净！"

"我可不会这样做。"桑丘说，"不管是心情好还是心情不好，决不！如果说我不上马，这些胡子就没办法清除掉，那我的主人完全可以另找一位持盾侍从陪他去，或者请这些太太另想办法。我不是巫师，不喜欢在空中飞来飞去。而且，如果我的岛民们知道他们的总督在风里飞来飞去，会怎么说？还有一样：既然从这里到坎达亚有三千多莱瓜的路，如果这马跑累了，或者那个巨人一生气，我们想要回来就得花上六七年，到时候世界上可没有什么大岛还是小岛还认识我了！既然大家都说夜长梦多，还说牛犊送上门，赶紧拿麻绳，请这些太太的胡子原谅我！圣彼得在罗马好好的，我的意思是，我在这个家里很好，受到了诸多恩赐，而且从这家的主人那里我还期待着更大的恩惠：当上岛屿总督。"

公爵听了这话回答说："桑丘老兄，我承诺给你的小岛既不会移动也不会逃走。它深深扎根于地球，绝不可能从所在的地方被拔出来或者挪走。而且想必你也很清楚，我知道像这样的职位，没有哪一个不是或多或少通过某种贿赂得到的，那么在这个总督职位上，我要向你索取的贿赂就是请你跟你的主人堂吉诃德一起完成这次令人难忘的冒险。不管你们是骑着克拉维莱尼奥，借它的轻盈尽可能迅速地回来，还是因为运气不佳最后不得不像朝圣者一样，一个地方接一个地方、一家客店接一家客店地徒步回来,只要你回来,就会看到你的小岛还在原地,而你的岛民们还是一如既往地盼望着迎接你作为他们的总督,我的心意也绝不改变!请不要怀疑这个事实,桑丘先生,如果您对于我希望为你效力的愿望有所怀疑,无异于公然的侮辱。"

"先生,请不要再说了!"桑丘说,"我只是一个可怜的持盾侍从,可吃不消那样一套一套的。请我的主人上马吧,然后蒙住我的眼睛并把我交给上帝。请告诉我,从那么高的地方飞过,我是不是能把自己委托给我们的天主,或者是召唤所有相助我的天使?"

三尾裙夫人回答说:"桑丘,你完全可以将自己委托给上帝,或者任何你希望的人,因为马兰布鲁诺虽然是个巫师,却是天主教徒,他施魔法非常精明、非常慎重,不会给任何人添麻烦。"

"啊!那么,"桑丘说,"愿上帝保佑我!愿神圣无比的加埃塔三位一体圣父、圣子、圣灵保佑我!"

"自从那次令人难忘的锤石机冒险之后,"堂吉诃德说,"我还从来没见到桑丘像现在这么害怕过。如果我像其他人那样迷信的话,他这种怯懦一定会对我的勇气有所干扰。不过桑丘,如果各位先生允许的话,到这儿来,我想单独跟你说几句话。"

他把桑丘带到花园里的几棵树中间,拉住他的双手对他说:

"你也看到了,桑丘兄弟,等待我们的是一趟长途旅行,只有上帝知道我们什么时候才能回来,也不知道这桩事情会给我们带来什么机会或者什么命运。为此我希望你现在假装要去找什么路上必须要用的东西,回到你的房间飞快把自己打足三千三百下,那是你欠着的。或者哪怕是五百下也好,也算是事情开了个头,良好的开始是成功的一半。"

"我的上帝啊!"桑丘说,"阁下您一定是疯了!这就像人们说的:我明明大着肚子你还要求我是个处女!我马上就得坐在一块硬木板上赶路,可您竟然想让我的屁股先遭殃?阁下您真的已经失去了理智。咱们还是现在就去给那些管家嬷嬷刮胡子吧!我向阁下您保证!以我的身份发誓!只要一回来,我就立刻还清欠下的债务,请阁下您放心,别的我不多说了。"

堂吉诃德说:"好桑丘,有你这份保证我就心安了,相信你会履行承诺的,因为,事实上,你虽然笨了些,但是个诚实的人。"

"我不是橙色的,不过是肤色偏黑。"桑丘说,"但哪怕是杂色的,我也会履行自己的诺言。"

就这样,他们回来准备爬上克拉维莱尼奥,上马时堂吉诃德说:

"桑丘,蒙上眼睛再上来吧,一个人从那么远的地方给我们派来坐骑不会是为了欺骗相信他的人。即使发生的一切都跟我预料的相反,开始着手这项伟大事业的荣耀是任何邪恶都无法使之失色的。"

"我们走吧,主人。"桑丘说,"这些管家嬷嬷的胡子和眼泪已经钉在我心上了,在确定她们恢复原来的平滑皮肤之前,我一口饭也不吃。阁下您上马吧,您先蒙上眼睛,既然我得坐在鞍后,当然是坐马背的人先上去。"

"没错。"堂吉诃德说。

他从衣袋里取出一块手帕,请伤心嬷嬷把自己的眼睛严严实实地蒙住,接着他又揭开手帕说:

"如果没记错的话,我在维吉尔中读到过特洛伊的帕拉迪翁,那是希腊人呈奉给女神帕拉斯的一匹木马,马肚子里藏着武装骑士们,后来整个特洛伊成了一片废墟。所以,最好先看看克拉维莱尼奥肚子里装了些什么。"

"不必了。"伤心嬷嬷说,"我相信它。我知道马兰布鲁诺没有任何坏心眼也没有背叛之心。堂吉诃德先生,请阁下您上马,什么都不用害怕,如果您遇到什么不测,那将是对我的伤害。"

堂吉诃德觉得,在这个关于自身安全的问题上,他无论怎么反驳多少都会有损于自己的勇敢形象。于是他不再坚持,骑上克拉维莱尼奥,摸索着销钉,这个销钉很容易转动,而且因为没有脚镫,所以两条腿只能垂着,活脱脱就像是马德里下层家庭画的或织的关于罗马人胜利的挂毯。桑丘则满心沮丧,慢慢地爬上了马屁股,尽量让自己坐得舒服一点。但是他发现马屁股硬邦邦的,一点都不软,便请求公爵,能不能给他垫上个坐垫或者靠垫,哪怕是女主人公爵夫人的椅垫或者是某个下人的床垫也好,因为这匹马的马屁股不像是木头的,倒像是大理石的。

对此,三尾裙夫人说,克拉维莱尼奥不能佩戴任何马具,身上也不能佩戴任何种类的装饰,唯一的办法就是让桑丘像女人一样横坐,这样就不会觉得那么硬了。桑丘照她的话做了,向大家道了"再见",任凭别人替他蒙上眼睛。可是蒙好以后他又揭开了,充满柔情、含着泪水看着花园里所有的人,请大家在这个紧要关头帮助他,用每一句我们的圣父和每一句圣母玛利亚祈求上帝在这样的紧要关头能够送来救命稻草。对此,堂吉诃德说:

"强盗!你是被拉上了绞刑架吗?还是到了生命的最后关头?竟然需要这样的连篇祷告?没良心的胆小鬼!你此刻所在的不就是美丽的马加罗娜曾经坐过的位置吗?如果历史没有说谎的话,她下去以后不是去了坟墓,而是成了法国的王后!而我,此刻我就在你身边,难道我没有资格置身于英勇的皮埃尔的位置?他曾经就坐在我此刻所坐的同一个地方!快蒙上吧,蒙上吧!胆小如鼠的畜生,别再从你嘴里吐露出恐惧,至少在我面前。"

"给我蒙上眼睛吧。"桑丘回答说,"你又不让我向上帝祷告,又不让别人替我祷告,我真担心有一个军团的魔鬼在这里出没,把我们送上佩拉尔比约的断头台!"

他蒙上眼睛。当堂吉诃德感觉到桑丘已经准备好,便伸手去摸销钉。他刚把手指放到上面,所有的管家嬷嬷以及所有在场的人都大声喊道:

"愿上帝指引您,勇敢的骑士!"

"愿上帝与你同在,无畏的持盾侍从!"

"好啦,你们已经飞上天啦!你们穿破空气的速度比箭还快!"

"你们让所有从地上仰望的人们感到惊讶和羡慕!"

"抓紧了,勇敢的桑丘!你正在摇晃!小心别掉下来!你要是掉下来,会比那调皮的小孩想要驾驶父亲太阳神的车子而掉下来[1]更糟糕!"

桑丘听到这些声音,紧紧贴住主人并用双手抱住他,对他说:

"主人,他们怎么说我们飞得很高?明明还能够听到他们的声音,而且好像近在咫尺,就在我们旁边说话呢。"

"不用纠结这一点,桑丘,因为这些事情都是超乎常理的,你可以看到并听到千里之外的地方。不要把我抱得这么紧,你都快把我扳倒了!我实在不明白你有什么可紧张、可害怕的,我敢发誓,我一辈子都没有骑过这么平稳的坐骑,就好像静止在同一个地方一动没动。老兄,快放下你的恐惧,事实上,事情正朝着应该的方向发

---

[1] 指希腊神话中,法厄同是太阳神阿波罗的儿子,他借了父亲的太阳车,却没有遵守父亲的嘱咐紧紧抓住缰绳,马车失控,坠入波河。

展，我们简直是一帆风顺。"

"没错。"桑丘回答，"从这一侧有一股强劲的风朝我吹过来，就好像有一千个风箱在对着我吹。"

的确如此：有几台巨大的鼓风机正朝他们吹风。这一次奇遇被公爵、公爵夫人和他们的管家策划得如此天衣无缝、尽善尽美，没有遗漏任何细节。

堂吉诃德也感觉到了风，他说："毫无疑问，桑丘，我们一定已经到达了天空的第二层，冰雹和雪就是在这一层产生的；雷、闪电和光芒是在第三层产生的；而如果我们一直这样往上升，很快就会到达火层。我不知道怎么操作这个销钉，才能避免上升到会把我们烧焦的天层。"

这时有人从远处伸过来一根竿子，上面挂着一些非常容易点燃又容易熄灭的麻屑，使他们感到脸上发热。桑丘感觉到了热度，便说："如果不是我们已经到达或者已经非常接近火层，那我情愿去死！因为我大部分胡子都被烧焦了，主人，我打算揭开眼罩看看咱们在什么地方。"

"不要这样做。"堂吉诃德回答说，"你想想关于托拉尔瓦医生的真实经历[1]：魔鬼们带着他在空中飞，他闭着眼睛骑在一根竿子上，十二个小时就到了罗马，并在诺那塔着陆，那是罗马城中的监狱。他亲眼看见了波旁[2]的殉难、大军进攻和无数死亡，而一大早就又回

1　欧亨尼奥·托拉尔瓦，声称自己一夜之间骑扫把从巴亚多利德飞到罗马，亲眼看见西班牙国王卡洛斯一世的将领波旁公爵攻打罗马城，又回到巴亚多利德。他因此受到宗教裁判所的审判。

2　波旁，指波旁公爵卡洛斯（1490—1527）。

到了马德里,并把自己看到的一切都告诉了众人。他说,在空中飞的时候,魔鬼命令他睁开眼睛,于是他睁开双眼,感觉自己离月牙的一角那么近,简直触手可及,他不敢望向大地,免得晕过去。所以,桑丘,没有理由揭开眼罩,会有人负责照应我们的。也许我们会一边转着大圈一边逐渐升高,然后在某一圈掉到坎达亚王国境内,就像猎隼或者游隼在草鹭头上盘旋,不管飞得多高,都为了抓到猎物。虽然我们感觉离开花园才不过半个小时,但是相信我,我们一定已经走了很远的路了。"

"这个我不懂。"桑丘·潘萨回答说,"我只知道,如果那位马加亚内斯或者马加罗娜小姐坐在这个马屁股上还觉得心满意足的话,她一定不会是细皮嫩肉的。"

公爵和公爵夫人,还有花园中的所有人,都听到了这两位勇士之间的所有对话,对此他们几乎乐不可支。最后为了结束这个闻所未闻、精妙绝伦的冒险,人们用一些麻屑在克拉维莱尼奥的尾巴上放了把火。因为马肚子里装满了雷鸣般巨响的火箭,木马立刻发出一种奇怪的噪声腾空而起,把差点烧煳了的堂吉诃德和桑丘·潘萨摔在地上。

就在这期间,所有长胡子的管家嬷嬷都消失了,包括三尾裙夫人。而留在花园中的所有人都像是晕过去了一样,倒在地上。堂吉诃德和桑丘全身伤痛地站起来,四处张望,见自己身在出发时的同一个花园,又见那么多人都躺在地上,惊得目瞪口呆。接着他们看到花园的一侧地上竖着一根长矛,上面用两根绿色丝带悬挂着一张平整雪白的羊皮纸,纸上用金色的大字写着如下的话:

"卓越的骑士堂吉诃德·德·拉曼查仅仅通过试图解救的行为便终结了三尾裙伯爵夫人,也就是伤心嬷嬷,和她同伴们的不幸。

"马兰布鲁诺对此感到高兴,十分满意。所有嬷嬷的胡子都已经清理干净,而堂克拉维霍和安托诺玛西雅女王夫妇也已经恢复原貌。当那位持盾侍从完成鞭笞的任务,白鸽就将脱离迫害她的恶人们,回到恋人情意绵绵的怀中。这就是魔法师梅尔林的命令,他是所有巫师中地位最高的。"

堂吉诃德读完羊皮纸上的字,明白说的是杜尔西内亚解除魔法的事情。他不住地感谢上天,居然就这样有惊无险地完成了如此伟大的壮举,让那些管家嬷嬷值得尊敬的面容恢复原有的样子,虽然此时她们已经不在那里了。堂吉诃德来到尚未醒转的公爵和公爵夫人身边,拉起公爵的手,对他说:

"啊!好先生,振作起来!振作吧,没有什么大事!这场冒险已经结束,没有伤害到任何其他人,正如那座纪念碑上写得明明白白!"

公爵仿佛从一个深沉的梦中醒来,慢慢恢复了神志,公爵夫人和花园里所有倒下的人也都以同样的方式醒来。他们表现得如此惊奇而茫然,恶作剧进行得如此逼真,几乎让人以为在他们身上真的发生了这样的事情。公爵半闭着眼睛读了那张公告,接着便张开双臂上去拥抱堂吉诃德,盛赞他是古往今来曾经有过的最优秀的骑士。

桑丘到处寻找伤心嬷嬷,想看看她胡子掉了以后到底长什么模样,容貌是否与她美妙身姿相配。但是别人告诉他,就在克拉维莱尼奥燃烧着从天而降,掉在地上的时候,整个长胡子管家嬷嬷的队伍,包括三尾裙夫人,全都消失了。不过她们的胡子已经清理干净,一根毛发的踪影都不见了。公爵夫人问桑丘这趟长途旅行怎么样,对此桑丘回答说:

"夫人,按照主人的说法,我感觉我们飞越了火的那一层天。我想要稍微露出一点眼睛,但当我请求主人的允许时,他却不同意。

不过，我也不知道自己怎么会有那么一点好奇心，很想知道到底是什么在阻碍我，就趁谁也看不见，偷偷地把蒙住眼睛的手帕往鼻子那里拉了拉。透过缝隙我望向大地，感觉整个地面不过一粒芥菜子大小，地面上走动的人，比一颗榛子大不了多少。我这么一说您就知道，我们那时候飞得有多高！"

公爵夫人对他说："桑丘老兄，你看你说的这是什么话！听起来你并没有看到大地，只是看到了地上走动的人。不然的话，如果大地在你看来不过是一粒芥菜子，而每个人都像是一颗榛子，那么只要一个人就能覆盖整个大地。"

"没错，"桑丘回答说，"但是，尽管如此，我从侧边发现了一点点地面，并且看到了整个大地。"

"你看，桑丘，"公爵夫人说，"仅从一个边角不可能看到一样东西的全部。"

"我不懂这些角度。"桑丘反驳说，"我只知道，夫人殿下，您知道，既然我们是通过魔法飞行，当然也可以通过魔法看到整个大地和所有的人，不管从哪个方向看过去。如果在这一点上您不相信我，那么阁下您也不会相信，当我又把手帕往眉毛上面拉了一点，就看到自己离天空那么近，我跟它之间不过一掌半的距离，而且天空非常大。我的夫人，对此我可以发誓！而且我们还经过一片天空，就在七羔星[1]那里。看在上帝的分上！以我的灵魂起誓！因为我小时候在老家当过牧羊人，所以一看到这些小羊羔，就很想跟它们玩一会儿，而且我当时感觉如果这个愿望得不到满足，我会原地爆炸的！

---

[1] 七羔星，指昴星团，在北半球晴朗的夜空肉眼可见，通常可见六七颗亮星，所以又常被称为七姊妹星团。

可那时候我们正在赶路，怎么办呢？于是我没有告诉任何人，甚至对主人也没有说，便以干脆利落的动作悄悄地从克拉维莱尼奥背上下来，跟那些小羊羔玩了将近三刻钟，它们就像桂竹香，也像花儿一样可爱。而这期间克拉维莱尼奥就在那地方一动不动，也不往前走了。"

"那么，当好桑丘在跟小山羊玩的时候，"公爵问，"堂吉诃德先生是如何打发时间的？"

对此，堂吉诃德回答说："正如所有那些违反常理的东西和事情一样，桑丘说出这番话也并不奇怪。至于我，我只能说，我既没有从上面偷看，也没有从下面偷看，既没看到天空也没看到大地，既没看到大海也没看到沙子。我感觉到我们通过了风的天层，这倒是事实，甚至还接触到了火的天层，但是要说我们从火层穿了过去，我可不能相信，因为既然火的天层位于月亮层和风层之间，我们不可能像桑丘说的那样到达七羔星所在的天空却没被烧焦。既然我们没有遭到焚烧，那么桑丘不是在说谎，就是在做梦。"

"我既没说谎也没做梦！"桑丘回答说，"不信的话，你们可以问我那些山羊都长什么样，从叙述里你们可以判断我说的是不是真的。"

"说吧，桑丘。"公爵夫人说。

"那些小羊羔，"桑丘说，"有两只绿的、两只红的、两只蓝的，还有一只花的。"

"这可真是新奇的山羊，"公爵说，"在我们这一片土地上可没有这样的颜色，我是说，没有这样颜色的山羊。"

"这是很显然的。"桑丘说，"没错，天上的山羊跟地上的山羊一定是有区别的。"

"告诉我，桑丘，"公爵问他，"你在那些小羊羔里面有没有见到

某只公羊？"

"没有，先生，但是我听说，没有哪只山羊的角能比月牙的尖角长。"

最后他们不想再询问更多关于旅程的事了，因为感觉桑丘简直要说自己漫游了整个天空，并且要讲述在那里发生的所有事情，虽然实际上他并没有迈出花园一步。

总之，这就是伤心管家嬷嬷奇遇的结局。这件事不但让公爵夫妇当时哈哈大笑，还让他们笑了一辈子。如果他们能活上几百年的话，桑丘的故事能讲上几个世纪。堂吉诃德走到桑丘身边，在他耳边说：

"桑丘，既然你希望别人相信你在天空看到的事情，我希望你能相信我在蒙特西诺斯山洞看到的事情。别的我就不说了。"

第四十二回
桑丘·潘萨前往小岛赴任之前堂吉诃德提出忠告，以及其他深思熟虑的事情

伤心嬷嬷这个玩笑实施得如此顺利，公爵夫妇感到十分满意，便决定把恶作剧继续下去，因为他们手中正好有合适的资源能让主仆二人信以为真。于是，在经过精心策划，并对仆人们以及所承诺领地上的居民们下达了必须遵守的命令之后，第二天，也就是骑克拉维莱尼奥飞行的次日，公爵告诉桑丘收拾一下，准备去当总督，他的岛民们正对他翘首以盼，就像盼望五月的雨。桑丘跪倒在公爵面前说：

"自从我飞上天，从高高的苍穹俯视大地，看到它是那么小，我本来想要当总督的强烈愿望变得有点不那么热切了。因为，在一粒芥菜子上发号施令有什么了不起的？统治半打榛子一样大小的人有什么尊贵和权威可言？我感觉整个地球上也就只有这几个人吧。如果殿下您能行行好赏我一小块天空，哪怕只有半莱瓜方圆，我也会比接受全世界最大的岛屿更欢喜地接受它。"

"你看，桑丘老兄，"公爵回答说，"我不能给任何人天空的一部分，哪怕是比指甲盖还小的一块，因为只有上帝才能行使这样的恩惠和赏赐。我给你的是我力所能及的：一座货真价实的圆形小岛，和谐、肥沃而富足。在那里，如果你足智多谋，就可以用在地上得到的财富去获取天上的财富。"

"既然如此，"桑丘回答说，"那就要小岛吧！我会努力成为一个那样的总督：不管无赖们怎么捣乱，也一定要升入天堂。我这样做不是出于贪婪，想要摆脱自己的地位，也不是为了高人一等，而只

是想要尝试一下当总督是什么滋味。"

"桑丘,你只要尝过一次统治别人的滋味,"公爵说,"就会满怀渴望地不停追逐它,因为发号施令和被人遵从是无比幸福的事情。几乎可以肯定,一旦你的主人当上皇帝——照他的事业发展状况来看,毫无疑问他会的——他绝对不肯从这个位置上被罢黜,而且他将终身感到痛惜难过,为什么自己没有早点当上皇帝。"

"先生,"桑丘说,"我猜发号施令是件痛快的事,哪怕是对着一群畜生。"

"桑丘,跟你真是不用多费口舌,你什么都懂!"公爵说,"我希望你倾尽才智成为一个好总督。就说到这儿吧,记住明天上午你就得去赴任,今天下午人们会打点好必要的合适衣装,和出发所需要的一切。"

"请给我穿任何衣服都行,"桑丘说,"因为不管穿成什么样,我还是桑丘·潘萨。"

"这是事实。"公爵说,"不过服装必须跟从事的职业或尊贵程度相配,一个法官不应该穿成士兵的样子,一个士兵也不该穿成神父一样。你,桑丘,将穿上半文士半武官的衣服,因为在我给你的岛上,既需要武器也需要文化,既少不了文化也少不了武器。"

"我没什么文化,"桑丘回答说,"连字母表都不认识,但是能记住儿童启蒙十字架就足够成为好总督了。至于武器,你们给我什么我就使什么,直至倒下,愿上帝帮助我!"

"桑丘,你记性这么好,"公爵说,"不可能做错任何事情。"

这时堂吉诃德来了,听说了发生的事情,以及桑丘这快就要前去赴任,便征得了公爵的允许,拉着桑丘的手一起回到了自己的房间,想要给他一些忠告,指点他在任上该如何行事。

两人进了房间，堂吉诃德关上门，硬让桑丘坐在自己身边，用平静的声音对他说：

"桑丘老兄，我对上天感激不尽！在我还没有遇到幸运女神之前，好运气已经抢先出来迎接你。虽然我相信自己的好运能够偿付你的服务，而且目前的开端比想象的还要好，但你却提前得到了报偿。而且你此次得偿心愿实在不符合理性逻辑：有些人拍马行贿、纠缠不休、勤奋努力、苦苦哀求、坚持不懈，却始终无法得到他们想要的东西，这时来了另一个人，没头没脑、无缘无故地得到了很多人梦寐以求的职位。这正应了那句话：谋事在人，成事在天。在我看来，你毫无疑问是一个愚笨的人，既不起早贪黑，也不勤勤恳恳，不过是沾染了一点游侠骑士道的气息，就无缘无故当上了小岛的总督，不费吹灰之力。桑丘，我说这些是为了让你不要认为自己所得到的恩赐是理所当然的，而要感谢上天，是他善良地安排了一切，还要感谢游侠骑士这个事业本身所蕴含的崇高。孩子，请你用心记住我告诉你的这一切，并且注意听好你面前的这位加图下面要说的话。我将向你提出忠告，成为指引你前进的指南针和向导，把你从即将驶入的暴风骤雨的海面带往平安的港口——高层的职位不过是一片充满无穷困惑的深邃海洋。孩子，第一，你必须得敬畏上帝，因为在敬畏中才有智慧，而成为智者才不会犯任何错误。第二，你必须认清自己的身份，努力了解你自己，这是人类能够想象到的最困难的认知。只有认识了自己，你才不会自我膨胀，就像一只青蛙却想要长到跟牛一样大。如果你膨胀起来，却想到自己在老家养猪的经历，就会像孔雀看到自己的丑脚丫一样恼羞成怒。"

"这倒是真的，"桑丘回答说，"不过那是小时候的事。后来，差不多长大之后，我养的是鹅，不是猪。不过这一点在我看来并不重要,因为不是所有的总督都拥有皇家血统。"

"没错,"堂吉诃德回答说,"因此那些出身并不高贵的总督应该在保持自己职位所要求的威严之外,辅以某种柔软与温和,事事谨慎,才能不受到恶意的诽谤,其实没有哪个议员能够逃脱流言蜚语。桑丘,你要以自身世系的卑微为荣,不要对自己的农民出身羞于启齿,因为只有你自己不对此感到羞愧,才没有人会以此来羞辱你。你要珍视自己,做一个卑微却有德之人,而不是高贵却有罪的人。出身于低微门第而最终上升到教皇、皇帝这样绝顶尊贵身份的人不计其数。关于这个事实我可以举出的例子数不胜数,足以让你厌烦。

"你看,桑丘,只要你认为美德是最重要的,而且注意去做一些有德行的事情,就没有理由嫉妒那些父辈和祖辈是王公贵族的人,因为血统是遗传的,但美德却是后天养成的,而美德本身就包含着血统所不具备的价值。既然如此,当然事实也确实如此,那么你在岛上的时候,如果有某个亲属来看望你,不要把他赶走,也不要羞辱他,反而应该欢迎他、款待他、厚赠他,这样才能让上天满意,因为上天不喜欢任何人轻视他的造物,而你也将由此实现与自然天性之间的和谐统一。

"如果你把妻子接过去(作为总督,长时间没有家眷相伴也不好),你要教育她、教诲她,改变她本性的粗鲁,因为一个理性的统治者得到的一切,往往也会被一个粗野、愚蠢的女人摧毁。万一你丧偶,这也是可能发生的事情,而由于你目前的职位获得了更好的配偶,不要利用她作为鱼钩和钓竿,或用来偷偷获取一些自己之前公开拒绝的东西。因为我非常认真地告诉你:到了末日审判的时候,法官的妻子所收受的一切贿赂都会算到她丈夫账上,即使生前没有受到指控，法官死后也会付出比收受款项的四倍还多的赔偿。

"永远不要任性而为，随心裁决，这些原则常常被自作聪明的无知者所赞赏。相较于富人们的辩护，你可以给予穷人们的眼泪更多同情，但不能赋予他们更多的正义。在富人的承诺与馈赠以及穷人的哭泣和纠缠中努力发现真相。一旦能够并且应该实现平等，不要将法律的所有严酷都加诸罪犯，因为一名酷戾的法官不会比一位富有同情心的法官获得更好的名声。如果你法外开恩，不该是因为承受贿赂的压力，而应该出于慈悲。如果有机会去裁决某一个敌人的罪行，请让你的脑子忘掉曾经受到的冒犯，而把注意力集中在犯罪事实上。不要让主观的感情使你在判断别人的事情上变得盲目，在这种事情上犯下的错误大部分都是无可救药的。如果出现这样的错误，你将付出信誉和财产的代价。万一有美丽的女人来求你主持公道，如果你不希望自己的理性淹没于她的哭声，自己的美德溺亡在她的叹息中，请把目光从她的眼泪移开，把她的哭泣声屏蔽于耳朵之外，心平气和地考虑她所请之事。对于必须通过劳役进行惩罚的人，不要对他恶语相向，因为对那个不幸的人来说，身体上的刑罚已经足够了，无须再加诸严厉的训斥。对于落到你裁决之下的罪人，请将他视为值得怜悯的人，不过是受制于人类堕落的天性。只要不对受害方造成侮辱，请力所能及地向他展示慈悲和宽厚，因为虽然上帝的各种属性都是平等的，但是按照世人的看法，慈悲比司法更闪闪发光，更引人注目。

"桑丘，如果能遵守这些戒律和规则，你将万寿无疆，你的名声将永垂不朽，你得到的奖赏将无与伦比，而你的幸福也将无穷无尽。你将可以随心所欲嫁娶儿女，他们和你的子孙都会拥有封号，生活在宁静安详和人们的祝福中。而在你生命的最后阶段，死亡会在成熟的衰老中温柔降临，为你闭上眼睛的将是你玄孙那柔软细腻的小手。到此为止，我对你说的这些都是你必须用来美化灵魂的一些指点，现在来听听用以帮助你装饰身体的建议。"

第四十三回
堂吉诃德给桑丘·潘萨的其他忠告

凡是听到上一回里堂吉诃德那番大道理的人，谁不认为他是一个理智清醒又充满善意的人？但是，众所周知，在这个伟大的故事中也提到过好几次，他只有在涉及骑士道话题的时候才会胡说八道，在其他的演讲中总是表现出清晰、冷静的理解力，因此他的行为总是阻碍他的理智取信于人，而他的理智又让他的行为失信于人。然而，在给桑丘的第二部分指导中，他却展示出极度的优雅，将才智和疯狂同时推到了顶点。

桑丘全神贯注地听着，并努力试着将这些忠告保存在记忆中，好像以为记住并借助这些忠告就能顺顺利利地解决暂时毫无头绪的统治问题。堂吉诃德继续说：

"至于说该如何管理你的臣民和家庭，桑丘，首先我要求你做到的是保持整洁、勤剪指甲，不要让指甲长得太长，就像某些人一样，无知地以为长指甲为手增添美丽，就好像他们不剪掉的那个赘生物和多余的东西真是指甲，其实无异于捕食小蜥蜴的红隼爪子，那是像猪一样异乎寻常的恶习。

"桑丘，要避免衣冠不整、着装懒散，因为即使这不修边幅和懒散形象不会像尤里乌斯·恺撒那样被认为是狡诈,凌乱的衣服体现出的也只能是疏忽大意的不良品质。谨慎地估计你能从这个职位上得到的利益。如果有能力让你的仆人穿上制服的话,给他们体面而实用的衣服,而不是夺目光鲜的服饰,并且将衣物在你的仆人和穷人们之间分配。我的意思是,假如你要给六个仆人提供服装,那就只提供给三个仆人,而把另外三套衣服送给穷人,这样你不但拥有地上的仆役,也将拥有天上的随从。这种赠送制服的新颖举动是虚荣的人们做不到的。

"不要吃蒜,也不要吃洋葱,免得别人从你的气味中辨认出你的贱民出身。走路要慢;说话不要高声,但也不要小声得像自言自语;任何扭捏作态或矫揉造作都不可取。不要吃太多,尤其是晚餐,因为全身的健康都维系于胃的工作。适量饮酒,要考虑到喝得太多既不能保守秘密也无法兑现诺言。要注意,桑丘,不要狼吞虎咽,也不要在任何人面前呃逆。"

"呃逆是什么?我不明白。"桑丘问。

堂吉诃德告诉他:"桑丘,呃逆的意思就是打嗝儿——这是卡斯蒂利亚语中最丑陋的词语之一,虽然很形象。所以,讲究的人都选用拉丁语,不说打嗝儿而说呃逆,不说嗝儿,而说逆,虽然有些人不明白这些术语,但这并不重要,因为习惯会随着时间的流逝而得到推广,直到很容易被人理解。这也是语言丰富的过程,在这一点上由平民大众和风俗习惯说了算。"

"说真的,主人,"桑丘说,"我最想记住的忠告和提醒之一就是一定不要打嗝儿,因为这是我常做的事情。"

"呃逆,桑丘,不是打嗝儿。"堂吉诃德纠正说。

"从现在开始我说呃逆,"桑丘回答说,"我一定不会忘记的。"

"还有,桑丘,一定不要在谈话中混入你常用的那些大量谚语,因为虽然谚语是简短的至理名言,但是其中大多数你都用得驴唇不对马嘴,听上去更像是胡说八道而不是警句。"

"这个问题只有上帝才有办法解决,"桑丘回答说,"因为我知道的谚语一本书都列不完,而只要我一开口,就有那么多谚语同时涌到嘴边,争先恐后地跑出来,舌头就只好把赶到的第一批谚语给扔出来了,哪里顾得上合不合适呢?不过从现在开始,我会注意只说那些配得上这一职位尊严的谚语,所谓众人拾柴火焰高;先小人,后君子,丑话要说在前头;一路领先,胜利保险;给还是要,需要头脑。"

"就是这个!桑丘!"堂吉诃德说,"谚语脱口而出,像连珠炮似的穿成一串,在这方面没人能拦住你!你这就像在说'妈,你随便教训吧,反正我一个耳朵进一个耳朵出!',我这边正在告诫你避免谚语,你却一下子抛出那么长一串,而且这些谚语跟我们正在谈论的话题简直是风马牛不相及,离题十万八千里。你看,桑丘,我不是说不应该刻意引用谚语,但是胡乱地引用成串的谚语会让谈话空洞而不入流。

"骑马的时候不要把身体躺倒在后鞍架上,也不要让双腿直挺挺地垂下来离开马肚子,更不要随意得就像坐在毛驴背上一样。骑马会让一些人变成骑士,却让另一些人变成马夫。不要睡懒觉,一个不追随太阳早起的人无法享受白天。记住,桑丘,勤勉是好运的母亲,懒惰却是好运的敌人,永远无法到达美好愿望所追求的境界。还有,此刻我要给你的这最后一个忠告虽然与修饰形容无关,但我希望你牢牢地记住,因为我相信它对你的好处不亚于到现在为止我已经给你的那些忠告。那就是,永远不要参与任何关于家世出身的争执，至少不要相互比较。因为在参与比较的人中间必然有一个人是更高贵的。被你比下去的人会厌弃你，而被你抬高的人也绝不会对你心存感激。你应该穿的服装是完整的长袜、长外套和稍长一些的短斗篷。至于肥腿裤，想都别想，既不适合骑士也不适合总督。到此为止，这些就是我想到的要给你的忠告。桑丘，随着时间的推移，按照不同的实际情形，如果你愿意把自己所处的状况告知我的话，我的建议也将随之有所变化。"

"主人，"桑丘回答说，"我认为阁下您对我说的所有这些都是很好的，不但神圣而且有益。但是，如果我一条也记不住的话，那又有什么用呢？不要让指甲长太长，还有在适当的情况下再婚，这两条确实没从我脑海里溜走，但另外那些杂七杂八、乱七八糟的一条一条，我实在一点也记不得，就像记不清去年看到的浮云一样。所以，您得给我一个书面版本，虽然我既不会读也不会写，但我会把它交给忏悔牧师，请他在必要的时候口述并提醒我。"

"啊，我的天哪！"堂吉诃德回答说，"既不会读也不会写，这对于一个总督来说是多么糟糕啊！你得知道，桑丘，一个人不识字或者是左撇子，只能证明两件事：要么就是他的父母太过卑贱低微，要么就是他过于顽劣，任何好的习惯或好的教诲都听不进去。这是你身上的一个巨大缺陷，所以，我希望你至少要学会签名。"

"签自己的名字我会啊！"桑丘回答说，"我在村里一个教友会当总管的时候，学会了写几个字，用来给包裹做标记，他们说这个标记写的就是我的名字。再说，我可以假装右手瘫痪了，让别人帮我签。反正除了死亡，一切都会有办法的。既然我又有权势又有棍子，当然可以为所欲为了，所谓'有市长老子顶，谁还怕上法庭'。既然我是总督，可比市长还要大，谁要是敢看不起我，说我坏话，他们可得小心了！我会让他们出去薅羊毛，反被剃成秃瓢！上帝偏爱，谁就发财；有钱人放屁都香。既然我是个总督，而且打算表现得很慷慨，那就不需要有人来谴责我。谁家蜂蜜不招苍蝇？有钱能使鬼推磨，无钱难作好儿郎。我的一个奶奶说过：只要扎根深，不怕有仇人。"

"上帝啊！桑丘，你这该死的家伙！"堂吉诃德跳起来，"愿六万个撒旦把你和你的谚语们统统带走！你这些成串的俗语已经滔滔不绝说了一个小时，每一句都让我烦恼倍增。我向你保证！这些谚语总有一天会把你送上绞刑架，因为这些谚语，你的岛民们会推翻你的统治，或者是在他们中间发生暴动。告诉我，无知的人，这些话你从哪儿翻出来的？你怎么会用得这么不假思索？笨蛋！要让我说出一句用得恰到好处的谚语，就得像耕地一样累得汗流浃背。"

"上帝啊！主人，"桑丘反驳说，"阁下您实在没什么可抱怨的。见鬼！我使用的是我自己的财富，您有什么可恼火的？我也没有什么其他的财富或宝贝，除了谚语还是谚语。就在此刻我也想到了跟现在的语境十分贴切的四句，就像梨放在小篮筐里一样合适，不过我不会说出来的，因为人们管桑丘叫作沉默是金。"

"这个桑丘可不是你！"堂吉诃德说，"你不但不沉默，还是一个糟糕的话痨，一个冥顽不化的人。不过，无论如何，我想知道此刻浮现在你脑海里的究竟是哪四句谚语，居然会跟现在的情形很贴切？尤其是我记性这么好，绞尽脑汁在记忆中搜寻了一遍，却一句也没找到。"

"还有什么话，"桑丘说，"比'永远别把大拇指伸进两个智齿中间'和'敢打我老婆主意，赶紧闭嘴滚出去'，还有'用罐子砸石头和用石头砸罐子,倒霉的都是罐子'这几句更合适的?所有这些都很贴切。谁也别跟总督作对,也不要违抗他的命令,因为后果会很严重,就像有人把手指伸到两个智齿之间,甚至别说是智齿,就是普通的槽牙间就足够危险了!而总督所说的话不容反驳,就像'敢打我老婆主意,赶紧闭嘴滚出去'。而那句关于石头和罐子的,更不用说了吧?所以有必要引用那句话:'别只看到别人眼睛里的刺,也看看自己眼睛里的大梁[1]'。也免得被人家说:'死人还怕无头鬼'。阁下您很清楚:'傻子在自己家比天才在别人家懂得多'。"

"不是这样的,桑丘,"堂吉诃德说,"一个傻瓜不管在自己家还是在别人家都一样什么都不懂,因为在愚蠢头脑的基石上建不起任何高楼。这个争论就到此为止吧,桑丘,如果你管理得不好,那是你的责任,也是我的耻辱。不过我感到安慰的是,我已经做了自己该做的,尽己所能,给你严谨而理性的忠告。完成了这件事,就算是尽到了我的义务,也履行了我的承诺。愿上帝指引你!桑丘,你好好管理你的领地,打消我的疑虑,别让我认定你会把整座小岛弄得四脚朝天。其实这件事情我完全可以阻止,只要告诉公爵你到底是什么样的人,告诉他你这身肥肉不过是一个装满了谚语和坏主意的口袋。"

"主人!"桑丘反驳道,"如果阁下您认为我无法胜任这个总督,我现在就可以放弃。我爱自己的哪怕只是指甲大小的灵魂也甚于爱我的整个身体!所以,做一个吃糠咽菜的桑丘也好过于做一个吃石鸡和阉畜的总督。再说,到了睡觉的时候所有人都是一样的:不管

---

[1] 典出《圣经·马太福音》,原文是:"为什么看见你弟兄眼中有刺,却不想自己眼中有梁木呢?"

是上等人还是下等人，不管是穷人还是富人。如果阁下您细想想这件事，就会发现也只有您把我放在这个总督的位置考虑，而事实上我对于如何统治小岛知道的不比一头兀鹫更多。一想到只要当上总督，就得被魔鬼带走，我宁可作为桑丘升入天堂，也不愿意作为总督坠入地狱。"

"我的天哪！桑丘！"堂吉诃德说，"就凭你说的最后这几句话，我断定你有资格成为一千个小岛的总督！你有善良的天性，如果没有这一点，任何理论都一文不值。把自己托付给上帝吧，努力保持初心，不要犯错。我的意思是，无论在你身上发生什么事情，要永远保持把事情做对的意愿和坚定的目标，因为上天总是会帮助善良的心愿。现在我们去吃饭吧，想必主人们已经在等候了。"

第四十四回
桑丘·潘萨前往领地，以及堂吉诃德在城堡中经历的离奇冒险

据说，有人读过这个故事的原始版本，在这一回里译者没有按照熙德·哈梅特的原文进行如实翻译。那位摩尔人曾抱怨自己手里拿到的堂吉诃德故事内容贫瘠、毫无趣味。他认为这个故事始终局限于讲述堂吉诃德和桑丘的经历，而不敢展开别的话题或加入其他更严肃或更好笑的插曲。他说，长时间把思绪、手和笔专注于写作同一个单调的主题，只通过寥寥无几的人物之口发言，是一件令人遗憾的工作，这种写作方式也不利于作者取得成果。而为了避免这种状况，在故事的上卷他曾加入过某些小说的构思，比如《执迷不

悟的好奇心》和《战俘上尉》，这些小说似乎跟故事本身不相干（虽然书里讲述的其他故事也都是发生在堂吉诃德本人身上，不得不记录的）。

他还认为，也曾公开说过，很多人因为只想看堂吉诃德的壮举，不想读其他小说，所以不是匆匆翻过就是心怀不满，根本没有注意到其中包含的优雅和技巧。如果那些小说单独出版，而不是依附于堂吉诃德的疯狂和桑丘的愚蠢，那么这些优雅和技巧就会充分显露出来。所以，在这下卷中，他不愿意再植入零散的或非原装的小说，只是提到了几个看上去像是小说的片段，都来源于真实发生的事情。而且就算是那些片段也都很有节制，只用了足够讲清来龙去脉的篇幅。在这样狭小的叙述空间里，作者用他的技巧涵盖了几乎涉及整个宇宙的学识。他希望读者不要轻视自己的劳动，而应给予充分的肯定，当然，不是因为他写下的东西，而是因为他没有写下的东西。

故事接着讲到，就在向桑丘提出忠告的那天，堂吉诃德吃完饭以后，利用下午时间把这些建言一一写了下来，以便桑丘到时能找个人读给他听。不过还没来得及送到桑丘手中，就被公爵发现并拿到了，公爵又告诉了公爵夫人，两人再次被堂吉诃德的疯狂和才智所震惊。就这样，他们的恶作剧继续实施，当天下午就遣桑丘出发了，带了很多随从，前往那个他一心以为是海岛的镇子。

负责带领桑丘赴任的是公爵的一位管家，很有才华而且非常幽默——没有天才的人是不可能幽默的——就是惟妙惟肖地假扮了三尾裙伯爵夫人的那位。凭着自己的才能和风趣，再加上公爵夫妇指点过他应该如何对待桑丘，他非常圆满地完成了任务。事实上，桑丘一见到这位管家，就发现他的容貌跟三尾裙夫人很像，便回头对主人说：

"主人，但愿魔鬼现在就把我带走！除非阁下您承认此刻在场的这位管家，他的容貌跟伤心嬷嬷一模一样。"

堂吉诃德目不转睛地看着那位管家，然后对桑丘说：

"桑丘，没有理由让魔鬼把你带走，不管是现在还是以后。我不明白你的意思，伤心嬷嬷的容貌与这位管家一般无二，但这并不等于这位管家就是伤心嬷嬷。如果是的话，这里面就牵涉到巨大的矛盾，但现在可不是进行详细调查的时候，那相当于进入错综复杂的迷宫。相信我，朋友，我们必须真心诚意地恳求天父让我们两人摆脱那些邪恶的巫师和魔法师。"

"主人，我这不是开玩笑！"桑丘说，"而且我听到他说话，千真万确就是三尾裙夫人的嗓音在我耳边响起！好吧，我先不说了，不过从现在开始我会提高警惕，看看能不能发现其他迹象来确认或打消我的猜疑。"

"那就这样做吧，桑丘，"堂吉诃德说，"把你在这件事情上发现的一切都告诉我，还有你在领地中发生的一切。"

最后，桑丘终于在一大群人的陪伴下出发了。他穿着文士服，外罩一件十分宽大的棕黄色驼毛厚呢防水大衣，戴着一顶同样质地的帽子，骑着一匹雄马。按照公爵的吩咐，身后还跟着他的毛驴，戴着崭新的丝绸马具和装饰。桑丘时不时回头看看自己的毛驴，有它的陪伴他感到心满意足，即使让他当德国皇帝他也不肯交换。

在告别公爵夫妇的时候，他亲吻了他们的手，又接受了主人的祝福。主人是流着眼泪为他祝福的，而桑丘也是哭着接受祝福的。

亲爱的读者，请让好桑丘平平安安、顺顺利利地走吧！您等着好了，一旦知道桑丘在他的职位上是如何行事的，您收获的一定不止两个法内加的笑料。与此同时我们把注意力集中在他的主人身上，看看他是如何度过这个夜晚的。即使没能让您哈哈大笑，至少也会让您的嘴巴像猴子一样咧开，因为堂吉诃德的遭遇一定会引起惊叹或大笑。

据说，桑丘刚走，堂吉诃德就感到孤独，如果当时有可能撤销这个任命并褫夺桑丘的领地，他一定会这样做的。公爵夫人明白他的忧伤，便劝他说，如果是因为桑丘的离去而伤怀，她家里有众多侍从、管家嬷嬷和侍女，都可以服侍他，完全满足他的意愿。

"没错，我的夫人，"堂吉诃德回答说，"我确实因为桑丘不在而感到难过，但这并不是我此刻显得悲伤的主要原因。殿下您对我如此殷勤款待、慷慨馈赠，您的好意我心怀感激，但是说到其他的恩赐，我只想恳求殿下同意，在我的房间里只有我自己服侍自己。"

"堂吉诃德先生，真的不必如此！"公爵夫人说，"您一定要从我的侍女中选出四个像花儿一样美丽的姑娘来服侍您。"

"对我来说，"堂吉诃德回答说，"她们并不像花儿一样，而是像刺一样扎入我的灵魂。她们别想进入我的房间，也别指望做出任何类似的事情。如果阁下您一定要赏赐这份我不应得的恩情，请让我来安排她们，保证在我的房门之内只有我自己照顾自己，在我的欲望与忠贞之间竖起一道铜墙铁壁。我不希望因为尊贵的殿下您为了向我展示慷慨而令我失去这个美德。而且，当然了，我会和衣而睡，不会同意任何人替我宽衣。"

"好吧，好吧，堂吉诃德先生。"公爵夫人说，"我保证会下令连一只苍蝇也不许进入您的房间，别说是一位侍女了。我不是那样的人，不能因为我的缘故而有损于堂吉诃德先生的正直。据我观察，您的无数美德中最突出的一点就是忠贞。那就请阁下您按照自己的方式独自宽衣和穿戴，无论如何也无论何时，都不会有任何人阻止您。在您的房间里会安排好关上门睡觉所需要的一切，包括必要的脸盆和便盆，以便没有任何天性需求能迫使您打开房门。愿伟大的杜尔西内亚·德尔·托博索万寿无疆！愿她的名声传遍地球的每个角落！她值得被如此勇敢又如此忠贞的骑士爱慕。愿仁慈的上天保佑我们的总督桑丘·潘萨，让他愿意尽快完成鞭答，好让这个世界重新欣赏到这位尊贵小姐的美丽。"

对此，堂吉诃德回答说："高贵的殿下，对于您的身份而言，这番言辞恰到好处，高贵的女士们嘴里吐出的都是珠玉。因为尊贵的殿下您的赞美，杜尔西内亚会在这个世界上更加幸福、更加有名，甚于地球上最雄辩的人能够给她的所有赞美。"

"好了，堂吉诃德先生，"公爵夫人说，"快到晚膳时间，公爵一定在等我们了。请阁下移步，我们去用餐，然后您可以早点安歇。昨天去坎达亚的那趟行程可不短，一定让您感到疲惫不堪。"

"夫人，我一点也不觉得疲惫，"堂吉诃德回答说，"甚至敢对殿下您发誓，我这一辈子从来没有骑过比克拉维莱尼奥更加脚步稳健的坐骑。我真不明白马兰布鲁诺为何要毁掉这样一匹如此轻盈、如此矫健的坐骑，为何无缘无故就这样把它烧掉。"

"这个倒是可以理解的。"公爵夫人回答说，"他一定很后悔对三尾裙夫人和她的同伴们所做的事，当然还有对其他人造成的伤害。作为巫师和魔法师他一定犯下过其他罪行，所以想要毁掉犯错时用过的工具，而其中最主要，也让他最为不安的工具就是克拉维莱尼奥，因为其能够带他到处游荡。通过将坐骑烧成灰烬，也通过那个布告所发布的胜利纪念，伟大的堂吉诃德·德·拉曼查的价值将永垂不朽！"

堂吉诃德再次对公爵夫人表示感谢，晚饭之后便独自回到了房间,不同意任何人跟他一起进去服侍。他害怕面对任何可能引诱或强迫自己失去为心上人杜尔西内亚所保存的忠贞和矜持的机会(他心里一直想着阿马蒂斯的美德,他是游侠骑士中的精英和典范)。他在身后关上了门,借着两支蜡烛的光线脱下衣服。就在脱鞋的时候,啊!以如此的身份遭遇这样的不幸简直令人无地自容!并非他发出的叹息或异乎寻常的声音有损于他高风亮节的形象,而是一只袜子有足足两打针脚开线了,袜子变成了百叶窗。这位好心的先生痛苦极了,如果知道哪有一点儿绿色的丝线,他愿意拿一盎司的银子去交换(我说绿色的丝线因为他的袜子是绿色的)!

　　故事讲到这里,贝内赫里不由自主地写下了这样的句子:啊!贫穷,贫穷!我不明白那位伟大的科尔多瓦诗人[1]为什么会称呼你为"被辜负的神圣礼物"。

　　我虽身为摩尔人,却通过跟天主教徒的接触了解得很清楚:神性存在于慈悲、谦恭、信仰、顺从和贫穷。然而尽管如此,我还是要说,除了像天主教的一位大圣人[2]说的"像是一无所有的,却无所不有[3]"那种贫穷,也被称之为精神的贫穷,真正安贫乐道的人一定对上帝虔诚不渝。但是你!真正的贫穷,我说的正是你!为什么你总是更喜欢捉弄贵族和出身正派的人?为什么令他们不得不往鞋子上抹烟油,而外套上的扣子有的是丝绸,有的是粗糙鬃毛,还有的是玻璃?为什么他们中大多数人都不得不卷曲着衣领,而没有条件用模子浆洗?从这里可以看出浆洗和浆洗过的领子都是古已有之的风

1　指西班牙诗人胡安·德·梅那(1411—1456),诗引自其作品《幸福的迷宫》。
2　指圣保罗。
3　《圣经·哥林多后书》6:10。

俗。他接着说道：那些好出身的可怜人啊！为了要面子，明明关起门来吃糠咽菜，却要专门跑到街上假装用牙签剔牙，哪怕根本没吃任何需要清洁牙齿的东西！可怜的人！要我说，他们的面子如惊弓之鸟，总怕人们从一里格外就能看到自己鞋子上的补丁、帽子上的汗渍、斗篷上的线头和胃里的空虚！

看到针脚开线，堂吉诃德不禁思绪万千，不过看到桑丘给自己留下了一双行路的高靴，便又感到释然，第二天总算可以将就。他心事重重、满怀忧愁地躺下了，一方面是因为想念桑丘，另一方面是因为袜子破得无可挽救，那些针脚哪怕是用其他颜色的丝线补补也好啊！虽然这是一位贵族在拮据潦倒中泄露出贫穷的最显著特征之一。他吹灭了蜡烛。然而天气很热，他睡不着，便从床上爬起来，把装有铁护栏的窗户打开一条缝。这窗户朝向一座美丽的花园，刚一打开窗户，他就听到花园里有人在走动和说话。他侧耳细听，而窗下的人也刻意提高了嗓门，以便他能听清下面的对话：

"埃梅伦西亚，不要再坚持让我唱歌了，因为你知道，自从那位陌生人进入这座城堡，从我的眼睛看到他的那一刻起，我已经不会唱歌，只会哭泣了。更何况夫人她一向睡眠不沉，觉很浅，哪怕是用全世界的金子来换，我也不愿意被她发现我们在这里。说到睡眠，如果那位新来的'埃涅阿斯'沉睡不醒，根本听不到，那么我即使唱歌也是徒劳。他闯入我的心田就是为了羞辱我！"

"阿尔提西朵拉妹妹，别这么想，"另一个人回答说，"毫无疑问公爵夫人和这个家里的所有人都已经睡了，除了那位唤醒你灵魂的先生，也就是你心上的人。我感觉到他刚刚打开了房间的铁栏窗户，所以毫无疑问他一定还醒着。唱吧！我伤心的姑娘！在竖琴的伴奏下，轻声而柔情地歌唱吧！如果被公爵夫人发现，我们就说天太热了。"

"埃梅伦西亚，问题不在这里，"谨慎的阿尔提西朵拉回答说，"而是我不想让歌声泄露我的心事，从而被那些不明白爱情强大力量的人看成是一个任性轻浮的姑娘。不过，好吧，该来的总会来的，丢脸也好过心上阴霾笼罩。"

于是从花园里传来极其轻柔的竖琴声。听到琴声，堂吉诃德愣在那里不知所措。那一瞬间他的脑海中浮现出无数与之相似的奇遇，关于窗户、栅栏和花园，关于音乐、情话和晕厥，都是他在荒唐的骑士小说中读到的。他立刻想到，一定是公爵夫人的某位侍女爱上了他，而出于贞洁的矜持，她不得不将自己的爱意埋藏心底。他担心自己会向她投降，便暗暗下定决心，一定不能被她征服。他决定听听姑娘的演唱，并打起十二分精神全心全意地祈求心上人杜尔西内亚·德尔·托博索护佑。为了让姑娘们知道他在那里听着，他假装打了一个喷嚏。对此那两个姑娘感到非常高兴，因为她们所求无他，正盼着堂吉诃德的倾听。于是，阿尔提西朵拉起好调子，调好竖琴，开始唱起下面这首歌：

哦！你啊！你高枕无忧，
在洁白亚麻细布之间，
摊着双腿沉梦酣熟，
从黄昏到晨曦初露。

拉曼查的骑士如满天星斗，
论勇敢却无出其右，
你比阿拉伯的纯金，
更坚贞长久！

请听悲伤的姑娘倾诉，
她心比天高，命比纸薄，
在你双目的光芒中，
她感到灵魂被灼烧。
你四处寻找冒险，
为他人两肋插刀；
而对我造成的伤害，
却不肯设法治疗。

愿上帝保佑让你百结愁肠！
告诉我，狠心的勇士，
你是成长于利比亚，
还是哈卡的高山上？

难道是蟒蛇将你哺育？
或是，热带雨林的险恶，
和高山的崎岖，
有幸成为你的乳母？

强壮的杜尔西内亚，
她洋洋得意颇有缘由，
因为她征服了，
一只老虎，一头凶猛的野兽。

她将因此名满天下，

从艾纳雷斯到哈拉马,
从塔霍河到曼萨纳来斯,
从皮苏埃加到阿尔兰萨。

我愿与她交换身份,
甚至加赠她一件长袍。
那是我最华贵的衣裳,
连衣带都装饰着黄金珠宝。

啊!谁会在你的怀抱,
或在你的卧榻床梢,
为你把头皮轻挠,
将头皮屑打扫!

我太贪心了!我不配
得到如此特别的恩惠。
只要抚摩你的双足,
对卑微的女人已是荣宠加倍。

啊!该赠予你怎样的头盔衬帽,
怎样纯银打制的薄底软鞋,
怎样的大马士革长袜裹脚,
和怎样的荷兰斗篷外袍?

或是精致无比的珍珠?

每一颗都如球果般大小,
世上没有另一颗能与之匹敌,
所以被称为"无双之宝"!

不要从塔尔佩亚巨石上远眺,
熊熊烈火将我焚烧,
就算你是拉曼查的当代尼禄[1],
你的盛怒也无法将火焰再次点着。

我还是个孩子,稚嫩的姑娘,
年纪还没到十五,
十四岁零三个月,确切来讲,
我以上帝和自己的灵魂立誓无妨。

我既不跛也不瘸,
四肢没有任何损伤;
我的头发像百合花一样,
发梢一直垂到地上。

虽然嘴巴稍显突出,
鼻子略微塌扁,
牙齿好比颗颗黄玉,

---

[1] 尼禄,古罗马皇帝,放火烧了罗马城,自己站在塔尔佩亚巨石上观赏。

美貌却赛过天仙。
你若凝神细听，
便知我的嗓音堪称甜美，
我的身量，
比中等略差些微。
我的优点数不胜数，
都是你囊中之物；
我便是本府女仆，
名叫阿尔提西朵拉。

就这样，伤心欲绝的阿尔提西朵拉结束了歌唱，而被爱慕的堂吉诃德却开始忐忑不安。他深深叹了口气，自言自语道：

"但愿我是一个落魄游侠，没有哪个姑娘正眼瞧我，没有谁爱上我！举世无双的杜尔西内亚·德尔·托博索多么不幸，人们不肯让她独享我那无与伦比的坚贞！王后们，你们想让她怎样？女王们，为什么要对她穷追不舍？十四五岁的姑娘们，为什么对她横加指责？放过她吧！让这位可怜人赢得胜利，让她享受爱情带来的幸运并以此为荣！是爱情征服了我的心，让我向她交出了自己的灵魂。坠入爱河的姑娘，要知道，杜尔西内亚是唯一的！对她来说，我是千层饼、是蛋白酥，可对任何别的女人来说，我都是坚硬的磐石；我是她的蜜糖，却是你们的芦荟。对我来说，杜尔西内亚是唯一的美人，理性、忠贞、潇洒、出身高贵，而所有其他女人都是丑陋、愚蠢、轻浮、低贱的。大自然把我降生到这个世界是为了让我属于她，而不是属于任何其他人。阿尔提西朵拉，你哭吧！你唱吧！你绝望吧！还有那位害得我在被施了魔法的摩尔人城堡中饱受棍棒的名媛，我必须属于杜尔西内亚，不管是被煮了还是被腌了！我必将干干净净、清清白白、忠贞不渝，哪怕全世界的巫术和法力都从中作梗！"

他一下子关上了窗户，心中充满了悲伤和忧虑，仿佛遭遇了什么巨大的不幸。他在床上躺下，就让我们暂且将他留在这里，因为伟大的桑丘·潘萨正在召唤我们，他正准备开启一段著名的总督生涯。

第四十五回
伟大的桑丘·潘萨对岛屿的统治顺利开局

哦！矛盾万物的永恒发现者！世界的火炬！天空的眼眸！冰壶中的波纹因你而温柔荡漾！你在这里是提姆布里奥，在那里又是费伯；在这里是叛徒，在那里又成了医生、诗歌之父、音乐的发明者。你总是升起，虽然似乎会落下，其实永远都在！我想对你说，哦！太阳！在你的帮助下人类才得以繁衍！我想对你说，请帮助我，为我照亮天性中的黑暗，让我在叙述伟大的桑丘·潘萨如何治理领地时能够条理清晰。如果没有你，我会感到冷漠、沮丧和困惑。

上回说到，桑丘在一大群人的陪伴下来到了他的领地，那是公爵拥有的最好的镇子之一，有几千居民。人们告诉他此地名叫巴拉塔利亚小岛，有可能是因为这个地方本名叫作巴拉塔利奥，也有可能是因为这个领地给得实在便宜[1]。小镇四周高墙巍峨，一行人来到城门口，市政委员们一齐出城迎接。居民们敲锣打鼓，人人都表现得

---

1 巴拉塔利奥来源于西班牙文中"便宜"一词。

欢天喜地，前呼后拥地把他带到大教堂去感谢上帝，接着又通过一些荒唐可笑的仪式，把镇子的钥匙交给了他，并承认他为巴拉塔利亚岛的永久岛主。

这位新总督的衣服、胡子和又矮又胖的身材都让不明就里的人们感到惊奇，甚至连本来知道怎么回事的人也不胜讶异，这样的人可不在少数。最后，公爵的管家带他离开教堂，并让他坐上了法官宝座，然后说：

"总督先生，在这座小岛上有一个古老的习俗，凡是来接管这座著名岛屿的人，必须要回答一个稍显复杂困难的问题，以便镇民们能够从他的回答中试探、推测出新总督的才智，以及他们该为这位新总督的到来而感到高兴还是伤心。"

就在管家说这些话的当儿，桑丘看到椅子对面的墙上写着很多巨大的字母，因为他不识字，便问那面墙上画的都是些什么。人们告诉他说：

"大人，那里记录着大人您接管这座小岛的日期，铭文是这样写的：今天，某年某月某日，堂桑丘·潘萨先生接管了这座小岛，希望他任期长久。"

"他们管谁叫堂桑丘·潘萨？"桑丘问。

"就是大人您。"管家回答说，"在这座小岛上从来没听说过有另一个潘萨，除了此刻正坐在这张宝座上的这位。"

"那么，兄弟，记住，"桑丘说，"我可没有堂的称号，我的整个家族都没有过：我就叫桑丘·潘萨，我爸就叫桑丘，我爷爷也叫桑丘，我们全都是潘萨，没有任何'堂'或者'堂娜'的头衔。我猜在这座岛上'堂'的数量比石头还多！不过够了，上帝明白我的意思！而且啊，如果我这总督能当过四天，只要有可能我就把那些'堂'全都去伪存真一遍，因为里面大部分人一定像蚊子一样讨厌。管家先生请提出您的问题吧，我尽己所能回答您，看看会不会让臣民感到难过。"

就在这时两个人进了公堂，一个是农夫打扮，另一个像是裁缝，手里还拿着一把剪刀。裁缝说：

"总督大人！我跟这位农夫对簿公堂，是因为昨天他来到我店里——对了，请各位包涵，我是有执照的裁缝，愿上帝保佑——他手里拿着一块布问我说：'先生，这块布够做一顶帽子吗？'我比量了一下，回答说'可以'。我猜，而且我猜得准没错，他一定是以为我想要贪污他这点儿布头。他对裁缝有偏见，又动了这样的歪心眼儿，就故意问我够不够做成两顶。我一眼看穿了他的想法，也故意告诉他可以。可他却执迷不悟，不停地增加帽子数量，我也不停地告诉他可以。最后我们说好用这块布做五顶帽子。刚才他来取帽子，我把帽子交给他了，可他却不肯付我工钱，反而要我赔偿或退还他的布！"

"兄弟，是这样的吗？"桑丘问。

"是的，大人。"农夫回答说，"不过，请大人让他把给我做的那五顶帽子拿出来看看。"

"乐意之至。"裁缝回答说。

于是他把手从斗篷里伸出来，五个手指头上分别戴了五顶小帽子，说：

"这就是这位好人要求我做的五顶帽子。看在上帝的分上！以我的良心发誓！这块布没有剩下一丁点儿的布头，我可以把这几件作品请裁缝界的内行们做个鉴定。"

看到这么多帽子和这么离奇的案子，在场的人都哈哈大笑。桑丘想了一想，说："我认为在这桩案子上不该耽误太多时间，而应该凭借聪明才智当机立断。所以我判决裁缝不得索要工钱，农夫不得索要布料,这些帽子拿去送给监狱的犯人。就这样。"

如果说刚才的牧人钱袋案,总督的判决让周围的人惊叹不已,这个帽子案则引得大家忍俊不禁,不过最后一切都按照总督的命令执行[1]。两位老人来到总督面前,一个挂着一节大阿魏作为拐杖,另一个没有拐杖的人说:

"大人,几天前我借给这位好人十个埃斯库多金币,既是为了帮助他也是顺手做了件好事,不过条件是我找他要的时候他就得还给我。好多天过去了,为了不让他因为还钱再次陷入当初借钱时的困窘,我一直没找他要。可是因为感觉他似乎不情愿还钱,我后来便一次又一次地找他讨要,可他不但不还给我,还抵赖说我从来没有借给他这十个金币,而且就算我真的借过他钱,他也已经还给我了。我没有借款的证人,可他也没有还钱的证人,因为他根本就没有还给我!我希望大人您主持公道,如果他现在能对天发誓确实已经把钱还给了我,我就当场原谅他,而且永世不再追究。"

"对此你怎么说,挂拐杖的老人家?"桑丘问。

老人回答说:"大人!我承认他的确借钱给我了,请大人把您这根带有十字架的权杖递给我。既然他说了,只要听到我对天发誓就肯作罢,那么我将发誓我已经把钱还给他了,而且千真万确付清了。"

总督把权杖递给他,就在同时,这位老人把自己的拐杖递给了另一个老人,请他在自己发誓的时候帮忙拿着,仿佛手持拐杖特别碍事似的。接着,他把手放在权杖的十字架上,发誓说,对方索要的那十个金币确实是自己曾经借的,但已经亲手还给他了,可对方却因

---

[1] 作者笔误,将案件先后顺序写反了。

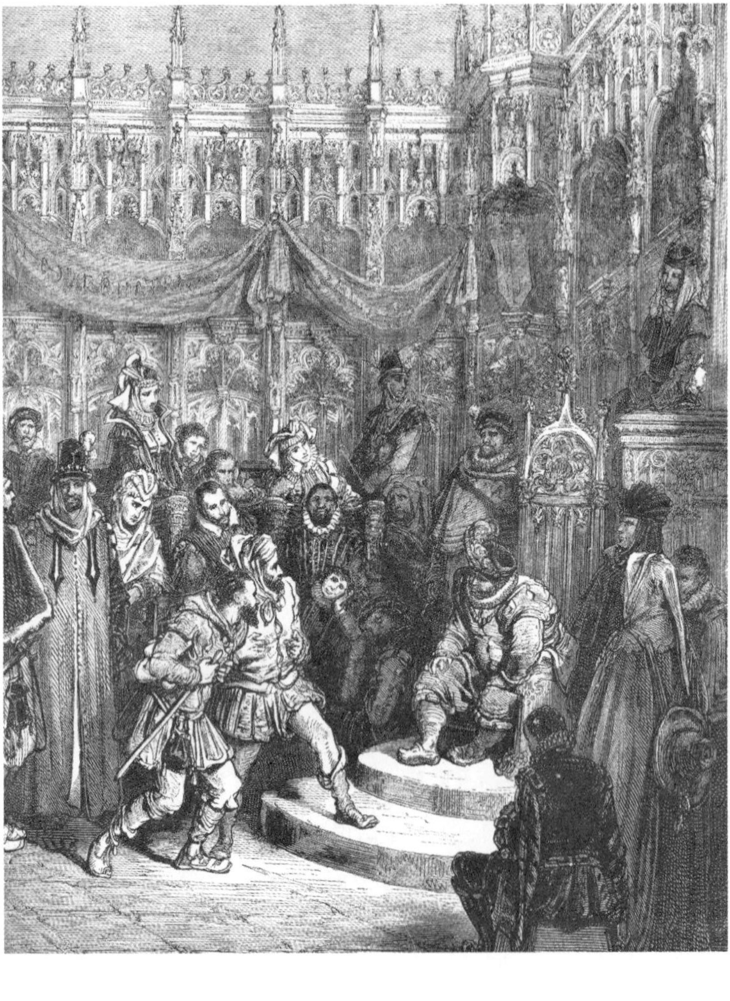

为不记得这件事,所以不停地找自己讨要。伟大的总督见此,便询问债权人对于此人的誓言有何答复,债权人回答说,他相信此人是个虔诚的基督徒,所以毫无疑问他说的是实话,一定是自己忘了他是何时、如何还的钱,从此刻开始自己再也不会找他讨要了。于是借钱的老人取回了他的拐杖,低着头离开了公堂。债务人大摇大摆地走了,债权人却无可奈何,桑丘见此情景,深深地低下头,用右手的食指摸着眉毛和鼻子,沉思了一会儿,然后抬起头,命人把已经离去的拄拐老人叫回来。人们把老人带了回来,桑丘一看见就对他说:

"好心人,请把这根拐杖给我,我需要用一下。"

"乐意之至。"老人回答说,"大人您请。"

他把拐杖递到桑丘手中。桑丘接过来,却转手递给另一个老人,并对他说:

"看在上帝的分上!你走吧,这样他就还清了你的钱。"

"我?大人?"老人回答说,"难道这根大阿魏值十个埃斯库多金币吗?"

"没错。"总督说,"否则的话,我就是全世界最大的笨蛋!我这就让所有人看看,我到底有没有统治整个王国的头脑!"

于是他命令当着所有人的面折断拐杖。人们照做了,打开拐杖,并在里面找到了十枚埃斯库多金币。所有人都惊叹不已,认为他们的总督是所罗门再世。

人们问他是如何推断出那根大阿魏里面装着十枚金币,桑丘回答说,他看到立誓的老人当时把拐杖交给了对方,然后才发誓说自己千真万确已经把钱还给了他,可在发完誓以后,他又把拐杖拿了回来。所以桑丘猜想,就是通过这个动作,他确实还清了所欠的债务。从中可以推断出,有些统治者虽然天资愚笨,但有时候上帝会指引他们通往理性。此外，他也曾听村里的神父讲过类似的故事，偏偏他的记性又特别好，对于任何愿意记住的事情都能过耳不忘，在这一点上，整个领地中没有任何人能与之匹敌。总之，两个老人走了，一个满面羞愧，另一个收回了欠款，使在场的人们都惊讶不已。负责记录桑丘言行和事迹的人，最终也无法确定应该认为他愚蠢还是聪明。

刚裁决完这件案子，只见一个牧人打扮、穿着光鲜的男人和一个女人紧紧地厮扭在一起，走进了公堂。女人大声喊道：

"公道！总督大人，请您主持公道！如果在世界上得不到公道，我上天也要找到！我的心肝儿总督大人！这个坏男人在光天化日下抓住我，像对待一块脏抹布一样蹂躏我的身体。我是多么不幸啊！他夺走了我守了二十三年的东西！不管是对摩尔人还是对基督徒，不管是对本地人还是对外地人，我一向守身如玉，如同橡树般坚贞，保护自己完整无缺，就像火中的壁虎或者黑莓中的白羊毛。可是现在，这位好人却两手空空地就把我给揉搓了！"

"这位帅哥到底是不是两手空空，还有待观察。"桑丘回答。

接着他转向那名男子，询问他对于女人的控告有何话可说。男子诚惶诚恐地回答说：

"大人们，我只是个可怜的养猪人。今天早上我离开镇子去卖了四头猪猡——不好意思这词不雅——为此交的商业税和其他税费都快赶上卖的价钱了。在回村的路上遇到这位好太太。魔鬼总是事事设圈套，处处挖陷阱，我竟然鬼使神差地跟她上了床。我给了她足够的钱，可她还是不满足，一直扯着我不放，还把我带到这儿来。她说是被强迫的，可我发誓，将来也可以发誓，她在说谎！这些全部都是事实，一点都没有遗漏。"

总督问他身上有没有带银币现金，他回答说怀里有大约二十个杜卡多金币，装在一个皮袋子里。总督命令他取出来交给控告他的那个女人，他颤颤巍巍地照做了。女人接过钱，对在场的人行了大礼，又说总督大人如此照顾受苦的孤女和少女，愿上帝保佑他长寿安康！接着她双手捧着袋子离开了公堂，走之前还没忘记看看里面是不是真的装着银币。

此时牧人早已泪流满面，目光追着钱袋子，连心也跟着一起去了。女人刚离开，桑丘就对牧人说：

"好人儿，你去追那个女人，不管她愿不愿意，把她的袋子抢回来，然后再跟她一起回到这儿来。"

小伙子可是既不傻也不聋，一听到这句话，立刻闪电般跑出去执行总督的命令。所有在场的人都好奇地等着看这桩案子到底是何结局。没过多久，这一男一女回来了，又拉扯在一起，比头一次进来的时候扭打得还要厉害。女人长袍撩起，皮袋裹在裙兜里，而那个男人奋力想要从她怀里抢过来。但这根本不可能，女人拼死捍卫，还大声喊道：

"天理啊！公道啊！总督大人！您快看看！这个没良心的，不要脸！真是胆大包天了！这光天化日，众目睽睽的，就想抢走大人您命令他给我的袋子！"

"那他抢到了吗？"总督问。

"怎么可能？"女人回答说，"想从我这儿抢走袋子，除非先杀了我！想得倒美！我可不是什么黄毛丫头！哪怕是一群猫扑到我脸上也不怕，别说这个令人恶心的倒霉蛋了！甭管什么钳子、锤子、木槌、凿子的，谁也别想从我的手指缝儿里抠出来，哪怕是狮子的爪子呢！除非把我开膛破肚把心掏出来！"

"她说得有道理。"男人说，"我认输，实在没力气了。我承认自己的力气不足以从她那里抢到袋子,我放弃。"

于是总督对女人说:

"万夫莫开的正直女士,请把那个袋子拿出来。"

女人把袋子递给总督,总督却还给了那个男人,并对那个并非被胁迫反而有能力胁迫别人的女人说:

"我的姐妹,你保卫这个袋子的时候展现出了非凡的气魄和勇气,如果你用同样的、甚至哪怕是一半的气魄和勇气来捍卫你的身体,即便是赫丘利的力量也无法强迫你。看在上帝的分上,赶紧滚吧!不许留在这座小岛和岛外方圆六莱瓜的范围内,除非你想挨两百下鞭子!滚吧!说谎精!不要脸的女人!骗子!"

女人惊慌失措,低着头灰溜溜地走了。总督对牧人说:

"好人,看在上帝的分上,带着你的钱回自己村里去吧。你要是不想再受损失,从今往后可别再想着跟任何人上床了。"

男人感恩戴德,千恩万谢地走了。在场的人再次被新总督的机智判决震惊。这一切都被史家一一记录,并立刻写信告知公爵,因为公爵正翘首以盼。

关于好桑丘的遭遇就先讲到这里,他的主人也已经迫不及待地想见我们了,此刻他正因为阿尔提西朵拉的歌声而惊慌失措。

第四十六回
堂吉诃德回应痴情的阿尔提西朵拉,却受到铃铛和恶猫的恐怖惊吓

前几回说到,伟大的堂吉诃德听到痴情少女阿尔提西朵拉的歌

声,心乱如麻。他心事重重地躺下,纷乱的思绪如同跳蚤一样,再加上发现长袜开线的烦恼,不由得辗转反侧,片刻不得安宁。然而时间总是脚步轻盈,也没有任何栏杆可以阻挡,骑士飞快地度过了数个小时,很快白天就来临了。一感觉到天亮,堂吉诃德立刻离开了柔软的被窝,毫无倦意地穿上了那身岩羚羊皮的衣服,为了掩盖长袜所遭遇的不幸,又穿上了行路靴。他身披猩红色大氅,头戴一顶绿色天鹅绒的帽子,还装点着银色的绦带。他把佩剑带披在肩头,上面挂着那把锋利的宝剑,又系上一直随身携带的巨大玫瑰念珠,一本正经、大摇大摆地往前厅走去。在那里,公爵和公爵夫人已经正襟危坐,静候他大驾光临。不过此时阿尔提西朵拉和她的另一位侍女朋友正在长廊中等着他,一看到堂吉诃德经过,姑娘就假装晕了过去,她的朋友用裙摆接住她,急忙替她解开胸前的扣子。堂吉诃德看到这一切,便来到她们面前说:

"我知道为什么会发生这样的意外。"

"我怎么不知道?"她的朋友回答说,"阿尔提西朵拉是家里最健康的侍女,自从我认识她以来,从来没有听到过她哪怕是呻吟过一声!如果全世界的游侠骑士都如此薄情寡义,愿他们全都倒霉!阁下您快走开吧,堂吉诃德先生,只要阁下您在这里,这个可怜的姑娘就不会醒过来。"

堂吉诃德回答说:"女士,麻烦阁下您今晚在我的房间放一架诗琴,我会尽己所能宽慰这位不幸的少女。对于刚刚萌芽的爱情来说,迅速浇灭她的希望往往是最好的解决办法。"

当时不少人在场,为了不成为人们议论的话题,他说完立刻就走了。他离开以后,晕倒的阿尔提西朵拉醒了过来,对她的同伴说:

"一定要给他安排一张诗琴。毫无疑问,堂吉诃德是打算唱歌给我们听。既然是他的音乐,一定不会差。"

于是两人把长廊上发生的事以及堂吉诃德的要求都禀告了公爵夫人,公爵夫人听了十分开怀,跟公爵和侍女们约定搞个恶作剧捉弄一下堂吉诃德,纯为逗乐,无伤大雅。于是大家都高高兴兴地等着天黑,而夜幕的降临跟白天来得一样快,公爵夫妇在跟堂吉诃德意兴盎然的对话中度过了这一天。公爵夫人还派了她的一个小仆人——就是在树林中扮演中了魔法的杜尔西内亚的那个——这次他以本来面目和真实身份前往特蕾莎·潘萨家,带着她丈夫桑丘·潘萨的信,和他留下要寄给她的那包衣服。夫人还交代他,回来一定要详细转述他跟特蕾莎之间的所有对话。

做完这一切,到了晚上十一点,堂吉诃德在房间里找到一架比韦拉琴。他试了一下音,打开窗栏,感觉到花园里有人在走动。他检查了比韦拉琴的所有弦枕并尽其所能调了音,然后干咳了一声,清清嗓子,接着,用一种略带沙哑又略显做作的嗓音,唱了下面这首歌,是当天他亲自谱写的:

爱情拥有魔力
让灵魂癫狂不已
无所事事的闲暇
正是爱神可乘之机

缝纫和绣花以及
终日忙碌不息
才是爱情焦灼之毒
最好的药剂

待字闺中的
幽居女郎
贞洁和赞誉
是最丰厚的嫁妆

游侠骑士和
穿梭于宫廷的朝臣
迷恋放荡女人
却同贞洁的少女结婚

有一种爱情如朝阳初露
却脚步匆匆
转瞬就变成西山日暮
还未开始就已结束

稍纵即逝的爱情啊
今日方至,明日已成黄花
爱人的模样啊
尚未在灵魂深深刻下

画上叠画,如何看真
难以显露,更不留痕
我早已心有所属
再难容纳他人

我的灵魂如木板平整

杜尔西内亚·德尔·托博索

以无法磨灭的方式

被铭刻至深

恋人之间的坚贞

是最珍贵的部分

爱情会创造奇迹

也会让人变得至高至纯

    堂吉诃德正唱着，公爵和公爵夫人、阿尔提西朵拉以及城堡里几乎所有人都在听他歌唱，突然，毫无预兆地，就在他房间窗棂正上方的走廊里，有人解开了一根长绳，上面挂着的一百多个铃铛掉了下来，接着又放出一大袋子猫，每只猫的尾巴上也都拴着一个小铃铛。铃铛的声音再加上猫群的喵呜声惊天动地，连恶作剧的策划者本人公爵夫妇自己都吓了一跳。堂吉诃德更是惊恐万状，动弹不得。偏巧又有两三只猫从他房间的窗户护栏钻了进来，在屋里到处乱窜，仿佛有一整个军团的魔鬼在里面扫荡。它们扑灭了房间里点燃的蜡烛，到处寻找能逃离的地方。系着大铃铛的绳子不停地放下来又提上去。城堡里大多数人都不明真相，不由得纷纷心惊胆寒。

    堂吉诃德霍然站起，拔剑出鞘，一边对着窗栏胡乱挥砍，一边大声喊道：

    "出去！居心险恶的魔法师！出去！施巫术的无赖！我是堂吉诃德·德·拉曼查，在我身上，你们任何险恶用心都不可能得逞，也不会产生作用！"

接着他又转过身，对着在房间里到处乱窜的猫连连劈砍，猫纷纷跑向窗栏，从窗口逃走了。但有一只猫被堂吉诃德的剑逼急了，便扑到他脸上，用爪子抓住他的鼻子，又挠又咬，剧痛之下，堂吉诃德不禁高声惨叫。公爵和公爵夫人听到号叫声，立刻猜到发生了什么事，便迅速赶到他的房间，用备用钥匙打开房门，看到这位可怜的骑士正全力挣扎着，试图把猫从自己脸上拔下来。看到这场力量悬殊的战争，大家掌着灯一拥而入。公爵赶上去帮忙把双方分开，堂吉诃德却大声喊道：

"谁也别插手赶走它！让我跟这个魔鬼赤手空拳对战！这个巫师！魔法师！我要让他知道，谁是堂吉诃德·德·拉曼查！"

然而这只猫却根本不理会什么威胁，只顾一边"喵喵"叫着，一边使劲抓咬。不过最后公爵还是让它松开了爪子，并从窗口赶走了。

堂吉诃德的脸被抓得像个筛子，鼻子也惨不忍睹，又因为人们没有让他亲自了结跟险恶的魔法师之间这场激烈的鏖战而满心烦恼。仆人们取来金丝桃药膏，阿尔提西朵拉亲自用雪白的手为他的伤口打上绷带。姑娘一边绑纱布，一边低声对他说：

"铁石心肠的骑士，发生在您身上的所有厄运，都要归咎于您的冷漠和固执。愿上帝保佑您的持盾侍从桑丘忘记鞭笞他自己，这样您深爱的杜尔西内亚就将永远无法摆脱身上的魔法，您也永远无法拥有她！至少在我活着的时候，您休想跟她结成连理，因为我爱您！"

听到这番话，堂吉诃德除了深深叹了口气之外，一句话也没有回答。他躺在床上，对公爵夫妇的帮助表示感谢，倒不是因为怕了那只变幻成猫形、有魔法、戴铃铛的无赖，而是因为感激公爵夫妇赶来相救的好意。公爵夫妇留他独自安静下来，离去时也不免因为开玩笑过了火而感到愧疚，因为他们万万没想到这个恶作剧竟然会让堂吉诃德付出如此沉重和昂贵的代价。他在屋里整整关了五天，卧床不起，不过他躺在床上却遭遇了另一桩比刚才那桩更加好笑的奇遇。但我们的历史学家不打算立刻讲述，咱们先赶到桑丘·潘萨那里看看，他正劲头十足又笨拙可笑地忙于他的统治。

第四十七回
继续讲述桑丘·潘萨在总督任上的所作所为

上回故事讲到，从公堂出来，桑丘·潘萨被带到了一座富丽堂皇的宫殿。在宫殿一个大厅里，已经摆下了一张豪华而整洁无瑕的餐桌。桑丘一进入大厅，就响起笛号声，四位仆人为他端上洗手水，桑丘一本正经地接受了。

音乐停下来，桑丘在桌首落座，因为只有那里摆了一个座位，而且整张餐桌上没有其他餐具。有个人站在他身边，手里拿着一根鲸骨手杖，后来才知道那是个医生。仆人们揭开一块无比华丽的洁白餐巾，下面盖着水果和各种各样的美味珍馐。有一个看上去像是学生的人做了祝福，然后有仆人为桑丘系上了一块带花边的围嘴。另一个充当餐厅侍者的仆人挪过来一盘水果，但桑丘一口都还没来得及吃，拿手杖的人用手杖碰了碰盘子，人们便飞快地将它从桑丘面前端走了。餐厅侍者又端过来另一盘菜，桑丘正要尝一口，可他还没来得及够到，那根手杖已经先碰到了盘子，于是一位仆人用跟端走水果一样的迅疾速度把盘子端走了。桑丘见状十分惊讶，他看了看众人，问这顿饭是不是必须得像变戏法那样吃。对此，拿着手杖的人回答说：

"总督大人，这里用餐的习惯和风俗跟其他领地没什么两样。至于我，大人，我是医生，在这个海岛领薪水是为这里的总督们行医治病的，我关心总督们的健康远甚于自己的健康。我夜以继日地研究和探索总督这个复合体，就是为了在他生病时能够正确地治疗。我的主要工作就是协助他的午餐和晚餐，让他吃下我认为对健康有利的东西，而不要吃我认为会对身体造成伤害或对胃不好的东西。所以我命令他们撤掉了果盘，因为湿气太重，而另一盘菜我也让他们撤掉了，因为太烫，而且放了过多的调料。调料会让人口渴，而喝水太多会杀死黏液并消耗黏液的湿度，黏液可是生命的根本。"

"照这么说，那盘看起来非常美味的腌石鸡不会对我造成任何伤害。"

医生听了回答说："只要我活着一天，总督大人就不能吃石鸡。"

"可是，为什么？"桑丘问。

"因为我们的祖师爷希波克拉底[1]，也是医学界的泰山北斗，有一句名言叫作：Omnis saturation mala, perdicis autem pessima。意思是说，吃得太饱本就不好，石鸡[2]过量就更糟糕。"

"如果是这样的话，"桑丘说，"就请医生先生看看这张餐桌上所有的菜肴，哪个对我最有好处，哪个对我伤害最小，就让我吃这些，不要再用手杖碰它们了。既然上帝把我安排到这个职位，那么以总督的生命起誓，我已经快饿死了！不管医生先生会多么烦恼，也不管他

1　希波克拉底（约前460—前377），古希腊医生，被称为"医学之父"。
2　这句并非希波克拉底所言，且原话应为"面包"而非"石鸡"。

费多少口舌，不让吃饭不但不会让我更健康，反而会要了我的命！"

"总督大人，阁下您说得很有道理。"医生回答说，"我的看法是，阁下您不要吃那盘烹兔肉，因为这是一种复杂的菜肴。至于那盘嫩牛肉，如果不是腌渍过又用卤汁浸泡的话，倒还可以尝一尝，但既然是那样做的，想都别想。"

于是桑丘说："再往前有一盘菜还在冒热气，我看那是盘杂烩吧？既然大杂烩里面有那么多不同种类的东西，一定有某样是我喜欢，又对我有好处的。"

"Absit（切忌）！"医生说，"快别说了！这么无知的想法早该抛得远远的！世界上没有比大杂烩更糟糕的食物了，那是受俸牧师和学校校长们吃的，或者当农家婚礼菜肴也行，可总督们的餐桌必须得十二分精心仔细地照料。对任何人来说，无论在什么地方，单一的食材永远都比复合的食材更保险，因为单一的食材不可能发生错误，可是复合食材只要改变各成分的用量就可能出现问题。不过以在下愚见，为了保护健康、增强体质，总督先生此刻应该吃的是一百片薄脆饼和几片薄薄的温荸肉，能平顺胃气，并有助于消化。"

桑丘听到这番话，往后一仰，靠在椅背上，目不转睛地看着医生，然后用很严肃的口气问他，叫什么名字，在哪里上的学。对此，医生回答说：

"总督先生，我是佩德罗·瑞西澳·德·阿古埃罗医生。我的家乡是一个叫作提尔特阿非拉的村子，就在卡拉科鲁尔到阿尔莫多瓦·德尔·康柏沿路的右侧。我是在奥苏纳大学获得的医生资质。"

桑丘怒气冲冲地回答说："那么，来自卡拉科鲁尔到阿尔莫多瓦·德尔·康柏沿路右侧的提尔特阿非拉，毕业于奥苏纳的佩德罗·瑞西澳·德·阿古埃罗医生先生，请立刻从我面前消失！否则，向太阳发誓！我会拿根棍子，从阁下您开始，把整个小岛的医生打得一个不留！至少是那些我认为的庸医，至于那些智慧、谨慎、理性的医生，我会把他们捧上月亮的尖角，赋予他们神一般的荣耀。我再说一遍，佩德罗·瑞西澳从我这里滚开！否则，我就用坐的这把椅子敲碎你的脑袋！等我任期结束你再来找我算账吧，我卸任的时候会声明自己为上帝做了一件好事，那就是杀了一个坏医生、共和国的刽子手！你们快给我拿吃的，否则，你们来当总督吧！连饭都吃不上的职位，根本一文不值！"

医生见总督大发雷霆，不免惊慌失措，正想溜出大厅，但就在那一刻，街上响起了驿车的军号。餐厅侍者从窗口探出身去，又回头说：

"信使来自我的主人公爵大人，他一定是带来了什么重要的公文。"

信使汗流浃背、慌里慌张地跑进来，从怀中掏出一封信交到总督手中。桑丘又递给管家，命令他读一下信封上的文字。信封上是这么写的："致堂桑丘·潘萨，巴拉塔利亚海岛的总督，烦交亲启或呈其秘书启阅。"桑丘听到这里，问：

"谁是我的秘书？"

在场的一个人回答说："是我！大人，因为我能读会写，而且是比斯开人。"

"既然是比斯开人，"桑丘说，"你完全可以胜任国王陛下的秘书。请你打开信看看上面说了什么。"

这位刚刚上任的秘书依言照做。他读了信的内容，禀报说这是一桩需要单独商议的机密事件。桑丘命令所有人退出大厅，屋里只剩下管家和餐厅侍者，其他人和医生都离开了。于是这位秘书朗读

395

了信,是这样写的:

> 堂桑丘·潘萨先生,我得到消息说有几个敌人不知道哪天将趁夜偷袭咱们的岛屿。你最好不要睡觉,保持警惕,免得被打个措手不及。我还了解到,有四个乔装打扮的奸细已经潜入镇里,目的就是取你的性命,因为他们很害怕你的才智。请务必睁大眼睛,警惕任何靠上来跟你说话的人,不要吃别人赠送的东西。万一你陷入困境,我一定会来救你。也请你在处理任何问题时充分利用自己的知识和能力,不要辜负我们的期望。
>
> 您的朋友
> 公爵
> 于八月十六日凌晨四点

桑丘听了目瞪口呆,在场的其他人也假装惊讶不已。桑丘转身对管家说:

"现在必须要做,而且是必须马上做的,就是把瑞西澳医生关进单人牢房。因为如果说有人要杀我的话,那就是他了,而且是用最卑鄙、最令人痛苦的死法,那就是活活饿死。"

"我也认为,"餐厅侍者说,"阁下您还是不要吃这张餐桌上的任何东西,因为这些都是修女们奉送的,常言道,十字架后面藏着魔鬼。"

"这点我不否认。"桑丘回答,"暂时先给我一块面包和四磅葡萄吧,或者给多少都行,葡萄是不会有毒的。毫无疑问我不可能一直不吃饭，而且如果要为眼下威胁我们的这场战役做好准备的话，就必须吃得饱饱的，因为是肚子在支撑脑子，而不是脑子支撑肚子。你，秘书，请给我的主人公爵大人回信，告诉他我会原原本本按照他的吩咐去做，一点也不会遗漏的。再替我向我的女主人公爵夫人行吻手礼，请求她不要忘了派信使把我的信和一包衣服给我老婆特蕾莎·潘萨送去，这样做就是对我极大的恩惠，我会竭尽所能写信给她。顺便，你再插一句，向我的主人堂吉诃德·德·拉曼查行吻手礼，好让他知道，我可是个知恩图报的人。而你，好秘书，善良的比斯开人，如果你想到什么适合这个情境和场合的话，都可以加进去。现在把这餐桌撤了，给我拿点吃的。无论有多少间谍、杀手和魔法师与我和我的岛屿为敌，让我把他们跟吃的一块儿收拾了！"

这时有一位仆人进来禀报：

"这里有一个告状的农夫，想向大人您禀告一件事情，据他说，是件非常重要的事。"

"这些告状的人可真奇怪。"桑丘说，"难道他们无知到这种地步，不懂得现在不是上门告状的时候吗？难道我们这些总督和法官不是有血有肉的人，不应该在必要的时候休息一下吗？难道他以为我们都是大理石做的？看在上帝的分上！凭良心说：如果我能统治得长久——虽然我猜肯定长久不了——我会让那些诉讼人明白的。现在，告诉那位好人让他进来，不过先看好了，别是间谍或者图谋不轨的杀手。"

"不会的，大人，"仆人回答说，"因为他看上去傻头傻脑的，而且，除非是我见识短浅，不然他一定是个像软面包一样的好人。"

"没有什么可害怕的。"管家说，"我们都在这儿呢。"

"餐厅侍者，"桑丘说，"现在佩德罗·瑞西澳医生已经不在这里了,能不能给我吃点什么有分量、能顶饿的东西?哪怕是一块面包和一颗洋葱呢?"

"今天的晚餐一定能弥补此刻食物的欠缺,大人您一定会满意并且得到补偿。"餐厅侍者说。

"愿上帝保佑!"桑丘回答说。

这时农夫进来了,相貌堂堂,隔着一千里格就能看出这人身材高大、一表人才。他说的第一句话就是:

"这里谁是总督先生?"

"除了坐在椅子上的这位,"秘书回答,"还能有谁?"

"大人请受我一拜。"农夫说。

于是他跪倒在地,请求桑丘伸出手给他亲吻。桑丘拒绝了,命令他站起来说明来意。农夫听从了吩咐,说:

"大人,我是一个农民,来自米盖尔·图拉,一个距离雷阿尔城两莱瓜远的镇子。"

"又来了一个提尔特阿非拉?"桑丘说,"说吧,兄弟,我能告诉你的就是米盖尔·图拉这地方我很了解,跟我们镇相距不远。"

"那么,事情是这样的,"农夫继续说,"感谢上帝的慈悲,我在神圣的罗马天主教会的恩准下结了婚,有两个儿子都是学生,小儿子在攻读学士,大儿子在攻读硕士。我是个鳏夫,因为老婆已经死了,或者更准确地说,是怀着孩子的时候被一个蹩脚医生杀死了。如果上帝开恩让孩子顺利生下来,而且是个儿子的话,我一定也会让他去学习并且攻读博士,这样他就不会嫉妒攻读学士和硕士的两个哥哥。"

"就是说,"桑丘说,"如果你老婆没死,或者说没被杀死的话,你现在就不是鳏夫了?"

"不是，先生，绝对不会是。"农民回答。

"很好，"桑丘说，"继续吧，兄弟，现在可是该睡觉而不是打官司的时候。"

"我是说，"农夫继续讲道，"我那个将要成为学士的儿子爱上了同村一位名叫克拉拉·培尔莱林娜的姑娘，也就是非常富有的农夫安德雷斯·培尔莱林诺的女儿。'培尔莱林'这个姓不是来自他们的祖先，也不是从其他世系继承来的，而是因为这个家族所有人都患有麻痹症，为了让名字好听一点才叫作培尔莱林。不过说实话，那姑娘如同一颗东方的珍珠：从右边看像田野中的一朵花，不过从左边看就没那么美，因为她少了一只眼睛，那是在出天花的时候瞎的；虽然她脸上坑坑洼洼的，但深爱她的人们说那些不是麻子，而是埋葬情人们灵魂的坟墓。她特别爱干净，为了不把脸弄脏，总是把鼻子向上翘着，正如人们常说的，好像正努力逃离嘴巴。

"无论如何，她非常美丽：嘴巴很大，要不是门牙和槽牙加起来缺了十颗还是十二颗，一定可以跟形状最完美的嘴巴一较高下。关于嘴唇，我更没什么可说的，因为它们是如此单薄秀气，以至于如果有拿嘴唇纺织的风俗，她的两片嘴唇可以拔成丝线。不过最神奇的是，她嘴唇的颜色跟一般嘴唇的颜色不同，介于蓝绿之间，有点像茄子。如果我对于这位终将成为自己儿媳妇的姑娘，样貌描绘得过于详细，还请总督先生原谅，那是因为我很爱她而且觉得她很不错。"

"你随意。"桑丘说，"听你的描述我也能顺便消遣一下。要是我吃过饭了的话，对我来说，你画的肖像就是最好的餐后甜点。"

"我很想服侍您用甜点，"农夫回答说，"不过即使现在没有，到时候一定会吃到的。我是说，先生，如果能够描绘出她的优雅和身量，那将是件令人惊叹的事。不过这实在不可能做到，因为她是驼背，整个人蜷缩着，膝盖顶到了嘴巴。但尽管如此，完全可以看出，如果把她掰直了，脑袋一定能顶到天花板。她本来已经把手交给了我的学士儿子并答应做他的妻子，但不幸的是她没有办法把手伸直——她的手只能攥成一个结。无论如何，通过布满凹槽的长指甲，她表露出了自己的心意。"

"好吧，"桑丘说，"兄弟，你已经把她从头到脚都形容过了，还是说重点吧。你想要什么？有话直说，不要绕弯子、穿巷子，也不要鸡零狗碎、东拉西扯。"

"大人，我希望，"农夫回答说，"请阁下您行行好，给我的亲家写一封推荐信，请求他开恩同意这桩婚事，因为我们两家不管是论财富还是论出身，都是门当户对的。说实话，总督大人，我儿子中了邪，那些邪恶的灵魂没有哪天不折磨他三四遍的。而且有一次他掉进火堆，如今脸皱得跟羊皮纸一样，眼里总是泪水涟涟，常年溃烂。可是他的性格真像个天使，而且要不是他老是自己棒打自己，或者抽自己耳光，那他一定是个受祝福的人。"

"好人儿，你还有别的要求吗？"桑丘问。

"还有一件，"农夫说，"但是我不敢说。不过，去他的，怎么也不能烂在心里吧！爱咋咋地！我是说，大人，我希望阁下您能给我三百或六百个杜卡多金币，用来资助我学士儿子的婚事。我的意思是，帮他安个家，因为不管怎么说，他们必须得自立门户，不要依赖于专横霸道的丈人和丈母娘。"

"你好好想想还有没有别的，"桑丘说，"不要因为觉得为难或不好意思就不说了。"

"没有了，就这些。"农夫回答说。

他话音刚落,总督站起来,抓起自己本来坐着的椅子,说:

"我敢打赌,没心没肺的堂乡巴佬先生,如果你不立刻从我面前滚开躲起来,我就用这把椅子打得你脑袋开花!婊子养的无赖!魔鬼本人的画师!在这种时候你来找我要六百个杜卡多?我上哪儿找那些钱去?龌龊小人!就算我有,我凭什么要给你?死皮赖脸的笨蛋!米盖尔·图拉也好,培尔莱林也好,这一家子跟我有什么关系?从我面前滚得远远的,否则,以我的主人公爵大人发誓,我刚才说的话一定会做到!你一定不是从米盖尔·图拉来的,而是某个无赖为了试探我才派你来到这个地狱的。没良心的,你倒说说看,我当上总督还不到一天半,怎么可能攒下六百个杜卡多?"

餐厅侍者对农夫做了个手势,示意他离开大厅,于是农夫低着头走了,看上去很害怕总督朝他发火。这个无赖把自己的角色演得活灵活现。

不过我们暂且让桑丘先发着火,但愿周围看热闹的人群能平静下来。让我们回到堂吉诃德那里,他正满脸打着绷带,治疗猫抓的伤痕,直到八天以后才痊愈。其中有一天他遇到了一件事情,熙德·哈梅特承诺,不管是多么琐碎的细节,都会像讲述这个故事中其他情节一样细致、真实。

第四十八回
发生在堂吉诃德与公爵夫人的嬷嬷罗德里格斯太太之间的事,以及其他值得叙述、值得铭记的事情

堂吉诃德伤得不轻,脸上缠着绷带,心情无比焦虑和忧伤。他

再次相信，与游侠骑士道相伴相生的厄运不是经由上帝之手，而是通过猫的爪尖实现的。他整整六天没有公开露面，其中的一天晚上，他正辗转难眠，思考着自己的不幸和阿尔提西朵拉的纠缠不休，突然感觉有人在用钥匙打开自己房间的门。他立刻以为那是痴情的姑娘前来对他的忠贞发起进攻，试图让他失去对杜尔西内亚·德尔·托博索小姐应有的信仰。

"不！"他对自己的判断深信不疑，便出声说道，"全世界最美丽的女人也不足以让我停止爱慕那已经深深刻在我脑海中、烙印于我内心最深处的姑娘！我的小姐，你永远都不会改变！不管你变成粗俗的村姑，还是金色塔霍河上纺织金线和丝绸布匹的仙女，不管梅尔林或蒙特西诺斯把你带到任何地方，无论何处你都是我的，无论何处我都是、也将永远是你的！"

就在他发表完这番长篇大论的一瞬间，门开了。他站在床上，从头到脚裹在一条黄色床单里，脑袋上顶着一只头套，脸上和胡子上全是绷带——脸上缠绷带是因为抓伤，而胡子缠绷带是为了不让它们倒挂下来或垂下来——这样奇特的装束使他看上去简直是人类能够想象到的最离奇的鬼魂。

他目不转睛地盯着门，本以为会看到那位为他神魂颠倒的可怜姑娘阿尔提西朵拉从门里进来，谁知进来的是一位非常高贵的管家嬷嬷，戴着豪华的洁白头巾，长长的头巾将她整个裹起来，从头到脚都盖住了。她左手拿着半支点燃的蜡烛，右手挡着光，以免烛光照到眼睛，还戴了一副巨大的护目镜。她的脚步既稳健又轻柔。

堂吉诃德从高处望着她，见她如此穿戴，又沉默不语，以为是某个巫婆或女魔法师，穿着这样的衣服来对他施什么邪恶的巫术，便急急忙忙开始画十字。等渐渐看清人影，她已经走到房间中央，

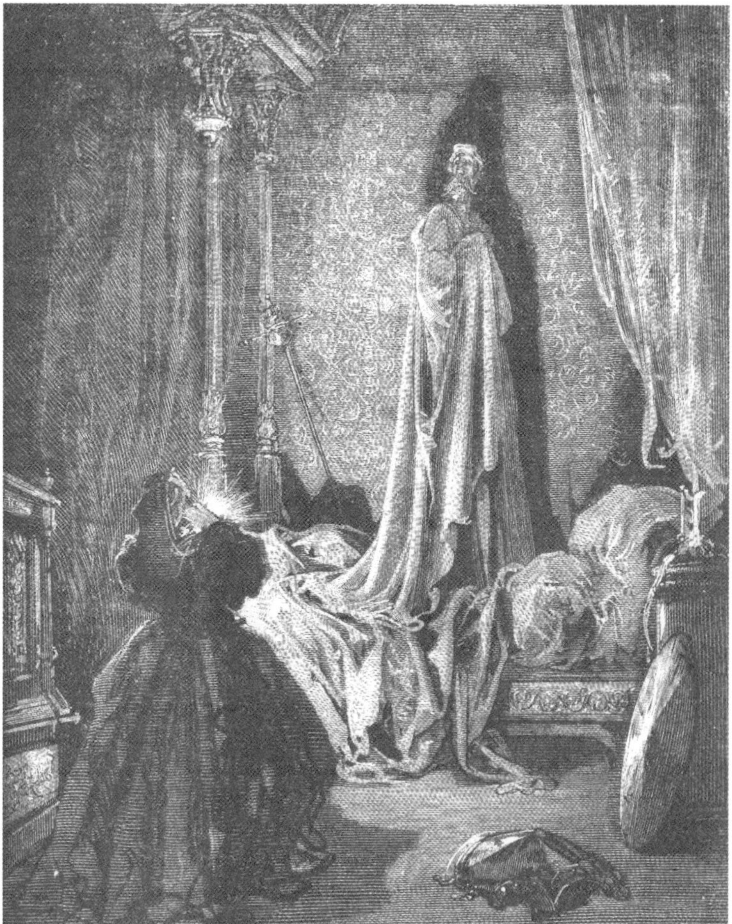

一抬头看到堂吉诃德正飞快地画着十字。如果说堂吉诃德看到这样一个形象感到害怕的话,她看到他的样子也吓了一跳:个子那么高,全身黄色,床单和绷带都让他面目全非。管家嬷嬷大声喊道:

"耶稣啊!我看到的那是什么?"

一惊之下,她手中的蜡烛掉了,屋里一片漆黑。她转身想要离开,却因为心慌害怕被自己的裙子绊住了,重重地摔倒在地。堂吉诃德战战兢兢地说:

"我恳求您,不管您是鬼魂还是什么,请告诉我您是谁,想要对我干什么!如果您是苦难的冤魂,就告诉我,我会竭尽所能为您申冤。不但因为我是天主教基督徒,而且立志为全世界造福,正是为此我选择了游侠骑士这个事业,它的职责广泛,甚至包括帮助炼狱中的灵魂。"

被吓坏的管家嬷嬷听到这番恳求,从中推断出堂吉诃德也同样恐惧,便用痛苦的语调低声说:

"堂吉诃德先生,如果阁下您真的是堂吉诃德的话,事情并不像阁下您认为的那样。我不是鬼魂,也不是幻影,更不是炼狱的灵魂,而是罗德里格斯太太,我的女主人公爵夫人身边最尊贵的管家嬷嬷。我来找您是因为一件事情,正是阁下您常常帮助解决的那种麻烦。"

"告诉我,罗德里格斯管家嬷嬷,"堂吉诃德说,"阁下您莫非是来当说客的吗?我告诉您,感谢美貌举世无双的杜尔西内亚·德尔·托博索,我对谁都没那种意思。总而言之,罗德里格斯管家嬷嬷,我的意思是如果阁下您把求爱的口信搁到一边,就可以重新点上蜡烛进来。正如我刚才所说,除了挑逗性的甜言蜜语,我们可以谈论任何您吩咐的事情,或任何您愿意谈论的事情。"

"我的先生,我不给任何人传递口信。"管家嬷嬷回答说,"阁下您错看我了。我还没老到那个程度，要靠做那样的傻事过活。感谢上帝！我的身体和头脑都保养得很好，满口的门牙和槽牙也都还不错，虽然因为一场感冒掉了几颗，这种感冒在阿拉贡这个地方十分流行。不过请阁下您稍等一下，我出去点上蜡烛，然后马上回来向您讲述我的苦难。您就是全世界所有苦难的救星。"

她没有等他回答就离开了房间，堂吉诃德在房间里平复了一下心绪，若有所思地等待着。但是，关于这桩新的奇遇，他又不禁胡思乱想起来，觉得自己这么做不妥，有这样的想法更不对，容易陷入危险，丧失对于心上人所承诺的信仰。他对自己说：

"谁知道呢？魔鬼总是心机莫测又诡计多端，他用女王、王后、公爵夫人、侯爵夫人或者伯爵夫人没有得逞的计谋，会不会现在又想用一个管家嬷嬷欺骗我？我可听很多聪明人说过，只要魔鬼愿意，他可以丢卒保车。谁知道在这一片静谧中，男女独处的时机会不会点燃我沉睡的欲望，让我到了这把年纪再落个晚节不保的下场？在类似的情形下，最好还是一走了之而不是在这里等待接受考验。不过，我肯定是疯了！竟然产生这么荒唐的想法，说出这样的胡话！一个戴着超长白色头巾的管家嬷嬷，连眼睛都挡得严严实实，即便是全世界最无耻的人，也不可能产生淫荡的想法。难道世界上有好皮肉的管家嬷嬷吗？地球上哪个管家嬷嬷不是刁钻粗鲁、矫揉造作的？好吧，管家嬷嬷们，滚出去！你们对任何人类的趣味来说都一无是处！啊！听说有位太太，安排了两尊跟真人一般无二的管家嬷嬷雕像，戴着护目镜倚着小靠垫在会客厅旁边做针线活儿，在装点客厅门面这一点上与真人无异，这才是最正确的做法！"

说着，他从床上跳下来打算把门关上，不让罗德里格斯太太进来。可是刚要关门，罗德里格斯太太已经点着一支白色的蜡烛回来

了。她凑近一看,堂吉诃德裹着床单,绑着绷带,戴着有护耳的头套,也就是四角帽,吓得倒退了两步说:

"骑士先生,我们这样没问题吗?在我看来,阁下您从床上起来可不是什么坐怀不乱的迹象。"

"太太,这也正是我想问的。"堂吉诃德回答说,"请您告诉我,我一定不会受到威胁和强迫吧?"

"骑士先生,您是在向谁寻求这一安全保证?"管家嬷嬷问道。

"这是在请求您。"堂吉诃德回答说,"因为我不是泥塑木雕,您也并非铁石心肠;此刻不是光天化日上午十点,而是半夜三更,已过了夜里一点。而且在我看来,此地比背信弃义、胆大包天的埃涅阿斯侵犯美丽而仁慈的狄多[1]那个山洞还要更封闭、更隐秘。不过无论如何,太太,请把手给我,我想要的承诺不过是保持自己的禁欲和矜持,以及您这无比尊贵的头巾所提供的安全感。"

说着,他亲吻了她的右手,然后携起她的手,而她也以同样庄重的仪式把手伸给了他。

(此处熙德·哈梅特在括号中感叹,看到这两个人手牵手一起从门口走到床边,看在穆罕默德的分上!他甚至愿意付出自己仅有的两件斗篷中更好的那件。)

最后,堂吉诃德躺在床上,罗德里格斯太太离得远远的,坐在一把椅子上,既没有摘下护目镜也没有放下蜡烛。堂吉诃德蜷着身子,全身盖得严严实实,除了脸以外没有露出任何部分。等两人都平静下来,首先打破沉默的是堂吉诃德,他说:

---

1 狄多,传说中的迦太基女王,曾爱上埃涅阿斯。

"我的罗德里格斯嬷嬷,现在阁下您可以把心里所有的悲痛和哀伤都和盘托出了,我会以美德的耳朵倾听,用慈悲的行动拯救。"

"我相信必然如此。"嬷嬷回答说,"从阁下您风度翩翩的外表就能看出,我可以期待完全符合基督教义的虔诚答案。好吧,堂吉诃德先生,事情是这样的:虽然阁下您此刻看到我坐在这张椅子上,身在阿拉贡王国的腹地,穿着死气沉沉又老气横秋的管家嬷嬷的长袍,其实我是奥维耶多的阿斯图里亚斯人,我的家族是那个省份中最高贵的姓氏之一。可惜我福薄命浅,因为父母不善料理,家道中落,他们便把我带到了马德里的宫廷。在马德里,他们为了甩掉包袱,也为了避免我遭遇更大的不幸,便安排我去给一位高贵的小姐当侍女。阁下您要知道,在抽结法绣花和白色布料装饰方面,我这一辈子还没被人比下去过。我的父母亲把我留在那里,自己回到了家乡,不过那以后没几年他们都去世了,应该是上了天堂,因为两人都是极其虔诚的天主教基督徒。我成了孤女,靠一点微薄的薪水和宫廷中给女仆的一些悭吝恩惠度日。

"在那期间,家里的一个侍从爱上了我,虽然我并没有给他机会。那是一个已经上了年纪的男人,胡子浓密、仪表堂堂,最重要的是,他的出身像国王一样高贵,因为他是蒙塔尼雅人。谁知我们之间的交往不够隐秘,最后还是被女主人发觉了。为了避免各种流言蜚语,她安排我们在罗马天主教会圣母玛利亚的恩准下结了婚,婚后生下了一个女儿。如果说我曾得到过幸福的话,那么这个女儿终结了我的幸福。我倒并没有死于难产,当时生产得很顺利。然而在那以后不久,我的丈夫就在一场事故中死于非命。正好此刻有时间讲述这场事故,我相信阁下您一定会感到惊奇。"

这时她开始轻声啜泣,继续说道:

"堂吉诃德先生,请阁下您原谅我,实在没有办法忍住泪水。每次想起自己的不幸遭遇,都禁不住泪流满面。我的上帝啊!当时我的女主人气势威严地坐在一头强壮的母骡鞍后,那骡子黑得就像煤玉一样!有一点我不得不说明一下,以便您能了解我那好丈夫的良好教养和周到体贴。那时候不像现在,既不用马车,也不用手持的马鞍,太太小姐们都是坐在侍从的鞍后。在马德里圣地亚哥大街的入口处,他们遇到一位刚出宫廷的市长带着两名下级官吏。因为街道很窄,所以我那好心的丈夫看到他的时候,便拉住了母骡的缰绳以示尊敬。我的女主人当时正坐在鞍后,见此情形低声对他说:'你干什么,倒霉蛋?你没看见我在这里吗?'

"而那位市长出于客气,也拉住了马的缰绳,对他说:'先生,请您继续前行,我原该亲自陪伴卡西尔达小姐的。'

"这正是我女主人的名字。我丈夫摘下帽子拿在手中,依然坚持让市长先行。女主人见状怒不可遏,从梳妆匣里取出一枚大头针,甚至我猜是一把锥子,一下扎进他的腰部。我丈夫大叫一声,全身扭曲,把女主人摔到了地上。两名仆人上来扶起她,那位市长和随行的下级官员也上来搀扶她。瓜达拉哈拉门外一片混乱,我是说,周边有不少无所事事的人。女主人只好下来步行,而我丈夫赶到医生家里时,据说所有内脏都碎成两半了。他的迂腐被一传十、十传百,男孩子们都当街嘲笑他。因为这个,也因为不识时务,我的女主人把他辞退了。毫无疑问,他是受到这个打击才会命丧黄泉的。

"我成了寡妇,无依无靠,还要拉扯女儿。她渐渐长大,美丽得如同海里的泡沫。后来,我的女主人嫁给了公爵大人,成了公爵夫人。因为我的绣功闻名遐迩,她决定把我和我的女儿一起带到阿拉贡王国。在这里过了很多年,我女儿长大了,天生丽质,集全世界优雅于一身；唱歌像百灵一样动听，行动像思维一样灵巧，舞步像着魔一样疯狂；她识文断字，不亚于学校的老师，算起账来毫厘不差。至于她的整洁，我什么都不用说了，连流动的水都不会比她更干净。如果我没记错的话，她现在应该已经有十六岁五个月零三天了。

"长话短说，我的主人公爵大人有一个管辖的村子，离此不远，村里有一个非常富裕的农夫，他的一个儿子爱上了我的姑娘。两人神不知鬼不觉地开始私会，他信誓旦旦说要成为她的丈夫，可是跟我女儿上了床以后却不愿意兑现诺言。我的主人公爵大人对这件事一清二楚，因为我不止一次，而是再三再四向他申诉过，请求他命令那个农家小伙跟我女儿成婚，可他总是装聋作哑，对我根本不予理睬。这是因为那个负心人的父亲是如此富有，不但借给他钱，还不断地为他的呆账作保，所以公爵不愿意惹怒他或者给他带来任何烦恼。所以，我的先生，希望阁下您能肩负起为我们母女雪耻的责任，不管是好言相劝也好，还是通过武力也好。

"全世界都知道阁下您来到这个世界上就是为了打抱不平、惩奸除恶、庇护弱者。如今就在阁下您眼皮底下，我女儿孤苦无依，她年轻美丽，具备我告诉您的所有那些美好品质，看在上帝的分上！凭良心说，在我女主人所有的侍女中，没有任何一个配给她提鞋的。有一个被人们叫作阿尔提西朵拉的，她是众所周知最放荡、最不羁的侍女，跟我女儿比起来差着二里格远。我的先生，阁下您要知道，发光的不一定都是金子。这个小阿尔提西朵拉，她的狂妄僭越了美貌，放荡超过了矜持，而且也不是很健康，因为她身上有一股死人的味道，跟她在一起待一会儿都受不了。甚至连我的女主人公爵夫人……我还是不说了，常言道，隔墙有耳。"

"罗德里格斯嬷嬷，我以生命恳求您坦诚相告，我的女主人公爵夫人到底怎么了?"堂吉诃德问。

"既然您这样求我,"管家嬷嬷回答说,"我不得不如实回答您的问题。堂吉诃德先生,阁下您是否注意到我的女主人公爵夫人美丽的脸色,就像是一把打磨抛光的宝剑。那白里透红的脸颊,仿佛一面闪耀着太阳,另一面照耀着月亮。她引以为豪、傲视群芳的这种美貌,是不是似乎所到之处都洋溢着健康?可是阁下您要知道,这份美貌首先要感谢上帝,然后要感谢她两条腿上两个溃烂的创口,邪恶的液体都从那两个创口中排出,据医生们说,她体内充满了这种液体。"

"圣母玛利亚!"堂吉诃德说,"这怎么可能?我的女主人公爵夫人怎么会有那样的创口?哪怕是赤足派教士这样说,我也不会相信的!可是既然罗德里格斯管家嬷嬷这样说了,这应该是事实。但这样的创口,在这样的部位,排出的不该是液体,而应该是固体的琥珀。千真万确,我到现在才相信,在身体上人工切开创口一定是对健康很重要的事。"

堂吉诃德话音刚落,突然一声巨响,房间的门被打开了。罗德里格斯太太被这撞击声吓了一跳,手中的蜡烛掉了,房间里立刻一片漆黑,正如人们常说的,像黑洞洞的狼口。接着,可怜的管家嬷嬷感觉有人用双手勒住自己的脖子,力道如此强大,让她连害怕的机会都没有。另一个人一言不发,迅速撩起她的裙子,用一个像是拖鞋的东西开始抽打她,打得她死去活来。虽然堂吉诃德也感到十分痛苦,但他没有从床上起来,因为不知道究竟是怎么回事,所以他一动不动、一声不吭,提心吊胆生怕自己也逃不过一顿毒打。他的担心不无道理,因为那些沉默的刽子手在把不敢抗议的管家嬷嬷痛打一顿之后,又来到堂吉诃德那里,掀开他的床单和床罩,对他狠狠地又掐又拧,逼得他不得不拳打脚踢地进行自卫。

所有这一切都是在惊人的沉默中进行的,战斗大约持续了半个小时,鬼魂们终于走了。罗德里格斯太太收拾好裙子,为自己的不幸悲叹呻吟着,也从门口离开了,一句话也没有留下。堂吉诃德又剩独自一人,浑身青紫,疼痛难忍,既困惑又忧虑。且让他这样待着,冥思苦想那个狠毒的魔法师究竟是谁,让自己落到如此地步。不过时机一到,事情自有分晓,此刻桑丘·潘萨正在召唤我们。如果说整个故事是一场交响乐,为了保持曲调和谐,我们必须先去看看桑丘·潘萨。

第四十九回
桑丘·潘萨巡视小岛

此前我们留下伟大的总督大光其火,焦虑不安,那位善于形容又厚颜无耻的农夫正是由管家授意的,而管家是得到了公爵的授意来捉弄桑丘。但桑丘虽然愚笨粗鲁又无知,却震住了身边所有的人,其中也包括在公爵的机密信件宣读完毕后回大厅的佩德罗·瑞西澳医生。桑丘对众人说:

"现在我总算实实在在地明白了,法官和总督们一定是铁打的,才不会因为那些诉讼人的纠缠不休而感到烦恼。不管发生什么事,这些人只关心自己的官司,分分秒秒、一刻不停地想让官员们听他们陈述案情,替他们秉公断案。如果可怜的法官不听申诉,不给断案,或者因为无法接待,甚至只是没有在规定的时间接待他们,他们立刻就会对官员们横加指责,不但风言风语,还会恶语相向,甚至问候总督全家。愚昧无知的诉讼人！你们别着急，等着吧，有你们控告的时候和机会。可别在吃饭、睡觉的时间过来，因为法官们也都是有血有肉的人，在身体需要的时候也得顺从天性。不过我是个例外，到现在还没满足身体需求，还没吃饭呢！这都拜此刻在场的佩德罗·瑞西澳·提尔特阿非拉医生先生所赐，他想让我活活饿死！居然还说这是向生而死，那就愿上帝把这样的生命赐给他和他的所有同党！当然，我说的是庸医们，优秀的医生值得奖励棕榈叶和月桂叶。"

所有认识桑丘·潘萨的人听到他说出这番头头是道的话都不免诧异，谁也不明白他是如何做到的，只能归结于权高位重的身份不是让人变傻，就是让人变得更有见识。总之，佩德罗·瑞西澳·阿古埃罗·德·提尔特阿非拉医生承诺当天晚上一定给他吃晚饭，哪怕是违背希波克拉底所有的名言。对此总督感到满意，他焦急地等待着夜晚的降临，等待着晚餐时间到来。可越是心急，时间越是仿佛静止了似的一动不动。最后他望眼欲穿的时刻终于到了，晚餐时准备的是腌牛肉配洋葱，还有炖得火候十分好的牛蹄。桑丘敞开肚皮，吃得十分尽兴，就好像面前摆的是米兰的鹧鸪、罗马的雉鸡、索伦托的牛肉、莫龙的石鸡或者拉瓦霍斯的鹅一样。他一边吃晚饭，一边回头跟医生说：

"看，医生先生，从今以后您不用费心给我准备什么奢侈的食物或者精致的菜肴了，这样只会让我的胃发疯，因为这只胃已经习惯了羊肉、牛肉、腌猪肉、咸肉干、萝卜和洋葱，如果喂它别的什么宫廷盛宴，它一定吃得别别扭扭的，甚至有时候还会恶心反胃。餐厅侍者能做的就是把那盘叫作杂烩的菜给我端上来，腌得越陈，闻起来越香，只要是吃的，他都可以随心所欲塞进这盘菜里。我会感谢他，而且总有一天会报答他的。谁也别笑话我，反正不是活就是死：但愿我们所有人都安生和气地吃饭过日子，因为当上帝宣布天亮的时候是一视同仁的，所有人的天都一起亮起来。我管理这个领地既不会容忍特权，也不会收受贿赂，全世界都瞧好了！各人管好自己的事，我会让他们知道，魔鬼就在某处，正如人们常说的，什么也别想瞒过我！只要我有机会，有他们好看的！谁要是变成蜜糖，就有苍蝇来吃了你们！"

"说真的，总督大人，"餐厅侍者说，"阁下您说得很有道理，我以这个领地中所有属民的名义向您保证，他们一定尽心尽力，以全部的勤勉、爱和仁慈为您效力。阁下您就任伊始就对臣民如此温和，他们不会产生任何对您不利的想法，也没有余地去做那样的事。"

"我相信这一点，"桑丘回答说，"如果他们打算或真的做出什么傻事，就是一群笨蛋！我再说一遍，要好好喂养我和我的毛驴，这是所有事情中最重要也最有意义的。现在是时候去巡视了，我想把所有污秽、散漫的闲杂人等统统清理出这个领地。朋友们，我告诉你们，在一个共和国里，游手好闲和好吃懒做的人就像是蜂箱里的雄蜂，只顾侵吞勤劳蜜蜂们的蜂蜜。我打算帮助农民、保卫贵族们的高贵地位、奖励品德美好的人，最重要的是，要保障宗教和宗教人士的尊严。朋友们，你们觉得怎么样？我是不是说了几句聪明话？"

"总督大人，您说的全是聪明话，"管家说，"听说阁下您没读过书，我还以为您胸无点墨，此刻竟然说出这么多充满真知灼见的话，我感到很惊讶。不管是派我们来的人，还是被派到这里来的人，所有人都认为阁下您的才能超出了大家的预期。世界上真是每天都有新鲜事发生：恶作剧变成了现实，捉弄别人的人反而被捉弄了。"

天黑了，在瑞西澳医生的许可下，总督用过了晚膳，众人为巡视做好了准备。桑丘带着管家、秘书和餐厅侍者，还有那位负责记录他一言一行的史学家，以及下级官员们和书记员们，浩浩荡荡，几乎能组成一个中等规模的军团，桑丘拿着权杖走在中间。也是事有凑巧，没走出几条街，就听到一阵刀枪的声音。众人赶过去一看，是两个男人在打架。一见司法人员，他们立刻住了手，其中一个说：

"上帝啊！国王啊！就在村里怎么会遇到公开抢劫？而且竟然当街跳出来打人！"

"好人儿，你别着急。"桑丘说，"我就是总督，告诉我你们为什么打架。"

另一个人抢着说："总督大人，我尽量简短地告诉您。大人，这位帅哥刚刚从对面的那家赌场赢了一千多雷阿尔金币，上帝知道他是怎么赢的！我当时就在现场，还不止一次在他赢得蹊跷的时候替他说好话，这可是完全违背了我的良心啊！他赢了钱，我等着他给我小费，怎么也不能少于一个埃斯库多吧？给我这样的人付小费是惯例和风俗，不管怎么说，是我们在帮他抵赖，避免纠纷。而他把钱装进腰包就离开了赌场，我很不高兴地跟在他后面，好言好语、很有礼貌地请求他给我哪怕是八个雷阿尔呢！他知道我是老实人，既没有工作也没有收入，因为我的父母既没有教我什么技能也没有留下任何财富。这个不要脸的东西！他就是跟卡克一样的强盗，跟阿德拉迪亚一样的老千！他只肯给我四个雷阿尔！总督大人，阁下您要知道，他是多么寡廉鲜耻、狼心狗肺！不过，要不是阁下您及时赶到，我一定让他把赢的钱都吐出来，他才会知道二加二等于几！"

"对此你怎么说？"桑丘问。

另一个人回答说，对方所言句句属实，而自己只愿意给他四个雷阿尔是因为已经给过他很多次小费了。况且只要没人知道他们出老千，赚到的钱来路不正，那么等着收小费的人应该态度谦恭，对金主笑脸相迎，而不是跟赢钱的人斤斤计较、讨价还价。他能够证明自己是个好人，而不是对方说的强盗，最好的证据就是自己一分钱都不肯给，只有出老千的人才会一直给识破的旁观者们上供。

"这话没错。"管家说，"总督大人，阁下您看，该拿这两个人怎么办？"

"这两人必须得这样处理，"桑丘回答说，"你，赢钱的人，不管你是好是坏还是不好不坏，立刻给跟你打架的这个人一百个雷阿尔，此外你还必须另外掏出三十个雷阿尔给监狱里的穷人。至于你，既没有工作也没有收入，所以在这个领地里是多余的，你拿上这一百个雷阿尔，明天一早立刻离开这个领地，流放十年。如果你违反这个处罚，我就把你挂在耻辱柱上，让你到另一个世界去接受惩罚，或者至少由我派去的刽子手行刑。谁也不许反驳，否则就狠狠地打手板。"

一个人掏出了钱，另一个人接过去；一个离开了领地，另一个回了家。总督说：

"现在，除非我是个窝囊废，否则我一定关停那些赌场，因为我认为它们非常有害。"

"至少这一家，大人您可没法关掉。"一个书记员说，"因为这是一个大人物开的，而他每年在纸牌上损失的钱跟他赚到的钱比起来简直是九牛一毛。大人您也许能在其他没那么有分量的阿猫阿狗身上显示您的权威，那些才是危害最大、最藏污纳垢的地方。因为在高贵的骑士和官员开的赌场里，即便是出了名的老千和赌鬼也不敢玩弄伎俩。而且既然赌博的恶习已经成了流行的活动，最好还是在正规赌场里玩，而不要随随便便找一家。在那种地方，人们深更半夜随便抓住哪个倒霉蛋就会生生地敲诈一番。"

"好吧,书记员,"桑丘说,"我知道这件事情说来话长。"

这时候一个警察抓着一个年轻人过来说:

"总督大人,这个小伙子本来是迎面走过来的,可是一看到我们像是司法人员,转身撒腿就跑,跑得像雄扁角鹿一样快,这说明他做贼心虚。我跟在他后面,要不是因为他绊倒摔了一跤,可能永远都追不上他。"

"小伙子,你为什么逃跑?"桑丘问。

年轻人回答说:"大人,是为了不用回答那些低级官员无穷无尽的问话。"

"你是干什么工作的?"

"我是织工。"

"织什么?"

"不瞒阁下您说,织长矛的铁。"

"你这是逗我玩呢?想蒙我?好吧,那你这是去哪儿?"

"大人,我不过是去透透气。"

"在这个领地内,什么地方能透气?"

"有风的地方。"

"好,好,你这话真有意思!小伙子,你很聪明,不过你就把我当成风吧!我把你一路顺风地吹向监狱。哈!抓住他,把他带走!今晚给他找个密不透风的地方睡觉!"

"看在上帝的分上!"小伙子说,"阁下您要让我在监狱里睡觉,就像让我当上国王一样不可能!"

"为什么我不能让你在监狱里睡觉?"桑丘问道,"想抓你就抓你,想放你就放你,难道我没有这个权力吗?"

"不管阁下您有多么大的权力，也无法让我在监狱里睡觉。"

"怎么不能？"桑丘说，"立刻把他带走，让他亲眼看着希望破灭！不管官员多想收受你的贿赂，只要他让你从监狱里踏出一步，我就判他缴纳两千个杜卡多的罚款！"

"真是笑话！"小伙子回答说，"事实上，所有的活人加在一起都不可能强迫我今晚在监狱里睡觉。"

"魔鬼！你说说看，"桑丘说，"难道会有什么天使来救你吗？我要给你套上脚镣，难道他能给你打开吗？"

"总督大人，"年轻人神态自若地回答说，"现在我们就来讲讲道理，说正题吧。假设阁下您下令把我关进监狱，在监狱里给我戴上手铐脚镣，并塞进单人牢房。而且如果官员把我放出来的话，就得交高额罚款，所以他也一定按照您的吩咐去做。但是即便如此，如果我自己不愿意睡觉，而是整夜都醒着，不闭上眼睛，阁下您有再大的权威，难道能逼迫我睡觉吗？"

"不，当然不行。"秘书说，"他这番道理没毛病。"

"你的意思是，"桑丘说，"你不睡觉不过是因为自己不想睡，而不是为了跟我对着干？"

"不，大人。"年轻人说，"想都不敢这样想。"

"那么快滚吧！"桑丘说，"滚回自己家去睡觉！愿上帝保佑你做个好梦，我可不希望你失眠。不过我给你个忠告：从今往后别拿司法当儿戏，你捉弄法官，终会自食其果。"

年轻人离开了，总督继续巡视。没过多久，两个警卫扭送着一名男子走过来，说：

"总督大人，这个穿着男人衣服的人，其实是个女人，而且长得不赖。"

417

有两三盏灯笼靠近她的眼睛，就着灯笼的光，大家看到一张女人的脸，十六岁上下，头发用金丝和绿色丝绸编织的发网拢在一起，美丽得如同一千颗珍珠。大家从头到脚打量她，只见她穿着猩红色丝绸长袜，袜带是白色的塔夫绸，坠着金子和珍珠的流苏，肥腿裤是绿色镶金的布料，上穿一件散开式套头衣服或者叫短外套；外套下面露出一件金色和白色相间、用极其精美的布料做成的紧身上衣；脚上穿着一双男式的白色鞋子。她没有佩剑，而是佩着一柄极其华丽的匕首，手指上戴着很多贵重的指环。总之，大家都对这个姑娘印象不错，可是在场的人谁也不认识她，连本地人都猜不出她可能是谁。而最惊讶的莫过于那些参与恶作剧、捉弄桑丘的同谋者了，因为这个意外遭遇可不是他们安排的。所以大家都犹豫不决，不知道这件事情该如何解决。

桑丘震慑于姑娘的美貌，便问她姓甚名谁，要去哪里，又为何要穿这样的服装。而她羞愧难当地低着头，诚恳地回答说：

"大人，我不能当众说出一个对我来说如此重要的秘密。但有一件事希望您了解：我既不是强盗也不是什么歹徒，只是一个不幸的少女，因为一些争风吃醋的傻事，才不得不放弃矜持、抛头露面。"

管家听到这番话，对桑丘说："总督大人，请您吩咐众人离开，这样这位小姐才不至于难堪，能说出她想说的话。"

总督依言下了命令，除了管家、餐厅侍者和秘书，所有人都散开了。见只剩下这几个人，姑娘才接着说：

"诸位大人，我是佩德罗·佩雷斯·马索尔卡的女儿，他是镇上收羊毛税的税吏，常常去我父亲家里。"

"这可说不通。"管家说，"小姐，我很了解佩德罗·佩雷斯，知道他没有孩子，既没有儿子也没有女儿。而且你先说他是你父亲，接着又补充说他常常去你父亲家。"

"这一点我也发现了。"桑丘说。

"各位大人,我实在太惊慌了,不知道自己在说什么。"姑娘回答说,"事实上,我是迭戈·德·拉·亚那的女儿,诸位应该都认识他。"

"这么说还差不多,"管家回答说,"我认识迭戈·德·拉·亚那,也知道他是一个高尚而富裕的贵族,有一个儿子和一个女儿。然而在他太太去世之后,整个镇子上都没人见过他女儿的面,因为他把女儿关了起来,连太阳都不叫看见。不过尽管如此,传说她非常美丽。"

"没错,"姑娘回答说,"这个女儿就是我。关于我容貌的传言是否属实,大人们,你们已经亲眼验证,因为你们看到我了。"

说着她开始柔声地哭泣。秘书见状,凑到餐厅侍者耳边小声说:

"出身这么高贵,却在这样的时间,穿着这样的衣服在外面游荡,这位可怜的姑娘一定是遇到了什么重大的事情。"

"这是毫无疑问的。"餐厅侍者回答说,"何况她的眼泪也印证了这个猜测。"

桑丘用自己能想到的最好的话安慰她,并请她直言相告,不要有任何顾虑,因为所有人都会真心实意地帮她想办法,采用所有可能的手段解决问题。

"大人们,事情是这样的。"姑娘回答说,"十年前我的母亲入土长眠,从那时起我的父亲一直将我幽闭在家。我们在一个华丽的祈祷室做弥撒,而整整十年,除了白天看到天上的太阳,夜晚看到星星和月亮之外,我从来没有见过别的东西。我不知道街道、广场和庙宇都是什么样,更没见过除了父亲和弟弟之外的男人。当然还除了那个收税员佩德罗·佩雷斯,因为他常常来我家,所以我才误把他说成是我父亲。父亲不许我离开家,连去教堂都不让,很久以来，这种幽居生活让我感到非常难过。我想看看世界，至少看看自己出生的镇子，我认为这种愿望与贵族小姐们应该保持的优雅矜持并不相悖。所以当听说有奔牛和骑马格斗的游戏，还要上演喜剧，我就缠着比我小一岁的弟弟，请他告诉我那些都是怎么回事，再讲讲很多其他我从来没见过的东西。虽然他竭尽所能详细地描述给我听，但是这一切反而让我更加渴望亲眼看看。总之，简而言之，我做的傻事就是再三恳求我弟弟……真希望我之前没有这样向他苦苦哀求……"

于是她又哭了起来。管家对她说：

"小姐，阁下您继续说。赶快告诉我们究竟发生了什么事，因为您的话和您的眼泪让我们所有人都悬着心。"

"没有多少可说的了，"姑娘回答说，"虽然的确有很多眼泪要流，因为错误的念头和愿望只会酿成苦果，不会带来其他的结局。"

姑娘的美丽已经在餐厅侍者的心上留下深深的印记，他又把灯笼凑过去以便再次打量她。在他看来，她流的不是眼泪，而是珠玉或草地上的露珠，甚至他还想更加讴歌赞美，将它们比作东方珍珠。他希望她的不幸遭遇并没有这哭声和叹息声所表现出来的那样严重。总督对于姑娘迟迟不讲完她的故事失去了耐心，便催她快讲，不要再卖关子了，因为天色已晚，他们在镇上还有很长的路要走。姑娘抽抽搭搭地哭着，还夹杂着杂乱的叹息，说道：

"我并没有遭遇什么不幸，只不过是恳求弟弟用他的衣物把我打扮成男人，找一天晚上等父亲睡觉的时候带我出去看看整个镇子。他被我纠缠不过，只好迁就我，满足了我的愿望，给我穿上这套衣服。他自己则穿上了我的衣服，居然十分合身，又因为他没有胡子，所以看上去俨然就是一个非常美丽的姑娘。今天晚上，大约一个小时之前，我们从家里溜出来，幼稚淘气的两个人转遍了整个村子，正打算回家的时候，突然看到一大群人。弟弟对我说：'姐姐，这是总督大人巡视来了！快放开步子跟着我跑，别让他们发现我们！要不然可就说不清了。'说着，他便转过身去开始飞奔起来。可是我惊慌失措，没跑几步就摔倒了，于是被那位官老爷赶上，把我带到阁下您面前。在这么多人面前，我为自己的胡闹和任性感到无地自容。"

"真的吗，小姐？"桑丘说，"您没有遇到别的难题，也没有因为争风吃醋而从家里跑出来，就像您一开始说的那样？"

"我没有遇到任何事情，也没有因为争风吃醋而离家出走，只是想看看这个世界。具体而言，也不过是想看看这个镇子的街道而已。"

最后警卫们抓到了她的弟弟，其中一个警卫在他跟姐姐跑散的时候追上了他，由此证实了姑娘所言不虚。他下身穿着华丽的短裙，肩披蓝色大马士革披巾，上面还缀有精美的金绦带；头上没有戴头巾，也没有任何其他装饰品，然而他本身的头发金黄卷曲，简直就像纯金的指环。总督、管家和餐厅侍者把他叫到一边，在他没有跟姐姐通气的情况下，问他为何如此打扮。小伙子跟姐姐一样羞愧难当，他讲述了事情的经过，跟姐姐的叙述丝毫不差。对此，已经坠入爱河的餐厅侍者感到如释重负，但是总督对他们说：

"先生们，毫无疑问，这小姑娘很了不起，不过讲述这件胡闹大胆的事情并不需要流下那么多的眼泪，也不需要那么多叹息。只要说'我们是离家出走的姐弟，离开父亲的家只是为了找些消遣，满足一下好奇心，没有其他任何意图'，这故事就能讲完了，不用这样吞吞吐吐、哭哭啼啼的。不过算了，该怎么办就怎么办吧。"

"没错。"姑娘回答说，"不过大人们你们要知道，我当时太过惊

421

慌失措,根本没有办法保持应有的风度。"

"这无关大碍。"桑丘回答,"我们走吧,把你们俩送回父亲家,也许他还没有发现你们不见了。从今往后不要再这么幼稚了,也不要对世界这么好奇,因为俗话说,贞洁少女都是养在深闺,打断了腿;女人瞎溜达,比母鸡迷路更可怕;说人是非者,必是是非人……"少年对总督的好意表示感谢。于是,大家一起朝他们家走去,没走多远就到了。弟弟朝栅栏扔了一块小卵石,有一位一直等待他们的女仆立刻下来打开门,姐弟二人进了家门,留下所有人都惊讶不已。一方面惊讶于他们的优雅和美貌,另一方面也感叹他们趁夜在镇子上看看世界的愿望,不过一切都归咎于他们年纪太小。

餐厅侍者深深爱上了那姑娘,打算第二天就向她父亲求娶她为妻。他认为这家人一定不会拒绝,因为自己是公爵的仆人。甚至连桑丘都动了把自己的女儿小桑恰嫁给那个小伙子的念头,并决定时机一到就付诸实施,他也认为任何一个男人都不会拒绝成为总督女儿的丈夫。

就这样当天晚上的巡视结束了。而在那之后两天,连桑丘的总督任期都一起结束了。这件事情打乱了他所有的计划,也让他的愿望落得一场空,正如您之后会看到的那样。

第五十回
对嬷嬷和堂吉诃德痛下毒手的魔法师和刽子手们究竟何许人也,以及仆人给桑丘·潘萨的老婆特蕾莎·潘萨送信时的遭遇

熙德·哈梅特勤勤恳恳地审查了这个真实故事的每一个细节,

他说，就在罗德里格斯管家嬷嬷离开自己的房间前往堂吉诃德房间的时候，被同屋的另一个管家嬷嬷发现了。正如所有的管家嬷嬷都心思细密，喜欢寻根究底，又善于察言观色，她悄无声息地跟着罗德里格斯太太，而后者丝毫没有察觉。当跟踪者看到她走进堂吉诃德的房间，出于管家嬷嬷特有的八卦心理，她立刻带着这个消息去找女主人公爵夫人，告诉她罗德里格斯嬷嬷留在了堂吉诃德的房间里。

公爵夫人又将这件事告诉了公爵大人，并请求他允许自己带着阿尔提西朵拉去看看那位管家嬷嬷找堂吉诃德有何贵干。公爵同意了。于是主仆二人蹑手蹑脚，悄无声息地来到堂吉诃德房间门口。她们贴得很近，所以房间里所有的对话都能听到。当公爵夫人听到罗德里格斯竟然泄露她的排毒创口，再也忍不住了，阿尔提西朵拉更是火冒三丈。两人怒气冲冲地撞进房间实施报复，把堂吉诃德掐得遍体鳞伤，把管家嬷嬷打得死去活来，正如前文所述。因为直接针对容貌和自负的侮辱总是在女人心中引起巨大的怒火并点燃报复的欲望。

公爵夫人把发生的事情告诉了公爵，公爵听了乐不可支。公爵夫人打算继续嘲弄堂吉诃德并以此取乐，便派遣之前在解救杜尔西内亚脱离魔法的那出戏中扮演杜尔西内亚角色的童仆（桑丘·潘萨因为忙于总督公务，早就把这件事忘到九霄云外去了）去找特蕾莎·潘萨，也就是桑丘的老婆，给她带去丈夫的信和另一封公爵夫人写给她的信，还有一大串华美的珊瑚珠链作为礼物。

故事讲到，这位童仆十分机灵，又渴望为主人们出力，便欢天喜地来到桑丘的村子。在进村之前，他看到一条小溪，一大群女人在那里洗衣服，便向她们打听村里是不是有一个名叫特蕾莎·潘萨的女人,她丈夫叫桑丘·潘萨,是一名持盾侍从,追随一位名号堂吉诃德·德·拉曼查的骑士。听到这番问话,一个正在洗衣服的姑娘站了起来,说:

"您说的这位特蕾莎·潘萨就是我妈,而桑丘,就是我的父亲大人,那位骑士是我们的主人。"

"那你过来,小姑娘,"童仆说,"带我去见你母亲,我从你父亲那里给她带了一封信和一份礼物。"

"非常乐意,我的先生。"姑娘回答说,她看上去十四岁上下。

她把手头的衣服留给另一个同伴,既没有整理头发也没有穿上鞋,就这么光着腿,头发蓬乱地跳到童仆的马前说:

"阁下您跟我来,我家就在村口,我妈在家呢,正因为好长时间没有收到父亲大人的消息而心烦呢。"

"那么我带来了天大的好消息,"童仆说,"她一定得为这些消息好好感谢上帝。"

于是姑娘蹦蹦跳跳地回到村子,还没进家门,便从门外大声喊道:

"出来!妈妈,快出来,出来!这里来了一位先生带着我好父亲的信和其他东西!"

听到喊声,她的母亲特蕾莎·潘萨走出来,手里还纺着一束粗麻。她身穿褐色长袍——袍子看上去很短,好像是把长袍剪短了,显得放荡而不知羞耻,一件同样褐色的紧身背心和一件大领口的衬衣。她并不很老,看上去大约年过四十,但是身强力壮,青筋暴突,肤色暗沉。她看到自己的女儿,又见童仆骑着马,便问她:

"丫头,怎么回事?这位先生是谁?"

"在下是我的女主人特蕾莎·潘萨太太的仆人。"童仆回答说。

说着,他跳下马,非常谦卑地在特蕾莎太太面前跪下,说:

"我的女主人特蕾莎太太,作为巴拉塔利亚小岛总督桑丘·潘萨先生合法及唯一的妻子,请阁下您把手伸给我。"

"哎呀,我的先生,快起开,别这样。"特蕾莎回答说,"我可不是什么宫廷贵妇,我只是一个可怜的农妇、雇农的女儿、游侠骑士持盾侍从的老婆,可不是总督的妻子。"

"阁下,"童仆回答说,"您是一位最称职的总督最有资格的妻子,为了证明这个事实,请阁下您收下这封信和这件礼物。"

他立刻从衣袋中掏出一串珊瑚念珠,中间还间隔有纯金的计数珠子。他把念珠为她戴到脖子上,说:

"这封信是总督先生的,我带的另一封信还有这串珊瑚是我的女主人公爵夫人送的,是她派我来见阁下您的。"

特蕾莎目瞪口呆,她的女儿也摸不着头脑。姑娘说:

"我敢拿生命打赌!这一定是我们的主人堂吉诃德先生的功劳,是他把屡次承诺的领地赐给了父亲。"

"正是如此。"童仆回答说,"出于对堂吉诃德先生的尊重,桑丘先生现在是巴拉塔利亚岛的总督,正如这封信上所述。"

"帅哥先生,请阁下给我念一念吧,"特蕾莎说,"纺线我倒是会,字却一个都不认识。"

"我也不认识。"桑恰姑娘补充说,"不过你们在这等着,我去叫个人来给念信,神父本人或者参孙·卡拉斯科学士都行。能知道关于我父亲的消息,他们一定很愿意来。"

"不用叫任何人,因为我虽然不会纺线,却会识字,我来读吧。"

于是,童仆把信从头到尾读了一遍,因为上文已经讲述过信的内容,这里就不再赘述。接着他取出另一封来自公爵夫人的信,信是这样写的：

特蕾莎好朋友：

您丈夫桑丘的美好品质和杰出才能感动了我，让我不得不请求我的丈夫公爵大人从他拥有的很多海岛中赏给他一个小岛总督的职位。我得到消息说，他把领地治理得相当出色，不逊于任何一个精英，对此我感到非常高兴。我的先生公爵大人也同意这个看法，为此我要感谢上天，在任命他作为总督这件事情上我是对的。特蕾莎夫人您要知道，在这个世界上要找一个好总督是很困难的，而上帝如此厚待于我，送来桑丘统治海岛。

亲爱的，在此向您奉上一串有纯金隔珠的珊瑚念珠。我真希望这是一串东方珍珠，不过俗话说，一饭之恩也是救命。我们一定有机会见面交谈，上帝自有安排。请代我向您的女儿桑恰姑娘致意，并告诉她做好准备，说不定什么时候我就会安排她嫁给最高贵的人。

人们告诉我，你们那个地方出产肥大的橡果，请给我捎来几打。因为这是来自您的礼物，我会对此格外感激。请给我写封长信，告知您的健康和生活状况。如果您需要什么东西，只管开口，我会尽力筹措，愿上帝保佑您！

写于本镇，深爱您的朋友
公爵夫人

"啊！"听到这封信，特蕾莎喊道，"多么善良，多么平易近人，多么谦逊的夫人！我就愿跟这样的夫人在一起，而不是咱们镇上那些追随潮流的贵妇太太。她们自以为是贵族，就风吹不得、雨淋不得，去个教堂都盛装打扮，就好像她们是女王，对我们这些农妇看一眼都会掉价似的。这会儿你们看看！这位善良的太太贵为公爵夫人，是如何管我叫朋友，而且对待我就像对待跟她平起平坐的女士一样，在我看来她就像拉曼查最高的钟楼一样崇高！

"至于橡果，我的先生，我可以给她送去一个塞雷敏[1]！肥大的橡果足以让任何一个看到的人感到惊讶！不过现在，小桑恰，好好招待这位先生，务必让他感到顺心遂意：照料他的马，从畜栏里拿些鸡蛋，多切点腌猪肉，让我们像迎接亲王一样款待他吃好喝好，因为他给咱们带来的好消息和这副俊模样当得起这样的招待。与此同时我要出去把咱们的高兴事儿告诉各位邻居，还有神父和理发师尼古拉斯师傅，他们也一直是你父亲的好朋友。"

"好的，妈妈，我马上去。"小桑恰回答说，"不过，别忘了把这串念珠分我一半，我想我的女主人公爵夫人不会那么愚蠢，把这念珠只送给您一个人。"

"全都是你的，闺女。"特蕾莎回答说，"不过先让我在脖子上挂几天，千真万确，我这颗心高兴得不得了。"

"还有更让你们高兴的，"童仆说，"看看这个旅行袋里装的衣服，是一套非常精美的呢料衣服，总督只在打猎的时候穿过一天，这是他送给桑恰小姐的。"

---

1 塞雷敏，计量单位，相当于 4.625 升。

"愿他活上千年!"小桑恰回答说,"还有把衣服带来的先生也是一样,甚至如果有必要的话,活两千年!"

特蕾莎带着两封信走了,脖子上戴着那串念珠,边走边敲打着两封信就像在敲手鼓一样。路上碰巧遇见了神父和参孙·卡拉斯科,便手舞足蹈地说:

"我们可再也不是穷亲戚了!现在有了一块小领地,看谁还敢找我麻烦,哪怕是最浓妆艳抹的贵族太太,我都要她好看!"

"怎么回事,特蕾莎·潘萨?你发的什么疯?这几张纸是什么?"

"我这可不是发疯!这几张纸是公爵夫人和总督写来的信,我戴在脖子上的玫瑰经念珠都是圣母玛利亚一样精美的珊瑚,上面还有,我们的天父啊!闪闪发光的金子,而我是总督夫人!"

"特蕾莎,连上帝都不明白你的意思,谁都听不懂你在说什么。"

"阁下们你们可以看看。"特蕾莎回答说。

她把信递了过去。神父把信读了一遍,参孙·卡拉斯科也听到了,两人大眼瞪小眼,都感到十分震惊。学士问是谁送来的这两封信,特蕾莎邀请他们跟自己一起回家,见见那位信使。那可是个仪表堂堂的小伙子,还给她带来了另外一件更值钱的礼物。神父把珊瑚念珠从她脖子上摘下来,看了又看,确认是精美的珍宝,惊讶地说:

"我以自己的教士袍发誓,对于这两封信和这些礼物我都不知道该怎么说,怎么想了。一方面,我亲眼看到、亲手摸到这些精美的珊瑚,另一方面却听说堂堂一个公爵夫人竟然派人来要两打橡果。"

"真叫人摸不着头脑!"对此卡拉斯科说,"总之,我们去看看送信的人,从他那里我们可以打听到是怎么回事。"

他们跟特蕾莎一起回家,看到童仆正在筛饲料给他的坐骑,小桑恰正在切炸肉条,打算一会儿裹上鸡蛋做给童仆吃。童仆的仪表和得体的打扮让两人很满意。在彬彬有礼地互相问好之后，参孙请求他讲讲关于堂吉诃德和桑丘·潘萨的消息。因为他们虽然已经读过了桑丘和公爵夫人的信，但依然感到困惑，还是没有弄明白桑丘的总督职位到底是怎么回事，而且居然是一座海岛的总督！明明国王陛下几乎所有的海岛都在地中海上。对此，童仆回答说：

"桑丘·潘萨成为总督这件事情千真万确，至于他统治的是不是岛屿，这一点我无法断言，不过至少是个超过一千户居民的镇子。至于橡果，我只能说我的女主人公爵夫人是如此平易近人、如此谦逊，别说是派人向一个农妇索要橡果，有时还派人向邻居借梳子呢。因为阁下们要知道，阿拉贡的太太们虽然出身高贵，却十分亲和，不像卡斯蒂利亚的贵妇们自视甚高，目中无人。"

正当他们谈论这些的时候，小桑恰用裙子兜着几个鸡蛋蹦蹦跳跳地跑进来问童仆：

"先生，请您告诉我，我的父亲大人自从当上了总督，有没有穿上紧身长裤？"

"我没注意。"童仆回答说，"不过他一定穿了。"

"啊呀，我的上帝！"小桑恰回答说，"我父亲穿上那种紧身裤会是什么样啊！从生下来起我就一直想看到父亲穿上紧身裤，这不是令人难以置信吗？"

"只要阁下您活着，这些事情都会亲眼看到。"童仆回答说，"上帝保佑，只要他当这个总督能超过两个月，戴上有护耳的套头棉帽都不在话下。"

虽然神父和学士从童仆的话里听出了些许嘲讽的意味，但精美的珊瑚和桑丘寄来的猎装（特蕾莎已经向他们展示过了）打消了他们的一切疑虑。听到小桑恰的愿望他们哈哈大笑，尤其是当特蕾莎说：

"神父先生，您看看咱们村有没有人要去马德里或者托莱多，请他帮我买一件合身的好长袍，一定得是那里的太太们穿的最好的那种！我怎么也得为丈夫的领地装装门面。虽然我自己不大情愿，不过还是必须得像所有贵妇一样坐马车去宫廷，有个当总督的丈夫，哪个女人都该坐得起马车。"

"妈，这我相信，"小桑恰说，"愿上帝保佑就是今天而不是明天，虽然人们看到我跟我的母亲大人一起坐在马车上肯定会说：'瞧瞧那个吃够了大蒜的丫头，瞧她在马车里想坐就坐，想躺就躺，像个女教皇似的！'不过，但愿全世界乱嚼舌头的人都倒霉，就让他们踩着烂泥，而我跷着脚坐在自己的马车里。我暖暖和和地赶路，让别人去笑吧！我说得不错吧，母亲大人？"

"闺女，你说得真好！"特蕾莎回答说，"所有这些好运，甚至更大的好事，我的好桑丘都预言过了。等着瞧吧，闺女，不让我当上伯爵夫人他是不会罢休的，咱们的好运才刚开了个头。你的好父亲常说，运气这东西就像俗话说的'牛犊送上门，赶紧拿麻绳'，有人让你当总督就赶紧当，有人赏你一块伯爵领地就赶紧收下；如果有人像唤小狗一样对你说'来，吃吧！'，并给你一样好东西，就得一口吞下。要不然，你就洗洗睡吧，就算运气来敲门，你也没福分。"

"我可不在乎，"小桑恰补充说，"人们爱说啥说啥！等我洋洋得意摆出阔气样子的时候，哪怕他们说'狗穿上茅草裤子，连同伴都不认识'什么的呢！"

神父听到这番话说："我简直无法相信！潘萨家族的每个人都天生怀揣着一口袋的谚语。不论什么谈话，不论他们家的什么人，我从没见过谁不是时时刻刻往外倒着谚语。"

"没错。"童仆说,"桑丘总督大人也是每走一步都有妙语连珠,虽然很多谚语用得不合时宜,但是令人开怀,我的主人公爵夫人和公爵大人都非常喜欢听那些谚语。"

"而阁下您,我的先生,"学士问道,"仍然坚持说桑丘确实当上了总督,而且真的有公爵夫人给他妻子送礼物,还给她写信?我们虽然亲手摸到了礼物,也读到了信件,但还是将信将疑,甚至认为这是堂吉诃德的幻想之一。我们这位同乡认为所有的一切都是巫师变的魔法。所以,我斗胆问一句,能不能摸摸阁下您,好确认您到底是信使的幻影还是一个有血有肉的人。"

"先生们,对于我自己,别的不敢说,"童仆回答说,"只知道自己是真正的信使,而桑丘·潘萨先生是真正的总督,千真万确是我的主人公爵和公爵夫人封的。我还听说这位桑丘·潘萨在总督职位上干得非常漂亮。在这件事情上有没有魔法作祟,阁下们大可质疑,我无话可说。不过我可以拿父母亲的生命发誓,二老还活在世上,我深爱着他们。"

"也许事实的确如此。"学士回答说,"不过 dubitat Augustinus(连圣奥古斯丁都有搞不清的事)。"

"谁有疑问都没关系。"童仆说,"我说的就是事实,而事实必定会永远浮现于谎言之上,就像油浮在水面上一样。否则,operibus credite, et non verbis(请相信行动而不要相信言辞)。阁下你们只要跟我一起去,就能将耳听之虚变成眼见之实。"

"这应该我去!"小桑恰说,"先生,阁下您带我去吧,我可以坐在您鞍后。我很想去看看父亲大人。"

"总督大人的千金们可不应该单独上路,而应该坐着华丽的四轮马车和驮轿，由一大批仆人陪伴着。"童仆说。

"我的上帝啊！"桑恰说，"对我来说，骑在驴背上就跟坐在马车里一样舒服。去他的，我才没有那么矫情呢！"

"闭嘴，丫头。"特蕾莎说，"你都不知道自己在说什么！这位先生说得对，此一时，彼一时：你爹是桑丘的时候，你是桑恰，可如今你爹是总督，你就是千金小姐，我说明白没有？"

"特蕾莎太太说得不能再明白了！"童仆说，"请安排我吃饭，然后打发我上路吧，我打算今天下午就赶回去。"

这时神父说："阁下，请来我家跟我一起吃顿便饭吧，特蕾莎太太即便有心想招待您这样的贵客，也没有像样的餐具。"

童仆再三推迟，不过最后不得不接受了，因为这对他来说的确是更合适的安排。神父也很乐意带他回去，这样就有机会从容打听堂吉诃德和他的壮举。

学士自告奋勇要帮特蕾莎写回信，不过特蕾莎可不愿意学士插手自己的事情，因为嫌他喜欢捉弄人。于是，她找了教堂里一个会写字的侍童，给了他一个面包和两个鸡蛋，请他帮忙写了两封信，一封给她丈夫，另一封给公爵夫人，是她绞尽脑汁口述而成的。不过这并不是这个伟大的故事中呈现的最糟糕的信，正如后面您将看到的那样。

第五十一回
继续讲述桑丘·潘萨的统治，以及其他奇闻逸事

总督巡视那天晚上，餐厅侍者一夜无眠，一直在想着那位乔装

改扮的少女,她的面容、仪态和美貌;管家则忙着利用剩下的时间给他的主人们写信,报告桑丘的所言所为。对于桑丘的行为和言语,他表示十分震惊,因为既显得睿智,又显得愚蠢。就这样一直到第二天,天亮了。

总督大人在佩德罗·瑞西澳医生的安排下起了床,人们伺候他吃了早饭,其实也就是一点点水果蜜饯和四口冷水,要按照桑丘的心意,他更愿意吃块面包和一串葡萄。然而他发现这件事情没有什么选择的余地,只好作罢。他心里非常痛苦,胃里更是十分难受。佩德罗·瑞西澳努力说服他,少而精的饮食可以激发一个人的才能,这对于被委派到荣耀的管理职位上的人是最有利的,因为在这些职位上必须更多地依赖才智而不是体力。

因为这连篇的胡话而忍饥挨饿,桑丘不禁开始在心里咒骂总督这个职位,甚至开始咒骂封他当总督的那个人。但他还是不得不饥肠辘辘地带着肚子里的一点干果开始了当天的断案。他遇到的第一个案子是有个外乡人提了个问题,当时管家和其他的随从都在场:

"大人,请阁下您听好了,因为这件事情至关重要而且颇为棘手……一条水流丰沛的河将一片领地分成两个部分,也就是说,这条河上有一座桥,桥尾有一座绞刑架和一间作为审判所的房子。审判所里常年有四位法官负责执行河流、桥梁以及沿岸领地的主人制定的法律。法律是这样的:如果有人从桥的一头走到另一头,他必须先说明自己要去哪里,干什么去。如果他说的话是真的,就让他过去;如果他说了谎,就要为此被送上旁边的绞刑架,不得有任何赦免。人们都深知这个法律及其严厉的条件,所以很多人过了桥立刻就证明自己说的是真话,法官们便让他们自由过桥了。可是有一个人发誓说,他的目的不是别的,正是要去对面的绞刑架上赴死。法官们检查了他的誓词,发现:如果让这个人通行,那就说明他说了谎,而根据法律他应该死;可是如果我们把他绞死,既然他曾发誓说要去绞刑架那里赴死,那就说明他的誓言是真的,按照同一条法律他应该被放行。总督大人,我们特来向阁下您请教,法官们该拿这个人怎么办。他们到现在还在犹疑不决,听说阁下您绝顶聪明、才智过人,所以派我作为代表恳求阁下您就这一错综复杂的疑难案件发表看法。"

桑丘回答说:"派您来找我的法官先生们完全可以不必如此劳心费力,我不是什么聪明人,反而是个愚钝的人。不过无论如何,请您把前因后果再重复一遍,让我听个明白,或许还有可能找到问题的关键所在。"

提问的人把上面说的事情重复了一遍又一遍。桑丘说:

"以我之见,这桩事情三下两下就能处理明白。既然这个人发誓说他去绞刑架上赴死,如果他真的死在那儿了,那么他说的就是真话,按照法律应该被判自由通过桥梁;如果他没有被处以绞刑,那么他就是说谎了,按照同一条法律应该被处以绞刑。"

"一切正如总督大人您所说,"信使说,"您对这件事情的理解十分准确,不需要进一步阐释,也没有什么值得怀疑的了。"

"那么,要我说,"桑丘回答说,"就让那个人说真话的部分通过,说假话的部分绞死,这样的话就可以一字不差地履行这条通行法律了。"

"但是,总督大人,"提问者反驳说,"那就必须得把这个人分成两半,一半假的一半真的;但如果把他分成两半,他就必死无疑,这样的话哪一条法律都无法履行,可法律又明确要求完全按照规定行事。"

"你过来,好先生。"桑丘回答,"除非我是个笨蛋!你说的这位路人,绞死他的理由跟放他活着过桥的理由完全一样:如果说真话救了他,谎言一样会判他死刑。既然如此,我认为您应该转告派你来找我的先生们,既然处决他和赦免他的理由旗鼓相当,那就让他自由通过吧,因为行善总比作恶更受颂扬。如果我会签名的话,我可以给你一份签字的判决。不过这个主意可不是我想出来的,而是因为我想起了自己出发来到这个海岛赴任的前一天晚上,我的主人堂吉诃德在给我的很多忠告里面有一条:当司法疑难不决的时候,慈悲会让我受到颂扬和爱戴。而上帝让我在此时此刻想到了这一点,正好完全适用于这桩案子。"

"没错,"管家回答说,"在我看来,就算是创立了斯巴达人律法的里库尔果本人,都不可能比伟大的桑丘作出更好的判决。上午的坐堂就这样结束吧,我会下令让总督大人大快朵颐吃一顿。"

"这正是我的要求,不要糊弄我。"桑丘说,"只要给我吃饱,哪怕案子和疑难杂症雨点般砸到我头上,不等掉下来我就会把它们全都料理清楚!"

管家履行了诺言,因为让这样一位杰出的总督饿死他也会感到良心不安。当然也是因为按照主人的吩咐,当天晚上完成最后一个恶作剧之后,就要跟桑丘做个了断。

所以当天桑丘得以违背提尔特阿非拉医生的清规戒律饱餐了一顿。吃完饭,撤下餐桌之后,一个信使带着堂吉诃德给总督的信走了进来。桑丘命令秘书先默读,如果里面没有任何值得保密的东西,再大声读出来。秘书照做了,看了一遍之后说:

"完全可以大声读出来,堂吉诃德先生给您写的内容堪称范本,每个字都是金子。"

435

堂吉诃德·德·拉曼查
致巴拉塔利亚海岛总督桑丘·潘萨的信

桑丘朋友,我原本以为会听到关于你疏忽大意和胡作非为的消息,最后听说的却是你的明智言行。为此我要特别感谢上天,因为"他从灰尘里抬举贫寒人,从粪堆中提拔穷乏人"[1],也懂得让愚人变得睿智。人们告诉我,你治理得当,像一个真正的人,虽然你对待自己的方式仍卑贱得与畜生无异。桑丘,我希望你时时警醒,既然被安排在如此重要的位置上,而这个职位的权威与内心的卑贱又是相悖的,所以你最好也有必要好好修饰形容,务必符合这一职位的要求,而不要被卑贱的天性牵着走。好好穿衣服,一根收拾得漂漂亮亮的棍子看上去就不像棍子了。我的意思不是叫你佩上流苏、穿上礼服,也不是叫你身为法官却穿得像个士兵,而是告诉你,以职位所要求的服装来装饰自己,只要干净、整洁就可以。

在你所统治的镇子,为了赢得民心,有很多事情要做。但其中有两件事情是必须做到的:一是对所有人都要彬彬有礼,这一点我上次已经跟你说过了;另一件,要尽量保证物资供应充足,因为没有什么事情会比饥饿和匮乏更让穷人的心灵干涸绝望。

不要颁布太多的特别法令,如果必要的话,也要尽量只

---

[1] 《圣经·撒母耳记上》2:8。

颁布好的法令，尤其要保证人们能够遵守、法律能够执行，因为不被遵守的特别法令就跟没有一样，反而会让人以为，有才智和权威制定这些法律的亲王却没有能力将其推行。那些看似威严却得不到执行的法律，会成为给青蛙当国王的那根大梁[1]，虽然一开始把青蛙们吓住了，但随着时间的推移，不但被渐渐漠视，而且青蛙们都爬了上去。

要善待美德而弃绝恶习。不要总是太严酷，也不要总是太软弱，在这两个极端之间选取中间态度，明智审判的关键就在于此。去访问监狱、肉铺和市场，因为总督出现在那些地方是非常重要的：囚犯们得到慰藉，他们盼着自己的案件被认真审理；肉商们得到警示，因为他们往往在分量上做手脚；同样的道理，广场上卖笑的女人们也会得到教训。不要表现得贪婪，也不要好色或贪吃，即使你本性如此，当然我并不这样认为。因为如果镇民和仆从们知道你有这样的品性，他们会投你所好，用糖衣炮弹攻击你，直到把你推下失足的深渊。

你出发赴任之前我给你的书面忠告和指导，你要再三思考，时时温习。如果你能听从这些建议，会从中发现另一种好处，能帮助你解决在任期间的重重困难。记得给你的主人们写信，向他们表达感激，因为正如众所周知，忘恩负义是狂妄自大的女儿，也是最严重的罪过之一；而知恩图报则会让施恩的人们明白，此人对待上帝也会同样如此，而上帝对

---

[1] 典出古罗马寓言作家费德罗的一则寓言。

他的恩赐也会延绵不绝。

公爵夫人派了一个邮差带着你的衣服和另一件礼物去见你的妻子特蕾莎·潘萨,我们随时可能等到回信。

我最近身体抱恙,鼻子似乎被猫抓了。这件事情发生在我身上并不合适,不过也没什么,因为既然有虐待我的魔法师,那也一定有维护我的魔法师。

告诉我跟你在一起的那位管家是不是跟三尾裙夫人那件事情有关系,正如你所猜疑的那样。发生的所有事情都请随时告知我,因为路途很近。我打算尽快离开目前所处的这种闲适生活,因为骑士可不是为此而生的。

另外,我遇到了一桩事情,也许会让我跟公爵大人和公爵夫人产生嫌隙。虽然他们对我来说很重要,不过也无关紧要,因为无论在任何情况下我都不得不践行自己的事业而不是去讨他们欢心,正如人们常说的:*Amicus Plato, sed magis amica veritas*(吾爱吾师,吾更爱真理)[1]。我跟你说这句拉丁语是因为我想自从你当上总督应该已经学习过了。愿上帝保佑任何人都不会对你感到不满。

你的朋友

堂吉诃德·德·拉曼查

桑丘非常专心地听了这封信,而所有听到的人都感到十分敬佩,

---

1 亚里士多德名言。

认为堂吉诃德很有智慧。桑丘一刻也不耽搁，立刻从餐桌旁站起来，叫上秘书，跟他一起关在房间里，给主人堂吉诃德回信。他要求秘书逐字逐句记下他说的话，不要添加也不要删减任何内容。秘书照做了，这封回信的内容如下：

桑丘致堂吉诃德·德·拉曼查的信

我的事情太多了，以至于都没时间挠头，也没时间剪指甲，所以指甲一直在长，也许只有上帝才有办法解决了。我灵魂的主人啊！我说这件事是为了让您不要责怪，到现在为止还没有报告过自己在这个总督任上是好是坏。在这个职位上，我忍受的饥饿比以前咱们俩行走在森林和荒原中忍受的饥饿还要多。

我的主人公爵大人前几天写信给我，告诉我有几个间谍已经潜入这个小岛图谋行刺我。不过到现在为止我还没有发现别的迹象，只有一个所谓的医生，他在镇上拿着俸禄，就是为了杀死来到这里的所有总督！他名叫佩德罗·瑞西澳医生，是提尔特阿非拉人，阁下您瞧瞧，这都是什么名字！我真担心自己会死在他手里！这位医生说他不是在人们生病的时候负责治病的，而是负责预防疾病，不让疾病发生的。而他所使用的药除了节食还是节食，直到让人饿得瘦骨嶙峋，就好像消瘦不是比发烧更严重的病！最后我不是被他饿死，就会被气死，因为我原以为自己来当这个总督是来吃香喝辣的，是为了在羽绒的床垫上、在洁白亚麻细布床单中放松身体，结果却是来这里像个隐士一样苦修的！而且因为这并非自愿，所以到世界末日我一定会被魔鬼带走。

到现在为止我还没有接触到特权也没有收受贿赂，我想不出来这些事情是怎么做的。这里的人们告诉过我，来这个小岛的总督往往在就任之前就有镇上的人给他送钱，要么就是借给他很多钱。这不光是本地的风俗，当总督的人都这样。

昨天晚上的巡视中，我遇到一个美丽的少女穿着男装，而她的弟弟却穿着女装。我的餐厅侍者爱上了那个姑娘，据他说，已经把她当作心目中的妻子，而我也看中了那个小伙子，想让他当我的女婿。今天我们俩打算把各自的想法跟他们的父亲提出来，此人名叫什么迭戈·德·拉·亚那，是个贵族和老基督徒，不过是什么都无所谓了。

遵照阁下您对我的忠告，我也视察了市场，昨天抓了一个摊贩。她在卖新上市的榛子，但是我发现她在一个法内加的新鲜榛子里掺入了另一个法内加的陈年、空壳或腐烂的榛子。我没收了所有的榛子并送给了孤儿院的孩子们，他们自己懂得怎么挑选，还判决她十五天内不得进入广场。人们告诉我，这样的判决非常明智。我能告诉阁下的就是，在这个镇上大家都认为没有比女摊贩更坏的人了，所有的女摊贩都是无耻、昧良心、无法无天的。按照我在其他地方得到的经验，我也这样认为。

听说我的女主人给我的老婆特蕾莎·潘萨写信，并且送去了您所说的礼物，我非常高兴。我一定努力及时表现出感恩戴德：请阁下您替我向她行吻手礼，告诉她是我说的，她的一番好意不会竹篮打水一场空，这一点她将从我的行动中看到。

我不希望阁下您跟我的这两位主人之间因为误会而发生不愉快，因为如果阁下您跟他们斗气，很显然将会对我不利。您不应该一面告诫我要知恩图报，一面自己却不这样做，他们给了您那么多赏赐，还在自己的城堡中对您如此盛情款待。

您说的什么猫抓，我不明白，不过我猜想一定是那些邪恶的魔法师针对阁下您常用的邪恶巫术之一，等咱们见面的时候就知道了。

我真希望能给阁下您寄点什么东西，但实在没什么可寄的，我这只有一些插管，在这个小岛上被用作猪尿泡的注射器，真是稀奇。不过如果我这个总督能一直当下去，一定会找点什么寄给你，不管能不能做到。

如果我老婆特蕾莎·潘萨给我写信，麻烦阁下垫付一下邮资，把信转寄给我。我迫切想知道我家、我老婆和孩子们近况如何。就这样，愿上帝保佑阁下您摆脱那些不怀好意的魔法师，也保佑我顺顺当当地一直做我的总督，虽然对此我自己都表示怀疑，因为佩德罗·瑞西澳医生如此对待我，别说是职位，我恨不得连命都不要了。

阁下您的仆人
总督桑丘·潘萨

秘书封上信封，立刻就付邮了。恶作剧的实施者们聚到一起，商议好如何把他赶下总督职位。那天下午桑丘下达了一系列命令和规章制度，有利于治理好镇子，当然他认为是海岛。他下令，共和国中不允许对供应物资囤积居奇，不容存在投机分子；任何地方的葡萄酒都可以进入本镇市场，但要明确标示产地，以便根据其声望、品质和名声进行定价，一旦发现掺水或假冒产品，商人甚至会为此丢掉性命。

他下调了所有鞋袜的价格，尤其是鞋子的价格，因为在他看来高得过分了；他制定了仆人的薪资标准，此前仆从们的薪水都无定规，漫天要价；他对演唱淫乱、堕落歌谣的人们处以重刑，不管表演是在白天还是黑夜；他下令，任何盲人如果没有携带证明自己是真盲的材料，都不得演唱圣迹，因为他认为大部分卖唱的瞎子都是假装的，这有损于真正的盲人的利益。

他开创性地任命了一个管理穷人的法警，不是为了迫害穷人，而是为了检查他们是不是真的穷苦人。因为很多人假装手臂残废或肢体溃烂，实际上干的却是偷窃抢劫和酗酒的勾当。总而言之，他发布的命令如此英明，直到今天那个镇上的人们还在遵守，并被称为"伟大总督桑丘·潘萨的宪法"。

第五十二回
另一位伤心嬷嬷，或者叫忧愁嬷嬷的冒险，她本名叫作罗德里格斯太太

熙德·哈梅特说，当堂吉诃德的猫抓伤口痊愈之后，他认为在这座城堡中的生活完全违背了自己所从事的骑士事业的规范，所以他决定向公爵夫妇请求准许自己出发前往萨拉戈萨，此时节庆日期业已临近，他打算在那里赢取庆典中争夺的盔甲。

有一天堂吉诃德跟公爵夫妇一起用餐,正要将自己的打算付诸行动,请求公爵夫妇的允许,突然从大厅门口走进来两个女人,正如后来大家所见,从头到脚裹着丧服。其中一个来到堂吉诃德面前,扑到他的脚下,尽力伸长了身子,把嘴贴到了堂吉诃德脚上,并发出了如此悲苦、沉重而哀痛的呻吟,让所有听到和看到的人都困惑不已。虽然公爵夫妇以为那是他们的仆人还想搞点恶作剧捉弄堂吉诃德,然而那个女人的叹息、呻吟和哭泣如此恳切,让他们既疑惑又悬心。堂吉诃德满怀同情地将她从地上扶起,并请她摘下面纱,露出哭泣的面容。

她照做了,结果出乎所有人的意料之外,露出的居然是管家嬷嬷罗德里格斯太太的脸!另一个浑身素缟的是她的女儿,就是被家财万贯的农夫儿子玩弄的那个。所有认识她的人都目瞪口呆,公爵夫妇更是不胜惊讶,因为他们一向认为她心智鲁钝、性情温和,没想到居然有如此疯狂之举。随后,罗德里格斯太太转向公爵夫妇并对他们说:

"请两位殿下允许我同这位骑士交谈几句,有一个心术不正的卑鄙小人对我做了无法无天的事情,只有骑士才有能力解决我的困境。"

公爵表示同意,允许她尽情与堂吉诃德先生交谈。于是她把脸转向堂吉诃德并对他说:

"勇敢的骑士,几天前我已经告诉过您,一个无良的农夫对我深爱的女儿——就是站在这里的这位不幸的姑娘——做下的伤天害理、背信弃义的事。而您也已经答应过挺身而出,为她所受的侮辱主持公道。可如今我却听说您打算离开这座城堡,去寻找上帝为您安排的冒险。所以我希望在您出发上路之前,向那个桀骜不驯的乡野莽夫挑战,迫使他跟我的女儿结婚,以履行他自己的诺言——跟她上床之前他曾发誓要先成为她的丈夫。想让我的主人公爵大人主持公道，那简直是缘木求鱼，其中的原因我已经偷偷向阁下您说明。因为这件事，愿我们的上帝保佑阁下您十分健康，不要让我们无依无靠。"

对于这番言辞，堂吉诃德非常严肃又稍显做作地回答说：

"好太太，收起您的眼泪，或者更确切地说，请擦干眼泪，不要再叹气了，我会负责解决您女儿的事情。她要是没有如此轻信恋爱中的承诺该有多好！那些承诺大部分都是说得轻巧，履行起来却很难。所以，只要公爵大人允许，我将立刻出发去寻找那个没良心的年轻人。我会找到他并向他发起挑战，如果他拒不肯兑现诺言，我就把他杀了。我这份事业最重要的使命就是原谅谦卑之人，惩罚狂妄之人，换句话说，拯救苦难，消灭冷酷。"

"这位善良的管家嬷嬷所控诉的那个乡下人，阁下您不必费力去寻找，"公爵回答说，"也不用请求我的允许去挑战他。我代他接受挑战，而且会负责通知他，让他前来我的这座城堡亲自应战。我将遵照惯例和应该遵守的各项条件向两位提供骑马比武的场地，同时也会确保双方各自的公正。在自己的领地范围内为开展决斗的人们提供适宜的场地，这是亲王们应尽的责任。"

"既然殿下允准并且有这个把握，"堂吉诃德回答说，"在此我宣布：为平等起见，这一次我放弃自己的贵族地位，自贬身份，降为与伤天害理者一样的平民，以便他有资格跟我对决。虽然此刻他不在场，但我向他发起挑战，邀他前来决斗，理由是他辜负了这位可怜的姑娘，在这件事情上他做得不对。她本是个少女，却因为他，现在已经不是了，所以他必须履行自己的诺言成为她的合法丈夫，否则就得在决斗中死去。"

说完,他摘下一只手套扔到大厅中间,公爵捡起手套说,正如之前已经宣称过,他代表自己的臣民接受挑战,并指定六天之后为决斗日期,场地就在这座城堡的广场,至于武器,就是骑士们常用的那些:长矛、盾牌和铁网盔甲,及其所有的零部件,都将由决斗场的裁判们检查、验视,确保没有欺骗、没有弄虚作假、没有护身符,也没有任何法术。

"不过首要的是,这位好心的管家嬷嬷和这位失足少女同意将为她们主持正义的权利交到堂吉诃德手里,否则的话一切都无从说起,这场挑战也无法得到应有的落实。"

"是的,我交给他。"嬷嬷回答说。

"我也是。"她的女儿抽抽搭搭地补充说,满面羞愧,沮丧不已。

大家就此达成了协议,公爵也想好了这件事情应该如何处理,两位丧服女士就告辞离去。公爵夫人下令,从今往后不要再按照家中女仆的身份对待她们,而是要当作上门请求主持公道的女士们一样接待。所以众人单独为她们安排了房间,像接待外客一样对待她们。其他的女仆都提心吊胆,不知道罗德里格斯太太和她倒霉的女儿做出这样愚蠢而放肆的事会遭遇什么样的下场。

就在这时,仿佛是为了让这场闹剧和这顿饭有个欢乐的结局,为总督桑丘·潘萨的老婆特蕾莎·潘萨送信和礼物的童仆从大厅门口走了进来。对他的到达,公爵夫妇感到喜出望外,迫切想知道他此行的所见所闻。面对他们的提问,童仆回答说,这些事他既不能在如此公众场合禀报,也无法三言两语说完,请殿下们开恩,许他另行单独汇报,在此期间他们可以先读一读回信作为消遣。说着他取出两封信递到公爵夫人手里。一个信封上写着:致我的女主人,不知哪个领地的公爵夫人;另一封上写着:致我丈夫桑丘·潘萨,巴拉塔利亚小岛总督,愿上帝保佑你比我活得长久。公爵夫人对于读信简直迫不及待。她打开信,自己先默读了一遍,发现可以大声读出来好让公爵和在场的人们听到:

特蕾莎·潘萨致公爵夫人的信

　　我的太太,收到殿下您写给我的信,我真是太高兴了!千真万确,我盼这一天盼了很久了。珊瑚串珠非常好,我丈夫的猎装也毫不逊色。尊贵的阁下您让我的配偶桑丘当上了总督,我们全村都感到非常高兴,虽然还有人不太相信,尤其是神父、理发师尼古拉斯师傅和学士参孙·卡拉斯科。但是这并不重要,因为既然事实如此,人们爱怎么说就怎么说。不过说实话,如果不是收到这些珊瑚和这件衣服,我自己也不会相信的,因为镇上所有人都认为我丈夫是个笨蛋,除了管理羊群,无法想象他能管好什么样的领地。上帝保佑他、指引他,是因为看到他的儿女们需要照料。

　　太太,我的心肝儿啊!我已经下定决心,如果阁下您允许的话,就把这份好运气留下来。我要躺在马车里赶去宫廷,好让成百上千嫉妒我的人气得发狂!所以我恳求殿下您命令我的丈夫给我寄两个小钱,还得是不小的一笔呢,因为听说在宫廷里开销很大,一块面包卖一个雷阿尔,肉要卖三十个马拉维迪一磅,真不敢相信!如果他不想让我去,让他一定尽早通知我,因为我已经脚痒痒恨不得现在立刻就上路了。朋友和邻居们说,如果我和我的女儿在宫廷里春风得意,呼风唤雨,那么我丈夫将会因此而变得有名，而不是反过来夫荣妻贵。因为一定会有很多人问："那辆马车里的两位女士是谁？"对此，我的某位仆人就必须回答："是巴拉塔利亚岛总督桑丘·潘萨的太太和女儿。"这样桑丘就出名了，而我也将会受人仰慕，这就是俗话说的，到了罗马，要啥有啥。

今年我们镇子没有收获橡果，对此我难过到了极点。尽管如此，我还是给殿下您送去大约半个塞雷敏，都是我亲自上山，一个一个亲手采摘挑选的，实在找不到比它们更大的了。我多么希望它们能有鸵鸟蛋那么大！

请尊驾大人不要忘记给我写信，我会及时回复，向您汇报自己的健康状况以及这个镇上发生的所有事情。我会在这里日日恳求天父保佑殿下您，并且保佑您不要忘记我。我的女儿桑恰和我的儿子亲吻阁下您的双手。

渴望亲眼见到殿下您而不是给您写信的，您的女仆
特蕾莎·潘萨

听到特蕾莎·潘萨的信，众人都感到十分好笑，尤其是公爵夫妇。公爵夫人征求堂吉诃德的意见，擅自打开写给总督的信是否合适，因为她猜想这封信一定写得非常精彩。堂吉诃德说，为了让她高兴，自己会亲手打开。他说到做到，信是这样写的：

特蕾莎·潘萨致丈夫桑丘·潘萨的信

我的心肝宝贝桑丘，你的信收到了。作为一个天主教

基督徒，我向你发誓：我高兴得快疯了！也就差两指的距离就疯了！你看，老兄，听说你当上了总督，我还以为自己会当场高兴死。你也知道，人们常说突如其来的幸福跟巨大的疼痛一样要命。你的女儿小桑恰还掉了眼泪，她自己都没察觉，那完全是高兴的。面前放着你寄给我的衣服，脖子上挂着我的女主人公爵夫人送来的珊瑚串珠，手里拿着两封信，而且送信的人就在这里，所有这一切，我都以为看到的、摸到的都是梦！谁能想到一个放羊人能当上岛屿的总督？你也知道，老兄，我妈常说，多活几年才能多长点见识。我的意思是，如果能多活几年，我还想不停地见识更多好事，直到亲眼看着你当上收租人或者贸易税吏。这些职业虽然如果做得不好是会下地狱的，但无论如何有的是钱。我的女主人公爵夫人会告诉你我想去宫廷的愿望，你得把这件事放在心上，告诉我你的决定，我会设法在宫廷里坐马车来来回回，好给你争脸。

神父、理发师、学士，甚至连教堂司事都不相信你当上了总督，他们说这一切都是骗局，要么就是魔法之类的东西，正如你的主人堂吉诃德所遭遇的那样。参孙还说他一定要去找你，把你从这个总督位置上拽下来，还要把堂吉诃德的疯狂念头从他脑子里赶出去。我啥也不说，只管笑，看着我的串珠，想象着用你的衣服能给我们的女儿做出的衣服。

我给我的女主人公爵夫人送去了一些橡果，多么希望那些都是金子做的！如果你的小岛上有珍珠的话，给我寄一些珍珠串珠吧！

镇上没什么新鲜事儿,也就是贝卢埃卡把女儿嫁给了一个手艺糟糕的画家,他是来咱们镇上画画的,画一些谁也不知道的玩意儿。镇政府请他在政府大楼的门上画上国王陛下的徽章,他要价两个杜卡多,政府也提前预付给他了。可他干了八天活,却什么也没画出来,非说自己不会画这种小便宜货,还把钱退了回去。尽管如此,他也因为这份好职业娶上了媳妇。实际上他已经放下画笔,拿起了锄头,像绅士一样下地耕种了。还有就是,佩德罗·德·罗博想让儿子当牧师,从小就给他剃了头发,明戈·希尔巴托的孙女明吉雅也知道这事,如今却控告说他答应过要跟自己结婚。有风言风语说她怀了他的孩子,可他却死不承认。

今年没有油橄榄,整个镇上也找不到一滴醋。有一个军团的士兵从这里经过,带走了镇上的三个姑娘。不过我不想告诉你都是谁,因为也许她们还会回来,还会有人娶来当老婆,不管她们过去是不是有污点。

小桑恰织饰带和花边,每天能净挣八个马拉维迪。这些钱都放在一个存钱罐里,作为她的嫁妆。不过如今她已经是总督的女儿了,你会给她置办嫁妆,不用她自己挣了。广场的泉水干涸了,示众柱被雷劈了,到此为止所有的新闻都说完了。

我等着你的回信和关于要不要我去宫廷的决定。就这样吧,愿上帝保佑你比我活得更久,或者跟我一样,因为我可不希望抛下你一个人孤零零地在这个世界上。

你的老婆
特蕾莎·潘萨

众人听了这两封信，既好笑，又惊奇，甚至不得不肃然起敬。而作为此次情节的最后一环，替桑丘给堂吉诃德送信的使者也赶到了。这封信也同样被当众念了一遍，让所有人都怀疑这位总督并不愚蠢。

因为迫切想从童仆那里打听到他在特蕾莎·潘萨那里的经历，公爵夫人起身离席。童仆十分详尽地讲述了经过，没有漏掉任何一个细节。他把橡果和特蕾莎送的一块奶酪交给公爵夫人，因为这奶酪特别好，甚至比特隆琼的奶酪还要醇厚，公爵夫人非常高兴地接受了。这一方面我们暂时就讲到这里，转而讲述伟大的桑丘·潘萨总督的结局，他是所有海岛总督的光荣和典范。

第五十三回
桑丘·潘萨的总督任期戛然而止

在这一世的生命中，奢望什么事情都永远保持同一个状态那是不可能的。事实上，生命中的一切似乎都是轮回，我的意思是，循环往复：春天之后是初夏，初夏之后是盛夏，盛夏接着是秋天，秋天之后是冬天，冬天过了又是春天。就这样，一切都随着时间这个永不停歇的轮子周而复始，只有人的生命比风更轻快地跑向终点，毫无回春的希望，除非是在另一世，而另一世是没有任何界限的。穆斯林哲学家熙德·哈梅特有这番感慨，是因为他明白现世生命的倏忽而逝和变化无常，也明白人们所期望的永恒之短暂。大部分人在没有信仰之光照亮的情况下，仅仅通过自身的智慧，是很难得到这种感悟的。不过此处我们的作者这样感叹是因为桑丘的总督生涯一转眼就结束了，如土崩瓦解、灰飞烟灭。

那是桑丘总督任期的第七天晚上，他正躺在床上，既没有酒足也没有饭饱，反而因为整天忙于断案子、拿主意、制定章程法令之类的工作而筋疲力尽。虽然腹中饥饿，但难敌困意，他的上下眼皮开始打架。就在这时，突然传来钟声的巨响和嘈杂的人声，就好像整座小岛都要沉没一般。他在床上坐起来，侧耳倾听，试图搞明白这震耳欲聋的声音究竟是怎么回事，然而他不但没能搞清楚，反而听到在钟声和叫喊声之外又响起了没完没了的喇叭声和鼓声，不但更加令人困惑，而且令人心惊胆寒。他站起来，既没有穿白天的外套也没有披类似的任何东西，因为地面潮湿，他随便套上一双拖鞋就跑出房间门，正好遇到四面走廊上跑过来二十多个人，手里拿着点燃的火炬和出鞘的长剑，所有人都在大喊：

"拿起武器！拿起武器！总督大人，有无数敌人涌入了小岛！如果您不拿出能力和勇气拯救我们的话，岛屿就沦陷了！"

人群就这样大喊大叫着，怒气冲冲又惊慌失措地围在桑丘身边。此时桑丘已经被眼前的一幕惊得目瞪口呆、动弹不得，当这群人来到他面前时，其中一个人对他说：

"大人，如果您不想失守，丢掉整座小岛的话，就赶快拿起武器！"

"我怎么拿起武器？"桑丘回答说，"对于武器和救亡这种事我完全一窍不通！这样的事情最好还是交给我的主人堂吉诃德！他画个十字的工夫就能把敌人收拾得干干净净！可我呢？我的天啊！失守什么的，我一概不知！"

"啊，总督大人！"另一个人说，"您还踟蹰什么？快快武装起

451

来！我们为您带来了进攻和防御的武器，现在请您去广场当我们的总指挥和将领。既然您是我们的总督，这件事情您当仁不让。"

"那赶紧给我武装起来吧。"桑丘回答。

人们立刻拿来预先准备好的两面长盾牌，都没让他再去添件别的衣服，直接绑在了他的衬衣外面，一面盾牌在前，另一面在后，两条胳膊从盾牌上做好的两个洞里伸出来，接着用几条绳子把盾牌绑得结结实实。桑丘就像上了夹板的夹心面包，又像纺锤一样直挺挺地站着，既不能弯曲膝盖，也无法动弹哪怕是一步。人们往他手里塞了一根长矛，他倚靠在长矛上才勉强能站住。武装好以后，人们便让他走起来，领导并激励所有人，因为他是大家的指南针、灯塔和星星，只有这样战事才会有好的结局。

"我怎么走路啊！真是倒霉！"桑丘说，"连膝盖骨都动不了，这两块板子跟皮肉贴得太紧了，让我无法动弹。现在只能麻烦你们用胳膊架着我，让我在城墙的某个侧门处横着或站着，我会用这支长矛或自己的身体保卫这扇门。"

"走起来吧！总督大人！"另一个人说，"让您动弹不得的不是板子而是恐惧。别害怕了，快行动起来！眼下已经迟了，敌人越来越多，叫喊声越来越大，危险迫在眉睫！"

在这些劝说和指责下，可怜的总督试着移动身体，结果重重地摔倒在地，感觉自己被摔成了好几块。他像个乌龟一样，蜷缩着身体躲在龟壳里面，又像夹在两个食槽中间的半大猪崽，或者更像是一条搁浅在沙地中的船。然而捉弄他的那些人并不因为他摔倒而对他抱以任何同情，反而熄灭了火炬，更加大声地叫喊起来。他们喊着"拿起武器！"，急急忙忙从可怜的桑丘身上跨过去，又拿剑不停地刺他的盾牌，如果不是他蜷缩起身体，把脑袋藏在两块盾牌之间，这位可怜的总督就一命呜呼了。躲在那么狭窄的缝里，桑丘大汗淋漓，在一身又一身的冷汗中，全身心地把自己托付给上帝，请求上帝解救他于危难之中。

有人绊在他身上，有人直接摔倒在他身上，甚至有个人还在他身上站了好一会儿，仿佛拿他当作制高点一般，从那里向军队发号施令。只听这个人大声喊道：

"咱们的人都到这儿来，这个地方敌人的火力最集中！守住那个旁门，关上那扇大门，那架梯子给我闩上！拿沥青和树脂的锅来，拿滚油锅来！用垫子在街上构筑堑壕工事！"

总之，他满腔热忱地提到了一座城市在抵御进攻时常用的战争用具、工具和装备，而遍体鳞伤的桑丘听到这一切感到无比痛苦。他自言自语说：

"啊！但愿上帝能行行好，让这一切快点结束吧！哪怕丢掉这座小岛！我要么死，要么脱离这痛苦的煎熬！"

上天听到了他的祈求，就在最意想不到的时候他听到有人说：

"胜利了！胜利了！敌人们被打败了！啊！总督大人！请阁下您快起来，去享受胜利，同时分配从敌人们那里缴获的战利品，他们是被您这双不可战胜的英勇双臂打败的！"

"扶我起来。"疼痛难忍的桑丘用痛苦的声音说。

人们帮他站起来，接着他说：

"如果说我战胜了敌人，你们倒是把他带来给我看看？我不想分配敌人的战利品，只想恳求哪位朋友，如果我还有朋友的话，给我一口酒，再帮我擦干这身汗，我像从水里捞出来的一样！"

大家给他清理干净，拿来了酒，又帮他解开了盾牌。他坐在自己床上，因为害怕、惊吓和疲惫而晕了过去。见他如此，捉弄他的人们不免也感到懊恼。不过当桑丘醒过来以后，他的晕倒给人们造成的内疚也缓解了许多。他问现在几点，众人回答说已经天亮了。桑丘沉默不语，一句话也不说就开始穿衣服。周围鸦雀无声，所有人都看着他，不明白他为什么如此匆忙。因为浑身疼痛，他没法一下子穿好，只能一点儿一点儿地穿戴整齐，然后立刻去了马厩。众人都跟在他身后，只见他来到毛驴面前，拥抱它，并在它额头亲了一下，眼中含着泪水说：

"你过来，我的伙伴，我的朋友，我同甘共苦的兄弟！以前我跟你和睦相处，没有别的想法，只想着要注意修补你的鞍具，喂饱你的肚子。那时候我的每一年、每一天和每一小时都是快乐的。但自从我离开你，爬上野心和狂妄的高塔，我的灵魂中就钻进了千百份苦难，千百份辛劳，和四千份动荡不安。"

他一边说着这些话，一边给毛驴上好驮鞍，众人谁都没有说话。给毛驴备好鞍之后，他怀着极大的痛苦和忧愁骑上毛驴，并对管家、秘书、餐厅侍者和佩德罗·瑞西澳医生，以及在场的很多其他人说了这样一番话：

"我的先生们，请你们让开，让我恢复原有的自由，去寻找过去的生活，才能从此刻的死亡中复活。我生来不是当总督的料，也不懂如何保卫小岛或者城市，抵抗意图攻陷它的敌人们。比起制定法律和保卫省份或王国，我还是对犁地、翻地、给葡萄园整枝压蔓更在行。圣彼得在罗马待得好好地：我的意思是，每个人都老老实实地干自己生来注定的行当吧！我手里更适合拿镰刀而不是总督的权杖；我宁愿粗茶淡饭吃个饱，也不愿依赖一个想把我饿死的倒霉医生的慈悲；我宁愿夏天在橡树下的树荫里睡觉，冬天裹着好羊毛的大口袋，自由自在，也不愿带着总督的羁绊睡在洁白亚麻细布被褥里,穿着紫叨[1]!诸位,愿上帝与你们同在!请转告我的主人公爵大人:我赤条条来到世上,此刻仍然赤条条无牵无挂,既没损失什么,也没赢得什么。我的意思是,跟其他小岛总督离任时的通常情形恰恰相反,我上任的时候身无分文,离开的时候同样两袖清风。请你们让开,让我走吧!我要去敷几块膏药,今天晚上敌人们从我身上踩过,拜他们所赐,我全身的肋骨都在疼。"

"总督大人您不用担心,"瑞西澳医生说,"我给阁下您一种饮品,专治跌打损伤,立刻就让您恢复原来的健康和活力。至于食物,我向阁下您保证改掉规矩,您想吃多少就吃多少。"

"晚了!"桑丘回答说,"想让我不走,就像把我变成土耳其人一样不可能。同样的花招不可能第二次奏效。看在上帝的分上!我不会继续留在这个总督职位上,而且哪怕人们用托盘献上,哪怕给我无翅而飞的能力,也不会再接受其他的总督任命。我是潘萨家族的人,这个家族所有人都很固执,一旦说了奇数,就必须得是奇数,就算是偶数也得说成是奇数,哪怕全世界都反对!就让那双把我带上天的蚂蚁翅膀留在这个马厩里,免得让我被楼燕和别的鸟儿吃掉,让我回去踏踏实实地走在大地上。虽然这双脚没有精美的熟山羊皮鞋子装饰,但绳编的粗陋草鞋总能穿上。每只羊都有自己的伴侣,谁也别把腿伸到床单以外的地方。时候不早了,让我过去吧!"

对此管家说:"总督大人,我们很乐意让阁下您走,虽然失去您我们会感到非常难过,因为您的才智和虔诚基督徒的所作所为赢得了我们的爱戴。不过您也知道,所有的总督都有义务在离任之前进

---

[1] 桑丘想说的是紫貂。

行述职。所以阁下您必须对这十天的任期做完述职,然后才能得到上帝的允许从容离开。"

"除了我的主人公爵大人指定之人以外,"桑丘回答说,"没有人有权要求我这样做。我会去拜见公爵大人,并一五一十地向他汇报。何况,我这样两手空空地离开,完全不需要别的证据来证明我这总督当得像一个天使。"

"看在上帝的分上!伟大的桑丘说得有道理。"瑞西澳医生说,"我认为咱们还是让他走吧,因为公爵大人一定非常高兴见到他。"

所有人都表示同意让他离开,并盛情要求陪伴他,提供他想要的东西作为礼物,以及让旅程更舒适的所有用品。但桑丘说只需要给毛驴带一点儿饲料,给自己准备半块奶酪和半块面包,因为路程很短,不需要更多粮食储备。众人一一拥抱了他,他也流着眼泪拥抱了所有人。留下的人们都惊讶不已,一方面是因为他这番话,另一方面是因为他如此坚定而又明智的决心。

第五十四回
跟本故事而非其他故事相关的内容

上文提到,堂吉诃德向公爵的臣民发起挑战。虽然那个年轻人为了不让罗德里格斯太太成为自己的岳母已经逃到了佛兰德斯,但公爵和公爵夫人还是决定比武继续进行。他们下令用一个来自加斯科尼、名叫托西罗斯的仆人取而代之,并事先交代好他应该如何行事。

两天以后,公爵告诉堂吉诃德,再过四天他的对手会以骑士的武装准时出现在比武场上,而且如果那位姑娘坚持说他曾经许诺过婚姻的话，他会声明她至少一半是在说谎，甚至全篇都是谎言。堂吉诃德听到这一消息非常高兴，并暗自发誓一定要在这件事情上创造奇迹。他认为自己非常幸运，能得到这样一个机会让公爵夫妇见识一下自己强壮的臂膀究竟有多么英勇。于是他既紧张又喜悦地等待着这四天时间过去，相对于他热切的愿望来说，就像四百个世纪一样漫长。

且让这四天时间慢慢过去，该发生的都会发生。现在让我们去陪伴桑丘，话说他既悲又喜，骑着毛驴走在前去寻找主人的路上，此刻主人的陪伴比当上全世界所有小岛的总督都更让他高兴。

谁知还没从他当总督的小岛（他从未质疑过自己统治的到底是一个岛屿，还是城市，或者是村庄或镇子）走出多远，便看到路上迎面走过来六个挂着长拐杖的朝圣者，就是那种唱着歌谣、请求施舍的外国人。一行人排成一队来到他面前，一起提高了嗓门，开始用桑丘听不懂的语言唱歌，其中只有一个单词发音很清晰：施舍。听到这个词，他明白这些人是在乞讨。据熙德·哈梅特所说，桑丘生性仁慈善良，便从自己的褡裢中取出随身带的半块面包和半块奶酪给了他们，然后用手势告诉他们自己没有其他东西可以给了。众人高高兴兴地接受了，但还在喊：

"盖尔特！盖尔特！"

"好人们，"桑丘回答，"我听不懂你们要什么。"

其中一人从胸前掏出一个袋子给桑丘看，于是他明白这些人是在讨钱。他把大拇指放在喉咙上，手心朝上展开，好让这些人明白自己身无分文。接着他催动毛驴从人群中穿了过去。可是其中有个人一直目不转睛地盯着他看，就在他经过的时候朝他走过去，一把揽住他的腰，用一口纯正的卡斯蒂利亚语大声说道：

"我的上帝啊！我看到了什么？这怎么可能？此刻在我怀抱里的

正是亲爱的朋友、我的好邻居桑丘·潘萨？是的！就是他！这一点毫无疑问，因为我既没睡着也没喝醉。"

桑丘被一个外国朝圣者抱住，又听见他叫出自己的名字，大为惊讶。他一言不发，聚精会神地打量这个人，却还是认不出来。见桑丘不知所措，这位朝圣者对他说：

"怎么了？桑丘·潘萨老兄，你不认识你的邻居摩尔人瑞克特了吗？就是你们镇上的小店主啊！"

于是桑丘更加仔细地看着他，开始把他的脸跟记忆对上号，最后终于认出来了。桑丘等不及从毛驴上跳下来，就用手臂搂住他的脖子说：

"见鬼！瑞克特，你穿着这身滑稽可笑的衣服，谁能认出来啊？告诉我，是谁把你变成了法国佬？还有，你怎么敢再回到西班牙？在这儿如果有人抓到你或把你认出来，那你就倒大霉了！"

"桑丘，只要你不告发我，"朝圣者回答说，"我穿着这身衣服肯定不会被人认出来。咱们离开大路到那边那片杨树林去，我的伙伴们打算去那里吃饭休息，你也一起过来吃饭吧，他们都是很好相处的人。这样我就有时间讲述自从离开咱们镇子以后的遭遇。正如你已经知道，我不得不遵守国王陛下的法令[1]，虽然这项法令如此严酷地威胁着我们这个不幸的民族。"

桑丘同意了，瑞克特跟其他朝圣者说了几句话，大家便一齐退到那片杨树林中，离官道很远。众人扔掉长拐杖，脱下披肩或披风，只穿着长袖衬衣。除了瑞克特已经上了年纪，其他人都十分年轻潇

---

1 从1609年到1611年西班牙陆续颁布驱逐摩尔人出境的法令。

酒。所有人都带着褡裢,而所有的褡裢看上去都鼓鼓囊囊的,装满了能在两里格地外就让人口舌生津、兴奋不已的东西。

大家席地而坐,以绿草为桌布,摆上面包、盐、餐刀、坚果、奶酪片,还有光秃秃的火腿骨头,就算不能嚼,至少也能咂摸一下滋味。他们还摆上了一道黑色的大菜,据说名叫卡比亚尔,是用鱼卵做成的,非常下酒。当然也少不了油橄榄,虽然都是干巴巴的,也没有调味汁,却非常可口开胃。不过在这场野外盛宴中最令人瞩目的是人们各自从褡裢中掏出来的六个酒囊,连善良的瑞克特也不例外——他已经从摩尔人变成了日耳曼人或者条顿人,他掏出的酒囊从体积上来讲完全可以跟另外五个匹敌。

大家开始兴高采烈地吃饭,吃得很慢,每一口都很享受,每样东西都是用刀尖扎起一点点。接着所有人同时把手伸向同一样东西,抬起胳膊,酒囊被高高举在空中。嘴对着壶嘴,眼睛望向天空,仿佛在瞄准天上。这个姿势保持了很久,直到把酒囊中的内容全吞进肚子里,脑袋从一边摇到另一边,这个动作更加确证了他们从中得到的乐趣。

桑丘把这一切看在眼里,"对此毫不心疼"[1],相反,遵照他非常熟知的谚语"入乡随俗",他找瑞克特要过酒囊,也像其他人一样瞄准天空,得到的乐趣一点也不比他们少。

酒囊被高高举起了四次,到第五次就举不起来了,因为已经比细茎针茅还要干瘪。这件事让大家到此刻为止表现出来的欢乐一下子冷却了。他们中某个人时不时地用右手跟桑丘的右手相握,并且说:

---

[1] 此处引用一首民谣的开头:"尼禄从塔尔佩亚眺望,罗马城熊熊燃烧,老人和孩子哭喊,他对此毫不心疼。"

"西班牙人跟条顿人,都是一家:好伙伴!"

桑丘回答说:"好伙伴,上帝万岁!"

有一个小时的时间,他不停地哈哈大笑,此时完全忘记了在总督任上发生的事情。因为吃吃喝喝的时候,往往顾不上忧心忧虑。总之,酒喝完了,所有人都困了,直接在餐桌和桌布上睡着了。只有瑞克特和桑丘还保持着清醒,因为他们吃得多,喝得少。瑞克特留那些朝圣者同伴沉浸在香甜的睡梦中,把桑丘叫到一边,两人坐在一棵山毛榉树下。瑞克特的摩尔舌头一点都不打结,用纯正的卡斯蒂利亚语这样说道:

"桑丘·潘萨,我的邻居和朋友,你很清楚国王陛下发布的针对穆斯林的诏告和法令让我们所有人都惊慌失措,至少我是如此。我甚至认为,在离开西班牙的最后期限到来之前,我和我的孩子们就会受到这一法令的伤害。所以我做好了一切准备,一来为了谨慎起见,二来我料定到时候人们会剥夺我的住所,必须得另找住处搬家,我就决定不带家眷独自离开镇子,去寻找一个能够舒舒服服把全家带去安顿的地方,不用到时候像其他人一样急急忙忙地离开。因为我很清楚,就像老人们认为的那样,这些口头诏告可不像有些人说的仅仅是威胁,而是真正的法律,而且一定会在特定的时间内付诸执行。我知道自己的族人道德败坏、胡作非为,所以对这一点深信不疑。他们的行为如此恶劣,以至于连我都认为国王陛下把这样一个英明决定付诸实施的想法是神圣的。我们中间并非所有人都罪有应得,有些人是坚定的和真正的基督徒,但是这样的人太少,无法跟非基督徒的人数相比。所以,国王当然不应该养虎为患,把敌人留在家里。

"最终出于正当的理由,我们被处以流放的刑罚。在有些人看来这个惩罚过于软弱和温和，但是在我们看来，这是可能遭遇到的最可怕的惩罚。不管身在何方，我们都会为西班牙哭泣，因为无论如何，我们生于斯、长于斯，西班牙是我们的祖国。不幸的命运使我们在任何地方都无处容身。我们原本期望在柏柏尔和非洲的其他地方受到接纳和款待，谁知却受到了最大的冒犯和虐待。我们从来没有意识到自己的幸福，直到失去它。而几乎所有人都强烈渴望回到西班牙，以至于大部分懂得这个语言的人，比如我，都回来了，把妻子儿女留在那里无依无靠。西班牙，我们爱它至深！现在我算是明白并体会到人们常说的，祖国的爱是甜蜜的。

"刚才说到，我离开了咱们村子，进入了法国，虽然那里的人们对我们还算友善，但我想要了解整体局势，便穿过意大利，到了德国。在那里，我感觉自己能够更加自由地生活，因为那个国家大部分地方的居民都不拘小节，每个人都随心所欲，践行着自由意志。我在奥格斯堡旁边的一个镇租下了房屋，跟这些朝圣者聚集在一起。他们中的很多人都保持着每年来一次西班牙朝拜宗祠的习惯，在他们心目中，这些宗祠就是他们的美洲大陆。而且众所周知，这趟买卖一本万利，万无一失：他们几乎走遍整个西班牙，照人们的话说，从任何一个镇子出来的时候都是吃饱喝足，圣水钵中还装着至少一个雷阿尔。在旅程结束的时候，每人能净挣一百个埃斯库多。为了穿越层层关卡，他们把钱换成金子，塞进长拐杖的洞里，或者缝在披风的补丁里，或者使用各种匪夷所思的花招，把金子带出西班牙，带回他们的故乡。

"桑丘，我现在打算把自己埋藏的财宝取出来，因为埋在镇外，所以做这件事情毫无危险。然后给我的女儿和妻子写信，或经由瓦伦西亚把钱带给她们，因为我知道她们在阿尔及尔。我会安排好把她们送到法国的某个港口，再从那里把她们带到德国。到了德国，一切就听从上帝的安排了。总之，桑丘，我深知我的女儿瑞克塔和我的老婆弗朗西斯卡·瑞克塔都是真正的基督天主教徒，我本人虽然不够虔诚，但天主教特质也多于摩尔习性。我一直恳求上帝为我打开智慧之眼，让我开悟，明白自己要如何为他效力。不过让我感到惊讶的是，为什么我的妻子和女儿去了柏柏尔而不是法国？在法国她们明明可以以基督徒的身份生活。"

对此桑丘回答说："你看，瑞克特，这一点可不是她们能决定的。是你老婆的哥哥胡安·提奥皮埃约把她们带过去的。他一定是个谨慎的摩尔人，选择了最保险的目的地。我还要告诉你另一件事：我认为你去寻找自己留下并埋藏的东西是徒劳的，因为听说他们从你大舅子和老婆那里抢走了很多藏起来的珍珠和金币。"

"这完全有可能。"瑞克特回答说，"不过，桑丘，我知道没有人动过我的私藏，因为怕有什么闪失，我从来没有告诉过任何人。所以，桑丘，如果你愿意跟我一起去，帮忙把财物取出来并掩藏好，我可以给你两百个埃斯库多金币。你的经济状况窘迫，这一点我了解，用这些钱你完全可以摆脱目前的拮据。"

"即便我愿意帮你，"桑丘回答说，"也不是出于贪婪。如果我贪心不足的话，今天早上就不会任凭那个职位白白从我手里溜走了。这个职位能够让我家墙壁变成金子，连着半年顿顿都用银盘子吃饭。不仅如此，我认为帮助国王的敌人就是对他的背叛，所以哪怕你立刻现付四百个埃斯库多我也不会跟你去的，更别提你不过允诺了两百个了。"

"桑丘，你推掉了什么职位？"瑞克特问。

"我辞掉了一个小岛的总督职位，"桑丘回答说，"而且是一个无与伦比的岛屿，可不是随随便便能找到的。"

"那个小岛在哪儿?"瑞克特又问。

"在哪儿?"桑丘回答说,"离这里也就两莱瓜,名叫巴拉塔利亚小岛。"

"闭嘴吧,桑丘!"瑞克特反驳说,"岛屿都在海上呢,陆地上哪儿有小岛?"

"怎么没有?"桑丘不服气,"我告诉你,瑞克特老兄,今天早上我刚离开那个地方。昨天我还在那里发号施令,像一个弓箭手。不过无论如何,我已经辞职了,因为我认为总督是一个危险的职业。"

"那你从总督职位上挣到了什么?"瑞克特问。

"我得到的是,"桑丘回答说,"明白了自己不善于统治,除非是管理一群畜生。还有就是,在总督职位上积敛的财富都是以牺牲休息和睡眠为代价的,甚至还要牺牲食物,因为在小岛上,总督们都得吃得很少,尤其如果还有医生在照料他们健康的话。"

"桑丘,我不明白你在说什么,"瑞克特说,"在我听来你这全是胡说八道!谁会把一个小岛给你统治?难道世界上还缺少比你更有才能的人去当总督吗?闭嘴吧,桑丘,快醒醒吧!你考虑一下,愿不愿意跟我走,就像我刚才说的,帮我去取出埋藏的财宝。那可不是一笔小数目,完全可以称为财富,我会给你足够生活的钱,正如我刚才承诺的那样。"

"瑞克特,我已经告诉过你了,"桑丘回答说,"我不愿意。不过我不会告发你,你就知足吧,赶紧继续走你的路,让我走我的路吧!因为我明白,光明正大挣来的钱也许会失去,但来路不正的钱不但保不住,还会把主人也连累了。"

"桑丘,我不想强求你。"瑞克特说,"不过请告诉我:我的老婆、女儿和大舅子离开镇子的时候,你在镇上吗?"

463

"是的,我在呢。"桑丘回答说,"我可以告诉你,你女儿离开的时候那样美丽,以至于镇上所有人都赶来看她,所有人都说她是世界上最美的女人。她哭着拥抱了所有的女友和熟人,以及赶来看她的人们,还请求大家为她向上帝和上帝的母亲,也就是我们的圣母祷告。这一幕如此感人肺腑,以至于连我这样不怎么爱流眼泪的人都哭了。千真万确,很多人都想把她藏起来,或者赶上去把她带回来,但是因为害怕违抗国王的命令所以没有这样做。其中最哀恸的是堂·佩德罗·格雷戈里奥,就是你认识的那个富有的长子继承人。据说他深爱着你女儿,自从她离开以后,他就再也没有在镇上出现过。大家都猜测他跟在后面是打算劫持她,不过到现在为止还没有谁听说过任何消息。"

"我一直就怀疑那位绅士很爱我的女儿,"瑞克特说,"不过,我相信我的瑞克塔很勇敢,所以即使知道有人深爱她,我也从不为此烦恼。你也许听说了,桑丘,摩尔女人几乎不会跟老基督徒们有什么爱情纠葛。而在我看来,我的女儿正专注于成为基督徒而不是坠入爱河,这位长子先生的追求她是不会当真的。"

"愿上帝保佑吧!"桑丘回答说,"这事可对他们两人都没好处。让我走吧,瑞克特老兄,我打算在天黑之前就赶到我的主人堂吉诃德那里。"

"愿上帝与你同行,桑丘老兄,我的同伴们都要醒了,也到了我们该继续上路的时间了。"

于是两人互相拥抱,桑丘骑上毛驴,瑞克特挂着长拐杖,两人就此分手。

第五十五回
桑丘打道回府，路上的遭遇及其他一望而知的事情

因为跟瑞克特在一起耽搁了时间，桑丘没能赶在当天到达公爵的城堡，不过距离那里只有半莱瓜。这时天几乎完全黑了，不过因为是夏天，所以他并没有因此感到过于烦恼，而是离开大路打算等待天明。倒霉的是，好运实在不肯眷顾，就在寻找最合适的栖身之地时，他跟毛驴一块儿掉进了几座古老废墟之间一个深深的洞穴，里面一片漆黑。掉下去的时候他全心全意向上帝祈祷，以为自己一定会掉进无尽的深渊。但事实并非如此，落下不到三个身长的距离，毛驴就跌到了洞底，桑丘坐在毛驴背上毫发无伤。

他屏住呼吸，摸了摸全身，检查自己是否完好，有没有哪个部位磕破了。见自己安然无恙，他不停地感谢上帝，我们的天主，感谢他的仁慈和恩惠，因为他本以为自己一定会摔成无数碎片。同时他也用双手摸索着洞穴的墙壁，好看看有没有可能在无人帮助的情况下逃出洞去。然而他发现墙壁全都是光秃秃的，没有任何抓手，对此桑丘感到非常烦恼，尤其是当他听到毛驴在轻声而痛楚地呻吟。这一点并不奇怪，它叹气不是因为什么坏毛病，而是千真万确摔得不轻。

"啊！"桑丘自言自语地说，"这个悲惨的世界啊！真是步步惊心，旦夕祸福！谁会想到，昨天还坐在小岛的总督宝座上对着仆人和臣民们发号施令，今天就被埋在这个洞穴里，孤立无援，没有任何仆人或臣民能来解救？我和我的毛驴一定会饿死在这里，当然前提是没有在饿死之前就一命呜呼，它可能因为伤势严重而死，我则可能因为心中痛苦而死。我也不会像我的主人堂吉诃德·德·拉曼查那

么走运，他进入被施了魔法的蒙特西诺斯洞穴里，受到了人们的款待，比在他自己家里还要好，就好像他是直接奔着备好的餐桌和铺好的床去的！他在那里看到了美丽和煦的景象，可我在这里将会见到的只有癞蛤蟆和毒蛇！

"我真是太不幸了！看看我做的这些疯狂事和抱有的幻想，如今得到了什么样的结果！等上天安排有人发现我的时候，只能从这里取出我破碎不堪的白骨，光秃秃、白森森的，当然毛驴的白骨也跟我在一起。也许从这一点上人们会发现我们的身份，至少有人了解桑丘·潘萨从不离开他的毛驴，而毛驴也从不离开桑丘·潘萨。我要再说一遍：我们真是太可怜了！福薄命浅，竟然不能死在自己的家乡，死在亲人们中间！否则，就算难免一死，至少有人为此感到伤心，还会有人在死前最后一刻替我们闭上眼睛！啊！我的伙伴和朋友！你对我尽心尽力，可我对你的报答却如此不堪！原谅我吧！如果你也懂的话，请你以最好的方式恳求命运解救我们于此刻身处的苦难。我向你保证，我会给你戴上桂冠，让你看上去像一位冠军诗人，还会给你加倍的饲料。"

就这样，桑丘·潘萨只顾自怨自艾，而他的毛驴一声不吭地听着，可见这头可怜的畜生有多么为难和痛苦。最后，在悲惨的呻吟和哀叹中度过了整个夜晚，白天来临了。借着白天的阳光，桑丘发现如果没有人帮忙的话，是绝对不可能从这个井里爬出去的。他开始大声喊叫起来，看看有没有人能听到。然而所有的呼喊声都像在茫茫沙漠中呼救一样徒劳，因为整个方圆十里格都罕无人迹，最终他认定自己这次必死无疑了。

毛驴本来是四脚朝天的，桑丘·潘萨让它站起来，并在这个几乎无处容身的地方把它安置好，又从跟他们一起掉进去的褡裢中掏

出一小块面包喂给了毛驴,毛驴吃得津津有味。桑丘把毛驴当成能听懂人话一样,对它说:

"有面包吃的葬礼都是值得高兴的。"

这时他发现一侧穴壁上有一个洞,如果弯腰把身体缩起来的话,可以容下一个人。他来到洞口,趴在地上钻进洞口,发现里面宽敞开阔。他能看到这一点是因为从可以被称为天花板的地方透进来一束阳光,照亮了整个洞穴。他还发现,这个洞穴扩展并延伸到另一个更宽阔的洞穴。见此,他又回到毛驴身边,用石块把洞口的土一点点敲掉,很快就拓出一个足以让毛驴轻松进入的洞。毛驴钻了进去,桑丘抓着缰绳,带着它沿着岩洞往前走,试图寻找有没有其他出口。这一路时而昏暗、时而漆黑,桑丘时刻都胆战心惊。

"无所不能的上帝啊!"他对自己说,"这件事情对我来说是不幸,也许对我的主人堂吉诃德来说反而是种幸运。他一定会把这些深深的地牢看成是开满鲜花的园林和加利亚纳宫殿[1],还会期待从这个黑暗狭窄的地方出去到一片五彩缤纷的芳草地。可是我呢?我真是不幸!没有任何人的意见可以参考,精神也十分沮丧,每一步都提心吊胆,生怕脚下裂开一个比前一个更深的深渊,把我一口吞进去。厄运,你尽管来吧!只要不是祸不单行。"

就这样一边想着,他走出了大约半莱瓜,最后发现了一处不知从哪里透进来的令人困惑的光亮。凭感觉此时已是正午,这亮光对他来说也预示着新生命的道路将会有一个光明的结局。

对于桑丘·潘萨的遭遇,熙德·哈梅特·贝内赫里就此停笔,

---

[1] 加利亚纳宫殿,指托莱多附近塔霍河边的废墟,传说是为摩尔公主所建。

回头去说堂吉诃德。他既激动又兴奋地等待着决斗之期的到来,跟那位夺走了罗德里格斯太太女儿清白的人对决,为罗德里格斯太太被人恶意加诸的凌辱和不正当行为主持公道。

决战前一天上午,为了次日即将面临的重要关头,他打算出门去做一番准备和练习。罗西南多奔跑了一小段距离,或者说驰骋了一阵,差点掉进一个洞里,幸亏堂吉诃德用力拉住了缰绳,终于勒马停步,自己也没有摔下去。他骑着马凑近洞口,正打量时,听到里面有人在大声叫喊,仔细一听,分辨出那人在说:

"啊!地面上有没有哪个基督徒能听到我!有没有哪位仁慈的骑士可怜可怜一个被活埋的罪人,一个丢了官位的倒霉总督?"

堂吉诃德听着像是桑丘·潘萨的声音,对此他简直难以置信,便放开了嗓门喊道:

"下面是谁?是谁在求救?"

"还能是谁被困在这里?还能是谁在呼救?"下面回答说,"当然是历经磨难的桑丘·潘萨!他曾是著名的骑士堂吉诃德·德·拉曼查的持盾侍从,又因为自己的罪过和霉运当过巴拉塔利亚小岛的总督。"

堂吉诃德听到这番话,更加讶异,心中惊疑不定。他想桑丘·潘萨一定已经死了,是他的灵魂正在地下受难,于是说道:

"我恳求你,作为一个天主教基督徒我也有资格恳求你:请告诉我你是谁!如果你是受难的灵魂,就告诉我你希望我为你做什么。帮扶和救助这个世界上需要帮助的人们是我的使命,同时对在另一个世界受苦受难的人们也不能袖手旁观,因为他们无法帮助他们自己。"

"如果是这样的话,"下面回答说,"跟我对话的一定是我的主人堂吉诃德·德·拉曼查，从声音上判断不可能是别人。"

"我的确是堂吉诃德。"堂吉诃德回答说，"以救苦救难为己任，不管是活人还是死人。所以请告诉我你是谁，因为这实在令人难以置信：如果你是我的持盾侍从桑丘·潘萨的话，你一定是死了！而且一定是被魔鬼带走了！上帝慈悲，你此刻身处炼狱，我们的圣母玛利亚、罗马天主教会拥有足够的应祷，把你从这样的刑罚中解救出来，而我也会竭尽财力向教会申请。所以，快说清楚，你到底是谁？"

"我敢打赌，"桑丘回答说，"我发誓！以阁下您所希望的无论谁的出生发誓！堂吉诃德·德·拉曼查先生，我就是您的持盾侍从桑丘·潘萨！我这一辈子从来没有死过！我离开了自己的领地，这其中的原委需要更多时间讲述，但昨天晚上我掉进了这个洞里。此刻正躺在这里，毛驴也跟我在一起，它可以证明我没有说谎！千真万确，它就在这里，和我在一起。"

更离奇的是，毛驴好像听懂了桑丘的话，立刻就开始使劲叫唤，整个山洞里都响起回声。

"这是很好的证人！"堂吉诃德说，"我能认出这个驴叫，就像是我亲生的一样熟悉。我也听出了你的声音，我的桑丘，等着我吧！公爵的城堡就在附近，我回去找人把你从这个洞里救出来。你一定是犯了什么罪过才会掉进去的。"

"那阁下您快去快回！"桑丘说，"我的上帝啊！我再也无法忍受被活活埋在这里了，我怕得要命！"

堂吉诃德把他留在那里，回到城堡向公爵夫妇报告了桑丘·潘萨的事情，对此他们也吃惊不小。虽然他们知道那个洞穴从记不清的时间开始就一直存在，桑丘一定是不小心掉进去了，但是他们无法猜测他为什么没有事先通知就离开了领地。最后，众人带着绳子和缆绳——正如人们常说的——兴师动众，费了九牛二虎之力，才把毛驴和桑丘·潘萨从那个黑暗的地方解救到太阳底下。一个学生看到他说：

"看看这位罪人，从地底下爬出来，饿得面无血色，又身无分文。我认为所有邪恶的总督都应该得到这样的下场，灰溜溜地离开他们的领地。"

桑丘听到这番话，说："爱嚼舌头的兄弟，我前往小岛赴任不过十来天，在任上没有吃过一顿饱饭，医生们迫害我，敌人们痛打我，而且根本没来得及干什么弄权受贿的勾当！既然如此，事实也正是如此，我认为自己不应该以这样的方式离开。不过谁都可以发表意见，上帝会做决定的，因为他知道对于每个人来说什么是最好的，什么是最合适的。此一时彼一时，谁也别说：我可不吃这一套！想偷腌猪肉，钩子都没有。上帝明白我的意思！够了，我不多说了，虽然我有很多话可说。"

"桑丘，不要生气，也不要因为听到的话而感到烦恼，这些话都没头没脑。你对得起自己的良心，别人说什么都没关系。爱说坏话的人，想要系上他们的舌头，无异于想给田野关上门。一个总督离任的时候如果很富有，人们就说他是个盗贼；可如果离任的时候身无长物，又会说他是没用的白痴。"

"可以肯定，"桑丘回答说，"这一次人们会认为我是笨蛋而不是盗贼。"

就这样边走边聊，在一群精壮小伙和其他众人的簇拥下，主仆二人来到了正在长廊中等候的公爵和公爵夫人面前。不过在上去拜见公爵之前，桑丘执意要先把毛驴在马厩中安顿好，因为毛驴在洞里度过了非常糟糕的一夜。接着他才上去拜见了两位主人，跪在他们面前说：

"主人们，两位殿下出于好意，在我完全没有资格的情况下，派我去统治你们的小岛巴拉塔利亚。在这个职位上我是赤条条地进去，赤条条地出来：既没得利，也没损失。至于说统治得好还是坏，眼前就有证人，他们想怎么说就怎么说。我断过疑难案件，判过打斗争执，却差点没饿死。这正是来自提尔特阿非拉的佩德罗·瑞西澳医生的意图，他是岛医，也是总督的私人医生。我们遭到了敌人的夜间偷袭，陷入了巨大的困境，不过据说因为我臂膀的勇气，岛上的人们最终安然无恙并获得了胜利。愿上帝保佑他们健康！跟他们说的实话一样多！

"总之，在这短短几天内我体会到了一个统治者身上的担子和义务，发现自己的肩膀承担不起，这些不是我这副身板能扛得住的，不是我箭囊中的箭。所以，在这个总督位置把我葬送之前，我还是先解决掉它。昨天一早我离开了小岛，一切都原封不动：同样的街道，同样的房屋和屋顶。我没有欠任何人任何东西，也没有捞取任何利益，虽然我曾打算发布几个有利的命令，但最后一条也没发布，因为担心得不到执行，这样的话下不下命令都没有区别。

"刚才说到，我离开了那座小岛，除了毛驴之外没有任何人陪伴，谁知掉进了一个洞里。我沿着洞一直往前走，直到今天上午，借着太阳光才看到了出口。真是不容易！如果不是上天送来了我的主人堂吉诃德，我一定会困在那里直到世界末日！所以，我的公爵大人和公爵夫人，你们的总督桑丘·潘萨就在这里，在当总督的这十天里我终于明白，当不上总督对我来说一点儿也不重要，别说是一个小岛的总督，哪怕是全世界的总督也一样。出于这种想法，我亲吻阁下你们的脚，就像小孩子们做游戏的时候说的'你跳过来，我跳过去',我跳出了总督这个位置,回来服侍我的主人堂吉诃德。无论如何,服侍他的时候虽然总是担惊受怕,啃硬面包,但至少还能吃饱。而我嘛,只要能吃饱,不管是胡萝卜还是石鸡,都是一样的。"

就这样他结束了这番长篇大论。堂吉诃德一直担心桑丘说出什么连篇的蠢话,所以当听到他几乎没说什么傻话就结束了,心里暗暗感谢上天。公爵拥抱了桑丘,并对他这么快就辞去了总督职位表示难过,不过会根据他的身份和状态安排另一个责任更轻但获利更丰的职位。公爵夫人也拥抱了他,并下令仆人们好好照顾他,因为他显得疼痛难忍,看上去确实摔得不轻。

第五十六回
堂吉诃德·德·拉曼查为捍卫罗德里格斯嬷嬷的女儿而与仆役托西罗斯展开的惊人战斗

对于任命桑丘为总督这个玩笑,公爵夫妇并不后悔,尤其是当天他们的管家也赶回来了,并一五一十地把桑丘在这些天里所有的一言一行都如实禀报,最后还详细描述了小岛遭受的袭击、桑丘的恐惧和毅然离去过程,对此公爵夫妇感到非常有趣。

故事接着讲述道,约定的决斗之期已到,公爵事先对仆人托西罗斯千叮咛万嘱咐,指点他应该怎样配合堂吉诃德以便战胜他但不要杀死或伤害他。公爵还下令去掉长矛的铁尖,并对堂吉诃德解释说,基督教以慈悲为怀,不允许这场战斗中出现人身危险。他能做的只是在自己的土地上提供平坦的比武场地,仅此而已。虽然这样做有违神圣的教务会议法令,因为该法令禁止决斗,不过他希望这桩激烈、严酷的事件有个圆满的结局。

堂吉诃德表示此事一切细节都由殿下随意定夺,自己无所不从。可怕的一天终于到来,公爵事先命人在城堡的广场前面搭了一个宽阔的大台子,那本该是武场裁判和原告母女二人所在的地方。但是在那个地区多少年来都没有见过,甚至都没听说过这样的比武,所以很多人从附近的各地和各个村子赶来看热闹。

首先进入决斗场的是司仪官,他负责把比武场彻底巡查一遍,以确保没有任何陷阱机关,也没有会让人绊倒摔跤的隐蔽物。接着入场的是两位女士,她们各自落座,面纱往上一直盖到眼睛,往下垂到胸口,看上去痛不欲生。没过多久,在嘹亮的军号声中,堂吉诃德出现在决斗场上,伟大的仆人托西罗斯也从广场的另一侧探出身子。号角声震耳欲聋,托西罗斯骑着一匹健马,戴着严严实实的头盔,身姿挺拔,手持闪闪发光的沉重武器。那匹马膘肥体壮,通身黑白花,看上去是弗里斯种骏马,每一条马腿上的毛都足有一个阿罗瓦之多。

这位勇敢的决斗者入场之前已经受到主人公爵大人的详细指点,该如何对待堂吉诃德·德·拉曼查。公爵警告他,无论如何不能杀死堂吉诃德,为了避免生命危险,第一回合要尽量避免正面冲突,因为如果打个正着的话,堂吉诃德几乎是必死无疑。托西罗斯在广场上转了一圈,来到那两位女士面前,并细细打量那个请求他成为丈夫的姑娘。此时堂吉诃德也已经来到广场,武场裁判请他过来,当着两位决斗者的面询问事主母女二人,是否同意堂吉诃德·德·拉曼查捍卫她们的权利。两位女士表示肯定,并且他在这件事情中所做的任何决定她们都会坚定支持。

此时公爵和公爵夫人已经来到了决斗场上方的一条长廊中,整个长廊挤满了人，都等着观看这场闻所未闻的激烈比武。决斗双方达成的条件是：如果堂吉诃德胜出，他的对手必须跟罗德里格斯太太的女儿结婚；而如果他被打败了，对手可以不再履行诺言，而且不用支付任何其他补偿。

司仪官让两人站在同样的太阳光线下，各就各位。军鼓敲响了，号角声回荡在半空中，连脚下的大地都在颤抖。混乱的观众们心都悬了起来，有人不免心惊，有人却充满期待，不知这个事情的结局是好是坏。堂吉诃德全心全意将自己委托给我们的天主上帝以及杜尔西内亚·德尔·托博索小姐，等待着发起进攻的准确信号。但我们的托西罗斯此时想的却不是这些。他想的是我此刻将要讲述的事情：

那位与他敌对的姑娘，当他看到她的第一眼，就似乎感觉那是自己一生中见过的全世界最美丽的女人。而那位被当地人称为爱神的盲童可不愿意错失这个送上门来的机会，去征服一个仆役的灵魂并将它列入自己的俘虏名单。于是他在谁也没有察觉的情况下翩然而至，朝着这位可怜仆役的左侧身体射出了一支两竿长的箭，穿透了他的心。做到这一点简直毫无风险，因为爱是不可见的，它自由出入任何地方，而且谁也不会因为他做的事情而找他算账。

所以，当裁判发出进攻信号的时候，我们的仆役还在失神呢！一心想着那位姑娘的美貌，她已经主宰了他的人身自由。听到军号声音他根本无动于衷，堂吉诃德却恰恰相反，一听到号声响起，立刻举起长矛，罗西南多竭尽全力快速朝对手奔过去。优秀的持盾侍从桑丘见主人出发了，便大声喊道：

"愿上帝指引您！游侠骑士的精英和荣光！愿上帝保佑您取得胜

利，因为正义站在您这一边！"

托西罗斯眼看着堂吉诃德朝自己飞奔而来，却在自己的位置上一步都没动。相反，他大声呼唤裁判，裁判立刻赶来看个究竟。托西罗斯问裁判：

"先生，这场决斗不是为了决定我是否跟那位女士结婚而举办的吗？"

"正是如此。"裁判回答说。

"那么，"仆役说，"正如我向来一丝不苟地遵从自己的良心，而继续这场战斗对我的良心来说将是一个沉重的负担，因此我宣布：我承认自己败了，我愿意立刻跟那位女士结婚！"

裁判被托西罗斯的话惊得目瞪口呆，不知如何作答，因为他也是这桩阴谋的知情人之一。堂吉诃德正策马疾驰，半路突然看到对方并没有向自己发起进攻，于是硬生生停下了脚步。公爵大人正疑惑比武为何不继续进行下去，裁判前去汇报了托西罗斯的决定，对此公爵又惊又怒。

就在这个当儿，托西罗斯来到罗德里格斯太太面前，大声说：

"太太，我想跟您的女儿结婚！以不会造成生命危险的和平方式就可以解决的事情，我不希望通过武力决斗来实现！"

英勇的堂吉诃德听到这句话，说：

"如果是这样的话，我算是履行了自己的承诺，尽到了义务。赶快结婚吧！既然我们的天主上帝赐予婚姻，圣·佩德罗也会赐福。"

此时公爵已经来到了城堡的广场上，他走到托西罗斯面前问：

"骑士，这是真的吗？你良心发现，承认自己输了，并愿意跟这位姑娘结婚？"

"是的，大人。"托西罗斯回答说。

475

"你做得太对了，"桑丘·潘萨插嘴说，"东西让耗子吃掉，不如拿来喂猫，这样一来不就省事儿了吗？"

托西罗斯开始解头盔，并恳求人们赶快上来帮忙，因为他已经快要喘不过气来了，不能这么长时间密闭在如此狭窄的空间内。大家急忙帮他摘下头盔，露出的赫然是仆役托西罗斯的脸。罗德里格斯太太和她的女儿一看到他，便大声喊道：

"骗局！这是一场大骗局！他们用公爵的仆役托西罗斯取代了我真正的丈夫！上帝啊！国王啊！天理何在！这样的行径即使称不上卑鄙，也实在阴险！"

"女士们，不用担心。"堂吉诃德说，"这既不是阴险也不是卑鄙。就算是的话，也与公爵无关，而是邪恶魔法师们干的好事，他们一直对我穷追不舍。因为嫉妒我不战而胜的荣耀，就把您丈夫的容貌变成了这样，据您说是公爵的仆人。接受我的忠告吧！虽然我的敌人们十分邪恶，但是跟他结婚吧！毫无疑问这就是你们想要托付终身的那个人。"

公爵听到这番话，差点忘记生气而笑了出来，他说：

"发生在堂吉诃德先生身上的事情是如此不同寻常，我几乎要相信这位仆役其实并不是他本人。不过暂且将错就错，让我们推迟婚礼，把大家心存疑虑的这个人关起来哪怕是十五天也好，有可能在这段时间里他会恢复成本来的面貌，因为魔法师们对于堂吉诃德先生的怨恨不至于持续那么久，何况这种欺骗和改变对他们来说也没什么益处。"

"啊，大人！"桑丘说，"那些坏蛋把跟我主人有关的东西改头换面，已经成了习惯。有一位名叫镜子骑士的先生被我主人打败了，他们把他变成了参孙·卡拉斯科学士，那是我们村里邻居也是我们的好朋友，而我的女主人杜尔西内亚·德尔·托博索则被变成了一个粗野的村姑。所以，我猜这位先生不得不一辈子生为仆役，死也为仆役了。"

对此，罗德里格斯的女儿说：

"不管这位向我求婚的人是谁，我都很感谢他。我宁愿成为一个仆役的合法妻子，也不愿意成为一名骑士的情人和玩物，更何况玩弄我的那个人根本不是骑士。"

总之，这个故事的结局是托西罗斯必须被关起来直到验证他是否变形。所有人都承认堂吉诃德赢了，但大部分人都因为没有看到这万人瞩目的两位决斗者被对手大卸八块而感到遗憾，就跟小孩子们因为绞刑犯得到原告撤诉或司法原谅，最后没有被绞死而感到失望一样。人群散去，公爵和堂吉诃德回到城堡，托西罗斯被关了起来，罗德里格斯太太和她的女儿喜出望外，因为不管如何迂回曲折，这件事情终以婚姻为结局，而托西罗斯的满怀期待也不亚于她们。

第五十七回
堂吉诃德告别公爵夫妇，以及公爵夫人的侍女阿尔提西朵拉的放荡之举

最后，堂吉诃德认为是时候离开城堡中的闲适生活了，因为放纵自己游手好闲、足不出户，被公爵夫妇以游侠骑士之礼相待，沉溺于无穷无尽的盛宴和娱乐中，无疑是一种巨大的过失，因为人们无比需要他，而且这样也无法向上天交代。所以，有一天他

向公爵夫妇请求离开，公爵夫妇对此表示非常难过，不过还是允准了。公爵夫人把桑丘老婆的信拿出来，桑丘得知了信的内容，哭着说：

"谁能想到呢？我当总督的消息在我老婆特蕾莎·潘萨的心里引起了那么大的希望，可最后的结局是：我又重新追随主人堂吉诃德·德·拉曼查继续艰难的冒险。尽管如此，我很高兴看到我的特蕾莎表现不错，给公爵夫人送来了橡果，这才符合她的身份，否则就成了忘恩负义的人了，我也会为此感到内疚。令人安慰的是，这份馈赠不可能被安上行贿的罪名，因为她送来的时候我已经当上总督了。得到赏赐的人们表现出感恩图报是完全合情合理的，哪怕是一些没多大价值的小东西。事实上，我一穷二白地上任，又两袖清风地离任，可以说是问心无愧，这可不是什么小事！我赤条条来到这个世上，此刻也还是一样赤条条：既没有失去什么也没有得到什么。"

这是桑丘在出发那天说的。堂吉诃德在头天晚上已经跟公爵夫妇告别过，次日一早便全副武装来到了城堡的广场上。城堡中所有的人都聚在走廊上，公爵夫妇也出来送他。桑丘骑在毛驴背上，带着褡裢、行李和物资储备。他高兴极了，因为公爵的管家，也就是假扮三尾裙夫人的那位，塞给他一个小包，里面装着两百个埃斯库多金币，以备路上不时之需，这些钱连堂吉诃德都不知道。

刚才说到所有人都在看着堂吉诃德，而机灵又不知羞耻的阿尔提西朵拉挤在公爵夫人的管家嬷嬷和侍女们中间，提高了嗓门，用悲伤的语调吟咏道：

听着，负心的骑士

请稍挽缰绳

勒住你那叛逆的坐骑

不要对它的双肋左右催逼

伪君子啊,你为何逃离

我不是凶残的毒蛇

而是远离母羊的

柔顺羔羊之一

可怖的妖魔啊,你为何抛弃

最美丽的少女?跟她相比

山上的狄安娜望尘莫及

林中的维纳斯难以匹敌

残忍的维雷诺[1],负心的埃涅阿斯[2]

还有大盗巴拉巴[3],都无法和你相比

你伸出魔爪

冷酷无情地带走

一个少女娇嫩的心

1　维雷诺,骑士小说《疯狂的奥尔兰多》中的人物,曾将情妇遗弃荒岛。
2　埃涅阿斯,维吉尔史诗《埃涅阿斯纪》的主人公,抛弃了迦太基女王狄多,狄多因此自尽。
3　巴拉巴:《圣经》记载耶稣被捕后,罗马司令官彼拉多知耶稣无罪,遂援引逾越节期间可以释放一个犯人免死的成例,提出杀人越货的巴拉巴和耶稣两人选择其一来释放,谁知犹太人选择释放巴拉巴,结果耶稣替他受死。

她是如此款款深情

你带走了三条头巾
还有一根黑白袜带,它曾经
守护一双光滑美腿,肤如脂凝
比品质最好的大理石更玉洁冰清

因你的离去,我发出两千声叹息
如果这些叹息能化作火焰,足以
烧毁两千座特洛伊
如果其真实存在于这个世界里

残忍的维雷诺,负心的埃涅阿斯
还有大盗巴拉巴,都无法和你相比

愿你的持盾侍从桑丘·潘萨
坚硬的心永不融化
让杜尔西内亚
永远无法摆脱魔法

你的过错她来背负责罚
悲伤的人儿难以自拔
在我的家乡,这是罪人们
应该付出的公正代价

愿你所有的传奇和理想

都终结于无望和绝望

愿你所有的好事都是一枕黄粱

你的坚贞也终将被遗忘

残忍的维雷诺,负心的埃涅阿斯

还有大盗巴拉巴,都和你不相上下

愿你虚伪的名声传遍天下

从塞维利亚到马切纳

从伦敦到英格兰

从格拉纳达到洛哈

如果你是纸牌玩家

哪怕种类千变万化

愿大小王都退避三舍

一张好牌都别想抓

如果你去切除骨痂

愿伤口血流如洪水开闸

如果你去拔槽牙

愿牙根烂在牙龈底下

残忍的维雷诺,负心的埃涅阿斯

还有大盗巴拉巴,都和你不相上下

任凭伤心的阿尔提西朵拉声声控诉，堂吉诃德只是看着她，一言不发。最后他转身对桑丘说：

"我的桑丘，以你祖先们的名义，我恳请你告诉我一个事实。告诉我，你是不是真的拿了这位痴情姑娘所说的头巾和吊袜带？"

对此桑丘回答说："那三条头巾在我这儿，但是要说吊袜带，没影的事儿！"

公爵夫人对于阿尔提西朵拉的放肆感到震惊，她虽然知道这个侍女大胆、风趣、放荡，但从没想到她居然敢做出这样无法无天的事，而且因为事先对此并不知情，难免格外惊讶。公爵想进一步加强恶作剧的效果，说：

"骑士先生，以我之见，您在这座城堡中受到了如此殷勤款待，却拿走了我侍女的三条头巾，甚至胆敢拿走了她的吊袜带，这恐怕不合适吧？这一举动表现出的邪恶心胸与您的名声太不相称。请把吊袜带还给她，否则，我将与您决一死战！我才不怕那些心术不正的魔法师把我变形或者改变我的容貌，正如他们对我的仆人托西罗斯所做的那样，就是跟您对战的那一位。"

"如果我的长剑出鞘，"堂吉诃德回答说，"是为了与阁下您这样尊贵的人物为敌，连上帝也不会允许的，更何况我受了您如此巨大的恩惠！那几条头巾我会如数奉还，因为桑丘承认在他手里。不过要说吊袜带，我实在无能为力，因为我们两人谁都没拿。如果您的侍女愿意再好好找找自己卧房的话，一定会找到的。公爵先生，我从不做鸡鸣狗盗之事，而且一辈子从未产生过这样的想法，否则上帝不会放过我。据我看来，这位姑娘的言语流露出一片痴心，但这并不是我的错，所以我没有必要请求她或殿下您的原谅。我恳求您不要对我有所误解，并再次允许我继续上路。"

"堂吉诃德先生，愿上帝保佑您！"公爵夫人说，"愿我们能常常听到关于您的好消息，获知您的丰功伟绩。您快走吧！因为越是耽搁，那些注视着您的姑娘心中的火焰就越热烈。我会惩罚我的侍女，教训她从今往后无论是目光还是言语都要循规蹈矩。"

"勇敢的堂吉诃德，我只求您再听我说一句话，就一句！"这时阿尔提西朵拉说，"关于我刚才说的吊袜带被偷走之类的话，我请求您的原谅！因为上帝和我都知道吊袜带此刻正穿在我身上呢！我刚才对此毫无察觉，正像俗话说的骑驴找驴。"

"我不是说了吗？"桑丘说，"我难道是窝藏赃物的惯犯吗？去他的吧！我要是想这么干，这个总督生涯就不会那么短命了！"

堂吉诃德低下头，向公爵夫妇和所有在场的人行礼，然后掉转罗西南多的缰绳，桑丘骑着毛驴跟上去，走出了城堡，直奔萨拉戈萨而去。

第五十八回
堂吉诃德遭遇一连串奇事，一桩桩接踵而至

话说堂吉诃德摆脱了阿尔提西朵拉的纠缠，来到一马平川的旷野，顿感如鱼得水，精神大振，矢志重新追求自己的骑士事业。他转身对桑丘说：

"桑丘，自由是上天赋予人们最宝贵的财富之一，不管是大地还是海洋蕴藏的财富都无法与之媲美。和对待名誉一样，为了自由可以，也应该冒生命危险，反之，受奴役则是人类可能遭遇的最大厄运。桑丘，我这么说是因为，你也看到了，在身后这座城堡中，我

们受到了如此富足的盛情款待。然而面对着丰盛的宴席和沁人心脾的冷饮,我却仍然感觉到饥饿的窘迫,因为并不能像享用自己的东西一样自由地享用它们。受人恩惠,自然也要承担相应的义务,这都是使自由意志无法实现的束缚。如果有人得到上天赐予的一块面包,而除了感谢上天本身之外,没有义务感谢其他任何人,那这个人是多么幸运!"

"虽然阁下您这么说,"桑丘说,"但公爵的管家给我一个小袋子,里面装了两百个埃斯库多金币,如果我们对此不感恩戴德,就太不像话了。这些钱我就像膏药和补药一样揣在胸口,以备不时之需,因为我们不可能总是遇到热情款待的城堡,反而也许会碰见棍棒相向的客栈。"

主仆二人边走边聊,刚走出一莱瓜远,便看到在一片绿色的草地上,有至少十二名农夫打扮的人,用斗篷铺在草地上,正坐在上面吃饭。他们身边立着一些用白布盖着的东西,散落在各处。堂吉诃德来到这群人面前,先彬彬有礼地问候了他们,然后询问那些白布下盖的是什么。其中一个人回答说:

"先生,这些布下面是一些木刻版画,是给我们村里正在建的祭坛装饰用的。搬运的时候盖住是为了避免它们褪色,用肩膀扛着是因为怕它们损坏。"

"如果你们允许的话,"堂吉诃德回答说,"我很想看看这些画,因为如此精心运输的画,必定是佳作。"

"那是当然!"另一个人说,"别的不说,就说这些画都是花多少钱买的吧!说实话,这里头没有哪一幅的价格低于五十个杜卡多。为了让阁下相信这个事实,您就亲眼看看吧。"

他放下饭碗，站起来，揭开了第一幅画的盖布，原来是圣乔治[1]的骑像：双脚上缠着一条蛇，长矛穿过咽喉，是他一如既往的残暴形象。正如人们常说的，整幅画仿佛流光溢彩。堂吉诃德看到画说：

"这位骑士是神圣军团中最优秀的游侠之一：他名叫堂圣乔治，还是少女们的庇护者。让我们看看另一幅。"

农夫揭开另一幅画，原来是圣马丁[2]骑着马，跟穷人分享斗篷。堂吉诃德一看到画就说：

"这位其实也是基督教冒险家之一，我认为他的慷慨多于勇敢。桑丘，这一点从他正在跟穷人分享斗篷这件事上就可见一斑。他把一半的斗篷分给了别人，毫无疑问那应该是冬天，否则的话，按照他的慈悲程度，一定把整个斗篷都给别人了。"

"不会是这个原因。"桑丘说，"而是因为俗话说得好：给还是要，需要头脑。"

堂吉诃德哈哈大笑，并请求人们揭开另一块盖布，下面露出的是西班牙保护神的形象，骑着马，提着血淋淋的长剑，踩着满地头颅，正砍杀摩尔人。见到这幅画，堂吉诃德说：

"这位是名副其实的骑士，也是耶稣的卫士。他号称摩尔人克星圣雅各，是世界上存在过的、上天所拥有过的最勇敢的圣人和骑士之一。"

接着另一块布被揭开了，大家看到里面盖着的是圣彼得[3]坠落马

---

1 圣乔治，原为小亚细亚卡帕多西亚的王子，因刺杀毒龙，救出英国公主，被尊为英国的守护神。
2 圣马丁，法国都尔地区主教。
3 圣彼得，即圣保罗，耶稣十二使徒之一。

下的场景,以及在祭坛装饰画中常常出现的他皈依的情景。画中人物看上去如此栩栩如生,甚至有人会说,基督正在开口说话,而彼得在回答。

"这位,"堂吉诃德说,"在那个时代曾是我们天主教廷的最大敌人,却也是它古往今来最忠实的捍卫者。生为游侠骑士,死为赤诚圣徒,他是天主的葡萄园中不知疲倦的耕作者,也是人类的医生,他曾在第三层天受业,耶稣基督本人就是他的教授和老师。"

没有更多的画了。于是堂吉诃德命令他们重新盖好,并对运画的人们说:

"兄弟们,看到这些版画,于我而言是个好兆头,因为这些圣人和骑士的事业也正是我所从事的事业,也是战斗的事业。而我跟他们之间的区别在于,他们是圣人,为了神圣而战,而我是个凡人,为人类而战。他们用双臂的力量征服了天界,因为天国是努力进入的[1];而我到现在为止还不知道自己的努力到底征服了什么。不过如果我的杜尔西内亚·德尔·托博索能够脱离她如今身受的痛苦,我的运气也渐入佳境,才智得到检验,那么我的脚步就有可能走向比此刻所在的道路更好的方向。"

"希望上帝听到你的话而魔鬼装聋作哑。"桑丘说。

农夫们个个目瞪口呆,不但因为堂吉诃德形象奇特,而且因为完全不明白他这番话是什么意思。人们吃完饭,便扛起画,辞别了堂吉诃德,继续赶路。

桑丘再次对主人的渊博感到惊讶,就像又重新认识了他一次。

---

[1] 《圣经·马太福音》11:12,原文"天国是努力进入的,努力的人就得着了"。

他觉得世界上没有哪段历史或哪个故事是主人不能了如指掌、如数家珍的，便对堂吉诃德说：

"说真的，好主人，如果今天咱们遇到的这件事情能够被称为冒险的话，那真是我们整个朝圣过程中遇到的最温柔、最甜美的冒险了：既没有挨打也没有受惊吓，既没有拔剑而起，也没有用自己的身体撞击地面，甚至都没有忍饥挨饿，就这样平安度过了。感谢上帝让我亲眼见到这些！"

"桑丘，你说得没错。"堂吉诃德说，"不过你要知道，所谓运气，都是因时、因地制宜的，而普罗大众统称为好兆头的东西，并非建立在任何自然规律的基础上，只是迷信的人们认为是好事。有个算命先生早上起来出了家门，碰见虔诚的圣方济各教派的一名教士，就好像碰见了魔鬼，转身就跑回了家。还有，一个门多萨家族的人[1]看到桌上的盐撒了，心里便充满了忧愁，就仿佛大自然必须要通过如此这般毫无实质意义的事情来释放未来不幸的信号。有理智的人、真正的基督教徒没有必要不停地试探上天的心意。西庇阿[2]到达非洲，在下船的时候绊倒了，他的士兵们认为这是不祥之兆，可他却拥抱着大地说：'非洲！你逃不出我的手心了，因为我已经把你紧紧地抱在怀里！'所以，桑丘，对我来说，遇到这些画预示着十分顺利。"

"我也是这样认为的。"桑丘回答说，"阁下您能不能告诉我，为什么西班牙人每当要开战的时候就召唤那位摩尔人克星圣雅各，还

---

1 西班牙传统认为门多萨家族比较迷信。
2 普布利乌斯·科尔内利乌斯·西庇阿，古罗马统帅和政治家，第二次布匿战争中罗马主要将领之一，以打败迦太基统帅汉尼拔而著称于世，被称为"非洲征服者"。

说：'圣雅各，关上西班牙！'难道西班牙是开着门的，所以必须要关上它吗？这到底是一种什么仪式？"

"桑丘，你太无知了！"堂吉诃德回答说，"你看，上帝将这位佩戴红色十字架的伟大骑士赐予西班牙作为保护神、庇护者，尤其是在西班牙人遭遇摩尔人侵犯的紧要关头。所以，在所有进攻的战斗中，人们召唤他、呼喊他作为自己的捍卫者。而在战斗中，人们也常常清清楚楚地看到他剿灭阿拉伯军团：发动攻势、一击而溃、摧枯拉朽。在这方面我可以给你举出很多例子，都是西班牙历史上记载的事实。"

桑丘改变了话题，对他的主人说：

"主人，对于公爵夫人的侍女阿尔提西朵拉的放肆我感到很惊讶。被人们称为爱神的那位神仙一定把她伤得很重，穿透了身体。据说那是一个贪得无厌的瞎子，虽然视力模糊，或者更准确地说根本没有视力，可一旦他瞄准了哪颗心，不管那颗心有多小，都会被他的箭打中而且射穿。我还听说，爱情之箭遇到少女的羞怯和矜持会折断或变钝，但是在这位阿尔提西朵拉身上，这箭似乎反而变尖了而不是变钝了。"

"要知道，桑丘，"堂吉诃德说，"爱情既不会尊重他人，也不会令人思路清晰。爱情的特性跟死亡是一样的：既袭击国王们高大的宫殿，也不放过牧人们寒酸的茅庐。当他完全控制了一个灵魂，所做的第一件事就是剥夺人的恐惧和羞耻。所以阿尔提西朵拉才会毫无廉耻地宣告自己的欲望，她的欲望在我心中引起的烦恼多于同情。"

"您这也太残忍了！"桑丘说，"简直是闻所未闻的忘恩负义！如果是我的话，我敢说自己一定已经投降了。只要她表露出哪怕一点点爱情，我也会臣服。婊子养的！大理石做的心，铜打的内脏，灰浆抹的灵魂！不过我不能理解的是，这位少女在阁下您身上看到了什么，居然如此神魂颠倒？英俊潇洒、神采飞扬、风度翩翩、容貌出众，您到底占了哪一条，能让她爱上您？事实上，我很多次停下来从脚指头到头发丝细细打量您，可我觉得您的尊容更多的是令人惊吓而不是爱慕。我也听人说过，美貌是令人爱慕的第一个也是最主要的特质，可阁下您呢？跟美貌完全不沾边，我不明白那可怜的姑娘到底爱上您什么了。"

"听着，桑丘，"堂吉诃德回答说，"美丽分两种：一种是灵魂的美，另一种是身体的美。灵魂的美是通过才智、忠贞、优雅举止、慷慨和良好的教养表现出来的，而所有这些特点都有可能在一个丑人身上找到。当人们注意到这种灵魂之美，而不是身体之美，往往就会产生迅猛的、高尚的爱情。桑丘，我自知相貌并不出众，但也自信并不丑陋，而一个拥有美德的男人，只要不是长得像魔鬼一样就足以令人爱慕，更何况还拥有我刚才告诉你的那些灵魂上的财富。"

就这样边走边谈，他们渐渐走进了路边的一片树林。突然，在几棵大树之间，堂吉诃德撞上了一张绿色丝网。这一下猝不及防，令人摸不着头脑，堂吉诃德便对桑丘说：

"桑丘，如果我所料不差，这张网代表着一桩新的冒险。我敢拿性命打赌，一定是对我穷追不舍的魔法师们想要把我网住，截断我前进的道路，以惩罚我对阿尔提西朵拉的无情。那么我可以发誓，别说这些网只是用绿色丝线织成的，哪怕是用坚硬无比的钻石编织而成，哪怕比醋意大发的火神用来捕捉维纳斯和玛尔斯的那张网[1]还

---

1 罗马神话中火神用一张大网抓住了与战神玛尔斯偷情的妻子维纳斯。

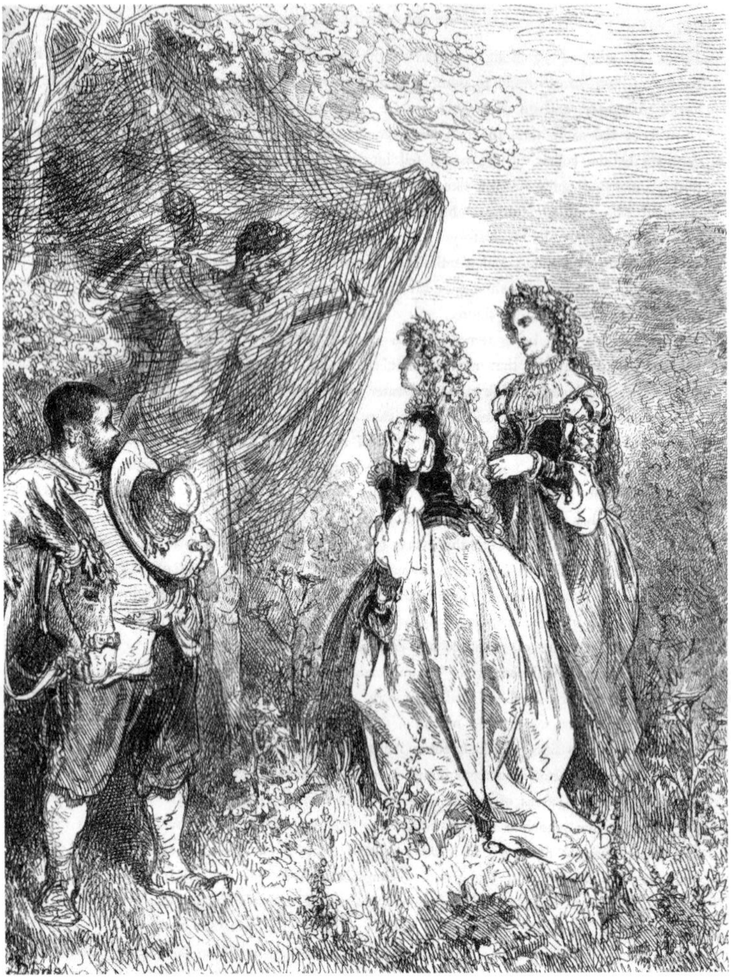

要强韧，我也会像撕破海滩草或棉线头一样轻而易举地打破它。"

正当他打算动手扯破丝网，突然从几棵树中间跑出两个美丽无比的牧羊女，或者至少是牧羊女打扮的姑娘。她们来到堂吉诃德面前，羊皮袄和长袍都点缀着精致的刺绣，事实上，所谓长袍其实是用金线绣成的华丽无比的短裙。她们的头发披散在背上，那金黄的色泽可以跟太阳的光芒媲美，头上还戴着红色苋草和绿色月桂编织的花环。她们的年龄看上去既不小于十五岁，也不超过十八岁。

这幅景象让桑丘惊讶不已，堂吉诃德也目瞪口呆，连太阳都停下了脚步，只为一睹芳容。四人之间出现了令人惊讶的沉默。最后，其中一个姑娘先开了口，她对堂吉诃德说：

"住手！绅士先生！请您停下，不要弄破这张网。我们在这里结网不是为了伤害您，只是为了消遣。我知道您一定会问我们这是在做什么，以及我们是谁，所以请让我简明扼要地告诉您：在离此地两莱瓜远的一个村子里，生活着一群高贵的人，他们都是贵族和富人。有一天很多亲朋好友大家一致同意，带着儿子、妻子、女儿、邻居、朋友和亲戚来此地娱乐，因为这是周围最宜人的地方之一。我们别出心裁，所有人组成一个田园牧歌式的世外桃源，少女们打扮成牧羊女，小伙子们打扮成牧羊人。我们还学习了两首田园诗，一首是著名诗人加尔西拉索[1]的作品，另一首是出类拔萃的卡蒙斯[2]用葡萄牙语写的，我们还没有表演过。昨天我们才刚刚到达这里，并

---

1 加尔西拉索·德·拉·维加（1503—1536），西班牙"新体诗"的第一位伟大诗人。
2 卡蒙斯（约1524—1580），葡萄牙著名诗人，以文学成就而被尊称为葡萄牙国父。

在树丛中搭了一些帐篷，这些所谓的营地就搭建在一条小溪边，水流丰沛，滋养着整个这片草地。昨天夜里，我们在树间编了这些网，用来欺骗天真的小鸟儿们，在我们噪声的驱赶下惊慌失措，掉进网里。先生，如果您愿意成为我们的客人，您将会受到慷慨有礼的款待，因为此时此刻在这个地方不该存在任何愁绪或忧伤。"

说完，她便沉默下来。对此，堂吉诃德回答说：

"说真的，美丽无比的小姐，阿克特翁[1]突然看到狄安娜在水中沐浴时的目瞪口呆，也比不上我见到您花容月貌时的惊讶万分。我对你们的娱乐表示赞赏，也感谢您的盛情，如果能够为您效力，我一定唯命是从，因为我的事业不是别的，正是感恩图报，并转而造福各色人等，尤其是您所代表的高贵人士。别说这些网只占了一个很小的空间，哪怕是占据了整个地球，我也会另辟蹊径，以便能够通行而不打破它们。为了让您相信我这些并非夸张之辞，请您知悉，做出承诺的不是别人，正是堂吉诃德·德·拉曼查，也许您对这个名字略有耳闻。"

"啊！我亲爱的朋友！"这时另一位姑娘说，"我们真是撞了大运了！你看到我们面前这位先生了吗？告诉你吧，如果我读过的那本关于他丰功伟绩的书没有说谎、没有欺骗我们的话，他就是全世界最勇敢、最痴情、最助人为乐的骑士！我敢打赌这位跟他在一起的好人就是桑丘·潘萨，骑士的持盾侍从，他的风趣幽默无人能敌。"

"没错，"桑丘说，"阁下您说的这位风趣的持盾侍从就是我，而这位先生是我的主人，也就是被记载、被传颂的堂吉诃德·德·拉

---

[1] 阿克特翁，希腊神话人物，他在山上偶然看到狄安娜在沐浴，女神因而把他变成了一只鹿，后被他自己的五十只猎狗追逐并撕成碎块。

曼查本尊。"

"啊!"另一个姑娘说,"朋友,我们去恳求他,请他留下来吧!我们的父亲和兄弟们一定会对此感到无限欢喜,我也听他们提起过勇敢的骑士和风趣的持盾侍从。此外,据说堂吉诃德是世人所知的最坚定、最忠诚的恋人,他的心上人是一位叫作杜尔西内亚·德尔·托博索的小姐,她的美貌足以摘下整个西班牙的桂冠。"

"她得到这顶桂冠是合情合理的,"堂吉诃德说,"如果这一点并不与您举世无双的美貌相违背的话。小姐们,不用费心把我留下,因为我的事业负有明确的义务,不允许我在任何一个地方休息。"

这时候其中一位牧羊女的哥哥来到了他们四个人所在的地方,也穿着与姑娘们同样华丽而隆重的牧羊人衣服。姑娘们告诉他,跟她们在一起的正是英勇的堂吉诃德·德·拉曼查,而另一位是他的持盾侍从桑丘。因为读过堂吉诃德的故事,这位潇洒的牧羊人对主仆二人已经有所了解。他对二人盛情恭维并邀请他们跟自己一起回帐篷。堂吉诃德推辞不过,只好从命。

这时驱赶猎物的队伍也正好到达,网中落满了各种各样被丝网颜色欺骗的小鸟,再也无法挣脱困境。那里聚集了三十多个人,所有人都是牧羊人和牧羊女的打扮,个个光彩照人。堂吉诃德和他持盾侍从的身份立刻传开了,对此大家都感到十分高兴,因为早已通过故事认识了他们。大家来到帐篷里,餐桌已经摆好,食物美味、丰盛、洁净。众人推堂吉诃德坐在桌首,所有人都打量他,无不感到惊讶。

饭后,餐具撤下,堂吉诃德站起来,落落大方地说:

"人类犯下的最大的罪孽是什么?有人说是骄横,我却说是忘恩负义。正如人们常说的:地狱里装满了忘恩负义的人。从我懂事的那一刻开始，在任何可能的时候，都试图努力逃脱这种罪孽。如果无法用行动来报答他人对我的善行，我会用随时行动的愿望来代替；而如果这些愿望还不够的话，我就会让天下人都知道这种愿望，因为一个人如果愿意公开宣扬自己所接受的恩惠，那么只要力所能及，同样也会以其他的行动来报偿。一般来说受恩之人总是低于施恩之人，所以上帝高于所有人，因为他是所有人的施恩者，而人类的馈赠是无法与上帝的馈赠相比较的，这种差别不止天上地下的距离，而人类的窘迫和简薄在某种程度上弥补了感激。因此，我非常感谢各位的盛情款待，虽然能力有限，无法以同等程度的行为来报答各位，但我将通过自己能够做到的，也是最擅长的事情作出回报。我想说的是：本人将在两天内，手持武器，在这条通往萨拉戈萨的官道中间，宣称这些打扮成牧羊女的小姐是世界上最美丽、最知礼的姑娘，只有举世无双的杜尔西内亚·德尔·托博索是唯一的例外，因为她是我绝无仅有的心上人，这一点还请各位先生小姐包涵。"

桑丘一直全神贯注地听着这番话，此刻大声说道：

"难道这个世界上还有人敢说或者敢发誓我的主人疯了吗？牧羊人先生们，请阁下们评评理：有哪个村子的神父，不管有多么聪明、多么好学，能够说出我的主人刚刚说的这番话？或者有哪位游侠骑士，不管拥有多么勇敢的名声，能够像我的主人这样自告奋勇去做这件事？"

堂吉诃德转向桑丘，怒容满面，气冲冲地对他说：

"桑丘，在这个地球上谁不会认为你是个彻头彻尾的笨蛋？不仅如此，还无比邪恶，无赖至极！是谁让你插手我的事情？还要质问我是聪明还是愚蠢？闭嘴！不许顶嘴！如果罗西南多还没有架好鞍，快去给它备鞍。我们要去践行诺言：既然真理在我这边，你可以认为对此持有异议的人全都是我的手下败将。"

他十分恼怒地从椅子上站起来，周围所有的人都怔住了，谁都不知道该把他看作疯子还是智者。大家都试图劝说他不必履行这个诺言，他知恩图报的意愿已经众所周知，不需要其他的证明来让人们相信他的勇敢，因为关于他的事迹，故事中提到的那些就足够了。然而无论如何，堂吉诃德依然固执己见。他骑上罗西南多，抱着盾牌，举起长矛，站在离草地不远的官道中间。桑丘骑着毛驴跟在后面，牧羊打扮的众人也都跟了上来，都想看看既然骑士主动请缨，这场闻所未闻的好戏将如何收场。

正如上文所说，只见堂吉诃德拦在路中央，对空无一人的道路朗声说道：

"诸位！不管是过路的还是赶路的，无论骑士还是侍从，徒步的还是骑马的，只要是两天之内从这里路过的或将要路过的，告诉你们，游侠骑士堂吉诃德·德·拉曼查在此严正捍卫以下观点：在这片草地和树林中聚居的仙女们，她们身上的美丽和礼仪超过了全世界的美丽和礼仪，除了我的心上人杜尔西内亚·德尔·托博索。为此，凡是持相反意见的人尽可上来较量，我在此恭候！"

相同的话他重复了两遍，但没有任何一位冒险者听到。不过他的运气终归是越来越好，没过一会儿，路上出现了一大群骑马的人，很多人手中还拿着长矛，混乱地挤作一团，正匆忙赶路。此前围在堂吉诃德身边的人们一见这番景象，纷纷转身跑开，离大路远远地，因为他们知道如果在那里待着不动，有可能会发生危险。只有堂吉诃德抱着英勇无畏的决心，一动不动，桑丘·潘萨则躲在罗西南多的屁股后面。

那群混乱的长矛手越来越近，其中一个人远远领先于整个队伍，他大声朝堂吉诃德喊道：

"倒霉蛋！快躲开！这群斗牛会把你撕成碎片！"

"啊哈！小人！"堂吉诃德回答说，"对我来说，没有什么公牛值得一提，哪怕是在哈拉马河两岸饲养的最勇猛的斗牛！快快坦白，恶棍们！不必左思右想，快承认我刚才说的都是千真万确，否则，就准备好跟我战斗吧！"

那位牛仔根本来不及回答，而堂吉诃德即使有心躲避也来不及了，因为这一大群乱糟糟的凶猛斗牛跟着温驯的带头牛群蜂拥而至，纷纷从堂吉诃德、桑丘、罗西南多和毛驴身上踩过去。原来，有一个镇子第二天要举行奔牛活动，这群牛仔负责带公牛们过去关起来。主仆人畜都摔倒在地，不停地翻滚：桑丘遍体鳞伤、堂吉诃德惊慌失措、毛驴饱受摧残，罗西南多也好不到哪儿去。不过最后总算所有人畜都站了起来，堂吉诃德急急忙忙、跌跌撞撞地跟在牛群后面边跑边喊：

"站住！等等！居心叵测的无耻小人！你们面对的是一位单枪匹马的骑士，他自己没有条件逃跑，也不赞成人们说的：敌人要逃跑，给他架银桥！"

但那群急匆匆的赶路人并未因此停下脚步，也丝毫不理会他的威胁，只当是陈年的浮云。堂吉诃德终于跑不动了，不但没能出这口恶气，反而恼羞成怒。他坐在路上，等着桑丘、罗西南多和毛驴赶上来。等大家会合，主仆二人重新骑上马，也没有再回那个世外桃源辞行，只能满心羞辱，怏怏不乐，继续上路了。

第五十九回
发生在堂吉诃德身上的荒唐事，可以被视为冒险

堂吉诃德和桑丘因为对那群公牛轻敌大意而落得灰头土脸、疲惫不堪，救他们脱离窘境的是在一片清新的树林中找到的清澈泉水。在泉边，他们摘下了毛驴和罗西南多的笼头，让它们自由活动，历尽艰辛的主仆二人坐了下来。桑丘跑到褡裢那里去找吃的，并从里面掏出他常常称为口粮的东西。堂吉诃德漱了口，洗了脸，因为这份清凉舒适，他沮丧的情绪终于有所缓解。主人因为满怀忧愁，无心进餐，桑丘出于谦卑，也不敢动眼前的美味，而是眼巴巴等着主人赶紧开动。然而看到主人沉浸在思绪中，始终不打开自己的食物，也根本想不起来把面包放进嘴里，他终于不顾什么礼节，拿起面包和奶酪开始狼吞虎咽。

"吃吧，桑丘老兄，"堂吉诃德说，"维持生命对你来说远比对我重要。就让我在胡思乱想和不幸的折磨下死去吧！我啊，桑丘，我生来就是为了活着慢慢死去，而你却是为了吃着东西死去。为了让你相信我这一说法千真万确，你看看我：被著书立传，在武学上威名赫赫、在行为上谦恭有礼，被亲王们尊敬、被少女们追求。可那又怎样？！我期盼着以自己的英勇事迹博得荣耀、胜利和桂冠，这也是我应得的，可是今天上午却被肮脏下流的畜生们用蹄子踩踏、暴踢、折磨。一想到这个，我的门牙变得迟钝，槽牙变得麻木，连手都僵硬了，而且完全没有任何胃口。所以我打算就让自己这样饿死，这是最残忍的死法。"

"既然如此，"桑丘一边说话，一边嘴里还在不停地大嚼，"阁下您一定不同意那句谚语说的：死也要做个饱死鬼。我当然不想杀死

自己，反而要像鞋匠用牙咬着皮子直到拉伸到理想的长度那样，我会努力吃饭好把自己的生命延长到上天规定的期限。您要知道，主人，没有什么事情比打算结束自己的生命更疯狂的了，就像阁下您一样。相信我！吃点东西，在这些草做的绿色床垫上睡一觉，您会发现等醒来时，心情就好多了。"

堂吉诃德觉得桑丘这个想法不但不愚蠢，反而很有哲理，便听从了他的建议，并对他说：

"啊，桑丘！如果你愿意为我做下面这件事情，我一定会更加如释重负，也能稍稍宽慰深重的忧愁。那就是：在我遵从你的忠告睡觉的时候，你能不能找个稍远一点的地方，用罗西南多的缰绳抽打你自己的皮肉？为了解除杜尔西内亚身上的魔法，你得鞭笞自己的三千多下，麻烦先从中偿还掉三四百下吧！那位可怜的小姐因为你的没心没肺而一直被魔法附身，这真是一个巨大的遗憾。"

"这件事情实在说来话长。"桑丘说，"咱们还是先睡觉，上帝自有安排。阁下您要知道，如此冷酷无情地鞭打一个人是多么残忍，更何况鞭子还要落在一个吃糠咽菜、营养不良的身体上！就让我的女主人杜尔西内亚小姐多点耐心吧，说不定什么时候我就会把自己鞭打成一个筛子。人在死之前，怎么都是活着：我的意思是，只要我还活着，就不会忘记履行承诺。"

堂吉诃德对此表示感谢。他稍稍吃了点东西，桑丘却大快朵颐了一顿，两人就睡了，留下永久的伙伴、朋友罗西南多和毛驴，随心所欲，无拘无束地在那片田野上吃着丰美的青草。醒来时天色已晚，两人便重新骑上马和毛驴，急匆匆地继续赶路，打算赶到大约一里格路之外的客栈。我说客栈是因为堂吉诃德是这样称呼的，跟他以前管所有的客栈都叫作城堡的习惯迥异。

最后他们到达了客栈,向老板询问有没有房间。店老板回答说不但有房间,而且在萨拉戈萨能找到的所有便利设施和舒适条件这里都有。两人分别下了马和毛驴,桑丘从店主人那里接过钥匙,又把牲口们送到马厩,添上饲料,最后才出来看看坐在靠墙石凳上的堂吉诃德有何吩咐。他格外感谢上天,因为这次主人总算没有把这个客栈当成城堡。

晚餐时间到了,两人回到房间。桑丘问老板店里有什么可吃的,老板回答说,请他们随便点,不管是天上飞的、地上跑的还是海里游的,店里应有尽有。

"那倒不用,"桑丘回答说,"给我们烤两只小鸡就富富有余了,我的主人非常讲究,吃得很少,我也不是胃口特别大的人。"

店主人回答说没有小鸡,都被老鹰叼走了。

"那么店老板先生,"桑丘说,"就请烤只母鸡好了,肉嫩一点就行。"

"母鸡?我的亲爹啊!"店老板说,"昨天我刚进城卖掉了五十多只,真的!不过,除了母鸡,阁下您随便点。"

"既然如此,"桑丘说,"牛肉肯定有吧?或者羊肉也行。"

"暂时没有,"店老板说,"都吃完了,不过下个星期会有很多。"

"好吧,这真是妙极了!"桑丘说,"如果这些全都没有的话,那么腌猪肉和鸡蛋一定多的是了?"

"上帝呀!"主人说,"您这玩笑一点都不好笑!我不是刚告诉您了吗,家里既没有小母鸡也没有老母鸡,您还想要鸡蛋?算啦,如果您愿意的话,还是点些其他的精致菜肴吧,不要再找这些珍馐美味了。"

"够了,够了!该死的!"桑丘怒道,"店老板先生,咱们别再纠缠不休了,您还是痛痛快快告诉我都有些什么!"

店老板说:"我此刻能拿出来的只有两块看上去像牛犊蹄子的母牛脚指头,或者是看上去像母牛脚指的小牛蹄,用鹰嘴豆、洋葱和腌猪肉一起炖的,这会儿刚到火候,就好像它们正在叫唤:快来吃我吧!吃我吧!"

"那我就立刻下手把它们预订了,"桑丘说,"别让任何人碰,我会比别人多付钱给你。没有任何其他食物能让我更乐意等待了,不管是脚指头还是蹄子,我都无所谓。"

"谁也不会碰的,"店主人说,"因为店里其他客人都是高贵人士,都随身带着厨师、伙食管理员和食材储备。"

"要说高贵,"桑丘说,"谁也不会比我主人更高贵。不过他所从事的行业不允许携带任何膳食或餐具,我们一般就在草地中间坐下,用橡果或者欧查果填饱肚子。"

店主人询问他的主人究竟从事什么职业,桑丘不愿意回答,也不想把谈话继续下去,两人之间的对话就这样结束了。

晚餐时间到了,堂吉诃德待在自己的房间,店主人端来了装菜的锅,桑丘坐下来痛痛快快地饱餐了一顿。然而似乎就在隔着一层薄薄墙壁的相邻房间,堂吉诃德听到有人说:

"堂赫洛尼莫先生,以阁下您的生命发誓,趁着等待晚餐送来的时间,让我们来再读一回堂吉诃德·德·拉曼查的第二部。"

堂吉诃德一听到自己的名字,便站起来,竖起耳朵听着那两个提到自己的人继续谈话。他听到那位被称为堂赫洛尼莫先生的人说:

"堂胡安先生,凡是读过堂吉诃德·德·拉曼查故事上卷的人,都不可能喜欢阅读这第二部分,阁下您又何苦非要读那些胡言乱语?"

"话虽如此,"堂胡安说,"读一读还是可以的,正所谓开卷有益。对我来说,这个部分里最让我不悦的地方就是讲堂吉诃德已经不爱杜尔西内亚·德尔·托博索了。"

堂吉诃德听到这句话勃然大怒,忧心忡忡。他大声说道:

"不管是谁,如果说堂吉诃德·德·拉曼查已经忘记或者可能忘记杜尔西内亚·德尔·托博索,我会立刻用武器让他明白自己大错特错了!因为举世无双的杜尔西内亚·德尔·托博索不可能被遗忘,而且在堂吉诃德身上也不可能存在遗忘这件事情:坚贞就是他的徽章,他的事业就是发自内心地捍卫坚贞,而不是强迫自己这样做。"

"是谁在向我们答话?"另一个房间问道。

"还能是谁?"桑丘回答说,"当然是堂吉诃德·德·拉曼查本尊!他说过和将会说出的一切都会不折不扣地做到,因为有钱还债,不怕抵押。"

桑丘话音刚落,两个骑士打扮的人便走进他们的房间,其中一人用双手搂住堂吉诃德的脖子,对他说:

"您的外表印证了您的名字,而您的名字也毫无疑问让您的外表更令人信服:尽管有人想要强夺您的名头、摧毁您的丰功伟绩,正如我手里这本书的作者所做的那样,但是先生,毋庸置疑,您就是真正的堂吉诃德·德·拉曼查,游侠骑士中的北斗明星!"

说着,他把同伴带来的书递过来。堂吉诃德接过去,一言不发,便开始翻阅,很快就把书还给了他,说:

"我虽然只是粗粗浏览,却已经在这个作者笔下发现有三点值得谴责:第一是前言中一些用词显然不妥;第二他使用的是阿拉贡的方言,阿拉贡人常常不用冠词;第三,也是最能证明他无知的一点,就是在这个故事最主要的方面犯了错误,偏离事实,因为这里说我

501

的持盾侍从桑丘·潘萨的老婆名叫玛丽·古铁雷斯,其实根本没有这个人,而是特蕾莎·潘萨。如果一个人在这么重要的信息上都出错了,那么完全有理由担心他在故事任何其他方面都会犯错。"

桑丘听了说:"好啊!那个卑鄙的历史学家!讲述我们的事迹出了这么大的洋相,竟然管我的老婆特蕾莎·潘萨叫作玛丽·古铁雷斯!主人,您再把那本书拿过来看看吧,看看我有没有被写在里面,有没有被改名字。"

"老兄,如果传言不虚,"堂赫洛尼莫说,"您一定是桑丘·潘萨,堂吉诃德先生的持盾侍从。"

"正是在下,"桑丘回答说,"我以此为荣。"

"那么事实上,"骑士说,"这位新作者的描述并没有体现出您本人所表现出的优点。他把您描写成一个贪吃、愚蠢的人,而且一点都不幽默,跟堂吉诃德故事上卷中所描写的桑丘判若两人。"

"愿上帝原谅他!"桑丘说,"他应该把我留在自己的角落里,不要想起我,正所谓各人冷暖自知,圣彼得待在罗马最自在!"

两位骑士请求堂吉诃德到他们的房间共进晚餐,因为他们很清楚这个客栈无法提供与他的身份相配的像样食物。堂吉诃德出于惯有的礼节,同意了他们的请求,并跟他们共进了晚餐,留下桑丘独占了牛蹄锅。他坐在桌首,店主人也上来坐在一起,他对这些脚爪蹄子的热情毫不亚于桑丘。

在用餐过程中,堂胡安向堂吉诃德打听关于杜尔西内亚·德尔·托博索的新消息:她是否结婚了,有没有生孩子或者怀孕,或者如果依然是个少女的话,是否还继续保持着忠贞和美好的矜持,以及她如何看待堂吉诃德先生对她浓情蜜意的想法。对此,堂吉诃德回答说:

"杜尔西内亚依然是少女,而我的心意比任何时候都更坚定。我们之间的音信还跟以前一样很少,她的美貌外表被变成了一个粗野的村姑。"

接着,他原原本本地向他们讲述了杜尔西内亚小姐所中的魔法,他自己在蒙特西诺斯山洞中的遭遇,以及魔法师梅尔林给出的解除巫术的方法,那就是桑丘受自己的鞭笞。

堂吉诃德讲述自己所遭遇的种种离奇事件,两位骑士听得津津有味。堂吉诃德的胡言乱语和优雅的叙述方式同样令他们惊奇:一会儿觉得他很聪明,一会儿又认为他是个傻瓜,到最后也无法确定,在聪明和疯狂之间,到底应该给他什么样的评语。

吃完晚饭,店主人已经醉得东倒西歪,桑丘来到主人所在的房间,一进门就说:

"先生们,我敢拿性命打赌,阁下你们手里那本书的作者对我们不怀好意!既然你们说我已经被称为贪吃鬼,那么我希望人们别再以为我是个醉鬼。"

"书里的确是这么称呼您的。"堂赫洛尼莫说,"虽然记不清楚原话是怎么说的了,但我知道用的是不堪入耳的词语。不过此刻亲眼见到好桑丘的面貌,我确信那完全是污蔑。"

"请阁下们相信我,"桑丘说,"这个故事中的桑丘和堂吉诃德是其他人,绝不是熙德·哈梅特·贝内赫里撰写的那个故事中的人物,只有我们才是!我的主人勇敢、杰出、痴情,而我则单纯、风趣,既不贪吃也不酗酒。"

"我相信事实正是如此,"堂胡安说,"如果可能的话,应该下令除了故事的第一作者熙德·哈梅特,谁也不得放肆僭越去讲述伟大的堂吉诃德的事迹,正如亚历山大大帝下令除了阿佩莱斯之外谁也不许为他画肖像。"

"对我来说，谁愿意画肖像都可以，但是不要侮辱我。"堂吉诃德说，"受到侮辱伤害的时候，忍耐往往会到达极限。"

"任何可能对堂吉诃德先生造成伤害的侮辱，"堂胡安说，"他都完全有能力去报仇，只是他的忍耐力如同一块巨大而强硬的盾牌阻止了他。"

就这样大家在谈话中度过了大半夜。虽然堂胡安希望堂吉诃德再好好读一读那本书，看看有哪些不一致的地方，但堂吉诃德执意不肯。他说，这本书自己完全可以视为已读，并确认从头到尾都是胡言乱语。何况，如果消息传到那个作者耳朵里，说堂吉诃德拿到过这本书，他可不希望那个作者高兴地以为自己也认真拜读了。如果说应该从思想中剔除那些下流、愚蠢的想法，那么更应该眼不见为净。两位骑士问他行程下一站决定去往哪里。他回答说要去萨拉戈萨参加一年一度的比武大会。堂胡安告诉他，杜撰的故事中讲述了堂吉诃德，或者说是假冒的堂吉诃德，是如何在萨拉戈萨参加了一场跑马投环比赛，既没什么新奇事情，也没有什么光彩盛况，至于制服就更加糟糕了，但是无关紧要的蠢话却很多。

"就出于这个理由，"堂吉诃德回答说，"那么，我一步也不会踏进萨拉戈萨！这样就等于将这位冒牌历史学家的谎言昭告天下，人们会发现我并不是他笔下的那个堂吉诃德。"

"这样做非常好，"堂赫洛尼莫说，"在巴塞罗那也有一些比武活动，在那里堂吉诃德先生照样可以展示他的勇气。"

"我也打算这样做。"堂吉诃德说，"时候不早了，请阁下们允许我回去上床睡觉。请将我看作你们最好的朋友和仆人。"

"我也一样，"桑丘说，"也许我也能派上点用场。"

就这样堂吉诃德和桑丘告辞而去，回到了自己的房间。看到堂吉诃德的才智和疯狂是如何交织在一起，堂胡安和堂赫洛尼莫久久惊诧不已，并毫无疑虑地确信这两位才是真正的堂吉诃德和桑丘，而不是阿拉贡作者描写的那两位。

次日，堂吉诃德早早起床，在房间的墙上敲了几下，向隔壁他的朋友们告别。桑丘给了店主人丰厚的报酬，并忠告他：对于店里的伙食，要么别吹那么大牛皮，要么多储备点食材。

第六十回
堂吉诃德前往巴塞罗那时的遭遇

堂吉诃德离开客栈的那天早晨很凉爽，而且看起来白天也不会很热。因为受到那位欺世盗名的历史学家的诋毁，堂吉诃德迫切希望证明他谎话连篇，便事先打听好了不经过萨拉戈萨而直接去往巴塞罗那的路线。

在之后六天多的时间内，没有发生任何值得一提的事。六天之后，当夜幕降临时，他们离开道路，来到一片栓皮栎或是橡树的密林中，对此熙德·哈梅特没有保持在其他事情上一贯的精确性。

主仆二人下了坐骑，栖身在大树的树干下。那天桑丘已经吃过了午后点心，所以一下子进入了梦乡。然而堂吉诃德却辗转难眠，不是因为饥饿，而是因为纷乱的思绪。他无法闭上眼睛，只觉愁肠百结，思绪不知飘到什么地方去了。一会儿感觉来到了蒙特西诺斯的山洞，一会儿看到变成了村姑的杜尔西内亚跳上她的毛驴，一会儿耳边又响起了魔法师梅尔林的话，告诉他为了让杜尔西内亚摆脱魔法而需要满足的条件和付出的努力。他一想到自己的持盾随从桑丘才自我鞭笞了五下，便对他的懒散和冷酷感到绝望，因为这个数字对于还欠缺的那个天文数字来说无异于九牛一毛。对此他感到如此忧伤和愤怒，暗自想道：

"亚历山大本该解开戈耳迪乱结[1]，但他将之砍断了。他认为无论何种方式都同样有效，而且也并没有因此就没当上整个亚洲的主人。那么，此刻在帮助杜尔西内亚摆脱魔法这件事情上，这个道理同样适用：我完全可以违背桑丘的意愿鞭打他。既然这个解决办法的根本之处在于桑丘被鞭打三千多下，那么对我来说，是他自己动手还是别人动手又有什么要紧的呢？既然秘密就在于他受到鞭打，那么又何必在乎出自何人之手？"

这样想着，他取下罗西南多的缰绳，挽成鞭子的模样，然后来到桑丘身边，开始解他的腰带（似乎桑丘只系了前面的腰带，用来绑住肥腿裤），但是他刚动手，桑丘就一下子惊醒了，说：

"怎么回事？是谁在碰我？谁在解我的腰带？"

"是我！"堂吉诃德说，"我要助你偿还欠债，同时解决自己迫切需要解决的问题。桑丘，我是来鞭打你的，你欠下的债务，我来帮你偿还一部分。杜尔西内亚正在受苦，你却无忧无虑地活着，我实在忍无可忍了！所以，你快主动脱下裤子，我打算在这片无人之地至少抽你两千下鞭子。"

"这绝不可能！"桑丘说，"阁下您快住手，否则，看在上帝的分

---

1 戈耳迪是小亚细亚佛律基亚的国王，他用绳索打了个非常复杂的死结，把象征命运的车轭牢牢地系在车辕上，神谕凡能解开此结者，便是"亚洲之王"，后被亚历山大大帝用剑砍断。

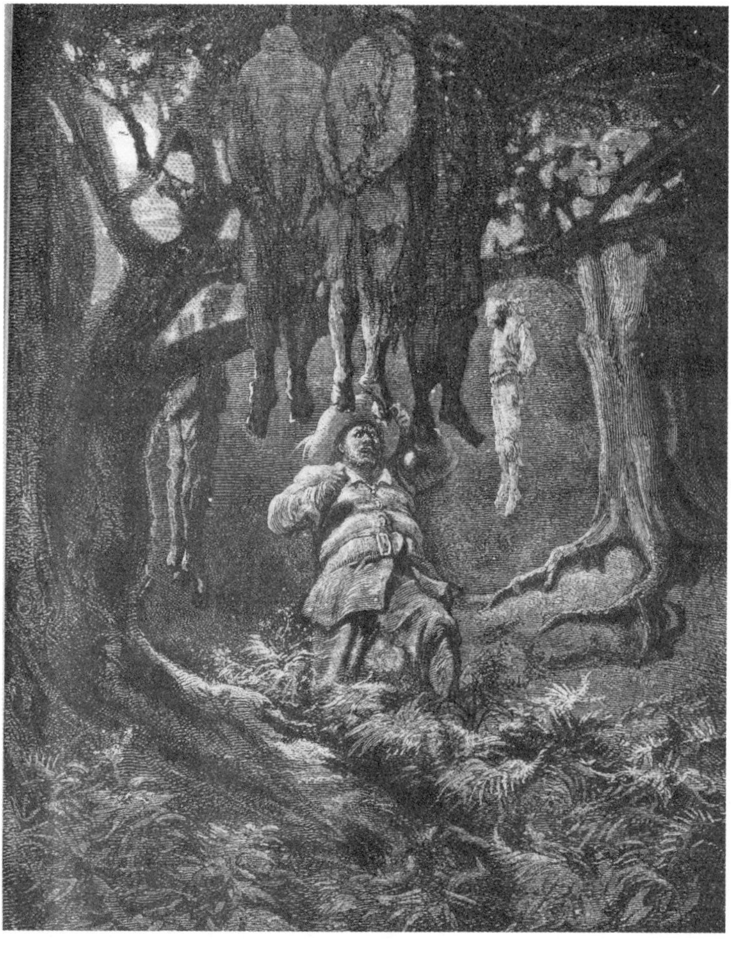

上!连聋子都会听到我们的动静!我偿还的鞭打必须是自愿的,而不能是强迫的,可是现在我根本没有抽打自己的意愿。够了!我向阁下您保证,等我哪天愿意的时候,我会责打自己,给自己拍拍蚊子的。"

"桑丘,这件事情可不能指望你的自觉,"堂吉诃德说,"因为你简直铁石心肠。你虽然是个粗鄙小人,皮肉却柔软得很。"

就这样,堂吉诃德一边争执,一边试图解开桑丘的腰带。桑丘见状,站起来朝堂吉诃德一头撞过去,用双臂抱住他,把他绊倒在地上,仰面朝天。接着又用右膝盖顶住主人的胸口,双手紧紧箍住他的两只手,让他既不能翻身也无法呼吸。堂吉诃德对他喊道:

"怎么?叛徒!你敢反叛自己的主人和天生的领主?你敢这样对待给你饭吃的人?"

"'我既不颠覆国王,也不拥立国王'[1],"桑丘回答说,"我只帮助我自己,我是自己的主人。阁下只要保证老老实实地,不再试图鞭打我,我就放您自由,否则,'叛徒,桑恰女士的敌人!你定会横尸当场!'[2]"

堂吉诃德以自己神智的名义发誓,连桑丘衣服上的毛都不会碰一下,并同意他可以完全自觉自愿地在任何时候鞭打自己。

桑丘站起来,一溜烟跑出好远,正要找另一棵树倚靠一会儿,突然感觉有人碰到他的头。他抬手一摸,摸到了两只人脚,还穿着鞋和裤子,不禁吓得浑身发抖。他来到另一棵树下,遇到的却是同样的情形。他大声喊堂吉诃德,叫他赶紧过来。堂吉诃德匆匆赶来,

---

1 戏谑模仿贝尔特朗·德尔·克拉钦在帮助卡斯蒂利亚国王佩德罗一世的弟弟弑兄时的名言。
2 引自民谣《堂罗德里格斯去狩猎》。

问他发生了什么事，究竟害怕什么。桑丘回答说，这些树上全都吊着人的脚和身体。堂吉诃德摸了摸，立刻明白了这是怎么回事儿。他对桑丘说：

"不用害怕，你摸到的这些脚和身体一定是被吊死在树上的在逃犯和土匪。在这个地方，那些人一旦被抓到，常常二十个二十个，或者三十个三十个地被司法部门绞死。根据这一点，我想我们应该离巴塞罗那不远了。"

他猜得不错，事实正是如此。

离开的时候，他们抬头看到大树的枝叶间的确挂满了土匪强盗的尸体。此时天已大亮，如果说那些死人让他们吓得不轻，那么被四十多个活生生的土匪突然包围所带来的惊吓丝毫不亚于之前。这帮人用加泰罗尼亚语警告他们不许动，停下来等着土匪的首领到来。

此时堂吉诃德正站在地上，马没有套上马刹，长矛也还斜靠在一棵树上，总之可以说是手无寸铁。所以，他认为最好是交叉双手，低下头等待更好的时机。

那帮土匪上来对毛驴一通乱翻，把褡裢和行李中携带的东西洗劫一空，幸好老天保佑，桑丘把公爵给他的金币和他自己从老家带出来的钱都藏在一条腰带里，缠在身上。不过，要不是这时土匪头子刚好到达，这帮家伙一定连他藏在皮肉之间的东西都搜刮走了。首领看上去不超过三十四岁，中等身材、体格强壮、神情严肃、肤色黝黑。他骑着一匹健马，身穿锁子甲，两侧佩带着四把小手枪（在当地被称为火石枪）。当他看到自己的喽啰们（这个行当的人都是这么称呼手下的）正要搜查桑丘·潘萨，便下令阻止，众人立刻遵命。就这样，那条腰带才逃过一劫，幸免于难。首领看到靠在树上的长矛、地上的盾牌，以及全副武装、愁容满面的堂吉诃德，感到十分惊讶：这简直就是悲伤本身能够表现出来的最痛楚、最忧愁的形象。他来到堂吉诃德面前说：

"好人，请不必伤怀，您并非落入残忍的奥西里斯[1]之手。我是洛克·吉纳尔特，我这双手可算得上是仁慈而不是严酷。"

"英勇的洛克，我感到悲伤不是因为落入您的控制，"堂吉诃德回答说，"您的名声在全世界都家喻户晓、如雷贯耳。我难过的是自己过于疏忽大意，在坐骑没有套笼头的情况下被您的士兵们抓到。我所从事的游侠骑士事业，使我有义务时时刻刻保持警惕，在任何情况下都要成为自己的哨兵。伟大的洛克，您要知道，如果我当时骑在马上，手持长矛和盾牌的话，就不可能那样轻易地投降，因为我是堂吉诃德·德·拉曼查，也就是将自己的丰功伟绩传播于全世界的那位骑士。"

洛克·吉纳尔特立刻发觉堂吉诃德的毛病在于疯癫而不在于怯懦。虽然他也曾对此人有所耳闻，但从来不认为确有其事，也从不相信这种疯狂的念头能主宰一个人的心灵。这次能亲眼见到堂吉诃德，有机会近距离接触自己曾道听途说过的人物事迹，他感到十分高兴，便对堂吉诃德说：

"英勇的骑士，您切莫烦恼，也不要哀叹自己时运不济，正所谓祸兮福之所倚，上天总是以凡人无法预知的方式，让摔倒的人反败为胜，让穷困的人一夜暴富，可以说是曲径通幽，柳暗花明。"

堂吉诃德正要对他表示感谢，突然感到背后一阵骚动，仿佛来了千军万马。事实上来的只是一个单枪匹马、怒气冲冲的小伙子，

1　奥西里斯，是古埃及神话中的冥王。

大约二十岁的年纪，身穿绿色的大马士革肥腿裤和套头衣，点缀着金丝绦带，斜戴一顶瓦隆人的帽子，脚穿一双打蜡的合脚靴子和马刺，除了佩戴金色的短剑和长剑，手里还拿着一把小巧的猎枪，身侧各佩着两把手枪。听到动静，洛克回过头，看到这个英俊倜傥的人来到他面前说道：

"英勇的洛克，我是来向您寻求帮助的，即便找不到解决办法，至少能缓解我的痛苦。我知道您没认出我，为了不让您感到困惑，这就告诉您我是谁：我是西蒙·福尔特的女儿克劳蒂亚·赫洛尼玛，他是您的好朋友，也是您敌营中的死对头卡鲁盖尔·托雷亚斯最大的敌人。想必您也知道，这个托雷亚斯有一个儿子名叫堂文森特·托雷亚斯，或者说至少不到两个小时之前曾经存在这样一个人。长话短说，关于我的不幸，就让我用简短的几句话告诉您事情的原委。堂文森特·托雷亚斯见到了我，对我苦苦追求，我听了他的话，也背着父亲爱上了他。因为女人不管如何被幽闭，也不管有多么矜持，都会有足够的时间把荒唐的愿望付诸行动、变成事实。总而言之，他承诺做我的丈夫，我也答应成为他的妻子，但我们之间没有发生任何其他事情。可是昨天我突然得知，他背弃了对我的承诺，将要迎娶另一个女人，订婚仪式就在今天早上。这个消息让我六神无主，再也忍耐不住。因为我的父亲不在镇上，我便趁机穿上了您现在看到的这身衣服，快马加鞭，在离此大约一莱瓜的地方追上了堂文森特。但我既没有上去指责他，也没有听他解释，直接用这把猎枪朝他开了一枪，又用这两把手枪补射了几发。我想至少有两发子弹打中了他的身体，从那些伤口中流出来的鲜血也同样葬送了我的贞洁名声。他的仆人们既不敢也没有能力站出来保护他，我就将他留在那里。我来找您是为了请您把我送到法国去，我在那里有亲戚可以一起生活。还要请求您保护我的父亲，否则堂文森特那些为数众多的教父一定会对他采取无法无天的报复。"

美丽的克劳蒂亚那飒爽英姿、窈窕身材和传奇故事都令洛克目瞪口呆，他对克劳蒂亚说：

"来吧，小姐，我们先去看看您的敌人是否真的死了，然后再商量您该怎么办。"

堂吉诃德一直聚精会神地听着克劳蒂亚的话和洛克·吉纳尔特的回答，此刻插嘴说：

"没有理由让别人来承担捍卫这位小姐的责任，因为这是我的义务：把我的马和武器给我！你们在这里等着，让我去寻找这位绅士，不管他是死是活，我一定要让他向如此美丽的小姐履行诺言。"

"这一点谁也不会怀疑，"桑丘说，"我的主人十分擅长牵线搭桥。前几天他还让另一个同样拒绝履行承诺的人跟被辜负的少女结了婚。如果不是那些阴魂不散的魔法师把这人的本来面目变成了一个小家仆，这时候那位少女应该已经是个太太了。"

不过比起主仆二人的对话，洛克更关心美丽的克劳蒂亚的遭遇，所以并没有理会他们。他命令手下把从毛驴身上抢到的所有东西都归还桑丘，然后撤退到当天晚上将要过夜的地方，接着便同克劳蒂亚一起急匆匆地去寻找生死未卜的堂文森特。他们来到克劳蒂亚之前追上他的地方，但那里只有刚刚洒下的鲜血。他们举目四望，看到有一群人正爬上斜坡，认定那是堂文森特一行。事实也正是如此，那是仆人们带着他，不知是死是活，也不知是去治疗还是去埋葬。他们快马加鞭赶上了那个队伍，因为队伍行进得很慢，所以很容易就追上了。

他们看到堂文森特正被仆人们抱在怀中，用疲惫、虚弱的声音恳求众人就留他在那里死去,因为伤口的疼痛让他无法再继续往前走。

克劳蒂亚和洛克跳下马,来到他面前。仆人们看到洛克都十分害怕,而克劳蒂亚看到堂文森特惊慌失措,便半是心软半是严厉地拉住他的手,对他说:

"如果你遵守约定跟我订婚,也不至于落到如此地步。"

受伤的绅士睁开几乎已经闭上的眼睛,认出了克劳蒂亚,对她说:

"我明白了,被误会蒙蔽的美丽小姐,是你杀死了我。然而这不是我应受的惩罚,不管是我的愿望还是行为都不该受此责罚,我无意也永远不会冒犯你。"

"那么,"克劳蒂亚说,"你今天早晨要跟富翁巴尔巴斯特罗的女儿莱昂纳拉结婚,这难道不是真的?"

"当然不是!"堂文森特回答说,"一定是我的厄运把这个消息送到你那里,就是为了让你醋意大发,最终要了我的命。不过,能把生命交到你的手中、你的怀抱中,我认为自己还是幸运的。为了让你更加确定这是事实,如果你愿意的话,请紧握住我的手,接受我成为你的丈夫。你以为从我这里得到的是羞辱,而我没有其他更好的方法来补偿你。"

克劳蒂亚肝肠寸断,紧紧握住爱人的手,晕了过去,倒在堂文森特鲜血淋漓的胸口,而这一幕又让堂文森特遭受了致命的一击。洛克心神大乱,不知所措。仆人们赶紧去找水,用来给他们洒在脸上。人们找来了水,浇湿他们的身体,克劳蒂亚从昏迷中醒来,但是堂文森特却再也没有醒来,他已经死了。克劳蒂亚见此情形,明白亲爱的丈夫已经撒手人寰。她的哀叹划破了空气,她的哭喊刺痛了上天;她揪着自己的头发,任它们在风中凌乱;她亲手把自己弄得面目全非，丑陋不堪。凡此种种，无一不表现出一颗追悔莫及的心中能够包含的所有痛苦和后悔。

"啊！残忍的女人！莽撞的女人！"她说，"你是多么轻率、多么匆忙就把这样糟糕的想法付诸实施了！啊！嫉妒的力量多么狂暴！满心醋意的人走到了多么绝望的结局！啊！丈夫！恰恰因为我视你如珍宝，所以不幸的命运把你从洞房带进了墓穴！"

克劳蒂亚不断地哭诉，哀哀欲绝，连洛克目中都落下泪来，他可一向不在任何场合洒泪。仆人们都在哭泣，克劳蒂亚时不时地晕过去，四周仿佛一片悲伤和不幸的原野。最后，洛克·吉纳尔特命令堂文森特的仆人们把他的尸体运回不远处他父亲的镇子，好让人们将他埋葬。克劳蒂亚告诉洛克，自己打算去修道院终了一生，她的姨妈是一个修道院的院长，在那里她可以与另一位更好、更永恒的丈夫做伴。洛克对她的美好品性表示赞赏，自告奋勇要陪伴她去任何想去的地方，并保护她的父亲，不被受害者亲属寻仇或受到任何人的伤害。克劳蒂亚无论如何也不愿意接受他的陪伴，并以所知最好的言辞对他的盛情表示感谢，然后哭着告辞而去。堂文森特的仆人们带走了尸体，洛克也回到了自己人那里，这就是克劳蒂亚·赫洛尼玛的爱情结局。既然这个令人同情的故事情节是用嫉妒这种不可战胜、毫无怜悯的力量编织而成的，难道还会有别的结果吗？

洛克·吉纳尔特在他指定的地方找到了自己的部下，堂吉诃德也在他们中间。他正骑在罗西南多背上，对着众人发表演讲，劝说他们放弃那种不管是对灵魂还是对身体都如此危险的生活方式。然而那些人大多数都来自加斯科尼，生性粗野而放荡不羁，堂吉诃德的话他们根本听不进去。洛克到达后问桑丘·潘萨，手下从他的毛驴背上抢走的衣物和值钱的东西是否已经如数归还了，桑丘回答说是的，只少了三条价值连城的头巾。

"你这家伙，说什么呢？"在场的一个人说，"头巾在我这儿呢，我看连三个雷阿尔都不值。"

"没错，"堂吉诃德说，"不过我的持盾侍从这么说是因为他十分珍视它们，这是一个很重要的人送给我们的。"

洛克·吉纳尔特命令那人立刻把头巾还给桑丘，接着命令他的部下站成一排，把所有抢来的衣服、珠宝、钱和其他东西就地分赃。他迅速对各种物品进行了估价，在用等价的钱代替之后，把不可分割的东西放到一边，然后在整个团伙内进行诚实而谨慎的分配，在公平性上既不逾越分寸，也不徇私舞弊。做完这些，所有人都兴高采烈、心满意足地满载而归。洛克对堂吉诃德说：

"在这些事情上如果做不到这样一丝不苟，就无法跟他们共同生活。"

对此，桑丘说："从我在这里的所见所闻可以看出，公平真是个好东西，连强盗们之间都必须实行这个原则。"

一个土匪听到这话，立刻举起了火枪的枪托，如果不是洛克·吉纳尔特大声喝止，桑丘的脑袋一定早就被打开了花。他吓得魂不附体，决定跟那些人在一起的时候再也不开口了。

这时被安排在道路上作为岗哨、负责查看往来行人的喽啰跑过来，向首领报告说：

"头儿，去往巴塞罗那的路上来了一大帮人，离这里不远。"

洛克问道："你看清楚了，是追捕我们的人，还是我们要找的人？"

"是我们要找的人。"喽啰回答说。

"那么，全体出动！"洛克下令说，"给我把他们带到这里来，一个也别让他们跑了。"

515

众人遵命而去，只留下堂吉诃德和桑丘单独跟洛克在一起，等着看一众部下会带回来什么。趁着等待的工夫，洛克对堂吉诃德说：

"在堂吉诃德先生看来，我们这种生活方式一定很刺激：新的冒险，新的事件，一切都是危险的。您这样认为，我一点也不觉得奇怪，因为坦白说，真的没有哪一种活着的方式比我们这种生活更加动荡不安、更加令人提心吊胆。而我投入这样的生活是因为某种复仇的愿望，这种愿望足以扰乱最平静的心灵。我的天性是慈悲而善良的，但是，正如我已经说过，因为别人对我的侮辱，我誓要报仇雪恨，因此不得不把心中所有的善念都弃之若敝履，并且不顾自己的信仰，在这样的状态中一直坚持下去。正如'深渊就与深渊响应'[1]，一种罪行会导致另一种罪行，冤冤相报何时了！所以我背负的不只是自己的冤屈，还有他人的仇恨。不过上帝慈悲！虽然我还身处迷宫的中央，但并没有失去走出迷宫、驶向安全港湾的希望。"

堂吉诃德听到洛克说出这番头脑清晰、富于哲理的话，感到非常惊讶，因为他一向以为从事抢劫、杀人越货这种勾当的人，不可能有明智的头脑。于是他回答说：

"洛克先生，治疗的根本在于认清疾病，并且病人愿意服用医生开出的药。阁下虽然病了，但您知道症结所在，而上天，或者更确切地说是上帝，他是我们的医生，他会为您施用能够治愈疾病的药。痊愈是逐渐的过程，不会一蹴而就，也不是突然的奇迹。此外，有理智的罪人比无知的罪人更容易改过自新。既然阁下您在谈话中表现出了十分的审慎，那么不需要再做别的事情，只需要打起精神，

1　《圣经·诗篇》42:7。

静待良心的病症逐渐好转。如果阁下您愿意寻找捷径，更容易地获得救赎，那么请跟我来吧，我会教您如何成为游侠骑士。在这份事业上人会经历那么多的激情和不幸，如果将之作为悔罪，只要两步您就可以进入天堂！"

洛克听了堂吉诃德的建议哈哈大笑，同时改变了话题，讲述了克劳蒂亚·赫洛尼玛的悲剧。对此桑丘感到非常难过，因为那个姑娘的美貌、大胆和英姿给他留下了很好的印象。

这时众匪收兵，带回了两个骑马的绅士和各自骑骡子的年轻仆从，两名步行的朝圣者，以及一辆女眷坐的马车，还带着六个或骑马或步行的仆人。强盗们把他们团团围住，双方都保持着绝对的沉默，等着伟大的洛克·吉纳尔特开口。他先问那两位绅士是何身份，要去哪里，带了多少钱。其中一个回答说：

"先生，我们是西班牙步兵部队的两名上尉，军团驻扎在那不勒斯。我们打算搭乘据说正停泊在巴塞罗那的四艘苦役船前往西西里。随身带了两三百个埃斯库多，这些钱对于我们来说已经算是一笔令人满足的财产了，因为兵士们一贯贫穷，没有条件得到更多的财富。"

洛克又向那些朝圣者提出了同样的问题，他们回答说打算坐船前往罗马，两人一共带了大约六十个雷阿尔。洛克又问马车里坐的是谁，要去哪里，带了多少钱。一个骑马的随从回答说：

"马车里坐的是我的女主人堂娜吉奥玛尔·德·吉尼昂内斯夫人，她是那不勒斯教区民事检察官的太太，带着她的小女儿，一个侍女和一个管家嬷嬷。我们六个仆人护送着她，带了六百个埃斯库多。"

"那么我们就一共有了九百埃斯库多和六十个雷阿尔。"洛克·吉纳尔特说，"我的士兵大概有六十人，看看每人能分到多少钱，我的算术可不太好。"

听到这番话,强盗们高声喊道:

"愿洛克·吉纳尔特长命百岁!不管多少敌人想要取他性命!"

眼看着自己的财物即将被一扫而空,上尉们痛苦不堪,检察官太太悲痛欲绝,朝圣者们也苦不堪言。不过,他们并没有担惊受怕多久,因为洛克不想增加他们的痛苦,这些人的悲恸之情甚至一箭之地以外都能感觉到。他转身对上尉们说:

"上尉先生们,请两位阁下出于礼节借给我六十个埃斯库多;检察官太太,请借给我八十个埃斯库多,以满足我手下这帮兄弟,因为俗话说主教也得靠念经吃饭。然后各位就可以自由自在、无拘无束地继续赶路了。我会给你们一个通行证,这样,如果你们遇到我分散在这周围的其他小分队,他们不会伤害你们。我无意冒犯士兵或任何女士,尤其是高贵的女士。"

交钱的时候,两名上尉对洛克的礼貌和慷慨(在他们眼中他正是如此)千恩万谢、感激不尽。吉奥玛尔·德·吉尼昂内斯太太意欲走下马车亲吻他的双脚和双手,但是伟大的洛克无论如何都不同意,反而为对她造成的伤害请求原谅,声称自己这样做也是为邪恶职业的义务所迫,情非得已。检察官太太命令仆人交出自己应分摊的八十个埃斯库多,此前上尉们已经拿出了六十个。两位朝圣者正要交出自己的一点微薄财产,洛克却安慰他们说不必担心。他转身对自己的手下们说:

"这些钱分给大家,每人能分到两个埃斯库多,还剩下二十个:其中十个送给这两位朝圣者,另外十个送给这位优秀的持盾侍从,让他对这次奇遇留个好印象。"

接着他命人取来一向随行携带的纸笔,写了一个通行证给众人,用以出示给强盗小分队的头头们,告辞之后,便放他们自由而去。所有人都对他的高贵气度、杰出才能和奇特行为感到惊奇不已,都认为他更像是亚历山大大帝而不是臭名昭著的大盗。其中一个手下混杂着加斯科尼语和加泰罗尼亚语说:

"咱们这位首领更应该去当牧师而不是当强盗!如果从今往后他想要表现自己的慷慨,就应该拿自己的财产去做,而不是拿我们的钱。"

这个胆大包天的人声音不够小,被洛克听到了。洛克拔出长剑,几乎把这人的脑袋劈成了两半,并对他说:

"出言不逊的放肆之徒就是这样的下场!"

所有人都吓得战战兢兢,谁也不敢说一句话。众匪对他敬畏至此。

洛克走到一边,给一位住在巴塞罗那的朋友写了信,告诉他:战功赫赫、声名远扬的游侠骑士,著名的堂吉诃德·德·拉曼查正和自己在一起。他告诉朋友说,这是全世界最有趣又最明白事理的人,四天之后就是施洗者圣约翰节[1],他会把骑士带到那个海滨城市,届时堂吉诃德将全副武装地骑着罗西南多,他的持盾侍从桑丘骑着毛驴。他请朋友把这个消息通知给尼雅若斯一家,以便大家能以此取乐。虽然他很希望自己的对手卡德尔斯家族享受不到这种乐趣,但这是不可能的,因为堂吉诃德的疯狂和聪明,以及他的持盾侍从桑丘·潘萨的风趣幽默一定会让全世界都感到趣味盎然。他派一个手下送出了这封信,这人脱下强盗的衣服,换上农夫装束,混进了

---

1 指圣约翰的出生日,六月二十四日。

巴塞罗那并把信送到了收信人那里。

第六十一回
堂吉诃德进入巴塞罗那时发生的事情,以及其他与其说合理不如说真实的事情

堂吉诃德跟洛克在一起共度了三天三夜,但是即便是在一起待上三百年,洛克的生活也会永远让他们感到好奇和惊讶:天亮时在这里,吃饭时到了那里;有时候逃跑,都不知道在逃避谁,有时候等待,也不知道在等待谁;他们总是站着睡觉,时不时地惊醒,从一个地方换到另一个地方。每天都在安插奸细,派设岗哨,拉响火枪的引爆线。当然,他们携带的火枪并不多,因为所有人都佩带着手枪。洛克每天晚上都远离众手下,独自过夜,谁都无法得知他究竟在哪儿。巴塞罗那总督为了取他的性命派出很多队伍,这一点让他惊恐不安、提心吊胆。他不敢相信任何人,生怕被自己的手下杀死或交给司法部门。毫无疑问,这种生活是悲惨而令人恼怒的。

最后,走过废弃的通道,穿过隐秘的小路,洛克、堂吉诃德、桑丘和另外六名土匪到达了巴塞罗那。他们在圣约翰节的前夜来到了海边,洛克拥抱了堂吉诃德和桑丘,并把之前承诺的十个埃斯库多交给了桑丘。经过一番说不尽的殷勤客套,双方终于互相告了别。

洛克掉头而去,堂吉诃德留下来等待天亮。白昼如同策马疾驰而来,不一会儿,东方天际的晨曦开始露出脸庞。虽然四周还是一片寂静,花花草草们却已经开始欢快起来。很快耳边就传来了许多军号和铜鼓的声音,还有铃铛的杂响,伴着似乎是从城里传来的帕

萨卡耶舞曲的"嗒嗒嗒，嗒嗒嗒，让开，让开！"。渐渐地，强烈的光芒取代了晨曦，太阳的脸庞比一个护胸盾还大，一点一点地从地平线上升起。

堂吉诃德和桑丘四处张望，他们看到了平生从未见过的大海。海洋显得无比辽阔宽广，比在拉曼查看到的瑞德拉湖大多了。他们看到沙滩上众苦役船在取下了覆盖的帆布之后，露出了到处随风飘扬的小三角旗和长条旗，亲吻着水面，一扫而过。船里响起了号角声、喇叭声和军号声，使远近的空气中充满了柔和而又激越的旋律。大船开动起来，在那片平静的水面发动了一场冲击战演习，与此同时，无数骑兵几乎是以同样的方式从城里跑出来，骑着骏马，身穿光彩夺目的制服。大船上的士兵们打出了无数火炮，城墙和堡垒上的士兵们也不甘示弱，威力无比的炮火以令人恐惧的巨响划破空气，与之针锋相对的是苦役船侧舷通道的大炮。海洋沸腾雀跃，大地充满活力，空气清新，只是时不时被火炮的烟雾扰乱，仿佛要在所有人心中激起并唤醒一种突如其来的喜悦。

桑丘怎么也搞不明白，那些在海上移动的大家伙怎么会有那么多脚（其实是桨）。这时，在一片嘈杂语声和喊杀声中，一群穿着制服的人飞奔而来，大喊大叫着来到惊慌失措、目瞪口呆的堂吉诃德面前。其中一个人正是洛克派人通知的那个朋友，他大声对堂吉诃德说：

"整个游侠骑士界的典范、灯塔、明星和指南针！欢迎来到我们的城市，您是确凿无疑的英名骑士！我的意思是，欢迎勇敢的堂吉诃德·德·拉曼查，不是最近的虚假故事向我们描述的那位虚构的、杜撰的、假冒的堂吉诃德，而是模范历史学家熙德·哈梅特·贝内赫里向我们展示的那位真正的、忠诚的、坚贞的骑士！"

堂吉诃德没有回答，而那些骑士也没有等他回答，便跟带来的其他人一起不停地来回掉转马头，围着堂吉诃德转起了圈。堂吉诃德转身对桑丘说：

"这些人真的认出了我们！我敢打赌他们读过我们的故事，甚至连最近新出的那个阿拉贡人的书都读过！"

跟堂吉诃德交谈的那位骑士再次转回来，对他说：

"堂吉诃德先生，请阁下您跟我来，我们所有人都是洛克·吉纳尔特的仆人和好朋友，也是您的仆人！"

对此堂吉诃德回答说："骑士先生，如果说礼貌会孕育出礼貌，您的礼仪堪称是伟大的洛克之礼仪的女儿或至亲。您可以把我带到任何地方，我无不从命，尤其是如果您需要我效劳的话。"

那位骑士也以同样的礼节和客套回答了他，接着所有人簇拥着堂吉诃德，在军号和铜鼓声中一起朝城里走去。俗话说，所有的坏蛋背后都有魔鬼，淘气小男孩们往往比坏蛋还会闹事。堂吉诃德进城的时候，有两个淘气而大胆的小孩混入了人群中，一个人抬起了毛驴的尾巴，另一个人抬起了罗西南多的尾巴，给两头畜生各扎了一把刺。这两头可怜的动物感觉到新的刺痛，便夹紧了尾巴，情绪越来越烦躁，不停地尥蹶子，把主人们摔到了地上。堂吉诃德既莫名其妙又羞愧难当，赶紧把劣马尾巴上的毛刺摘掉，桑丘也把毛驴尾巴上的毛刺摘掉。为堂吉诃德领路的人们想要惩罚那些胆大妄为的男孩子，但是根本做不到，因为他们一头钻进了后面成千上万的人群中。

堂吉诃德和桑丘重新骑上马，继续在奢华的排场和音乐中到达了向导的家。房子又宽敞又豪华，也就是说，这似乎是一位富有的绅士。我们就暂时把他们留在这里，因为这是熙德·哈梅特的意图。

第六十二回
魔法脑袋奇遇,以及其他不得不讲的琐事

招待堂吉诃德的是一位富有而聪明的骑士,名叫堂安东尼奥·莫雷诺。他很喜欢开一些无伤大雅的玩笑,见堂吉诃德来到了自己家里,便绞尽脑汁寻找既能公开取笑他的疯狂,又不会伤害他的方法。因为玩笑一旦令人痛苦或对他人造成伤害,就不能称之为玩笑了,也不算是正当消遣。他做的第一件事就是命人解下堂吉诃德的武器,让他穿着那件窄小不合身的岩羚羊皮衣服(正如我们在其他场合已经描述过的那样),站在朝向城里最主要的街道之一的阳台,向大人和孩子们公开展出,大家都像看猴子一样赶来围观。那群身穿制服的人再次跑到他面前,仿佛所有人盛装打扮只是为了他,而不是为了让那天的节日更加欢乐。桑丘欣喜若狂,因为他觉得自己不知不觉又走进了另一个卡马乔的婚礼,另一个像迭戈·德·米兰达家一样的豪宅和另一个像公爵行宫一样的城堡。

当天,堂安东尼奥邀请了几个朋友跟堂吉诃德一起吃饭,所有人都像对待真正的游侠骑士一样对他赞不绝口,礼遇有加。面对这个浮华而隆重的排场,堂吉诃德无法抑制自己的激动。桑丘是如此幽默风趣,别说是家里的仆人们,所有听到他说话的人全都像粘在他嘴边一样。在餐桌上,堂安东尼奥对桑丘说:

"好桑丘,我们听说你非常喜欢糖渍母鸡和大丸子,如果有吃剩的话,你会把它们藏在衬衣里面留到第二天。"

"不,先生,不是这样的!"桑丘回答说,"我虽然贪嘴,但更讲究卫生。我的主人堂吉诃德就在这里,他很了解,我们两人常常是一把橡果或干果就能撑上八天,虽然的确有几次我遇到过'牛犊送

上门，赶快拿麻绳'的情况。我的意思是，我偶尔吃别人赠予的食物，日常则以能找到的东西维生。不管谁说我贪吃或肮脏，您要知道，这不是真的！如果不是意识到在这个餐桌上有尊贵的长者，关于这件事别指望我说出什么好话！"

"没错，"堂吉诃德说，"桑丘吃东西的节制和干净都足以被铭刻在铜版画上，以便在未来的世纪中被永远铭记。当然了，他饥肠辘辘的时候的确难免狼吞虎咽，因为他吃东西很快，用两边的牙齿一起嚼，不过干干净净这一点从来不会错。何况在当总督的那段时间里，他学会了非常优雅的用餐礼仪，甚至连葡萄和石榴籽都要用叉子吃。"

"什么！"堂安东尼奥惊呼道，"桑丘还当过总督？"

"是的，"桑丘回答说，"是一个叫作巴拉塔利亚小岛的总督。我在那里大刀阔斧统治了十天。在这十天里我夙夜操劳，得到的教训就是全世界所有的总督都没什么了不起。我离开了那个岛，路上又掉进一个洞里，差点以为自己就要死在那里了，谁知又奇迹般地生还了。"

堂吉诃德详细讲述了桑丘当总督的经过，众人无不听得津津有味。

餐桌撤下，堂安东尼奥拉着堂吉诃德的手，带他走进了一个偏僻的房间，里面除了一张桌子，没有任何其他装饰。桌子看上去像是斑纹大理石所制，支撑的桌腿也是同样的材质。桌上放着一尊胸口以上的铜质头像，与罗马皇帝们的塑像相仿。堂安东尼奥跟堂吉诃德在房间里来回踱步，围着桌子转了很多圈，然后说：

"堂吉诃德先生，现在门已经关好了，我可以确定没有人在偷听我们说话，也没有人能听到我们说话。我想向阁下讲述一件最稀奇的遭遇，或者更确切地说，是一件人类能够想象到的最罕见的奇事，不过条件是，我对阁下您说的一切都必须被绝对保密，如碉堡般密不透风。"

"我发誓一定做到。"堂吉诃德回答说，"甚至我还会在上面压上一块大石板以确保更加稳妥。堂安东尼奥先生，我希望阁下知道，"这时他已经知道主人的名讳了，"此刻与您交谈的我，虽然有耳朵可以听，却没有舌头可以讲。所以，阁下尽管放心地把您心中藏的秘密转移到我的心中，就当是把这件事情扔进了沉默的深渊。"

"得到了您的承诺，"堂安东尼奥回答说，"我希望阁下对所见所闻感到惊奇，这样也能减轻我的遗憾——因为不能同任何人讲述秘密而引起的遗憾，这可不是一个能随便告诉任何人的秘密。"

堂吉诃德屏息静气，想知道主人这样小心谨慎、再三嘱咐到底是为什么。堂安东尼奥拉着他的手去触摸那铜质的头像、整个桌子，以及支撑桌子的斑纹大理石桌腿，接着说：

"堂吉诃德先生，这个头像的创造者是全世界最厉害的魔法师和巫师之一。他是个波兰人，我认为是著名的艾斯科迪约的门徒，关于艾斯科迪约流传着无数传奇。此人来过我家，我给了他一千个埃斯库多，请他帮我做了这个头像。这尊头像有个奇特的能力，能够回答人们在它耳边提出的任何问题。魔法师观测了星象、星座和天象，确定了黄纬，最后，才创造出了明天我们将要见证的这件完美作品。我们必须等到明天是因为每个星期五它都沉默不语，而今天正好是星期五。在此期间，阁下您可以准备好要咨询的问题。根据我的经验，它在回答任何问题的时候都是实事求是的。"

堂吉诃德对于这尊头像的能力和特长感到十分惊奇，几乎无法相信堂安东尼奥的话。不过既然离试验的时间很近了，他并不想说破自己的疑心，只是感谢主人把这么大的秘密对自己和盘托出。两人离开了房间，堂安东尼奥用钥匙锁上门，回到了其他绅士所在的大厅。在这段时间里，桑丘已经向大家讲述了发生在他主人身上的很多冒险和事迹。

当天下午，大家又带堂吉诃德出去散步，没有全副武装，而是一身随意装扮。他身穿一件棕黄色呢绒长袍，在那样的季节足以让冰块都汗流浃背。堂安东尼奥跟仆人们说好，一定要好生招待桑丘，不要让他出家门。堂吉诃德没有骑罗西南多，而是骑着一匹步伐稳健、打扮光鲜的高头大马。穿长袍的时候，人们趁他不注意，在他背上缝上了一张羊皮纸，上面用很大的字体写着："这位是堂吉诃德·德·拉曼查"。散步开始时，这块招牌吸引了所有人的目光，当人们念道"这位是堂吉诃德·德·拉曼查"时，堂吉诃德大为惊讶：居然所到之处人人都认识他，都能叫出他的名字。他回头对走在身边的堂安东尼奥说：

"堂安东尼奥先生，游侠骑士道本身就蕴含着无上的优越性，从事这项事业的人在全世界都能妇孺皆知、声名远扬。不信的话，阁下您看，连这个城市里从没见过的小男孩们都认识我。"

"正是如此，堂吉诃德先生，"堂安东尼奥回答说，"美德是无法被掩盖、被隐藏的，不可能永远不为人所知，而通过从事武侠事业磨炼而来的美德在所有美好品质中更是熠熠生辉、脱颖而出。"

正如刚才的描述，此番夹道欢迎，盛况空前。然而在行进过程中，一个卡斯蒂利亚人看到了堂吉诃德背上的标签，大声喊道：

"堂吉诃德·德·拉曼查！愿魔鬼保佑你！你怎么会到了这里？那无穷无尽的棍棒怎么没把你打死？你是个疯子！如果你关起门来自己偷偷发疯，倒还没那么糟糕，可你却能把身边的人都变成疯子

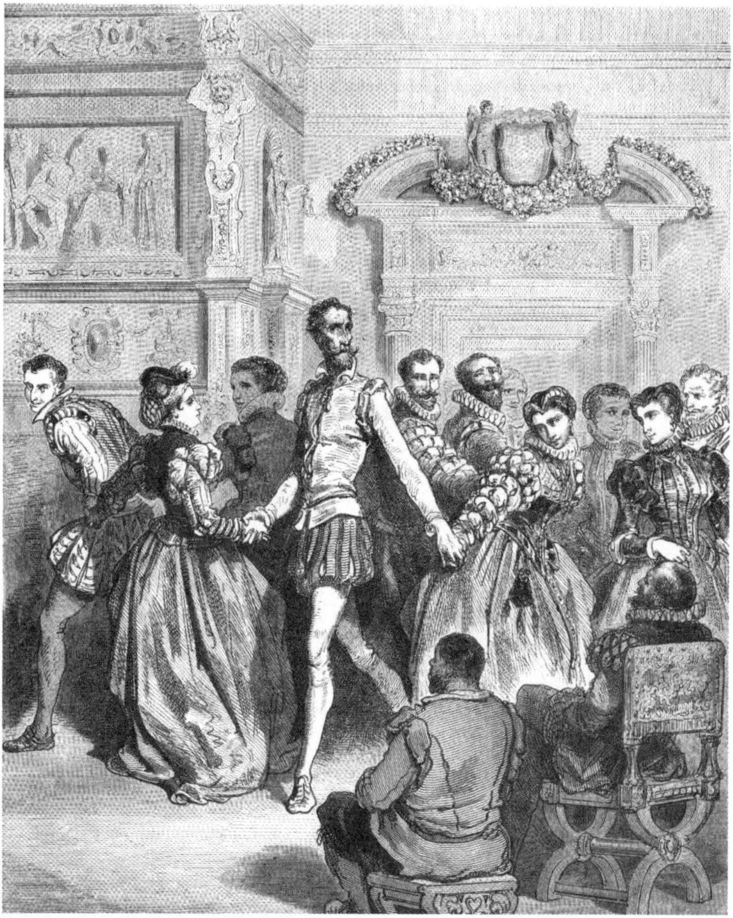

和傻瓜！不信的话，看看这些陪伴你左右的先生！傻瓜，快回家去吧！看好你的财产和你的老婆孩子，不要再让那些荒唐的东西啃噬你的大脑，榨干你的心智！"

"这位老兄，"堂安东尼奥说，"走你自己的路，没人问你的意见，就不要多嘴多舌。堂吉诃德·德·拉曼查先生非常清醒，而陪伴他的这些人，我们也不是笨蛋！美德在任何地方出现都应该受到敬仰，你赶紧滚开，不要多管闲事。"

"我的上帝啊！阁下您说得有道理。"卡斯蒂利亚人回答说，"给这位好人提点忠告简直就是用脚踢铁尖。不过，即便如此，我还是感到很遗憾，因为据说这个白痴在很多事情上都极有天赋，可惜这份才能竟然被用在游侠骑士这种歪门邪道上去了。从今天开始，哪怕我活得比玛土撒拉还长寿，也不会再给任何人提忠告了，哪怕是他们主动要求的。否则就让阁下您的诅咒落在我身上，落在我所有的子孙后代身上！"

这位谏言者走了，大家继续散步。但是男孩子和路人们争先恐后地读那个标签，太过拥挤喧闹，以至于堂安东尼奥不得不假装给堂吉诃德掸掉其他东西，偷偷撕掉了羊皮纸。

晚上回到宅邸，那里已经准备好了一场贵妇们的舞会。原来堂安东尼奥的妻子是一位高贵、开朗、美丽而聪明的女士，她邀请了一些朋友来共同瞻仰客人的风采，见证他那闻所未闻的疯癫。当晚来了不少贵妇人，盛大的晚宴过后，将近晚上十点，舞会开始了。贵妇中有两位从不扭捏羞涩，又素爱打趣，虽然行为并无不检点之处，但仗着胆大，不免放肆，常开一些无伤大雅的玩笑。她们坚持邀请堂吉诃德跳舞，而这对于他来说，不只是身体上，也是精神上难以忍受的折磨。此刻堂吉诃德的形象可真是骇人听闻：又高又瘦、干瘪苍老、脸色蜡黄，衣服又窄小不合身，不但模样难看，举止更是笨拙。那两位贵妇假装偷偷向他献殷勤，而他也仿佛避人耳目地拒绝。然而见她们纠缠不休，他便提高了嗓门说：

"妖魔鬼怪，速速离开！敌人们，快走开！让我安静一下吧！女士们，你们产生这样的念头实在太不应该，无异于痴心妄想！主宰我心灵的女王是举世无双的杜尔西内亚·德尔·托博索，她不允许我臣服或投降于除了她以外任何人的心意。"

说着，他一屁股坐在大厅中间的地上，对于舞蹈这种运动实在无能为力，只能垂头丧气。堂安东尼奥命令仆人们赶紧把他带到床上。第一个赶上来帮忙的是桑丘，他对堂吉诃德说：

"主人啊，您这舞跳得真是自不量力！您以为所有的勇士都是舞者，所有的游侠骑士都是舞蹈家吗？您要这么想就错了！有人敢杀掉一个巨人，却不敢来个跳跃动作。如果只是踢踏舞的话，我还可以替您一下，因为踩脚我可是把好手，可是跳交谊舞，我就一窍不通了。"

桑丘这番不怀好意的话让舞会上的人都哈哈大笑。他把主人扶到床上躺下，又把他严严实实地裹好，希望主人能发发汗，把舞会上受的寒发散出来。

第二天，堂安东尼奥觉得是时候测试一下那个被施了魔法的头像了，于是他跟堂吉诃德、桑丘和另外两个朋友，还有在舞会上让堂吉诃德备受折磨、当晚又留下跟堂安东尼奥的妻子一起过夜的那两位贵妇，一起关在放头像的房间里。堂安东尼奥向大家讲述了这个头像的超能力，对这个秘密极尽夸大之词，还说对这个被施了魔法的头像进行试验，测试它的能力，尚属首次。事实上，除了堂安东尼奥的两个朋友，其他人谁都不知道这个法术的奥妙。如果不是堂安东尼奥事先向这两个朋友透露了机密,他们也一定跟其他人一样惊讶万分,因为这个头像做得实在太精妙了。

第一个凑到头像耳边的是堂安东尼奥本人,他用音量不高但能被所有人听见的声音说:

"头像,以你自身所蕴藏的超能力告诉我,我此刻在想什么?"

头像连嘴唇都没动一下,便以清朗可闻而且所有人都能理解的声音回答说:

"我无法就思想提出意见。"

听到这句话,又看到桌子周围甚至整个房间中都没有任何人可能替代答话,所有人都目瞪口呆。

"我们这里有几个人?"堂安东尼奥又问。

头像用同样的方式缓缓回答:

"有你和你的妻子、你的两个朋友和她的两个朋友,还有一位著名的骑士,名叫堂吉诃德·德·拉曼查,他的一个持盾侍从名叫桑丘·潘萨。"

这一次,千真万确,所有人又被震惊了,吓得头发都竖了起来。堂安东尼奥离开头像,说:

"对我来说这已经足够了,智慧的脑袋、会说话的脑袋、回答问题的脑袋,令人惊讶的脑袋!现在我相信,把你卖给我的那个人没有欺骗我。换个人来吧,想问什么就问什么。"

女人往往都比较心急,又喜欢打听,所以第一个走上去的是堂安东尼奥妻子的朋友之一。她问:

"告诉我,脑袋先生,我要怎么样才能变得更美?"

头像的回答是:"你要非常忠贞。"

"我没有别的问题了。"提问的女人说。

她的同伴走上去问:"脑袋先生,我想知道丈夫是不是深爱着我。"

头像回答说:"你注意他对待你的行为,自己就能判断出来。"

这位已婚妇女一边走开一边说:"这个问题简直就是多此一举,人的行为当然代表了他的心意。"

接着堂安东尼奥的一个朋友走上去问:"我是谁?"

回答说:"你自己知道。"

"我问的不是这个,"这位绅士说,"而是请你告诉我,你是否认识我?"

"我当然认识你,"回答说,"你是堂佩德罗·诺利兹。"

"不用再问更多了,这一点已经足够让我明白,脑袋先生,你是无所不知的。"

他走开了,另一个朋友走上来问:"脑袋先生,请告诉我,我的长子有什么心愿?"

"我已经说了,"头像回答说,"我不会对思想给出意见。不过无论如何,我可以告诉你,你儿子的愿望无非就是把你埋葬。"

"没错,"这位绅士说,"如果看不到这一点,那我就是个瞎子。"

他不再提问。于是堂安东尼奥的妻子走过去说:"脑袋先生,我不知道该问你什么。我只想从你这里知道,自己能否与我的好丈夫百年好合。"

回答是:"是的,你会的。良好的健康状况和有节制的生活会让他非常长寿,很多人英年早逝都是因为生活没有节制。"

接着堂吉诃德走近说:"告诉我,解惑者,我在蒙特西诺斯山洞中遇到的事情是真的,还是一场梦?我的持盾侍从桑丘会完成他的鞭笞吗?杜尔西内亚最后能够摆脱她身上的魔法吗?"

"山洞中的事情说来话长,"回答说,"可说是两者皆有。桑丘

531

的鞭笞会进展很慢；杜尔西内亚身上的魔法在适当的操作下会得到解除。"

"我无须知道更多了，"堂吉诃德说，"只要能看到杜尔西内亚摆脱魔法，我就觉得自己所梦想的全部幸运都突然降临了。"

最后一个提问的是桑丘，他的问题是：

"脑袋先生，我有没有运气得到另一个总督职位？能摆脱持盾侍从这种拮据生活吗？还能见到老婆和孩子们吗？"

头像回答说："你会照管你的家庭，只要回到家，就会见到你的妻子和孩子们。只要你不再为骑士效力，就不再是持盾侍从了。"

"神圣的上帝啊！"桑丘·潘萨说，"这话连我都能说出来啊！不过连先知佩罗格鲁约也说不出什么更多的！"

"畜生，"堂吉诃德说，"你想让人怎么回答？这位脑袋先生给出的答案都能一一对应人们的问题，难道这还不够吗？"

"没错，够了，"桑丘回答说，"不过我希望他能说得更清楚些，多告诉我一些情况。"

就这样，问答结束了。除了堂安东尼奥的两个朋友知晓内情之外，所有人都久久惊讶不已。至于其中奥妙，熙德·哈梅特·贝内赫里愿意立刻解释清楚，免得全世界都跟着提心吊胆，以为这尊头像里真的包含某种巫术或异乎寻常的神秘。他解释说，堂安东尼奥·莫雷诺在马德里见过一个图片商制作的头像，便也在家里仿制了一个，用来娱乐消遣，唬弄那些无知的人。

其中的机关道理是这样的：桌板是木质的，只是上了漆并涂成了斑纹大理石的样子，支撑桌子的桌腿也是一样，桌腿中伸出四个鹰爪更好地承托了桌子的重量。头像的外形酷似罗马皇帝的肖像，做成黄铜的颜色，里面是中空的，桌板也同样如此，两者严丝合缝，看不到任何拼接的痕迹。桌腿也是中空的，连通着头像的脖子和胸口，而这条通道又连通到位于下方的另一个房间。有一根尺寸合适的白铁细管穿过这些中空的桌腿、桌子和塑像的胸口和脖子，谁也看不到。回答问题的人就待在与上面房间相对应的下层房间里，嘴巴贴在管子上，就像吹箭筒一样，用精心编织的清晰言辞把声音从上到下、从下到上传播。通过这样的精妙设计，谁也不可能识破这个骗局。

回答问题的人是堂安东尼奥的一个侄子，是位学士，聪明过人。他的叔父事先已经告知过当天都有谁会进入那个房间，所以他很容易迅速而准确地回答第一个问题。至于其他的问题，他都是含糊其词，不过因为有点小聪明，所以回答得天衣无缝。熙德·哈梅特还说，这个故弄玄虚的奇迹一直持续了十到十二天，整个城里都传开了，说堂安东尼奥家里有一个被施了魔法的头像，能够回答任何问题。最后堂安东尼奥担心消息会传到负责监视信仰的哨兵们警惕的耳朵里，便主动把这件事情向调查员大人们做了坦白。官府命令他拆除头像，不要再继续搞鬼，免得无知的民众大惊小怪。不过在堂吉诃德和桑丘·潘萨的观念中，那个头像就是被施了魔法，有能力回答问题，虽然比起桑丘，堂吉诃德对此更感到满足。

为了取悦堂安东尼奥，也为了款待堂吉诃德，并为他创造更多机会来展示愚蠢言行，城里的绅士们组织了一场跑马投环比赛，计划在六天后举行，但最终没能如期举办，其原因我们稍后会提及。堂吉诃德打算安安静静地徒步在城里逛一逛，他担心如果骑着马，男孩子们会紧追不放。于是，他和桑丘，还有堂安东尼奥安排的另外两个仆人，一起出门去散步。

走到一条街上，堂吉诃德一抬头，看到有扇门上用很大的字体写着"书籍印刷"。对此他感到十分高兴，因为到那时为止他还没有见过任何印刷厂，很想知道里面是什么样。他带着所有的随从走进去，看到工人们有的在印刷，有的在校改，有的在排字，有的在修版，总之，就是大的印刷所中存在的所有诸如此类的活动。堂吉诃德来到一个拼版台，问这里在做什么，工人们告诉了他，他大感惊奇。继续往前走，又来到另一个人面前，问他在做的是什么。这位工人回答说：

"先生，这位绅士，"他指着一个外表十分光鲜，身材匀称，却显得过于装腔作势的人说，"把一本意大利语的书翻译成了我们的卡斯蒂利亚语，我正在排字，好用来付印。"

"这本书叫什么名字？"堂吉诃德问。

译者回答说："先生，这本书的意大利语名字叫作《巴加特勒》。"

"在我们的卡斯蒂利亚语中，巴加特勒是什么意思？"堂吉诃德问。

"巴加特勒，"译者说，"就是我们卡斯蒂利亚语中所说的玩意儿。虽然这书名并不出彩，但是里面包含很多非常优秀、至关重要的内容。"

"我懂一点儿意大利语，会朗诵几段阿里奥斯托并引以为豪。"堂吉诃德说，"不过这位先生，请阁下告诉我，您有没有在书中遇到过'piniata'这个词？我这样问不是为了检验阁下您的才能，而完全是出于好奇。"

"当然，遇到过很多次。"译者回答说。

"那阁下您是如何将它翻译成卡斯蒂利亚语的？"堂吉诃德又问。

"还能怎么翻译？"译者回答说，"当然是翻译成'锅'。"

"天哪！"堂吉诃德回答说，"阁下您对托斯卡纳语还真是精通！我敢打赌，不管什么上下文，意大利语说'piache'，阁下您会用卡斯蒂利亚语翻译成'place'，而他们说的'piu'，您翻译成'mas'，把'su'翻译成'上面',把'giu'翻译成'下面'。"

"是的,正是如此,"译者说,"这是准确的翻译。"

"我敢发誓,"堂吉诃德说,"阁下您一定还没有多大的名气,这个世界总是吝于奖励有文化的人和值得赞美的劳动。这些此地已经失传的技艺啊!那些被逼走投无路的天才啊!被轻视的美德啊!不过无论如何,我认为除了语言中的王后——希腊语和拉丁语,从一种语言翻译成另一种语言就好像从反面欣赏佛兰德斯的壁毯,虽然能够看到图像,但是交错纵横的走线令之暗淡,不但看不清楚,也辨别不出本来的颜色。翻译简单的语言既不需要天赋,也不需要突出的风格,就好像印刷或者用一张纸拓描另一张纸不需要天赋和风格一样。但我并不因此就否定翻译这项活动值得赞美,因为人本可以从事其他更糟糕的事情,比翻译更没有益处。只有两位著名翻译家的作品例外:一部是克里斯托瓦尔·德·费盖罗阿博士的《忠实的牧人》,另一部是堂胡安·德·哈乌热吉的《阿明达》,在这两部作品中他们非常成功地让人分不清究竟哪个版本是翻译,哪个版本是原创。不过请阁下您告诉我:这本书是您自己花钱印刷的,还是已经把版权卖给某个出版社了?"

"是我自己花钱印的,"译者回答说,"第一次印数是两千册,我指望从中挣到至少大概一千个杜卡多。六个雷阿尔一本,一眨眼工夫就卖光了。"

"阁下您这笔账算得真不错!"堂吉诃德回答说,"很显然阁下

---

1 《忠实的牧人》,作者为意大利人巴蒂斯塔·瓜里尼,1602 年出版西班牙文译本。
2 《阿明达》,作者为意大利人塔索,1607 年出版西班牙文译本。

您不了解印刷所的会计方法,也不了解书商之间的往来牵连。我向您保证,当您背负上这两千册书的时候,身体一定会像挑了重担一样疲惫不堪,尤其如果这本书有点枯燥、毫无滋味的话。"

"那阁下您有何高见?"译者问道,"难道我应该以三个马拉维迪的价格把版权卖给书商,拿钱的时候还像是得了恩赏一般?我印刷自己的书不是为了在全世界出名,我早已因自己的作品为世人所知了。我想要的是利益!没有利益,好名声就一文不值。"

"愿上帝保佑阁下您好运吧。"堂吉诃德回答说。

他来到另一个拼版台,看到人们正在修改一本题为《灵魂之光》[1]的书籍校样。见此,他说:

"这样的书才是应该印刷出版的。虽然这类书已经很多了,但如今罪人也太多,需要无数光芒分给那么多失去光明的人。"

他继续走,看到人们还在修改另一本书,便问了书名,人们回答说,这本书叫《堂吉诃德·德·拉曼查第二部分》,是由某某人编撰的,此人是托尔德西亚斯地方的人。

"我已经听说过这本书了。"堂吉诃德说,"千真万确,凭良心说,我还以为它早就被焚毁或被撕成碎片了,因为实在不成体统。但是,正如对于任何一头猪来说,圣马丁节总会到的[2],杜撰的历史越是接近真实或者近似于真实,就越出色、越令人愉悦,而真实的历史也同样越真实越好。"

说着,他怅然若失地离开了印刷所。当天堂安东尼奥准备带他

---

[1] 《灵魂之光》,1554年发表于巴亚多利德,作者菲利普·德·梅内塞斯,是位教士。
[2] 西班牙圣马丁节有宰猪的习俗。

去海滩上看苦役船，对此桑丘欢呼雀跃，因为他一辈子从未见过。堂安东尼奥通知了苦役船的船长，当天下午他将会带着自己的贵客——著名的堂吉诃德·德·拉曼查去参观，船长和城里的居民们对此人都已经有所耳闻。而在船上发生的事情将会在下一回内讲述。

第六十三回
桑丘·潘萨参观苦役船时的不幸遭遇，以及美丽的摩尔姑娘讲述离奇经历

那个被施了魔法的头像给出的回答让堂吉诃德思绪万千，其中没有一句话露出骗局的马脚，反而句句都保证杜尔西内亚能摆脱魔法，所以他对此深信不疑。他思绪百转千回，内心充满喜悦，相信一定很快就能看到这些预言变成现实。而桑丘虽然已经厌倦了当总督，正如上文已经说过，但还是希望能够再次发号施令，被人服从。权力这件事，即使是名义上的权力，自身也伴随着厄运。

总之，那天下午，主人堂安东尼奥·莫雷诺带着两个朋友以及堂吉诃德和桑丘一起，来到了苦役船。船长早已接到通知，知道这一行人即将幸运到达，说幸运是因为能够见到著名的堂吉诃德和桑丘实属难得。他命令，当贵宾到达海滩的时候，揭开所有苦役船的帆布，吹响军号。接着又把一艘小艇放下水，上面铺着华丽的地毯和猩红色天鹅绒靠垫。堂吉诃德刚刚跨进小艇，旗舰上侧舷通道的大炮就鸣响了，其他的苦役船也都纷纷效仿。当堂吉诃德从右边的舷梯爬上船舰的时候，整个海军军团都向他行礼，按照显贵人士上船时惯常的接待礼仪，连喊三声"呼！呼！呼！"将军向堂吉诃德伸

537

出手，并拥抱了他。这是一位高贵的瓦伦西亚绅士，我们称呼他为将军。他对堂吉诃德说：

"我将用白色的石头标记这一天，因为，能见到堂吉诃德·德·拉曼查先生，这将是我生命中能够梦想拥有的最好的一天！这一天，一切迹象都向我们表明，在您身上包含并寄托着整个游侠骑士道的所有勇气！"

堂吉诃德用毫不逊色的客套话作答，并表示非常高兴受到如此隆重的接待。众人来到收拾得井井有条的船艉，在军官们的座位上坐下，这时船长来到侧舷，用口哨发出信号，让苦役船囚犯们脱掉衣服，准备好划桨，囚犯们立刻照做了。桑丘一看到那么多人半裸着身体，吓得要死，尤其是看到人们匆忙降下布篷，在他看来简直就是所有的魔鬼都集中在那里来来往往、忙忙碌碌。不过对于我们马上将要讲述的事情来说，这点惊吓不过是一碟开胃小菜。

桑丘正坐在桩子上，紧挨着右侧舷领班划桨手，此人事先已经知道该做什么。他抓住桑丘，把他举起来，交给了后面的苦役囚犯们。所有人都站着，从右侧舷开始，把桑丘从一个人怀里传到下一个人怀里，从一个座位传到另一个座位，就那样迅速地转了一圈又一圈，可怜的桑丘连视线都模糊了。他以为一定是魔鬼们抱着他，一直到把他滚到左侧船舷，传到船艉才罢手。可怜的人筋疲力尽、气喘吁吁、汗如雨下，根本无法想象自己身上到底发生了什么事。

堂吉诃德看到桑丘无翅而飞，便问将军，这是不是用来迎接贵客初次光临的仪式，如果是的话，他自己可不打算尝试这套仪式，不愿意做类似的运动。他以上帝的名义发誓！如果有人把手放到他身上想让他打滚的话，他一定一脚把这人踹得魂飞魄散，说着，他就站起来，握紧了长剑。

就在这时候,所有的布篷都放倒了,三角帆从高处落下来,发出了巨大的声响。桑丘以为是天空的轴枢坏了,天就要掉到自己脑袋上了,吓得把脑袋藏到了两腿之间。堂吉诃德虽然反应没有那么激烈,却也浑身发抖,缩起肩膀,面如死灰。苦役囚犯们又以同样的速度把三角帆升起来,发出的声音跟降下来的时候一样大。做所有这一切的时候人们都沉默不语,就好像既没有嗓音也没有呼吸。船长做了个手势命令起锚,接着跳到侧舷中间,开始用鞭子或捆绳假装抽打苦役囚犯们的背,就好像在给他们赶蚊子。船渐渐驶向大海,桑丘以为那些船桨都是脚,看到大船用那么多五颜六色的脚走路,他自言自语说:

"这些才是真正被施了魔法的东西呢!我主人说的那些根本不算。这些倒霉蛋究竟都干了什么事,要被如此鞭笞?而这个人独自在这里来来回回吹着口哨,怎么敢鞭打那么多人?对我来说这简直就是地狱,或者至少是忏悔所。"

堂吉诃德见桑丘如此专注地看着发生的一切,对他说:

"啊!桑丘老兄,如果你愿意,完全可以脱掉上衣,到那些先生中间去,这样就能又迅速又毫无痛苦地完成解除杜尔西内亚魔法的任务。跟这么多人的悲惨和痛苦相比,你就不会对自己的痛苦有太大感受了。此外,因为这些鞭子来自慷慨之手,很有可能在魔法师梅尔林那里,每一下都能抵你自己抽的十下。"

将军正想问鞭笞和解除杜尔西内亚的魔法究竟是怎么回事,海军士兵报告说:

"蒙锥克要塞发信号说西侧海岸发现一艘划桨船。"

将军一听,立刻跳到侧舷上喊道:

"啊哈!孩子们,别让他们跑了!瞭望塔示警的这艘船一定是阿尔及尔海盗的双桅帆船。"

另外三艘苦役船立刻向旗舰靠了过来，听从调遣。将军命令其中两艘船出海，他自己的船带着另外一艘沿海岸航行，令那艘海盗船无路可逃。囚犯们加速划桨，大船疾驰如飞。出海的那两艘船在大约两海里之外发现了一艘小船，目测大约有十四五个桨位，事实也正是如此。一发现大船的追踪，小船上的人便操纵船舶试图逃走，希望凭借自身的轻便成功脱身。然而事与愿违，碰巧那艘旗舰正是这片海域中航行得最轻快的船型。它渐渐追上小船，最后双桅帆船上的人们清楚地意识到已经走投无路，船长便打算弃桨投降，并以毫无冒犯的方式通知苦役大船的船长。

谁知人算不如天算：双桅帆船上一共有十四个土耳其人，当旗舰靠近小船，近到都能听到大船上有人正在喊话要小船投降时，其中有两个"拖拉机斯"（意思是喝醉的土耳其人），打响了手中的火枪，打死了我方大船艏弯上的两个士兵。见此情形，将军发誓要把从这艘小船上抓获的人统统处死。然而当他全力向小船进攻时，小船却从大船的船桨底下逃脱了。苦役大船继续往前航行了很长一段距离，而小船此时已经迷失了方向，趁着苦役大船掉头的时候又升起了帆，再次扬帆划桨，企图逃脱。然而速度并未给他们带来好运，大胆反抗的结果是灭顶之灾。刚驶出半海里多的距离，旗舰便追上了小船，并用船桨截住了它，活捉了船上的所有人。

这时另外两艘船也赶了上来，四艘船带着俘虏回到了海滩，那里有无数人在等待，都想知道抓回来的是什么人。将军在离陆地不远的地方审视了一下，看到城市总督也在海滩上。他命令放下小艇，把总督接过来，又命令收起三角帆，以便绞死从小船上抓获的船长和其他的土耳其人。一共是三十六个人，个个都英武潇洒，其中大多

数都是土耳其火枪手。将军问谁是这艘双桅帆船的船长,其中一个俘虏用卡斯蒂利亚语回答说(后来证实他是一位改宗的西班牙人):

"先生,这个年轻人就是我们的船长。"

他指着一个人类能够想象到的最美丽、最英俊的年轻人,此人年纪应该还不到二十。将军问他:

"不听劝告的狗东西!快说,无路可逃的时候,是谁下令杀死我的士兵?这就是你们对旗舰的敬意?难道你不明白,鲁莽不是勇敢,不确定的希望会让人变得大胆,但绝不是冒失莽撞?!"

那位船长正要回答,将军却无暇听他辩解,因为总督已经来到了船上,将军必须去迎接。一同到来的还有总督的几个仆人和镇上的一些人。

"将军先生,看来这次打猎收获不错。"总督说。

"收获颇丰,"将军回答说,"殿下您马上就会看到这个三角帆上展示的成果。"

"这是为何?"总督问道。

"因为他们违反了法律,违反了一切战争的规则和习惯,杀死了这艘船上最好的两位士兵。"将军回答说,"我已经发誓把所有的俘虏都绞死,尤其是这个小伙子,他就是这艘双桅帆船的船长。"

他把那个双手已经被捆绑,脖颈已经套上绳子等死的少年指给总督看。

总督见少年如此美丽英俊,又如此谦恭,在那一刻美好的外表成了最好的推荐信,让总督动了恻隐之心,便问他:

"船长,告诉我,你是生来就是土耳其人,还是摩尔人,还是改宗者?"

少年用西班牙语回答:

"我既不是天生的土耳其人,也不是摩尔人,也不是改宗者。"

"那么,你是什么人?"总督问。

"女基督徒。"少年回答。

"女人?还是基督徒?穿着这身衣服?做出这样的事情?这种事情会让人惊奇,但无法让人相信。"

"啊,先生们!请暂缓执行对我的死刑,"少年说,"推迟一会儿报仇对你们而言没多大损失,讲述我的平生耽误不了多长时间。"

听了这些话,谁能铁石心肠,毫不心软呢?至少可以听一听这位悲痛欲绝的少年到底想说什么。将军回答说,想说什么就说吧,但是不要指望自己显而易见的罪过能够得到原谅。得到将军的准许,少年开始讲述:

"我出生于摩尔家庭,我们这个民族虽然智慧却命途多舛,最近又有一波不幸的浪潮劈头盖脸落到我们身上。在厄运的洪流中,我被两位舅舅带到了柏柏尔,再怎么申辩自己是基督徒也无济于事。事实上,我的的确确是真正的天主教徒,既不是假装的,也不是表面的。然而即便说出这个真相也于事无补,仍然逃不过被流放的悲惨命运,判决者们不但不愿意相信,连我的舅舅们都不信,反而认为我在说谎,认为是我为了留在出生的土地而编造的谎言。就这样我被带走了,情非得已,身不由己。我母亲是基督徒,父亲十分聪明而且同样也是基督徒。我从褓襁中开始就被以天主教信仰哺育,在良好习惯下教养成人。在我看来,无论是行为还是语言,自己身上没有一丝一毫摩尔人的痕迹。

"除了这些种种美德(在我看来这就是美德),如果说我还略有姿色的话,美貌也随着成长与日俱增。虽然我洁身自好也过着幽居生活,却还是被一位名叫堂加斯帕尔·格雷戈里奥的年轻绅士见到了，他是我们邻村的一位老绅士的长子。他如何见到我、我们如何交谈、他如何为我失魂落魄，以及我如何对他稍稍动心，这些都说来话长，更何况我此刻还受到这根绳子的严酷威胁，时刻担心它会穿过我的舌头和脖子。所以总而言之，我只说说堂格雷戈里奥是如何自愿陪伴我一起流放的。他的阿拉伯语说得非常好，所以顺利混入了其他摩尔人中间，在旅途中又跟我的两位舅舅成了朋友。

"我的父亲是一个非常精明而有远见的人，在听到流放穆斯林的第一道公告的时候，他就离开了家乡去国外寻找容身之地。在一个只有我知道的地方，他偷偷埋下了很多价值不菲的珍珠宝石，还有一些克鲁赛罗和多玛隆的金币。他嘱咐我，如果我们在他回来之前就被流放了的话，无论如何不能动他留下的这些财富。我谨记他的教诲，正如刚才所说，跟着舅舅和其他亲戚去到了柏柏尔，最后在阿尔及尔安顿了下来，那真是地狱一般的地方。

"那里的国王听说了我的美貌，还有传闻说我富可敌国，从某种意义上来讲这是我的幸运。他把我叫到面前，问我来自西班牙的哪个地区，带了多少钱和什么样的珠宝。我把自己的家乡，以及仍然埋在那里的珠宝和钱都告诉了他，还说只要我自己回去取，应该很容易就能取回来。我这样说是因为害怕他贪图我的美貌，而不是财富。我们正说着话，有人上来报告说，跟我一起来的有一位人类能够想象的最英俊、最美丽的小伙子。我明白他们说的是堂加斯帕尔·格雷戈里奥，他的美貌即便是最有名的美男子都望尘莫及。想到堂格雷戈里奥面临的危险，我惊慌失措，因为在那群野蛮的土耳其人中间，不管多么美丽的女人都比不上漂亮小男孩或小伙子所受到的珍视和喜好。国王立刻命令人们把他带来看看，并问我，关于那个小伙子，人们说的是不是真的。我当时灵机一动，回答说人们

543

说得没错，但我要澄清的是他不是男人，而是跟我一样的女人。我请求国王恩准我去给他换上合适的衣服，不但能充分展示他的美丽，并且见面时他也不至于过于羞怯。国王叫我赶紧去，并且约好第二天商量如何安排我回西班牙去取出藏匿的财宝。

"我跟堂格雷戈里奥说明了这件事，并告诉他，如果他以男人的身份出现将会面临什么样的危险。我给他穿上摩尔女人的衣服，当天下午就带着他去面见国王，国王一见之下惊为天人，并决定将他保护起来，作为礼物奉献给大苏丹。因为担心他藏在妻妾们的闺房里可能有危险，也因为国王对自己都信任不过，便命令将他寄养在几个高贵的摩尔妇女家中，请她们看管他、照料他，于是人们把他带到了那里。对此我们两人都很难过，因为我不能否认自己爱他，正如人们常说的，分开了才发现爱得有多深。

"最后国王决定让我乘坐这艘双桅帆船回到西班牙，由两位真正的土耳其人陪伴我，就是杀死了您士兵的那两个。与我同行的还有这位改宗的西班牙人，"她指着刚才先开口的那个人，"对于他，我很清楚他是一个掩藏身份的基督徒，他更希望留在西班牙而不是回到柏柏尔。双桅帆船上的其他苦力都是摩尔人和土耳其人，只负责划桨，只有那两个土耳其人，既贪婪又骄横。我们原本得到的命令是只要能远远地望见西班牙，我和这位改宗者就穿上随身携带的基督徒衣服，登上陆地。可是他们违抗命令，坚持先扫荡一遍海岸，有可能的话捕获一些猎物，因为他们担心，如果先把我们放到岸上，两人中无论哪一个遇上突发事件，都有可能告发海里的双桅帆船，尤其如果这个海岸有苦役大船的话。昨天晚上我们发现了这片海滩，但是不知道有四艘大船驻扎于此，后来我们就被发现了，接着发生的事情你们都知道了。

"总之,堂格雷戈里奥还穿着女人的衣服在她们中间,显而易见面临着暴露的危险。而我却被捆住双手,等待着,或者更确切地说是害怕着,失去生命,虽然我已经厌倦了生命。先生们,这就是我的悲惨故事,既真实又不幸。我只想恳求诸位,让我以基督徒的身份死去,因为正如我已经说过,那些加诸本民族的罪恶,我从来没有犯下过。"

她说完了,眼中噙满泪水,在场的很多人都陪着她掉下了眼泪。慈悲善良的总督一言不发地来到摩尔姑娘面前,亲手解开了绑着她纤纤玉手的绳子。

就在那位基督徒摩尔姑娘讲述自己独一无二的故事时,跟着总督进来的一位年迈的朝圣者目不转睛地盯着她。摩尔姑娘刚说完这番话,他就扑倒在她的脚下,抱住她的脚,泣不成声地说:

"哦!安娜·菲里克斯,我不幸的女儿!我是你的父亲瑞克特,是专门回来找你的!没有你,我活不下去,你就是我的灵魂!"

听到这些话,桑丘睁开了眼睛,抬起头(他一直低头想着自己这次参观所遭遇的不幸)。他打量那个朝圣者,认出了那正是自己离开总督职位那天遇到的瑞克特本人,也明白了这姑娘就是他的女儿。摩尔姑娘此时已经摆脱了绳索,上去抱住了父亲,两人的眼泪流到了一起。她的父亲对将军和总督说:

"先生们,这位就是我的女儿。她姓瑞克塔,名叫安娜·菲里克斯,而她的遭遇比名字更加不幸。她远近闻名,既因为自己的美貌也因为我的富有。我离开祖国,打算在国外寻找能够接纳我们、安置我们的人,后来在德国找到了。我跟其他的德国人结伴,穿着这身朝圣者的衣服回来寻找女儿,同时取出我藏在家乡的一大笔财产。女儿没有找到,但财富找到了,我一直随身带着。而现在,经历了各种一波三折，我终于找到了最珍贵的财宝，那就是亲爱的女儿。如果我们的无辜和眼泪能够打开司法体系慈悲的大门，请将这份慈悲赐予我们吧！我们从来没有产生过冒犯你们的想法，也从来没有认同过自己民族邪恶分子的意图，他们已经被公正地流放了。"

桑丘插嘴说："我非常了解瑞克特，可以证明安娜·菲里克斯确实是他的女儿，至于说他这番来回奔波的存心是善意还是恶意，就这些小事我无法发表意见。"

所有在场的人都被这桩奇事惊得目瞪口呆。将军说：

"你们的眼泪长流不止，使我无法履行自己的诺言。美丽的安娜·菲里克斯，你可以活到上天为你设定的寿命，就让犯下罪过的那两个骄横放肆的人来接受惩罚。"

于是他下令将杀死士兵的那两个土耳其人送上三角帆架绞死，但是总督再三为他们求情，因为他们犯下这样的罪过更多的是因为疯狂而不是因为大胆。将军同意了总督的请求，因为对于已经凝固的鲜血来说，报复也毫无意义。接着众人商议如何解救堂加斯帕尔·格雷戈里奥脱离危险，为此瑞克特还自愿拿出自己的珍珠和宝石所折合的两千多个杜卡多作为奖赏。大家出了很多主意，但只有那个改宗西班牙人提出的办法可行。他自告奋勇，乘坐一条只有六个桨位、由基督徒桨手划桨的小船回到阿尔及尔，因为他不但知道应该在何时、何地、如何登陆，也同样认识堂格雷戈里奥所在的那栋房子。虽然不管是将军还是总督都不信任改宗者，就连那些被派去划桨的基督徒也不信任他，但是安娜·菲里克斯对他大加赞扬，而且她的父亲瑞克特保证，如果这些桨手被俘虏，他负责支付赎金。

最终大家对此事达成一致，总督下了船，堂安东尼奥·莫雷诺带走了摩尔姑娘和她的父亲，总督要求他尽其所能好好照顾他们、款待他们，而堂安东尼奥也愿竭全家之力让他们得到休息和消遣，这番善意和慈悲都是因为怜悯安娜·菲里克斯的美貌。

第六十四回
到目前为止堂吉诃德遭受的最沉重打击

故事讲到，堂安东尼奥·莫雷诺的妻子见安娜·菲里克斯来到自己家里，喜出望外，待她十分亲切，一方面怜惜她的美貌，另一方面也赞赏她的文雅和利落。这位摩尔姑娘不管在哪个方面都是如此卓然超群，全城的人都赶来看她，就像钟声敲响了一样。

这时堂吉诃德对堂安东尼奥说，众人商量的解救堂格雷戈里奥的办法不妥，虽然便利，但是太危险，最好还是让他本人带着武器和坐骑去登陆柏柏尔，哪怕所有的摩尔人都来阻拦，他也一定能将人营救出来，就像堂盖费罗斯解救他的妻子梅林森德拉那样。

"阁下您要知道，"桑丘听到了说，"堂盖费罗斯先生是在陆地上解救了他的妻子，并通过陆路把她带回了法国。而我们如果要去救堂格雷戈里奥，都找不到路可以把他带回西班牙，因为中间还隔着海呢。"

"除了死亡，一切都有解决的办法。"堂吉诃德回答说，"只要船靠了岸，我们就可以登上船，全世界都无法阻挡。"

"阁下您想得太好了，认为这是轻而易举的事，"桑丘说，"但说起来容易做起来难。我更相信那个改宗者，感觉他是一个心地善良的大好人。"

堂安东尼奥回答说，如果改宗者在这件事情上没有取得好结果，大家一定会同意让伟大的堂吉诃德前往柏柏尔。

两天后改宗者乘坐一条每侧六桨的轻舟出发了，带着最勇敢的划船苦役犯。又过了两天，几艘苦役大船起航前往雷万特，此前将军已经请求总督务必告知堂格雷戈里奥是否获得自由以及安娜·菲里克斯的结局，总督跟他约定，一定满足他的心愿。

有一天上午，堂吉诃德正全副武装地沿着海滩散步。正如他常说，武器就是他的饰品，战斗对他来说就是休息，离开了这些武器他片刻难安。突然看到迎面而来一名骑士，同样从头武装到脚，盾牌上画着一轮闪闪发光的月亮。他来到可以互相听见说话的距离，大声对堂吉诃德喊道：

"杰出的骑士！无论如何赞美都不为过的堂吉诃德·德·拉曼查！我是银月骑士，我那前无古人的事迹也许您还有印象。我今天特来向您挑战，检验您双臂的力量，好让您明白并承认我的心上人，不管她是谁，无须比较就比你的杜尔西内亚·德尔·托博索更美貌。如果您直接承认这个事实，就不用死，也不用我费事将您杀死；如果您选择战斗又输给了我，我对您的要求仅仅是放下武器，停止寻找冒险，回到您的家乡隐居一年。您必须在云淡风轻的平和中，过上如古井般波澜不惊的生活，不得用手触碰长剑，因为这样有利于您积累财富、救赎灵魂。如果您赢了我，我的脑袋听凭您的发落，我的武器和坐骑都将成为您的战利品，我的一世英名也都将成为您的。您考虑下哪一种做法对自己更有利，赶快给个答复，因为我只有今天这一天的时间来解决这件事。"

堂吉诃德目瞪口呆，摸不着头脑，因为这位银月骑士不但盛气凌人，而且无理取闹。他非常平静而庄重地回答说：

"银月骑士,到现在为止我还没有听说过您的丰功伟绩。我敢发誓,您从来没有见过杰出的杜尔西内亚。因为如果您见过她,我敢肯定您绝不会提出这样的要求。只要见到她,您就会明白世界上不可能存在,也从未存在过能与她相提并论的美貌。我不愿认为您在说谎,但您在提出这个要求的时候一定是弄错了。为了不让您逾越这一天的期限,我立刻接受您的挑战。不过,在您提到的那些条件中,我不想接受把您的丰功伟绩转给我这一点,因为我不知道您都有哪些事迹,也并不在乎。我对自己的功绩很知足,这样就很好。接下来,请您退开必要的距离,我也会同样这么做,愿上帝赐福,愿圣彼得祝福!"

城里的人们早就发现了银月骑士,并去报告了总督说他与堂吉诃德狭路相逢。总督以为是堂安东尼奥或者城里其他绅士制造的新的恶作剧,便在堂安东尼奥和很多绅士的陪伴下来到了海滩,此时堂吉诃德正要掉转罗西南多的马头好退开必要的距离。

总督见他们正要转过身来相互进攻,便来到两人中间,询问他们为何无缘无故大打出手。银月骑士回答说,他们在打赌谁的心上人美貌更胜一筹,并用简短的几句话复述了自己对堂吉诃德所说的内容,以及双方均已接受的决斗条件。总督来到堂安东尼奥跟前,低声问他是否知道这位银月骑士是谁,是不是又有人想跟堂吉诃德开玩笑。堂安东尼奥回答说自己并不知道此人是谁,也不知道这次决斗究竟是玩笑还是真事。听到这个回答总督感到十分困惑,犹豫是该让他们放手一搏还是该阻止这场战斗。不过他最终相信这只不过是个玩笑,便退开了说:

"骑士先生们,如果这件事情实在无可变通,不是承认就是死,好比堂吉诃德先生说'十三',银月骑士阁下却非说'十四',那就看上帝的旨意吧！开始吧！"

银月骑士彬彬有礼，以谦恭的客套话向总督的准许表示感谢，堂吉诃德也同样如此，然后按照每一次迎接战斗时的习惯，全心全意地把自己委托给上天和他的杜尔西内亚。看到对手又稍稍退后了一段距离，他也采取了同样的行动。接着，既没有吹响喇叭也没有任何其他战斗乐器发出进攻的信号，两人同时掉转坐骑的马头。因为银月骑士的马更加矫健，当他来到堂吉诃德面前的时候，堂吉诃德还没有跑完这个距离的三分之一。银月骑士的力量似排山倒海，堂吉诃德的长矛都没来得及碰到对手（他似乎是有意把长矛举了起来），就连同罗西南多一起轰然倒地，情况十分危急。银月骑士来到堂吉诃德面前，用长矛顶着他的头盔，对他说：

"认输吧！骑士，如果您不按照我们这次决斗的条件去做，就只能在此结束生命。"

堂吉诃德既疲惫又茫然。他没有抬起头盔，那微弱而虚脱的嗓音仿佛是从坟墓中传来的：

"杜尔西内亚·德尔·托博索是全世界最美丽的女人，而我是全世界最不幸的骑士。我虽不堪一击，但这无损于事实。骑士，刺下您的长矛吧！请取走我的性命，因为您已经夺走了我的名誉。"

"我绝对不会那样做。"银月骑士说，"万岁！愿杜尔西内亚·德尔·托博索小姐的美貌万古流芳、千秋万代！只要伟大的堂吉诃德回乡隐居一年，我就满足了，正如在决斗开始之前约定的那样。"

总督和堂安东尼奥，以及在场的其他很多人都听到了这番话，也都听到了堂吉诃德的回答：只要对杜尔西内亚没有任何损害，作为一名一丝不苟、一言九鼎的骑士，自己将满足对方的任何要求。

得到这番承诺，银月骑士掉转马头，向总督点头致意，接着便一路小跑进了城。

总督命令堂安东尼奥跟上去,一定要查出他是谁。人们把堂吉诃德扶起来,摘掉头盔,发现他面色惨白、大汗淋漓。罗西南多因为摔得太重,动弹不得。桑丘满心悲伤和懊悔,不知道该说什么、做什么:他感觉似乎这一切都发生在梦里,而且都是魔法师的阴谋。看到自己的主人被打败,被迫答应一年内不拿起武器,想象着主人丰功伟绩的荣耀之光渐渐黯淡,对自己的新承诺也化为泡影,如轻烟消散在风中。他还担心罗西南多有没有受伤,主人有没有脱臼,对他来说,如果只是脱臼的话,就算是不幸中的大幸了。最后,总督命人送来一顶肩舆,把堂吉诃德送回城里,自己也跟他一起回城,想知道那位把堂吉诃德打得落花流水的银月骑士到底是谁。

第六十五回
银月骑士的来龙去脉,堂格雷戈里奥被成功解救以及其他事情

堂安东尼奥跟着那位银月骑士,很多男孩子也都跟着他,甚至可以说是在追他,一直追到城里的一家客店。堂安东尼奥为了结识他,也跟着走进了客店。他看到一位持盾侍从出来迎接银月骑士,然后走进了底层的一个房间,帮他解下武器。堂安东尼奥也跟了进去,因为不弄清此人身份,他绝不肯罢休。银月骑士见这位绅士纠缠不休,便对他说:

"先生,我很明白您为何而来。您一定想知道我是谁,而我没有理由拒绝,所以趁着仆人为我解下武器的时间,我会原原本本把这

件事情的真相向您和盘托出。先生,我是一位学士,名叫参孙·卡拉斯科,跟堂吉诃德·德·拉曼查是同乡。他的疯狂和愚蠢言行让所有认识他的人都感到惋惜,其中最感到痛心的人就是我。我认为他要恢复健康,就需要在自己的家乡,尤其是自己家里休息,所以我想出一个办法能让他安安生生,闭门不出。三个月前我打扮成游侠骑士上路了,给自己取名为镜子骑士,打算跟他大战一场,战胜他但不伤害他。作为决斗的条件,输的一方要听凭胜者的处置。我当时认为自己胜券在握,打算对他提出的要求就是回到家乡,一年内不许出来,在这段时间内他或许还有痊愈的希望。但是事与愿违,谁知他战胜了我,我从马上摔了下来,最终没能实现自己的计划。他继续上路,我却打道回府,因为失败而倍感羞辱,又因为坠马而精疲力竭,几乎威胁生命。但我并不因此就打消了再次去寻找他、一定要战胜他的念头,正如今天您已经亲眼见证的那样。我知道他定会履行诺言,一丝不苟地遵从我对他的要求。先生,这就是事情的原委,没有任何隐瞒。请您不要泄露这个消息,也不要告诉堂吉诃德我是谁,这样我的良好意愿才能够实现。我一向认为他是一个优秀的人,如果真的能够放弃骑士道那种愚蠢言行的话,就可以恢复神志了。"

"啊,先生!"堂安东尼奥说,"原来您是想让世界上最有趣的疯子恢复神志,这简直是对全世界的侮辱!愿上帝原谅您!先生,您没看到吗?堂吉诃德恢复理智所能带来的好处比不上他的胡作非为所带来的乐趣。不过据我猜测,学士先生即使穷尽一切奇思妙想也不足以让一个疯得如此无可救药的人恢复清醒。而且,如果不是显得太过无情,我甚至想说,但愿堂吉诃德永远不会痊愈!因为一旦他恢复健康,我们不但失去了他的幽默,还失去了他的持盾侍从桑丘·潘萨的风趣，而他们两人中任何一个都能够让最忧伤的人转悲为喜。不过尽管如此，我会保持沉默，什么都不会说，因为我相信卡拉斯科先生所做出的努力不会产生任何效果，而且想证实一下这个怀疑是否正确。"

卡拉斯科回答说，这件事情无疑正在往好的方向发展，可以期待美好的结局。堂安东尼奥跟他客套了一番，表示愿意为他效劳，卡拉斯科便告辞而去。他命人将武器绑在一匹健马背上，他自己骑着决斗时驾驭的那匹马，当天便出了城，回到自己的小小家乡，没有遇到任何在这个真实的故事中值得一提的事情。

堂安东尼奥向总督转述了卡拉斯科讲述的一切，对此总督感到不悦，因为如此一来，所有听说过堂吉诃德疯病的人可能得到的乐趣都将随着他的隐居而消失。

堂吉诃德整整六天卧床不起，遍体鳞伤、愁肠百结、寝食难安，万千思绪始终纠结于自己不幸的失败。桑丘不停地安慰他，说道：

"我的主人，如果可以的话，阁下您抬起头来，高兴一点吧！感谢上天，虽然您摔到了地上，但是居然一根肋骨都没有折断。您也知道，从哪里跌倒就从哪里爬起来，还有，钩子上不是天天都有腌猪肉；让医生见鬼去吧！咱们还是各回各家，别在陌生的地方到处寻找冒险了。如果您仔细想想，虽然阁下您伤得最重，但我才是损失最大的：我虽然放弃了总督职位，也不想再当什么总督了，但并没有放弃成为伯爵的愿望。而如果阁下您不再有机会成为国王，不再继续从事骑士事业的话，这件事情就永远不可能实现，我的希望就会烟消云散。"

"闭嘴！桑丘，难道你不知道吗？我只需要隐退一年，很快就会回到这份尊贵的事业中。到时我不会缺少可以赢得的王国，也不会

553

缺少可以赏赐给你的伯爵封地。"

"愿上帝听到您的话而魔鬼们装聋作哑,"桑丘说,"我常听说,长远的希望比眼前的拥有更值得期待。"

他们正说着话,堂安东尼奥走进来,兴致勃勃地说:

"堂吉诃德先生,好消息!前去营救的改宗者已经带着堂格雷戈里奥回到海滩上了!咳,说什么海滩上呢!他们这会儿已经到了总督家,随时都会来到这里。"

堂吉诃德稍稍振奋了些,说:

"事实上我甚至想说,我宁愿看到相反的结局,这样就有机会赴柏柏尔一行,以这双臂膀的力量,我不但能解救出堂格雷戈里奥,还能解救那里所有的基督徒囚犯。不过,我这个可怜人在说什么呢!难道我不正是那个战败者吗?难道没有临阵坠马吗?难道不是一年之内都不能拿起武器了吗?既然如此,我还能承诺什么呢?如果只能拿起针线而不是长剑,我还有什么可吹嘘的?"

"主人,您别这样。"桑丘说,"母鸡生口疮,不嫌活命长;今天你倒霉,明天我悲催,这些你打我、我打你的事情,就没必要再左思右想了,因为今天摔倒了,明天还可以站起来,除非您打算在床上躺着,我的意思是,躺在那里等死,而不是重新振作精神,迎接新的战斗。阁下您赶快起来去迎接堂格雷戈里奥吧,我感觉人群已经沸腾起来,应该是他们到了。"

的确如此。堂格雷戈里奥和改宗者已经向总督讲述了这趟往返的过程,堂格雷戈里奥急于见到安娜·菲里克斯,便同改宗者一起来到了堂安东尼奥家。虽然堂格雷戈里奥在阿尔及尔被营救出来的时候还是女人打扮,但在船上已经换上了同行一位俘虏的衣服。不过很显然,不管他穿什么样的衣服,都足以看出这是一个值得追求、珍爱，值得为之效力的人，因为他的俊美异乎寻常，看上去大约十七八岁的年纪。瑞克特和他的女儿出来迎接，父亲老泪纵横，女儿忠贞不渝。他们并没有相互拥抱，因为最深沉的爱往往反而不会过于外露。堂格雷戈里奥和安娜·菲里克斯旗鼓相当、珠联璧合的美貌让在场所有的人都啧啧称奇。在这里，沉默就是两位恋人之间的交谈，而目光则是泄露他们幸福而忠贞心愿的语言。

改宗者讲述了自己营救堂格雷戈里奥所采用的计谋和方法，堂格雷戈里奥也讲述了自己跟女人们住在一起时所遭遇的危险和窘境。他话不多，叙述简洁，从这一点上可以看出，他的理性超越了年龄。最后，慷慨的瑞克特不但向改宗者支付了酬劳，连划桨的人们也都一并重金酬谢。改宗者同教会达成和解并重新入教，通过悔罪和忏悔，从一个腐化堕落的成员重新变得干净健康。

两天后，总督跟堂安东尼奥商量，有什么办法能让安娜·菲里克斯跟她的父亲留在西班牙。他们认为，一个如此虔诚的基督徒女儿和一个如此善良的父亲留下来，没有任何不妥。堂安东尼奥正好有其他事情要赶去京城，便自告奋勇为他们在宫廷上下打点。他告诉众人，很多困难的事情都可以通过贿赂和馈赠解决。

"不，"参加商讨的瑞克特却说，"不能寄希望于任何贿赂或馈赠。皇帝陛下委派来负责流放摩尔人的是伟大的堂贝尔纳尔迪诺·德·贝拉斯克，也就是萨拉萨尔伯爵，任何恳求、许诺、贿赂或者悲惨境遇都无法打动他。虽然他的确曾是个慈悲的执法者，但现在他已经认定我们这个民族整体都已经被污染、被腐蚀，所以对我们采用的是烈焰焚身的烧灼疗法，而不是轻柔地抹上软膏。他谨慎、勤勉，嗅觉敏锐，对我辈族人满怀恐惧。他强壮的肩膀适时承担起了完成这项伟大事业的责任，而我们的阴谋、诡计、殷勤和营私舞弊都不可能蒙蔽他阿耳戈斯般的眼睛[1]。他永远保持着警惕，以确保我们中任何一个人都无法留下来或潜藏下来，以免我们会像隐秘的根一样，随着时间的推移，在西班牙发芽并结出有毒的果实。到那时，西班牙才能完全摆脱这场噩梦中的恐惧。伟大的菲利普三世做出的英明决定！他把这个任务交给堂贝尔纳尔迪诺·德·贝拉斯克，表现出了过人的洞察力！"

"等到了京城，我会一一尝试所有可能的努力，愿上天保佑能取得好的结果。"堂安东尼奥说，"堂格雷戈里奥跟我一起走吧，回去安慰他的父母，二老一定因为他的离开而伤心不已。安娜·菲里克斯就留在我家跟我妻子在一起，或者找一家修道院也可以。至于好人瑞克特，我知道总督先生会希望留他在身边，好得知我的活动情况。"

总督对他的提议表示完全同意。堂格雷戈里奥知道了这一切，虽然他无论如何也不愿意离开安娜·菲里克斯小姐，但也同样想回家去见父母，把家里安排好再回来找她，所以最后也同意了大家商议好的安排。安娜·菲里克斯留下来跟堂安东尼奥的妻子在一起，而瑞克特留在总督家里。

到了堂安东尼奥出发的那天，堂格雷戈里奥向安娜·菲里克斯告别的时候，两人有流不完的眼泪、数不尽的叹息，不停晕倒、不停抽泣。瑞克特要赠予堂格雷戈里奥一千个埃斯库多，但是堂格雷戈里奥一个都没有接受，只向堂安东尼奥借了五个埃斯库多，并承诺到了京城就还给他。就这样，两人出发了，而两天之后堂吉诃德

---

1 阿耳戈斯，希腊神话中的百眼巨人，睡觉时都只闭上一两只眼睛。

和桑丘也出发了，因为坠马受伤，在此之前他一直无法上路。正如前文说过，堂吉诃德身着便服，没有武装，而桑丘只能步行，因为毛驴背负着武器。

第六十六回
有些事情，读者心知肚明

离开巴塞罗那的时候，堂吉诃德回头看着之前坠马的地方说：

"这里就是特洛伊！就在这里，是厄运而不是懦弱，把我已经得到的荣耀都毁于一旦；就在这里，命运在我身上上演了峰回路转的戏码；就在这里，我的丰功伟绩黯然失色！总之，在这里，我的幸运陨落了，再也不会升起。"

桑丘听到这些话，说：

"我的主人，以享受荣华的安然态度去忍受不幸，才是真正勇敢的内心。这一点是我自己摸索出来的：如果说当总督的时候我很快活的话，现在当个徒步而行的持盾侍从也并不感到悲伤。我听说，叫作'命运'的女人不但喝得烂醉，而且刁蛮任性，还是个瞎子，所以常常不知道自己在干什么，也不知道损害了谁、赞美了谁。"

"桑丘，你很有思想，这番话富于哲理，"堂吉诃德回答说，"我不知道是谁教你的，不过我只能说：世界上没有什么命运，生命中发生的任何事情，不管是好的还是坏的，都不是偶然降临的，而是出于特殊的天意。常言道：每个人都是自身命运的缔造者，同样我也是自己命运的造就者，因为不够谨慎，才为自己的骄傲付出了巨大的代价。我本该想到，罗西南多如此瘦弱，不可能抵御银月骑士那匹高头大马。总之，是我冒失了。我做了自己能做的事情，被摔下了马，虽然丢了荣誉，但是没有丢掉、也不能丢掉一言九鼎的美德。作为游侠骑士，我勇敢无畏，用行动和双手来佐证自己的事迹；如今作为徒手的骑士，我将通过履行承诺，用语言来证明自己。那么，桑丘老兄，走吧，就让我们在自己的家乡度过韬光养晦的一年，在隐居生活中我们将会习得新的美德，以便将来回到我矢志难忘的武侠事业。"

"主人，"桑丘回答说，"步行可不是一件令人愉快的事情，无法督促我、激励我每天勤奋赶路。不如找棵树把这些武器挂上，代替人被绞死。只要我跷着二郎腿骑在毛驴背上，咱们就能按照阁下您推算和要求的日程赶路了。想让我用一双脚走路，走到双脚肿胀，那简直是痴心妄想！"

"桑丘，你说得很对。"堂吉诃德回答，"应该把武器挂起来作为纪念碑，我们可以效仿罗尔丹的武器纪念碑，在武器脚下或周围的树上刻上：'任何人不得擅动，除非与罗尔丹一较高下。'"

"您说的这些字字堪比珍珠，"桑丘回答说，"要不是因为咱们路上还用得着罗西南多，最好把它也留下挂上。"

"算了，不管是罗西南多还是武器，"堂吉诃德说，"我都不想把它们绞死。它们忠心耿耿服务于我，人们会说我恩将仇报。"

"阁下您说得很对。"桑丘回答说，"在聪明人看来，毛驴的责任不应该推给驮鞍，所以如果是阁下您自己对这件事情负有责任，就惩罚您自己吧，不要把怒火发泄在那些已经破碎的、血迹斑斑的武器上，也不要发泄在温驯的罗西南多身上，更不要发泄在我这双软弱无力的脚上，要求我以超出常规的速度步行。"

就在这样的议论和谈话中，他们度过了一整天，以及后面的四天，没有发生任何阻碍行程的事情。到了第五天，他们走进一个镇子，看到一家客店门口聚集了很多人，因为当天是个节日，居民们正在那里娱乐。当堂吉诃德走近时，一个农夫高声喊道：

"这儿来了两位先生，跟我们双方都不认识，咱们打赌的问题，就让其中一位先生来给评评理吧。"

"只要能弄明白，我一定会的，"堂吉诃德回答说，"而且完全客观公正。"

"我尊贵的先生，事情是这样的，"农夫说，"本镇有一位胖邻居，体重超过十一个阿罗瓦，要跟另一个体重不到五阿罗瓦的邻居挑战赛跑。他们定下的条件是，必须要进行一场同等重量的百步赛跑。大家问挑战者如何实现同等重量，他回答说，既然被挑战者的体重是五个阿罗瓦，那就让他背上六个阿罗瓦铁块的负重，这样瘦子的十一个阿罗瓦跟胖子的十一个阿罗瓦就一样了。"

"这可不行,"堂吉诃德还没回答,桑丘插嘴说,"全世界都知道,我几天前刚从总督职位上卸任,而法官的职责就是裁决争端,所以这种疑难就该由我来解决。"

"桑丘老兄,那就赶紧解决吧。"堂吉诃德说,"我头脑已经完全混乱了,连给猫喂点面包屑这样的事都干不了了。"

得到了主人的许可,又见很多农夫都围在身边张大嘴巴等着判决,桑丘便说:

"兄弟们,这个胖子提出的愚蠢要求,门都没有!如果传说不假,被挑战者有权选择武器,那么这人不应该选择会妨碍自己赢得比赛的武器。所以我认为,那位胖子挑战者应该收拾收拾自己,按照合适的方式对自己进行清理、消减、剔除和打磨,从身体这里或那里去掉六个阿罗瓦的肉,这样他的体重降到五个阿罗瓦,跟对手一样。体重匹配了,双方就可以在平等条件下赛跑了。"

"我敢打赌!"一个听到桑丘裁决的农夫说,"这位先生说话像一个受过祝福的圣人,断案子像一个受俸牧师!不过那个胖子肯定不会愿意割掉哪怕是一个阿罗瓦的肉,更别说是六个阿罗瓦了。"

"那最好还是不要比赛了,"另一个人回答说,"这样瘦子才不会因为负重而筋疲力尽,胖子也不需要割肉。就把这次打赌一半的赌资换成酒,咱们把这两位先生带到有好酒的酒馆去,我来请客!"

"先生们,非常感谢你们的盛情,"堂吉诃德回答说,"不过我一刻也不能耽搁。虽然也许显得不够礼貌,但我有伤心事,不得不匆忙赶路。"

于是,他用马刺抽打罗西南多,继续赶路,留下所有人对他的奇怪形象和仆人的聪明才智目瞪口呆。桑丘给他们留下的印象就是如此，另一位农夫说：

"如果连仆人都如此智慧，那主人得是什么样！我敢打赌，如果他们去萨拉曼卡学习，一眨眼就能成为法官。所有的事情都是玩笑，但学习可不是，还有天助和好运也不是。所以，人啊，不知道什么时候就能手握权杖，头戴法冠。"

当天晚上主仆二人在野外度过，头顶着平滑空旷的天空。第二天他们继续上路，看到一个步行的人迎面走过来，脖子上挂着几个褡裢，手里拿着一根标枪，看外表完全是一个信差。当堂吉诃德走近了，这人加快了脚步一溜小跑着来到他面前，抱住了他右边的大腿，因为只能够到这么高。这人喜出望外地对他说：

"哦！我的堂吉诃德·德·拉曼查先生！如果我的主人公爵先生知道阁下您回到他的城堡，他心里将会多么快乐啊！他跟我的女主人公爵夫人还在那里呢！"

"老兄，我不认识你，"堂吉诃德回答说，"如果你不告诉我的话，我也无法知道你是谁。"

"堂吉诃德先生，"信使回答说，"我是托西罗斯，是公爵大人的仆役，就是因为想和罗德里格斯管家嬷嬷的女儿结婚而放弃跟您决斗的那个。"

"我的上帝啊！"堂吉诃德说，"这怎么可能？您就是那位仆役吗？为了夺走我在那场战斗中获得的荣誉，我的敌人魔法师们把你变成了杂役？"

"别说了，好先生。"信使回答说，"没有什么魔法，也没有什么改头换面：我进入决斗场的时候就是仆役托西罗斯，离开战场的时候也还是仆役托西罗斯。因为我觉得那姑娘不错，所以打算不战而败，跟她成婚。然而事与愿违，阁下您刚一离开我们的城堡，我的主人公爵大人就下令将我重打一百棍，因为我竟敢违抗他在决斗之前下的命令。最后的结局是，那个女孩子已经去当了修女，罗德里格斯管家嬷嬷已经回到了卡斯蒂利亚，而我，正在替主人去给巴塞罗那总督送几封信。现在，如果阁下您愿意喝一杯，我这里带了满满一壶好酒，还是温热的，十分醇香。如果此刻您还不觉得口渴，我这还有几块特隆琼奶酪，可以当作开胃菜，唤醒渴意。"

"我接受这个邀请，"桑丘说，"不管是什么在捣鬼，好托西罗斯，斟酒吧！哪怕是印第安所有的魔法师也无所谓！"

"总而言之，"堂吉诃德说，"桑丘，你是世界上最贪吃的人，也是地球上最无知的人！你还是没明白这位信使是巫术变的，托西罗斯是假的！你留下跟他一起吃个饱吧，我慢慢往前走，等着你赶上来。"

仆役哈哈大笑，摘下酒壶，掏出奶酪，又拿出一个小面包，跟桑丘两人坐在绿草地上，和和睦睦、亲亲热热，很快就把褡裢中所有的食物吃了个底朝天。他们吃得津津有味、意犹未尽，恨不得连信都舔了一遍，因为它们闻起来有奶酪味。

"桑丘老兄，毫无疑问，"托西罗斯说，"你这位主人应该是个疯子。"

"什么叫该啊？"桑丘回答说，"他从不该谁欠谁的。如果说疯癫就是他的货币的话，那人人都得倒找给他呢！这些我看得很清楚，也跟他说得很清楚，但是有什么用呢？更何况现在他已经玩完了，被银月骑士打败了。"

托西罗斯恳求他讲讲发生了什么事，但是桑丘回答说，让主人久等是一件不礼貌的事，下次还有机会，有的是时间讲。然后他站起来，抖抖自己的长袍，拍掉胡子上的面包屑，抓住毛驴的缰绳，嘴里说着"再见",离开了托西罗斯,追上了他的主人,主人正在一棵树的树荫下等着他。

第六十七回
堂吉诃德下决心成为牧羊人,在承诺的一年时间内过上田园生活,以及其他真正令人愉悦的事情

如果说在被打下马之前,纷乱的思绪已经让堂吉诃德筋疲力尽的话,那么在坠马之后,更多的想法涌上来,令他心乱如麻。正如上一回所述,他等在树荫下,各种念头就像苍蝇追着蜂蜜一样蜂拥而至:如何解除杜尔西内亚的魔法?被迫隐居将会是怎样的生活?这些念头刺痛着他,直到桑丘赶上来,对仆役托西罗斯的慷慨赞不绝口。

"啊,桑丘!"堂吉诃德对他说,"你怎么还以为那个是真正的仆役?难道你把杜尔西内亚变成村姑、镜子骑士变成卡拉斯科学士,还有那些阴魂不散的魔法师所有的杰作都忘到九霄云外去了?不过,你告诉我:这位所谓的托西罗斯,你有没有问问他,上帝把阿尔提西朵拉怎么样了?我走了她有没有哭?还是说,我在的时候,她痴心爱恋、痛苦不堪,而如今已经全都遗忘了?"

"我跟他之间的对话,"桑丘回答说,"可没机会问这些蠢事。不过,看在所有魔鬼的分上!主人啊,阁下您现在这般处境,还顾得上打听别人的想法呢?何况还是谈情说爱的想法!"

"你看,桑丘,"堂吉诃德说,"做一件事是因为爱情还是因为感激,其中有很大的差别。一位骑士也许会拒绝爱情,令人心碎,但

是严格来说，他不可能是一个忘恩负义的人。阿尔提西朵拉似乎深爱着我：她送给我三条头巾，这你也知道，我离开时她不停哭泣，甚至诅咒我、责骂我。她甚至不顾矜持，公开告白，这一切都表明她爱我。恋人之间的愤怒常常终于诅咒，但我并没有希望可以许诺她，也没有财富可以赠予她。我所有的希望都已经交给了杜尔西内亚，而财富之于游侠骑士，正如珍宝之于魑魅魍魉，都是肤浅的、虚假的。我能给予的只有对她的回忆，而且前提是不妨碍我对于杜尔西内亚的回忆。提到杜尔西内亚，你总是不肯鞭打自己，不愿意惩罚你这身在我看来该被狼吃掉的肉，这是对她的侮辱！这身肉你宁愿留着喂蛔虫，也不愿帮助那位可怜的小姐解决问题。"

"主人，"桑丘回答说，"说实话，我怎么也不相信，打我的屁股跟解除别人身上的魔法有什么关系。就像人们常说：脑袋疼却往膝盖上贴膏药。而且我敢发誓，在阁下您读到过的所有关于游侠骑士的故事中，从来没见过有人通过鞭笞解除魔法的。不过无论如何，不管通过什么方式，我会抽打自己的：等到我愿意惩罚自己，而且时间允许我从从容容这样做的时候。"

"愿上帝保佑，"堂吉诃德回答说，"也愿上天感谢你，这样你才会意识到自己身上的义务，并且履行义务来帮助我的女主人，她也是你的女主人，因为你是我的。"

他们一边说着这些话，一边继续赶路。经过之前被公牛们踩踏的位置时，堂吉诃德认出了这个地方，对桑丘说：

"就是在这片草地上，我们碰见了那些美丽的牧羊女和英俊的牧羊人。他们模仿田园牧歌般的世外桃源，在这里消遣娱乐。这种想法如此新奇又饱含智慧，桑丘，如果你认为可以的话，我希望咱们也效仿他们，把自己变成牧羊人，哪怕就在我不得不隐居的这段时间。我会买一些羊，还有其他从事放牧事业所有必要的装备。我就叫作牧羊人吉诃蒂斯，而你是牧羊人潘斯诺。我们行走在大山中、森林里和草原上，时而在这里唱歌，时而在那里哀叹；喝着清泉中水晶般的液体，或取水于干净的小溪、丰沛的河流；橡树会用无比富足的手给予我们甜美的果实，坚硬的橡树树干为我们提供座椅；白柳赠我们阴凉，玫瑰赋我们浓香；色彩斑斓的辽阔草原做我们的地毯，清澈纯净的空气供我们呼吸；在夜的黑暗中，月亮和星星为我们照亮；歌唱增添情趣，哭泣还我们快乐；阿波罗送来诗句，爱情带来灵感。通过这一切，我们将不但扬名天下，而且万古流芳。"

"我的上帝啊！"桑丘说，"这种完美生活也太适合我了吧！不过，要是参孙·卡拉斯科学士和理发师尼古拉斯师傅看到我们这样，也想跟着我们一起变成牧羊人怎么办？愿上帝保佑！可千万别让神父也想钻进羊圈！他是那么快乐，又喜欢热闹！"

"你说得很对。参孙·卡拉斯科学士如果过上这种田园生活，当然毫无疑问他会的，他可以叫牧羊人参孙尼诺，或者牧羊人卡拉斯孔；理发师尼古拉斯可以叫作尼古罗索，典出博斯坎曾有雅号内莫罗索[1]；至于神父，我也不知道该给他取什么名字，因为他的名字没有什么衍生词，也许可以管他叫牧羊人古里安布罗。而且，就像挑梨一样，我们还可以从牧羊女的名字中挑选将要成为各自恋人的女孩名字。不过，我心上人的名字既适合牧羊女，也适合公主，所以没有理由费心费力去寻找另一个更适合的名字。至于你，桑丘，你也

---

[1] 指西班牙诗人胡安·博斯坎（1495—1542），内莫罗索是加尔西拉索第一首《牧歌》中的人物，当时人们都认为是指诗人的朋友博斯坎。

可以给自己的心上人取任何你喜欢的名字。"

"除了特蕾索娜，"桑丘回答说，"我想不出任何别的名字。这名字不但符合她的肥胖身材，也跟她的本名特蕾莎相呼应。再说，如果我在诗句中用这个名字赞美她，人们就会发现我是多么忠贞——我可不是那种人，到别人家里擅摸不该惦记的东西。神父不该拥有牧羊女，因为他得做个好榜样。至于学士，如果他想找个牧羊女的话，随他的便。"

"我的上帝啊！"堂吉诃德说，"桑丘老兄，想想我们将要过的生活！在那种生活中，时时刻刻都能听到萨莫拉风笛、长鼓、手鼓、三弦琴，如果能配上阿乐伯格斯铜钹，就足以带来听觉的愉悦，牧人的乐器就算应有尽有了！"

"阿乐伯格斯铜钹是什么？我连名字都没听说过，一辈子都没见过。"

"阿乐伯格斯铜钹，"堂吉诃德告诉他，"就是几片像烛台那样的铜皮，因为里面是空洞的，所以薄片在互相碰撞的时候会发出一种声音，虽然算不上非常悦耳和谐，却也不令人讨厌，跟风笛和鼓的粗犷声音十分相配。'阿尔伯格斯'这个名字来自阿拉伯语，我们的卡斯蒂利亚语中所有以'al'开头的单词都是如此，比如 almohaza（马梳）、almorzar（午餐）、alhombra（地毯）、alguacil（法警）、alhucema（薰衣草）、almacén（仓库）、alcancía（存钱罐），还有其他类似的，不过应该不多了。我们的语言中只有三个单词是来自阿拉伯语并以'í'结尾的，那就是 borceguí（高帮皮鞋）、zaquizamí（阁楼）和货币 maravedí（马拉维迪）。而 Alhelí（紫罗兰）和 alfaquí（法律博士），前面既有'al'开头，后面又有'í'结尾，都被认为是阿拉伯语。一说到 albogues（阿乐伯格斯铜

566

钹），我就想起来这些，所以顺便告诉你。要知道，我可以算是半个诗人，这一点颇有助于让我们的牧羊人事业变得更加完美，而且你也知道，参孙·卡拉斯科学士也是位出色的诗人。至于神父，虽然乏善可陈，但是我打赌他在诗歌方面也有某些天赋和灵气。我也不怀疑尼古拉斯师傅的才能，因为几乎所有的理发师都是吉他手和蹩脚诗人。我将嗟叹两地相思，你将吟咏自己的坚贞，牧人卡拉斯孔为失恋而哀怨，而神父古里安布罗也会找到最适合自己的主题。就这样，一切都将顺利无忧，我们只需憧憬就够了。"

对此桑丘回答说：

"主人，我福薄命浅，担心看不到自己去从事这项事业的那一天。啊！如果我当上牧羊人，就能做出精美的勺子，什么炒面包屑，奶油啊，花环啊，还有各种小玩意儿！就算无法博得智慧的名声，至少也会得到天才的赞誉！我的女儿小桑恰可以把食物给我们送到羊圈来。不，不行！她可是个好姑娘，有的牧羊人可不是天真无邪，反而心怀不轨，我可不想偷鸡不成反蚀把米。不管是在农村还是在城市，不管是在牧人的茅舍还是在皇家的宫殿，爱情和邪念都一样势不可当。俗话说斩草要除根；眼不见，心不烦；求人不如求己。"

"桑丘，别再堆砌更多的谚语了！"堂吉诃德说，"因为你引用的这些俗语里面任何一句都足以让人明白你的想法。我告诫过你多少次了？管好你自己，不要乱用俗语。不过现在看来我这简直就是在沙漠里布道，而你却是一副'妈，你随便骂，反正我左耳朵进右耳朵出'的态度。"

"我觉得，"桑丘回答说，"阁下您就像俗话说的，煎锅嫌弃煮锅黑。您一边怪我说谚语，自己却一连串地用。"

"桑丘，你看，"堂吉诃德回答说，"我引用谚语都是经过深思熟虑的，一旦说出来，它们跟当时的情形契合得天衣无缝，就像是戒指刚好套上手指。可是你呢？你说的那些俗语简直就是用头发想出来的！完全是生拉硬拽，而不是水到渠成。如果没记错的话，我上次已经告诉过你，谚语都是简练的警句，是古代的智者们从经验中推论和总结出来的，可如果胡乱使用，那就不是警句而成了胡说八道了。不过咱们先别纠缠这个了，天色已晚，得在路旁远点的地方度过这个夜晚，明天就由上帝来决定吧！"

他们退到路旁，迟到的晚餐也非常差劲，桑丘十分不满，因此又想起了游侠骑士穿密林、越高山的困窘生活。虽然偶尔能在别人的城堡或宅邸享受到盛宴，比如堂迭戈·德·米兰达和堂安东尼奥·莫雷诺的款待，以及富有的卡马乔的婚礼，可是想想，不可能永远都是白天或者永远都是黑夜。就这样，他呼呼大睡度过了这个夜晚，而他的主人彻夜未眠。

第六十八回
堂吉诃德遭遇猪群

夜里一片漆黑。虽然月亮仍在天上，却并不在能够被看到的地方。狄安娜女士有时会到地球的反面去散散步，留下高山和峡谷伸手不见五指。堂吉诃德在天性作用下睡了第一觉，却睡不着第二觉了。桑丘跟主人完全相反，他从来没有第二觉，因为都是从头天晚上一觉睡到第二天早上，这一点完全体现出他体魄的强健和心灵的无忧。而堂吉诃德却满腹心事、夜不能寐，于是他叫醒桑丘说：

"桑丘，我为你的厚颜无耻感到惊讶。你一定是大理石或生铜做成的,这具身体里面既没有任何活动也没有半点感情。我辗转难眠,你却呼呼大睡;我悲伤哭泣,你却快乐歌唱;我茶饭不思、昏昏欲绝,你却因为吃得太饱而懒洋洋地昏昏欲睡。一个好仆人应该分担主人的痛苦,对他的伤心感同身受,哪怕只是为了表现得体。你看今夜一片静寂,此地又十分偏僻,正该是个不眠之夜。起来吧!以你生命的名义,到远处去找个地方,振作精神,拿出知恩图报的勇气,抽打自己三百或四百下,偿还掉一些为杜尔西内亚解除魔法所需要的鞭笞。我是在求你做这件事。我不想像上次那样强行抓住你的双手,因为知道你的手善于反抗。等你打完自己,咱们就唱着歌度过这个夜晚剩下的时光,我哀叹相思而你吟咏坚贞,从现在就开始体验我们将在村子里过上的牧羊人生活。"

"主人,"桑丘回答说,"我可不是苦行僧,做不到从睡梦中爬起来鞭笞自己。我更不相信,从挨鞭子的剧痛可以一下过渡到歌唱的欢乐。阁下您就让我睡吧,不要再催我鞭打自己,否则,最后您一定会发誓不再碰我,别说是身上的一根毛,连我的长袍都不敢碰一下。"

"啊!铁石般的灵魂!毫无怜悯之心的持盾侍从!我给你的,以及打算给你的面包,都白给了!我给你的,以及打算给你的恩赐,你全都没放在心上!因为我,你才当上了总督,也是因为我,你才有希望很快成为伯爵或拥有另一个级别相当的头衔。只要过了这一年,这一切就都会实现,不会耽搁更久。我明白:黑暗过后,即是光明。[1]"

---

1 化用《圣经·约伯记》17:12,原文"亮光近乎黑暗"。

"这话我可听不懂！"桑丘顶嘴道，"我只知道，人睡着的时候既不会害怕也没有愿望，既无须劳作也不求荣耀。愿发明了睡眠的人受到祝福！这是一件盖住人类所有思想的斗篷，是驱除饥饿的美味，是消除口渴的清水，是温暖寒冷的火焰，是缓解灼热的清凉。总之，它是全世界通行的货币，可以用来购买任何东西，是让牧人和国王、笨蛋和智者平等的天平和砝码。不过我听说，睡眠只有一个缺点，那就是与死亡相似，因为一个睡着的人跟一个死去的人没有多大区别。"

"桑丘，我从来没有听到你的谈吐像现在这样优雅！"堂吉诃德说，"从你这番话我可以得出结论：人们常说，不看生在谁家门，只看跟谁一起混。这句话千真万确。"

"主人先生，我们完蛋了！"桑丘惊呼道，"现在可不是我在成串地往外冒谚语，连阁下您的嘴里都成双成对地跳出谚语来了！当然了，我的谚语和您的谚语肯定不同：阁下您用得恰到好处，而我用得不伦不类。不过，说到底不都是谚语呀？"

两人正说着话，突然感觉到一声闷哑的巨响，接着一阵刺耳的噪声传遍了整个山谷。堂吉诃德站起来，手按剑柄，桑丘躲在毛驴下面趴在地上，又把装武器的包裹和驮鞍分别放在自己身体两侧，害怕得瑟瑟发抖，连堂吉诃德都感到惊恐不安。声音越来越大，传到了这两个满怀恐惧的人耳中——至少是一个人，因为另一个人的勇气大家都已经了解了。

其实，那是几个人正带着六百多头猪到一个集市上去卖，这个时辰正匆匆赶路。猪群的哼唧和响鼻震耳欲聋，堂吉诃德和桑丘根本分辨不出这巨大的噪声究竟是什么。连绵不断的畜群哼哼唧唧地蜂拥而至，根本无视堂吉诃德的威严或桑丘的权势，径直从两人身上踩过去，不但推倒了桑丘堆的战壕，还把堂吉诃德摔到地上，连罗西南多都未能幸免。大部队声势浩大，这群肮脏的动物来势迅猛，使驮鞍、武器、毛驴、罗西南多、桑丘和堂吉诃德全都倒在地上，乱成一团。

这时桑丘已经明白了原委，他用尽力气爬了起来，请求主人给他长剑，说要去杀掉半打赶猪人和对人毫无敬意的猪。堂吉诃德对他说：

"随他们去吧，老兄，这种侮辱是对我罪过的刑罚。对于一个战败的游侠骑士来说，被蛆虫吃掉、被马蜂蜇、被猪踩踏，都是上天公正的惩罚。"

"那么，"桑丘回答说，"战败骑士的持盾随从被苍蝇叮、被虱子咬、被饥饿折磨，一定也是上天的惩罚。如果说我们这些持盾侍从对于所服侍的骑士来讲相当于儿子，或是非常紧密的近亲的话，那么骑士因为犯下过失而受到的刑罚哪怕株连到第四代也并不奇怪。可问题是，潘萨家族跟吉诃德家族有什么关系？总之，我们还是回去重新安顿下来，把黑夜还剩下的一点儿时间用来睡觉。上帝会负责天亮的，我们也会好起来的。"

"你睡吧，桑丘，你生来就是为了睡觉的！"堂吉诃德回答说，"而我，生来就是为了熬夜。在白天到来之前剩下的这段时间里，我会任凭思绪信马由缰，并让它们通过一首情歌找到表达的出口。那是我昨天晚上在心里默默写下的，你对此一无所知。"

"我认为，"桑丘回答说，"写诗的灵感可不是随时都有的。阁下您愿意作多少诗就作多少诗，我呢，能睡多久就睡多久。"

他就地找了一块地方，蜷缩起来呼呼大睡，没有任何忧愁、债务或疼痛能妨碍他。堂吉诃德则靠在一棵山毛榉（或者是橡树，熙德·哈梅特·贝内赫里没有指明）的树干上，在自己叹息声的伴奏下，这样唱道：

爱情，每当回想
你带来的可怕厄运
我只想飞奔向死亡
结束这无穷无尽的哀伤

然而每当离死亡一步之遥
仿佛在苦难的大海上看到海港
生命的喜悦突如其来
赴死的脚步犹豫彷徨

就这样生命将我置于死地
死亡却令我复生还阳
哦！这是闻所未闻的情形
我在生死之间徘徊惆怅[1]

每吟诵一句诗，他都发出无数叹息，流下不少眼泪。因为战败的痛苦和与杜尔西内亚的分离，他心如刀绞。

此时天光大亮，太阳光照到桑丘的眼睛上，他醒了，伸了个懒腰，晃动着身体，舒展着懒洋洋的四肢。他检视了一下被猪群踩得

---

1 这首诗译自意大利诗人皮埃特罗·本博的诗作。

一塌糊涂的食品储备，诅咒着畜群，甚至不只是诅咒而已。最后，主仆二人又回到路上继续前行。下午时分，他们看到十来个骑马的人带着四五个步行的人迎面而来。堂吉诃德心中一沉，桑丘惊慌失措，因为这些人带着长矛和盾牌，完全是一副挑战的姿态。堂吉诃德回头对桑丘说：

"桑丘，只怪诺言捆缚了我的双臂。如果我能够拿起武器，此刻正要落在我们头上的圈套不过是小菜一碟。不过也有可能事情并不像我们担心的那样。"

这时骑手们已经来到他们面前，一言不发，高举长矛，把堂吉诃德团团围住。接着又用长矛顶住他的后背和前胸，以死威胁。一个步行的人把一根手指放在嘴上，示意他不要说话，然后抓住罗西南多的马刹，把它带离了道路。其他步行的人抓住了桑丘和毛驴。所有人都奇迹般地保持缄默，跟着带走堂吉诃德的那帮人的脚步。堂吉诃德有两三次都想问他们要带自己去哪儿或者想干什么，但是他刚一动嘴唇，那些长矛的铁尖就仿佛要把他穿透。桑丘的遭遇也一样：他刚想说话，其中一个步行的人就用赶牲口棍的铁尖扎他。连毛驴也受到了同样的待遇，就好像毛驴也想说话一样。天黑了，大家加快了步伐，两位囚犯越来越心惊胆战，尤其是当听到这些人时不时地对他们喊：

"快走，原始人！"

"闭嘴，野蛮人！"

"你们会付出代价的，食人生番！"

"别哼哼，西徐亚人！也别睁开眼睛，该死的罪犯！吃肉的狮子！"

还有其他一些类似的称呼，折磨着可怜的主仆二人的耳朵。桑丘心想："难道我们是雏儿？我们是野蛮人还是窝囊废？难道我们是小狗吗，他们管我们'小不点儿、小不点儿'地喊？我可一点儿也不喜欢这些称呼！但愿这帮人遭遇邪风！这简直是屋漏偏逢连夜雨，棒打落水狗。真希望如此不幸的冒险所带来的威胁赶快结束！"

堂吉诃德也同样茫然失措，对于这些人为何用如此轻辱的称呼责骂自己百思不得其解。从这些话里唯一可以推测的就是别存任何侥幸心理，做好最不幸的打算。此时已经将近夜里一点，众人来到了一座城堡面前，堂吉诃德立刻认出这就是公爵的城堡，不久之前他还在那里逗留。

"我的上帝啊！"当他认出这个地方的时候说，"这一切是怎么回事？虽说这所宅院的主人彬彬有礼、热情好客，但对于被战胜的人来说，好的也会变成坏的，坏的则变成更糟糕的。"

大家走进了城堡的主庭院。看到庭院里的布置，堂吉诃德越发惊讶、恐惧倍增，正如下一回将会讲述的那样。

第六十九回
整个伟大的故事中堂吉诃德遭遇的最稀奇、最新鲜的冒险

骑手们都下了马，跟步行的随从一起，押着桑丘和堂吉诃德脚不沾地、匆匆忙忙地进了庭院。院中到处点着火炬，几乎有一百来支，均插在支座上，远处的走廊上还点了五百只彩灯。因此虽然夜色深沉，却灯火通明。庭院中央耸立着一座离地两竿高的灵台，顶上罩着一个巨大无比的黑色丝绒华盖。灵台周围的台阶上安置了一百多个银质烛台，上面点着白色的蜡烛。灵台之上安栖着一位少女的尸体，那无比的美貌似乎让死亡本身都变得美丽了。她枕着一

个刺绣枕头,头戴一顶用各种芬芳鲜花编织而成的花环,双手交叉在胸前,手中放着一枝黄色的棕榈树枝,象征着永葆贞洁。

庭院的一侧安放了一座可移动木台,有两人端坐在椅子上,头戴王冠,手拿权杖,显然是国王,但不知是真的还是假扮的。台子的一侧楼梯处放着另外两张椅子,负责抓捕的人们把堂吉诃德和桑丘安排坐在那里。在整个过程中所有人都默然不语,还用手势示意他们也不要出声。不过他们其实不用刻意指示,这主仆二人也一定会保持沉默的,因为眼前所见的一切使他们惊讶得说不出话来。

这时有两位高贵人物在众多随从的前呼后拥下登上了台子,堂吉诃德立刻就认出那是自己的东道主公爵和公爵夫人。他们在两个无比豪华的椅子上坐下,跟那两位看上去像是国王的人坐在一起。看到这一幕,谁能不感到惊讶万分?尤其是堂吉诃德认出灵台上的那具尸体正是美丽的阿尔提西朵拉!

当公爵和公爵夫人登上台子的时候,堂吉诃德和桑丘站起来向他们深施一礼,公爵夫妇也微微点了一下头作为答礼。

接着从侧面走出来一个仆人来到桑丘面前,给他披上了一条黑色粗麻布的斗篷,全身画满了火焰,又摘掉他的尖帽,给他换上一个带兜帽的披肩,就像被宗教裁判所抓起来的受刑者,并且在他耳边警告他不要张开嘴,否则要么给他嘴里塞个东西,要么就取了他的性命。桑丘上上下下地打量自己,见自己全身都是火焰,但因为并不感觉烫,所以对他来说无关紧要。他又摘下兜帽,看到上面画着一些魔鬼,便又重新戴上,自言自语道:

"还好,火没把我烧着,魔鬼也没把我带走。"

堂吉诃德也在打量他,虽然因为恐惧有些六神无主,但是看到桑丘这副尊容,他还是忍不住哈哈大笑。这时似乎从灵台下面传来一阵温柔悦耳的笛声,没有任何人语声打断乐曲,因为此时此地,连沉默本身都保持着沉默,因此笛声愈发显得柔情似水。接着,少女的枕边突然出现一个英俊的小伙子,穿着罗马式的衣服,用无比柔和又清澈的嗓音,一边演奏着竖琴,一边唱着下面两段歌词:

阿尔提西朵拉昏迷不醒
她因为堂吉诃德的残忍而丧命
在魔法宫廷之上
女士们都穿上劣质的粗呢衣裳
我的主人也吩咐侍女
换上粗糙的台面呢和羊毛素装
我将为她的美丽和不幸歌唱
比色雷斯歌手[1]的曲调更加悲伤

我依然难以置信
你是我此生唯一的使命
虽然口舌已静默,唇齿已冰凉
把心事全向你倾诉又何妨
我的灵魂脱离狭窄的桎梏
被引向冥河之上
它将赞美你,因那低吟浅唱

---

1 古希腊神话中,色雷斯有个著名的诗人与歌手叫俄耳甫斯,他的琴声能使神和人陶醉,就连凶神恶煞、洪水猛兽也会在瞬间变得温和柔顺、俯首帖耳。

连河水也不会将你遗忘[1]

"够了!"那两个国王模样的人中有一个插嘴说,"够了!神圣的歌手!如果此刻要用演唱来咏叹举世无双的阿尔提西朵拉的死亡,赞誉她的美德,那将没完没了。无知的人都以为她死了,只能活在流芳百世、永久相传的名声里。其实她并没有死,只要桑丘·潘萨经受刑罚,她就能活下去。此刻桑丘就在这里,为了把失去的光明还给她。所以,哦!拉达曼迪斯[2]!你我同在冥王哈迪斯那漆黑的洞穴裁决。无法探知的天意早已注定的一切你全都明了,为了让这位少女醒过来,赶快宣布吧,不要再让我们继续苦苦期盼、苦苦等待她复活。"

这位拉达曼迪斯的伙伴、法官米诺斯刚说完这番话,拉达曼托就站起来宣布:

"啊!这个家里的用人们,不管身份高低,不管年龄大小,都排队过来,依次在桑丘下巴上摩挲二十四下,在胳膊上掐十二下,在背上扎六下。只要完成这个仪式,阿尔提西朵拉就能痊愈!"

桑丘·潘萨一听这话,立刻嚷道:

"我敢打赌!除非我变成摩尔人,否则不会让任何人摸我的下巴或者打我的脸!该死的!摸我的脸跟让这个姑娘复活有什么关系?这真是贪心老太吃苋菜,老的嫩的一把摘……杜尔西内亚被施了魔法,却要鞭打我来解除她身上的巫术!阿尔提西朵拉的死是上帝安

---

1 后两句诗句抄自加尔西拉索的《牧歌》。
2 在希腊神话中,拉达曼迪斯与下文的米诺斯,以及埃阿科斯并称冥界三判官,分别负责审判言论、思想和行为。

排的悲剧，可是为了让她复活，人们却要摩挲我下巴二十四下，还要用针扎得我浑身千疮百孔，把我的胳膊掐得一片青紫！开什么玩笑！找你们小舅子玩去吧！我可是条老狗，可不是吃素的！别想随随便便打发我！"

"你这是在找死！"拉达曼托高声说道，"屈服吧，老虎！学会谦卑吧，骄横的宁录[1]！闭上你的嘴，默默忍受吧！这可不是在要求你完成不可能完成的任务，这件事情是否难以实施也无须你来过问，你只管承受摩挲，看着自己被扎得遍体鳞伤，因为被掐疼痛而呻吟！啊！我说，仆人们，快执行我的命令！否则，你们会发现自己白来世上走一遭！作为一个好人，我说到做到！"

这时从庭院中走出来六个管家嬷嬷，一个接一个排成一队，其中有四个戴着护目镜。所有人都高举着右手，手腕从袖子里伸出来四指多长，好让手显得更长，正是如今的风尚。桑丘一看到她们，立刻像公牛一样咆哮起来：

"我可以让全世界都摩挲我的下巴，但是绝不同意管家嬷嬷们碰我！这不行！哪怕让人来挠我的脸，就像在这同一个城堡中对我的主人所做的那样，或者用锋利的短剑刺穿我的身体，用火钳夹我的胳膊，我都会耐心忍受，听从这些先生的任何吩咐。但我绝不同意管家嬷嬷们碰我，那样的话我会被魔鬼带走！"

堂吉诃德也打破了沉默，对桑丘说：

"孩子，忍耐一下，顺从这些先生的心意吧！你应该无比感激上天赋予你这份特殊的才能：通过自己受苦就能解除他人的魔法，让

---

[1] 宁录，《圣经》记载的人物，被誉为世上英雄之首，传说中的国王，事迹散见于史书，《两个巴比伦》《塔木德》等古籍中都有提及。

死人复活。"

这时管家嬷嬷们已经走到桑丘身旁,而桑丘也已屈服于多番劝说,老老实实坐在椅子上,把脸和胡子伸给第一位嬷嬷。这位嬷嬷好生摸了半天,然后向他深施一礼。

"管家嬷嬷女士,不用这么虚情假意,也不要抹那么多手霜,"桑丘说,"看在上帝的分上!你手上的乳霜味道闻起来像醋!"

最后所有的管家嬷嬷都摸了他的下巴,家里很多仆人对他轮番掐捏,不过他最无法忍受的是被大头针扎。最后他怒不可遏地从椅子上站起来,从身边抓起一支点燃的火炬,追在管家嬷嬷和所有对他痛下毒手的人后面,喊道:

"滚出去!下地狱的人们!我可不是铁打的,不可能对这超乎寻常的疼痛无动于衷!"

这时候阿尔提西朵拉也许是因为长时间仰面躺着有点累了,便翻了个身。周围的人见状,几乎同时喊道:

"阿尔提西朵拉活过来了!阿尔提西朵拉活了!"

拉达曼托命令桑丘不要生气了,因为他们的目的已经达到了。

堂吉诃德看到阿尔提西朵拉真的动了,便上去跪倒在桑丘面前,对他说:

"你不是我的持盾侍从,你是我最亲爱的孩子!现在该是时候兑现几鞭子了,为了解除杜尔西内亚的魔法,你必须抽打自己。现在,我的意思是,就在此时此刻,你的美德呼之欲出,正好实施善行,不负人们对你的期望。"

对此桑丘回答说:

"您这真是不但不雪中送炭,反而落井下石!我又被掐、又被摸下巴、又被针扎,现在轮到挨鞭子了?这怎么行?如果为了治好别人的病，我就得被当成勾引斗牛的小母牛，你们还不如找块大石头给我拴在脖子上，把我扔进井里，这样我也不至于感觉太过痛苦。放过我吧！否则，看在上帝的分上，我豁出去赔本儿，把一切都像狗屁一样打发走！"

此时阿尔提西朵拉已经在灵台上坐了起来，同时响起了军号声，伴着笛声和所有人的叫喊声。人们欢呼道：

"万岁阿尔提西朵拉！阿尔提西朵拉万岁！"

公爵夫妇以及米诺斯王和拉达曼托王都站了起来，所有人包括堂吉诃德和桑丘，都上去迎接阿尔提西朵拉，把她扶下灵台。她装出虚弱不堪的样子，在公爵夫妇和国王们面前弯腰行礼，又侧目看着堂吉诃德说：

"愿上帝原谅你，薄情寡义的骑士！因为你的残忍，我去了另一个世界，这段时间在我看来比一千年还漫长。而对你，地球上最富有同情心的持盾侍从，我为自己此刻所拥有的生命感谢你！桑丘老兄，我送给你六件衬衣，从现在开始你可以自由支配，也可以拿去改做另外六件给你自己。虽然不全都是新的，至少都是干净的。"

桑丘手里拿着纸糊的高帽子，双膝跪在地上，亲吻了她的双手。公爵命令拿走他的高帽，把尖帽还给他，并给他脱下火焰斗篷，穿上长袍，但是桑丘恳求公爵把这件斗篷和主教法冠留给他，因为他打算带回家乡作为这桩闻所未闻的奇遇的证明和纪念。公爵夫人回答说当然可以，因为她已经知道自己跟他是多么好的朋友。公爵命令清空庭院，所有人都回到自己的房间，并把堂吉诃德和桑丘带回他们已经熟悉的房间。

第七十回
书接上回，为了讲清楚这个故事必须交代的事情

那天晚上桑丘睡在一张矮铺上，而且跟堂吉诃德睡在同一个房间，如果可能的话，这件事情他本来希望避免，因为他很清楚主人一定会问个不停，不让自己睡觉。而他根本不在聊天的状态，刚刚受了这番虐待，身上的疼痛让他连说话都力不从心。他宁愿独自睡在一间茅屋里，也不愿意躺在这样一个豪华的房间被人陪伴着。这个担心并非多余，他的猜测也十分准确，因为主人一进房间便问道：

"桑丘，今天晚上的事情你怎么看？被拒绝和失恋的力量是多么强大！你也亲眼看到了，阿尔提西朵拉的死不是被箭射中，也并非为剑所伤，不是被武器杀戮，也并非被毒药致命，而是因为我一向以严酷和冷淡对待她，令她万念俱灰。"

"无论她什么时候想死，想怎么死，都但愿她赶紧死吧！"桑丘回答说，"让我回家去！我这一辈子既没有爱上她，也没有抛弃她。我真不明白，也无法想象，正如我刚才说的，阿尔提西朵拉这个又任性又骄傲的姑娘，她的救赎怎么会跟桑丘·潘萨的受苦有关系！现在我真的不得不承认，显然世界上确确实实存在魔法师和巫术，愿上帝保佑我摆脱他们！我自己可不知道怎么摆脱。就这样吧！我恳求阁下，如果您不希望我从窗户跳下去的话，就让我睡觉，不要再问我更多问题了！"

"睡吧，桑丘老兄，"堂吉诃德回答说，"如果身受的那些针扎、手掐和耳光能让你睡着的话。"

"没有任何疼痛能够比得上那些摩挲的侮辱，"桑丘说，"尤其是被管家嬷嬷们摸！但愿是上帝弄错了。我再次恳求阁下您让我睡觉

吧！睡眠对于醒时承受悲苦的人们来说是一种解脱。"

"既然如此，"堂吉诃德说，"愿上帝陪伴你！"

两人睡了，趁这个时候，这个伟大故事的作者熙德·哈梅特打算花些笔墨讲述一下公爵夫妇实施这次恶作剧的来龙去脉。他说，参孙·卡拉斯科学士从未忘记镜子骑士是如何被堂吉诃德战胜并打下马的，这次失败和坠马让他所有的计划都成为泡影。尽管如此，他还是打算再次尝试，并希望能取得比上一次更好的结果。于是他从给桑丘老婆特蕾莎·潘萨送信和礼物的童仆那里打听到了堂吉诃德的下落，便找到了新的武器和坐骑，还在盾牌上画上了银色月亮。他把这一切都挂在一匹健马身上，雇了个农民赶着，当然不是上次那个持盾侍从托梅·塞西亚尔，这样不管是桑丘还是堂吉诃德都不会认出他。

接着他来到了公爵的城堡，并打听到了堂吉诃德去萨拉戈萨参加比武所走的方向和道路。公爵还向他讲述了自己如何制造恶作剧，编造解除杜尔西内亚所中巫术的方法，为此付出代价的是桑丘的屁股。此外，公爵还把桑丘对主人开的玩笑也告诉了学士：桑丘骗主人相信杜尔西内亚被施了魔法，变成了一个村姑，而他的妻子公爵夫人又是如何让桑丘相信，杜尔西内亚是真的被施了魔法，被欺骗的人其实是桑丘自己。学士听闻此事不由得哈哈大笑，既惊讶于桑丘的聪明和愚蠢，也惊讶于堂吉诃德的疯狂。

公爵请求学士，如果他遇到堂吉诃德，不管有没有打败他，都要回到城堡来给自己讲讲事情的经过。学士答应了，接着便出发去寻找堂吉诃德，在萨拉戈萨没有找到他，又继续往前走，然后就发生了前面所说的那一幕。

学士回到公爵的城堡，向他讲述了一切：包括决斗的条件，以及堂吉诃德作为优秀的游侠骑士是如何掉头去履行自己的诺言，回到村里隐居一年。按照学士的想法，在这段时间内，堂吉诃德的疯病有望治愈，这也是他自己如此乔装改扮的主要意图，因为像堂吉诃德一样具有如此远见卓识的贵族疯了，真是一件令人遗憾的事情。就这样，他告别了公爵，回到了自己的村子，在那里等待着跟在后面的堂吉诃德。

公爵对于桑丘和堂吉诃德的故事实在喜欢，也正因如此才产生了这个恶作剧的念头。他派出很多步行和骑马的仆人监视城堡周围的道路，所有他猜测堂吉诃德往回走的时候可能经过的地方都有人把守，以便一旦发现他，就将他或自愿或强迫地带回城堡。结果众人果然找到了堂吉诃德，并通知了公爵。公爵事先已经布置好了一切，得知他到来的消息，便命令点燃火炬和庭院中的照明，把阿尔提西朵拉放在灵台上，以及前面所述的所有布景。场面如此逼真、天衣无缝，几乎跟真实发生的事情没有什么区别。

熙德·哈梅特的评论还不止如此。在他看来，制造恶作剧的人跟被捉弄的人一样疯狂，公爵夫妇如此热衷于捉弄两个傻子，他们与傻子之间的距离也就一步之遥。前面说到，主仆二人一个呼呼大睡，另一个心乱如麻，夜不能寐。天亮了，他们起了床，因为不管是战胜还是战败，堂吉诃德从未留恋过柔软的羽毛床。

阿尔提西朵拉（在堂吉诃德看来，她千真万确从死亡中复活了）在主人们的授意下，戴着与昨夜灵台上戴的同一顶花环，身上的白色塔夫绸长衫点缀着金色花朵，头发披散在背后，手挂一根无比精致的黑色乌檀木手杖，走进了堂吉诃德的房间。她的出现令堂吉诃德惊惶不安、手足无措。他缩成一团，用床单和床笠盖住了全身，一声不吭，任何礼节都顾不上了。阿尔提西朵拉在

床头的一把椅子上坐下,深深叹了口气,然后用温柔平和的嗓音对他说:

"高贵的女士和矜持的少女们一旦抛弃尊严,允许自己的舌头直截了当、毫无掩饰地当众宣布埋藏在心中的秘密,就会落入非常微妙的境地。堂吉诃德·德·拉曼查先生,我就是其中之一:进退维谷,满腔爱恋,一片痴心。然而尽管如此,我是痛苦而贞洁的——正因备受折磨却坚守贞洁,我的灵魂因自己的隐忍沉默而爆发,以至于失去了生命。固执的骑士!两天前,一想到您对我是如何的狠心绝情。'哦!对于我的哭诉,你比大理石还要面冷心毒!'[1]

"我已经死过一次,或者至少旁观的人们都认为如此。如果不是爱神怜悯我的痛苦,把我的救赎之法寄托在这位好心的持盾侍从身上,若不是他以身受苦,我就会永远留在另一个世界了。"

"爱神完全可以把这些方法寄托在我的毛驴身上,对此我会感激不尽的。"桑丘说,"愿上天给您安排一个比我的主人更加温柔的恋人!不过,小姐,请告诉我,您在另一个世界看到了什么?地狱里有什么?一个因为绝望而自寻短见的人,地狱是必然的归宿。"

"跟你说实话,"阿尔提西朵拉回答说,"我应该并未完全死去,因为没有进入地狱。一旦进了地狱,不管有多么强烈的求生愿望,也无论如何不可能出来了。事实上,我只是在地狱门口徘徊了一下,看到大约有十二个魔鬼在玩球,所有人都穿着长裤和紧身上衣,还镶着佛兰德斯的花边,一副瓦隆人打扮,袖口上也都是花边,袖子比常规的尺寸短了四指长度,以便让手显得更长。他们拿着一些火

---

[1] 加尔西拉索的诗句。

球棍，不过最让我感到惊讶的是，他们玩的不是球而是书本，书里全是灰尘和碎羊毛，这真令人感到新奇而不可思议。不过更令人惊讶的还在后面：对于打球的人来说，自然是赢了高兴，输了伤心，可是在那里的比赛中，所有人都在叫嚷、抱怨、诅咒。"

"这一点也不奇怪，"桑丘回答说，"因为魔鬼们不管打不打比赛、不管赢不赢球，永远都不可能高兴。"

"一定是这样的。"阿尔提西朵拉回答说，"不过还有一件事情让我感到惊讶，我的意思是，当时感到很惊讶：每一次球被拦截的时候，脚不沾球，用过的球也不会再重复利用，所以满场的新书和旧书交替往复，就像变魔术一样。其中有一本闪闪发光的新书，装帧很好。魔鬼们踢了它一脚，把它肠子都踢出来了，书页散落一地。一个魔鬼对另一个魔鬼说：'看看这是什么书。'另一个魔鬼回答说：'这是《堂吉诃德·德·拉曼查》（第二部分），不是第一个作者熙德·哈梅特写的，而是一个阿拉贡人写的，据说是托尔德西亚斯人。''快给我把它扔了！'另一个魔鬼回答说，'把它塞进地狱的深渊里，别让我的眼睛再看到它！''这书有这么糟糕？'另一个问道。'太糟糕了！'第一个回答说，'我就算是刻意写一部更差的也做不到。'说完他们拿其他书继续比赛，而我因为听到他们提起堂吉诃德的名字，而这个人我又如此珍视、爱慕，所以努力把这一幕幻觉保存在记忆中。"

"毫无疑问，这一定是幻觉。"堂吉诃德说，"因为世界上没有另一个我。这个故事早已在这里互相传阅，但是谁都不会把它留在手里，而是一脚踢开。听说自己像一具幻觉般的躯体行走在深渊的雾霭或地面的清朗中，对此我并不感到恼怒，因为这个故事讲述的不是我。凡是好的、忠实的和真实的事物都会流芳百世。但坏的东西，从出生到坟墓的路程不会太长。"

阿尔提西朵拉正要继续诉苦，堂吉诃德打断她说：

"小姐，我已经告诉过您很多次了，您把一片痴情寄托在我身上，这使我感到很痛苦。我可以全心全意地感谢您，却无法解决您的问题。我生来就是杜尔西内亚·德尔·托博索的，而天意——如果有天意的话——也注定她是我的归宿。想让任何其他美人来占据她在我灵魂中的位置，那都是在乞求不可能之事。我想这再一次的澄清足以让您回归贞洁和矜持，因为谁也无法强求不可能的爱情。"

阿尔提西朵拉听到这番话，显得十分恼怒，回答说：

"好一个堂鳕鱼先生！你的灵魂好比研钵，坚硬甚于海枣的枣核！比自以为振振有词、等着人来求饶的卑鄙小人还要冥顽不化！如果我能对你动手，一定先抠出你的眼睛！堂败军之将先生！堂挨棍子先生！难道你真的以为我是为你而死的？昨天晚上你看到的这一切都是假的！我可不是一个眼睛里能揉下沙子的女人，怎么可能这样向你献殷勤，更别提为你自寻短见了！"

"我也是这么认为的，"桑丘说，"恋人们要殉情，那都是开玩笑的。这话说说还行，但要说真有人那么做，连犹大都不会相信！"

大家正说着这些话，此前演唱了那两段歌词的乐师、歌手兼诗人走了进来。他向堂吉诃德深深行了个礼，说：

"骑士先生，请阁下把我当作您最忠实的效力者之一，因为从很久以前开始，我就非常崇拜您，不但因为您的名声，也因为您的壮举。"

堂吉诃德回答说："请阁下您告诉我您是谁，以便我的礼节能回应您的赞誉。"

小伙子回答说，他就是前一天晚上演唱赞美歌曲的乐师。

"没错,阁下您有着美妙的嗓音,"堂吉诃德回答说,"但是您所演唱的内容在我看来稍显欠妥,加尔西拉索的诗句跟这位小姐的死有什么关系?"

"阁下不必对此感到惊奇。"乐师说,"在我们这个时代的新手诗人中间流行的风气就是,每个人想怎么写就怎么写,想剽窃谁就剽窃谁,不管是否与自己的意图相符。他们所吟唱或写下的任何蠢话,没有哪一句不是归功于诗歌的天性。"

堂吉诃德正要回答,却被公爵和公爵夫人的到来打断了。公爵夫妇特意前来探望,几人之间进行了一次漫长而有趣的对话。其间桑丘发表了那么多又聪明又俏皮的言论,以至于公爵夫妇再次为他的愚蠢和机智感到惊讶不已。堂吉诃德恳求公爵夫妇允许他当天就离开,因为像他这样被战胜的骑士更应该住在猪圈里而不是住在皇家宫殿里,公爵夫妇非常乐意地准许了。公爵夫人问他,阿尔提西朵拉最终有没有得到他的垂青,他回答说:

"我的夫人,殿下您要知道,这位姑娘所有的不幸都根源于她的闲适,而治病的妙药就是为正当的事情不停忙碌。她在这里告诉我说,地狱中也使用花边,那么她应该会织花边,只要编织活计不离手,双手忙于操作编针,她就不会时时刻刻胡思乱想、想入非非。这就是事实,是我的看法,也是我的忠告。"

"这也正是我的忠告,"桑丘补充说,"我这一辈子从没见过哪个编织女工为爱情而死的。忙碌的姑娘们都一心想着完成自己的任务,而不是想着她们的爱情。拿我自己来说,忙着翻地的时候连自己那口子都想不起来!我的意思是,我的特蕾莎·潘萨,我爱她胜于爱我自己的眼睫毛!"

"桑丘,你说得非常好。"公爵夫人说,"从今往后,我会让阿尔提西朵拉忙于针线活,她的针线功夫是一流的。"

"夫人,不需要使用这个方法。"阿尔提西朵拉回答说,"一想到这个令人生气的坏蛋如此残忍地对待我,无需任何计谋,我就将他从记忆中抹掉了。请殿下您允许我离开这里,我不想再看到他愁容满面的形象,甚至可以说是丑陋而可恶的容貌。"

"这一点,"公爵说,"倒很像人们常说的:'大吵大闹,怒散气消。'"

阿尔提西朵拉用手帕擦干了眼泪,向主人们行了个礼,离开了房间。

"可怜的姑娘,真是不幸。"桑丘说,"我敢打赌,你的运气真是太差了,因为你是在跟一个细茎针茅般的灵魂和一颗橡树般的心打交道!真的!如果这些事情发生在你我之间,那你的运气就不一样了。"

谈话就此结束。堂吉诃德穿好衣服,跟公爵夫妇一起用过餐,当天下午便踏上了归途。

第七十一回
堂吉诃德和持盾侍从桑丘回村路上发生的事情

历尽艰辛的败军之将堂吉诃德一面满腹忧愁,一面又暗自窃喜。悲伤是因为被人战胜了,高兴却是因为对桑丘的天赋满怀信心。在阿尔提西朵拉复活这件事情上,桑丘已经展示了这种天赋。虽然他心中也有几分疑虑尚存,觉得那位痴情的姑娘并非真的死了。至于桑丘,他可一点儿都不高兴,因为阿尔提西朵拉没有履行诺言赠送衬衣而感到伤心。他一边走，一边想着这件事，对他的主人说：

"说真的，主人，我一定是全世界最不幸的医生了！世上有些大夫，哪怕把病人给治死了，还指望人们为他的工作付钱！而他付出的劳动不过就是签一张药方，罗列几种药。更何况那些药也不是他制作的，而是药剂师调出来的，可人们都被骗得服服帖帖的。可是我呢？别人获得健康，却要由我付出滴滴鲜血的代价！我被扇耳光、被掐、被针扎、被鞭打，却一分钱也拿不到。我发誓！如果再有别的病人落到我手里，在治愈他之前我一定要先填满自己的钱包！神父也得靠唱诗吃饭，我可不相信上天赐给我这种天赋是为了白白地跟其他人分享。"

"桑丘老兄，你说得有道理。"堂吉诃德回答，"阿尔提西朵拉没有把她承诺的衬衣给你，这件事做得太不地道。即便你的天赋是白来的，全亏上天的恩赐，自己并没有费力去学习，但是比学习更宝贵的是你的身体必须要遭受折磨。从我的角度来讲，你为了解除杜尔西内亚身上的魔法而鞭打自己，我可以保证，如果你希望为此获得报酬，我一定会偿付给你，而且是丰厚的报酬。只是不知道，支付报酬跟治疗之间会不会产生冲突，我可不希望因为奖励你，这剂药就失效了。不过尽管如此，我认为尝试一下也不会有什么损失。桑丘，你考虑一下想要什么奖励，然后一边亲手鞭打自己，一边用你保管的钱数着鞭数付给自己。"

听到主人如此慷慨，桑丘睁大了眼睛，耳朵也竖了起来。他心里已经十分乐意鞭打自己，于是对主人说：

"可以啊！主人，我已经准备好在您心心念念的这件事情上让您满意。如果说我对此有所求的话，那也是出于对妻子、儿女的爱才表现得唯利是图。请阁下告诉我，我每抽打自己一下，您会给我多少钱？"

"桑丘，这个疗法是如此伟大而崇高，"堂吉诃德回答说，"如果一定要给出与之相应的报酬，那么连威尼斯的财宝和波多西的银矿都不足以偿付给你。你掂量一下自己替我保管的钱还剩多少，然后开个价吧，每鞭子多少钱。"

"一共是，"桑丘说，"三千三百多下鞭子，其中有五下已经打完了，剩下的还有待完成。那五下就算多出的零头，咱们就算算这三千三百下吧。如果每一下算四分之一个金币（无论如何不能再少了，哪怕是全世界都来砍价），一共就是三千三百个乘上四分之一，三千个四分之一等于一千五百个半雷阿尔，也就相当于七百五十个雷阿尔；而三百个四分之一就是一百五十个半雷阿尔，也就相当于七十五个雷阿尔；加上前面的七百五十个，一共是八百二十五个雷阿尔。我会从为您保管的钱里面扣除这个金额，这样我到家的时候就变得又有钱又快乐了！尽管会遍体鳞伤，不过谁想钓鱼……我不说了。"

"哦！受祝福的桑丘！哦！善良的桑丘！"堂吉诃德回答说，"我和杜尔西内亚将会欠你多大的人情！在上天赋予的生命中，每一天我都将乐意为你效劳！如果她能够变回已经失去的身份——这是毫无疑问的——她的不幸将变成幸福，而我的失败也将成为美好的胜利。你看，桑丘，你打算什么时候开始鞭打自己？为了让你尽快开始，我再给你加一百个雷阿尔。"

"什么时候？"桑丘说，"就是今天晚上！我决不食言。请阁下尽量安排今天晚上在旷野露天过夜，我会把自己打得皮开肉绽。"

堂吉诃德焦急地等待着黑夜降临，简直如坐针毡。在他看来，阿波罗的马车一定是断了车辙,白天比平时更加漫长,正如恋人之间的时间计算永远无法满足他们的愿望。最后夜幕终于降临,主仆二人钻进了一座秀丽的树林,稍稍远离大路。在那里,他们摘下罗西南多和毛驴的马鞍和驮鞍,坐在绿色的草地上,以桑丘携带的食物作为晚餐。桑丘用毛驴的笼头做了一条强劲而有弹性的鞭子,从主人身边退开大约二十步,站在一片山毛榉中间。堂吉诃德见他颇有视死如归的气度,便对他说:

"你看,老兄,可别把自己打成碎片了,每打一下就缓一缓。别弄得比赛跑得急,半路就断气,我的意思是,不要对自己下手那么狠,免得还没有达到规定数量就丢了性命。而为了避免你数错,既不要数多了也不要数少了,我会在这里用这串玫瑰经念珠帮你一起数着。愿上天帮助你,这是你的善行所应得的保佑。"

"有钱还债,不怕抵押。"桑丘回答说,"我打算把自己打疼但肯定不会打死,这个奇迹的秘密一定就在于此。"

于是他脱光上身,抓住绳子,开始抽打自己,堂吉诃德同时开始计数。可是刚打了大概六七下,桑丘就感到这可不是闹着玩的,挨鞭子的价格太低了。于是他停了下来,对主人说自己之前弄错了,因为像这样的鞭打,每一下都得值得被偿付半个雷阿尔,而不是四分之一个金币。

"继续吧,桑丘老兄,不要晕倒,"堂吉诃德说,"我同意把已经商定好的价格再给你翻番儿。"

"既然如此,"桑丘说,"愿上帝指引我!让鞭子如雨点般落下吧!"

但是鞭子雨并没有继续落在桑丘这个无赖背上,而是落在了周围的树上。桑丘时不时地发出几声叹息,就好像每一下鞭打都让他疼得灵魂出窍。而堂吉诃德却提心吊胆,生怕桑丘因为鲁莽就此一

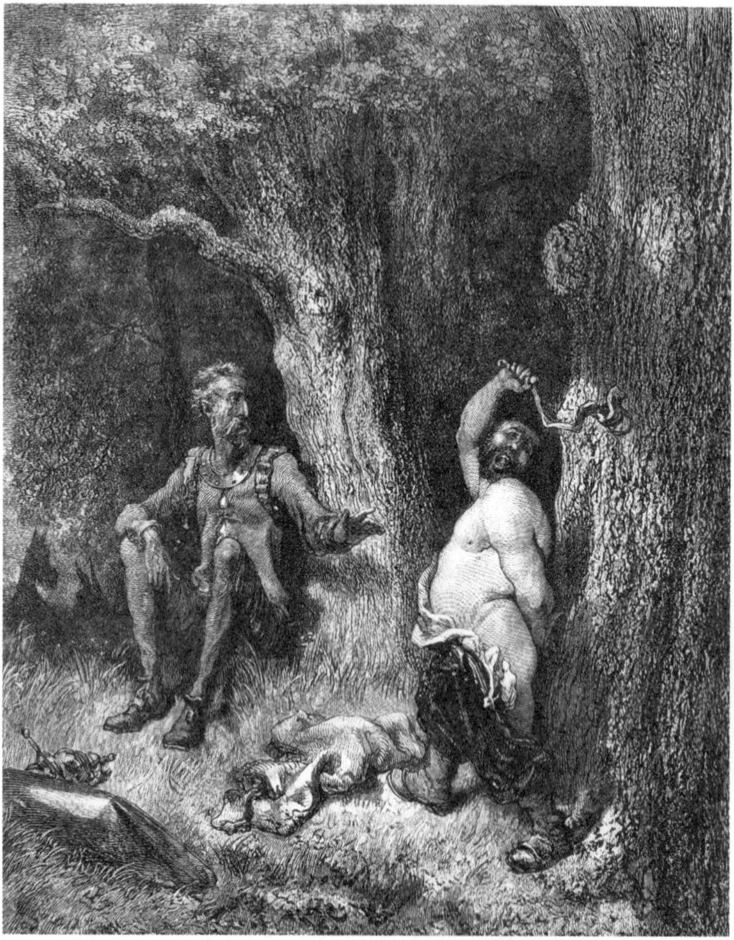

命呜呼,最终无法达成自己的愿望,便对他说:

"老兄,为了你的性命,现在立刻住手吧!不可一味下猛药,最好还是缓一缓、慢慢来,萨莫拉不是一个小时就攻下的。如果我没有数错的话,你已经打了一千多下了,暂时够了。说句不恰当的话,毛驴能承受负重,却受不了长期超重。"

"不!不!主人,"桑丘回答说,"在我身上可不会发生'只拿钱,不办事'的情况。阁下您再离远一点儿,让我再打个哪怕一千下,这样两三个回合,我们这一仗就打完了,说不定还能更快点。"

"愿上天保佑你!既然你现在状态这么好,"堂吉诃德说,"那你打吧,我回避。"

于是桑丘又开始无比英勇地执行任务,因为过分用力,他已经抽掉了很多树的树皮。他一边朝一棵山毛榉狠狠地抽鞭子,一边提高了嗓门说:

"参孙命丧于此!所有人都同归于尽吧![1]"

听到如此凄厉的叫喊和如此凶猛的鞭打声,堂吉诃德立刻赶过去,拽住桑丘用作鞭子、已经扭曲变形的笼头,对他说:

"桑丘老兄,上天不会允许我为了实现自己的愿望而让你失去生命,你活着是为了养活妻子和儿女。就让杜尔西内亚等待更好的时机吧,只要还有坚定的希望,我就心满意足了。等你重新积蓄力气,再了结这桩事情,这样所有人都会满意。"

"我的主人,既然这是阁下您的意愿,"桑丘回答说,"那么请赶快把您的短斗篷给我披在背上。我正浑身冒汗,可别感冒了,新手

---

1 典出《圣经·士师记》,大力士参孙临死前说:"我愿与非力士人同归于尽。"于是掀倒房屋,把里面的非力士人全都压死。

苦修徒们常常面临这种危险。"

堂吉诃德照做了，自己只着衬衣，把大衣给桑丘穿上了。桑丘一觉睡到被太阳唤醒，然后两人继续赶路，来到了三莱瓜外的一个镇子。他们在一家客店下马——堂吉诃德主动承认那是一家客店，而不是有着深深壕堑、高塔、铁栅栏和吊桥的城堡。自从被打败，他在很多事情上都稍稍恢复了理性，正如此刻将要讲述的那样。店主人给他安排了一个底层房间，一如农村习俗，几幅陈旧的覆墙布被用作壁毯，上面还画着画。其中一幅画上，作者以及其拙劣的手法描绘了海伦如何被那位大胆的来客[1]从墨涅拉俄斯身边抢走；另一幅画上记录着狄多和埃涅阿斯的故事：她站在高塔上，用半幅床单向逃跑的情人示意，那位负心人正要乘坐一艘三桨船或双桨船从大海逃走。

在第一个画面中，他注意到海伦似乎情绪不错，因为她在厚颜无耻地偷笑。但是在另一个故事中，美丽的狄多则表现得伤心欲绝，眼中滴落坚果大小的泪珠。堂吉诃德见此，说：

"这两位小姐生在那个年代真是不幸之至，而我没能生活在她们的时代，则比任何人都更加不幸。如果是我去迎战那些先生的话，不但特洛伊不会被付之一炬，迦太基也将幸免于难，只要先杀掉帕里斯，就能避免一连串的悲剧。"

"那么我敢打赌，"桑丘说，"要不了多长时间，所有的酒馆、客栈、客店、理发店，都会挂满讲述我们丰功伟绩的故事。不过我希望咱们的画师手艺能比这些画的作者高超一点。"

1　指特洛伊王子帕里斯，因抢走了斯巴达国王墨涅拉俄斯的妻子海伦，引发了长达十年的特洛伊战争。

"桑丘,你说得有道理。"堂吉诃德说,"这个作者就像乌伟达的画师奥尔巴内哈一样,如果人们问他在画什么,他会回答'画出什么就是什么'。如果正巧他画了一只公鸡,就在下面写上:'这是公鸡',免得别人会以为这是只狐狸。同样的道理,桑丘,我认为新出现的那位堂吉诃德,把他的故事写下来的那位画家,或者叫作家,其实都一样,也是漫无目的,画成或写成什么样就是什么样。还有,几年前在朝廷效力的一位名叫毛雷昂的诗人,在回答别人问题的时候总是即兴发挥,有人问他 deum de deo(他是出自天主的天主)是什么意思,他回答说:De donde diere(无论何处)。不过先不说这个了,桑丘,告诉我,你有没有打算今天晚上再打自己一顿?你是愿意在这室内还是愿意在露天?"

"我的上帝啊!主人,"桑丘回答说,"自己抽自己鞭子,对我来说在室内还是在室外都是一样的。不过无论如何,我还是更希望在树林里,因为神奇的是,那样就好像有人在陪伴我,帮我分担这项任务。"

"桑丘老兄,其实并非必须如此,"堂吉诃德回答说,"重要的是你要恢复体力。这一路回乡,必须要保存体力,最晚后天我们就能到达了。"

桑丘回答说很愿意服从主人的吩咐,但是他希望以仍温热的鲜血尽快了结此事。反正折磨已经在进行中了,免得夜长梦多,俗话说靠天靠地不如靠自己,得不到的西瓜不如到手的芝麻,抓在手里的小鸟比天上飞的老鹰强。

"桑丘,不要再说谚语了!我唯一的上帝啊!"堂吉诃德说,"你又故态复萌了:我跟你说过多少次了,好好说话,说白话,不要绕弯子,要知道:讲话多考虑,一句顶百句。"

"我真不明白自己走的是什么霉运，"桑丘回答说，"不说谚语我就讲不出道理，也没有哪句谚语让我觉得没有道理。不过我会改正的，只要我能做到。"

就这样，主仆之间的对话暂告一段落。

第七十二回
堂吉诃德和桑丘回到家乡

那一整天，桑丘和堂吉诃德都在那个镇上的客店里盼着天黑，一个是为了在露天旷野中完成自己的鞭打任务，另一个是为了看到使命的完成，那也意味着自己心愿达成。这时一位骑马的路人来到客店，带着三四个仆人，其中一个对貌似主人的那人说：

"堂阿尔瓦多·塔尔菲先生，阁下您可以在这里歇一个午觉，这个客店看上去还算干净清爽。"

堂吉诃德听到了，对桑丘说：

"你看，桑丘，我在翻看堂吉诃德故事伪造的第二部分时，似乎在里面见过堂阿尔瓦多·塔尔菲这个名字。"

"很有可能。"桑丘回答说，"且让他先下马，然后我们再问问他。"

那位绅士下了马，店老板娘也给他安排了一个底层的房间，就在堂吉诃德房间对面，跟堂吉诃德的房间一样也装饰着一些有图案的覆墙布。新来的绅士换上夏装，来到了客店宽敞凉爽的门厅，向正在门厅散步的堂吉诃德问道：

"风度翩翩的先生，阁下您去往何方宝地？"

堂吉诃德回答说："去离此不远的一个村子，我就是那里的人。

阁下您呢？往何处去？"

"先生，"绅士回答说，"我要去格拉纳达，那是我的家乡。"

"好地方！"堂吉诃德说，"不过出于礼节，请阁下告诉我您的尊姓大名。出于无法言明的原因，我感觉知道这个对我来说非常重要。"

"我的名字是堂阿尔瓦多·塔尔菲。"客人回答说。

于是堂吉诃德说："毫无疑问，我想阁下您一定是最近出版的堂吉诃德·德·拉曼查故事第二部分里面提到的那位堂阿尔瓦多·塔尔菲，这是一位新晋作者发表的作品。"

"正是本人！"这位绅士回答说，"而这个故事中的主人公堂吉诃德是我非常好的朋友，是我将他从他的家乡带出来的，或者至少是我说服他去萨拉戈萨参加比武的，因为我曾去过萨拉戈萨。而且事实上我对他也做到了仁至义尽：他过于胆大放肆，要不是因为我，那个刽子手一定鞭打他的后背。"

"堂阿尔瓦多先生，请告诉我，我跟阁下您说的那位堂吉诃德相像吗？"

"当然不像，"客人回答说，"毫无相似之处。"

"那么，"我们的堂吉诃德问，"这位堂吉诃德有没有带着一个名叫桑丘·潘萨的持盾侍从？"

"是的，"堂阿尔瓦多回答，"传闻他非常风趣，但就算他真有这才能，我也从来没有听他说过任何一句俏皮话。"

"对此我深信不疑。"桑丘插嘴说，"因为不是所有人都会说俏皮话的。英俊的先生，阁下您说的那个桑丘一定是个最无耻的无赖、贼痞子、强盗，集三者于一身！因为真正的桑丘·潘萨就是我，我的俏皮话比雨水还多。不信的话，阁下您可以做个试验，在我身后跟上一年，您会看到我是如何每走一步嘴里都会掉下俏皮话的。我

597

说话又多又好笑，甚至大多数情况下连自己都没觉察，我的所言所行让周围的人都哈哈大笑。而真正的堂吉诃德·德·拉曼查，著名的、勇敢的、智慧的、痴情的侠义之士、孤儿幼女的庇护者、寡妇的保护神、少女们的梦中情人，以举世无双的杜尔西内亚·德尔·托博索作为唯一意中人的那位，就是此刻在场的这位先生，他是我的主人。任何其他的堂吉诃德和其他的桑丘·潘萨都是玩笑和梦话！"

"我相信这一点！"堂阿尔瓦多回答说，"我的上帝啊！朋友，你说的这四句话里所包含的风趣，比我从另一个桑丘·潘萨那里听到的所有趣味都要多！你真是太幽默了！可他呢？贪吃却不会说话，愚蠢却不好笑。我想一定是那些对好人堂吉诃德穷追不舍的魔法师，意图用假的堂吉诃德迷惑我。不过我有些不知所措了，因为对天发誓！我已经把他送进了托雷多的疯人院，希望他能够痊愈，而此时此刻这里却出现了另一个堂吉诃德，而且跟我那个朋友完全不同！"

"鄙人，"堂吉诃德说，"不知道自己是不是优秀的，但可以保证自己不是拙劣的。我的堂阿尔瓦多·塔尔菲先生，为了证明这一点，我可以告诉阁下您，我这一辈子都没有到过萨拉戈萨！正因为有人告诉我说那位假冒的堂吉诃德去那个城市参加比武了，所以我不想进城，这样全世界都能识破他的谎言。我径直去了巴塞罗那，那座城市堪称礼仪的档案馆、异乡人的收容所、穷人的医院、勇士的祖国、复仇者的天堂和坚贞友谊的沃土，而且在地理位置和旖旎风光方面都是得天独厚、独一无二的。虽然在那里发生的事情对我来说不怎么愉快，甚至是非常痛苦的，但是因为见识了那个城市，我还是心平气和地接受了这一切。总之，堂阿尔瓦多·塔尔菲先生，我就是传说中的堂吉诃德·德·拉曼查，而不是那个妄图僭越我的名声、用我的思想为他添彩的倒霉鬼。因为您是位绅士，所以我恳求阁下帮忙在本市市长面前做一个声明，表明阁下您在此之前从来都没有见过我，而且我不是那个已经出版的第二部分故事中的堂吉诃德，而这位桑丘·潘萨，也就是我的持盾侍从，也不是阁下您认识的那位。"

"我非常乐意这样做。"堂阿尔瓦多回答说，"虽然同时见到两个堂吉诃德和两个桑丘，名字一模一样，行为却截然相反，真是令人惊奇！我在此重申并再次确认：我从未见过自己所见的，在我身上也没有发生过已经发生的事情！"

"毫无疑问，"桑丘说，"阁下您一定是被施了魔法，就像我的女主人杜尔西内亚·德尔·托博索那样。但愿上天保佑，如果阁下您解除魔法的方式也是让我再抽自己三千多下鞭子，就像我为她而抽打自己一样，那我一定无私地照做不误。"

"我不明白你说的鞭打是什么意思。"堂阿尔瓦多说。

桑丘回答说，此事说来话长，不过如果大家同路的话，一定讲给他听。

吃饭的时间到了，堂吉诃德和堂阿尔瓦多共进了午餐。正好本市的市长偶然进了客店，还带着一个书记员，堂吉诃德便向市长请求，让堂阿尔瓦多·塔尔菲，就是在场的这位绅士，通过签署与其权利相符合的文件，在市长面前宣告自己之前不认识此刻在场的堂吉诃德·德·拉曼查，而且他不是出生于托尔德西亚斯的阿维亚内达所著的名为《堂吉诃德·德·拉曼查》第二部分中所描写的堂吉诃德。最后，市长做出司法裁决，承认这份声明满足此类案件应该符合的所有要求。对此堂吉诃德和桑丘感到非常高兴，似乎这样的声明对他们非常重要，又仿佛这两个堂吉诃德和这两个桑丘之间的区别通过他们的行为和言语还展示得不够清楚似的。堂阿尔瓦多和堂吉诃德交换了许多恭维话和客套话，在这番言谈中这位伟大的曼查人展现出了非凡的见识，让堂阿尔瓦多更清楚地意识到自己之前的错误。他猜测自己一定是被施了魔法，居然亲身接触到了两个如此截然相反的堂吉诃德。

到了下午，大家离开客栈出发，走出大约半莱瓜，来到了一个双岔路口，一条路通向堂吉诃德的村子，另一条是堂阿尔瓦多要取道的。就在这段很短的时间内，堂吉诃德向他讲述了自己被打败的不幸遭遇，以及杜尔西内亚的魔法和解除魔法的办法，所有这一切都让堂阿尔瓦多惊奇不已。他拥抱了堂吉诃德和桑丘，继续赶路，而堂吉诃德也继续走自己的路。为了让桑丘有机会完成救赎，那天晚上主仆二人再次在树林中过夜。桑丘按照头天晚上的方式，以山毛榉的树皮为代价完成了任务。这比抽打自己的后背可狠多了，因为他对自己的后背可谓呵护备至，那几下鞭子连个苍蝇都赶不走，甚至可以说根本就没落到他身上。

被蒙在鼓里的堂吉诃德兢兢业业，一下都没有漏数。他算了算，加上前一天晚上的，一共是三千零二十九下。这天太阳也起了个大早，似乎也想亲眼看见这场献身。直到天亮时，借着太阳的光线两人又重新上路，一路谈论着堂阿尔瓦多的上当受骗，以及他在司法部门以如此正式的方式发表了声明，最终议定的结果是多么完满。

接下来的一天一夜没有发生任何特别的事情，唯一值得一提的是那天晚上桑丘完成了他的任务，对此堂吉诃德欣喜若狂，苦盼着白天的到来，期待在路上遇见已经摆脱了魔法的意中人杜尔西内亚。次日上路之后，每碰到一个女人，他都要走近去看看是不是杜尔西内亚·德尔·托博索，因为他认定梅尔林的诺言不可能是骗人的。

怀着这种念头和愿望，他们爬上了一个山坡，从山坡上望见了家乡的村子。桑丘一见到村子，便跪下来说：

"睁开眼睛吧！我深爱的故乡！看看您的儿子桑丘·潘萨，回到您的身边了！他不但没有发财，反而饱受了鞭笞。也张开双臂迎接您的儿子堂吉诃德吧！他被别人的臂膀战胜，但同时也战胜了自己，我听别人说，这是一个人能够期望的最大的胜利。虽说我为了救赎付出了极大的代价，但现在荷包鼓鼓的，骑着我的毛驴像个大老爷一样。"

"别再胡言乱语了，"堂吉诃德说，"还是直接进村吧，在那里我们一定会找到解决办法，好好策划如何过上牧人的生活。"

就这样，他们下了山坡，朝老家的村子走去。

第七十三回
堂吉诃德进村时遇到的不祥之兆，以及让这个伟大故事更妙趣横生的其他事情

据熙德·哈梅特说，进村的时候，堂吉诃德在打谷场上碰见两个男孩子正在吵架，一个对另一个说：

"别费劲了，小佩里克，你这一辈子都不会见到她的。"

堂吉诃德听到这句话，对桑丘说：

"朋友，你听到那个男孩子说的话了吗？'你一辈子都不会见到

她的'。"

"我听得很清楚,不过,"桑丘问,"那个男孩子说这话有什么要紧的呢?"

"有什么要紧?"堂吉诃德说,"你没发现,如果把这句话应用到我的愿望上,意思就是我再也见不到杜尔西内亚了吗?"

桑丘正要回答,突然看见从田野中逃出来一只野兔。在很多猎兔狗和猎人的追赶下,惊慌失措的兔子跑到毛驴脚下缩成一团伏在地上。桑丘轻而易举、稳稳当当地抓住了它,给堂吉诃德看。堂吉诃德说:

"不祥之兆!不祥之兆!兔子逃跑,猎狗在追:杜尔西内亚不会出现!"

"阁下您真是奇怪!"桑丘说,"假设这只兔子就是杜尔西内亚·德尔·托博索,而那些追赶它的猎狗就是把她变成村姑的邪恶魔法师。它逃脱了魔爪,而我把它抓住,任凭阁下您的处置。此刻它就在您的怀中,您还对它呵护备至。这算什么坏兆头?从这里面能够推测出什么不好的征兆吗?"

那两个吵架的男孩子走过来看兔子,桑丘问他们其中一个为什么吵架。此前说"你一辈子都不会见到她的"这句话的男孩子回答说,另一个男孩抢走了自己的蟋蟀笼子,一辈子也不想还给他。桑丘从衣袋里掏出几枚硬币,从另一个男孩手里买下了笼子,放到堂吉诃德手里,说:

"主人,现在无论是什么兆头都破除了。我虽然愚蠢,却相信它们跟现在发生在我们身上的事情没有任何关系,就像前年的浮云。如果我没记错的话,咱们村里的神父说过,相信那些幼稚的东西既不是基督徒所为也不够理性,甚至阁下您自己以前也跟我说过,让我明白所有相信预兆的基督徒都是笨蛋。没必要再纠缠这个了,我们继续走吧,马上进村了。"

猎人们赶上来索要兔子,堂吉诃德还给了他们。主仆二人继续往前走,进入村子的时候碰见神父和学士卡拉斯科正在一片草地上祷告。必须说明的是,为了分担重量,桑丘·潘萨把阿尔提西朵拉复活那天晚上在公爵的城堡中人们给他穿上的那件画满了火焰的粗麻布长袍放在了毛驴背上,盖在装武器的包裹上面,还把那顶尖帽也戴在了毛驴头上,这简直是全世界都闻所未闻的最稀奇的毛驴装扮。

神父和学士立刻认出了这两人,张开双臂迎了上去,堂吉诃德也下马紧紧地拥抱他们。机灵的男孩子们远远望见毛驴的尖帽,便都赶上来围观,互相说着:

"来呀,小伙子们!快来看,桑丘·潘萨的毛驴穿得比明戈[1]还漂亮,堂吉诃德的牲口却比以前更瘦了。"

总之,在孩子们的簇拥下,在神父和学士的陪伴下,主仆二人走进了村子,来到了堂吉诃德家,在门口遇到了管家婆和外甥女,她们已经得到了主人回来的消息。同样人们也把这个消息告诉了桑丘的老婆特蕾莎·潘萨,她衣冠不整、披头散发,一手还拉着女儿小桑恰,赶来看她的丈夫。见他并没有如自己料想的那样表现出一个总督应有的光鲜,便问他说:

"我的丈夫,你怎么这个样子?我看你像是走路回来的,而且走得脚都快掉了!你这副样子可不像当了总督,而像是丢了官。"

---

1 见18页注释1。

"闭嘴，特蕾莎，"桑丘回答说，"钩子上不是天天都挂腌猪肉。咱们回家去，到家你会听到奇闻。我带着钱呢，这才是最重要的，而且是我自己想办法挣来的，没有伤害任何人。"

"我的好丈夫，"特蕾莎说，"只要你带着钱回来，你在哪儿挣的、怎么挣的，都无所谓。在挣钱这一点上，你怎么也不可能发明出什么世界上没有过的新办法。"

小桑恰也拥抱了父亲，问他有没有给自己带什么东西——她盼着礼物就像五月盼雨一样。桑丘老婆拉着他的手，女儿一手拉着他的腰带，一手牵着毛驴，相携归去。留下堂吉诃德在自己家里，由他的外甥女和管家婆安顿，神父和学士也陪伴左右。

堂吉诃德一刻都不耽搁，马上把学士和神父拉到一边，用简单的几句话说明了自己的失利以及约定的隐居一年的义务。作为一名游侠骑士，他有义务严格遵守骑士道，所以这件事情他打算一字不差地履行，绝不逾矩。而且他已经打算好，在这一年时间中要当一个牧羊人，在田野中以孤寂自娱。在那里他可以一边从事着田园牧歌式的高尚职业，一边任凭自己情意缠绵的思绪尽情驰骋。他还恳求这两位朋友，若非琐事缠身，也没有更加重要的事务阻止的话，请他们成为自己的伙伴，他将购买足够的羊群和畜群，足以让大家自称为牧人。他还告诉他们，这件事情中最要紧的部分已经完成了：他已经为大家想好了名字，个个十分贴切。神父请他说说看。堂吉诃德回答说，他将自称牧羊人吉诃蒂斯，学士叫作牧羊人卡拉斯孔，神父可称为牧羊人古里安布罗，而桑丘·潘萨名唤牧羊人潘斯诺。

所有人听到堂吉诃德新出的疯主意都惊得目瞪口呆，但是为了不让他再次离开村子去寻找骑士道，并寄望于在这一年中他能够被治愈，便不得不假装赞同他的新打算，赞同他的疯狂念头，并自告奋勇在新的职业中当他的同伴。

"还不止如此，"参孙·卡拉斯科说，"正如众所周知，我是一位著名诗人，将会时时刻刻保持创作，不管是田园诗还是时事诗，或者任何其他合适的种类，好让大家徜徉在偏僻地方的时候自娱自乐。而现在最要紧的是，我的先生们，咱们每个人都应该挑选一个各自想要为其献诗的牧羊女的名字。不管树干有多么坚硬，我们要让每一棵树都铭刻上她的名字，痴情的牧人们都是这样做的。"

"此事恰逢其时，"堂吉诃德回答说，"不过我没有必要寻找杜撰的牧羊女名字，因为我有举世无双的杜尔西内亚·德尔·托博索，她是水畔的荣耀、草地的点缀、美貌的支柱、优雅的精华，总之，她是一块可以放置所有赞美的巨石，不管这些赞美有多么夸张。"

"没错，"神父说，"不过我们将会在那里找到一些温顺的牧羊女，即使不适合我们，也将会把我们变成好牧民。"

对此，参孙·卡拉斯科补充说：

"如果找不到的话，我们可以给她们取书籍里面的名字，到处都是：菲丽达、阿玛莉莉、狄安娜、弗雷莉达、伽拉泰阿、贝利萨尔达……既然这些名字公开售卖，我们完全可以把它们买下来，当作是我们的。如果我的意中人，或者更确切地说，我的牧羊女，碰巧名叫安娜，我会以安娜尔达的名字赞美她，如果她叫弗朗西斯卡，我就管她叫弗朗塞尼雅，而如果是露西亚的话，就叫露辛达，以此类推。如果桑丘·潘萨也加入我们这个教友会的话，可以用特雷萨伊娜的名字来赞美他的老婆特蕾莎·潘萨。"

堂吉诃德听到这个名字的衍生词哈哈大笑，而神父也对他正直而诚实的决心大加赞扬，并再次自告奋勇跟他做伴，用自己所有的空闲时间陪他履行义务。此后,神父和学士告辞而去,并恳求他,也是忠告他,一定要注意健康,尽其所能照顾好自己。

事有凑巧,他的外甥女和管家婆也听到了三人的谈话。客人离开以后,两人走进堂吉诃德的房间,外甥女问他说:

"我的舅父大人,这是怎么回事?我们还以为阁下您回来是要留在家里,过上平静而体面的生活,可您却又要钻进新的迷宫,来个'小牧羊人儿,你来干什么?牧羊小人儿,你去干什么?'的把戏。您不觉得自己就是那不结穗儿的老麦秆,做哨子都嫌硬?"

管家婆也帮腔道:

"而且,阁下您难道能忍受在旷野中度过夏天的炎炎正午和冬日的严寒夜晚,听着狼群的嚎叫?当然不能!那是粗鄙人的行当和职业,那些人习惯了风吹日晒,从裹在襁褓中、包着尿布的时候开始就是为这种劳动养育的。而且,虽然都不怎么样,但当个游侠骑士总还是比当牧羊人强一点。您看,先生,听我一句劝吧!我说这些可不是吃饱了撑的,因为平时都是饥一顿饱一顿的!看在我五十来岁一把年纪的分上,请您留在家里,管理财产,多多忏悔,帮助穷人。如果这样做对您有坏处的话,就让这坏处统统落到我的灵魂上!"

"闭嘴,女人们。"堂吉诃德回答说,"该怎么做我心里很清楚。快把我送到床上去吧,我感觉自己情况不妙。你们放心吧,不管是游侠骑士还是将要成为的牧羊人,在你们需要的时候,我永远不会袖手旁观,这一点你们可以通过我的行动看到。"

这两位善良的女人(毫无疑问管家婆和外甥女都是善良的)把他扶上床,给他吃东西,尽一切可能照顾他。

第七十四回
堂吉诃德病入沉疴，立下遗嘱，溘然长逝

正所谓世事无常，一切事情从开端到结尾无不是一条下坡路，人生尤其如此。上天并没有赐予堂吉诃德什么特权来避免这一点：就在最意想不到的时候，他的生命走到了尽头。也许是因为成了他人的手下败将而郁郁寡欢，也许只是天意如此，上天就是这样安排的——一场来势汹汹的发烧让他持续六天卧床不起。在这些天里，神父、学士和理发师以及其他的朋友都时常来探望，而他忠诚的持盾侍从桑丘·潘萨更是守在床头寸步不离。

大家一致认为，堂吉诃德病情如此严重，一方面是因为被人打败而满心忧虑，另一方面也是因为没能亲眼看到自己的愿望实现，也就是杜尔西内亚摆脱魔法、获得自由，众人都试图通过各种可能的方式让他高兴起来。学士叫他振作起来，起床开始过他们的牧人生活，还说自己已经为此写了一首田园诗，跟这首诗比起来，萨纳扎罗[1]的所有作品都不过是班门弄斧。而且自己还花钱买了两条著名的狗用来守护畜群，一条叫巴尔西诺，另一条叫布特隆，是金塔纳尔的一个牧场主卖给他的。但是堂吉诃德并没有因此就打消忧虑。

朋友们叫来了医生，医生给他诊了脉，表示他的情况很不乐

---

[1] 萨纳扎罗，16世纪意大利诗人。

观，还说，此刻身体的健康已经危在旦夕、无计可施了，应该帮助他得到灵魂的安宁。堂吉诃德听了这番话情绪稳定，但是他的管家婆、外甥女和持盾侍从可没有那么冷静，纷纷开始轻声哭泣，就好像主人已经死在他们面前了。医生的看法是，他正在因为郁郁寡欢而逐渐死去。堂吉诃德恳求众人让他一个人待着，因为他想睡一会儿，大家照做了。堂吉诃德立刻就睡着了，而且一口气睡了六个小时。一觉睡了这么久，管家婆和外甥女甚至以为他会就此长眠不醒。当他终于醒来，大声喊道：

"愿无所不能的上帝慈悲！他给了我那么大的恩赐！事实上，上帝的慈悲没有界限，而且人类的罪孽既不会缩减它也不会阻碍它。"

外甥女专注地听着舅舅的话，感觉这番话比他往常的言论听起来更有理性，跟这次病中的胡话相比更是如此，便问他：

"先生，阁下您在说什么？我们又有什么事了？您说的慈悲是怎么回事？人类的罪孽又是怎么回事？"

"外甥女儿，所谓慈悲，"堂吉诃德回答说，"就是上帝此时此刻赋予我的一切，正如我刚才所说，我的罪孽并没有妨碍这些慈悲。此刻我的神志已经自由而清醒，摆脱了无知的昏暗阴影。当初正是因为长期痴迷于阅读那些可恨的骑士小说，才被阴霾笼罩。如今我已经明白了，这一切都是胡编乱造的糖衣炮弹。我唯一感到痛苦的是这番醒悟来得太迟，使我没有时间阅读其他照亮灵魂的书来作为补偿。外甥女儿，临终之际我很后悔：我多么希望能够从容地准备好死亡，好让人们明白我的生命并非那么糟糕，徒留一个疯子的名声。虽然我曾经的确是个疯子，但不愿意以这个身份死去。好姑娘，把我的好朋友们叫来，把神父、学士参孙·卡拉斯科和理发师尼古拉斯师傅叫来，我想要忏悔并口述遗嘱。"

谁知这三个人此时正好进门，免了外甥女一番奔波。堂吉诃德一看到他们就说：

"祝贺我吧，好心的先生们！我已经不再是堂吉诃德·德·拉曼查，而是阿隆索·吉哈诺，良好的品行让我得到了好人的名声。我已经成为阿马蒂斯·德·高卢的敌人，以及他的族系和无数后人的敌人。对我来说，关于游侠骑士的异端故事都无比可恨。我已经明白了自己的愚蠢，以及读了那些故事以后将自己所置于的险境。感谢上帝慈悲！我已经暗暗自我惩罚，如今对这一切深恶痛绝。"

三个人听到堂吉诃德这番话，都以为他又产生了什么新的疯念头。参孙对他说：

"堂吉诃德先生，我们刚刚得知杜尔西内亚小姐身上的魔法已经解除了，听到这个消息，阁下您还不能释然吗？现在既然我们马上就要成为牧人，可以像亲王一样歌唱着度过一生，难道阁下您又想当个隐士吗？别说啦！为了您的生命，快清醒过来吧，不要胡言乱语了。"

"在上天的帮助下，"堂吉诃德回答说，"那些到目前为止深深伤害过我的东西，一定会通过死亡变成于我有益的事物。先生们，我感觉自己正濒临死亡：快把玩笑放在一边，找一个牧师来为我做忏悔，再找一个书记员来为我立下遗嘱。在这样的紧要关头，一个人不该把仅剩的灵魂浪费在玩笑上。所以，我恳请神父先生为我做忏悔，同时你们再去请个书记员来。"

众人面面相觑，对堂吉诃德这番话感到惊奇不已。不过虽然心存疑虑，他们还是愿意相信他。他们推测，堂吉诃德如此轻而易举又突如其来地从疯癫变得清醒，正是行将就木的迹象之一。除了前面说的这番话之外，他还说了很多条理清晰、既虔诚又精辟的道理，以至于众人渐渐打消了疑虑，并终于完全相信他已经清醒了。

神父让所有人都离开房间，自己单独留下来为堂吉诃德做忏悔。

学士去找书记员，很快就带着书记员和桑丘·潘萨回来了。桑丘已经从学士带来的消息中得知了主人生命垂危，他一看到管家婆和外甥女正在哭泣，立刻哽咽起来，泪如雨下。忏悔结束了，神父出来说：

"好人阿隆索·吉哈诺真的要离去了，也真的清醒了。现在我们可以进去了，他要立遗嘱。"

这个消息让管家婆、外甥女和忠实的持盾侍从桑丘·潘萨本已含泪的眼睛又受了强烈的刺激，三人的眼泪如洪水决堤，从胸口发出无数深切的叹息。因为千真万确，正如有一次我们曾提到过，堂吉诃德此人，不管当他仅仅是好人阿隆索·吉哈诺的时候，还是当他成为堂吉诃德·德·拉曼查的时候，一直都是性情温和、和蔼可亲，因此不但家里的人们深爱着他，所有认识他的人都深爱着他。

书记员跟其他人一起走进了房间，先写下了遗嘱的抬头。堂吉诃德整理好自己的思路，又履行了基督教要求的所有仪式和条件，就到了正式立遗嘱的时间。他说：

"第一条，我自愿给桑丘·潘萨一笔财产。我发疯的时候让他做了我的持盾侍从，所以跟他之间有财务往来，尚有账款未清。我希望他不必对此负责，也不要向他索取任何钱款，而且如果还清我的欠款之后还有剩余的话，剩下的部分也都归他。那点钱实在没多少，希望能对他有用。而且，我发疯的时候曾许他一个海岛总督的职位，如果此刻在我清醒的时候还有能力为他谋求一个王国总督的职位，我一定全力以赴，因为这是他性情的单纯和为人处事的忠诚所应得的。"

接着他回头对桑丘说：

"原谅我，朋友，让你变成像我一样的疯子，让你掉进了我自己掉入的错误陷阱，以为世界上真的存在过、而且依然存在游侠骑士。"

"啊！"桑丘哭着回答说，"阁下您不要死！主人啊，听我一句忠告，您要长命百岁才是！在一个人的生命中，最严重的疯癫就是无缘无故地死掉：除了忧伤，没有任何人杀他，也没有其他的手来终结他。您看，别犯懒了，快从床上起来！我们不是说好的吗？去田野里穿上牧人的衣服，也许在某一片树林后面就能碰到摆脱了魔法的杜尔西内亚小姐，那该有多好！如果您是因为被打败所以忧虑而死，那就让我来承担这个罪过吧！就说是因为我没有绑好罗西南多的肚带才害你被人打下马去！阁下您不是在骑士小说里也看到了，骑士们一个打败另一个都是家常便饭，今天被打败的，明天又会打败别人。

"正是如此，"参孙说，"好桑丘·潘萨对这些事情的来龙去脉了解得一清二楚。"

"先生们，"堂吉诃德说，"让我们慢慢来，俗话说，去年的鸟巢里找不到今年的雏鸟。我曾经疯过，但现在清醒了；我曾经是堂吉诃德·德·拉曼查，但现在是，正如我说过的，好人阿隆索·吉哈诺。但愿在你们心中，我的悔恨和真诚最终能够让我重新得到你们曾经对我的尊重。书记员先生，继续吧：下一条，我所有的财产，具体条目不再赘述，都遗赠给我的外甥女安东尼雅·吉哈娜，此刻她就在这里。如果有必要，由她来完成我留下的遗嘱并决定财产的分配。而我希望她做的第一件事就是把管家婆在服侍期间应得的薪水支付给她，再另添上二十个杜卡多让她买身衣服。我请在场的神父先生和参孙学士先生做我的遗嘱执行人。"

"下一条，如果我的外甥女安东尼雅·吉哈娜有结婚的打算，我希望事先对她的结婚对象进行调查，确保此人不知骑士小说为何物。如果调查发现他对骑士小说甚为了解，而且尽管如此我的外甥女还是愿意嫁给他，并真的跟他成婚，那么她就将失去我所遗赠的一切。如果是这样的话，我的遗嘱执行人可以将遗产按照他们的意愿分配给宗教慈善事业。

"下一条，我恳求我的遗嘱执行人先生们，如果你们凑巧得以结识据说写作了《堂吉诃德·德·拉曼查故事第二部分》一书的作者，请真心诚意地代我向他请求原谅，我并没有想到自己为他创造了机会写下了书里那么多、那么荒唐的胡言乱语，我为此感到良心不安、含恨离世。"

立完遗嘱，他晕了过去，直挺挺地躺在床上。所有人都慌作一团，赶上去抢救他。从立下遗嘱开始他又活了三天，而且三天内常常晕厥。全家上下一片忙乱，但是说到底，外甥女儿照旧吃饭、管家婆豪饮如常，桑丘·潘萨内心也难免窃喜——继承财产这个事实在一定程度上抹去了或者缓解了继承者因为缅怀死者而自然而然感受到的痛苦。

最后，在完成了所有的临终圣事，在讲了诸多大道理表达对于骑士小说的深恶痛绝之后，堂吉诃德的生命走到了尽头。当时书记员也在场，他说在任何一本骑士小说中都从未读到过任何一位游侠骑士曾像堂吉诃德一样如此平静、如此虔诚地死在自己的床上。在周围人的同情和眼泪中，堂吉诃德松开了他的灵魂，也就是说，他死了。

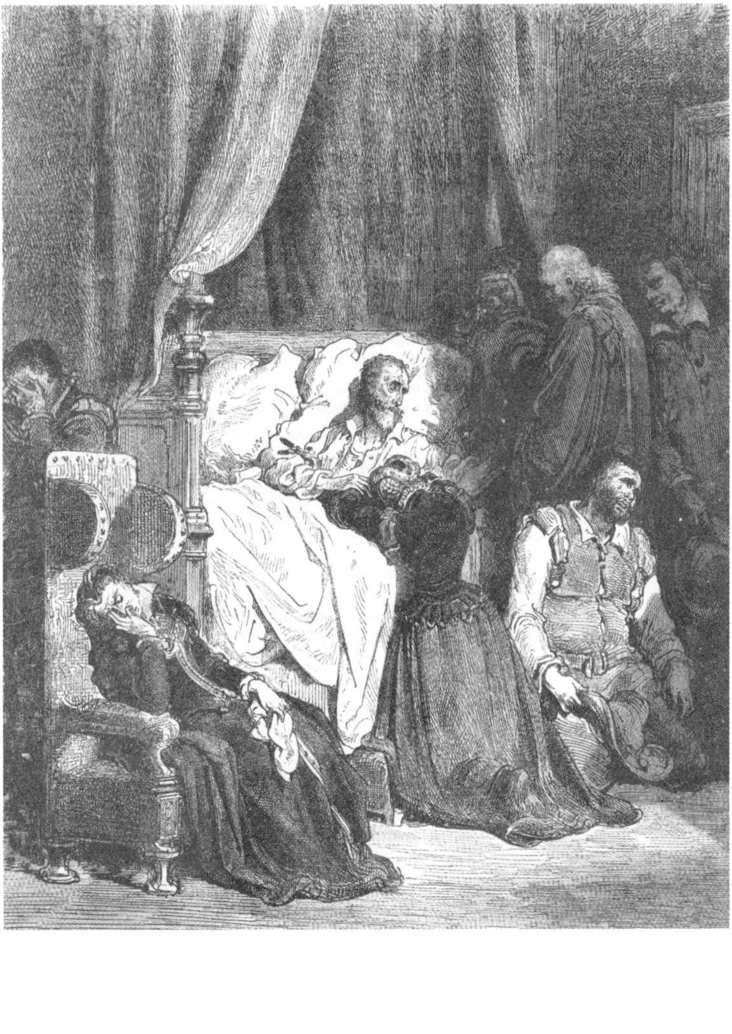

神父见此情形，请求书记员作证：好人阿隆索·吉哈诺——也被称为堂吉诃德·德·拉曼查——因自然死亡离开了人世。他请求书记员作证是为了不让除了熙德·哈梅特·贝内赫里以外的任何其他作者有机会杜撰他的复活，并让他去完成没完没了的英雄事迹。

这就是拉曼查天才绅士的结局。因为熙德·哈梅特不愿意点破他的家乡，所以拉曼查所有的村庄和城镇纷纷抢着声称他是自己的儿子，认为他是属于自己的，就像希腊的七个城市争抢荷马一样。

在这里，对于桑丘、堂吉诃德的外甥女和管家婆的哭天抢地，以及他坟墓上崭新的墓志铭，我们不再赘述。只收录参孙·卡拉斯科为他写的下面这首：

强壮的绅士长眠于此，
他的英勇众所周知：
出尘绝世，如高山仰止，
连死亡都不足以
攻占他生命的城池。

他无所畏惧，不计生死，
为天下锄暴安良劳苦不辞；
在如今的混浊人世，
他的一生堪称传奇：
疯癫过活，清醒赴死。

而审慎智慧的熙德·哈梅特提笔写道：

我不知道自己这支笔是足够锋利,还是流于鲁钝。如果那些心存疑忌、居心不良的历史学家不把你摘下来亵渎的话,你将被高高悬挂,永垂不朽。但是在他们来找你之前,你可以尽你所能以最有效的方式警告他们:

滚开,滚开,无耻之徒!
任何人都别妄图僭越,
因为这条光明事业之路,
是英明的国王专门为我而铺。

堂吉诃德是只为我而生的,我也是为他而生;他付出行动而我用写作记录,我们二人浑然一体,尽管那位来自托尔德西约的冒牌作者竟敢用粗糙的、光秃秃的鸵鸟羽毛笔杜撰我这位英勇骑士的丰功伟绩。这不是他应该承担的责任,也不是他那贫瘠的天分应该涉及的题材。如果万一你认识他,请警告他:让堂吉诃德那疲惫的、已经腐烂的尸骨在坟墓中安息吧!不要打算违背死亡的律法,把他带回当年的卡斯蒂利亚[1]。他如今千真万确直挺挺地躺在墓穴中,再也无法离开,再也不可能实施新的、第三次出行。为了嘲笑诸多游侠骑士曾经历的无数冒险,他所完成的那两次离家出走已经足够了——这两次出行让所有耳闻的人们都感到有趣并表示认可,不管是在本地还是在遥远的王国。对误入歧途的人提出忠告,就算是尽到了作为基督徒的义务,我会为此感到满足和自豪,因为你的作品流芳百

---

[1] 在阿维亚内达所著的《堂吉诃德·德·拉曼查》第二部分中,堂吉诃德回到老卡斯蒂利亚,进行了多次冒险。

世，而我是第一个享受到成果的人。为此我总算如愿以偿，因为我的心愿正是劝服人们唾弃骑士小说中那些虚假的、胡编乱造的故事。感谢我真实的堂吉诃德所经历的虚妄情节，毫无疑问荒唐的骑士小说终将灰飞烟灭。再会！

［全书完］

塞万提斯
（1547—1616）

西班牙小说家、剧作家、诗人。
西班牙语文学世界中伟大的作家。
塞万提斯对于世界文学的影响巨大，
甚至连西班牙语都因此被称为"塞万提斯的语言"。
他的小说《堂吉诃德》是西方文学史上第一部现代小说，
是世界文学的瑰宝之一。

堂吉诃德

作者_[西班牙]塞万提斯　译者_罗秀

产品经理_周娇　装帧设计_小雨　产品总监_李佳婕
技术编辑_顾逸飞　责任印制_梁拥军　策划人_许文婷

营销团队_王维思

果麦
www.guomai.cn

以 微 小 的 力 量 推 动 文 明

© 塞万提斯 2022

图书在版编目（CIP）数据

堂吉诃德：全两卷 /（西）塞万提斯著；罗秀译. — 沈阳：万卷出版有限责任公司，2022.12（2025.2 重印）
ISBN 978-7-5470-6116-9

Ⅰ．①堂… Ⅱ．①塞… ②罗… Ⅲ．①长篇小说－西班牙－中世纪 Ⅳ．① I551.43

中国版本图书馆 CIP 数据核字（2022）第 196654 号

出 品 人：	王维良
出版发行：	万卷出版有限责任公司
	（地址：沈阳市和平区十一纬路 29 号 邮编：110003）
印 刷 者：	河北鹏润印刷有限公司
经 销 者：	全国新华书店
幅面尺寸：	145mm×210mm
字 　 数：	950 千字
印 　 张：	38.5
出版时间：	2022 年 12 月第 1 版
印刷时间：	2025 年 2 月第 4 次印刷
责任编辑：	姜佶睿
责任校对：	张　莹
装帧设计：	小　雨
ISBN 978-7-5470-6116-9
定 　 价：	98.00 元（全两卷）
联系电话：	024-23284090
传 　 真：	024-23284448

常年法律顾问：王　伟　版权所有　侵权必究　举报电话：024-23284090
如有印装质量问题，请与印刷厂联系。联系电话：021-64386496